MIRA®

Der Preis dieses Bandes versteht sich einschließlich
der gesetzlichen Mehrwertsteuer.

Umwelthinweis:
Dieses Buch wurde auf chlor- und säurefreiem Papier gedruckt.

Blume des Satans

Das Zeichen der „Gehörnten Blume“ führt Liz auf die Spur ihrer verschwundenen Schwester. Noch weiß sie nicht, wie die grauenhaften Ritualmorde an Teenagern, der Selbstmord des angesehenen Bankdirektors Larry Bernhardt und Rachels Verschwinden auf Key West zusammenhängen. Aber je länger sie gemeinsam mit dem Ex-Cop Rick Wells nach Hinweisen sucht, desto deutlicher erkennt sie, dass die Spur zur „Paradise Christian Church“ führt. Die Kirche, in der Rachel als Pfarrerin gearbeitet hat ...

Dieses Buch ist den zahlreichen Opfern des Terroranschlags auf die Vereinigten Staaten von Amerika am 11. September 2001 gewidmet; den Menschen, die mit den Folgen dieses Anschlags fertig werden müssen, und den Helden jenes Tages: den Feuerwehrleuten, den Polizisten, den Notärzten und den Rettungssanitätern, den hilfsbereiten Bürgern und den Passagieren des United-Airlines-Fluges 93.
Euch allen vielen Dank. Gott segne euch.

Seid nüchtern und wacht; denn euer Widersacher, der Teufel, geht umher wie ein brüllender Löwe und sucht, wen er verschlinge.
1 Petrus 5,8

Erica Spindler

Blume des Satans

Roman

Aus dem Amerikanischen von
Rainer Nolden

MIRA®

MIRA® TASCHENBUCH
Band 25044
1. Auflage: Mai 2003

MIRA® TASCHENBÜCHER
erscheinen in der Cora Verlag GmbH & Co. KG,
Axel-Springer-Platz 1, 20350 Hamburg
Deutsche Erstveröffentlichung

Titel der nordamerikanischen Originalausgabe:
Dead Run

erschienen bei: Mira Books, Toronto
Published by arrangement with
Harlequin Enterprises II B.V., Amsterdam

Konzeption/Reihengestaltung: fredeboldpartner.network, Köln
Umschlaggestaltung: pecher und soiron, Köln
Titelabbildung: © by Getty Images, München
Autorenfoto: © by Harlequin Enterprise S.A., Schweiz
Satz: Berger Grafikpartner, Köln
Druck und Bindearbeiten: Elsnerdruck, Berlin
Printed in Germany
ISBN 3-89941-055-6

www.mira-taschenbuch.de

PROLOG

Key West, Florida
Freitag, 13. Juli 2001, 23 Uhr

Pastorin Rachel Howard schaute aus ihrem Schlafzimmerfenster. Sie musste sich anstrengen, um durch die Sturzbäche von Regen etwas erkennen zu können. Ein Donnerschlag erschütterte das 120 Jahre alte Pfarrhaus. Sekunden später wurde sie von einem grellen Blitz geblendet.

Sie trat einen Schritt vom Fenster zurück, das bis auf den Boden reichte, um Schutz in der Dunkelheit des Raumes zu suchen. Wer immer diejenigen sein mochten, die sie beobachteten: Sie sollten nicht das Geringste von ihren Absichten ahnen. Sie waren gekommen, um sie zu holen. Wer sie waren, wusste sie zwar nicht, aber es waren viele, dessen war sie sich sicher.

Er war mächtiger, als sie gedacht hatte. Listiger. Und bösartiger.

Sie hatte seinen Einfluss unterschätzt. Das war ein Irrtum gewesen. Ein tödlicher Irrtum, wie sie mittlerweile befürchtete.

Rachel kniff die Augen zusammen, während ihr die tröstenden Worte des dreiundzwanzigsten Psalms durch den Kopf gingen, die das Gewirr der anderen Stimmen übertönten – Stimmen, die außer ihr niemand hören konnte.

Und ob ich schon wanderte im finstern Tal, fürchte ich kein Unglück; denn du bist bei mir.

Noch in dieser Nacht wollte sie ihnen entkommen und aufs Festland fliehen. War sie erst einmal in Sicherheit, wollte sie sich den nächsten Schritt überlegen. *Wenn* sie es schaffen würde.

Unvermittelt überkam sie ein Gefühl der Beruhigung, und ihre Nervosität ließ ein wenig nach. Gleichgültig, wie diese Nacht enden mochte – die Dunkelheit würde ihr jetzt keine Angst mehr einjagen.

Rachel öffnete die Augen und trat langsam wieder zum Fenster, den Briefumschlag in der Hand noch fester umklammert als zuvor. Ihr Verbündeter würde trotz des Unwetters kommen. Er würde sie nicht im Stich lassen.

Hoffentlich täuschte sie sich nicht. Sie schickte ein Stoßgebet zum Himmel.

Rachel machte sich Sorgen, dass sein Leben in Gefahr sein könnte, weil sie ihn um Hilfe gebeten hatte.

Im Geiste hörte sie das Gelächter der anderen und ihre spöttischen Bemerkungen. Sie machten sich lustig über sie, kein Zweifel – und sie verspotteten ihren Gott.

Wieder krachte ein Donnerschlag, und sie zitterte am ganzen Körper. Als der Blitz aufzuckte, sah sie ihren Verbündeten durch den Park eilen – eine unförmige Gestalt in einem regenglänzenden Poncho.

Sekunden später stand er vor ihrem Fenster. Vor Dankbarkeit und Zuneigung traten ihr Tränen in die Augen. Schnell öffnete sie das Fenster und reichte ihm den Briefumschlag.

„Hier. Sorge dafür, dass meine Schwester ihn bekommt." Er nickte stumm. „Geh jetzt, beeil dich."

Er zögerte einen Moment. Dann drehte er sich um und verschwand im strömenden Regen.

Rachel verlor keine Zeit. Sie griff nach Regenmantel, Schirm, Handtasche und Autoschlüsseln und trat hinaus in die Nacht. Wind und Regen hatten das Laub von den Bäumen gerissen und über die Wege verstreut. Wie ein blutgetränkter Teppich lagen die zerdrückten roten Blütenblätter vor ihr.

Den Toyota hatte sie hinter dem Pfarrhaus geparkt. Sie ging ohne übertriebene Hast, um keine Aufmerksamkeit zu erregen. Niemand sollte bemerken, was sie vorhatte.

Der Regen trommelte auf ihren Schirm, und kleine Sturzbäche

liefen über den Rand auf ihre Füße. Ihre Lippen bewegten sich, als sie lautlos das Glaubensbekenntnis sprach: *Ich glaube an Gott, den allmächtigen Vater, Schöpfer des Himmels und der Erde, ich glaube an Jesus Christus, seinen einzigen Sohn, unseren Herrn, ich glaube an ...*

Plötzlich hörte sie hinter sich ein Geräusch. Das Herz schlug ihr bis zum Hals, als sie stehen blieb und sich umdrehte. „Stephen?“ flüsterte sie mit zitternder Stimme. „Bist du das?“

Der Wind legte sich, und der Regen ließ nach. Mit einem Mal stieg ihr der Geruch des Todes in die Nase und wehte ihr ins Gesicht. Es stank faulig wie aus einem Grab.

Rachel stieß einen Schrei aus und begann zu laufen. Den Parkplatz vor Augen, stolperte sie über einen losen Pflasterstein. Die Autoschlüssel glitten ihr aus den Fingern und fielen klirrend zu Boden. Sie bückte sich, um sie wieder aufzuheben.

Krampfhaft umklammerte sie die Schlüssel. In den Büschen raschelte es, und sie vernahm ein leises Lachen. Als sie sich umdrehte, zerschnitt ein Blitz den nachtschwarzen Himmel, und sie sah etwas Metallenes in der Dunkelheit schimmern.

„Nein!“ Sie rannte, wäre fast hingefallen, fand aber sofort ihr Gleichgewicht wieder.

Endlich hatte sie den Wagen erreicht. Heftig zerrte sie am Griff, und die Tür sprang auf. Man verfolgte sie, das konnte sie deutlich hören. Ohne sich noch einmal umzuschauen, kletterte sie hinter das Steuer, zog die Autotür zu und drückte auf die Verriegelung. Ihre Hände zitterten so stark, dass es ihr erst beim dritten Mal gelang, den Schlüssel in das Zündschloss zu stecken.

Endlich erwachte der Motor zum Leben und sprang an. Schluchzend vor Erleichterung legte sie den Rückwärtsgang ein und startete durch. Das Fahrzeug schoss nach hinten und geriet auf dem nassen Boden ins Schleudern.

Rachel schaltete auf „Drive“ und gab Gas. Als der Wagen einen Satz vorwärts machte, wisperte sie ein Dankgebet. Sie war ihnen entkommen. Nun würde sie auch den Rest schaffen.

Jetzt riskierte Rachel einen Blick zurück, um nach ihren Verfolgern zu sehen, aber in der Dunkelheit konnte sie kaum etwas erkennen. Sie konzentrierte sich wieder auf die Straße vor ihr. Die Autoscheinwerfer streiften ein Hindernis auf dem Weg. Mitten auf der Fahrbahn stand eine Gestalt.

Mit einem Schrei riss Rachel das Steuer nach rechts und trat gleichzeitig auf die Bremse. Der Wagen scherte zur Seite aus, geriet auf dem nassen Asphalt ins Schlingern und drehte sich einmal um die eigene Achse. Rachel bemühte sich, die Kontrolle über das Fahrzeug zu behalten, und betete, dass ein Wunder geschehen möge. Doch sie wusste, dass es zu spät war.

Der Wagen schlitterte über die Straße. Ein Baum tauchte aus der Dunkelheit vor ihr auf. Schutzsuchend warf Rachel die Arme vors Gesicht. Dann wurde sie durch den Aufprall nach vorne geschleudert.

1. KAPITEL

St. Louis, Missouri
Montag, 16. Juli, 8.40 Uhr

Liz Ames sah zu, wie der Kaffee aus dem Filter in die Glaskanne tropfte. Sie gähnte, während sie ihren Nachtflug und die Kaffeemaschine, die im Schneckentempo arbeitete, verfluchte. Jetzt sofort brauchte sie die belebende Wirkung des Kaffees und nicht erst in fünf Minuten.

An diesem Morgen war sie tatsächlich sehr spät dran. Wie hatte das nur passieren können? Normalerweise war sie doch so pünktlich. Und immer sofort hellwach – gleichgültig, wie wenig sie in der Nacht zuvor geschlafen hatte.

Heute allerdings hatte sie es kaum geschafft, aus dem Bett zu steigen.

Das lag zweifellos an Jared, ihrem hintertriebenen Ex-Mann. An ihn musste sie denken, als sie in das Licht blinzelte, das durch die Lamellen und an den Rändern der Jalousien vorbei ins Zimmer drang. Nur seinetwegen hatte sie ihr Privat- und Berufsleben grundlegend geändert und war spontan in einen südlicheren Bundesstaat gezogen – eine Veränderung, die sehr kräftezehrend gewesen war.

Aber Rachel ist ja auch in den Süden gezogen, überlegte Liz – ausgerechnet auf dem Höhepunkt der Krise. Sie dachte an ihre ältere Schwester, die den Ruf an eine kleine, nicht konfessionsgebundene christliche Kirche auf Key West angenommen hatte. Ihr Blick fiel auf den Anrufbeantworter und das hektisch blinkende Lämpchen, das eine Nachricht ankündigte.

Sie sollte sich wirklich einmal bei ihr melden. Fast einen ganzen Monat hatten sie nicht miteinander telefoniert, und ihr letztes Gespräch war aus mehreren Gründen ziemlich unangenehm gewesen – nicht zuletzt deswegen, weil sie sich gestritten hatten.

Jetzt begann die Maschine gurgelnde Geräusche von sich zu geben; der Kaffee würde bald fertig sein. In diesem Moment klingelte das Telefon. Mit einer Hand griff Liz nach ihrem Becher, mit der anderen nach dem Hörer. „Hallo?“

„Elizabeth Ames?“

Die Stimme am anderen Ende der Leitung war die eines Mannes. Er sprach in dem offiziellen Tonfall, den Liz als Sozialarbeiterin und Familientherapeutin schon unzählige Male gehört hatte.

„Ja“, antwortete sie. „Können Sie bitte einen Moment dranbleiben?“

Ohne die Antwort abzuwarten, legte sie den Hörer zur Seite, füllte ihren Kaffeebecher und goss ein wenig Sahne hinzu. Sie öffnete den Schrank über der Spüle und holte das Röhrchen mit den Antidepressiva heraus, die ihr der Arzt verschrieben hatte. *Die praktische Lösung der modernen Medizin für einen wolkenverhangenen Tag.* Hastig schüttelte sie eine Tablette auf die Handfläche und spülte sie mit einem heißen Schluck Kaffee hinunter.

Mit einem leisen Seufzer presste sie den Hörer ans Ohr. „Da bin ich wieder. Was kann ich für Sie tun?"

„Hier spricht Lieutenant Detective Valentine Lopez vom Polizeirevier in Key West. Sind Sie die Schwester von Rachel Howard?"

Liz erstarrte. Schließlich zog sie einen Küchenstuhl unter dem Tisch hervor und ließ sich schwer darauf fallen.

„Miss Ames?" meldete sich der Detective wieder. „Sie sind doch die Schwester von Pastorin Rachel Howard, oder? Pastorin Howard von der Paradise Christian Church auf Key West. Sie hat Sie als nächste Verwandte angegeben."

Nächste Verwandte. Um Himmels willen, nein. „Ja", brachte Liz endlich hervor. „Was ist denn ... Ist mit Rachel alles in Ordnung?"

„Ich rufe Sie an, weil wir uns Sorgen machen um Ihre Schwester. Haben Sie sie in letzter Zeit gesehen?"

Ihr Herz setzte einen Schlag lang aus. „Nicht seitdem sie ... seitdem sie nach Key West gezogen ist."

„Und das war vor etwa sechs Monaten?"

„Ja."

„Wann haben Sie zuletzt mit ihr gesprochen?"

Liz schloss die Augen, als sie sich daran erinnerte. Rachel war bedrückt und ausweichend gewesen. Auf ihre bohrenden Fragen hin hatte sie abgestritten, dass irgendetwas nicht in Ordnung war. Stattdessen hatte sie behauptet, in ihrer neuen Stelle so viel zu tun zu haben, dass es ihr nicht möglich gewesen sei, sich bei ihr zu melden. „Das ist schon eine Weile her. Etwa einen Monat. Wir haben uns gestritten. Ich war ziemlich wütend."

„Darf ich fragen, warum?"

„Eine persönliche Angelegenheit, Detective."

„Es ist wichtig, Miss Ames."

„Ich habe gerade ... ich hatte gerade eine Scheidung hinter mir. Und eine meiner Patientinnen ... ich brauchte meine Schwester, und sie war nicht da. Deshalb war ich sauer." Ihre eigenen Worte kamen ihr auf einmal kindisch vor, und sie spürte, dass sie rot wurde. „Was ist denn passiert? Ist Rachel ..."

„Es war das letzte Mal, dass Sie mit ihr gesprochen haben?"

„Ja, aber ich verstehe nicht ..."

„Also haben Sie in den vergangenen zweiundsiebzig Stunden nichts von ihr gehört? Kein Telefongespräch, keine E-Mail, kein Brief?"

„Nein ..." Sie legte die Hand auf ihr hämmerndes Herz und schaute wieder auf das blinkende Lämpchen des Anrufbeantworters. „Seit vergangenen Donnerstag bin ich nicht zu Hause gewesen. Ich wollte gerade meinen Anrufbeantworter abhören."

„Sie müssen mich unbedingt verständigen, wenn Sie das getan haben."

Das Blut stieg Liz in den Kopf. Sie umklammerte den Hörer noch fester. Plötzlich hatte sie schreckliche Angst. „Ich denke nicht daran, Lieutenant. Nicht, bevor Sie mir gesagt haben, was eigentlich los ist. Ist Rachel irgendetwas zugestoßen?"

„Ihre Schwester ist spurlos verschwunden, Miss Ames. Wir hatten gehofft, dass Sie uns einen Hinweis auf ihren Verbleib geben könnten."

2. KAPITEL

Key West, Florida
Mittwoch, 31. Oktober, 1.30 Uhr

Liz stand vor dem alten Stadthaus, das sie als Büro und Wohnung angemietet hatte, und sah zu, wie der Hausmeister ihr Praxisschild an der Tür befestigte.

Elizabeth Ames. Staatlich geprüfte Sozialarbeiterin und Familientherapeutin

Sie holte tief Luft und versuchte, den plötzlichen Anfall von Nervosität zu unterdrücken. Ausgerechnet auf der Duval Street! Was, um Himmels willen, hatte sie sich nur dabei gedacht, gerade dieses Haus zu mieten? Die Gegend war absolut unpassend für eine Sozialarbeiterin, und die Miete war unverschämt hoch.

Die Duval Street, die größte touristische Attraktion auf Key West, wurde oft die längste Straße Amerikas genannt, weil sie sich vom Atlantik bis zum Golf von Mexiko erstreckte. Liz schaute nach rechts, dann nach links. Menschen liefen an ihr vorbei. Die meisten trugen Shorts und Sandalen, und ihre Haut, die sie ungeschützt der Sonne aussetzten, war rosa wie eine gekochte Krabbe. Sonnenbrillen, Baseballkappen und Gürteltaschen waren hier offenbar ebenso unerlässlich wie Fahrräder oder Motorroller als Fortbewegungsmittel.

Unaufhörlich strömte auf der Fahrbahn der Verkehr vorbei, wie ein endloser Schwarm glänzender Fische – eine bunte Mischung aus Fahrrädern, Motorrollern, Autos und gelegentlich einer Harley Davidson. Deren Besitzer waren gekommen, um das Paradies zu genießen und in die aufregende Atmosphäre der Geschäfte, Bars, Restaurants und Kunstgalerien auf der Duval Street einzutauchen.

Ironischerweise war die Duval Street auch die Adresse der ältesten Kirche auf Key West, der Paradise Christian Church. Rachels Kirche. Der letzte Ort, an dem sie lebend gesehen worden war.

Zu ihrer Rechten konnte Liz die strahlend weißen Glockentürme der Kirche sehen, die über die Spitzen der Banyanbäume und Kohlpalmen ragten. Eine Bar namens Ricks Island Hideaway lag zwischen ihrem Haus und der Kirche.

Plötzlich hatte sie einen Kloß im Hals. So nahe war sie Rachel fast ein Jahr lang nicht gewesen. Sie vermisste sie so sehr, dass es wehtat.

„Ist das in Ordnung so?"

Es dauerte ein paar Sekunden, bis ihr klar wurde, dass der Hausmeister sie gemeint hatte. Sie schaute hoch, und er grinste von der Leiter auf sie hinunter. Seine weißen Zähne strahlten in dem dunklen, wettergegerbten Gesicht. Sie vermutete, dass er aus Kuba stammte. Dazu bedurfte es allerdings keiner großen detektivischen Fähigkeiten, denn schließlich lag Key West näher an Havanna als an Miami.

„Ja", erwiderte sie und zwang sich zu einem Lächeln. „Perfekt."

Er kletterte die Leiter hinunter. „Key West ist wie eine geheimnisvolle Frau. Sie fährt Ihnen ins Blut, und Sie werden sie nie mehr los." Wieder setzte er sein strahlendes Lächeln auf. „Oder für Sie wie ein stattlicher Mann. Sie werden hier bestimmt glücklich sein."

Liz' Atem ging unregelmäßig, während sie etwas Zustimmendes murmelte. Sie kam sich wie eine Heuchlerin vor, denn sie hasste Key West jetzt schon. Es hatte ihr die Schwester weggenommen.

Der Mann klappte die Trittleiter zusammen und stemmte sie auf seine breite Schulter. „Einen wunderschönen Tag noch!"

Liz sah ihm nach, als er davonging. Dann betrat sie ihr Büro und begann, Bücher und Arbeitsutensilien auszupacken und sie in

Schubladen und Regale zu füllen, um Ordnung in das Chaos zu bringen. Keine einfache Aufgabe angesichts der Tatsache, dass ihre Gefühle in einem größeren Durcheinander waren als der Inhalt ihrer Umzugskisten. Mitunter wäre sie fast in Tränen ausgebrochen; dann wieder wurde sie von wilder Entschlossenheit angetrieben.

Ihr Therapeut hatte sie vor dieser emotionalen Achterbahn gewarnt und ihr von dem Umzug nach Key West abgeraten. Sie sei noch nicht dazu in der Lage, hatte er behauptet. Schließlich hätte sie gerade einen Nervenzusammenbruch hinter sich und sei immer noch äußerst labil. Zu labil, um Nachforschungen über Rachels letzte Tage anzustellen und herauszufinden, was mit ihr geschehen war.

Liz fühlte sich schuldig. Wäre sie doch bloß nicht zu diesem Kongress gefahren! Rachel hatte tatsächlich angerufen und in heller Panik eine vollkommen verrückt klingende Nachricht auf dem Anrufbeantworter hinterlassen. Es ging um kriminelle Machenschaften auf der Insel, denen sie auf die Spur gekommen war. Ein Teenager aus ihrer Pfarrei schien ebenfalls darin verwickelt zu sein. Sie selbst sei bedroht worden; außerdem würde sie ständig beobachtet. Aber wer und wie viele es waren, wusste sie nicht. Sie würde wegfahren, um Hilfe zu holen, und sich so bald wie möglich wieder melden. Zum Schluss hatte sie Liz noch angefleht, für sie zu beten – und auf keinen Fall nach Key West zu kommen.

Sie kämpfte gegen ihr schlechtes Gewissen und bemühte sich krampfhaft darum, nicht die Nerven zu verlieren. Um eine Lizenz als Sozialarbeiterin in Florida zu bekommen, hatte sie alle möglichen Bewerbungsformulare ausfüllen müssen. Das Büro in St. Louis hatte sie geschlossen, das Haus vermietet und – bis auf die wichtigsten Dinge, von denen sie sich nicht trennen wollte – ihren Besitz eingelagert. Egal, ob sie nervlich schon dazu in der Lage war oder nicht – sie hatte einfach hierher kommen müssen.

Liz ging durch ihr Büro und blieb vor dem Fenster zur Straße stehen. Versonnen starrte sie hinaus, während sie an Rachel dachte.

Wo bist du, Schwesterherz? Was ist mit dir passiert?

Und wo war ich, als du mich gebraucht hast?

Dieser letzte Gedanke traf sie bis ins Mark, und sie musste schlucken. Angestrengt versuchte sie, sich auf die ihr bekannten Tatsachen zu konzentrieren. Am Sonntag – es war der 15. Juli gewesen – war Rachel nicht zum Gottesdienst erschienen. Besorgt waren einige Mitglieder ihrer Gemeinde zum Pfarrhaus gegangen, um nach ihr zu sehen. Sie hatten die Tür unverschlossen und das Haus leer vorgefunden.

Die Polizei war verständigt worden, aber die Beamten hatten keinerlei Hinweise auf eine Straftat entdeckt. Es gab keine Leiche, keine Blutspuren, weder umgekippte Stühle noch andere Hinweise auf einen Kampf. Ihr Wagen stand nicht an seinem Platz, doch ihre Kleider, Toilettenartikel und andere persönliche Dinge waren alle noch da.

Wegen der fehlenden Beweise glaubte man, Rachel sei das Opfer eines unerklärlichen Unfalls geworden oder sie habe einen Nervenzusammenbruch erlitten, der sie dazu veranlasst hatte, wegzulaufen.

Die Polizei neigte zu der letztgenannten Erklärung. Denn wenn Rachel tatsächlich in einen Unfall verwickelt gewesen wäre, warum war dieser dann nicht gemeldet worden? Wo war ihr Wagen? Ihr Kennzeichen war an sämtliche Polizeidienststellen des Landes gefaxt worden. In jedem Krankenhaus und jeder Leichenhalle in Süd-Florida lag ihr Foto. Nichts war dabei herausgekommen.

Man sagte, dass sie sich zuletzt merkwürdig benommen habe. Gläubige aus ihrer Kirchengemeinde hatten ausgesagt, der Ton ihrer Predigten habe sich von einem Tag auf den anderen geändert. Nicht mehr freundlich und versöhnlich waren ihre Worte gewesen, sondern schonungslos und unnachgiebig. Sie habe nur noch von Sünde gesprochen und nicht mehr von Erlösung. Ihre Aussagen waren so Furcht einflößend geworden, dass Familien mit kleinen Kindern nicht mehr gekommen waren, da sie befürchteten, ihre Jungen und Mädchen würden Albträume bekommen.

Liz konnte das nicht glauben. Von allen Menschen, die sie kannte, war Rachel diejenige mit der stabilsten Persönlichkeit. Selbst als Kind hatte ihre Schwester sich – im Gegensatz zu ihr selbst – von den Wechselfällen des Lebens nicht aus der Bahn werfen lassen. Rachel hatte immer in sich geruht, gleichgültig, mit welchen Problemen sie fertig werden musste: eine neue Schule, eine zerbrochene Beziehung, eine nicht bestandene Prüfung, die ständigen Streitereien ihrer Eltern.

Rachel hatte nicht nur aus allem stets das Beste gemacht; sie war auch ständig für Liz da. Sie unterstützte und ermutigte sie. Immer, wenn sie von Angst oder Unsicherheit überwältigt wurde, hatte die Schwester sie wieder aufgebaut.

Einmal hatte Liz sie gefragt, wie sie das schaffte. Sie hatte geantwortet, dass ihr unbeirrbarer Glaube an Gott sie schützte. Sie glaubte an die göttliche Vorsehung. Und durch den Glauben und das Vertrauen fand sie ihren Frieden.

Was also war mit ihrer Schwester geschehen, dass sie sich von einer nachsichtigen Pastorin, deren Lebensinhalt darin bestand, die Geschichte von Gottes Liebe und Vergebung zu verkünden, zu jener Person gewandelt hatte, wie sie im Polizeibericht beschrieben wurde?

Die Antwort glaubte Liz zu kennen. Es waren die kriminellen Machenschaften, die Rachel in ihrer Nachricht erwähnt hatte. Sie hatte Angst gehabt und die Schwester gewarnt, dass „sie“ möglicherweise mithörten. Und ihr etwas Böses antun wollten. Deshalb wollte sie sich jetzt um Hilfe bemühen.

Liz befürchtete, dass diese Unbekannten, von denen Rachel gesprochen hatte, ihre Schwester getötet hatten.

Sie ballte die Hände zu Fäusten. Der Polizei hatte sie von den Mitteilungen ihrer Schwester und von ihrem Verdacht erzählt. Aber das hatte die Beamten nicht dazu bewegen können, den Fall wieder aufzurollen. Im Gegenteil: Die Informationen bestärkten sie lediglich in ihrer Annahme, dass Rachel einen Nervenzusammenbruch erlitten hatte.

Ein lautes Lachen schreckte Liz aus ihren Gedanken auf. Eine Gruppe von Teenagern hatte sich vor ihrem Fenster versammelt. Die Jungen und Mädchen schienen zwischen dreizehn und neunzehn Jahre alt zu sein; einer von ihnen hatte ein Baby in einer Trage auf dem Rücken. Ungepflegt, mit zerrissenen Jeans und T-Shirts mit Batikdruck sahen sie aus wie Straßenkinder oder späte Nachfahren der Hippies aus den sechziger Jahren.

Die Kinder des Regenbogenlandes. Liz erinnerte sich, dass ihre Schwester ihr von ihnen erzählt hatte. Im Gegensatz zu den Hippies der Sechzigerjahre waren die Kinder des Regenbogenlandes allerdings eine straff durchorganisierte, internationale Vereinigung, die sogar über eine eigene Website verfügte. Sie reisten von einem warmen Land zum nächsten und erbettelten sich ihren Lebensunterhalt. Auf den Key-Inseln hatten sie Christmas Tree Island in Beschlag genommen – ein unbewohntes Stück Land, auf dem nur Nadelhölzer wuchsen. Rachel hatte sich um sie kümmern wollen und sich vorgenommen, ihnen das Wort Gottes zu verkünden. Schließlich gehörte das zu ihren Aufgaben.

Hat Rachel ihr Versprechen gehalten? überlegte Liz, während sie die Gruppe nachdenklich betrachtete. Ihr Blick blieb auf dem Rücken eines Jungen hängen. Er war der größte und hatte die breitesten Schultern. Oder war Rachels Karriere auf Key West bereits zu Ende gewesen, ehe sie begonnen hatte?

Als ob der junge Mann ihren durchdringenden Blick spürte, drehte er sich um und schaute ihr geradewegs ins Gesicht. Seine dunklen Augen verursachten in ihr ein unbehagliches Gefühl. Langsam zog ein Lächeln über sein Gesicht, das ebenso amüsiert wie heimtückisch wirkte.

Liz wollte lachen oder frech zurückgrinsen, aber es gelang ihr nicht. Stattdessen stand sie wie erstarrt da, während ihr Herz so heftig gegen den Brustkorb hämmerte, dass es fast schmerzte.

Sekunden später wandte er den Blick ab, drehte sich um und ging mit seinen Freunden davon.

Liz atmete schnell ein und aus, während sie sich die Arme rieb. Plötzlich war ihr kühl geworden. Warum hatte er sie so angesehen? Wieso hatte er sie seine Verachtung spüren lassen?

Aufmerksam betrachtete sie ihr Spiegelbild in der Glasscheibe. Dünne Gestalt, blasser Teint. Mittelbraunes Haar, grüne Augen, der Mund ein wenig zu groß für ihr Gesicht.

Es gab Zeiten, da war sie attraktiv gewesen. Sie hatte dieses aufmunternde Lächeln gehabt, das Vertrauen erweckte und in anderen ein angenehmes Gefühl verursachte. Die Menschen fühlten sich zu ihr hingezogen. Man hatte sie gemocht.

Wo ist nur dieses zuversichtliche Lächeln geblieben? überlegte sie. Diese Selbstsicherheit, die manchmal an Vorwitzigkeit grenzte? Wann war sie so ängstlich geworden?

Nein. Trotzig streckte Liz das Kinn vor und betrachtete erneut ihr Spiegelbild. Sie hatte keine Angst. Wegen Rachel war sie nach Key West gekommen, und sie würde herausfinden, was mit ihr geschehen war, mit oder ohne die Hilfe der Polizei.

Sie würde nach ihr suchen – egal, welchen Preis sie dafür zahlen musste.

3. KAPITEL

Donnerstag, 1. November
23.35 Uhr
Larry Bernhardt stöhnte vor Vergnügen, während die Mädchen mit ihm Sex hatten. Zwei Mädchen. Beide waren jung und gelenkig, ihre Haut war samtweich und nicht von den Jahren gezeichnet.

Im Gegenteil: Beide waren so jung, dass es schon fast ein Verbrechen war, es mit ihnen zu treiben.

Larry krümmte sich und keuchte, als er den nahenden Orgasmus spürte. Die Mädchen waren kühn und hemmungslos. Sie rieben sich an ihm, umschlangen seinen Körper, und ihre Bewegungen waren flink und geschickt. Lippenpaare saugten an ihm, Hände streichelten und liebkosten ihn. Wie aus weiter Ferne nahm er die schmatzenden Geräusche der Lust wahr, und das scharfe Aroma von Sex stieg ihm in die Nase. Die Satinbettwäsche raschelte und schmiegte sich an ihre feuchten Körper.

Larry Bernhardt war ein Glückspilz. Der König der Welt.

Als ranghöchster Vizepräsident der Darlehensabteilung in der Island National Bank führte er ein fürstliches Leben. Es gab keinen Wunsch, den er sich nicht erfüllen konnte. Sein großzügiges Haus auf Sunset Key lag direkt am Meer auf einer Halbinsel, aus der die Erschließungsgesellschaften vor kurzem die teuerste und eleganteste Wohngegend von Key West gemacht hatten. Vom Balkon seines Schlafzimmers aus konnte er allabendlich die Sonne wie einen gewaltigen Feuerball im Meer versinken sehen.

Seine Sonne. Sein Meerblick. So etwas konnte man nur mit Geld erwerben. Mit einer geradezu unanständigen Menge Geld. Mehr als sogar ein König wie er selbst auf legale Weise zu verdienen im Stande war.

Er war kurz vor dem Höhepunkt und wurde fast wahnsinnig vor Lust. Die Zeit blieb stehen, die Erde hörte auf, sich um ihre Achse zu drehen, und einen Moment lang gehörten die Sonne, der Mond und die Sterne nur ihm allein.

Er kam mit einem lauten Schrei, während er am ganzen Körper zitterte. Blitze zuckten durch seinen Kopf, dann herrschte vollkommene Dunkelheit. Aber in dieser Finsternis wartete das Monster, dieses unvorstellbar böse Wesen. Es war gekommen, um ihn ganz und gar zu verschlingen.

Larry schrie auf. Mit einem Satz fuhr er im Bett hoch, und das Echo seines Schreis hallte von den Schlafzimmerwänden wider. Die Furcht erstickte ihn fast, und voller Panik schaute er sich im Zimmer um. Er war allein. Keine Mädchen. Keine Party. Er zerrte am Bettlaken, das sich wie eine Fessel aus Satin um seine Beine geschlungen hatte.

Als er sich von dem Stoff befreit hatte, griff er nach der halb geleerten Champagnerflasche, die auf dem Nachttisch stand, und stürzte ins Badezimmer. Er riss eine Schublade auf und suchte voller Hast nach einer bestimmten Medizin. Endlich fand er das Fläschchen, schüttete ein paar Beruhigungstabletten in die Hand und spülte sie mit dem Alkohol hinunter.

Sofort fühlte er sich besser. Er verließ das Badezimmer und ging hinüber zum Balkon. Die Champagnerflasche unter den Arm geklemmt, riss er die Balkontüren auf. Vom Ozean her wehte eine angenehme Brise herüber. Gierig sog er die feuchte, salzige Luft ein. Sie machte ihm den Kopf frei, vertrieb die Dunkelheit und das Monster, das auf ihn wartete. Zwei Etagen tiefer schimmerte der Swimmingpool im Mondlicht. Auf der anderen Seite der hohen Mauer, die sein Grundstück umschloss, lag das Meer. Larrys Blick fiel auf den gefliesten Innenhof.

Er steckte zu tief drin. Nichts hatte er dagegen unternommen, dass seine Sucht ins Unersättliche gewachsen war. Sie war ein unbezähmbares Monster mit einem unerbittlichen, unstillbaren Appetit geworden. Und er war zu schwach, sich zur Wehr zu setzen. Alle moralischen Bedenken hatte er in den Wind geschlagen, um dieses Monster zu füttern, hatte jede erdenkliche Sünde begangen, zu der ein Mensch fähig war.

Er hatte ihnen erlaubt, seine Sucht zu dem Ungeheuer zu machen, als das er es mittlerweile empfand. Den Klauen dieses Monsters würde er nie wieder entkommen können.

Abgesehen davon würden sie ihm ohnehin nicht gestatten, sich davon zu befreien.

Tränen traten ihm in die Augen und liefen über sein Gesicht. Tränen des Selbstmitleids. Tränen einer jämmerlichen, verlorenen Seele. Tränen eines Mannes, der niemanden mehr um Hilfe bitten konnte und der genau wusste, dass nur noch die Hölle auf ihn wartete.

Die Hölle wäre allerdings immer noch besser als dieses Gefängnis, das er sich selbst errichtet hatte. Besser eine Marionette in der Hölle als ein Schwächling auf der Erde.

Seine Tränen versiegten. Ein Gefühl von Stärke und Entschlossenheit bemächtigte sich seiner. Es reichte. All dem hätte er schon längst ein Ende setzen sollen. Gewollt hatte er es zwar schon lange, aber er hatte sich immer wieder verführen lassen.

Denn er war schwach. Ein kleiner, wankelmütiger, lächerlicher Mann.

Es reicht, dachte Larry erneut. Er öffnete das Medizinfläschchen, schüttete sich die restlichen Tabletten in den Mund und schleuderte es über die Balkonbrüstung. Dann setzte er die Champagnerflasche an die Lippen und leerte sie mit gierigen Zügen.

Verdammt. Er liebte guten Champagner. Den würde er wirklich vermissen.

Er stellte die Flasche neben sich und kletterte unbeholfen auf das Balkongeländer. Seine Handflächen waren feucht, und sein Puls raste. Er hockte sich hin und umklammerte das Metall mit festem Griff, während er versuchte, das Gleichgewicht zu halten.

Wenigstens dieses Mal würde er nicht klein beigeben. Zumindest dieses eine Mal wollte er stark sein.

Sollten sie doch ohne ihn weitermachen. Sollten sie doch zusehen, wie sie mit dem Chaos fertig wurden. Hoffentlich würden sie alle auf dem elektrischen Stuhl landen.

Das entsetzliche Monster sprach aus der Dunkelheit zu ihm, besänftigend und einschmeichelnd. Larry konnte allerdings auch den verzweifelten Unterton in seinem Flehen hören. *Tu es nicht. Besiege deine Feinde. Du bist der König der Welt. Du kannst es schaffen.*

Unwillkürlich musste Larry kichern. Es klang schrill, wie das Lachen eines Mädchens. Das Monster hatte Recht – er konnte tatsächlich alles schaffen.

Er konnte auch das hier schaffen.

Larry ließ das Geländer los und richtete sich zu voller Größe auf. Er hob die Arme und ließ sich nach vorne fallen. Für den Bruchteil einer Sekunde stellte er sich vor, zu fliegen. Aus seinen Armen wurden Flügel, unter denen sich der Wind vom Ozean fing und ihn davontrug. Weit weg von diesem Augenblick und von ihm selbst, von seiner Krankheit und dem Monster, das sie genährt hatte.

Eine Sekunde später stellte Larry Bernhardt sich gar nichts mehr vor.

4. KAPITEL

Samstag, 3. November
9.30 Uhr

Ricks Island Hideaway war *die* Bar auf Key West. Aus den Lautsprechern klangen Songs von Jimmy Buffet, dazu gab es eiskalte Margaritas für die gut gelaunten Gäste, die selten etwas anderes als Shorts und farbenfrohe Hawaiihemden trugen. An den Wänden hing Fischereizubehör, darunter ein ausgestopfter Seglerfisch und ein signiertes Foto des einstmals berühmtesten Einwohners auf Key West: Ernest Hemingway. Es war übrigens das gleiche Foto, das in neunzig Prozent aller Kneipen auf der Duval Street hing.

Und schließlich gab es noch einen Barkeeper, der mit seinem Charme einen Drachen hätte bezaubern können.

In dieser Beziehung war Rick Wells ein Naturtalent; liebenswürdig zu sein war für ihn genauso selbstverständlich wie Atmen. Es war eine Begabung oder eher ein Gottesgeschenk, auf das Rick baute, ohne sich dessen besonders zu rühmen. Er wusste, dass es viele Möglichkeiten gab, sich vor dem Leben zu verstecken. Auf einem Barhocker zu sitzen war eine davon. Ein gewinnendes Lächeln eine andere.

„Was kann ich Ihnen bringen?“ fragte Rick den Mann, der auf den Hocker vor ihm rutschte. Seinem frisch gebügelten Hemd und seinem offensichtlichen Kater nach zu urteilen war er ein Tourist. Und sicherlich keiner, der wegen einer Tasse Kaffee gekommen war.

„Onkel Jack, schwarz und ohne alles.“

Jack Daniels, Black Label. Um halb zehn morgens wäre ein Kaffee sicher die bessere Wahl, dachte Rick. Aber schließlich war er weder die Mutter, Ehefrau noch der Beichtvater dieses Typen.

Rick füllte ein Glas und schob es über den Tresen. „Muss ja eine tolle Nacht gewesen sein."

Der Mann nickte, während ein kaum merkliches Lächeln seinen Mund umspielte. „Diese Stadt ist einfach klasse." Er setzte das Glas an die Lippen. „Haben Sie zufällig die heutige Ausgabe der *New York Times*?"

„Es ist nicht leicht, eine aktuelle *Times* hier zu kriegen. Die gehen schnell weg und kosten ein Heidengeld. Das ist eine Frage der Geografie, mein Freund."

Der Tourist fluchte. „Na prima. Dann wird meine Frau noch wütender auf mich sein, als sie es ohnehin schon ist." Er schüttelte den Kopf. „Je älter die Weiber werden, umso weniger Humor haben sie."

„Kann ich nicht beurteilen. Auf dem Gebiet kenne ich mich nicht aus."

Der Mann warf ihm einen neidischen Blick zu. „Sie sind wohl nicht verheiratet, wie?"

„Nicht mehr", antwortete Rick. Er bemühte sich um einen beiläufigen Tonfall, während er das beklemmende Gefühl in seiner Brust verfluchte, das ihn wie aus heiterem Himmel überfiel.

„Na ja, Sie können mir glauben, wenn ich es Ihnen sage." Der Mann leerte sein Glas und schob es zu Rick hin, damit er nachgießen konnte. „Keine *Times*. Kaum zu glauben." Halb zweifelnd und halb geistesabwesend schüttelte er den Kopf. „Sie sehen trotzdem aus wie jemand, der ganz zufrieden ist. Wie schaffen Sie das bloß?"

„Für ein Leben im Paradies kann ich gut und gern auf ein paar Annehmlichkeiten verzichten." Mit einem amüsierten Lächeln füllte Rick das Glas erneut. „Außerdem ändert sich nichts an den Nachrichten, auch wenn ich sie heute nicht lesen kann. Morgen sind sie genauso beschissen. Oder übermorgen."

„Da haben Sie Recht, Mann. Der 11. September macht uns allen ganz schön zu schaffen."

„Wenn Sie das Neueste vom Tage wissen wollen, dann lesen Sie doch den *Miami Herald*."

Der Tourist leerte das zweite Glas. „Sie haben nicht zufällig ein Exemplar, oder?"

„Aber klar." Rick griff unter den Tresen und holte die Zeitung hervor, die er bereits von der ersten bis zur letzten Seite gelesen hatte. Er legte sie auf die Bar. „Viel Vergnügen."

„Danke, ich ..."

„Marty!" rief eine Frau. Sie stand am Eingang und klang ziemlich missgelaunt. „Ich dachte, du wolltest mir eine Zeitung besorgen?"

Der Mann verdrehte die Augen und erhob sich. „Hab ich auch, Darling." Er warf eine Zehn-Dollar-Note auf die Theke, griff nach der Zeitung und eilte zur Tür.

„War nett, mit Ihnen zu plaudern", rief Rick ihm hinterher. Dann lächelte er breit, als Valentine Lopez die Bar betrat. Valentine, der von allen nur Val genannt wurde – abgesehen von seiner Mutter und dem Priester, der ihn getauft hatte –, war Ricks ältester Freund.

„Welch eine Ehre für mich, den Sherlock Holmes von Key West persönlich begrüßen zu dürfen."

„Das meine ich auch, Freundchen", entgegnete Val, als er zu Rick hinüberschlenderte. „Wie ich sehe, verplemperst du deine Zeit immer noch in Margaritaville."

„Jeder so, wie er's am besten kann." Rick grinste und zeigte auf den Barhocker, der vor dem Tresen stand. „Erzähl mir, was du auf dem Herzen hast."

Die beiden Männer waren „Conchs", wie die aus Key West gebürtigen Amerikaner spöttisch genannt wurden, aber beide kamen aus Gesellschaftsschichten, wie sie unterschiedlicher nicht sein konnten. Ricks Familie hatte sich auf Key West niedergelassen; sein Vater war Arzt, seine Mutter eine High-Society-Schönheit aus West Palm Beach. Während eines Urlaubs waren seine Eltern vom „Key-West-Bazillus" befallen worden, wie die Einheimischen es nannten. Noch ehe ihr einwöchiger Aufenthalt zu Ende gewesen war, hatten sie beschlossen, nie wieder fortzugehen. Sein Vater hatte seine Praxis in Tampa verkauft und eine neue auf der Insel eröffnet.

Vals Familie dagegen stammte von den ältesten kubanischen Einwanderern ab, die auf der Insel Fuß gefasst hatten. Seine Vorfahren hatten in den Zigarrenfabriken und in der Schwammindustrie gearbeitet. Vals verstorbener Vater war Garnelenfischer gewesen. Ein anständiger Beruf, wenn auch kein besonders lukrativer.

Die beiden Jungen hätten sich vermutlich nie getroffen und erst recht kein so enges, fast brüderliches Verhältnis zueinander entwickelt, wenn sie woanders aufgewachsen wären. Doch trotz der unterschiedlichen finanziellen Mittel und ihrer Herkunft waren Rick und Val die besten Freunde geworden. Ein einziges Mal nur war ihre Kameradschaft auf eine Bewährungsprobe gestellt worden: als Rick das Mädchen geheiratet hatte, für das Val schwärmte.

Val rutschte auf den Barhocker. „Hast du noch einen Kaffee?"

„Den besten *café con leche* auf der ganzen Insel."

„Meine Mutter wäre bestimmt anderer Meinung."

„Okay, den zweitbesten. Ich werde den Teufel tun und mich mit dieser Frau anlegen. So knallhart, wie diese kleine Person ist."

Rick kümmerte sich um den kubanischen Espresso und machte Milch heiß. „Wie läuft es denn so im Revier?" fragte er mit lauter Stimme, um das Zischen des Kaffee-Automaten zu übertönen.

„Sagen wir mal so: Wenn du dich entschieden hast, erwachsen zu werden, lass es mich sofort wissen. Ich könnte dich gebrauchen."

Im Polizeirevier von Key West arbeiteten einundachtzig vereidigte Officers und zweiundzwanzig Zivilangestellte. Val war der ranghöchste Detective der Mannschaft und einer von den fünf Officers, die unmittelbar dem Polizeichef unterstellt waren.

„Mich gebrauchen? Oh je, dann muss es wirklich schlimm sein."

Val wurde ernst. „Ehrlich, Rick. Du bist ein Cop. Einer der besten, die ich jemals ..."

„Ich war ein Cop", verbesserte Rick ihn. Er stellte den *café con leche* vor seinen Freund. „Und das ist schon lange her."

„Du *bist* ein Cop", entgegnete Val. „Das liegt dir im Blut. Es ist genau das, was ..."

„Vergiss es", murmelte Rick. „Lass uns lieber das Thema wechseln."

„Es ist jetzt schon mehr als drei Jahre her. Du musst endlich mal vergessen."

Rick hatte das Gefühl, ersticken zu müssen. „Sag mir nicht, was ich tun muss. Du hast überhaupt kein Recht dazu. Ich werde sie nie vergessen. Niemals."

Zwischen den beiden Männern entstand ein unbehagliches Schweigen. Bis vor drei Jahren war Rick ebenfalls Detective bei der Polizei von Key West gewesen; davor hatte er in Dade County bei Miami als Cop gearbeitet. Er war ein fähiger und furchtloser Polizist gewesen, ein kampferprobtes As mit einem Killerinstinkt, der niemals schlief.

Eine persönliche Tragödie hatte Rick veranlasst, aus Miami fortzugehen. Bei seiner Frau war Unterleibskrebs diagnostiziert worden. Ein paar Monate später war er bereits Witwer und allein erziehender Vater eines am Boden zerstörten, fünfjährigen Sohnes. Voller Verzweiflung war er nach Key West zurückgekehrt, denn er brauchte seine alten Freunde, seine Familie und einen besseren Ort, um Sam großzuziehen.

Ganz unbürokratisch hatte Val ihm einen Job bei der Polizei von Key West verschafft. Obwohl es ihm nicht leicht gefallen war, sich mit der Tatsache zu arrangieren, dass er nicht länger als leitender Detective bei komplizierten Mordfällen ermittelte, sondern nur noch bewaffnete und unbewaffnete Einbrüche und Überfälle bearbeitete, hatte Rick die Chance dankbar ergriffen. Und er genoss das geruhsamere Tempo einer Kleinstadt.

Doch nur wenige Monate später geriet sein mühsam erkämpfter Seelenfrieden erneut aus dem Lot: Zwei bewaffnete Männer waren nachts in Ricks Haus eingebrochen. Schüsse fielen, und Sam, der von dem Lärm aufgeweckt wurde, war bei dem Schusswechsel ums Leben gekommen.

Die ballistischen Untersuchungen hatten ergeben, dass eine von Ricks Kugeln ihn getötet hatte.

Val schob seinen Kaffee beiseite und erhob sich. „Ich glaube, ich habe meinen Schönwetter-Bonus für heute Morgen bis an die Grenzen ausgeschöpft."

„Sei kein Idiot", fuhr Rick seinen Freund an. „Trink deinen Kaffee, oder du kriegst von mir einen Tritt in den Arsch."

Fast unmerklich lächelte Val und setzte sich wieder hin. „Du trittst *mir* in den Arsch? Das ist wohl Wunschdenken. Du bist doch überhaupt nicht mehr in Form, mein Freund."

Tatsächlich waren die beiden Männer nicht nur von ihrer Herkunft, sondern auch vom Aussehen vollkommen unterschiedlich. Val war klein, hatte einen drahtigen Körper und die dunkle Hautfarbe seiner kubanischen Vorfahren. Rick dagegen maß einen Meter neunzig, hatte blaue Augen und blondes Haar.

„Meinst du?“ Rick schaute an sich hinunter. „Ich sehe kein Gramm Fett zu viel.“

„Es ist eine Frage des Trainings. Mein Körper ist eine tödliche Waffe, während deiner ...“

Rick brach in schallendes Gelächter aus. „Ist das vielleicht deine neue Masche bei den Frauen? Denk dir lieber was anderes aus. Mit der Methode kannst du heutzutage keinen Blumentopf mehr gewinnen.“

Val, der immer noch ledig und nach eigener Einschätzung ein echter Playboy war, musste grinsen. „Du vielleicht nicht. Aber was mich betrifft – in meinem Schlafzimmer stapeln sich die Blumentöpfe.“

„Mir dreht sich der Magen um, wenn ich das höre.“

„Ich weiß, es ist nicht leicht für dich, das zu akzeptieren, doch es ist die reine Wahrheit. Die Frauen fliegen auf mich. Wenn du willst, überlasse ich dir gern die eine oder andere.“ Mit unverschämtem Grinsen sah er Rick an. „Ich könnte ein Doppeldate arrangieren, wie wir es in der Schule immer gemacht haben.“

„Vergiss es, alter Junge. Trotzdem vielen Dank.“

„Immerhin ist Jill jetzt schon fast vier Jahre tot“, sagte Val leise.

Rick wandte den Blick ab. Er starrte auf die geöffnete Tür, durch die man einen rechteckigen Ausschnitt der sonnenüberfluteten Straße sehen konnte. „Der Typ, der rausging, als du gekommen bist, hat sich über seine Frau beklagt. Er hat mich um mein Single-Dasein beneidet. Aber ich konnte nur an eines denken: dass kein Tag vergeht, an dem ich mir nicht wünsche, sie hätte lange genug gelebt, um mir das Leben zur Hölle zu machen.“

Val unterdrückte einen Fluch. „Tut mir Leid, alter Knabe. So habe ich es nicht gemeint ...“

„Vergiss es. Das ist schließlich mein Problem.“

Ein paar Sekunden herrschte angespanntes Schweigen. Val leerte seine Tasse. „Ich muss los. Das Verbrechen ruft."

„Etwas Interessantes?"

„Eine vermisste Person."

„Einfach so abgehauen?"

„Ich bin mir nicht sicher." Val erhob sich. „Die Abteilungsleiterin der Datenverarbeitung bei der Island National Bank ist gestern nicht zur Arbeit erschienen. Eine Kollegin, die mit ihr befreundet ist, hatte versucht, sie zu erreichen. Als sie heute Morgen auch nicht zum Joggen aufgetaucht war, hat sie uns benachrichtigt."

Rick runzelte die Stirn. „Es ist Naomi Pearson, stimmt's?"

„Ja. Du kennst sie?"

„Ich bin Barkeeper. Ich kenne fast jeden auf der Insel." Er überlegte, wie und wann er sie kennen gelernt hatte. „Für das Hideaway habe ich einen Kredit bei der Island National aufgenommen. Ich glaube, ich habe sie mal getroffen, als ich dort war. Hoffentlich ist ihr nichts zugestoßen."

„Ach, bestimmt nicht. Sie hat wahrscheinlich nur einen Typen kennen gelernt und ist mit ihm für eine Weile abgetaucht." Val salutierte. „Lass mal von dir hören. Ich stehe immer noch im Telefonbuch."

5. KAPITEL

Samstag, 3. November,
16.30 Uhr

„Hallo, Boss", rief Mack Morgan, als er Ricks Island Hideaway betrat. „Was gibt's Neues?"

Rick saß mit dem Rücken zur Tür und hatte den Blick auf den

Fernseher geheftet, der hinter der Bar an der Decke hing. Der lokale TV-Sender brachte gerade die Fünf-Uhr-Nachrichten.

Er warf seinem Helfer einen Blick über die Schulter zu und lächelte. „Nicht viel. Oben in Homestead hat es einen Anthrax-Alarm gegeben. Ein eifersüchtiger Ehemann hat seiner künftigen Ex-Frau einen Brief geschickt, in dem weißes Pulver war."

„Und was war es wirklich?" wollte Mark wissen.

„Stärkemehl. Aber wegen der Sache haben sie das gesamte Bürogebäude geschlossen, in dem die Frau arbeitet. Was geht bloß in solchen Leuten vor?"

„Die finden das wohl witzig. Tatsächlich sind sie krank."

Rick konzentrierte sich wieder auf den Bildschirm. „Jetzt ist es auch amtlich. Beim Fantasy-Fest waren in diesem Jahr deutlich weniger Leute. Das überrascht mich aber nicht."

Das Fantasy-Fest, eine neuntägige Halloween-Feier, die in einer gigantischen Kostümparty auf der Duval Street gipfelte, war die ausgelassenste Party, die Mark jemals erlebt hatte. „Wenn das in diesem Jahr wenig Leute waren, dann möchte ich nicht dabei sein, wenn es wirklich voll ist."

Rick schaltete den Apparat aus. „Libby hat angerufen. Sie kommt später."

„Kein Problem. Ich springe für sie ein."

Libby, eine der Kellnerinnen, die abends arbeiteten, kam ständig zu spät. Sie war ein echtes Partygirl, blieb die ganze Nacht auf und verschlief den halben Tag. Vorsichtshalber bestellte Rick sie deshalb eine Stunde früher, als er sie tatsächlich brauchte.

Grinsend ging Mark zur Stechuhr und stempelte seine Karte ab. So war Rick nun mal. Von seinen Leuten forderte er ganzen Einsatz, aber dafür war er auch sehr entgegenkommend; ein Perfektionist, der stets gelassen blieb, wenn es so etwas überhaupt gab. Er wusste genau, was er wollte, war allerdings auch immer bereit, jeden erdenklichen Umweg zu gehen, um sein Ziel zu erreichen.

Genau das gefiel Mark an seinem Boss. Er arbeitete gern für ihn. Gott, so glaubte er, habe ihm etwas Gutes tun wollen, als er dafür sorgte, dass er Rick Wells über den Weg gelaufen war.

Wie viele Menschen auf der Insel lebte auch Mark erst seit relativ kurzer Zeit hier. Vor zwei Jahren hatte er die Abschlussprüfung an der Highschool in Humble, Texas, gemacht und danach, sehr zum Kummer seiner Familie, entschieden, dass er vorläufig genug von der Schule hatte und ein wenig von der Welt sehen wollte. Nachdem er eine Weile ziellos durch den Südwesten Amerikas gezogen war, landete er schließlich in South Florida und dann auf Key West.

Durch einen Zufall war er auf Ricks Island Hideaway gestoßen. Ein Schild am Fenster, „Hilfe gesucht", hatte seine Aufmerksamkeit erregt. Rick hatte ihn sofort eingestellt. Mark war nicht sicher, ob er den Job bekommen hatte, weil sie auf Anhieb prächtig miteinander auskamen, oder weil Mark keinen Tropfen Alkohol trank, was auf dieser Insel eine Seltenheit war.

„Wie war denn dein Tag?" fragte Rick, während er zur Tür ging.

Mark dachte an seine Freundin Tara, die er seit drei Monaten kannte. Im Laufe des Tages hatte er ihr fast ein halbes Dutzend SMS geschickt, sie hatte jedoch nicht eine beantwortet.

Hatte sie etwa schon die Nase voll von ihm?

Beiläufig zuckte er mit den Schultern. „Ganz okay. Und Ihrer?"

„Auch nicht schlecht. Das Geschäft lief ganz gut, wenn auch nicht atemberaubend. Val war hier."

„Schön." Mark band sich eine Schürze um und ging zum Tresen. Die Gesetze in Florida schrieben vor, dass man einundzwanzig Jahre alt sein musste, ehe man Alkohol ausschenken durfte; und da er erst zwanzig war, kümmerte er sich um alles andere im Hideaway, vom Gläserspülen bis zum Auffüllen der Vorräte; er putzte den Fußboden und fegte die Straße vor der Bar. Es war keine besonders anspruchsvolle Arbeit, aber fürs Anspruchsvolle schien Mark ohnehin nicht geschaffen.

„Gibt es irgendwas, das zuerst gemacht werden muss?" fragte er Rick, der ihm nach draußen gefolgt war.

„Fang mit den Gläsern an, dann mach den Rest sauber, bevor die durstige Meute kommt. Wisch mal über Tische und Stühle, und dann kannst du den Fußboden putzen."

„Wird gemacht, Boss."

Schweigend ging Mark seiner Arbeit nach, während seine Gedanken wieder zu Tara schweiften. Sie hatten sich kennen gelernt, kurz nachdem er den Job bei Rick bekommen hatte. Er war mit seiner Arbeit beschäftigt gewesen, während sie sich mit ihren Freunden vergnügte. Ihre Blicke hatten sich getroffen, und sofort hatte es bei ihnen gefunkt. Es kam wie aus heiterem Himmel und wirkte wie ein Stromschlag.

Liebe auf den ersten Blick.

Das Problem war nur, dass sie erst siebzehn und noch in der Highschool war. Aber sie ging in die letzte Klasse und würde kommenden Mai ihren Abschluss machen. Schlimmer als ihr jugendliches Alter waren allerdings ihre Bekannten. Sie gehörte zu einer Gruppe, die fest zusammenhielt und mehr ein Club war als eine Freundesclique. Ständig veranstalteten sie ausgelassene Partys, nahmen Drogen und schliefen kreuz und quer miteinander. Außerdem vertraten sie Ansichten, die Mark vollkommen widerstrebten. Alles, woran sie glaubten, war eine Existenz im Hier und Jetzt; sie lebten ausschließlich in der Gegenwart und nicht für die Zukunft, und sie genossen jeden Moment in vollen Zügen.

Als er erfahren hatte, mit welchen Leuten sie verkehrte, hatte er ihr gesagt, dass es aus sei zwischen ihnen. Aber sie hatte ihn gebeten, ihr Freund zu bleiben. Da sie ihn liebte, wollte sie sich von ihren Freunden trennen und von deren Lebensweise Abstand nehmen.

Bis jetzt war es ihr noch nicht geglückt. Allerdings hatte er auch nicht das Gefühl, dass sie sich ernsthaft darum bemühte.

Ob sie wohl wieder den ganzen Tag mit ihnen verbracht hat? überlegte er, während er ein Tablett mit sauberen Gläsern auf die Schultern stemmte und zur Bar ging. War sie mit ihren Freunden durch die Gegend gezogen? Hat andere Jungs getroffen? Und ihr gewohntes Partyleben fortgesetzt?

Heiße Wut stieg in ihm hoch. Er bemühte sich, dagegen anzukämpfen. Zorn war eine mächtige, zerstörerische Kraft. Eine der sieben Todsünden, gegen die er oft anzukämpfen hatte. Und die ihn schon einmal in Schwierigkeiten gebracht hatte – in große Schwierigkeiten.

Tara hat sich doch geändert, versuchte er sich einzureden. Er musste einfach an sie glauben und ihr vertrauen. Schließlich liebte er sie.

Mark seufzte. Tara hatte keine Verständnis für seine religiösen Überzeugungen, und ihm war es unbegreiflich, dass sie gar keine hatte. Er war in einer strengen Baptistenfamilie in den Südstaaten aufgewachsen, und in seiner Kindheit hatte die Kirche eine wichtige Rolle gespielt. Tatsächlich hatte er in der ersten Klasse aller Welt verkündet, dass er Prediger werden wollte. Von diesem Vorsatz war er erst kurz vor seinem Highschool-Abschluss abgekommen.

Plötzlich hatte er das Gefühl gehabt, eine andere Richtung einschlagen zu müssen.

Über seinen Sinneswandel war seine Familie entsetzt und betrübt gewesen. Sie hatte ihn angefleht, seinen Entschluss noch einmal zu überdenken, und ihren Pastor gebeten, ein Machtwort zu sprechen. Aber Mark hatte sich in seiner Entscheidung nicht beirren lassen. Er hatte damit argumentiert, dass er die Sünde zunächst einmal aus erster Hand kennen lernen musste, ehe er gegen sie predigen konnte. Wie hätte er andere Menschen dazu bringen können, standhaft zu sein, wenn er nicht selbst in Versuchung geführt worden war?

Mark stellte die Gläser in die Regale hinter der Theke. Er hörte, wie Rick am anderen Ende der Bar mit zwei Touristen darüber redete, wo die besten Angelplätze für Knochenfische waren und wo man einen Führer mieten konnte. Als ihm die Ironie seiner Situation bewusst wurde, musste er schwer schlucken. Jetzt steckte er bis zum Hals in der Sünde, musste jeden Tag in seine persönliche Schlacht ziehen. Meistens kehrte er aus diesem Krieg nicht als Sieger heim.

Nachdem er die Gläser sortiert hatte, widmete Mark sich den Tischen und Stühlen. Er merkte, wie die Zeit verging. Zuerst kamen nur vereinzelt Gäste in die Bar; bald jedoch würden sie das Lokal in Scharen stürmen. Libby war inzwischen auch eingetroffen und flirtete mit zwei Männern, die Schnaps und Bier tranken. Mark kannte sie; es waren Stammkunden. Sie kamen mehrmals die Woche, waren immer zusammen und trugen beide Baseballkappen der Miami Dolphins.

Wo steckte Tara nur den ganzen Tag? Warum hatte sie auf seine Nachrichten nicht reagiert?

In letzter Zeit hatte sie sich ohnehin recht merkwürdig verhalten – sie war nervös und zerstreut gewesen und hatte oft geweint. Dünn war sie geworden, hatte immer müde gewirkt und dunkle Ringe unter den Augen gehabt.

Vielleicht liebte sie ihn ja in Wirklichkeit gar nicht. Vielleicht bevorzugte sie ihre Freunde und deren wildes Leben.

Inzwischen ging es hoch her in der Bar, und Mark gelang es, jeden Gedanken an sie zu verdrängen, bis er in einer etwas ruhigeren Phase die Möglichkeit fand, sie anzurufen.

Er wählte ihre Nummer von Ricks Geschäftstelefon aus. Als er ihre Stimme hörte, war er erleichtert und verärgert zugleich. „Wo bist du gewesen?“

„Nirgendwo“, antwortete sie sofort. Sie klang abwehrend.

„Ich habe dir heute fünf SMS geschickt. Du hast nicht geantwortet.“

„Der Akku ist leer. Mist!“

Er empfand ein bohrendes Schuldgefühl, konnte es aber überspielen, indem er empört tat. *Sie hätte ihn doch wirklich anrufen können!* „Hast du es heute getan? Wie du versprochen hast? Hast du deinen Freunden gesagt, dass du nichts mehr mit ihnen zu tun haben willst?“

„Was ist denn los mit dir?“ rief sie. „Ich habe nichts Falsches getan. Meine Freunde habe ich heute nicht einmal gesehen!“

Er atmete schwer. Nicht zum ersten Mal wünschte er, mit ihr Schluss gemacht zu haben, als er entdeckte, wer ihre Freunde waren. „Du hast mir dein Versprechen gegeben, Tara. Doch du hast es nicht gehalten.“

„So einfach ist das nicht. Das kannst du nicht verstehen.“

„Oder bin ich es, mit dem du nicht mehr zusammen sein willst, Tara? Willst du mir das damit sagen?“

„Nein. Ich liebe dich, und du weißt es.“ Ihre Stimme zitterte. „Aber heute bin ich ...“

Sie schluckte die restlichen Worte hinunter, und er spürte, wie etwas in seiner Brust wuchs – ein Gefühl der Enttäuschung und Verzweiflung. *Wieder so eine von ihren fadenscheinigen Entschuldigungen. Warum musste er sich auch von allen Mädchen auf dieser Welt ausgerechnet in dieses verlieben?*

„Ich bin diese Gespräche so leid, Tara. Ich habe es satt, dass du mir sagst, du liebst mich, und dann drehst du dich um und ..."

„Ich muss Schluss machen."

„Tu mir das nicht an. Den ganzen Tag habe ich mir Sorgen um dich gemacht, und jetzt ..."

Rick steckte seinen Kopf durch die Bürotür. „Ich brauch dich draußen. Mach Schluss."

Mark nickte und hielt einen Finger hoch, um ihm zu verstehen zu geben, dass er nur noch eine Minute brauchte.

Als Rick das Büro verlassen hatte, konzentrierte er sich wieder auf Tara. „Bitte, Baby, sprich mit mir."

„Wir sehen uns später." Durchs Telefon konnte er hören, wie ihre Eltern nach ihr riefen. „Unser üblicher Treffpunkt."

Er schluckte seine Enttäuschung hinunter. „Bist du sicher, dass du dich loseisen kannst? Das letzte Mal bist du nicht gekommen."

„Ich werde da sein. Ich ..." Ihr versagte die Stimme. „... ich liebe dich, Mark."

Ehe er etwas erwidern konnte, hatte sie aufgelegt. Ein paar Sekunden lang hielt Mark den Hörer noch ans Ohr, während die unterschiedlichsten Gefühle in ihm kämpften. Schließlich legte er auf und lief zurück in die Bar. Rick musterte ihn mit sorgenvoll gerunzelter Stirn. „Alles in Ordnung?" fragte er.

Mark zögerte. Der Barkeeper war sein Freund. Zudem war er ein kluger Mann. Er würde ihm helfen können, seinen Rat und seine Unterstützung anbieten.

Er öffnete den Mund, um ihm zu antworten und die ganze Geschichte zu erzählen – wie er Tara kennen gelernt hatte und ihre ausgelassenen Freunde, dass er an ihr zweifelte. All das lag ihm auf der Zunge. Aus den Augenwinkeln nahm er Libby wahr, die offensichtlich die Ohren spitzte.

Dann dachte Mark daran, welche Konsequenzen es haben

könnte, wenn er sich Rick offenbarte. Tara war noch nicht volljährig. Er glaubte zwar nicht, dass Rick ihre Eltern verständigen würde, aber falls er es doch tat ... dann konnte alles Mögliche geschehen. Man könnte ihn festnehmen, weil er sich mit einer Minderjährigen eingelassen hatte.

Ihre Eltern würden sie auseinander bringen.

Mark hatte sie noch nicht einmal kennen gelernt. Tara hatte jedes Mal beinahe einen Tobsuchtsanfall bekommen, wenn er das Thema zur Sprache brachte. Sie seien sehr streng, hatte sie ihm erzählt, und würden es nicht dulden, wenn sie sich mit einem Jungen traf, der nicht aus der Gegend und dazu noch älter war. Sie würden sich wer weiß was ausmalen. Deshalb hatte Tara darauf bestanden, dass sie zu niemandem, nicht einmal zu ihren Freunden, ein Wort darüber verloren, wie ernst ihre Beziehung war.

Also schluckte Mark die Worte, die ihm auf der Zunge lagen, hinunter und antwortete: „Alles ist bestens, Boss. Danke der Nachfrage."

Der lauschige, hinter hohen Mauern verborgene Park der Paradise Christian Church war Marks und Taras heimlicher Garten Eden geworden. Das Tor wurde zwar bei Einbruch der Dämmerung verschlossen, aber Tara hatte einen eigenen Schlüssel, da sie zu den Freiwilligen gehörte, die Besuchergruppen durch die Kirche führten.

In dem Park hatten sie zum ersten Mal miteinander geschlafen. Auf dem weichen Gras, eingehüllt von den Düften der Nacht, einer Mischung aus Jasmin, Oliven und Ingwer. Dieses Erlebnis war so vollkommen gewesen und von einer so unglaublichen Süße, dass Mark sogar fast vergessen hatte, dass dies eine Sünde gewesen war.

Sie waren nicht verheiratet. Und Tara noch minderjährig. Absichtlich drangen sie in Gottes Garten ein. Unter seinen Blicken hatten sie gesündigt.

War es denn eine Sünde, wenn sie einander liebten? Wenn sie sich geschworen hatten, für immer zusammenzubleiben?

Mark kämpfte gegen seine Schuldgefühle an, als er auf das Parktor zuging. Es war gegen drei Uhr morgens. Kein Laut war zu hören, und die nächtlichen Straßen lagen verlassen da. Das Tor war offen. Als er davor stand, warf er einen prüfenden Blick über die Schulter, ehe er hineinschlüpfte.

„Tara!“ rief er leise, während er das Tor hinter sich zuzog. Etwas raschelte im Unterholz. Ein Vogel, der sich auf einem der Bäume häuslich eingerichtet hatte, protestierte krächzend gegen die nächtliche Ruhestörung.

Das Geräusch ließ Mark zusammenfahren. Schließlich beruhigte er sich wieder und drang weiter in den Park vor. „Tara!“ wiederholte er. „Ich habe heute Nacht keine Lust auf dieses Spiel.“

Die Sekunden schienen endlos lang zu sein. Plötzlich empfand er eine unerklärliche Beklommenheit. Gerade wollte er noch einmal ihren Namen rufen, als sie unvermittelt hinter einem der Banyanbäume hervortrat, die am anderen Ende des Parks wuchsen – eine zierliche, weiß gekleidete Figur, die sich gegen die Dunkelheit abzeichnete.

Die Freude, sie zu sehen, vermischte sich mit seinem Zorn. Er hatte den Eindruck, dass sie mit ihm und seinen Gefühlen spielte. „Was soll denn das?“ fragte er unwirsch, als er vor ihr stand. „Einen Moment lang habe ich geglaubt, dir sei etwas passiert. Oder dass du überhaupt nicht hier bist.“

Sie hatte geweint. Er legte eine Hand auf ihre feuchte Wange. „Was ist denn los?“

Tara vergrub das Gesicht in den Händen und ließ den Kopf

hängen. Ihr langes, dunkles Haar fiel wie ein Vorhang über ihre Finger.

„Sprich mit mir, Liebling." Er nahm ihre Hände und zog sie von ihrem Gesicht fort. „Sag mir, was passiert ist."

Ihre großen dunklen Augen füllten sich mit Tränen. „Ich bin schwanger!" rief sie. „Heute war ich beim Arzt, und er ... er ..."

Sie begann zu schluchzen. Die Wut und die Eifersucht, gegen die er den ganzen Tag angekämpft hatte, lösten sich mit einem Schlag in nichts auf. Er bemühte sich, seine Stimme wiederzufinden. Als es ihm endlich gelungen war, klang sie belegt. „Ich habe gedacht, dass wir ... haben wir denn nicht aufgepasst?"

Ihr Weinen wurde heftiger, und er schalt sich wegen seines mangelnden Einfühlungsvermögens. *Offenbar waren sie doch nicht vorsichtig genug gewesen.*

„Es tut mir Leid, Tara. Bitte weine nicht. Ich liebe dich. Es wird alles gut."

„Wie denn? Was sollen wir denn tun? Eine Abtreibung kostet ..."

„Niemals", entgegnete er erhitzt. Wieder griff er nach ihren Händen und drückte sie fest. „Ich liebe dich. Du liebst mich. Das ist unser Baby, unser *Kind*." Plötzlich war er sich seiner Sache ganz sicher, und seine Furcht verschwand. „Wir werden heiraten und eine Familie sein."

„Aber ... wie? Wir sind ... ich habe Angst, Mark", sagte sie hilflos.

„Ich passe auf dich auf, Tara. Das verspreche ich dir."

„Und wir werden glücklich sein", murmelte sie mit brüchiger Stimme. „Wirklich glücklich, nicht wahr?"

Sie klang verängstigt wie ein kleines Kind. Viel zu jung, um Ehefrau und Mutter zu werden.

Beide waren sie zu jung und längst noch nicht so weit, um die

Verantwortung für ein Kind zu übernehmen. Gefühlsmäßig nicht und erst recht nicht, was ihre finanziellen Mittel anbetraf.

Unvermittelt wurde er von Panik erfasst. Was tat er da eigentlich? Tara hatte sich auf Sachen eingelassen, die vollkommen gegen seine Überzeugung waren. Konnte sie überhaupt die Frau an der Seite eines Geistlichen werden? Wie würde sie sich verhalten? Wäre sie in der Lage, ihren Kindern ein Vorbild zu sein?

Jetzt war es zu spät, sich darüber Sorgen zu machen.

Sie würden bald ein Baby haben. Er würde Vater werden.

Ihretwegen musste er stark bleiben. Jetzt durfte er keine Schwäche zeigen und nicht an seinen Gefühlen zweifeln. Wenn er ihr den rechten Weg zeigte, würde sie ihm folgen. Denn sie glaubte an ihn. Sie liebte ihn.

Und er liebte sie.

Er schloss sie in die Arme. „Liebes, erinnerst du dich noch daran, was ich dir erzählt habe? Ich hatte das Gefühl gehabt, eine Stimme würde mich nach Key West rufen. Ich war der Meinung, von Gott hierher geführt worden zu sein, ohne den Grund dafür zu kennen. Und ich hatte geglaubt, dass er mit mir etwas Besonderes vorhat?“

„Ja“, antwortete sie schwach. „Aber was ...“

„Ich glaube, das ist es, Tara. Gott hat mich zu dir geführt. Er hat gewollt, dass wir dieses Baby bekommen und eine Familie werden.“

Sie legte den Kopf zurück und sah ihm in die Augen. „Meinst du wirklich?“ Die Hoffnung in ihrer Stimme schmerzte ihn zutiefst.

„Ganz gewiss“, versicherte er ihr. Auf einmal klang seine Stimme fest und überzeugt. „Lass dich von ihm führen, Tara. Wenn du das tust, wenn wir das tun, wird alles gut werden. Es war alles so vorherbestimmt. *Wir* sind füreinander bestimmt.“

6. KAPITEL

Montag, 5. November
8.45 Uhr

Detective Carla Chapman beugte sich über die verwesenden Überreste von Larry Bernhardt. Ihr Magen revoltierte, und sie hielt sich die Nase zu. Es sah so aus, als sei der Mann nackt vom Balkon im zweiten Stock gesprungen. Er war mit dem Gesicht auf dem Boden aufgeschlagen. Vermutlich hatte er dabei Knochenbrüche, innere Verletzungen und Blutungen erlitten. Durch den Sturz war er schwer verwundet worden, doch er hatte ihn nicht gleich umgebracht. Er war noch ein paar Meter über den Boden gekrochen, ehe er entweder an seinen Verletzungen oder den Schmerzen oder an beidem gestorben war.

Armer Kerl. Verdammt unangenehm, so abtreten zu müssen.

Carla bemerkte ein leeres Tablettenfläschchen, das unter der linken Schulter des Mannes hervorlugte. Sie beugte sich hinunter und untersuchte die Aufschrift. Beruhigungstabletten.

Vielleicht war es doch nicht so unangenehm gewesen, überlegte sie.

Carla blinzelte in die immer noch sengende Novembersonne. Der Wetterbericht hatte einen wolkenlosen Himmel und bis zu 32 Grad Celsius vorhergesagt. Ganz wie in den vergangenen drei Tagen. Fast genauso unbarmherzig heiß wie in der Hölle.

Das bedeutete, dass Larry Bernhardts sterbliche Überreste eine Zeitlang gebraten worden waren. Wie lange genau, musste der Gerichtsmediziner feststellen. Carla nahm an, dass es nicht einfach sein würde, die Obduktion durchzuführen. Bei einer Leiche, die der Hitze ausgesetzt war, beschleunigte sich der Verwesungsprozess beträchtlich, und die Untersuchungsmethoden, die üblicherweise angewandt wurden, um den genauen Zeitpunkt des Todes zu bestimmen – Leichenstarre, Hautfarbe und Körpertemperatur –, würden diesmal nicht ausreichen.

Aber da soll sich der Gerichtsmediziner drum kümmern, dachte Carla und betrachtete Bernhardts Haushälterin, die an der Haustür stand. Die Frau sah so aus, als würde sie jeden Moment zusammenbrechen. Ihre Augen waren weit aufgerissen, und ihr Gesicht war kreideweiß. Sie starrte auf ihren früheren Arbeitgeber, während sie einen Rosenkranz durch die Finger gleiten ließ und die Lippen stumm bewegte.

Gegrüßet seist du, Maria, der Herr sei mit dir ...

Carla fielen die Zeilen des Gebetes wieder ein: eine ferne, immer noch nachhaltige Erinnerung an ihre Kindheit. Wie lange schon hatte sie diese Worte nicht mehr gesprochen? Wie lange war sie schon nicht mehr in einer Messe gewesen? Seit der ersten heiligen Kommunion oder ihrer letzten Beichte?

Vergib mir, Vater, denn ich habe gesündigt ...

Jesus, wo sollte sie bloß anfangen? Müsste sie, um Vergebung zu erlangen, alle Sünden beichten oder nur jene, an die sie sich noch erinnern konnte?

„Kann ich jetzt bitte gehen?“

Carla blinzelte und konzentrierte sich wieder auf die Haushälterin. Plötzlich empfand sie tiefes Mitleid für die Frau. Sie war am Morgen zur Arbeit erschienen und hatte den zerschmetterten, von Fliegen übersäten Körper ihres Chefs vorgefunden. Nicht gerade eine schöne Art, den Tag zu beginnen. Und obendrein war sie jetzt auch noch arbeitslos.

„Sie können ins Haus gehen, aber bitte bleiben Sie noch. Ich muss Ihnen nämlich einige Fragen stellen. Es tut mir Leid, Ihnen das zumuten zu müssen, aber wir können auf Ihre Befragung nicht verzichten.“

Die Frau nickte offensichtlich erleichtert und verschwand im

Haus. Carla blickte ihr nach, bevor sie wieder zum Balkon hinaufsah. Dort stand Val und schaute zu ihr hinunter. „Sie haben mich gerufen, Lieutenant?"

„Wenn Sie da unten fertig sind, könnte ich hier oben ein wenig Unterstützung gebrauchen."

„Ich komme." Sie straffte die Schultern. „Übrigens habe ich hier ein leeres Tablettenfläschchen gefunden. Beruhigungsmittel."

Ihr Vorgesetzter nickte. „Sieht ganz so aus, als hätte er sie mit Dom Pérignon runtergespült. Das hat ihm vermutlich die Landung ein wenig erleichtert. Doch darum sollen sich die Jungs von der Mordkommission kümmern. Sie sind schon unterwegs."

Ohne einen weiteren Blick auf Bernhardt zu werfen, durchquerte Carla den Innenhof und betrat das Haus durch dieselbe Tür, durch die auch die Haushälterin gegangen war. Dahinter lag ein großer, wunderschön eingerichteter Wintergarten.

Sie ließ ihren Blick durch den Raum schweifen. Weiße Korbmöbel, französische Bodenfliesen und zahlreiche tropische Pflanzen. Eine Unmenge von Stoffkissen mit fröhlichen Blumenmustern. Weiße Fensterläden und ein sanft surrender Ventilator. Typisch Süd-Florida, dachte sie. Typisch Key West.

Nach sechs Jahren auf der Insel hätte Carla diesen Stil auch in tiefster Trance erkennen können. Lässig. Luftig. Lebenslustig. Wie die ganze Insel. Alles auf diesem drei mal vier Meilen großen Stück Land war davon durchdrungen. Die Kleidung, das Essen, die Musik. Die träge Art, wie die Leute sich bewegten und sprachen. Ihre gelassene Haltung und ihre bedächtige Lebensart.

Für sie war es Liebe auf den ersten Blick gewesen. Key West war ihr wie ein Paradies erschienen, für das man kein Visum benötigte. Welten entfernt von der harten Jugend, die sie in ihrer von der Industrie geprägten Heimatstadt Pittsburg in Pennsylvania erlebt hatte.

Der Wintergarten grenzte an ein elegantes Wohnzimmer, durch das man in eine zweistöckige Eingangshalle mit weit geschwungener Treppe, Marmorböden und Kronleuchter gelangte.

Carla stieg die Stufen hinauf. Der obere Korridor war lang und mit dickem Teppichboden ausgelegt; ihre Zehen wären darin versunken, wenn sie Schuhe und Strümpfe ausgezogen hätte.

Sie wusste genau, was sie sagen würde, wenn ihr Chef sie dabei erwischt hätte. *„Ach, ich wollte nur mal ausprobieren, wie sich wirklicher Reichtum an meinen Füßen anfühlt."*

Val trat aus einer Tür am anderen Ende des Korridors. „Hier hinein."

Das Schlafzimmer war purer Luxus. In der Mitte ein riesiges Himmelbett aus hellem und zweifellos seltenem Holz. Schimmernde Satin- und Samtbezüge. Faustdicke Quasten und Bordüren. Goldgerahmte und mit Schnitzereien verzierte Spiegel. Carla blieb der Mund offen stehen. Sie waren rechts und links und oberhalb des Bettes angebracht. Wirklich raffiniert.

Larry Bernhardt hatte wie ein König gelebt. Und offenbar liebte er es, den Luxus anschauen zu können, den er sich mit seinem Geld leisten konnte.

„Na, was meinen Sie?" fragte Val.

Carla schaute ihren Chef an. Er hatte den Kopf schräg gelegt und die Hände in die Hüften gestemmt, während er sie forschend ansah. Es gab Momente, da raubte Valentine Lopez ihr den Atem. Denn er sah verdammt gut aus.

Zu dumm, dass er sie nie eines zweiten Blickes gewürdigt hatte.

„Dass Larry Bernhardt ein hemmungsloser, wichtigtuerischer und wohl auch ein bisschen perverser Typ war."

Ihr Boss hob fragend die Augenbrauen, und sie lächelte. „Schauen Sie sich doch nur die Spiegel an. Und bei seinen Möglichkeiten hat es ihm bestimmt nicht an Gesellschaft gemangelt."

Der Detective wusste genau, auf welche Möglichkeiten sie anspielte. „Geld“, murmelte er mit einer Spur von Bitterkeit. „Die internationale Sprache der Liebe.“

Carla nickte zustimmend. Sie hatte Verständnis für seine Verbitterung. Für eine Frau war allerdings nicht das Geld, sondern die Jugend ausschlaggebend. Ein umwerfender Körper. Große Brüste. Und die Fähigkeit, einen Mann in jeder erdenklichen Beziehung zu befriedigen.

Und was ist mit Persönlichkeit? überlegte Carla. Wie steht es mit Intelligenz, Treue und einem guten Herzen? Sie schaute sich um und sah sich in einem der Spiegel. Sandfarbenes Haar, von der Sonne gebleicht, eine Stupsnase, weit auseinander liegende braune Augen. Zu viele Sommersprossen vom Sonnenbaden am Strand.

Sie spürte einen Kloß im Hals. Schockiert stellte sie fest, dass sie alt aussah. Längst war sie nicht mehr die rehäugige Vierundzwanzigjährige, die mit einem Mann, den sie kaum gekannt hatte, für ein Wochenende nach Key West gefahren war und nur einen Lippenstift und einen knappen Bikini eingepackt hatte.

Sechs Jahre. Es erschien ihr geradezu unmöglich. Seit vergangenem Januar war sie nun das, was die Einheimischen eine „Frischwassermuschel“ nannten.

Seit jenem Monat, als sie dreißig geworden war.

Sie musste schlucken, als sie sich an die Zeit von damals erinnerte. Dem Kerl hatte sie den Laufpass gegeben und ihr Herz ganz und gar an Key West verloren. Doch wie bei solchen Affären üblich, hatte es wie ein Strohfeuer lichterloh begonnen und war schneller zu Ende gegangen, als sie es sich hätte träumen lassen.

Nicht, dass sie ihre Entscheidung bereute, hierher gezogen zu sein. Aber Tatsache war, dass sie nicht länger vierundzwanzig war, kein naives junges Ding mehr in einem knappen Bikinihöschen. Und statt die Sonne anzubeten, fürchtete sie sie nun wegen ihrer gefährlichen Strahlen, die ihrer Haut zugesetzt hatten. Inzwischen hatte sie auch klar erkannt, dass die meisten Männer, die in Frage kamen, für sie unerreichbar waren. Es waren alles Touristen, und keiner von ihnen blieb hier.

Carla jedoch wollte Sicherheit. Einen netten Mann, der sie liebte. Und Kinder.

Mittlerweile hatte sie sich jedoch schon damit abgefunden, dass sie als Single und kinderlos enden würde.

„Sieht das Ihrer Meinung nach wie der Schauplatz eines Verbrechens aus?“ fragte Val.

Carla blinzelte und sah ihren Chef verdutzt an. „Verbrechen? Das sieht mir eher nach Selbstmord aus.“

„Es gibt keinen Abschiedsbrief.“

„Springer schreiben nicht unbedingt Abschiedsbriefe.“ Sie ließ ihren Blick durch das Schlafzimmer wandern. Abgesehen von dem zerwühlten Bett wirkte der Raum ordentlich wie aus einem Ausstellungskatalog. Alles deutete darauf hin, dass der Mann aufgewacht, zum Balkon gegangen und gesprungen war.

Sie schüttelte den Kopf. „Was treibt jemanden wie Bernhardt dazu, sich umzubringen? Er hat doch alles gehabt, was sich ein Mann nur wünschen kann.“ Als Val nichts erwiderte, legte sie die Stirn in Falten. „Glauben Sie, dass ihm jemand über das Geländer geholfen hat?“

„Nein, das ist es nicht, was mich stört. Diese Hütte hier hat viel Geld gekostet. Zu viel Geld. Verdammt noch mal, er hat in der Kreditabteilung gearbeitet.“

„Als Vizepräsident hat er bestimmt ein ordentliches Gehalt gehabt.“

Vals Augen wurden schmal. „Aber Island National gehört nicht zu den größten Banken. Je kleiner die Bank, desto geringer der Verdienst. Kommen Sie mal mit.“

Er führte sie ins Badezimmer. Das Erste, was Carla ins Auge sprang, waren die Größe und der Luxus. In der ausladenden Badewanne aus Marmor mit goldenen Armaturen hätten vier Leute bequem Platz gefunden. Ein goldener Cherub saß an jeder Ecke der Wanne, und alle hielten eine Schale, die als Wasserspender diente. Wie im Schlafzimmer hingen auch hier überall Spiegel an den Wänden. Sie waren so angeordnet, dass dem Auge des Betrachters nichts entging. Oben in einer Ecke war ein Fernsehgerät angebracht.

„Ziemlich protzig", murmelte sie. „Finden Sie nicht?"

„Es geht mir nicht um die Einrichtung. Schauen Sie sich das hier mal an." Val drückte auf einen Knopf, der hinter dem Waschtisch versteckt war. Unter dem Waschbecken glitt ein Holzpaneel zur Seite und gab den Blick frei auf eine Nische, in der Drogen und das dafür notwendige Zubehör lagen.

Carla stieß einen leisen Pfiff aus. *Ecstasy. Kokain. Ein Spiegel. Rasierklingen.* Sie schaute zu Val hoch. „Sex, Drugs und Rock 'n' Roll. So viel zum Image des ehrbaren Bankers in Anzug und Krawatte."

„Der Knabe hat nichts ausgelassen, das können Sie mir glauben. Schauen Sie mal hier."

Val öffnete die oberste Schublade des Toilettentisches. Verschreibungspflichtige Arzneimittel in kleinen Fläschchen standen säuberlich geordnet wie kleine braune Soldaten da.

Carla streifte die Gummihandschuhe über, die sie immer bei sich trug, untersuchte die Flaschen und las die Etiketten. *Zanax. Qualudes. Valium. Prozac.* „Sieht ganz so aus, als hätte Bernhardt ein kleines Medikamentenproblem gehabt."

„In der Tat." Val runzelte die Stirn. „Schauen Sie mal. Auf allen Etiketten steht der Name des Arztes, und es ist immer derselbe. Sie sollten ihm mal einen Besuch abstatten. Wir müssen herausfinden, ob es aus medizinischer Sicht einen Grund gab, ihm diese Drogen zu verschreiben. Und es muss geprüft werden, ob sich diese Kombination irgendwie auf Bernhardts Verfassung ausgewirkt hat."

„Wird gemacht."

„Ist Charlie verständigt worden?"

Charlie war der Bestatter. In seinem Beerdigungsunternehmen wurden alle Leichen aufbewahrt, bis der Gerichtsmediziner sie abholen konnte. Er wohnte auf Marathon Key und war für den gesamten Bereich der Key-Inseln zuständig.

Sie bejahte seine Frage und folgte Val zurück ins Schlafzimmer.

Während sein Blick prüfend durch den Raum wanderte, ließ sie ihn nicht aus den Augen. Valentine Lopez war einer der cleversten Menschen, die sie bisher kennen gelernt hatte. Sie sah ihm gerne bei der Arbeit zu. Mehr noch: Er weckte in ihr ein Gefühl von Ehrfurcht.

„Irgendwie passt das alles nicht zusammen", murmelte er. „So ein Haus kann sich doch nur ein Multimillionär leisten."

„Vielleicht ist seine Familie wohlhabend", meinte Carla. „Oder er hat gedealt."

„Möglich", stimmte Val zu. „Wenn wir hier fertig sind, fahren Sie zur Island National. Reden Sie mit Bernhardts Boss. Erkundigen Sie sich, was der Mann verdient hat, ob er Geld von zu Hause hat, ob er kürzlich irgendwie an Geld gekommen ist – eine Erbschaft, eine üppige Gratifikation, ob er im Lotto gewonnen hat. Etwas in der Art."

Carla zog ihren Notizblock hervor und schrieb Vals Fragen Wort für Wort auf. Sie wusste, dass sie nicht zu den Super-Cops gehörte. Vielmehr war sie eine bodenständige Polizistin: verlässlich, gewissenhaft und loyal, sowohl ihrem Chef als auch der Abteilung gegenüber. Das alles waren gute, bewundernswerte Eigenschaften. Und sie war stolz darauf.

Aber brillant würde sie in ihrem Job niemals sein. Ihr würde man nie einen spektakulären Fall anvertrauen, und sie würde bestimmt nicht den fehlenden Stein in einem Puzzle entdecken oder auf die Titelseite des *Key West Citizen* kommen.

Im Gegensatz zu Valentine Lopez. Oder Rick Wells.

Als sie an Rick dachte, verkrampfte sich ihr Herz. Sie waren einmal Partner und Freunde gewesen. Dann hatte sie den Fehler begangen, sich in ihn zu verlieben. Doch er war nicht in der Lage gewesen, ihre Liebe zu erwidern – weil er über den Verlust seiner Frau und dann über den seines Sohnes aus dem Gleichgewicht geraten war.

Und als ob es nicht schon dumm genug gewesen wäre, ihn aus der Ferne zu lieben, hatte sie ihm dazu noch erlaubt, sie als körperlichen Trost zu benutzen.

Benutzen? Sie hatte sich ihm doch an den Hals geworfen und ihn gebeten, ihr Lover zu werden. Damals war sie davon überzeugt gewesen, dass er sich in sie verlieben würde. Er hatte so sehr gelitten und würde ihr dankbar sein. Aus Dankbarkeit könnte Begehren werden, und irgendwann würde es Liebe sein.

Sie war blind gewesen vor Begehren. In ihrer Vorstellung waren Wunschträume zur Realität geworden. In dem Moment, als er aus seinem nebelumwölkten Kummer erwacht war, hatte er sich schuldig gefühlt. Weil er sie nicht liebte. Er kam sich wie ein Dreckskerl und Opportunist vor, da er nun erst erkannte, wie viel er ihr bedeutete.

Es war schon fast vorbei gewesen, als es begonnen hatte.

Manchmal waren die Schmerzen noch so intensiv, dass sie sie kaum ertragen konnte.

„Sprechen Sie noch mit der Haushälterin, ehe Sie gehen“, fuhr Val fort, während er den Kopf schräg legte. Von unten drangen die Stimmen der anderen Polizisten herauf, die gerade eingetroffen waren. „Erkundigen Sie sich, in welcher Verfassung Bernhardt in den letzten Tagen war, mit wem er verkehrte, ob er eine Geliebte hatte." Er warf einen Blick auf seine Uhr und ging zur Tür. „Wir müssen mit seiner Familie Kontakt aufnehmen. Ich habe gehört, dass er geschieden war und ein paar erwachsene Kinder hatte. Halten Sie mich auf dem Laufenden."

„Selbstverständlich", murmelte Carla, ohne den Blick von ihrem Notizblock zu nehmen. „Soll ich mich hier noch ein bisschen umsehen?"

„Meinetwegen, aber ich habe schon alles untersucht. Und die Jungs von der Spurensicherung werden auch noch alles auf den Kopf stellen."

„Klar." Sie klappte den Block zu. „Nach Ihnen, Lieutenant."

Sie stiegen die Treppe hinunter und trennten sich in der Eingangshalle. Carla traf die Haushälterin in der Küche. Sie saß am Tisch und starrte gedankenverloren auf die Tür. Als Carla sie ansprach, blinzelte sie.

„Entschuldigung, was haben Sie gesagt?"

„Geht es Ihnen gut?"

„Ich weiß nicht, was ich tun soll. Da ist die Wäsche. Ich muss einkaufen und ..."

Die Stimme versagte ihr, und wieder empfand Carla Mitleid für die Frau. „Ich denke, Sie können gleich nach Hause gehen", murmelte sie sanft. „Zuerst muss ich Ihnen allerdings noch einige Fragen stellen."

Die Frau nickte, und Carla griff nach ihrem Notizblock. „Wie heißen Sie?"

„Maria Charez."

„Wie lange arbeiten Sie schon für Mr. Bernhardt?"

„Letzten Monat war es ein Jahr."

„Erschien Ihnen Mr. Bernhardt in letzter Zeit irgendwie durcheinander?"

Sie schüttelte den Kopf.

„Oder war er vielleicht depressiv? Schlecht gelaunt?"

„Nein, nein, er schien glücklich zu sein. Er war sehr nett zu mir. Nie hat er ein böses Wort gesagt. Und er war sehr großzügig."

„Großzügig? Inwiefern?"

„Als meine Tochter krank war, konnte ich zu Hause bleiben. Und er hat mich trotzdem bezahlt."

„Und sonst?"

„Er sagt immer bitte. Und danke." Sie verstummte, und ihre Augen füllten sich mit Tränen. „Er hat mich angeschaut, wenn ich etwas gesagt habe. Die meisten tun das nicht."

Carla verstand sie sehr gut. Die Wohlhabenden behandelten ihre Hausangestellten oft wie Luft. Sie sollten da sein, ohne dass man sie hörte, sollten Befehle entgegennehmen und keine Dankbarkeit erwarten.

Die Haushälterin schaute auf ihre Hände. Dann sah sie wieder zu Carla, und in ihrem Blick lag Angst. „Warum hat er das nur getan?"

„Das versuchen wir ja gerade herauszufinden. Und dazu brauche ich Ihre Hilfe." Die Frau nickte, und Carla fuhr fort: „Ich habe gehört, dass er geschieden war. Seit wann?"

„Seit letztem Jahr, kurz vor Weihnachten." Jetzt zeigte ihre Miene Missbilligung. „Diese Frau war sehr jung. Und sehr verwöhnt."

Carla zog die Augenbrauen hoch. „Diese Frau? Gab es noch eine andere Mrs. Bernhardt?"

„Ja, vor langer Zeit. Die Frau, mit der er Kinder hatte. Die Kinder sind aber schon erwachsen."

Carla notierte etwas auf ihrem Block. „Wie steht es mit Freundinnen? Hat er sich regelmäßig mit einer getroffen?"

Sie schüttelte den Kopf. „Er gab Partys. Er hat viele Mädchen eingeladen."

Mädchen. Carla spürte einen bitteren Geschmack auf der Zunge. Je älter und reicher die Männer waren, desto jünger schienen die Mädchen zu sein, mit denen sie anbandelten. Für sie waren alle jenseits der dreißig uninteressant. „Waren Sie dabei, als diese Partys stattfanden?"

„Nein, aber ich ... ach, ist egal."

Carla runzelte die Stirn. „Was denn?"

Die Frau faltete die Hände und legte sie in den Schoß, und Carla bemerkte, dass sie zitterten. „Zwei Mal bin ich zur Arbeit gekommen, und da waren die Mädchen noch da. Und einmal habe ich ... Bilder gesehen."

„Bilder?" wiederholte Carla und richtete sich auf. „Von den Mädchen?"

Die Frau wich ihrem Blick aus. „Ich schäme mich ... ich sollte besser nichts ... Mr. Bernhardt würde sehr böse sein."

„Er ist tot. Und alles, was Sie mir sagen können, wird uns helfen, den Grund dafür zu finden. Wo haben Sie diese Fotos gesehen?"

„Ich kann es Ihnen zeigen."

Die Frau führte Carla zurück in Bernhardts Schlafzimmer und blieb vor einer Kommode rechts neben dem Bett stehen. Die Beamten von der Spurensicherung schauten nicht einmal hoch. Sie öffnete die oberste Schublade, griff hinein und schob die ordentlich gefalteten Taschentücher beiseite. „Ich habe sie zufällig gefunden", erklärte sie. „Ich habe seine Sachen eingeordnet ... und dabei habe ich es entdeckt."

„Es" war ein doppelter Boden in der Schublade, aber das Fach war leer.

Carla runzelte die Stirn. „Wusste Mr. Bernhardt, dass Sie die Bilder gefunden hatten?"

„Nein ... ich habe mich zu sehr geschämt, als ich es gesehen habe ..." Sie wurde rot und warf dem Beamten, der neben dem Bett kniete, um es zu untersuchen, einen raschen Blick zu. „Ich habe für ihn gebetet und den Herrn gebeten, ihm seine Sünden zu vergeben."

Viel mehr konnte Carla nicht aus ihr herausbekommen. Offenbar waren die Mädchen auf den Fotos nicht nur sehr jung, sondern auch nackt und in verschiedenen sexuellen Stellungen zu sehen gewesen. Die Haushälterin konnte nicht sagen, ob sie minderjährig waren. Sie hatte überhaupt nicht bemerkt, dass in dem Haus illegale Dinge vorgegangen waren.

Einige Sünden kann selbst der Tod nicht ungeschehen machen, überlegte Carla, als sie die Fähre betrat, die zur Hauptinsel fuhr. Dann warf sie einen letzten Blick auf Bernhardts Haus.

7. KAPITEL

Montag, 5. November
10.15 Uhr

Das Polizeirevier von Key West lag in der Altstadt auf der Angela Street. In dem stuckverzierten Gebäude, das den für Süd-Florida typischen rosafarbenen Anstrich hatte, war auch das Rathaus untergebracht. Das unscheinbare, etwas baufällige Haus, das von zahlreichen Bäumen, blühenden Büschen und wild wucherndem Unkraut umgeben war, sah kaum so aus, als ob hier die Zentrale der modernen Verbrechensbekämpfung untergebracht war.

Doch wie alles, was Liz bisher auf der Insel gesehen hatte, strahlte das Haus einen ungezwungenen, wenn auch verwitterten Charme aus.

Das Wochenende hatte sie mit Auspacken verbracht, hatte Pläne geschmiedet und sich mit der Insel vertraut gemacht. Teilweise war sie gelaufen; dann hatte sie sich in einem Geschäft, das nur einen Block von ihrer Praxis entfernt lag, einen Motorroller gemietet.

Es war ein schwieriges Wochenende gewesen. Alles, was sie sah, hatte sie an Rachel erinnert. Als ihre Schwester nach Key West gekommen war, hatte sie Liz anfangs fast täglich angerufen. In lebhaften Farben hatte sie ihr die Insel geschildert und von den Menschen, ihrer neuen Kirche und der Gemeinde erzählt. Sie hatte ihr die Landschaft mit ihren üppig wachsenden Pflanzen und den orange- und rosafarbenen und roten Blüten beschrieben; hatte von den Palmen gesprochen, von denen es so viele gab, dass man sie gar nicht auseinander halten konnte – chinesische Palmen, Fächerpalmen, Kokospalmen, Fiederpalmen. Und sie hatte von der Architektur auf der Insel geschwärmt, die vom karibischen, viktorianischen und lateinamerikanischen Stil geprägt war.

Als sie jetzt die Insel mit ihren eigenen Augen sah, wurden Rachels Schilderungen wieder lebendig. In den kurzen Momenten, da Liz sich ein wenig von ihren Emotionen lösen konnte, verstand sie, warum ihre Schwester sich in diese Gegend verliebt hatte.

Aber diese Augenblicke hatte sie als schmerzhafte Stiche empfunden. Wie konnte sie nur etwas Schönes in dem Ort sehen, der ihr die Schwester genommen hatte?

Liz konzentrierte sich auf die Aufgabe, die vor ihr lag: Lieutenant Lopez. Er war der erste Posten in dem Plan, den sie am Wochenende gemacht hatte. Sie hoffte, ihn dazu überreden zu können, den Fall von Rachels Verschwinden noch einmal aufzurollen. Zumindest wollte sie ihn davon in Kenntnis setzen, dass sie ihre Schwester geliebt hatte und nicht eher ruhen wollte, bis sie herausgefunden hatte, was mit ihr geschehen war. Sie wollte eine Kopie von Rachels Akte und war fest entschlossen, erst dann zu gehen, wenn er sie ihr ausgehändigt hatte.

Vor lauter Nervosität musste sie lachen. Die große, böse Liz. Genauso wollte sie auftreten. Wenn jetzt allerdings noch ein Schmetterling mehr in ihrem Magen zu flattern begann, würde sie sich übergeben müssen.

Sie holte tief Luft, straffte die Schultern und stieg die Stufen zum Polizeirevier hinauf. Angemeldet hatte sie sich nicht, denn sie wollte sich das Überraschungsmoment zu Nutze machen. Detective Lopez würde bestimmt nicht erfreut darüber sein, sie zu sehen.

Sie betrat das Gebäude und ging zum Empfang, der auf der linken Seite lag. Die Frau hinter dem Tisch begrüßte sie mit einem aufmunternden Lächeln. Liz schätzte sie auf Mitte Fünfzig, obwohl sie sich wie ein Teenager kleidete – inklusive Haarspangen, die die Form von Schmetterlingen hatten und mit unechten Steinen besetzt waren.

„Kann ich Ihnen helfen, meine Liebe?“ fragte sie.

Liz bemühte sich um ein selbstsicheres Lächeln. „Ich möchte zu Lieutenant Lopez. Ist er in seinem Büro?“

„Verraten Sie mir Ihren Namen?“

„Elizabeth Ames.“

Ihre rosarot gefärbten Lippen formten sich zum Schmollmund. „Haben Sie einen Termin?“

„Nein. Aber er weiß, um was es geht.“

„Nun gut, meine Liebe.“ Sie legte das Anmeldebuch auf den Tisch. „Tragen Sie sich bitte hier ein. Ich werde mich erkundigen, ob er zu sprechen ist.“

Liz tat, was von ihr verlangt wurde, und ihr Herz schlug ein wenig schneller. *Jetzt war er da, der Moment der Wahrheit.* Schnell kritzelte sie ihren Namen hin, drehte sich um und ging hinüber zum Wartebereich, setzte sich jedoch nicht hin. Hinter sich hörte sie, wie die Frau jemandem mit dem Namen Becky fragte, ob Val zu sprechen sei. Versonnen starrte sie auf die abgewetzten Vinylsitze und versuchte, ihre Nervosität im Zaum zu halten. Sie wusste, wie Polizisten reagierten, denn sie hatte in den vergangenen Jahren beruflich oft mit ihnen zu tun gehabt. Zum Beispiel wenn sie Familien beriet, die in einer Krise steckten, oder wenn sie mit straffälligen Teenagern zu tun hatte. Eine Zeitlang hatte sie sogar in der staatlichen Jugendstrafanstalt St. Charles gearbeitet. Diese sechs Monate waren ihre Feuerprobe gewesen – und hatten dazu geführt, dass sie ein eigenes Büro eröffnet hatte.

Während dieser Monate hatte sie jedoch wertvolle Erfahrungen gesammelt. Dazu gehörte auch das Wissen, wie man am besten mit Polizisten verhandelte. Sie waren stolz, selbstbewusst, manchmal arrogant – und oft dickköpfig. Auf keinen Fall durfte sie jetzt einen Fehler machen. Lieutenant Lopez konnte sie bei ihren Plänen, derentwegen sie nach Key West gekommen war, unterstützen – oder ihr sehr viele Hindernisse in den Weg stellen.

„Lieutenant Lopez bittet Sie, nach oben zu kommen." Liz drehte sich um und sah die Empfangsdame an. „Wissen Sie, wo sein Büro ist?"

„Nein, ich ..."

„Ganz einfach. Gehen Sie die Treppe hoch." Sie zeigte mit dem Finger in die Richtung. „Oben halten Sie sich rechts. Er sitzt hinter der quer geteilten Tür. Und machen Sie sich keine Sorgen, Liebes. Wenn Sie nicht zu den Bösen gehören, ist Lieutenant Lopez ein richtiger Schatz."

Wenn sie nicht zu den Bösen gehörte. Warum klang diese Bemerkung für sie nicht beruhigend?

Liz nahm den Weg, den die Frau ihr beschrieben hatte. Wie sie gesagt hatte, war es nicht schwer, das Büro von Valentine Lopez zu finden. Die obere Hälfte seiner Tür stand offen, und sie klopfte auf den Holzrahmen. „Lieutenant Lopez?" fragte sie.

Der Detective blickte auf und lächelte. Zwei Dinge verblüfften

Liz: sein gutes Aussehen und die Tatsache, dass das Lächeln nicht bis zu seinen Augen gelangte.

Er erhob sich und bedeutete ihr, einzutreten. „Das ist aber eine Überraschung, Miss Ames."

„Kann ich mir vorstellen." Sie ging zu ihm, schüttelte seine Hand und setzte sich hin. „Danke, dass Sie mich empfangen."

„Was führt Sie nach Key West?"

„Das dürfte doch wohl klar sein." Sie spürte den ärgerlichen Unterton in ihrer Stimme und bemühte sich, ihn zu unterdrücken. „Meine Schwester, Lieutenant."

Als er sich in seinen Stuhl zurücklehnte, quietschten die altersschwachen Sprungfedern. „Wie kann ich Ihnen helfen?"

„Ich möchte, dass Sie den Fall noch einmal aufnehmen. Suchen Sie weiter nach ihr."

„Das kann ich nicht, tut mir Leid. Bitten Sie mich um etwas anderes."

„Sie hat keinen Nervenzusammenbruch erlitten und ist auch nicht weggelaufen. Da bin ich mir hundertprozentig sicher."

„Wieso?"

Die Frage brachte sie – im Gegensatz zu seinem unterschwellig aggressiven Ton – aus dem Konzept. „Ich kenne meine Schwester, Lieutenant Lopez. Sie neigt nicht zu unkontrollierten Gefühlsausbrüchen, und sie lässt sich auch nicht von Stimmungen beeinflussen. Im Gegenteil, sie ist der beständigste Mensch, den ich kenne."

„Das ist eine ausgesprochen kühne Behauptung."

„Sie entspricht der Wahrheit."

„Also Sie glauben demnach, dass sie lebt?"

„Wie bitte?"

„Sie reden von ihr in der Gegenwart. Doch wenn sie noch lebt und nicht weggelaufen ist, wo hält sie sich dann auf?"

Liz empfand seine Worte wie Schläge in die Magengrube. Ihr

wurde abwechselnd heiß und kalt, dann traten ihr Tränen in die Augen. „Nein, Lieutenant, ich ... ich fürchte, sie ist ..."

Verlegen räusperte sie sich und versuchte, ihre Stimme wiederzufinden, um klar und deutlich sprechen zu können. Sie musste ihn überzeugen. „Ich fürchte, sie ist ermordet worden, Lieutenant Lopez. Vermutlich hat sie irgendwelche kriminellen Machenschaften auf der Insel entdeckt und ist deshalb getötet worden. Ich wünsche mir so sehr, nicht an diese Möglichkeit denken zu müssen."

Lange sagte er nichts. Als er endlich wieder sprach, klang er sehr geduldig. „Wenn sie kriminelle Machenschaften auf der Insel entdeckt hat, warum hat sie mich dann nicht verständigt?"

„Ich weiß es nicht. Vielleicht hat sie einen anderen Detective angerufen?"

„Nein." Seine Stimme wurde leiser. „Selbst die emotional beständigsten Menschen können einen Nervenzusammenbruch erleiden. Das kommt häufig vor. Extremer Stress kann so etwas auslösen, Ungewissheit, sogar körperliche Zustände wie ..."

„Ich bin Sozialarbeiterin", erwiderte sie scharf. „Ich kenne mich sehr gut mit den Ursachen für Nervenzusammenbrüche aus."

„Aber Sie sind Rachels Schwester. Oft ist es doch so, dass wir bei den Menschen, die uns am nächsten stehen, am wenigstens klar sehen."

Sie ignorierte die Wahrheit, die in seiner Antwort lag. „Ich bin ihre einzige Verwandte. Mehr als drei Monate sind vergangen. Wenn sie lebt, warum hat sie sich dann nicht an mich gewandt?"

„Diese Frage kann ich Ihnen nicht mit Sicherheit beantworten, Miss Ames. Vielleicht hat sie unter paranoiden Wahnvorstellungen gehandelt. Ihr Benehmen lässt einen solchen Schluss durchaus zu. Genau wie die Behauptungen, die sie auf Ihrem Anrufbeantworter hinterlassen hat. Möglicherweise ist sie auch körperlich nicht in der Lage, sich mit Ihnen in Verbindung zu setzen."

Liz ballte die Hände zu Fäusten. „Wollen Sie damit sagen, dass sie an Gedächtnisschwund leidet? Dieses Phänomen kommt ausgesprochen selten vor – im Gegensatz zu Mord. Entschuldigen Sie, wenn ich das sage."

Mit einem frustrierten Gesichtsausdruck warf er seinen Federhalter auf den Schreibtisch. „Ich will damit gar nichts sagen, Miss Ames. Ich schlage Ihnen nur verschiedene Möglichkeiten vor."

„Entschuldigen Sie, Lieutenant, aber die überzeugen mich überhaupt nicht."

„Tatsächlich?" Er zog eine Augenbraue hoch. „Wie wäre es denn mit dieser: Vielleicht will sie gar nicht mit Ihnen in Kontakt treten. Sie haben selbst gesagt, dass Sie sich bei Ihrem letzten Gespräch gestritten haben."

Das Schuldbewusstsein trieb Liz die Röte ins Gesicht. „Ja, wir haben uns gestritten", sagte sie abwehrend. „Allerdings nicht so heftig, dass wir ..."

„Wenn sie ermordet wurde, wo sind die Blutspuren? Die Anzeichen eines Kampfes? Wo ist die Leiche?" Er beugte sich nach vorn und blickte ihr fest in die Augen. „Wir haben keine Beweise dafür gefunden, dass Ihre Schwester gewaltsam ums Leben gekommen ist. Darüber sollten Sie eigentlich froh sein, Miss Ames. Es überrascht mich ein wenig, dass dem nicht so ist."

Sie ging nicht auf seine Bemerkung ein, obwohl er sie damit mitten ins Herz traf. Warum wollte sie nicht daran glauben, dass ihre Schwester noch lebte? Was war nur mit ihr los? „Ich möchte, dass Sie den Fall wieder aufnehmen."

„Es tut mir Leid, aber es gibt keine Beweise, die ein solches Vorgehen rechtfertigen würden." Er erhob sich und gab ihr damit zu verstehen, dass ihre Unterhaltung beendet war.

Zögernd stand auch Liz auf. „Ich hätte gerne eine Kopie des Polizeiberichts."

„Bedaure, da kann ich nichts für Sie tun." Er schaute auf seine Uhr. „Wenn es sonst nichts mehr zu besprechen gibt – ich habe noch eine andere Verabredung."

In diesem Augenblick wusste sie, dass sie ihre Chance vertan hatte. Sie war hier hereinmarschiert, hatte ihn nur angeklagt und Forderungen gestellt. Rachel hatte ihr immer wieder gesagt, dass sie ein Hitzkopf sei. *„Liz, Schatz, versuche doch, beim nächsten Mal etwas liebenswürdiger zu sein."*

Sie schluckte ihren Ärger hinunter und reichte ihm die Hand. „Bitte, Lieutenant Lopez. Sie haben doch selbst gesagt, dass die Untersuchung beendet ist. Vielleicht entdecke ich etwas in dem Bericht, das Sie übersehen haben, etwas ..."

„Bestimmt nicht." Er sah sie ruhig an. „Machen Sie nicht den Fehler, zu glauben, dass ich nicht ausgesprochen gründlich bin, Miss Ames. Das hier ist meine Stadt, mein kleines Stück Himmel auf Erden, und ich nehme jeden Gesetzesverstoß sehr ernst. Ich schaue nicht weg, und ich mache es mir auch nicht einfach. Wenn ich auch nur den kleinsten Hinweis gefunden hätte, dass Ihre Schwester ermordet worden ist, dann hätte ich diese Untersuchung mit *allen* Mitteln weitergeführt."

„Und wenn *ich* einen Beweis finde, Lieutenant? Werden Sie dann den Fall wieder aufrollen und die Untersuchung mit *allen* Mitteln weiterführen?"

„Ja, verdammt noch mal. Natürlich würde ich das, wenn Sie tatsächlich einen Beweis vorlegen würden."

„Dann nehme ich Sie beim Wort. Ich will nämlich herausfinden, was mit meiner Schwester passiert ist. Tatsächlich gibt es für mich augenblicklich kein anderes Ziel. Und es ist mir egal, wie lange es dauert." Sie griff in ihre Tasche und holte eine der Visitenkarten heraus, die sie während des Wochenendes beim Sofortservice hatte drucken lassen.

Er schaute die Karte an, dann wanderte sein Blick zurück zu ihr. Ein Mundwinkel verzog sich nach oben. „Ich bewundere Ihre Entschlossenheit. Ich glaube zwar, dass sie Ihnen in diesem Fall überhaupt nichts nützen wird, aber meine Güte, ich bin ja erst seit elf Jahren bei der Polizei. Darf ich fragen, womit Sie anfangen wollen?"

Sie hoffte, dass ihr Lächeln gewinnend wirkte. „Mit Ihrem Bericht natürlich."

Er sah sie einen Moment lang an, dann legte er den Kopf schräg und lachte. „In Ordnung, Sie haben gewonnen." Mit einer Handbewegung wehrte er ihren Dank ab. „Sie können ihn jedoch nicht mit hinausnehmen, und Sie dürfen ihn auch nicht kopieren. Ehe Sie mir jetzt mit dem Recht auf Informationsfreiheit kommen – das bezieht sich nur auf Fälle, die bereits vor Gericht verhandelt worden sind. Und da Sie mir gerade selbst gesagt haben, dass ich den Fall wieder aufrollen werde, sorge ich besser dafür, dass diese Informationen nicht verfälscht werden. Einverstanden?"

„Einverstanden."

„Ich werde Sie in eines der Vernehmungszimmer bringen."

Wieder lächelte sie, diesmal erleichtert. „Vielen Dank, Lieutenant Lopez. Ich ..."

Er fiel ihr ins Wort. „Ich möchte Sie warnen, Miss Ames. Die Leute von Key West halten zusammen wie Pech und Schwefel. Sie unterstützen sich gegenseitig in jeder erdenklichen Situation. Ich rate Ihnen, vorsichtig vorzugehen. Achten Sie darauf, niemandem auf die Füße zu treten – jedenfalls nicht allzu vielen. Denn die Folgen würden Ihnen bestimmt nicht gefallen."

8. KAPITEL

Montag, 5. November
13.15 Uhr
Drei Stunden später verließ Liz das Polizeirevier. Ihr schwirrte der Kopf von der Lektüre des Protokolls, das Valentine Lopez ihr gegeben hatte. Es sah wirklich so aus, als hätten er und seine Kollegen gründliche Arbeit geleistet, um Licht in Rachels Verschwinden zu bringen. Sie hatten fast zwei Dutzend Gemeindemitglieder der Paradise Christian Church vernommen. Dass ihre Pastorin verschwunden war, schockierte und bekümmerte alle, überraschte aber niemanden. In letzter Zeit habe sie sich merkwürdig benommen, sagten sie übereinstimmend. Ganz anders als die Frau, die sie gewählt hatten, um ihre Gemeinde zu führen. Ihre Predigten seien absonderlich und sie selbst verschlossen, nervös und unberechenbar gewesen. Eine Frau erinnerte sich, dass sie Rachel besucht und sie weinend angetroffen habe. Andere erzählten, dass die Pastorin unangemeldet bei ihnen zu Hause aufgetaucht sei und sie über ihre halbwüchsigen Kinder ausgefragt habe.

Die Polizei hatte auch die Haushälterin ihrer Schwester verhört, den Küster, die Sekretärin und noch ein paar weitere Leute, mit denen sie zuletzt verkehrt hatte. Im Polizeibericht stand, dass Rachel sich um einen Teenager gekümmert hatte, doch der Name wurde nicht genannt.

Die Polizei hatte sowohl das Pfarrhaus als auch die Kirche und das Grundstück gewissenhaft durchsucht. Die Untersuchung hatte nichts Außergewöhnliches ergeben – am allerwenigsten Hinweise darauf, dass ihre Schwester Opfer einer Gewalttat geworden war. Daraus hatten sie zunächst geschlossen, dass Rachel freiwillig fortgegangen war. Routinemäßig hatten sie eine Vermisstenmeldung an alle Polizeistationen durchgegeben und anschließend in allen

Leichenhallen, Krankenhäusern und Sanatorien in Süd-Florida nachgefragt.

Ihre Bemühungen hatten zu keinem Ergebnis geführt.

Kurz darauf hatten sie die Untersuchung beendet.

Ein Wagen, der mit quietschenden Reifen bremste, riss sie aus ihren Gedanken. Erschrocken stellte Liz fest, dass sie den Gehweg verlassen hatte und mitten über die Fahrbahn lief.

„Was, zum Teufel, tun Sie da, junge Frau? Wollen Sie sich umbringen oder was?"

Mit hämmerndem Herzen lief Liz zurück. Die leuchtend rosafarbenen Blütenblätter eines tief hängenden Oleanders schwebten zu Boden. Der wütende Fahrer trat aufs Gaspedal und warf ihr einen vernichtenden Blick zu, als er an ihr vorbeibrauste.

Mit zitternder Hand fasste Liz sich ans Herz. Was war nur los mit ihr? Um ein Haar wäre sie getötet worden. Wenn der Fahrer nicht aufgepasst hätte oder der Verkehr dichter gewesen wäre ...

Sie holte tief Luft und versuchte, sich zu beruhigen. Hatte ihr Therapeut sie nicht gewarnt und darauf hingewiesen, dass sie nicht in der Verfassung für derlei Unternehmungen war? Er hatte ihr gesagt, dass ihr labiler Zustand sich auf viele verschiedene Arten bemerkbar machen könnte. Sie würde emotionale Höhen und Tiefen durchleben, mal himmelhochjauchzend und mal zu Tode betrübt sein, und es würde ihr noch eine ganze Weile schwer fallen, sich zu konzentrieren.

„Miss Ames? Ist alles in Ordnung?"

Liz blickte sich um. Lieutenant Lopez stand am Eingang des Polizeireviers und sah sie besorgt an. Offenbar war er Zeuge geworden, wie sie blindlings auf die Straße gelaufen war. *Verflixt. Er sollte auf keinen Fall mitbekommen, wie dünn ihr Nervenkostüm war.*

Auf ihrer Oberlippe bildeten sich kleine Schweißtropfen. Sie zwang sich zu einem Lächeln und öffnete den Mund. „Ja, ja, vielen Dank.“

Sie erkannte ihre Stimme kaum wieder, so schrill und ängstlich klang sie.

„Sie sollten besser aufpassen. Hier in der Stadt herrscht ziemlich viel Verkehr.“

Verwirrt starrte sie ihn ein paar Sekunden lang an. Trotz seiner versöhnlichen Miene erschien ihr sein Tonfall irgendwie bedrohlich. Genauso wie zuvor, als er ihr geraten hatte, den Menschen von Key West nicht auf die Füße zu treten.

Sie verkrampfte sich innerlich. Amüsierte er sich vielleicht über sie? Sie glaubte, seine Gedanken erraten zu können:

Eine Familie von Verrückten. Sie ist genauso plemplem wie ihre Schwester.

Liz drehte sich um und lief die Duval Street hinunter. Krampfhaft bemühte sie sich, zielstrebig und selbstbewusst zu wirken, und ging mit gestrafften Schultern und hoch erhobenem Kopf davon. Sie spürte seine Blicke und musste sich zwingen, nicht zurückzuschauen.

Wenn sie das nämlich täte, wüsste er Bescheid. Dann würde er es erkennen.

Sie verlor allmählich den Verstand.

Automatisch setzte Liz einen Fuß vor den anderen. Sie war klatschnass unter den Armen, und die Schweißtropfen liefen ihr den Rücken hinunter. Ihr schwindelte, und sie bemühte sich, gleichmäßig und tief durchzuatmen. *Frische Luft einsaugen, verbrauchte Luft ausatmen.*

Menschen liefen an ihr vorbei. Sie spürte ihre neugierigen Blicke. Ihr Herz schlug schneller und geriet allmählich außer Kontrolle. Das Atmen fiel ihr immer schwerer, während sie angestrengt geradeaus lief, um nicht durchzudrehen.

Liz wusste genau, was mit ihr geschah. Sie hatte eine Panikattacke, bedingt durch den Stress und die abgrundtiefe Angst. In den vergangenen Monaten hatte sie das sehr oft erlebt. Den ersten Anfall hatte sie gehabt, als sie ihren Mann mit ihrer so genannten besten Freundin im Bett erwischt hatte; den zweiten eine Woche später, als eine ihrer Patientinnen, ein Teenager namens Shera, eine Hand voll Tabletten geschluckt hatte, um sich umzubringen.

Sie wollte nicht darüber nachdenken. Nicht jetzt. *Eine Bank. Sie musste einen Platz finden, wo sie sich hinsetzen konnte.* Hektisch suchte sie die Straße ab.

Endlich entdeckte sie eine Bank. Sie ließ sich darauf fallen und legte den Kopf auf die Knie. Tief und langsam atmete sie durch, wie sie es bei ihrem Therapeuten gelernt hatte.

Frische Luft einsaugen. Verbrauchte Luft ausatmen.

Ganz ruhig bleiben. Alles würde gut werden. Alles würde wieder gut werden.

Allmählich schlug ihr Herz wieder regelmäßiger, und die Haut kühlte sich ab. Die Attacke, die sie überfallen hatte, ging vorüber. Trotzdem blieb sie noch eine Weile sitzen und verbarg das Gesicht in den Händen. Um Himmels willen – wie konnte sie nur anderen Menschen helfen, wenn sie selber innerlich auseinander brach? Wie sollte sie den Mörder ihrer Schwester finden, wenn sie nicht einmal in der Lage war, mit einem Polizisten zu reden, ohne in einen Abgrund von Angst zu stürzen?

Liz hob den Kopf. Jetzt erst sah sie, wo sie sich befand. Wohin ihr Unterbewusstsein sie geführt hatte.

Zur Paradise Christian Church.

Plötzlich wurde sie ganz ruhig. In aller Deutlichkeit sah sie das Ziel, das vor ihr lag.

Rachel.

Auf ihren Armen bildete sich eine Gänsehaut. Sie flüsterte

den Namen ihrer Schwester, und sie war bei ihr mit all ihren Gedanken und Sinnen. So deutlich spürte sie ihre Gegenwart, dass sie fast damit rechnete, sie im nächsten Moment aus der Kirchentür treten zu sehen. Dann würde Rachel wie immer lächeln, ihr zuwinken und in diesem drollig-federnden Gang zu ihr hinüberkommen, der mehr zu einem Golden Retriever als zu einer erwachsenen Frau passte. Ganz fest würde sie Liz in die Arme schließen.

Und alles wäre wieder gut.

„Kann ich Ihnen helfen?"

Erschrocken löste Liz den Blick von der Kirchentür. Vor ihr stand eine Frau, die sie noch nie gesehen hatte. Sie wirkte sehr besorgt.

Liz blinzelte. „Entschuldigung, was haben Sie gesagt?"

Die Frau reichte ihr eine Flasche Wasser. „Mir gehört der Laden auf der anderen Seite der Straße. Und Sie sehen so aus, als könnten Sie das hier gebrauchen."

„Danke. Das kann ich wirklich." Liz lächelte zaghaft und nahm die Flasche. Sie schraubte den Verschluss ab und trank einen tiefen Schluck. Sofort fühlte sie sich besser.

„Diese Hitze ist mörderisch. Ich rate den Touristen andauernd, immer eine Flasche Wasser mitzunehmen. Man sollte stets genügend Flüssigkeit zu sich nehmen. Das ist sehr wichtig."

Ihr Gegenüber lächelte wieder, und Liz fand, dass sie die schönste Frau war, die sie jemals gesehen hatte. Ihr Haar war von jenem natürlichen Hellblond, wie man es manchmal bei Kindern sah, und ihre Augen hatten die Farbe eines wolkenlosen Sommerhimmels.

Liz erwiderte das Lächeln. „Was schulde ich Ihnen für das Wasser?"

Sie machte eine abwehrende Geste. „Es ist eine milde Gabe."

„Sie sind eine wahre Samariterin. Das gibt es heutzutage nicht mehr oft."

„Schon möglich." Die Frau schaute über ihre Schulter. „Ich gehe jetzt besser zurück. Das da ist mein Laden – ‚Bikinis et cetera'." Sie zeigte mit dem Finger. „Schauen Sie doch mal rein. Falls Sie mal einen wirklich schicken Badeanzug brauchen."

„Danke, das tue ich gerne."

Eine Gruppe von Teenagern radelte vorbei. Eins der Mädchen drehte sich um und winkte. „Hallo, Heather!"

„Hallo, Melanie", rief sie zurück. „Ich habe eine neue Kollektion Bikinis reinbekommen."

„Cool."

Die Frau wandte sich wieder zu Liz. „War nett, Sie kennen zu lernen. Und vergessen Sie nicht vorbeizukommen."

„Warten Sie!" Liz stand auf. „Ich habe mich noch gar nicht richtig bedankt."

„Ist nicht nötig." Sie winkte mit den Fingern. „Ciao."

Liz sah der Frau nach und hatte zum ersten Mal das Gefühl, dass vielleicht doch nicht alle Bewohner von Key West ihre Feinde waren.

9. KAPITEL

Dienstag, 6. November
Mittags
Carla saß an ihrem Schreibtisch und starrte auf das Fax, das sie wenige Minuten zuvor erhalten hatte. Es war die Kopie eines Flugtickets zu den Cayman Inseln. Nur ein Hinflug. Der Name auf dem Ticket: Larry Bernhardt. Das Reisedatum: 9. November 2001.

Der kommende Freitag. Auf den Tag genau eine Woche, nachdem er aus dem Schlafzimmerfenster gesprungen war.

Selbst wenn sie nicht zu den brillantesten Detectives gehörte – das hier ergab für sie absolut keinen Sinn.

Aber so war es ihr auch mit dem größten Teil der Informationen ergangen, die sie in den vergangenen vierundzwanzig Stunden gesammelt hatte. Bernhardt war in der Island National Bank sehr angesehen gewesen, seine Kollegen und seine Vorgesetzten hatten ihn gemocht und respektiert. Sein Chef vermutete, dass er letzten Januar eine beträchtliche Erbschaft gemacht hatte, obwohl er nicht wusste, von wem. Damals hatte er sich das Haus an der Küste gekauft.

Er war zwei Mal verheiratet gewesen. Von seiner zweiten Frau, der knapp zwanzigjährigen Mrs. Bernhardt, von der die Haushälterin gesprochen hatte, war er geschieden worden, kurz nachdem sie in die Villa auf dem Sunset Key gezogen waren. Er hatte zwei erwachsene Kinder aus seiner ersten Ehe, einen Jungen und ein Mädchen, zu denen er ein sehr gutes Verhältnis hatte. Carla hatte mit der Tochter gesprochen, die aus allen Wolken gefallen und am Boden zerstört war. Sie habe noch eine Woche zuvor mit ihrem Vater gesprochen, erzählte ihr die junge Frau, und er sei ausgesprochen gut gelaunt gewesen.

Ausgesprochen gut gelaunt. Carla dachte angestrengt nach. Das hatte sie immer wieder gehört. Alle, mit denen sie gesprochen hatte, beschrieben Bernhardt als glücklich und gelassen. Er hatte alles erreicht – sowohl privat als auch beruflich. In der Nacht seines Todes war er mit Freunden zum Abendessen aus gewesen. Er hatte mit ihnen über seine Kinder, seine Arbeit und die Zukunft gesprochen.

Von einer Reise hatte er allerdings nichts gesagt. Und natürlich hatte er auch nicht erwähnt, dass er sich das Leben nehmen wollte.

Ratlos trommelte Carla mit den Fingern auf das Fax. Die einzige abweichende Aussage über Bernhardts geistigen Zustand war von seinem Psychotherapeuten gekommen. Dr. Irwin Morgenstern hatte ausgesagt, dass Bernhardt wegen schwerer Depressionen und Angstattacken bei ihm in Behandlung war. Er hatte ihm verschiedene Medikamente verschrieben, um seinen Zustand zu stabilisieren.

Carla hielt das angesichts der anderen Aussagen für absoluten Blödsinn. Bernhardt hatte vermutlich Drogen zur Entspannung genommen, und Dr. Morgenstern hatte ihn – wissentlich oder unbewusst – damit versorgt.

Ein One-Way-Ticket. Sie runzelte die Stirn. Leute, die ein einfaches Ticket kauften, waren in der Regel arbeitslos, hatten keinerlei Verpflichtungen oder waren auf der Flucht vor etwas oder jemandem. Eine zerbrochene Ehe. Schulden. Oder sie flohen vor dem Gesetz.

Wovor aber war Bernhardt geflohen? Und warum stürzte sich ein Mann, der ein One-Way-Ticket zu den Cayman-Inseln gebucht, ein herrliches Haus, eine Unmenge von Geld, beruflichen Erfolg und – nach den Aussagen der Haushälterin – zahllose Affären mit attraktiven Mädchen hatte, aus seinem Schlafzimmerfenster im zweiten Stock?

Das hatte er nicht getan. Ganz bestimmt nicht.

Vielleicht war Bernhardt aus dem Fenster hinausbefördert worden.

Carla konzentrierte sich auf den Bericht der Kollegen von der Spurensicherung. Sie hatten nicht viel gefunden. Die Fingerabdrücke auf der Champagnerflasche und dem Tablettenfläschchen waren die von Bernhardt. Sie hatten mehrere Schamhaare auf dem Bettlaken entdeckt, und die Flecken auf den Satinbezügen stammten offenbar von einem Samenerguss. Im Bericht stand, dass es sich um frische Flecken handelte und keine, die schon mehrere Tage alt waren.

Sie runzelte die Stirn, während sie sich an etwas zu erinnern versuchte, das ihr aufgefallen war. Vielleicht sollte sie noch einmal zu Bernhardts Haus fahren und sich umsehen? Ihr Blick fiel auf die Uhr an der Wand gegenüber. Kurz nach Mittag. Val war essen gegangen. Danach hatte er eine Verabredung mit dem Staatsanwalt. Sie biss sich auf die Unterlippe. Ihr Chef wusste immer gerne, was seine Detectives gerade taten. Das akzeptierte sie; schließlich vertraute sie seinen Instinkten sehr viel mehr als ihren eigenen.

Andererseits wollte sie auch nicht den ganzen Nachmittag tatenlos herumsitzen, um auf seine Erlaubnis zu warten. Pfeif drauf, sagte sie sich, schob ihren Stuhl zurück und stand auf. Val hatte gesagt, dass Bernhardts Tod momentan die wichtigste Angelegenheit sei, und sie hatte ohnehin nichts anderes mehr zu tun. Sie würde also hinfahren und Bernhardts Schlafzimmer noch einmal genau unter die Lupe nehmen.

Zehn Minuten später stand Carla an der Anlegestelle Ecke Hilton und Mallory Square und wartete auf die Fähre. Sie musste sich eingestehen, dass ein Mord auf dem Sunset Key ein paar interessante Herausforderungen bot. Die Insel war nur mit dem Boot zu erreichen, das rund um die Uhr verkehrte und Touristen sowie Bewohner vom und zum Festland brachte. Mit Ausnahme von batteriebetriebenen „amtlichen" Dienstwagen waren keine Motorfahrzeuge auf dem Sunset Key erlaubt. Und bis auf ein Schild mit der Aufschrift „Privatbesitz. Zugang nur für Bewohner des Sunset Key" gab es keinerlei Sicherheitsvorkehrungen. Die Leute kamen und gingen, und niemand fragte nach Ausweisen, die die Anwohnerschaft oder den Besitz eines Hauses bestätigten.

Das ist mal wieder typisch für Key West, überlegte Carla. Keiner macht sich um irgendetwas Sorgen.

Die Fähre, ein schnittiges, zehn Meter langes Boot mit starkem Motor, legte an. Carla wartete, bis die Passagiere ausgestiegen waren, ehe sie an Bord ging. Sie bemerkte den neugierigen Blick des Kapitäns, und als sie ihm nicht auswich, schaute er weg.

Nachdem er noch fünf Minuten auf weitere Fahrgäste gewartet hatte, legte er ab. Carla blickte aufs Meer hinaus und hielt sich die Haare fest, damit der Wind ihre Frisur nicht zerzauste.

„Sie sind von der Polizei, stimmt's?"

Carla schaute den Kapitän wieder an. „Richtig. Wie sind Sie ..."

„Ich habe Sie schon am Montag übergesetzt. Dabei habe ich mitbekommen, wie Sie sich mit Ihrem Kollegen unterhalten haben." Er schaute in eine andere Richtung, dann wieder zu ihr und blinzelte in das grelle Sonnenlicht. „Das mit Bernhardt ist wirklich eine schlimme Sache. Schien ein netter Kerl zu sein."

„Sie kannten ihn?"

„Nicht wirklich. Ich arbeite erst seit einem Monat hier. Es ist nur ... ich meine, ich habe ihn ein paar Mal hin- und hergefahren."

„Ich wette, Sie kommen aus Boston", sagte sie und legte den Kopf schräg. Er schien nicht dumm zu sein. „Nach Ihrem Akzent zu urteilen."

Er verzog den Mund. „Meine Familie ist immer noch schockiert. Sie können einfach nicht verstehen, warum es mir hier gefällt."

Verstohlen schaute sie auf seine linke Hand. Kein Ring. Sie lächelte. „Meiner Familie ging's genauso."

„Wissen Sie ..." Er räusperte sich. „Ich habe ihn in der Nacht hinübergebracht, als er ... es getan hat."

Carla straffte die Schultern. Den kaum begonnenen Flirt hatte sie sofort vergessen. „Wirklich? Wie hat er denn auf Sie gewirkt?"

„So wie immer. Freundlich. Entspannt. Ein netter Kerl", wiederholte er, während er die Geschwindigkeit drosselte und auf das Dock zusteuerte.

„War jemand in dieser Nacht bei ihm?“ fragte sie, als er langsamer wurde und die Fähre an die Anlegestelle manövrierte.

„Nicht in dieser Nacht.“ Er sprang an Land und vertäute das Boot zuerst am Bug und dann am Heck. Danach wandte er sich wieder zu ihr. Die Stirn hatte er in Falten gelegt. „Bernhardt hatte doch alles, was er sich nur wünschen konnte. Warum hat er es bloß getan? Ich verstehe das einfach nicht.“

Jetzt waren sie also schon zu zweit. Sie stand auf und ließ sich von ihm an Land helfen, obwohl sie es auch alleine geschafft hätte.

„Ich bin Detective Carla Chapman.“ Sie gab ihm ihre Karte. „Wenn Ihnen noch irgendetwas einfällt, rufen Sie mich einfach an.“

Prüfend wanderten seine dunklen Augen an ihr herunter. „Das werde ich tun ... Carla.“

Für den Bruchteil einer Sekunde hatte sie den Eindruck, dass er ihr ein Treffen vorschlagen wollte. Als er es nicht tat, unterdrückte sie ihre Enttäuschung und konzentrierte sich wieder auf Bernhardt. Da die Umstände seines Todes noch nicht endgültig geklärt waren, galt sein Haus immer noch als Schauplatz eines Verbrechens, den man nicht ohne weiteres betreten durfte. Sie schlüpfte unter dem gelben Absperrband durch und betrat das Haus. Drinnen war es dämmrig und kühl. Die Haushälterin hatte die Vorhänge zugezogen und die Fensterläden geschlossen, bevor sie gegangen war.

Carla stieg die Treppe hinauf. Die Klimaanlage schaltete sich ein. Bis auf das Bett, das die Kollegen von der Spurensicherung abgezogen hatten, war im Schlafzimmer noch alles so, wie sie es am Tag zuvor angetroffen hatte. Langsam ließ sie ihren Blick durch den Raum wandern. Sie wusste, dass es wahrscheinlich Zeitverschwendung war, noch einmal hierher gekommen zu sein.

Plötzlich fiel ihr wieder ein, woran sie sich zu erinnern versucht hatte. Die Haushälterin hatte ihr erzählt, dass Bernhardt täglich auf frischer Bettwäsche bestanden hatte. Das bedeutete also, dass die Laken in der letzten Nacht seines Lebens keine Flecken hatten, als er ins Bett gegangen war. Sie kniff die Augen zusammen. Natürlich hätte sich der Mann noch ein letztes Mal einen runterholen können, bevor er aus dem Fenster sprang. Die Schamhaare konnten durchaus von ihm stammen.

Vielleicht aber auch nicht. Und wenn das der Fall sein sollte, dann bedeutete es nichts anderes, als dass Larry Bernhardt in der Nacht seines Todes nicht allein gewesen war.

10. KAPITEL

Dienstag, 6. November
15 Uhr

Die Paradise Christian Church ragte strahlend weiß in den Himmel hinein. Scharfkantig zeichneten sich der Glockenturm und das Kreuz gegen den endlosen blauen Hintergrund ab. Das Gebäude sah aus, als habe ein Bäcker es mit einer riesigen Schablone aus Plätzchenteig ausgestochen und auf den Bürgersteig gestellt.

Auf dem Kirchhof wuchsen verschiedene Palmenarten, und ein gigantischer Flammenbaum überschattete mit seinen Ästen, an denen leuchtend rote Blüten hingen, den Gehweg.

Liz ging durch das geöffnete Eisentor und stieg die gefliesten Stufen zum Haupteingang der Kirche hinauf. Auch diese Tür stand offen, um die Gläubigen willkommen zu heißen und sie zum Eintreten zu bewegen. Hier würden sie Rettung finden.

Rachel kam ihr in den Sinn, und der Gedanke an ihre Schwester schnürte ihr die Kehle zu. Sie blieb stehen, um sich zu sammeln. Bei ihrem Vorhaben durfte sie sich nicht von ihren Gefühlen leiten lassen. Dies war der nächste Schritt, den sie tun musste. Die Kirche war der letzte Ort, an dem Rachel lebend gesehen worden war. Der Platz, der ihr der liebste auf der ganzen Welt gewesen war.

Wenn es irgendwo Hinweise auf ihr Verschwinden gab, dann würden sie hier zu finden sein.

Sie hatte sich mit Tim Collins verabredet, dem Geistlichen, der als Ersatz für ihre Schwester gekommen war. Was sie ihm sagen wollte, hatte sie sich gründlich eingeprägt. Die ganze Wahrheit würde sie ihm jedoch vorenthalten. Sie befürchtete nämlich, dass er kein Wort mehr sagen würde, wenn sie ihm den eigentlichen Grund für ihre Anwesenheit auf Key West verriet. Und dass alle anderen, mit denen sie reden wollte, ebenso reagieren könnten.

Liz betrat den kleinen Vorraum der Kirche und spürte sofort die beruhigende Wirkung der absoluten Stille. Tief atmete sie durch. Es roch nach Politur und Kerzenwachs.

Als sie sich umsah, wurde ihr sofort klar, warum ihre Schwester sich in diese Kirche verliebt hatte. Das Gebäude war alt, anheimelnd und gab dem Besucher das Gefühl, Gott sei unmittelbar anwesend, was man nicht von jeder Kirche sagen konnte. Vielleicht lag es an den zahlreichen bunten Fenstern oder an den Gebeten, die seit mehr als hundert Jahren hier gesprochen worden waren und deren fernes Echo von den Wänden widerzuhallen schien.

„Kommen Sie wegen der Besichtigung?“ fragte eine junge Frau, die rechts in einem Gang stand. „Da sind Sie zu früh dran.“

„Nein, eigentlich nicht.“ Neugierig schaute sie sich um. „Obwohl ich gerne daran teilnehmen würde.“ Sie sah wieder zu dem Teenager, ein hübsches Ding von etwa sechzehn Jahren. Liz fragte sich, wie das Mädchen wohl reagieren würde, wenn sie nach ihrer Schwester fragte. Ob sie sich an sie erinnerte? War sie vielleicht sogar diejenige, der Rachel zu helfen versucht hatte – die Namenlose, die in dem Polizeibericht erwähnt war? „Ich habe einen Termin bei Pastor Collins. Wissen Sie, wo ich ihn finden kann?"

„Pastor Tim? Aber klar!" Mit einem breiten Lächeln deutete sie den Gang hinunter, der sich hinter ihr erstreckte. „Er ist in seinem Büro. Ich habe gerade mit ihm gesprochen."

„Danke." Liz ging an dem Mädchen vorbei. Dann blieb sie plötzlich stehen. „Wann fängt denn die Führung an? Vielleicht schaffe ich es ja noch rechtzeitig nach meiner Unterhaltung mit Pastor Collins."

„Um halb vier. Ich kann auch gern ein paar Minuten auf Sie warten."

Liz eilte den Gang entlang. Auf der einen Seite befanden sich die Fenster, die zur Duval Street hinausgingen; die Läden waren geschlossen. Auf der anderen Seite lagen offenbar die Unterrichtsräume und der Kindergarten. Das Kirchenbüro und das Arbeitszimmer des Pastors befanden sich am Ende des Ganges.

Da niemand am Empfangstisch saß, ging Liz zum Arbeitszimmer. Die Tür war halb geöffnet, und sie klopfte an. „Pastor Collins? Ich bin Liz Ames."

„Miss Ames, guten Tag." Mit einem freundlichen Lächeln erhob er sich und winkte sie ins Zimmer. Überrascht stellte Liz fest, dass er ziemlich groß war, über einen Meter achtzig, und eher wie ein Profi-Footballspieler als wie ein Geistlicher aussah. „Bitte sagen Sie einfach Pastor Tim. Das tun nämlich alle."

„Gerne. Wenn Sie mich Liz nennen." Sie erwiderte sein Lächeln und trat zu ihm. Nachdem sie einander die Hand gegeben hatten, setzte sie sich auf den Stuhl, der ihm gegenüber stand. „Ihre Kirche ist wunderschön."

„Vielen Dank.“ Mit zufriedener Miene ließ er seinen Blick durch das Arbeitszimmer wandern. „Die Paradise Christian Church ist die älteste Kirche auf der Insel. Bis 1936 hieß sie St. Stephen-Kirche. Dann hat die katholische Erzdiözese den Besitz verkauft, um ein größeres Gebäude auf der anderen Seite der Insel zu errichten.“

„Erstaunlich, dass sie immer noch steht“, murmelte sie, als sie sich daran erinnerte, was Rachel ihr über die Kirche erzählt hatte. „Ist sie nicht von einem Hurrikan zerstört worden und musste neu aufgebaut werden?“

„Teilweise neu aufgebaut, und zwar zwei Mal. Das erste Mal nach dem Hurrikan von 1846, und dann noch einmal nach dem Sturm von 1935. Dieses Gebäude hier stammt aus dem Jahr 1940.“

„Ich liebe alte Gebäude. Wenn ich es schaffe, würde ich gerne die nächste Führung mitmachen.“

„Wenn es heute nicht klappt – wir bieten sie jeden Tag an, außer sonntags.“

„Sind Sie schon lange hier?“

„Erst seit ein paar Monaten. Meine Vorgängerin ist sehr überraschend gegangen. Sie ist auch nicht besonders lange in der Pfarrei gewesen.“

Ihr Herz setzte einen Schlag lang aus. Sie bemühte sich, keine Reaktion zu zeigen. „Seltsam. Ich kann mir gar nicht vorstellen, dass man einen so wunderschönen Ort einfach verlässt.“

„Nicht jeder ist für das Inselleben geschaffen“, meinte er. Dann wechselte er das Thema. „Am Telefon erwähnten Sie, dass Sie Familientherapeutin sind?“

„Ja.“ Sie straffte die Schultern. „Wie ich Ihnen gesagt habe, bin ich staatlich geprüfte Sozialarbeiterin, eine etwas ungewöhnliche Umschreibung für die Tatsache, dass ich eine Privatpraxis betreiben kann. Ich habe mich auf Jugendberatung spezialisiert, und da ich, wie Sie wissen, neu auf Key West bin, versuche ich im Moment, mich durch Mundpropaganda bekannt zu machen."

Sie kramte ein paar Visitenkarten aus der Handtasche und reichte sie ihm. „Vielleicht gibt es in Ihrer Gemeinde ja einige Mitglieder, die eine Beratung benötigen. Sie können sie gerne zu mir schicken."

Er schwieg eine Weile, während er nach der richtigen Antwort zu suchen schien. „Die Mitglieder meiner Gemeinde sind nicht sehr wohlhabend, Liz. Zugegeben, es gibt eine Menge reicher Leute auf der Insel, aber noch mehr, die nur wenig zur Verfügung haben. Unsere Haupteinnahmequelle ist der Tourismus, und die meisten Inselbewohner arbeiten in dieser Branche."

Er stand auf und ging zum Fenster hinüber. Die hereinfallenden Sonnenstrahlen tauchten ihn in ein goldenes Licht und ließen ihn jünger erscheinen als fünfunddreißig, wie sie zu Anfang geschätzt hatte. „Ich nehme an, Sie haben bereits gemerkt, dass das Leben auf Key West sehr teuer ist. Die Lebenshaltungskosten sind sogar noch höher als in Miami. Tatsache ist, dass es eine der teuersten Gegenden im ganzen Land ist."

„Das überrascht mich allerdings."

Er drehte sich um und sah ihr in die Augen. „Wir sind hier ziemlich isoliert. Bis Miami brauchen wir dreieinhalb Stunden, und es gibt nur eine Straße, die von der Insel führt. Alles muss per Schiff angeliefert werden. Benzin, die meisten Lebensmittel, Trinkwasser und überhaupt alles, was lebensnotwendig ist. Das Land ist knapp, deshalb werden für Grundstücke Spitzenpreise verlangt, und auch die Mieten sind sehr hoch." Er lächelte. „In meiner Gemeinde können sich nicht viele fünfzig bis neunzig Dollar für eine Beratungsstunde leisten, egal, wie nötig sie es hätten."

Der Pastor hatte eine sonore und wohltönende Stimme, und

wenn er sprach, schaute er sie auf eine Weise an, dass sie den Eindruck hatte, ihm läge tatsächlich etwas an ihrem Wohlergehen. Ganz wie ein Mann Gottes eben.

„Deshalb bin ich ja auch bereit, meine Honorarsätze herunterzuschrauben oder sogar ganz darauf zu verzichten, wenn es nötig ist“, erwiderte sie. „Ich glaube nämlich, dass oft diejenigen am dringendsten Hilfe brauchen, die sie sich am wenigsten leisten können.“

Er schaute auf ihre Visitenkarte und dann wieder zu ihr. Mit hochgezogenen Augenbrauen fragte er: „Und wie wollen *Sie* Ihre Miete bezahlen? Die Gegend, in der Sie wohnen, ist ja auch nicht gerade billig.“

„Ich komme schon zurecht“, entgegnete sie ausweichend. Dann lächelte sie. „Ich führe kein luxuriöses Leben, Pastor Tim. Für mich gibt es wichtigere Dinge als elegante Autos und schicke Designer-Klamotten.“

Tatsache war, dass sie das Haus ihrer Eltern verkauft hatte, um dieses Abenteuer zu finanzieren. Sie hatten es ihr und Rachel hinterlassen, als sie im vergangenen Jahr gestorben waren, und sie war fest davon überzeugt, dass die Eltern ihre Entscheidung unterstützt hätten.

Er grinste. „Glücklicherweise brauchen Sie solche Sachen auf Key West auch nicht. Abgeschnittene Jeans und ein Moped reichen hier vollkommen aus.“

Liz fand ihn sympathisch, jedenfalls soweit sie das unter den gegebenen Umständen beurteilen konnte. „Sie dürfen Sonnenbrille und Baseballkappe nicht vergessen. Die sind sehr wichtig. So viel habe ich bereits mitgekriegt.“

„Kluges Mädchen.“ Er schaute auf seine Uhr. „Ich verspreche Ihnen, meine Fühler auszustrecken. Es gibt eine ganze Menge verwirrter Teenager auf Key West. Die Palette reicht von einfachen

Ausreißern über Kinder des Regenbogenlandes bis zu jenen, die wirklich alles haben."

Er machte eine Pause, als ob er sich seine nächsten Worte sehr gut überlegte. „Aber ein Mädchen fällt mir sofort ein. Sehr sympathisch, allerdings mit vielen Problemen. Ihre Eltern sind vollkommen ratlos ... Sie war regelmäßig bei meiner Vorgängerin, doch sie hat sich geweigert, die Beratung bei mir fortzusetzen."

Liz stockte der Atem. „Ihre Vorgängerin hat sie beraten?"

„Pastorin Howard, ja. Aber nachdem sie gegangen war ..."

„Verschwunden, meinen Sie?" Liz versteckte die zitternden Hände im Schoß und betete, dass sie nicht zu weit vorgeprescht war. „Ich habe gehört, wie darüber gesprochen wurde. Es soll sehr merkwürdig gewesen sein."

„Man hat darüber gesprochen? Tatsächlich?" Er runzelte die Stirn. „Das überrascht mich."

„War es denn ... wirklich so merkwürdig, wie alle sagen?"

Er ging zu seinem Stuhl zurück und setzte sich hin. Auf einmal wirkte er sehr nachdenklich. „Ich bin Pastorin Howard nie begegnet, aber ich musste .... ihre persönlichen Dinge in Kisten packen, als ich die Stelle hier übernommen habe. Keine angenehme Aufgabe."

Liz erinnerte sich, wie die Kisten angeliefert wurden. Sie war zusammengebrochen, nachdem sie sie in Empfang genommen hatte. Als sie dann endlich stark genug gewesen war, sich den Inhalt anzusehen, hatte sie nichts gefunden, was darauf hingedeutet hätte, dass ihre Schwester in einer Krise oder in Gefahr gewesen war.

Vielleicht hatte ja der Pastor etwas entdeckt.

„War bei ihren Sachen irgendetwas, aus dem man erkennen konnte ... was mit ihr passiert ist?" fragte sie und hoffte, einfach nur neugierig zu klingen. „Irgendein Hinweis?"

Für den Bruchteil einer Sekunde sah der Geistliche sie durchdringend an. Liz war sicher, dass sie sich verraten hatte. Dann schüttelte er den Kopf. „Die Polizei ist der Ansicht, dass sie einen Nervenzusammenbruch hatte und weggelaufen ist. Und alles, was ich gehört habe, scheint diese Annahme zu bestätigen."

„Was meinen Sie damit?" Sie fragte sich, ob sie wohl so aufgebracht klang, wie sie sich fühlte. Seinem Gesichtsausdruck nach zu urteilen befürchtete sie, dass sie es tat.

Er beugte sich nach vorne. „Schauen Sie, ich spreche nicht gerne darüber. Im neunten Gebot steht, dass wir nicht falsches Zeugnis wider unseren Nächsten ablegen sollen. Was nichts anderes bedeutet, als dass wir nicht über andere reden oder Gerüchte in die Welt setzen sollen. Wenn mir die Tatsachen bekannt wären, dann würde ich es Ihnen sagen ..."

„Ich verstehe", entgegnete sie rasch. „Aber falls die Möglichkeit besteht, dem Teenager, von dem Sie eben gesprochen haben, beizustehen, oder sonst irgendjemandem, dessen Leben durch Pastorin Howards Verschwinden betroffen ist, dann würde ich doch gerne darüber Bescheid wissen."

„Die Polizei ..." Gedankenverloren ließ er den Satz unvollendet, dann begann er aufs Neue: „Pastorin Howard war in der Pfarrei sehr beliebt ... jedenfalls zuerst. Mit der Zeit hat sie sich immer merkwürdiger verhalten. Das jedenfalls haben mir viele Gemeindemitglieder gesagt."

Er blickte auf seine Hände, die er gefaltet auf den Schreibtisch gelegt hatte. Große Hände, bemerkte Liz. Stark und voller Schwielen. Nicht die zarten Hände eines Wissenschaftlers oder Kopfarbeiters.

Als er sie wieder ansah, lag Besorgnis in seinen Augen. „Sie hat ihre seelsorgerischen Aufgaben vernachlässigt. Kranke und alte Menschen hat sie nicht mehr besucht und ihre Verabredungen nicht mehr wahrgenommen. Als ich hierher kam, war das Pfarrbüro in einem chaotischen Zustand. Das Gleiche gilt für das Pfarrhaus. Verstehen Sie jetzt, warum ich ebenso wie die Polizei der Ansicht bin, dass sie einen Nervenzusammenbruch hatte?"

Liz war bemüht, sich nicht anmerken zu lassen, wie sehr seine Worte sie aufbrachten. Sie wollte etwas sagen, brachte jedoch keinen Satz heraus.

„Ich fühle mit ihrer Familie", sagte er leise. „Ich kann mir vorstellen, wie sehr sie darunter leiden muss."

Ein banges Gefühl erfasste sie. Weiß er Bescheid? fragte sie sich. Hatte er herausgefunden, wer sie wirklich war?

Und wenn dem so war, konnte sie dann überhaupt auch nur ein Wort von dem glauben, was er ihr gesagt hatte?

Aber wie hätte er es herausfinden sollen?

Falls es so wäre, warum sagte er ihr es dann nicht auf den Kopf zu? Er schien nicht der Mann zu sein, der mit zwei Zungen sprach.

Einen Moment lang wusste sie nicht, was sie tun sollte. Dann beschloss sie, ihre Rolle so zu Ende zu spielen, wie sie sie begonnen hatte, und erhob sich. „Das kann ich auch." Sie reichte ihm die Hand. „Ich habe Ihre Zeit lange genug in Anspruch genommen, Pastor. Danke, dass Sie mich empfangen haben."

Er stand ebenfalls auf und ergriff ihre Hand. „Sie sind jederzeit willkommen. Ich werde mit den Eltern des Teenagers reden, ganz bestimmt. Vermutlich werden Sie von ihnen hören. Es sind anständige Menschen, Liz. Ich hoffe, Sie können ihnen helfen."

„Das hoffe ich auch." Sie dankte ihm erneut und ging zur Tür. „Wie lange dauert die Führung?"

Er sah auf seine Uhr. „Den Schluss müssten Sie eigentlich noch mitbekommen. Die Gruppe dürfte jetzt im Park sein."

Er beschrieb ihr den Weg dorthin. Die Besucher waren tatsächlich schon im Park angelangt, und sie schloss sich ihnen an. Die Kirche, das Pfarrhaus und das Grundstück nahmen eine Fläche von der Größe zweier Häuserblocks ein. Ein wertvolles Stück Land auf Key West. Die katholische Erzdiözese hatte den Besitz verkauft, nachdem der verheerende Hurrikan von 1935 die von Henry Flagler erbaute Eisenbahnlinie zerstört hatte, und die Stadt Key West, die einmal die wohlhabendste in Amerika gewesen war, ging bankrott. Bestimmt ärgerten sich die Verantwortlichen der Diözese inzwischen maßlos.

Ehrfürchtig ließ Liz ihren Blick durch den blühenden Park wandern. Plötzlich empfand sie so etwas wie Seelenfrieden. Das Kirchengebäude war zwar zwei Mal zerstört worden, doch der Park war verschont geblieben. Die alten Banyanbäume mit den Wurzeln, die von den Ästen herabhingen, wirkten wie ein Käfig, den die Natur errichtet hatte. Liz hatte das Gefühl, wie Alice im Wunderland durch das Kaninchenloch gefallen und in einem Fantasieland mit bizarren Bäumen, Blumen und Blättern gelandet zu sein.

Die jugendliche Führerin sprach gerade über die verschiedenen Statuen im Park. Eine zeigte die Heilige Jungfrau, die aus der Zeit stammte, als hier noch die erste Kirche gestanden hatte; eine andere stellte den heiligen Franziskus dar. Das Mädchen deutete auf das Pfarrhaus, das am hinteren linken Ende des Grundstücks stand, und den kleinen Friedhof rechts daneben. Liz erfuhr, dass in den Gräbern mit den eng zusammenstehenden Steinen die sterblichen Überreste von einigen der ersten und einflussreichsten Bürger von Key West und zahlreichen Priestern ruhten.

Am Ende der Besichtigung geleitete die Führerin die Gruppe zu dem Eingang an der Duval Street. Als Liz hinaustrat, entdeckte sie auf der anderen Straßenseite „Bikinis et cetera“ und ging hinüber. Sie hatte schon die ganze Zeit in den Laden gehen und der Besitzerin noch einmal dafür danken wollen, dass sie ihr zu Hilfe gekommen war.

Liz betrat das Geschäft und sah mit einem Blick, dass es sich um eine dieser kleinen Boutiquen handelte, in denen man die neuesten und modischsten Sachen kaufen konnte. Hier fanden junge Leute und reiche Touristen, was sie suchten: Die Badeanzüge waren knapp geschnitten, die Preise exorbitant. Außer Badesachen konnte man in der Boutique Werke von Künstlern und Kunsthandwerkern kaufen, die auf Key West lebten, außerdem wunderschönen Silberschmuck und Edelsteine.

Der Laden war leer bis auf ein paar Teenager, die sich die neuesten Kollektionen ansahen und immer wieder in Entzückensschreie ausbrachen.

„Hallo, kann ich Ihnen helfen?"

Liz drehte sich um. Ihre gute Samariterin stand hinter ihr und lächelte sie freundlich an. Liz lächelte ebenfalls. „Heather, hab ich Recht?"

„Heather Ferguson. Und wer ..."

„Ich bin die Frau, die auf der Bank vor der Kirche gesessen hat. Sie haben mir eine Flasche Wasser gebracht."

Jetzt erkannte sie sie. „Natürlich. Wie geht es Ihnen denn?"

„Inzwischen wieder gut, vielen Dank."

„Das freut mich zu hören." Über ihre Schulter sah sie zu der Gruppe von Teenagern hinüber. „Braucht ihr Mädels Hilfe?" Sie verneinten, und Heather wandte sich wieder zu Liz. „Suchen Sie etwas Bestimmtes?"

„Eigentlich nein. Ich bin nur vorbeigekommen, um mich noch einmal für Ihre Hilfe zu bedanken."

„Es war mir ein Vergnügen." Wieder schaute sie zu den Mädchen und dann zurück zu Liz. „Wie lange bleiben Sie in der Stadt?"

„Eine ganze Weile." Erneut lächelte sie. „Ich weiß, dass ich wie eine Touristin aussehe, aber ich wohne seit kurzem hier." Sie streckte die Hand aus. „Elizabeth Ames. Ich habe ein Büro für Familienberatung eröffnet, nur ein paar Meter weiter auf dieser Straße."

„Tatsächlich?" Heather lächelte und ergriff ihre Hand. „Schön, Sie kennen zu lernen."

„Bedienen Sie die anderen nur", meinte Liz halblaut. „Ich kann warten."

Die Boutiquenbesitzerin dankte ihr und lief zu den Mädchen hinüber, *bevor* sie in den Umkleidekabinen verschwanden. Sie bemerkte, dass Heather sorgfältig die Badeanzüge zählte, ehe sie die Mädchen in die Kabinen gehen ließ.

Liz hatte Verständnis für ihre Vorsicht. Oft genug hatte sie mit Teenagern gearbeitet, um zu wissen, dass Ladendiebstähle unter Jugendlichen ungeahnte Ausmaße angenommen hatten. Einige der Teenager waren in ihre Beratungsstunde gekommen, nachdem sie erwischt worden waren. Erst da war den Eltern klar geworden, dass ihre Kinder Hilfe benötigten.

Kurz darauf kam Heather zurück. „Vielen Dank. Man darf diese Jugendlichen nicht aus den Augen lassen. Sie können sich nicht vorstellen, wie viele Badeanzüge den Laden verlassen, ohne vorher über den Kassentisch gegangen zu sein."

„Oh doch, das kann ich. In meinem Büro habe ich mit einer ganzen Reihe von Teenagern gearbeitet, die in den Geschäften ihre Finger nicht bei sich behalten konnten."

„Das haben Sie nett gesagt." Heather lachte. „Ich nenne sie ‚Wohlstandsklauer'."

Liz schüttelte den Kopf. Ihr gefiel diese Frau. Sie war nicht nur freundlich, sondern auch von einer direkten und humorvollen Art. Rachel hätte sie auch gemocht, überlegte Liz. Ob sie sich vielleicht sogar gekannt hatten?

Die Glocke über der Ladentür klingelte, als eine weitere Gruppe junger Frauen hereinkam. „Ich muss mich jetzt wirklich ums Geschäft kümmern. Wir sollten mal zusammen zu Mittag essen. Dann erzähle ich Ihnen, was man auf Key West tun kann und was man besser nicht tut."

Liz lachte. „Da die Insel so klein ist, wird es ja wohl nicht so viele Verhaltensregeln geben."

„Haben Sie eine Ahnung! Je kleiner der Ort, umso zahlreicher die Regeln."

„Das klingt ja ziemlich beunruhigend."

„Sie haben keinen Grund zur Sorge, wenn Sie von einer so erfahrenen Frau wie mir angelernt werden. Geben Sie mir Ihre Nummer, und ich rufe Sie an."

Liz gab Heather ihre Karte und verließ die Boutique. Dabei fiel ihr Blick auf die Paradise Christian Church. Pastor Collins stand am Eingang und blickte zu ihr hinüber. Als sie ihm zuwinkte, drehte er sich um und verschwand in der Kirche, ohne ihren Gruß zu erwidern.

11. KAPITEL

Mittwoch, 7. November
9.30 Uhr

Rick betrat das Polizeirevier und steuerte zielstrebig auf Luanne Leoni zu. Lange, bevor er zur Polizei gekommen war, hatte sie bereits an der Rezeption gesessen. Sie war eine liebenswürdige Großmutter, die sich kleidete wie ein Teenager, und ihr Herz war so groß wie Key West. Er hatte sie lieb gewonnen wie nur wenige andere Menschen. Und nach all den Jahren war ihr immer noch nicht bewusst, was ihm die Tränen bedeutet hatten, die sie beim Begräbnis seines Sohnes vergossen hatte.

„Schönen guten Tag, mein Schatz", begrüßte er sie, stützte sich auf die Empfangstheke und senkte den Kopf, um ihr in die Augen schauen zu können. „Hast du mich vermisst?"

Kokett zog sie die Augenbrauen hoch. „Und wie. Meine Katze hat mich nämlich auch verlassen. Wenigstens spüre ich jetzt keinen Juckreiz mehr."

„Du brichst mir das Herz, Luanne, wirklich."

„Und du bist ein sehr unartiger Junge, weißt du das?"

„Tatsächlich?" Er lächelte. „Aber ich könnte noch unartiger sein, wenn du mich nur lassen würdest. Bist du noch immer mit diesem alten Knacker verheiratet?"

„Das weißt du doch. Sonny und ich werden auch zusammen ins Grab fallen." Sie lachte. „Obwohl ich nicht weiß, wer wen zuerst umbringt."

„Ich wollte zu Val." Er ging zur Treppe, doch dann blieb er stehen und drehte sich noch einmal zu ihr um. „Sag mir Bescheid, wenn du zuerst zuschlägst. Ich werde auf dich warten."

Sie verdrehte die Augen. „Ich könnte deine Großmutter sein, du ungezogener Kerl. Verschwinde besser, ehe ich auf die Idee komme, dein Angebot doch noch anzunehmen."

Rick lief die Treppe hinauf. Er besuchte Val nicht oft, weil es immer schmerzliche Erinnerungen in ihm weckte. Und weil er meistens Carla Chapman über den Weg lief, seiner ehemaligen Kollegin.

Als er von Miami nach Key West zurückgekehrt war, hatte Val ihn mit Carla zusammengebracht. Sie war auch neu bei der Truppe, eine unerfahrene Polizistin, deren detektivische Fähigkeiten noch sehr unterentwickelt waren. Aber sie war voller Energie und begierig zu lernen. Rick war ein gewiefter, mit allen Wassern gewaschener Cop und verfügte über eine ausgezeichnete Spürnase. Doch der Tod seiner Frau und die Tatsache, dass er plötzlich allein mit dem Kind dastand, hatten ihn in ein Chaos der Gefühle gestürzt.

Sie hatten gut zusammengearbeitet, von ihren jeweiligen Stärken profitiert und ihre Schwächen ausgeglichen. Und sie waren Freunde geworden.

Während der entsetzlichen Phase nach Sams Tod hatte sie zu ihm gehalten. Sie hatte sich um ihn gekümmert, als er sich selber schon fast aufgegeben hatte, sie hatte ihn dazu gezwungen, zu essen und zu schlafen und wieder in ein normales Leben zurückzufinden.

Und sie war bei ihm gewesen, als er körperlichen Trost gebraucht hatte, die Art von Trost, die ein Mann nur in den Armen einer Frau finden kann – und im Bett. Sie waren ein Liebespaar geworden, obwohl die Beziehung auf geradezu absurde Weise einseitig gewesen war. Sie hatte ihm gegeben, was sie konnte, er hatte nur genommen. Ohne dass es ihm in seinem Schmerz bewusst war, hatte er in jeder erdenklichen Weise davon profitiert, sie dagegen überhaupt nicht.

Zu spät erst war ihm klar geworden, dass Carla sich in ihn verliebt hatte.

Und mit dieser Erkenntnis war eine andere einhergegangen – nämlich die, dass ihre Freundschaft zu Ende war.

Der Gedanke, sie verletzt zu haben, war ihm unerträglich, und er bedauerte den Verlust ihrer Kameradschaft aufrichtig. Er wünschte, er hätte sie niemals berührt.

Rick gelangte in den ersten Stock und bereitete sich vorsichtshalber darauf vor, ihr zu begegnen. Er musste an ihrem Büro vorbei, wenn er zu Val wollte. Sollte sie erfahren, dass er im Polizeirevier gewesen war, ohne bei ihr vorbeizuschauen, würde die Kluft zwischen ihnen nur noch tiefer werden.

Sie saß an ihrem Schreibtisch und schaute auf, als er näher kam. Für den Bruchteil einer Sekunde verriet ihr Gesichtsausdruck die

Gefühle, die sich in ihr abspielten, und als sie den Blick abwandte, fluchte er im Stillen.

Diese Gefühle durfte er auf keinen Fall zwischen ihnen stehen lassen. „Hallo, Carla."

Sie hob den Kopf. „Tag, Rick. Was willst du denn hier?"

„Val besuchen."

„Er ist unterwegs. Ich werde ihm sagen, dass du hier warst."

Sie griff nach einigen Unterlagen und wollte aufstehen. Mit einer Handbewegung hielt er sie zurück. „Können wir das nicht endlich hinter uns bringen, Carla? Sollen wir nicht mal darüber reden?"

Trotzig streckte sie das Kinn vor. „Worüber willst du denn reden, Rick?"

Er schaute sich kurz um, ehe er in ihr Büro trat. „Worüber wohl? Über uns und über das, was passiert ist."

Ihre Wangen röteten sich. „Es ist vorbei", sagte sie. Ihre Stimme zitterte ein wenig. „Was zwischen uns war, ist Geschichte."

Er sprach leiser, denn er wollte nicht, dass jemand sie hörte. „Es tut mir Leid, dass ich dich verletzt habe, Carla."

„Keine Sorge, das hast du nicht."

„Ich finde es schade, dass wir ... Ich vermisse deine Freundschaft. Wenn wir noch einmal von vorne anfangen und die Vergangenheit vergessen könnten ..."

Sie schnitt ihm das Wort ab. „Weißt du, was mich am meisten verletzt hat? Zu wissen, wie wenig ich dir bedeutet habe. Und dass du mich überhaupt nicht respektiert hast."

„Das stimmt nicht, Carla."

„Und ob", zischte sie. „Hübsch, aber dumm. Das war's doch, was du von mir gehalten hast. Es ist die Art und Weise, wie du mich behandelt hast."

„Das Problem war ich. Nur ich." Er senkte seine Stimme noch

mehr, so dass er fast nur noch flüsterte. „Ich konnte dich nicht lieben – oder eine andere, Carla. Und ich kann es immer noch nicht."

„Na, sieh mal an, wen die Katze da ins Haus geschleppt hat." Plötzlich stand Val hinter Rick und klopfte ihm auf die Schulter. „Wem haben wir denn diese Ehre zu verdanken?"

„Es ist schon eine Weile her, seit ich dein hässliches Gesicht gesehen habe. Da habe ich mir gedacht, dass es nicht schaden könnte, wenn ich's mir heute Morgen anschaue, damit ich mal wieder so was wie Dankbarkeit empfinde."

„Du kannst mich auch mal, Kumpel."

„Nein, danke." Rick grinste. „Im Gegensatz zu Cops haben Barkeeper ein gewisses Selbstwertgefühl."

„Könnt ihr eure albernen Spiele nicht woanders spielen?" unterbrach Carla. „Mir wird übel von diesem geballten Testosteron. Und außerdem habe ich einen Mord aufzuklären."

Rick zog die Augenbrauen hoch. „Ein Mord? Auf Key West?"

„Carla ..."

Sie ignorierte den warnenden Tonfall ihres Vorgesetzten. „Larry Bernhardt."

Rick schaute zu Val. Sein Freund wirkte verärgert. „Ich dachte, Bernhardt hat sich selbst umgebracht."

„Vielleicht auch nicht", antwortete Carla wichtigtuerisch, ehe Val etwas sagen konnte. „Die Spurensicherung hat Hinweise am Tatort gefunden, die darauf hindeuten, dass er in der Nacht seines Todes nicht allein war. Der Gerichtsmediziner hat festgestellt, dass der Tod zwischen elf Uhr nachts und ein Uhr morgens eingetreten ist. Nach Aussagen von Freunden, mit denen Bernhardt zu Abend gegessen hatte, hat er sie gegen acht Uhr in bester Laune verlassen. Und in den Stunden, die ihm noch blieben, hat er Sex gehabt."

„Was beweist, dass Bernhardt ein richtiger Glückspilz war",

murmelte Rick. Unweigerlich schlüpfte er wieder in die Rolle, die er immer gespielt hatte, als er und Carla noch ein Team waren. „Was hast du denn sonst noch herausgefunden?"

Carla klang gereizt, als sie sprach. „Was ich sonst noch herausgefunden habe? Wer auch immer die Person gewesen sein mag, die in dieser Nacht bei ihm war – sie war vermutlich die Letzte, die ihn lebend gesehen hat. Ich muss wissen, wer sie war und wann sie gegangen ist."

„Was du wissen musst", korrigierte Rick sie, „ist, ob der Mann noch lebte oder schon tot war, als diese Person ging."

Ihre Wangen röteten sich. „Das habe ich ja auch gemeint."

Genauigkeit war das Wichtigste bei der Polizeiarbeit. Eine präzise formulierte Frage konnte darüber entscheiden, ob ein Fall gelöst wurde oder nicht. „Bernhardt wohnte auf Sunset Key", überlegte er. „Wenn du noch nicht mit dem Personal auf der Fähre gesprochen hast, solltest du das bald tun. Außerdem müsstest du ..."

„Das reicht jetzt, Rick", murrte Val. „Es sei denn, du bist gekommen, um wieder bei uns zu arbeiten." Sein Blick wanderte zu Carla. Ihr freimütiges Geplauder hatte ihn wütend gemacht. „Wie sieht es mit der versuchten Vergewaltigung von letzter Nacht aus? Sind Sie damit weitergekommen? Ich warte immer noch auf Ihren Bericht."

„Sie kriegen ihn vor dem Mittagessen."

„Gut." Er wandte sich zu Rick und deutete auf sein Büro. „Sollen wir?"

Eine Minute später schloss Val die Tür hinter ihnen. „Wenn Carla sich etwas mehr um ihre Aufgaben kümmern würde, anstatt ihren abstrusen Theorien nachzuhängen, könnte mein Leben ein ganzes Stück leichter sein."

„Sie ist eine gute Polizisten", erwiderte Rick. Er verteidigte sie nicht nur aus Gewohnheit, sondern auch, weil er von ihren Fähigkeiten überzeugt war. „Sie ist absolut loyal, und sie reißt sich für dich den Arsch auf. Das weißt du auch."

Val seufzte. „Du hast ja Recht. Im Moment bin ich allerdings ein bisschen sauer auf sie." Er setzte sich auf einen Stuhl und bedeutete Rick, ebenfalls Platz zu nehmen. „Seit einigen Tagen läuft sie hier herum, als sei sie Sherlock Holmes persönlich. Sie glaubt, einen *Mord* entdeckt zu haben." Den letzten Satz flüsterte er mit verschwörerischer Miene.

„Offenbar bist du nicht dieser Ansicht."

„Sagen wir's mal so: Du warst der Talentierte in eurem Team, und ich könnte dich verdammt gut wieder gebrauchen."

Rick ignorierte diese Bemerkung. „Was ist denn nun mit Bernhardt passiert?"

Der Detective musterte ihn mit einem abschätzenden Blick. „Warum bist du heute hergekommen? Die Wahrheit, Rick. Erzähl mir keinen Mist."

„Wegen Bernhardts Selbstmord."

„Bist du nur neugierig? Oder hast du ein paar Informationen für mich?"

„Ich finde es bemerkenswert, dass die Island National Bank innerhalb von gerade mal achtundvierzig Stunden zwei ihrer Mitarbeiter verloren hat. Zuerst Naomi Pearson, und dann Bernhardt. Ich habe mich gefragt, wo da die Verbindung sein mag."

„Du bist also der Ansicht, dass es eine solche gibt?"

„Ich glaube nicht an Zufälle. Und es wäre wirklich ein großer Zufall, wenn sowohl Pearson als auch Bernhardt sich praktisch gleichzeitig und völlig unerwartet von der Insel verabschieden."

Val lehnte sich in seinen Stuhl zurück, ohne dem forschenden Blick von Rick auszuweichen. „Ich hab's ja immer gesagt – ein Cop kann seinen Job drangeben, aber der Job lässt den Cop niemals los."

Rick grinste selbstzufrieden. „Dann habe ich also Recht? Es gibt eine Verbindung."

Als Val sich nach vorne beugte, quietschte sein Stuhl. „Zum einen möchte ich dich daran erinnern, dass du kein Detective mehr bist. Und solange du nicht geschnallt hast, was für eine Riesendummheit das war, und solange du dich nicht dazu entschließt, zurückzukommen, erfährst du die Neuigkeiten auf dem gleichen Weg wie der Rest der zivilisierten Bevölkerung – aus den Zeitungen, aus dem Radio und aus dem Fernsehen."

„Und zum anderen?"

„Da ich weiß, dass die Neuigkeit in den Fünf-Uhr-Nachrichten gesendet wird, verrate ich sie dir jetzt schon."

„Ich weiß es zu schätzen, Val."

„Das habe ich mir gedacht." Seine Mundwinkel zuckten. „Als Chef der Kreditabteilung bei der Island National Bank unterzeichnete Bernhardt Geldanleihen von hunderttausend Dollar an aufwärts. Seine Aufgabe bestand darin, die Vermögensangaben der Antragsteller zu prüfen und die Unterlagen anschließend dem Bankvorstand zu präsentieren. Wenn Bernhardt dem Kreditwunsch zustimmte, kamen auch vom Aufsichtsrat keine Einwände."

„Ich beginne den Braten zu riechen", murmelte Rick fasziniert.

„Und es ist ein fetter Braten. Es sieht so aus, als habe Bernhardt Kreditanträge für Firmen unterzeichnet, die gar nicht existieren, und auf diese Weise die Bank um mehr als eine Million Dollar erleichtert."

Rick legte den Kopf schräg, während er die Puzzlesteine des Falls zusammenfügte. „Und weil er sich mit der finanziellen Situation vieler Unternehmen auskannte, hat er seine Kenntnisse dazu benutzt, für die Scheinfirmen einigermaßen plausible Zahlen zu erfinden."

„Exakt." Vals Mund verzog sich zu einem grimmigen Lächeln. „Er hat die Bank deswegen so lange hinters Licht führen können, weil er eine Komplizin hatte, die in der Abteilung für Datenverarbeitung saß."

„Naomi Pearson", murmelte Rick. „Ich wusste doch, dass es kein Zufall sein konnte."

„Ja. Sie hat die Zahlungen für nicht existierende Firmen angewiesen – und dabei zweifellos ganz schön mitverdient."

Rick dachte einen Moment lang nach. „Hat denn die Bank bei Bernhardts plötzlichem Reichtum keinen Verdacht geschöpft? Soviel ich weiß, hat der Knabe nicht gerade in armseligen Verhältnissen gelebt."

„Er hat gesagt, es sei eine Erbschaft gewesen oder so was Ähnliches. Von einem Onkel. Niemand hat es überprüft. Warum auch? Er war ein angesehener Banker." Val spitzte die Lippen. „Wie es scheint, hat er sich sogar freigenommen, um zur Beerdigung nach Philadelphia zu fliegen."

„Warum hat er sich also umgebracht? Es schien doch alles bestens zu laufen. Und nichts deutete darauf hin, dass es bald vorbei sein würde?"

„Ich kann natürlich nur Vermutungen anstellen. Vielleicht hat Naomi ihm gesagt, dass sie aussteigen wollte. Ohne sie wäre er auf einem Haufen falscher Kredite sitzen geblieben, und von dem Moment an wäre es zu Ende gewesen."

Rick runzelte die Stirn. „Warum hat er nicht das Geld genommen und ist abgehauen, ehe alles auffliegen konnte?"

Val rutschte näher zu ihm hin. „Vielleicht glaubte der alte Gauner ja, dass seine Glückssträhne niemals enden würde. Möglicherweise hat er das ganze Geld für Frauen ausgegeben, das Haus damit bezahlt und Drogen gekauft? Der Typ hatte doch einen absolut geilen Lebenswandel – *sex, drugs and rock 'n' roll.*"

„Und was war mit der Besucherin in der Nacht seines Todes?"

„Was glaubst du wohl, was ich in den letzten Stunden machen würde, wenn ich Schluss machen wollte?"

„Noch eine gepflegte Nummer schieben?"

„Genau." Vals Blick wanderte durch den Raum. Seine Miene wirkte angewidert, als er Rick wieder ansah. „Nach allem, was ich gesehen habe, konnte der Mann den Hals nicht voll kriegen. Der habgierige Schweinehund wollte wie ein König leben."

Erst später dachte Rick über Vals Bemerkung nach. Er war überrascht von der offensichtlichen Naivität seines Freundes, was Bernhardts Motive anbetraf. Gier zerstört Leben. Der Wunsch nach mehr verführte die Menschen zu unglaublichen Handlungen, selbstsüchtigen und grausamen, und dabei machten sie nicht einmal vor jenen Halt, die sie liebten. Das war die traurige Seite der menschlichen Natur, die in nahezu jedem Fall, mit dem er zu tun gehabt hatte, auf die eine oder andere Art eine Rolle spielte. Dies jedoch gehörte zu den Dingen, die er ganz und gar nicht vermisste, seitdem er nicht mehr bei der Polizei arbeitete.

12. KAPITEL

Mittwoch, 7. November
16 Uhr

Nur einen Tag, nachdem Liz bei Pastor Tim gewesen war, meldeten sich die Eltern des Mädchens, über das er gesprochen hatte, und baten sie um ein Treffen. Dass der Geistliche ihr genug vertraute, um sie weiterzuempfehlen, war für sie Anlass zu doppelter Freude. Zum einen half es ihr bei der Verfolgung ihres Ziels, zum anderen bestärkte es sie in der Annahme, dass er nicht gemerkt hatte, wer sie wirklich war.

Liz öffnete dem Ehepaar Inez und Dante Mancuso die Tür zu ihrem Büro. Ihr warmherziges Lächeln sollte ihnen die Angst nehmen, die sich in ihren Gesichtern spiegelte. „Mr. und Mrs. Mancuso, bitte kommen Sie doch herein."

Sie führte sie in ihr Beratungszimmer, und alle nahmen Platz. Die beiden saßen wie versteinert da. Sie stammten aus bescheidenen Verhältnissen, hatten konservative Ansichten und nur eine geringe Bildung. Er war Gärtner und sie Hausfrau, die zu Hause die Wäsche anderer Leute bügelte, damit sie über die Runden kamen. Nichts musste ihnen abwegiger erscheinen als eine therapeutische Beratung.

Das Ehepaar wechselte einen Blick, ehe die Frau das Wort ergriff. „Pastor Collins hat gesagt, dass Sie uns vielleicht helfen können."

„Ich will es versuchen, das verspreche ich Ihnen." Wieder lächelte Liz. Die beiden taten ihr Leid. Am Telefon hatten sie ihr schon ein wenig über ihre Tochter Tara erzählt. Allein dieses kurze Gespräch hatte ihr verraten, wie verzweifelt sie waren. Es war nicht zu überhören gewesen, und jetzt konnte sie deren Hoffnungslosigkeit deutlich in ihren Mienen lesen und an ihren Gesten erkennen. „Erzählen Sie mir doch einfach, was mit Ihrer Tochter los ist."

Die Frau knetete die Hände. „Wir wissen nicht mehr, was wir machen sollen. Tara war ein so glückliches Kind, so reizend und ..." Die Stimme versagte ihr, und ihr Mann griff nach ihrer Hand und drückte sie.

„Sie hat sich verändert", fuhr er fort. „Vor einem Jahr hat es angefangen ..."

„Tara wurde mürrisch und vorlaut. Die Noten wurden

schlechter. Und ihre Freundinnen ... es sind keine netten Mädchen."

„Sie sind leichtlebig", setzte er sorgenvoll hinzu. „Unverschämt. Und Tara ist genauso geworden. Sie hört nicht mehr auf uns."

Inez Mancuso beugte sich zu Liz vor. Ihre Augen füllten sich mit Tränen. „Sie schließt sich in ihrem Zimmer ein, manchmal stundenlang. Und sie hat den Glauben an Gott verloren. Ich habe solche Angst ... um ihr Seelenheil."

Sie begann zu weinen. Es waren Tränen der Verzweiflung. „Wir haben alles versucht, aber nichts hat geholfen. Es ging ihr besser, als sie noch regelmäßig zu Pastorin Howard gegangen ist, doch nachdem sie verschwunden war ..."

Das Herz klopfte ihr bis zum Hals, als die Frau den Namen ihrer Schwester erwähnte. Liz musste sich dazu zwingen, sich auf die Probleme des Teenagers zu konzentrieren und ihre eigenen zu verdrängen. „Wie hat sie denn auf Pastorin Howards Verschwinden reagiert?"

„Sie hat sich noch mehr zurückgezogen", antwortete Dante Mancuso. „Tara war ..." Er hielt inne, als suchte er nach dem richtigen Wort.

Seine Frau kam ihm zu Hilfe. „Verängstigt", sagte sie. „Furchtbar verängstigt."

Liz dachte ein paar Sekunden nach, ehe sie weitersprach. „Haben Sie mal daran gedacht, dass Ihre Tochter Drogen nehmen könnte?"

„Drogen?" entgegneten beide wie aus einem Mund.

„Das Verhalten, das Sie beschreiben, findet man häufig bei Kindern, die ersten Kontakt mit Rauschgift haben."

Das Ehepaar sah sich an. „Aber wo sollte sie das herbekommen?"

Die aufrichtige Verblüffung weckte Liz' Mitgefühl. Kaum vorstellbar, dass heutzutage noch jemand so naiv sein konnte. Allerdings begegnete sie ständig Eltern, die so reagierten. Obwohl der Drogenkonsum unter den Jugendlichen erschreckende Ausmaße angenommen hatte, glaubten die wenigsten Mütter und Väter, dass ihr Kind davon betroffen sein könnte.

Ihr Stimme klang sanft, als sie antwortete. „Von überall her, Mr. und Mrs. Mancuso. Von überall."

Lange schwiegen sie. Schließlich fuhr Liz fort: „Erlauben Sie mir, dass ich Ihnen ein wenig von mir erzähle. Ich bin Sozialarbeiterin und war in verschiedenen Krankenhäusern tätig. Seit sechs Jahren habe ich ein eigenes Büro und mich darauf spezialisiert, Familien und Jugendliche zu beraten."

„Sozialarbeiterin?" entgegnete der Mann verwirrt. „Ich dachte, Sie sind Psychotherapeutin."

„Nun, die beiden Tätigkeitsbereiche haben viel miteinander zu tun." Liz verschränkte die Hände und stützte die Ellbogen auf den Schreibtisch. „Die Vorgehensweisen unterscheiden sich allerdings voneinander. Während der Psychotherapeut fast ausschließlich die Persönlichkeit des Patienten im Blick hat, versucht der Sozialarbeiter, die Ungleichgewichte in seinem Leben aufzudecken. Sie können gesellschaftliche, berufliche, geistige oder familiäre Gründe haben. Und wenn dieses Ungleichgewicht erst einmal entdeckt ist, versucht der Sozialarbeiter, es wieder in Ordnung zu bringen."

„Glauben Sie, dass Sie Tara helfen können?"

„Ehe ich mich für eine Behandlung entscheiden kann, muss ich natürlich mit ihr sprechen. Aber ich versichere Ihnen, dass es nur sehr wenige Menschen gibt, denen man nicht helfen kann."

Inez Mancuso seufzte resigniert. „Und was ist, wenn sie zu diesen wenigen Menschen gehört? Ich könnte es nicht ertragen, wenn Tara ..."

„Ich glaube nicht, dass das der Fall sein wird, Mrs. Mancuso", versicherte Liz ihr schnell. „Nach dem zu urteilen, was Sie mir erzählt haben, denke ich, dass ihr geholfen werden kann. Es klang ja so, als habe sie eine glückliche, normale Kindheit gehabt und als ob die Probleme erst vor kurzem aufgetreten sind."

Mrs. Mancuso warf ihrem Mann einen Blick zu, dann sah sie wieder zu Liz. „Wie steht es denn ... Pastor Tim hat gesagt, dass Sie für uns möglicherweise ... einen Sonderpreis machen?"

„Selbstverständlich." Liz erhob sich. „Es ist am besten, wenn ich erst einmal mit Tara spreche, um zu entscheiden, wie oft sie zu mir kommen sollte. Dann werden wir weitersehen. Ist das in Ordnung?"

Sie erklärten sich einverstanden und machten gleich für den späteren Nachmittag den ersten Termin für ihre Tochter fest.

Das erste Treffen mit dem Mädchen verlief genau so, wie Liz es erwartet hatte. Tara Mancuso hatte ihr kaum in die Augen gesehen, geschweige denn etwas gesagt. Sie war mürrisch, wütend und aggressiv gewesen.

Überraschend war das nicht, denn mit Heranwachsenden zu arbeiten, war das Schwierigste überhaupt; vor allem, wenn sie keinerlei Bereitschaft zur Mitarbeit zeigten.

Liz hatte sich vorgenommen, zwei Mal wöchentlich mit Tara zu sprechen, doch sie war sich im Klaren darüber, dass es nicht einfach sein würde, das Mädchen so oft zu sich zu bestellen. Sie beschloss, Schritt für Schritt vorzugehen, und den ersten wollte sie gleich an jenem Nachmittag machen.

Das war vor drei Tagen gewesen. Sie hoffte, dass die heutige Sitzung erfolgreicher verlaufen würde.

Falls das Mädchen überhaupt auftauchte.

Aber sie kam, wenn auch fünfzehn Minuten zu spät. Liz begrüßte sie und führte sie in ihr Büro. „Wie geht's dir denn heute, Tara?"

Sie kniff die Lippen zusammen und wandte den Blick ab. Sonnenstrahlen fielen durch das Fenster auf ihr Gesicht und ließen sie noch blasser erscheinen, als sie ohnehin schon war. Die dunklen Ringe unter ihren Augen wurden noch stärker betont; sie wirkten wie blaue Flecken, die ihr jemand kürzlich zugefügt hatte.

Möglicherweise nimmt sie tatsächlich Drogen, überlegte Liz. Sie sah ganz danach aus. Obwohl ihr Aussehen vielleicht auch auf extremen Stress zurückzuführen war.

Liz versuchte es mit einer anderen Frage. „Isst du regelmäßig?"

Die Frage musste sie überrascht haben, denn sie schaute Liz direkt in die Augen. „Was?"

Sie wiederholte ihre Frage.

„Warum wollen Sie das denn wissen?"

„Weil du krank aussiehst."

Tara schlang die Arme um den Körper. Jetzt sah sie nicht mehr trotzig, sondern nur noch bemitleidenswert aus. Fast schuldbewusst. „Ich bin in letzter Zeit nicht gut drauf, das ist alles. Ich kann nicht schlafen, und wenn ich an Essen nur denke ..."

Sie beendete den Satz nicht, doch Liz konnte sich vorstellen, was sie sagen wollte: Vom Essen wurde ihr übel.

„Kann ich dir vielleicht irgendwie helfen?"

Sie lachte kurz und rau. „Glaub ich nicht."

„Deine Eltern machen sich große Sorgen um dich."

Tara schluckte und blickte über die Schulter zu der verschlossenen Bürotür. „Ich weiß. Das tut mir Leid. Ich bin ..."

Verzweifelt biss sie sich auf die Unterlippe und senkte den Blick.

„Du bist was, Tara?"

Sie seufzte tief, als sie ausatmete. „Ich ... ich möchte nicht darüber reden."

„Worüber möchtest du denn reden?"

Liz verschränkte die Hände und legte sie in den Schoß. „Wir können natürlich auch einfach nur so herumsitzen, aber irgendwie ist das doch Verschwendung."

„Sie meinen, wir vertun das Geld meiner Eltern?"

„Wir verschwenden unsere Zeit."

„Was soll's? Ich kenne Sie doch kaum."

„Ich habe gehört, dass du mit Pastorin Rachel gesprochen hast."

Ihr ohnehin bleiches Gesicht wurde noch weißer. „Darüber will ich nicht reden."

„Ich kann dir helfen, Tara. Vertrau mir."

„Nein." Sie sprang auf. „Sie können mir nicht helfen. Keiner kann mir helfen."

Liz erhob sich ebenfalls und streckte beschwichtigend die Hand aus. „Lass es mich wenigstens versuchen. Du hast dir ja auch von Rachel Howard helfen lassen."

„Sie haben ja gesehen, was mit ihr passiert ist."

Ihr Herz schlug schneller. „Was meinst du damit? Was ist denn mit ihr passiert?"

„Sie ist weg. Verschwunden. Einfach verschwunden. Und ich, ich bin noch hier."

Sie schlug die Hände vors Gesicht. Ihre Schultern bebten, als weinte sie, als sie die Hände jedoch fallen ließ, sah Liz, dass ihre Augen trocken waren.

Mit einem seltsam unbeteiligten Blick musterte sie Liz. „Glauben Sie an Gott?" fragte sie unvermittelt. „Glauben Sie an den Himmel und an die Hölle? An den Teufel und an die ewige Verdammnis?"

Liz bejahte überrascht. „Und wie ist es mit dir, Tara?“ fragte sie.

„Pastorin Rachel hat auch daran geglaubt. Sie hat mich vor dem Teufel gewarnt.“

Einen Moment lang wusste Liz nicht, was sie sagen sollte. Sie fragte sich, was ihre Schwester diesem jungen Mädchen, das so leicht zu beeindrucken und voller Ängste war, wohl erzählt haben mochte.

„Wovor genau hat sie dich gewarnt, Tara?“

„Dass der Böse sich und das Heer seiner Verdammten in Schönheit verkleidet. Er ist verführerisch, und er bereitet irdische Vergnügen. Aber unter dieser Schönheit lauert ein Gestank, der widerlicher ist als alles, was sich ein Mensch nur vorstellen kann. Sie hat mich vor dem ewigen Höllenfeuer gewarnt, der Preis, den man zahlen muss, wenn man ihm verfällt.“

Liz versuchte, sich ihren Ärger nicht anmerken zu lassen. So etwas konnte ihre Schwester unmöglich gesagt haben. Die Frau, die sie gekannt hatte, hätte das nicht getan. *Niemals.*

Liz legte den Kopf schräg und betrachtete den Teenager. Das fanatische Flackern in den Augen des Mädchens bereitete ihr Sorgen. Sie glaubte, die Ursache für die Unausgeglichenheit in Taras Leben gefunden zu haben und nahm sich vor, mit Pastor Tim über die religiösen Grundsätze der Familie zu sprechen.

„Soll ich Ihnen eine Geschichte erzählen?“ wechselte Tara plötzlich das Thema. „Sie handelt von einem Wunder.“

„Wenn du willst.“

Nach ein paar Sekunden begann sie zu reden. „1846, als die Paradise Christian Church noch der katholischen Kirche gehörte, ist die Heilige Jungfrau Kindern erschienen, die im Park gespielt haben. Und vierundzwanzig Stunden später ist Blut aus den Händen der Christusfigur hinter dem Altar geflossen.“

Tara begann zu zittern. „Vierzehn Tage später zog ein Hurrikan über Key West. Er richtete furchtbare Schäden auf der Insel an und zerstörte die Kirche. Ein Drittel der Inselbewohner kam ums Leben."

Das Mädchen senkte die Stimme, bis sie nur noch wie ein heiseres Flüstern klang. „Die katholische Erzdiözese kam zu dem Schluss, dass die Visionen das Werk des Teufels waren, und hat alle Berichte darüber in den Chroniken gestrichen."

Liz räusperte sich. „Und wie hast du davon erfahren?"

„Ich bin auf der Insel aufgewachsen", sagte sie leise. „Einige Geschichten lassen sich nicht geheim halten." Sie schwieg und blickte gedankenverloren in die Ferne. „Es gibt Leute, die glauben, dass die Mutter Gottes erschienen ist, um die Gläubigen vor der Katastrophe zu warnen. Gott hat den Hurrikan geschickt wie die Sintflut, sagen sie, um die Bösen zu bestrafen, damit sie für ihre Sünden bezahlen."

Liz musste schlucken. „Glaubst du das auch, Tara?"

„Ist doch egal, was ich glaube."

„Ganz und gar nicht. Es ist ..."

„Ich muss jetzt gehen." Das Mädchen stand so unvermittelt auf, dass ihr Stuhl nach hinten kippte, und lief zur Tür.

„Warte!" Liz sprang auf. „Hat Pastorin Rachel das auch geglaubt? Hast du ihr die Geschichte erzählt? Oder hast du ..."

„Fragen Sie Father Paul; der wird es Ihnen sagen. Er glaubt daran." Tara riss die Tür auf und rannte ins Wartezimmer.

Liz lief hinter ihr her. Das Herz klopfte ihr bis zum Hals. „Tara, bitte. Geh nicht einfach so. Wir müssen darüber reden. Wir ..."

Sie verstummte, denn es war zu spät. Hilflos musste sie mit ansehen, wie die junge Frau über die Duval Street eilte. Autos hupten laut, und fast wäre sie von einem Moped angefahren worden.

Als der Teenager um die Ecke verschwunden war, ging Liz in ihr Büro zurück. Ihre Gedanken überschlugen sich. Tara wusste, was mit Rachel geschehen war; davon war Liz überzeugt. Das Mädchen hatte Angst. Vermutlich befürchtete sie, dass ihr das Gleiche passieren konnte.

Vielleicht aß sie deshalb nichts und konnte auch nicht mehr schlafen. Die Panik erklärte auch den gehetzten Blick.

Als Liz die Tür schloss und sich umdrehte, fiel ihr Blick auf ein Stück Papier, das vor ihren Füßen lag. Sie bückte sich, hob es auf und faltete es auseinander. Eine schlichte Botschaft war auf die erste Linie des Blattes getippt, das von einem Notizblock stammte:

Die wissen Bescheid. Sie sind hier in Gefahr. Verschwinden Sie, bevor es zu spät ist.

13. KAPITEL

Freitag, 9. November
17.25 Uhr

Mark stand hinter der Bar und trocknete Gläser ab. Sie waren noch feucht, als sie aus der Spülmaschine kamen. Seine Gedanken überstürzten sich. Er dachte an die kommenden Stunden und das Versprechen, das er Tara gegeben hatte. Und ihrem ungeborenen Kind.

Lieber Gott, tue ich auch das Richtige?

„Mark?"

Er sah zu Rick, der an der Kasse stand. Das Geldfach war geöffnet. Marks Blick fiel auf die Schublade und wanderte dann hinüber zu dem Barkeeper. Er hatte ein beklemmendes Gefühl in der Brust. „Gibt es Probleme, Boss?"

„Ich muss ein paar Telefongespräche machen. Kannst du eine Weile die Stellung halten?"

Mark lächelte erleichtert. *Ach so. Er hatte schon vermutet, der Mann könnte seine Gedanken lesen.* „Bei diesem Betrieb? Machen Sie Witze?"

Die letzten Nachmittagsgäste waren vor einer Minute gegangen. Bald würde das Abendgeschäft beginnen.

Rick lachte. „Lauf aber nicht aufs Klo."

„Keine Sorge, Boss."

„Ruf mich, falls ..."

Mark scheuchte ihn ins Büro. „Sie machen sich zu viele Gedanken. Gehen Sie ruhig telefonieren."

Grinsend verschwand Rick durch die Tür, die zum Lagerraum und zu seinem Büro führte. Mark sah ihm nach, zählte bis zwanzig und dann bis vierzig. Er holte tief Luft und ging zögernd zur Kasse, die in einer Nische stand. Dann öffnete er das Geldfach.

Als die Kassenklingel ertönte, erstarrte er und schaute sich um.

Von seinem Platz aus konnte er Ricks Stimme hören.

Er telefonierte und hatte nichts gemerkt.

Mark fühlte sich schuldig. Ihm war, als ob er immer tiefer in einen Abgrund stürzte, bis in den dunklen Schlund der Hölle.

Aber er musste es tun. Für Tara. Für ihr gemeinsames Kind.

Heute Nacht würden er und Tara zusammen weglaufen. Sie wollten sich um zwei Uhr nachts im Park der Paradise Christian Church treffen. Alles war genau geplant. Eine Stunde, bevor die Bar geschlossen wurde, wollte Mark Unwohlsein vorschützen und früher gehen. Er würde längst über alle Berge sein, wenn Rick den Laden zumachte und entdeckte, was er getan hatte.

Schnell kritzelte er einen Schuldschein, zog das Geldfach heraus und schob ihn unter einen Stapel von Schecks. Dann nahm er sechshundert Dollar heraus.

Mit zitternder Hand steckte er das Geld in seine Tasche und schloss die Kasse. Er war fast verrückt vor Angst. Wie sollte er nur eine Frau und ein Kind ernähren? Er konnte ja nicht einmal für sich selbst sorgen.

Die Entscheidung wäre ihm leichter gefallen, wenn Tara sich nicht so merkwürdig verhalten hätte. Sie war so unnahbar und ... unglücklich. Er fragte sich, ob sie inzwischen an ihm zweifelte, ob sie überhaupt ihr Leben an der Seite eines einfachen Predigers verbringen wollte. Gott mochte ihm verzeihen, aber er hatte sich sogar überlegt, ob das Baby überhaupt von ihm war.

Wie konnten sie ein gemeinsames Leben beginnen, wenn ihre Beziehung von solchen Zweifeln überschattet wurde?

Hör auf damit, Mark. Das ist vorbei. Mit diesem Leben hat sie Schluss gemacht.

Er ballte die Hände zu Fäusten. Tara hatte Angst. Und nicht nur vor ihrer Zukunft. Sondern auch vor ihren Freunden. Sie hatten sie gewarnt. Wenn sie die Gemeinschaft verließ, hatten sie gedroht, würden sie sie bestrafen.

Tara befürchtete, dass die anderen sie oder ihr Baby umbrachten.

Mark glaubte das nicht. Die Clique bestand aus reichen, verwöhnten Kindern; es war keine Jugendbande aus der Großstadt. Sie waren bloß sauer und fanden nichts dabei, Tara einzuschüchtern und ihr die Hölle heiß zu machen.

Mark würde das nicht zulassen. Niemals. Mit Gottes Hilfe würde er alles daransetzen, um die Seinen zu schützen.

Er wollte mit ihr nach Texas gehen, zurück nach Humble, seinem Zuhause. Seine Eltern würden zwar nicht gerade erfreut sein, doch wegen des Babys würden sie seine Entscheidung bestimmt billigen.

Mark schlich sich hinter die Bar und setzte seine Arbeit fort.

Rick tauchte in dem Moment wieder auf, als eine Gruppe von Touristen ins Lokal kam. Sie lachten ausgelassen und schienen sich auf den Freitagabend zu freuen, der vor ihnen lag.

Rick lächelte in Marks Richtung. Der erwiderte das Lächeln, obwohl er sich erbärmlich fühlte. Aber es ist ja kein Diebstahl, redete er sich ein. Er hatte sich das Geld doch nur geliehen. Eines Tages würde er es Rick zurückzahlen, wenn er und Tara zur Ruhe gekommen waren – weit weg von Key West.

14. KAPITEL

Samstag, 10. November
3 Uhr
Unruhig lief Liz auf und ab. In ihrem Kopf überschlugen sich die Gedanken, und schlafen konnte sie ohnehin nicht. Sie dachte an Tara und an den Zettel, den jemand unter ihre Bürotür geschoben hatte. Die Erlebnisse des vergangenen Tages hatten sie ziemlich aufgewühlt und jede Hoffnung auf Ruhe zunichte gemacht.

Ruhe? Wie konnte sie Ruhe finden, wenn sie kurz vor einer ausgewachsenen Panikattacke stand?

Liz blieb stehen, schloss die Augen und atmete tief durch die Nase ein. Sie konzentrierte sich ganz darauf, füllte die Lungen mit Sauerstoff und ließ ihn langsam wieder entweichen. Als ihr Herzschlag langsamer wurde und der Druck in ihrem Brustkorb nachließ, öffnete sie die Augen.

Sie stand vor ihrem Fenster. Das Licht des Vollmonds sickerte durch die Ritzen der Fensterläden. Liz öffnete die Verriegelung und stieß die Läden auf. Milchig weiß leuchtete der Mond in der pechschwarzen Nacht. Unten auf der Duval Street war es vollkommen still. Nur eine einsame Figur huschte über die Straße.

Versonnen legte sie die Stirn an den Fensterrahmen. Hundert Mal hatte sie sich die Sitzung mit Tara in Erinnerung gerufen. Und immer war sie zum selben Schluss gekommen: Das Mädchen hatte Angst. Sie glaubte auch den Grund zu kennen. Tara wusste, was mit Rachel geschehen war.

Liz hatte sich sogar gefragt, ob ihre Schwester vielleicht gerade wegen Tara umgebracht worden war. Wenn das stimmen sollte, dann brachte sie sich selbst in Gefahr, weil sie den Teenager jetzt therapierte.

Verzweifelt kämpfte Liz gegen eine neue Panikattacke an. Sie konnte sich nicht jedes Mal von Angst überwältigen lassen. Auf keinen Fall durfte sie sich gehen lassen. Schließlich war sie nach Key West gekommen, um herauszufinden, was ihrer Schwester zugestoßen war, und nichts würde sie von diesem Ziel abbringen können.

Nicht einmal eine Drohung von einem Verrückten, der zu feige war, ihr ins Gesicht zu sehen.

Immer wieder hatte Liz die Sätze gelesen, so dass sie schließlich nicht mehr hätte sagen können, wie oft sie die fünfzehn mit Schreibmaschine getippten Wörter angestarrt hatte.

Die wissen Bescheid. Sie sind hier in Gefahr. Verschwinden Sie, bevor es zu spät ist.

Wer wusste über sie Bescheid? Offenbar die Leute, die ihre Schwester umgebracht hatten. Und was wussten sie? Dass sie Rachels Schwester war und nach Key West gekommen ist, um herauszufinden, was ihr zugestoßen war.

Konnte dieser Zettel eine Warnung sein? Vielleicht sogar eine Drohung?

Oder einfach nur ein schlechter Scherz von jemandem, der herausgefunden hatte, wer sie war?

Bestimmt nicht. Sie glaubte nicht, dass er bloß zufällig genau zu der Zeit unter ihre Tür geschoben worden war, als sie die Sitzung mit Tara hatte.

Der Teenager war der Schlüssel zu den Fragen, wer ihre Schwester umgebracht hatte und warum es geschehen war. Zwar hatte sie keinen Beweis für ihre Vermutung, aber sie wusste instinktiv, dass es stimmte.

Liz blickte über ihre Schulter. Der Zettel lag auf dem Nachttisch neben dem Telefon. Sie hätte damit zur Polizei gehen und ihnen alles erzählen können. Aber was erzählen? Dass sie einen Teenager therapierte, der Probleme hatte? Der Angst zu haben schien? Ein Mädchen, das wusste, was mit ihrer Schwester geschehen war? Sie hatte doch überhaupt keine Beweise für ihre Vermutung.

Eben. Lieutenant Lopez würde sie auslachen und hinauswerfen. Er würde dem Zettel keinerlei Bedeutung beimessen und ihr auszureden versuchen, weitere Nachforschungen über das Verschwinden ihrer Schwester anzustellen.

Liz fasste sich an die Stirn. *Rachel ... Rachel, was ist nur mit dir geschehen?*

Plötzlich schnürte Angst ihr die Kehle zu. Ihr Herz schlug schneller, ihr wurde heiß, und dann spürte sie kalten Schweiß auf der Haut. Kämpfen oder kneifen, dachte sie schnell. Bloß keine Angst haben. Nur keine Panikattacke.

Tu etwas. Jetzt. Schnell. Ehe es tatsächlich zu spät ist.

Liz lief zum Schrank. Sie kramte ihre Laufschuhe hervor und suchte in der Kommode nach einem Paar dicker Socken. Hastig zog sie sich an, band ihr Haar zu einem Pferdeschwanz, lief die Treppen hinunter und hinaus in die herrlich milde Nachtluft.

Sie begann zu rennen, während sie tief und gleichmäßig atmete, und fühlte sich großartig. Frei. Unbehindert. Auf einmal schien es ihr, als ob diese Angst, die sie in den Wahnsinn trieb, nie existiert hatte. War das etwa alles, was sie brauchte? Hatte sie die ganze Zeit nur auf diesen einen Moment warten müssen, um aktiv zu werden? Um etwas mit ihrem Leben anzufangen?

Liz lachte unsicher und sah sich um. Die Straße war vollkommen verlassen – ein seltener Zustand auf der Duval Street. Offenbar waren sogar die hartnäckigsten Partygänger nach Hause gegangen, um auszuschlafen.

Sie kam an Ricks Island Hideaway vorbei, dann an der Paradise Christian Church. Unbeirrt lief sie weiter, vorbei am ersten Häuserblock, dann an einem zweiten.

Plötzlich blieb sie stehen. Das Herz schlug ihr bis zum Hals, als sie sich langsam umdrehte. Hinter ihr war die Straße menschenleer. Nachdenklich ging sie ein paar Schritte zurück.

Es war, als hätte ihre Schwester sie beim Namen gerufen.

„Rachel?“ flüsterte sie.

Liz schaute zu der Kirche, die sich geisterhaft bleich gegen den nachtschwarzen Himmel abzeichnete.

Es war nicht Rachel. Es war ihre Kirche.

Ohne einen Gedanken daran zu verschwenden, wie verrückt ihre Absicht war, lief Liz zurück, langsam zunächst, dann immer schneller, bis ihr Atem keuchend ging und sie das Gefühl hatte, das Herz würde ihr aus der Brust springen.

Vor der Kirche blieb sie stehen und starrte das Gebäude an, als wartete sie auf etwas. Die bunten Glasfenster schimmerten schwach, als ob sie von innen erleuchtet würden. Sie ließ ihren Blick zu den mächtigen Holztüren wandern, dann hoch zum spitz zulaufenden Kirchendach und zum Glockenturm.

Warum war sie hier? Was hatte sie an diesen Ort geführt?

Vielleicht war sie wirklich verrückt.

Plötzlich hörte sie ein Geräusch und schaute zum Tor des Parks, der von einer hohen Mauer umschlossen war.

Da war es wieder, dieses Geräusch. Ein Windstoß raschelte in den Ästen über ihrem Kopf. Ein Tier bewegte sich und floh von seinem Schlafplatz. Noch einmal war der kratzende Laut zu hören, diesmal begleitet von einem angstvollen Schrei.

Liz setzte sich in Bewegung und rannte zum Parktor. Nachts wurde es geschlossen, das hatte die Fremdenführerin erzählt. Auf diese Weise sollten Streuner und Obdachlose davon abgehalten werden, den Park als Schlafstelle zu benutzen. Außerdem waren einige der Standbilder beschädigt worden.

Je näher sie kam, desto schneller schlug ihr Herz, und der Drang zu fliehen wurde stärker. Auf ihrer Oberlippe bildeten sich kleine Schweißperlen, und sie begann zu zittern.

Was machte sie hier eigentlich? Wollte sie sich etwas beweisen? Um Himmels willen, es war drei Uhr morgens! Und sie war als Frau allein in einer fremden Stadt unterwegs.

Elizabeth Ames, bist du stark, kühn und tapfer genug, um hier zu sein? Bist du, Elizabeth Ames, für diese Aufgabe überhaupt gerüstet?

Liz erreichte das schwere Tor, umfasste den Knauf und drehte ihn. Das Tor ließ sich ganz einfach öffnen.

Eine große getigerte Katze machte laut kreischend einen Satz in ihre Richtung.

Mit einem Schrei sprang Liz zur Seite. Nervös lachte sie auf. Das Geräusch, das sie gehört hatte, stammte von der Katze, die im Park eingesperrt gewesen war. Hungrig geworden, hatte sie miauend am Tor gekratzt und vergeblich versucht, sich zu befreien.

Und dann hatte die große, mutige Liz eingegriffen.

Sie kam sich ein wenig albern vor, als sie den Park betrat, in dem es nun totenstill war. Überrascht und voller Bewunderung stieß sie einen Seufzer aus. Im Mondlicht wirkte das Gelände mit den üppigen Bäumen und Büschen einmalig schön. Wie ein geisterhaftes Paradies.

Sie drang weiter in den Park vor. Die Düfte von Jasmin, Ingwer und Oliven betäubten ihr fast die Sinne, und sie ließ sich von dem Anblick bezaubern. Wie kunstvolle Gebilde ragten die Banyanbäume über einem Meer von Blüten und Blättern auf.

Da entdeckte sie einen Gegenstand weiter hinten im Park – etwas unnatürlich Weißes, das auf dem Teppich aus Grün lag.

Stirnrunzelnd ging sie darauf zu. Es war weder eine Blume noch ein großer Pilz.

Eine Hand lag dort.

Fast hätte sie laut aufgeschrien. Vorsichtig trat sie näher. Zitternd bückte sie sich und wischte die Blätter beiseite.

Tara blickte sie an; ihre Gesichtszüge im Tod erstarrt.

Liz machte einen Satz rückwärts. Jetzt entrang sich der Schrei ihrer Kehle. Dann folgte ein weiterer. Und noch einer. Hastig drehte sie sich um und lief zum Eingang zurück. Sie trat in ein Loch, verlor das Gleichgewicht, stürzte und landete auf den Knien. Mühsam rappelte sie sich wieder hoch, und entsetzt rief sie um Hilfe.

Tara. Um Himmels willen. Sie hatten Tara umgebracht.

Endlich erreichte sie das Tor und stolperte auf die Straße. Jemand umklammerte sie mit eisernem Griff. Wieder schrie sie auf.

15. KAPITEL

Samstag, 10. November
3.45 Uhr

Rick drückte die hysterische Frau fest an seine Brust. Sie trat und kratzte und kämpfte wie ein wildes Tier. Ihre schrillen Schreie durchschnitten die Nacht.

Mit voller Wucht traf sie sein Schienbein. Fluchend sprang er zurück und ließ sie los. „Mist, verdammt!“ Er rieb sich die schmerzende Stelle. „Ich wollte Ihnen nicht wehtun, junge Frau. Ich habe Ihren Schrei gehört und wollte nachsehen, was los ist. Verdammt“, wiederholte er.

„Es tut mir Leid. Ich ...“ Sie rang nach Worten. „Tara ... da im ... Jemand hat sie ...“ Sie gab einen Laut von sich, eine Mischung aus Verzweiflung und Entsetzen.

Er warf einen Blick in den Park. „Ist da jemand drin?“

„Tara ...“ Sie hielt sich die Hand vor den Mund. Er sah, dass sie zitterte. „Im Park ... Tara ... Sie ist ... tot.“

Rick runzelte die Stirn. Er glaubte, nicht richtig verstanden zu haben. „Ein Mädchen ist im Park? Tot?“

Sie nickte, und ihre Augen füllten sich mit Tränen. „Ermordet.“

Wieder schaute Rick in den Park. Durchschnittlich gab es pro Jahr einen Mord auf Key West, vielleicht sogar noch weniger. Deshalb war es höchst unwahrscheinlich, dass diese Frau auf ein Mordopfer gestoßen war, und dann auch noch ausgerechnet neben der Kirche.

Erneut sah er sie an. „Sind Sie sicher, dass sie tot ist? Haben Sie ihren Puls gefühlt?“

Sie schüttelte den Kopf.

„In Ordnung, rühren Sie sich nicht vom Fleck. Wo ist sie?“

„Ganz hinten. Ihre Hand. Ich habe sie gesehen ...“

„Ich schau mal nach.“ Er betrat den Park, dann blieb er stehen und sah sich noch einmal um. Die Frau bot ein Bild des Jammers: verängstigt, die Arme um den Körper geschlungen, die Augen weit aufgerissen. „Kommen Sie klar?“ Mühsam nickte sie, und er lief in den rückwärtigen Teil des Grundstücks.

Er brauchte eine Weile, bis er das Mädchen gefunden hatte. Als er sie sah, wusste er, dass es nicht mehr nötig war, ihren Puls zu fühlen.

Ihre Kehle war durchgeschnitten, und sie hatte sehr viel Blut verloren.

Trotzdem ging Rick in die Hocke und griff nach dem Handgelenk.

Fluchend erhob er sich wieder. Er atmete durch die Nase, versuchte, gelassen zu bleiben, und schluckte die Galle hinunter, die ihm in die Kehle stieg.

Verflucht. Dieses Schwein. Warum musste so etwas passieren?

Es war das erste Mal seit vier Jahren, dass er mit einem Mord konfrontiert wurde.

Und es setzte ihm wieder genauso zu wie damals.

Er lief zurück zu der Frau. Sie sah aus, als würde sie jeden Moment zusammenbrechen.

„Ist sie ..."

„Sie ist tot." Er löste das Handy von seinem Gürtel, wählte die Nummer des Polizeireviers von Key West und reichte ihr das Telefon.

„Die Polizei. Drücken Sie auf die Taste ‚Verbindung'. Erzählen Sie, was passiert ist und wo wir sind. Und sagen Sie den Cops auch, dass Rick Wells bei Ihnen ist. Sie kennen mich."

Sie tat, was er ihr gesagt hatte, während er zu dem toten Mädchen zurückging.

Rick hatte schon seit Jahren nicht mehr als Polizist gearbeitet, aber es gab ein paar Dinge, die er niemals vergaß. Dazu gehörte, was an einem Mordschauplatz zu tun war.

Das Mädchen war jung gewesen. Und hübsch. Sie hatte langes dunkles Haar und angenehme Gesichtszüge. Er kniff die Augen zusammen. Irgendwie kam sie ihm bekannt vor. Er kramte in seiner Erinnerung. Sie wohnte hier, war keine Touristin, sondern gehörte zu einer Clique von Teenagern, die er hin und wieder auf der Duval Street sah.

Danach nahm er die Umgebung in Augenschein. Das Opfer hatte viel Blut verloren. Sogar ausgesprochen viel Blut. Er bemerkte viele zerdrückte Blätter neben der Leiche. Und blutige Fußspuren, die von dem Körper fortführten.

Er trat näher heran und hockte sich neben einen der Fußabdrücke. Was Spurensicherung anging, war er kein Experte, doch er hätte darauf gewettet, dass dieser Abdruck von dem Turnschuh eines Mannes stammte, Größe fünfundvierzig oder sechsundvierzig.

Rick schluckte und schaute wieder auf das Mädchen. Es sah ganz danach aus, als wäre sie einem Ritualmord zum Opfer gefallen. Sie war nackt, und ihr Körper war wie ein Kreuz ausgerichtet. Die Arme waren ausgebreitet, die Beine lagen eng zusammen. Er bemerkte eine Tätowierung auf ihrem Schenkel unmittelbar unter der rasierten Scham. Es war eine Blume. Eine seltsame Blume mit gerundeten, spitz zulaufenden Blütenblättern.

Rick setzte seine Untersuchung fort. Der Mörder hatte nicht nur ihre Kehle, sondern auch ihren Unterleib oberhalb ihrer Vagina aufgeschlitzt. Ein Teil der Eingeweide quoll hervor. Außerdem hatte er buchstabenartige Symbole auf ihren Torso und ihre Schenkel geritzt. Nach der geringen Menge von geronnenem Blut rund um die Wunden zu urteilen, waren ihr diese Verletzungen beigebracht worden, nachdem sie gestorben war. Brüste und Geschlechtsteile waren verstümmelt worden, vermutlich ebenfalls nach ihrem Tod.

Er runzelte die Stirn. Irgendetwas an der Art ihres Todes und der Wunden, die dem Mädchen zugefügt worden waren, kam ihm bekannt vor. Er hätte nicht sagen können, was es war, und konzentrierte sich wieder auf die unmittelbare Umgebung. Die Größe der

Blutlache ließ keinen Zweifel zu, dass sie an diesem Ort ermordet und nicht erst nach ihrem Tod hierher gebracht worden war.

Rick kniff die Augen zusammen. Der Zustand der Büsche und Blätter rund um die Leiche deutete nicht auf einen Kampf hin. Vielleicht hatte sich der Mörder von hinten herangeschlichen und dem Mädchen die Kehle aufgeschlitzt. Vermutlich war sie gestorben, ohne richtig mitzubekommen, was mit ihr passierte.

Aber was hatte sie hier mitten in der Nacht getan? Ihrer Hautfarbe und Leichenstarre nach zu urteilen, war sie noch nicht lange tot. Vielleicht ein oder zwei Stunden.

Er betrachtete ihre Hände. Eine Handfläche lag geöffnet nach oben; die andere Hand hatte sie zur Faust geballt. Soweit er erkennen konnte, wies keine von beiden Verletzungen auf, die darauf schließen ließen, dass sie sich verteidigt hatte. Er beugte sich näher herunter. In der Faust schien ein Stück Papier zu stecken.

Hinter ihm wurden Stimmen laut. Rick erkannte Val und Carla. Er erhob sich, um die beiden Polizisten zu begrüßen.

„Was tust du hier?“ fuhr der Detective ihn an.

Der Ton seiner Stimme machte Rick wütend. „Was glaubst du wohl, Val? Ich schaue mir den Schauplatz des Verbrechens an.“

„Das ist nicht deine Aufgabe, mein Freund. Ich muss dich bitten zu verschwinden. Und zwar sofort.“

Rick ließ sich nicht beirren. Er schaute Carla an, und als ihre Blicke sich trafen, sah sie rasch in eine andere Richtung. Dann konzentrierte er sich wieder auf Val. „Einmal ein Cop, immer ein Cop. Hast du das nicht selbst gesagt?“

„Carla, würden Sie Mr. Wells bitte hinausbegleiten?“

Rick warf Carla einen warnenden Blick zu. Er würde sich nicht hinausführen lassen wie ein x-beliebiger Passant. „Was soll das, Val? Ich war elf Jahre lang Polizist, und ich habe in mehr Mordfällen ermittelt, als du höchstwahrscheinlich in deiner ganzen Laufbahn erleben wirst. In Anbetracht meiner Erfahrung solltest du eigentlich dankbar dafür sein, dass ich als Erster am Ort des Verbrechens war. Ich an deiner Stelle würde mich dafür interessieren, wie ich die Situation einschätze."

Val kniff die Augen zusammen. „Hast du irgendetwas angefasst? Irgendwelche Spuren zerstört?"

„Ich habe dem Mädchen den Puls gefühlt. Okay? Das ganz normale Verfahren."

„Hast du die Leiche sonst noch irgendwo berührt?"

„Na klar. Ich hab ihr einen Zungenkuss gegeben." Rick starrte sein Gegenüber durchdringend an. „Zur Hölle, nein."

Vals Gesicht wurde rot vor Ärger. „Verdammt noch mal. Du bist Zivilist und kein Polizist. Du warst am Schauplatz, und damit gehörst du zu den Verdächtigen, auch wenn wir dich noch nicht vernommen haben." Er warf ihm einen finsteren Blick zu. „Du hast hier nichts verloren, und das weißt du ganz genau!"

„Na prima. Wenn du mit mir reden willst, weißt du ja, wo du mich finden kannst."

„Verdammter Mist. Du gehst nicht weg. Wir brauchen deine Aussage noch heute. Hast du das kapiert?"

„Jawohl, *Lieutenant*."

16. KAPITEL

Samstag, 10. November
4.28 Uhr
Dreißig Minuten später beendete Carla die Befragung von Liz Ames und Pastor Tim. Er war herausgekommen, um nachzuschauen, was der Grund für den Aufruhr war. Dann ging sie zurück zu Rick, der hin und her lief wie ein gefangenes Tier, während er wartete.

Carla war beklommen zu Mute, als sie vor ihm stand. Sie hatte keine Lust, sich ausgerechnet jetzt mit ihm auf eine Diskussion einzulassen. Um keinen Preis wollte sie die Zielscheibe seines Zorns sein, der sich eigentlich gegen Val richtete.

Aber sie hatte Verständnis für seine Wut. Ein Mädchen war auf bestialische Weise ermordet worden. Er war als Zweiter am Ort des Verbrechens gewesen. Sein Instinkt riet ihm, sich in den Fall einzumischen – und sein bester Freund hatte ihm brüsk erklärt, dass er hier nichts zu suchen habe.

Rick hatte Recht gehabt mit seiner Behauptung von vorhin. Er hatte wirklich mehr Erfahrung in solchen Sachen als sie oder ihr Vorgesetzter. Mit Mordfällen kannte er sich besser aus. Und sein Instinkt war beeindruckend. Einmal hatte sie miterlebt, wie er einen Verdächtigen zu einem Geständnis gebracht hatte, ohne mehr als nur einen vagen Hinweis zu haben.

Obwohl er keine Polizeimarke mehr trug, bestand kein Zweifel daran, dass Rick Wells immer noch ein besserer Cop war, als sie selbst jemals sein würde.

Plötzlich fröstelte Carla, und eine Gänsehaut lief ihr über den Rücken. Sie hätte viel darum gegeben, heute Nacht kein Detective sein zu müssen. Alles andere wäre besser. Hätte sie bloß dieses Mädchen nicht ansehen müssen. Könnte sie doch nur die Zeit ein paar Stunden zurückdrehen. Oder dieses Bild aus ihrem Kopf bekommen.

Das würde ihr natürlich nicht gelingen, und sie befürchtete, nie wieder schlafen zu können.

„Was, zum Teufel, sollte das alles bedeuten?“ fuhr Rick sie an.

Carla warf einen raschen Blick über ihre Schulter. Elizabeth Ames und Pastor Tim waren gegangen. Sie sah ihren ehemaligen Kollegen an. „Nimm’s ihm nicht übel, Rick. Er ist ziemlich im Stress. Das ist eine ernste Sache ...“

„Verdammt, ich weiß, dass es eine ernste Sache ist. Erzähl mal was Neues."

Ihre Stimme zitterte, als sie leise weitersprach. „Das hier ist nicht Miami. Wir sind nicht ... ein Mord passiert hier nicht jeden Tag."

Seine Gesichtsausdruck wurde sanfter. „Wie fühlst du dich denn?"

„Ich komm schon klar. Irgendwie jedenfalls. Eben habe ich ins Gebüsch gekotzt." Sie zog eine Grimasse. „Ich weiß nicht einmal, was ich hier soll. Für so etwas bin ich überhaupt nicht geeignet."

„Sei nicht so hart dir selbst gegenüber. Dieser Mord ... Sagen wir mal, ich habe ein paar gesehen, die schlimm waren, aber keiner war *so* schlimm."

Carla befeuchtete die Lippen. „Ein Mord in dieser Stadt wird alles durcheinander bringen. Und dann auch noch ein Mord an einem Mädchen, das hier gelebt hat."

„Das kann ich mir denken. Wer war sie?"

„Tara Mancuso. Schülerin im letzten Highschool-Jahr. Val kennt ihre Familie. Sie haben schon immer auf den Keys gewohnt, genau wie er."

Carla bemerkte, dass Ricks Ärger sich verflüchtigte. „Was meint er denn?"

„Bis jetzt noch gar nichts, soviel ich weiß." Sie schaute nach hinten und dann wieder zu Rick. „Und was meinst du?"

Er runzelte die Stirn. „Ich glaube, sie kannte ihren Mörder. Und sie ist vermutlich nicht vergewaltigt worden." Er schwieg. „Sie hat gar nicht richtig mitbekommen, was mit ihr passierte."

„Gott sei Dank."

Er kam näher, und sie nahm den frischen Geruch seiner Seife wahr. Einen Moment lang verschlug es ihr den Atem. „Carla", murmelte er, „da gibt es etwas an der Vorgehensweise des Mörders ... etwas, das ..."

Er sprach nicht weiter, als Val zu ihnen stieß. Der Detective wirkte schuldbewusst. „Verflucht, Mann, es tut mir Leid. Dass so etwas hier auf meiner Insel passieren musste." Rasch schaute er in eine andere Richtung, doch Rick glaubte, Tränen in den Augen seines Freundes zu sehen. „Ich kenne ihre Eltern. Wie soll ich denen das bloß beibringen?"

Rick konnte seine Gefühle sehr gut nachvollziehen. Und er wusste auch, dass er ihm nicht helfen konnte, gleichgültig, was er sagte. „Es tut mir so Leid, Val."

Sein Freund nickte. Dann riss er sich zusammen. „Hat Carla deine Aussage notiert?"

„Wir wollten gerade damit anfangen", entgegnete sie. Sie zog einen Notizblock und einen Bleistift aus der Hemdtasche. „Schieß los."

„Da gibt es gar nicht so viel zu erzählen. Ich war gerade dabei, das Hideaway zuzumachen ..."

„Wann war das?" fragte Val.

„Gegen halb vier."

„Später als sonst, oder?"

„Ja." Sein Blick wanderte von Carla zu Val. „Es war viel los. Und ich hatte keine Leute."

„Wer fehlte denn?"

„Libby, die immer abends kommt, hat sich krank gemeldet. Und Mark Morgan, mein Mädchen für alles, ist gegen zwei Uhr nach Hause gegangen. Er hat sich erkältet."

„Also warst du ab zwei Uhr allein in der Bar?"

„Halb drei. Da habe ich Pete rausgeschmissen."

Carla kannte Pete. Er war seit vielen Jahren Stammgast und ein gutmütiger Trunkenbold. Er verbrachte seine Tage und Nächte auf

Barhockern, verbreitete den neuesten Klatsch und erzählte von der guten alten Zeit, als die Marine noch eine bedeutende Rolle auf Key West gespielt hatte. Seine Lieblingsgeschichte handelte von der Kuba-Krise und wie sie beigelegt worden war.

„Und danach?"

„Ich war hundemüde. Deshalb habe ich das Geld aus der Kasse genommen und in den Safe gelegt, um es am Morgen abzurechnen. Ich wollte nur noch nach Hause und mich aufs Ohr hauen. Gerade, als ich die Tür abschloss, habe ich ihre Schreie gehört."

„Wessen Schreie?"

„Die von Miss Ames. Ich wusste nicht, dass sie so heißt, aber jetzt weiß ich es."

„Also kennst du sie überhaupt nicht?" fragte Carla.

„Ich hatte sie noch nie gesehen, bevor sie mir in die Arme gelaufen ist."

„Und was passierte dann?" wollte Val wissen.

„Ich bin hierher gerannt, den Schreien nach. Bis zum Parktor. Als ich ankam, lief sie gerade raus. Sie war hysterisch. Nachdem ich sie ein wenig beruhigt hatte, erzählte sie mir von dem Mädchen ..."

„Was genau hat sie gesagt?"

Rick legte die Stirn in Falten, während er sich zu erinnern versuchte. „Irgendetwas über ein totes Mädchen. Im Park. Sie sagte, das Mädchen sei ermordet worden."

„Und was hast du dann getan?"

„Ich habe gedacht, sie hätte sich geirrt. Dass sich da jemand den goldenen Schuss gesetzt hat oder so was. Also bin ich selber nachsehen gegangen. Und habe sofort gemerkt, dass die Frau sich nicht geirrt hatte. Ich bin also zurück zu Miss Ames gelaufen, habe ihr mein Handy gegeben und ihr gesagt, dass sie euch anrufen soll. Den Rest kennst du ja. Dann habe ich mir das Mordopfer angesehen, den Tatort und bin anschließend von meinem Freund weggeschickt worden. Seitdem stehe ich mir die Beine in den Bauch."

Der Detective nickte. „Ich weiß das zu schätzen, Rick. Können wir dich erreichen, wenn wir noch ein paar Fragen haben sollten?"

„Du weißt, wo du mich findest."

„Stimmt."

Carla sah Rick nach, als er davonging, und sie wäre gerne mit ihm gegangen. Sie sehnte sich nach seiner Stärke und seiner tröstlichen Umarmung.

Und dann tauchte wieder das Bild von Taras leblosem Gesicht vor ihr auf, das Bild von dem brutalen, blutverschmierten Schnitt, der sie nicht nur das Leben gekostet, sondern beinahe auch ihren Kopf vom Rumpf getrennt hätte. Ihr Magen revoltierte erneut, und sie schüttelte sich. Schnell schluckte sie ein paar Mal, um die Übelkeit zu bekämpfen.

„Haben Sie irgendetwas Interessantes von Tim oder Elizabeth Ames erfahren?" fragte Val.

„Nichts wirklich Aufregendes." Carla blätterte in ihrem Notizbuch und hielt inne, als sie auf die Antworten von Tim Collins stieß. „Der Pastor ist gegen zehn Uhr ins Bett gegangen. Er hat nichts Ungewöhnliches gehört. Erst unsere Suchscheinwerfer haben ihn aufgeweckt."

„Er hat die Schreie von Miss Ames nicht gehört?"

„Das habe ich ihn auch gefragt. Er hat Nein gesagt und dass er immer sehr fest schläft."

Val runzelte die Stirn. „Rick hat sie aus einer Entfernung von einigen hundert Metern gehört, und Tim hat im Pfarrhaus nichts mitbekommen? Interessant."

„Das hat er jedenfalls gesagt."

„Und was ist mit Miss Ames?"

„Sie konnte nicht schlafen und ist deshalb noch eine Runde gejoggt. Dabei hat sie ein Geräusch gehört, das aus dem Park kam, und hat nachgeschaut, was es war."

„Sie ist gejoggt? Um drei Uhr morgens?"

„Ja. Klingt etwas merkwürdig, nicht?"

Val musterte sie scharf. „Weiter."

„Sie hat ausgesagt, dass die Kirche sie gerufen habe." Er zog die Augenbrauen hoch, und Carla nickte. „Das waren ihre Worte. Sie sei an der Kirche vorbeigelaufen und dann an der Ecke Fleming Street stehen geblieben. Sie glaubte, dass jemand ihren Namen gerufen hatte. Die Kirche hätte sie gerufen."

„Sie hat tatsächlich eine Stimme gehört?"

„Nicht unbedingt eine Stimme. Es war eher in ihrem Kopf. Wohl so eine Art Zwangsvorstellung." Als sie in das Gesicht ihres Vorgesetzten sah, zuckte sie mit den Schultern. „Ich erzähle Ihnen nur, was sie mir gesagt hat. Auf jeden Fall war sie ziemlich durcheinander. Sie sagte andauernd, sie hätte das Mädchen retten können, wenn sie nur ein bisschen früher gekommen wäre."

„Hatte sie was getrunken? Drogen genommen?"

„Sie sah nüchtern aus. Ihre Pupillen reagierten auf Licht. Sie hielt sich kerzengerade und sprach ganz normal."

Er stieß einen frustrierten Seufzer aus. „Na prima. Die Erste, die am Schauplatz des Verbrechens auftaucht, hört Stimmen. Den Zeitungen wird das gefallen."

„Ich könnte mir vorstellen, dass sie das mit der Kirche morgen früh zurücknehmen wird."

„Da wäre ich mir nicht so sicher", murrte Val. „Sonst noch was?"

„Ja. Miss Ames kannte das Opfer."

„Wie bitte?"

„Tara war eine ihrer Patientinnen. Auf Empfehlung von Pastor Collins. Das ist eine verdammt kleine Stadt, was?"

Er kniff die Augen zusammen. „Verdammt ist genau das richtige Wort."

„Das verstehe ich nicht."

„Pastor Collins und Elizabeth Ames, zwei von denen, die heute Nacht am Ort des Verbrechens waren, standen in Beziehung zu dem Opfer. Und Elizabeth Ames ist als Erste hier aufgekreuzt."

„Glauben Sie, dass das etwas zu bedeuten hat?"

„Keine Ahnung. Aber im Moment will ich noch gar nichts ausschließen." Val warf einen Blick hinüber zum Eingang des Parks. Dann schaute er sie wieder an. „Wird das Tor nachts nicht abgeschlossen?"

Sie nickte. „Seitdem einige Jugendliche die Statuen beschädigt haben."

„Auf welche Weise sind das Opfer und der Mörder dann hineingekommen?"

„Ich habe nicht daran gedacht, diese Frage zu stellen."

„Dann tun Sie's." Sein Blick wanderte zum Parkplatz. „Die Jungs von der Spurensicherung sind da. Ist Charlie verständigt worden?"

„Ich glaube schon", sagte sie und rieb sich über die Arme. „Ich werde mich noch mal vergewissern."

„Okay. Und sorgen Sie dafür, dass Dr. Dan in Marathon informiert wird. Ich will das Ergebnis der Autopsie so bald wie möglich."

Sie nickte, während sie aus den Augenwinkeln die Kollegen von der Spurensicherung wahrnahm. „Sonst noch was?"

„Ich will alles über das Mädchen wissen – wer ihre Freunde waren, mit wem sie ging. Reden Sie mit ihren Lehrern, mit den Nachbarn, mit allen." Er richtete seine Aufmerksamkeit auf die anderen Beamten. „Hallo, Jungs. Die Leiche ist im Park."

Er sah ihnen eine Weile hinterher, dann wandte er sich mit

grimmiger Miene wieder an Carla. „Ich will wissen, wie sie die letzten vierundzwanzig Stunden ihres Lebens verbracht hat, mit wem sie gesprochen hat, wo sie hingegangen ist, was sie gegessen hat. Alles. Verstanden?“

Sie nickte und klappte ihr Notizbuch zu. „Was ist mit der Presse?“

„Wir halten sie so lange wie möglich hin. Ich hätte gerne einen Verdächtigen, ehe die Sache bekannt wird. Auf dem Weg hierher habe ich mit Chefinspektor Reid gesprochen. Er ist auch meiner Meinung.“

„Und was ist mit ihrer Familie?“

„Ich werde sie verständigen.“ Er schaute auf seine Uhr, und sie hatte das Gefühl, dass er abzuschätzen versuchte, wie lange er diesen Besuch noch hinausschieben konnte. „Ich bleibe noch hier und passe auf, dass alles ordnungsgemäß erledigt wird. Und dann werde ich mich ... um die Eltern kümmern.“

17. KAPITEL

Samstag, 10. November
8 Uhr

Rick klopfte an Vals Tür. Sie stand offen, und sein Freund blickte auf. Nach dessen Aussehen zu urteilen, hatte er genauso viel geschlafen wie er selbst: nämlich gar nicht.

Anstatt sich aufs Ohr zu legen, um wenigstens ein paar Stunden Ruhe zu finden, war Rick aufgewühlt hin und her gelaufen. Er hatte die Methode des Mörders wiedererkannt. Die Markierung auf Taras Rumpf und Gliedern. Die Position des Körpers. Aber er hätte nicht sagen können, wo er das alles schon einmal gesehen hatte.

Jedenfalls vorläufig nicht.

„Wir haben ein Problem", sagte er, als er das Büro seines Freundes betrat.

Val fuhr sich müde mit der Hand übers Gesicht. „Darüber will ich jetzt nicht mit dir diskutieren. Ich habe gerade Telefonanrufe vom Bürgermeister, vom Leiter des Fremdenverkehrsvereins und drei Reportern bekommen. Einer davon war vom *Miami Herald*."

„Die werden am Ball bleiben, darauf kannst du Gift nehmen." Rick ließ einen Stapel Computerausdrucke auf Vals Schreibtisch fallen. „Schau dir das mal an."

„Was ist das?"

„Sachen, die ich letzte Nacht im Internet gefunden habe." Er rieb sich die entzündeten Augen. Sie waren rot unterlaufen, weil er stundenlang auf den Bildschirm gestarrt hatte, anstatt zu schlafen. „Erinnerst du dich noch an diese Mordserie in Miami vor etwa zwölf Jahren? Vielleicht ist es auch schon etwas länger her. Die so genannten Neues-Testament-Morde?" Val schüttelte den Kopf. „Sagt dir der Name Gavin Taft etwas?"

„Hilf mir auf die Sprünge."

„Kurz bevor ich zur Dade-County-Mannschaft nach Miami gekommen bin, wurde eine Reihe von jungen Frauen ermordet. Ihre Kehlen waren aufgeschlitzt, in Rumpf und Glieder waren irgendwelche Zeichen geritzt. Die Zeitungen haben sie die ‚Neues-Testament-Morde' genannt, weil die Opfer so hingelegt waren, als seien sie gekreuzigt worden. Und irgendein Religionswissenschaftler hatte behauptet, dass die ‚Schriftzeichen' auf den Körpern aus dem Neuen Testament stammten.

Die Nachforschungen haben jahrelang nichts gebracht. Bis Taft, ein vierundzwanzigjähriger Bauarbeiter, wegen eines läppischen Verkehrsdelikts angehalten wurde und der Polizist Blut auf seinen Händen und Armen entdeckte."

Val nickte. „Ja, allmählich dämmert's mir. Aber Taft ist doch verurteilt worden?"

„Klar. Zur Zeit sitzt er in der Todeszelle und wartet auf seine Begnadigung."

„Natürlich, eine Begnadigung", schnaubte der Detective. „Genau wie all die anderen kranken Idioten, die in den Todeszellen auf ihre Begnadigung warten."

„Moment, jetzt kommt erst der wirklich üble Teil. Bei meiner Recherche im Internet bin ich auf einen Gavin Taft-Fanclub und diverse Chatrooms gestoßen, in denen über die Morde dieses Scheusals diskutiert wird." Er zeigte auf die Computerausdrucke. „Es steht alles da drin."

Während sein Freund die Papiere durchsah, lief Rick im Zimmer auf und ab. Seine Gedanken überschlugen sich. Ein paar von den Möchtegern-Detectives, die sich im Chatroom herumtrieben, glaubten, dass Taft die Morde nicht allein verübt, sondern einen Komplizen gehabt hatte. Andere dagegen vertraten die Ansicht, dass er unschuldig war und der wirkliche Mörder immer noch frei herumlief.

„Großer Gott", murmelte Val und schaute Rick an. „Was glaubst du, mit wem wir es hier zu tun haben? Mit einem Nachahmungstäter?"

„Keine Ahnung. Vielleicht. Die Ähnlichkeiten zwischen dem Mord an Tara und denen, die Taft verübt hat, sind zu offensichtlich, als dass man sie ignorieren sollte."

„Wenn es kein Nachahmungstäter ist ..."

„Vielleicht hatte Taft ja wirklich einen Komplizen, wie einige von diesen Typen im Chatroom behaupten."

Val blickte ihn skeptisch an. „Und was hat dieser Komplize dann in den vergangenen vier Jahren gemacht?"

„Vielleicht hat er sich in einer ganz anderen Gegend rumgetrieben. Oder er hat wegen irgendwelcher Taten gesessen, die nichts mit den Morden zu tun haben."

„Als Nächstes wirst du noch behaupten, Taft sei nicht einmal der Mörder. Dass es der falsche Mann war, dem der Prozess gemacht und der verurteilt wurde."

„Das soll's geben."

„Diesmal nicht. Es gab einen handfesten Beweis, Rick. Die DNA-Analyse hat eindeutig gezeigt, dass er ein paar von den Morden begangen hatte."

„Aber nicht alle. Bei einigen gab es keine Mordwaffe, kein Andenken ..."

Val schaute wieder auf die Computerausdrucke. Er ging sie erneut durch, blieb an einer Seite hängen und begann zu lesen. Kurz darauf blickte er wieder hoch. „Ich verstehe, worauf du hinauswillst. Doch es ist unmöglich. Taft ist nicht der, den wir suchen."

Rick sah seinen Freund mit einem durchdringenden Blick an. „Vielleicht hat ein Komplize ..."

Carla tauchte an der Tür auf. Sie vermied es, Rick anzusehen. „Haben Sie eine Minute Zeit, Val?"

Er winkte sie ins Zimmer hinein. „Unser Freund hat eine beunruhigende Entdeckung gemacht. Kommen Sie rein und schauen Sie sich's an."

Zögernd trat sie an den Schreibtisch. Der Detective gab ihr den Stapel Papiere. Dann wandte er sich wieder an Rick. „Es ist gut, dass du mir das gebracht hast. Ich werde dich auf dem Laufenden halten."

Rick ignorierte diesen unmissverständlichen Versuch seines Freundes, ihn loszuwerden. Stattdessen lehnte er sich auf seinem Stuhl zurück. „Was passiert denn jetzt?"

„Du gehst nach Hause und schläfst dich aus."

„Ich weiß deine Fürsorge zu schätzen", grinste Rick. „Ich meine, was habt ihr denn jetzt vor?"

„Verpiss dich, mein Freund."

„Ist der Bericht des Gerichtsmediziners schon da?"

„Auf Wiedersehen."

Er kniff die Augen zusammen. „Ich hänge mit drin in der Sache. Schließlich war ich letzte Nacht da. Ich habe das tote Mädchen gesehen, Val."

„Willst du eine Dienstmarke, Rick? Die kann ich dir besorgen. Bis dahin darf ich allerdings nicht über die Fälle mit dir diskutieren. Das weißt du ganz genau."

„Verdammt noch mal, ich war doch damals bei der Untersuchung dabei. Ich gehörte zum Team, kurz bevor sie ihn geschnappt haben." Er senkte seine Stimme. „Dann ist Jill krank geworden, und nichts war mehr wie vorher."

Vals Miene wurde versöhnlich. „Tut mir Leid. Ich wünschte, ich könnte mit dir zusammenarbeiten, Rick. Du warst ein fantastischer Cop. Aber ich kann es nicht. Ich möchte, dass du dich da raushältst, und zwar von jetzt an."

„Kannst du nicht ein Mal auf die Vorschriften pfeifen?" bat Rick, während er sein, wie er hoffte, verbindlichstes Lächeln aufsetzte. „Immer streng nach den Regeln. So warst du schon als Kind. Immer nur geradeaus und niemals Umwege."

„Dafür habe ich auch teuer bezahlen müssen", murmelte Val. „Weil ich fair war, habe ich Jill verloren."

Ricks Heiterkeit verflog augenblicklich, als der Name seiner Frau fiel. Er sah Carla an, die ihre Lektüre unterbrochen hatte, um dem Gespräch der beiden zuzuhören. Dann schaute er wieder zu seinem alten Freund. „Inzwischen haben wir sie ja beide verloren, nicht wahr?"

Val wurde blass, als ob ihm soeben klar geworden war, dass er den Bogen überspannt hatte. „Verdammt, es tut mir Leid. Ich hätte das nicht sagen dürfen."

Rick stand auf. „Vergiss es. Wir sind beide ziemlich müde."

Der Detective erhob sich ebenfalls. „Ich weiß es wirklich zu schätzen, dass du uns das hier gebracht hast. Doch ich muss dich bitten, dich da rauszuhalten und uns die Arbeit zu überlassen. Bitte tu mir den Gefallen, ja?"

Rick musterte seinen Freund. Falls Val glaubte, er würde sich in seinen Stuhl zurücklehnen und warten, bis er und Carla sich durch diesen Fall gewurstelt hatten, dann war er auf dem Holzweg. Wegen Jills Krankheit hatte er nicht an der entscheidenden Phase von Tafts Vernehmungen mitwirken können, und noch einmal würde er sich eine solche Chance nicht entgehen lassen.

Außerdem hatte er so ein merkwürdiges Gefühl, was diesen Fall anging.

Rick verabschiedete sich ziemlich kurz angebunden. „Selbstverständlich, alter Freund. Selbstverständlich."

18. KAPITEL

Samstag, 10. November
15 Uhr
Erschrocken wachte Liz auf. Sie fuhr im Bett hoch und musste sich erst einmal zurechtfinden. Als ihr Blick auf den Wecker fiel, blinzelte sie ungläubig.

Drei Uhr nachmittags?

Schlagartig fielen ihr die Ereignisse der vergangenen Nacht ein. Sie war Joggen gegangen, hatte Tara gefunden, war von der Polizei vernommen worden. Dann war sie in ihre Wohnung zurückgekehrt, und jedes Mal, wenn sie die Augen geschlossen hatte, waren die Bilder des Horrors unerträglich geworden.

Aus lauter Verzweiflung hatte sie eine Schlaftablette genommen. Eine von denen, die der Therapeut ihr verschrieben hatte, als sie kurz vor einem Nervenzusammenbruch gestanden hatte.

Wie lange war das her? Jetzt war sie doch vollkommen ausgeglichen. Hatte ihre Krise überstanden. Unerschütterlich, wie ein Fels in der Brandung.

Wahrscheinlich bildete sie sich das nur ein. Hatte sie diesem Polizisten wirklich erzählt, dass die Kirche sie gerufen hatte? Hatte sie das tatsächlich geglaubt?

Glaubte sie es immer noch?

Liz stöhnte und zog die Bettdecke hoch bis zum Kinn. Sie fühlte sich, als hätte sie in der Nacht mit dem Teufel persönlich gekämpft. Ihr ganzer Körper schmerzte, als wäre er über und über mit Wunden bedeckt. Als sie zum Fenster schaute, nahm sie alles nur noch verschwommen war, denn Tränen verschleierten ihr den Blick.

Die arme Tara. Sie war noch so jung gewesen. Hatte noch das ganze Leben vor sich gehabt – Liebe, Ehe, Kinder. Enkel.

Jetzt liefen ihr die Tränen über die Wangen. Ohne darüber nachzudenken, schickte Liz ein stummes Gebet zum Himmel. Das hatte sie schon lange nicht mehr getan. Sie betete darum, Tara möge nicht allzu sehr gelitten haben. Dass sie jetzt in Sicherheit war, in der Obhut des Herrn, geliebt und beschützt. Und sie bat um ihren Frieden.

Ein Gedanke schnürte ihr die Kehle zusammen. Die Bestien, die das getan hatten, waren dieselben, die auch für Rachels Verschwinden verantwortlich waren. Davon war sie fest überzeugt, auch ohne den Indizienbeweis, den die Polizei benötigte. Ihr Gefühl sagte ihr, dass sie Recht hatte.

So einfach würden sie ihr nicht davonkommen. Sie würde es nicht zulassen, das schwor sie sich.

Fest entschlossen warf Liz die Decke zurück und stieg aus dem Bett. Das Zimmer begann sich zu drehen, und sie griff nach dem Bettpfosten, um das Gleichgewicht wiederzufinden.

Sie holte tief Luft durch die Nase und konzentrierte sich auf ihren nächsten Schritt. Jetzt war wirklich nicht die Zeit für einen Nervenzusammenbruch. Weiche Knie und einen verwirrten Geist konnte sie sich im Moment nicht leisten. Sie musste Taras Eltern ihr Beileid aussprechen, und zwar noch heute. Außerdem wollte sie mit Pastor Collins reden. Vielleicht konnte er ihr helfen. Sie hatte das Gefühl, dass er mehr wusste, als er preisgeben wollte – sowohl was Taras Probleme als auch das Verschwinden ihrer Schwester anbetraf.

Sie ließ den Bettpfosten los und ging vorsichtig zum Schrank. Als Erstes wollte sie ins Polizeirevier fahren. Nach der Tragödie der letzten Nacht musste Lieutenant Lopez zugeben, dass sie auf eine Spur gestoßen war. Er konnte den Zusammenhang zwischen Taras Ermordung und dem Verschwinden ihrer Schwester unmöglich leugnen.

Aber Lieutenant Lopez war anderer Meinung. Er musterte sie mit einem Blick, der sowohl ungläubig als auch verärgert war. „Lassen Sie es mich mal zusammenfassen", sagte er. „Sie glauben also, dass derjenige, der Tara ermordet hat, auch für das Verschwinden Ihrer Schwester verantwortlich ist. Sie halten das für eine Tatsache, weil ..."

„Weil meine Schwester, ehe sie verschwand, sich um Tara gekümmert hat. Das Mädchen hatte mit irgendwelchen kriminellen Machenschaften zu tun, von denen meine Schwester gesprochen hat. Sie haben Rachel umgebracht, und nachdem Tara in meine Beratungsstunde gekommen ist, haben sie sie ebenfalls getötet."

Lopez warf seinen Bleistift auf den Schreibtisch. „Ich stecke gerade mitten in einem Mordfall, Miss Ames. Deshalb habe ich für Ihre Fantastereien im Moment wirklich keine Zeit."

„Fantastereien!" wiederholte sie fassungslos. „Ein Mädchen ist tot. Meine Schwester ist ..."

„Sie wird vermisst", unterbrach er sie. „Wenn Ihre Schwester ermordet worden ist, wo bitte ist dann die Leiche? Wenn sie irgendeinem gigantischen Verbrechen hier auf der Insel auf die Spur gekommen wäre, warum ist sie nicht damit zu mir gekommen? Oder zu Detective Chapman?" fügte er hinzu und deutete auf seine Kollegin, die Liz in der Nacht zuvor befragt hatte. Er schüttelte den Kopf. „Oder zu einem anderen Kollegen im Revier?"

Liz musste zugeben, dass sein Einwand berechtigt war. Allerdings hatte sie ihren Standpunkt noch nicht ausführlich genug klar gemacht. Sie musste ihn dazu bringen, das Problem aus ihrer Perspektive zu betrachten. „Tara wusste, wer Rachel umgebracht hat. Und sie hatte Angst, dass sie ebenfalls getötet würde."

Beide Detectives horchten auf. „Das hat sie Ihnen gesagt?"

Liz zögerte. „Nun ja, nicht direkt."

Der Lieutenant lehnte sich zurück und warf seiner Kollegin einen Blick zu. Liz konnte sich des Eindrucks nicht erwehren, dass er ihr damit sagen wollte, sie hätten es mit einer Verrückten zu tun.

„Wie denn dann?" fragte er. „Hat die Kirche es Ihnen gesagt?"

„Natürlich nicht!"

Er zog seine Augenbrauen hoch. „Aber vergangene Nacht haben Sie Detective Chapman doch erzählt, dass die Paradise Christian Church Sie gerufen habe? Das Gotteshaus soll Sie angeblich dazu überredet haben, zurückzukommen?"

Liz spürte die Hitze auf ihren Wangen. „Ich war erschöpft. Als ich sagte, dass die Kirche mich gerufen hätte, habe ich damit gemeint, dass ich ... den starken Drang verspürt habe, dorthin zu gehen."

„Das ist nicht das, was Sie gesagt haben", schaltete Carla sich ein. „Vielmehr haben Sie gesagt ..."

„Ich war vollkommen durcheinander und konnte keinen klaren Gedanken mehr fassen."

„Und jetzt können Sie das?"

„Natürlich."

Lieutenant Lopez durchbohrte Liz mit seinem Blick. „Darf ich Sie etwas fragen, Miss Ames? Finden Sie es nicht merkwürdig, dass Sie die Erste am Schauplatz des ersten Mordes in diesem Jahr waren? Außerdem kannten sie das Opfer, obwohl Sie erst seit, glaube ich, zwei Wochen in der Stadt sind."

Verwirrt schaute Liz von dem Lieutenant zu Detective Chapman. „Ich fürchte, ich kann Ihnen nicht folgen."

„Dadurch werden Sie automatisch zu einer Verdächtigen. So einfach liegen die Dinge nun mal, Miss Ames."

„Das ist doch verrückt. Ich bin unterwegs gewesen, um zu joggen, und ..."

„Um drei Uhr morgens", wandte Carla ein. „Allein. Ohne Zeugen. Und Ihre einzige Erklärung dafür war, dass die Kirche Sie gerufen hat. Ein bisschen dünn, finden Sie nicht? Was sollen wir Ihrer Meinung nach daraus schließen?"

„Ich weiß, dass es verrückt klingt, aber alles, was ich Ihnen gesagt habe, ist wahr. So ist es nun mal passiert." Wieder schaute sie zwischen den beiden hin und her. „Sie glauben mir doch, oder?"

Eine ganze Weile sagte keiner von beiden ein Wort. Schließlich räusperte sich Lieutenant Lopez. „Reden wir noch einmal von Tara und darüber, dass sie Angst um ihr Leben hatte. Das hat sie Ihnen nicht direkt gesagt, stimmt's?"

Sie merkte, dass er es darauf anlegte, sie zu verunsichern. Er wollte sie nervös machen, verängstigen. *Aber das würde ihm nicht gelingen.*

Liz straffte die Schultern und blickte ihm in die Augen. „Richtig“, erwiderte sie laut und deutlich. „Ich habe es daran erkannt, wie sie sich ausdrückte und verhielt. Und an den Worten, die sie nicht ausgesprochen hat.“

Der Lieutenant warf seiner Kollegin erneut einen Blick zu. „Passen Sie gut auf, Carla. Wir haben gerade eine neue Verhörtechnik gelernt. Schreiben Sie alles auf, was die Verdächtigen nicht sagen.“

Carla grinste, und Liz stand auf. „Das gehört schließlich zu meinem Beruf. Bei meiner Arbeit muss ich Dinge interpretieren ...“

„Und bei meiner Arbeit“, unterbrach er sie, während er sich ebenfalls erhob, „muss ich der Wahrheit auf die Spur kommen. Nicht raten, annehmen oder interpretieren. Ich handle mit Tatsachen. Nicht mit Gefühlen. Punkt.“

„Aber ...“

Wieder schnitt er ihr das Wort ab. „Sie sind erschöpft, Miss Ames. Das ist ja auch verständlich. Gehen Sie nach Hause und lassen Sie uns die Arbeit machen.“

Liz versuchte es noch einmal. „Schauen Sie sich das doch mal an. Jemand hat es während meiner letzten Sitzung mit Tara unter meiner Tür hindurchgeschoben.“ Sie holte den Zettel aus ihrer Handtasche und hielt ihn hoch.

Er nahm ihn, las die Zeilen und gab ihr das Blatt zurück. „Und?“

„Es ist eine Drohung.“

„Oder ein Witz.“

„Es ist kein Witz.“ Sie holte tief Luft, um nicht die Fassung zu verlieren. „Das habe ich bekommen, als Tara bei mir war. Nicht einmal zwölf Stunden später ist das Mädchen ermordet worden. Wollen Sie das nicht verstehen?"

Lopez schaute sie mitfühlend an. „Es tut mir wirklich Leid, Miss Ames. Sie haben in der Tat Entsetzliches durchgemacht. Erst ist Ihre Schwester verschwunden und nun das hier." Er warf seiner Kollegin einen Blick zu. „Sie haben mein Versprechen, dass ich die Augen offen halten werde. Ich werde dafür sorgen, dass Carla Ihre Aussage überprüft. Vielleicht können wir ja herausfinden, wer Ihnen diese Botschaft geschickt hat. Würde Ihnen das helfen?"

„Ja", murmelte sie. Plötzlich fühlte sie sich erleichtert. „Ja, das würde mir helfen."

19. KAPITEL

Samstag, 10. November
16.30 Uhr

Der zuständige Gerichtsmediziner für die Key-Inseln war ein alter Freund von Rick. Sie hatten zusammen in der Footballmannschaft der Key West Highschool, den „Fighting Conchs", gespielt. Rick war Ersatz-Quarterback gewesen, Daniel Carson Ersatz-Verteidiger. In ihrem zweiten Jahr auf der Highschool hatten die Conchs die Landesmeisterschaft gewonnen. Während die erste Garnitur auf dem Spielfeld ihr Bestes gab, hatten die beiden viel Zeit zusammen auf der Reservebank verbracht. Als sich dann später ihre Wege wieder kreuzten, diesmal beruflich, stellten sie fest, dass sie als Erwachsene genauso gut miteinander zurechtkamen wie als Jungen.

Rick wusste, dass Daniel nicht so verschwiegen war wie Val. Außerdem war es von Vorteil, dass die beiden nie besonders gut miteinander ausgekommen waren. Daniel würde also bereitwillig alles weitererzählen, was er wusste – und sei es nur, um Val eins auszuwischen.

„Daniel, hier spricht Rick Wells."

„Rick." Der Mann am anderen Ende der Leitung lachte. Seine Stimme war rau vom jahrelangen Rauchen. Er hatte zwar an dem Tag damit aufgehört, als sein Vater an Lungenkrebs gestorben war, doch die Heiserkeit war geblieben. „Wie stehen die Aktien, alter Knabe?"

„Ich kann nicht klagen", antwortete Rick. „Und was machen Vicki und die Kinder?"

„Ihnen geht's prima. Danny ist jetzt in der Junior-Footballmannschaft seiner Highschool. Er hat sofort einen Platz in der ersten Garnitur gekriegt."

Der Stolz in Daniels Stimme versetzte Rick einen Stich. Sam wäre in diesem Jahr neun geworden. Er hätte die vierte Klasse besucht und in der Football-Mannschaft mitgespielt. Und er wäre auch allmählich darauf kommen, dass Mädchen keine Feinde waren.

Einen Moment lang konnte Rick keinen klaren Gedanken fassen und kein Wort sagen. In diesen Sekunden vermisste er seinen Jungen so sehr, dass er fast in Tränen ausbrach.

„Verdammt, Mann, tut mir Leid. Ich habe überhaupt nicht nachgedacht."

„Schon gut." Rick gelang es, seine Stimme wiederzufinden und die Verzweiflung zu unterdrücken, die ihn zu überwältigen drohte. „Ist er auch Verteidiger wie sein Vater?"

„Klar. Aber er weiß seine Hände besser zu benutzen. Er ist schneller."

„Hoffentlich auch klüger", neckte Rick ihn und bemühte sich, die Geister der Vergangenheit zu vertreiben.

„Zweifellos. Warte mal gerade." Rick hörte, wie jemand im Hintergrund eine Frage stellte und Dan eine Antwort gab. Im nächsten Moment war er wieder am Hörer. „Rufst du an, um ein bisschen zu quatschen?"

„Nein. Ich wollte dich um einen Gefallen bitten."

„Das habe ich mir gedacht." Daniels Stimme klang ganz und gar nicht missbilligend. „Hängt dieser Gefallen irgendwie mit dem Mancuso-Mord zusammen?"

„Hast du schon die Autopsie gemacht?"

„Bin vor etwa einer Stunde damit fertig geworden." Er schwieg einen Moment. „So etwas habe ich in meinem ganzen Leben noch nicht gesehen. Bandenmorde, Selbstmorde, goldene Schüsse. Aber das hier ..." Seine Stimme klang gepresst. „Bei so etwas möchte ich am liebsten den Job hinschmeißen und eine nette kleine Praxis aufmachen, um mir wenigstens ein paar meiner Illusionen zu bewahren."

„Dafür ist es jetzt wohl zu spät", antwortete Rick grimmig. „Was hast du denn herausgefunden?"

„Du weißt, dass das eine vertrauliche Angelegenheit ist. Schließlich bist du nicht mehr bei der Polizei."

„Sag's mir trotzdem."

„Warum interessiert dich das so sehr?"

„Ich habe so ein komisches Gefühl bei der Sache. Val hat mich eiskalt abserviert."

„Die Art und Weise des Mordes ist dir bekannt vorgekommen."

„Richtig."

Der Mann am anderen Ende der Leitung zögerte. Dann seufzte er. „Telefonierst du im Festnetz oder mit Handy?"

„Festnetz."

„Warte einen Moment." Sein Freund legte den Hörer weg.

Rick hörte Schritte, dann fiel eine Tür ins Schloss. Einen Moment später war er wieder am Telefon und bestätigte Ricks Verdacht: Tara war von hinten angegriffen worden; die Verletzung an ihrem Hals hatte zum Tod geführt. Sie war nicht sexuell missbraucht worden, und die Zeichen auf ihrem Körper waren in der Tat erst nach Eintritt des Todes in die Haut geritzt worden.

Seine nächsten Worte trafen Rick wie ein Blitz aus heiterem Himmel.

„Sie war schwanger. Ungefähr im dritten Monat."

„Oh, Mann."

„Es kommt noch schlimmer, mein Freund. Der Mörder hat ihr den Bauch aufgeschlitzt und den Fötus herausgerissen."

20. KAPITEL

Samstag, 10. November
17 Uhr

Liz stieg die Stufen der Paradise Christian Church hinauf. Sie hatte die Augen fest auf die geschlossenen Türen geheftet und wagte es nicht, den Blick nach rechts oder links in den Park schweifen zu lassen. Bloß nicht dorthin schauen! Wenn sie die gelben Absperrbänder sähe, die um den Schauplatz des Verbrechens gespannt waren, würde die Erinnerung an die Ereignisse der vergangenen Nacht in aller Deutlichkeit wieder über ihr hereinbrechen.

Aber der Drang, die gelben Streifen anzuschauen, war einfach zu übermächtig. Verstohlen warf sie einen Blick nach links. Wie sie befürchtet hatte, tauchte sofort das Bild von Tara vor ihrem inneren Auge auf: das Gesicht, verzerrt von einem Todesschrei, überall das Blut, die großen, leblosen Augen, die sie anklagend anstarrten.

Sie hätte in der Lage sein müssen, das zu verhindern. Sie hätte etwas unternehmen sollen, damit dies nicht geschehen wäre. Aber sie hatte nichts getan, nichts.

Liz stöhnte innerlich auf und wandte abrupt den Blick ab. Schnell eilte sie die restlichen Stufen hinauf und ging zu einer der geschlossenen Türen. Sie war zugesperrt. Verwirrt versuchte sie es bei einer zweiten Tür – ebenfalls erfolglos.

Natürlich waren die Türen verschlossen. Schließlich war hier vor noch nicht einmal vierundzwanzig Stunden ein Mädchen getötet worden. Und ihr Mörder lief immer noch frei herum.

Liz suchte nach der Klingel und drückte auf den Knopf. Ein paar Minuten später sah sie Pastor Tims Gesicht am Fenster, und kurz darauf wurde die Tür geöffnet.

Seit ihrem letzten Treffen schien er um Jahre gealtert zu sein. Damit hatte sie zwar gerechnet – nicht jedoch mit seinem vorwurfsvollen Blick. Sie trat einen Schritt zurück und fragte sich, was sie wohl falsch gemacht hatte. „Komme ich ungelegen, Pastor Tim?“ fragte sie leise.

„Es war ein anstrengender Tag“, erwiderte er steif. „Was kann ich für Sie tun?“

Anstrengend. Eine Untertreibung, davon war sie überzeugt. „Ich wollte mich nach Taras Eltern erkundigen. Haben Sie schon mit ihnen gesprochen?“

„Selbstverständlich. Was für ein Geistlicher wäre ich, wenn ich es nicht getan hätte?“

„Entschuldigen Sie“, sagte sie bestürzt. „Ich wollte Ihnen nicht zu nahe treten. Manchmal wenden sich ja die Menschen in ihrem Schmerz von jenen ab, die ihnen am meisten helfen können.“

„Die Mancusos sind tief religiös, Miss Ames. Ihr fester Glaube an den Herrn und Erlöser wird sie auch diese Prüfung bestehen lassen.“

Liz erinnerte sich an das fanatische Leuchten in Taras Augen, als sie von Gott, Himmel und Hölle gesprochen hatte. „Glauben die Mancusos irgendwie ... an seltsame Dinge?"

„Wie bitte?"

„Ich habe mich nicht richtig ausgedrückt", sagte sie mit hochroten Wangen. „So habe ich es nicht gemeint. Es ist nur so, dass Tara einige Dinge über ihre religiöse Auffassung geäußert hat, die mir merkwürdig vorkamen. Ich dachte, dass sie vielleicht ..."

„Das Mädchen ist tot, Miss Ames. Lassen wir sie in Frieden ruhen."

„Bitte, Sie verstehen nicht ..."

„Sie wären überrascht, wenn Sie wüssten, wie viel ich verstehe." Er trat einen Schritt zurück. „Ich muss jetzt gehen."

„Warten Sie!" Mit einer Handbewegung hielt sie ihn davon ab, die Tür zu schließen. Seine Verärgerung, die Aggressivität und die vorwurfsvollen Bemerkungen setzten sie in Erstaunen. Beim letzten Mal hatte er sich warmherzig verhalten, war freundlich und hilfsbereit gewesen. Am Abend zuvor hatte er verständnisvoll auf ihre Gefühle reagiert und sich um ihre Verfassung gesorgt. Er war nicht von ihrer Seite gewichen, bis der Polizist, der von Lieutenant Lopez damit beauftragt wurde, sie nach Hause zu begleiten, sich um sie gekümmert hatte.

Was mochte bloß die Ursache für diesen erstaunlichen Sinneswandel sein?

„Bitte, Pastor Tim, ich wollte den Eltern mein Beileid aussprechen. Vielleicht kann ich etwas für die Mancusos tun."

„Sie können gar nichts tun", erwiderte er kalt. „Guten Tag."

„Es wird ihnen helfen, wenn sie mit mir reden. Schließlich bin ich Familientherapeutin, und ..."

„Sie möchten aber nicht mit Ihnen sprechen."

„Wie können Sie da so sicher sein? Vielleicht wollen sie ..."

„Weil sie es mir gesagt haben, Miss Ames. Die Mancusos haben mich gebeten, Sie nicht zu ihnen zu lassen."

Schockiert trat sie einen Schritt zurück. „Haben sie das wirklich gesagt? Das verstehe ich nicht. Ich kann mir nicht vorstellen, warum ..."

„Ich kann Ihnen leider nicht helfen." Er atmete tief ein und errötete. „Ein Mädchen ist tot, und die Eltern trauern. Glauben Sie nicht, dass Sie genug geholfen haben?"

Mit diesen Worten schlug er ihr die Tür vor der Nase zu.

Erschüttert drehte Liz sich um und fuhr zusammen. Ein Meter vor ihr stand ein Mann und versperrte ihr den Weg. Er sah aus, als sei er einem Horrorfilm entsprungen. Sein Gesicht war von einer Furcht erregenden Narbe entstellt, die von der Stirn bis zum Kinn reichte. Die Waffe, oder was auch immer ihm diese Verletzung zugefügt haben mochte, hatte auch sein linkes Auge in Mitleidenschaft gezogen.

Er starrte sie mit dem unversehrten Auge an; sein Mund war leicht geöffnet. Liz trat einen Schritt näher und bemühte sich, energisch zu klingen. „Entschuldigung", sagte sie und wollte an ihm vorbeigehen.

Er blinzelte, bewegte sich jedoch nicht. Liz drehte sich um und warf einen Blick auf die geschlossenen Kirchentüren. Dann schaute sie zu dem Mann zurück. „Entschuldigen Sie", wiederholte sie. „Lassen Sie mich bitte vorbei?"

Ehe sie noch wusste, wie ihr geschah, schnellten seine Finger vor und umklammerten ihr Handgelenk.

Mit einem Schrei wich sie zurück und versuchte, sich aus seinem Griff zu befreien. Doch er hielt sie nur noch fester, während er seine Lippen bewegte und heisere Laute ausstieß.

„Lass sie los, du Monster!" Heather Ferguson tauchte hinter ihm auf. „Auf der Stelle!"

Plötzlich sah der Mann ängstlich aus. Er ließ ihr Handgelenk los, drehte sich auf dem Absatz um und lief mit gesenktem Kopf davon.

Liz sah ihm mit klopfendem Herzen nach. Er duckte sich und verschwand hinter ein paar blühenden Hecken, die das Ende des Weges säumten.

„Ist alles in Ordnung?"

Es kostete Liz einige Mühe, die andere Frau anzusehen. „Ich ... glaube schon." Sie rieb sich das Handgelenk. „Er hat mir nur ein wenig Angst gemacht."

„Bei dem Kerl bekomme ich auch immer eine Gänsehaut. Er treibt sich andauernd herum und spioniert den Leuten hinterher."

„Wer ist er denn?"

„Stephen. Seinen Nachnamen kenne ich nicht – wenn er überhaupt einen hat." Heather runzelte die Stirn. „Er ist der Küster. Soviel ich weiß, hat er sein ganzes Leben in dieser Kirche verbracht."

Liz schluckte ein paar Mal und versuchte, die Gefühle in den Griff zu bekommen, die das Zusammentreffen mit diesem Mann in ihr ausgelöst hatten. „Was ist mit seinem Gesicht passiert?"

„Ich bin nicht von Key West, deshalb kenne ich die Geschichte nur vom Hörensagen. Sein Vater soll dafür verantwortlich gewesen sein. Bei den Schlägen hat nicht nur sein Gesicht, sondern wohl auch sein Gehirn beträchtliche Schäden erlitten. Die Kirche kümmert sich um ihn."

Liz wurde es beinahe schlecht. Dass es so viel krankhafte Grausamkeit in der Welt gab, die allzu oft gegen Kinder gerichtet war, brach ihr fast das Herz. „Er ist also harmlos?"

„So sagt man."

Liz runzelte die Stirn. „Sie glauben es nicht?"

„Die ehemalige Pastorin, Rachel Howard, hat ihn dabei erwischt, wie er sie durchs Fenster beobachtet hat. Ich habe ihr geraten, ihn zum Teufel zu jagen. Aber sie hatte ein sehr großes Herz." Heather wandte den Blick ab. In ihren Augen schimmerten Tränen. „Und jetzt ist sie nicht mehr da."

Für einen Augenblick setzte ihr Herz aus. Als es wieder regelmäßig schlug, empfand Liz das Klopfen fast wie einen Schmerz in der Brust. Einen Moment lang konnte sie kaum atmen. „Sie kannten die ehemalige Pastorin dieser Kirche?"

„Natürlich. Jeder, der hier lebt, kannte sie. Ich glaube, man kann sogar sagen, dass wir befreundet waren."

Liz spürte, dass ihre Wangen ein wenig glühten. *Wenn Rachel und Heather befreundet waren, hätte es dann nicht nahe gelegen, dass die Schwester von ihr gesprochen hatte?*

Erst jetzt bemerkte sie den seltsamen Blick der Frau und zwang sich zu einem Lächeln. „Sie glauben es?"

Heather zuckte mit den Schultern. „Sie hatte immer sehr viel zu tun, genau wie ich. Wir haben uns meistens nur ganz kurz unterhalten, wenn wir uns mal begegnet sind. Doch ich habe sie gemocht. Sehr sogar."

„Haben Sie Ihren Laden für heute geschlossen?"

„Ja, Gott sei Dank. Wieso fragen Sie? Brauchen Sie ganz plötzlich einen Bikini?"

„Eigentlich nicht." Wieder lächelte Liz. „Sie haben mich schon zum zweiten Mal gerettet, und ich würde mich gern bei Ihnen bedanken und Sie zu einem Drink oder zum Abendessen einladen."

Heather machte eine abwehrende Handbewegung. „Dazu besteht überhaupt kein Anlass."

„Ich würde es trotzdem gerne tun. Haben Sie Zeit?"

Heather warf einen Blick auf ihre Uhr. Sie zögerte, als ob sie überlegte, was sie noch alles zu tun hatte und wie lange sie dafür benötigte. Dann sah sie Liz an und lächelte. „Nach diesem Tag wäre mir ein Drink schon sehr recht. Ich weiß auch, wo wir hingehen könnten."

Fünf Minuten später saßen sie an einem kleinen Tisch vor dem Iguana Café. Liz nahm Heathers Vorschlag an und bestellte einen „Rum Runner", eine Spezialität von Key West aus Brombeer- und Bananenlikör, hellem und dunklem Rum, Kirsch- und Zitronensaft. Heather nahm das Gleiche, obwohl sie Liz vor den Folgen dieses vermeintlichen Erfrischungs-Drinks warnte.

„Hier verkehren vor allem die Leute aus dem Ort", erzählte sie, als die Getränke serviert wurden. „Der *café con leche* ist fantastisch, und die kubanischen Sandwichs sind es ebenfalls. Meiner Meinung nach gibt es keine besseren."

„Das werde ich mir merken", erwiderte Liz. Sie nahm einen Schluck von ihrem eiskalten Cocktail. Er schmeckte wirklich köstlich, und sie verstand, warum er nicht nur das Lieblingsgetränk der Bewohner von Key West, sondern auch das der Touristen war.

„Ich habe gehört, was letzte Nacht passiert ist", sagte Heather leise, während sie sich zu ihr beugte. „Und man sagte, dass Sie ... das Mädchen gefunden haben." Sie schauderte. „Wie haben Sie das verkraftet?"

Abrupt stellte Liz ihr Glas ab. „Ehrlich gesagt, nicht besonders gut. Ich bin völlig durcheinander."

„Wie haben Sie ... ich meine, was haben Sie so spät in der Nacht noch draußen gemacht?"

Liz erzählte ihr, dass sie nicht hatte schlafen können und deshalb noch eine Runde gejoggt war. „Ich habe ein Geräusch gehört und nachgesehen, was los war." Sie schaute auf ihr Glas und dann wieder zu ihrem Gegenüber. „Das hätte ich besser nicht getan."

„Kann ich mir vorstellen." Heather griff nach ihrem Getränk, dann überlegte sie es sich jedoch anders und stellte es wieder ab, ohne einen Schluck genommen zu haben. Sie wirkte verstört. „Ich habe das Mädchen gekannt."

Liz richtete sich auf. „Tatsächlich?"

„M...hm, in gewisser Weise. Sie ist manchmal in den Laden gekommen. Aber das tun fast alle Jugendlichen aus dem Ort." Sie verzog die Mundwinkel. „Wegen der Sachen, die ich verkaufe."

„War Tara eine Ladendiebin?"

„Sie hieß Tara?" Als Liz nickte, fuhr Heather fort: „Nein. Jedenfalls nicht, dass ich wüsste. Schien ein nettes Mädchen zu sein."

„Sie hatte Probleme", sagte Liz, ohne darüber nachzudenken, was sie sagte.

„Was meinen Sie damit? Haben Sie Tara behandelt?"

Liz hielt sich die Hand vor den Mund. Sie war wütend über sich selbst. „Bitte vergessen Sie, was ich gesagt habe. Das hätte ich nicht tun dürfen." Rasch wechselte sie das Thema und fragte die andere Frau, was sie so machte.

„Ich?" fragte Heather leicht irritiert. „Da gibt es nichts Aufregendes zu berichten. Ich bin in Miami aufgewachsen, habe mich ein bisschen auf dem College rumgetrieben und dann als Model gearbeitet." Sie lachte und verzog das Gesicht. „Das war allerdings nichts für mich. Oder besser gesagt: Ich war nicht für diesen Job geeignet."

„Was ist denn passiert?" Liz war jetzt neugierig. Heather war so schön, dass eine Karriere als Model ganz natürlich schien. Das sagte sie ihr auch.

Die Frau lachte. „Das ist ein weit verbreitetes Vorurteil über Models. Viele von ihnen sind im wirklichen Leben gar keine Schönheit. Erst die Kamera macht sie dazu. Die Kamera liebt sie. Aber mich hat sie nicht geliebt."

„Das verstehe ich nicht."

„Meine Mutter ist schuld", lächelte sie. „Ich habe ihren Knochenbau geerbt, und der wirkt auf Fotos flach. Ihre Enttäuschung darüber, dass es mit meiner Karriere als Model nichts wurde, war sicher größer als meine."

„Stehen Sie beide sich sehr nahe?"

„Eigentlich nicht. Ich sehe sie nur selten, obwohl sie nicht weit weg von den Keys wohnt, auf Islamorada." Heather nahm einen tiefen Schluck aus ihrem Glas. „Schließlich bin ich dann in einer Boutique gelandet und irgendwann hierher gekommen. Vor ein paar Jahren habe ich mein eigenes Geschäft eröffnet."

Liz hätte sie gerne über Rachel ausgefragt, doch sie wusste nicht, wo sie anfangen sollte. Konnte sie ihr sagen, wer sie war? Dass Rachel ihre Schwester war und sie selbst deshalb nach Key West gekommen war? Ihr Gefühl sagte ihr, dass Heather eine Verbündete sein könnte – aber wenn sie sich irrte? Was, wenn sie dieser Frau die Wahrheit erzählte und ihre gerade beginnende Freundschaft unvermittelt abbrechen würde?

Heather löste das Problem, indem sie selbst das Gespräch auf Rachel brachte. „Vielleicht hätte ich das über Stephen nicht sagen sollen. Der arme Kerl." Sie seufzte. „Es ist nur ... was Rachel über ihn erzählt hat. Sie erwischte ihn doch dabei, wie er sie durchs Fenster beobachtet hat ..."

„Ich habe gehört, dass sie verschwunden ist. Die ehemalige Pastorin der Paradise Christian Church, meine ich."

Heathers Gesichtsausdruck wurde wachsam. „Was wollen Sie damit sagen?"

Liz beschäftigte sich intensiv mit ihrem Strohhalm und bemühte sich, nicht zu interessiert zu wirken. „Ich fand es nur ein bisschen merkwürdig, das ist alles. Eine Pastorin, die einfach alles hinschmeißt und wegläuft. Glauben Sie auch, dass es so war?"

Heather seufzte. „Ich weiß nicht, was ich glauben soll. Die Rachel, die ich kannte, hätte so etwas nie getan."

„Wirklich?“ Liz beugte sich nach vorne. „Warum nicht?“

„Sie hat ihre Kirche geliebt. Und Key West auch.“ Ihre Stimme zitterte ein wenig. „Die Gemeinde war ihr Ein und Alles.“ Sorgenvoll runzelte sie die Stirn. „Ich war gerade ein paar Tage verreist, um einige Einkäufe zu machen, als sie verschwand. Erst als ich zurück war, habe ich erfahren, was passiert ist. Das hat mich schon sehr mitgenommen. Vielleicht hätte sie mich ja gebraucht, und ich war nicht hier, um ihr zu helfen.“

Liz spürte einen Kloß im Hals. Gleichzeitig wurde sie von einer Welle der Sympathie für diese Frau erfasst, die ihr eigentlich fremd war. Aber sie hatte Rachel gekannt und sich um sie gekümmert. Und sie empfand das gleiche Gefühl von Reue und Schuld wie sie selbst.

Vielleicht habe ich in ihr eine mögliche Verbündete gewonnen, schoss es Liz durch den Kopf. Die sie unterstützen würde, falls sie einen Beweis fände, dass Rachel einem Verbrechen zum Opfer gefallen war.

„Haben Sie mit der Polizei gesprochen und gesagt, was Sie mir gerade erzählt haben?“

„Ich habe es versucht.“ Sie ließ die Hände in den Schoß sinken. „Tatsache ist jedoch, es gab wirklich etwas, das Rachel Kummer gemacht hat. Etwas hatte sie aufgewühlt, und sie hat sich ... merkwürdig verhalten.“

„Was hatte sie denn aufgewühlt?“

„Das weiß ich nicht. Sie wollte es mir nicht sagen.“

„Hatte sie Angst vor Stephen?“ drängte Liz.

„Angst?“ wiederholte Heather und sah ihr Gegenüber mit hoch gezogenen Augenbrauen an. „Habe ich gesagt, dass sie Angst hatte?“

„Nein, ich glaube nicht. Das habe ich wohl nur zwischen den Zeilen herausgehört.“

Heathers Stirn legte sich noch tiefer in Falten. Sie befingerte das goldgefasste Monogramm, das an einer dünnen Kette um ihren Hals hing. „Das wäre natürlich eine Erklärung für ihr Verhalten. Ich wüsste allerdings nicht, vor wem oder was sie Angst gehabt haben könnte."

21. KAPITEL

Samstag, 10. November
17.15 Uhr
Mark kauerte in einer Ecke seines Zimmers, in dem er zur Untermiete wohnte, und starrte zähneklappernd auf die Tür. Obwohl er sich in eine verschlissene Decke gewickelt hatte und es stickig heiß in dem Raum war, fror er erbärmlich. Er konnte sich nicht vorstellen, dass es ihm jemals wieder warm werden würde.

Tara war tot. Sein ungeborenes Kind ebenfalls. Beide waren ermordet worden.

Mark kniff die Augen zusammen, und das Entsetzen der vergangenen Stunden ergriff wieder Besitz von ihm. Er bemühte sich, die Puzzlesteine zusammenzusetzen und auf einige der vielen Fragen, die ihm durch den Kopf schossen, eine Antwort zu finden. Wie vereinbart hatte er sich mit ihr treffen wollen. Das Parktor war nicht abgeschlossen gewesen. Er war hindurchgeschlüpft und hatte leise ihren Namen gerufen. Aber sie hatte nicht geantwortet.

Besorgt und verwirrt war er tiefer in den Park eingedrungen und hatte sich bemüht, kein Geräusch zu machen, um weder Pastor Tim noch Stephen, den alten Küster, aufzuwecken. Er hatte sich gefragt, ob sie wohl ihre Meinung geändert hatte. Vielleicht hatten ja auch ihre Eltern sie dabei erwischt, wie sie aus dem Haus geschlichen war, und hatten ihr verboten, ihn zu treffen.

Dann verschwammen die Bilder. Er erinnerte sich nur noch daran, sie blutüberströmt auf der Erde liegen gesehen zu haben.

Mark presste die Faust vor den Mund, um einen Schrei der Verzweiflung zurückzuhalten. Von der Straße drangen Stimmen von Kindern herein, die im Park auf der anderen Straßenseite spielten. Es war zwar nur ein kleines Areal mit einem Sandkasten, einer ausgeleierten Schaukel und einer altersschwachen Rutschbahn, doch das schien den Kleinen aus der Nachbarschaft nichts auszumachen.

Er versuchte, nur noch auf die Kinder und ihr fröhliches Geschrei zu lauschen, um ein wenig Seelenfrieden zu finden und mit seinem Herrn zu sprechen, dem Einzigen, der ihm jetzt noch helfen konnte. Er wollte ihn bitten, ihm den rechten Weg zu weisen und ihm Kraft zu geben.

Doch er konnte sich nicht darauf konzentrieren. Stattdessen schwirrten wieder die Bilder der vergangenen Nacht durch seine Gedanken. Er erinnerte sich, dass er Taras Namen gerufen hatte, verzweifelt auf die Knie gefallen war und sie berührt hatte. Ihr Körper war noch warm gewesen. Als er sie zur Seite drehte, hatte sie einen gurgelnden Laut von sich gegeben. Deshalb hatte er zunächst geglaubt, sie sei noch am Leben. Dann hatte er ... die Kehle gesehen ... und das Blut. Es war die Wunde gewesen, die zu ihm gesprochen hatte, nicht sie selbst.

Schluchzend war er aufgestanden. Seine Hände, Knie, Arme und die Brust waren nass von ihrem Blut gewesen. Es war überall gewesen. Danach hatte er alles nur noch wie durch eine Nebelwand wahrgenommen. Blind vor Tränen, war er quer durchs Gebüsch zum Parktor gelaufen, gestolpert und hingefallen, hatte sich wieder aufgerappelt und war erneut gestürzt. Er hatte sich die Hände aufgerissen und das Gesicht zerkratzt. Dann glaubte er, ein Geräusch gehört zu haben – ein Atmen hinter seinem Rücken.

Irgendwie hatte er es bis zu seinem Wagen geschafft und nach Hause. Durch den Willen Gottes.

Mark stöhnte verzweifelt auf und drückte sich noch tiefer in seine Ecke hinein. Seit Stunden saß er schon so da, doch er hätte nicht sagen können, wie viel Zeit vergangen war. Die ganze Nacht und bis weit in den Morgen hinein hatte er auf die Polizei gewartet. Er und Tara hatten keinem Menschen etwas von ihrer Beziehung gesagt, aber möglicherweise war dem einen oder anderen doch etwas aufgefallen.

Seine Zähne begannen wieder zu klappern. Sie würden glauben, er habe es getan. Tara war schwanger mit seinem Kind, und für einige hätte er damit ein Motiv für diese Tat gehabt. Mit ihrem Tod wäre auch sein Problem aus der Welt geschafft.

Er kämpfte gegen die Übelkeit an, die ihm in die Kehle stieg. Vielleicht würde die Polizei gar nicht herausfinden, dass sie befreundet waren. Und selbst wenn – in der vergangenen Nacht war er bis um zwei Uhr im Hideaway gewesen. Bestimmt würden sie ...

Um Himmels willen – der Schuldschein. Fieberhaft kramte Mark in seinem Gedächtnis. Hatte er auf den Schuldschein geschrieben, wofür er das Geld brauchte? Hatte er Rick etwas von Tara erzählt? Er wusste es nicht mehr. Er hatte ihm jedoch versprochen, das Geld zurückzuzahlen, sobald er konnte. Auf dem Papier hatte er ihm mitgeteilt, dass es sich um einen Notfall handelte.

Ganz fest schloss er die Augen, während er sich angestrengt zu erinnern versuchte, was genau er geschrieben hatte. Es musste ihm wieder einfallen. Unbedingt. Es war wichtig. Vielleicht sogar eine Frage von Leben und ...

Rick würde ihn suchen. Wegen des Geldes. Er konnte jeden Moment hier sein. Eigentlich war es erstaunlich, dass er noch nicht gekommen war.

Er hatte damit gerechnet, längst über alle Berge zu sein, ehe Rick den Schuldschein finden würde. Mark presste die Fingerknöchel in die Augenhöhlen. Vielleicht war es ja so am besten. Er würde dem Barkeeper alles erzählen, und sein Freund würde ihm glauben.

Mark sah an sich hinunter und bemerkte die verräterischen Flecken auf seiner Kleidung, seinen Schuhen und seiner Haut. Sein Entsetzen wurde noch größer, als er die Hände umdrehte. Sie waren rot von Taras Blut.

Wenn Rick ihn so sah, würde er glauben, er habe es getan. Jeder musste es glauben.

Man würde ihn ins Gefängnis stecken.

Diese Erkenntnis traf ihn mit der Wucht eines Faustschlags. Mit einem verzweifelten Schrei rappelte er sich auf und rannte in sein winziges Badezimmer. In diesem Raum gab es ein kleines Waschbecken, eine leicht zur Seite hängende Toilette und eine alte Wanne, die mit einem angeschlagenen Brausekopf und einem Plastikvorhang zur Duschkabine umfunktioniert worden war. Er riss den Duschvorhang zur Seite und stieg in die Wanne, um das dahinterliegende Fenster zu öffnen und frische Luft hereinzulassen.

Er drehte die Dusche auf und zog seine schmutzigen Sachen aus. Dann stellte er sich unter den heißen Strahl und begann sich abzuschrubben. Er rieb so heftig, dass seine Haut brannte.

Auf keinen Fall konnte er sich Rick anvertrauen. Er war Polizist gewesen. Und der leitende Detective der Polizei von Key West war sein bester Freund. Mark machte sich keine Illusionen darüber, auf welcher Seite Rick stehen würde.

Es gab niemanden auf der Insel, an den er sich wenden konnte. Er war allein.

Angst schnürte Mark die Kehle zu. Einen Moment lang blieb ihm die Luft weg. Mit aller Kraft versuchte er, den Tumult seiner

Gefühle in den Griff zu bekommen. Er musste überlegen. Ruhig bleiben und klar denken.

Sein Leben hing davon ab.

Er schäumte sich die Haare ein, während sich seine Gedanken überstürzten. Welche Möglichkeiten hatte er? Weglaufen, ins Auto steigen und losfahren, und zwar so schnell wie möglich. Er hatte die sechshundert Dollar, die er sich von Rick geliehen hatte; damit würde er eine Weile auskommen.

Irgendwie war das nicht richtig. Es erschien ihm wie ein Verrat an Tara und ihrem gemeinsamen Kind.

Er schüttelte den Kopf. Sie waren doch tot. Ihnen konnte er sowieso nicht mehr helfen.

Doch, er konnte es. Mark drehte den Wasserhahn zu und stieg aus der Wanne. Taras Freunde hatten gedroht, ihr etwas anzutun. Und sie hatte Angst vor ihnen gehabt.

Sie mussten ihr in der vergangenen Nacht zum Park der Paradise Christian Church gefolgt sein und sie umgebracht haben.

Die Wut, die in ihm aufstieg, vertrieb den Rest seiner Angst. Er trocknete sich ab, zog sich an und lief zum Schrank. Hastig griff er nach seinen wenigen Habseligkeiten und stopfte sie in seinen Rucksack. Er musste unbedingt verschwinden. Sofort. Ehe Rick vor der Tür stand. Und bevor die Polizei kam. Aber er würde Key West nicht verlassen.

Taras Freunde hatten sie umgebracht. Genauso, wie sie es angedroht hatten. Und irgendwie würde er den Beweis dafür finden.

22. KAPITEL

Sonntag, 11. November
10 Uhr

Rick hämmerte gegen Marks Zimmertür. „Mach auf." Er wartete ein paar Sekunden, dann klopfte er wieder. „Mach die Tür auf, oder ich gehe zur Polizei, du verdammter Dieb!"

Er legte das Ohr an das dünne Holz. Von drinnen kam kein Laut. Er schaute nach rechts und links über den schmuddeligen Korridor. Sein Angestellter wohnte in einem ziemlich heruntergekommenen Haus. Aus einer Wohnung drang der Geruch von gebratenem Speck und das Geräusch eines Fernsehgeräts, auf dem ein Sportkanal eingestellt war.

Verdammt! Er hatte zwar nicht damit gerechnet, Mark hier zu finden, aber er hatte darauf gehofft.

Mark Morgan war längst über alle Berge, und seine Reise hatte er mit sechshundert Dollar von Rick finanziert.

Erst gestern Nachmittag hatte er den lächerlichen Schuldschein entdeckt und gemerkt, dass Geld fehlte, als er die Abrechnung für Freitagabend gemacht hatte. Da wusste er natürlich, dass es schon zu spät war, doch er wollte nichts unversucht lassen. Im Grunde ging es ihm auch nicht ums Geld. Vielmehr fühlte er sich betrogen. Er hatte an diesen Jungen geglaubt und ihm vertraut.

Rick blieb noch einen Augenblick vor der Tür stehen und überlegte, ob er sie eintreten sollte. Dann drehte er sich um und ging fort. Was hätte er damit schon erreichen können? Mark war verschwunden – und sein Geld mit ihm.

Seine Gedanken wanderten von Mark zu dem Mord an Tara. Es war die Nachricht des Tages im ganzen Bundesstaat. Glücklicherweise wurde er nicht auf den Titelseiten vermeldet, weil man der Presse die anstößigen Details der Tat vorenthalten hatte – die rituelle Art des Mordes, die religiösen Anspielungen, Taras Schwangerschaft und die Tatsache, dass der Mörder den Fötus mitgenommen hatte. Rick glaubte nicht, dass Val diese Umstände lange würde geheim halten können. Nur einer der Reporter musste Wind davon bekommen, dass etwas vertuscht wurde, und über ganz Key West würde ein unglaublicher Presserummel hereinbrechen.

Das wollte Rick auf jeden Fall vermeiden. Mit ihrer Berichterstattung konnten die Zeitungen die Ermittlungen erheblich behindern, besonders wenn die Untersuchung von unerfahrenen Detectives geführt wurde. Ob Val es nun zugeben wollte oder nicht – er würde ihn brauchen.

Deshalb hatte er sich entschlossen, Liz Ames einen Besuch abzustatten.

Rick schwang sich auf seine Honda Nighthawk, ließ den Motor an und fuhr zurück in die Altstadt. Sie lag nicht weit von der Packer Street entfernt, in der Mark wohnte. Während er in der Mordnacht darauf gewartet hatte, vernommen zu werden, hatte er mitbekommen, dass Liz Ames in der Duval Street lebte und arbeitete, nur zwei Häuser vom Hideaway entfernt. Er hatte außerdem erfahren, dass sie neu auf Key West war und als Familientherapeutin arbeitete. In der Mordnacht war sie Joggen gewesen. Wegen einer schreienden Katze war sie über das Verbrechen gestolpert.

Aber irgendetwas war faul an der Sache. Er hatte das Gefühl, dass Elizabeth Ames etwas wusste, das sie nicht verriet. Ihre Geschichte klang für ihn nicht wahrheitsgemäß.

Er fand einen Parkplatz vor dem Hideaway, stellte das Motorrad ab und lief einen Block bis zu Liz' Haus. Er legte den Kopf in den Nacken und blickte zum ersten Stock hinauf, dann den Häuserblock entlang bis zur Paradise Christian Church. Warum joggte eine Frau, die neu in der Stadt war, allein mitten in der Nacht? Sie hatte weder Pfefferspray noch ein Handy bei sich gehabt, und sie hatte auch keinen Hund, der sie beschützte.

Das passte alles nicht zusammen.

Wenn er allerdings darüber nachdachte, wie falsch er bei seiner Einschätzung bezüglich Mark gelegen hatte, dann war er sich gar nicht mehr so sicher, wie gut es um sein Urteilsvermögen stand. Er ging zu der Tür, die zur Wohnung im ersten Stock führte, und läutete. Kurz darauf hörte er Schritte. Die Tür wurde geöffnet, und Liz Ames stand ihm gegenüber.

Er lächelte. „Hallo. Ich bin Rick Wells. Mir gehört die Bar nebenan."

Sie erwiderte sein Lächeln nicht. „Ja?"

„Ich war es, der Ihre Schreie vergangene Nacht gehört ..."

„Ich weiß, wer Sie sind. Was wollen Sie?"

Ihre Schroffheit überraschte ihn. Die Menschen auf Key West – selbst die neu Hinzugezogenen – waren normalerweise offen und warmherzig und angesteckt vom gelassenen Charme des südlichsten Teils der Vereinigten Staaten.

Aber er wäre vermutlich auch misstrauisch gewesen, wenn er kürzlich erst über den Schauplatz eines brutalen Mordes gestolpert wäre.

„Ich würde mich gerne mit Ihnen über die Nacht neulich unterhalten. Darüber, was Sie gesehen haben."

Als sie zögerte, setzte er ein gewinnendes Lächeln auf, das sie hoffentlich auf seine Seite bringen würde. „Außerdem wollte ich nachsehen, ob es Ihnen gut geht. Ich weiß, was für traumatische Folgen es haben kann, wenn man so etwas gesehen hat."

Sie zog die Stirn kraus. „Und woher wissen Sie das?"

„Weil ich selber mal Polizist war."

Wieder zögerte sie, als würde sie sorgfältig über den Wahrheitsgehalt seiner Aussage nachdenken. Dann machte sie die Tür weiter auf. „Kommen Sie herein."

Sie verschloss die Tür, sobald er eingetreten war. Er folgte ihr die schmale Treppe hinauf in das spärlich möblierte Wohnzimmer. Hier standen ein gemütliches Sofa, ein etwas ramponierter Couchtisch und eine Stehlampe. Die Sachen sahen so aus, als stammten sie aus zweiter Hand. Bilder gab es nicht, auch keine Teppiche. Auf dem Couchtisch stapelten sich zahlreiche Bücher.

Das Zimmer verriet ihm eine Menge über Elizabeth Ames – unter anderem auch die Tatsache, dass sie nicht plante, lange auf Key West zu bleiben.

Merkwürdig, dachte er. Warum eröffnet eine Therapeutin eigens ein Büro, wenn sie nicht vorhat, lange hier zu bleiben?

„Kann ich Ihnen etwas zu trinken anbieten?" fragte sie förmlich. „Wasser, Kaffee, Saft?"

„Nein, vielen Dank."

„Nehmen Sie Platz."

Auf dem Weg zum Sofa blieb er kurz stehen, um einen Blick auf die Bücher zu werfen, die auf dem Tisch lagen. Es waren eine ganze Menge, und alle beschäftigten sich mit der Geschichte von Key West.

Sie ging zum Tisch und klappte die Bücher zu. „Ich informiere mich gerade ein wenig."

Seltsam, dachte er. Elizabeth Ames war nicht der typische Insel-Neuzugang. Sie war keiner von diesen überschwänglichen und lässigen Menschen, die begeistert waren, im Paradies leben zu können.

Kratzbürstig – das war sie. Und misstrauisch, so wie viele vom Festland. Kein Wunder, dass sie nicht vorhatte, lange zu bleiben. Sie würde niemals hierhin passen.

Er nahm auf dem Sofa Platz und lächelte. „Sind Sie auf der Suche nach besonderen Informationen?"

Wieder runzelte sie die Stirn. „Was meinen Sie damit?"

„Wollen Sie etwas Bestimmtes wissen? Ich bin auf der Insel aufgewachsen ..." Er winkte ab. „Es gibt nicht viel über Key West, von dem ich nichts weiß."

Sie schaute ihn einen Moment lang durchdringend an, dann setzte sie sich ans andere Ende des Sofas. „Ich suche tatsächlich nach etwas Bestimmtem, von dem mir eine Patientin erzählt hat."

„Schießen Sie los."

„Diese Patientin hat gesagt, dass die Heilige Jungfrau Kindern erschienen ist, die ..."

„... in dem Park der Paradise Christian Church gespielt haben", beendete er den Satz für sie. „Ja, ich habe auch von dieser Geschichte gehört. Aber ich weiß nicht, ob sie wahr ist oder nicht."

Auf einmal wirkte sie sehr interessiert. „In keinem der Bücher habe ich auch nur den geringsten Hinweis darauf gefunden."

Er zuckte mit den Schultern. „Es ist eine von diesen Geschichten, die jeder kennt, der hier aufgewachsen ist. Ich selbst habe verschiedene Versionen darüber gehört. Warum wollen Sie das wissen?"

Versonnen schaute sie auf ihre Hände hinunter, die sie in den Schoß gelegt hatte. Die Finger waren ineinander verkrampft. Er sah ihr an, dass sie überlegte, ob sie ihm vertrauen konnte und die Wahrheit sagen sollte. Als sie wieder aufblickte, erkannte er in ihrem Gesichtsausdruck, dass sie sich für das Vertrauen entschieden hatte. Ihre nächsten Worte bestätigten seine Vermutung. „Tara war eine meiner Patientinnen. Sie hat mir die Geschichte erzählt."

Elizabeth Ames war also nicht nur auf ein Mordopfer gestoßen, sondern kannte es auch noch.

Plötzlich wirkte sie nicht mehr so abweisend und misstrauisch wie noch kurz zuvor. „Das tut mir Leid", murmelte er. „Es muss ein ziemlicher Schock gewesen sein."

„Es ... ja." Ihre Lippen zitterten, und sie presste sie fest zusammen.

„Haben Sie Lieutenant Lopez von Ihrer Beziehung zu dem Opfer erzählt?"

„Selbstverständlich."

Ihr Tonfall verriet Missbilligung. Nicht ihm, sondern Val gegenüber.

Er beschloss, sie direkt darauf anzusprechen. „Sie mögen ihn nicht besonders, stimmt's?"

„Ich kenne ihn überhaupt nicht."

„Es hat ihn doch bestimmt interessiert zu hören, dass Sie beide miteinander in Verbindung standen."

„Eine rein berufliche Verbindung", verbesserte sie ihn. „Und wenn Sie das so sehr interessiert, warum fragen Sie ihn nicht selbst? Sie sind doch mit ihm befreundet, oder?"

Er war beeindruckt. Offenbar war er nicht der Einzige, der aufmerksam zuhörte und Fragen stellte. Da er nichts zu verlieren hatte, aber alles zu gewinnen, falls er mit offenen Karten spielte, erwiderte er mit einem Lächeln: „Er hat mir gesagt, ich solle verschwinden."

„Weil Sie kein Polizist mehr sind."

„Richtig."

Zum ersten Mal lächelte sie. Als ihre Mundwinkel nach oben gingen, veränderte sich ihr ganzer Gesichtsausdruck. Jetzt wirkte sie nicht mehr unnahbar, sondern mitfühlend. Sie ist attraktiv, stellte er überrascht fest. Wenn sie ihre kratzbürstige, misstrauische Art ablegte, war Elizabeth Ames sogar sehr anziehend.

„Sie haben sich also entschlossen, auf eigene Faust zu ermitteln“, stellte sie fest.

„Sozusagen.“

„Warum?“

Er zog die Augenbrauen hoch. „Wie bitte?“

„Warum ermitteln Sie auf eigene Faust?“

„Weil ich ein Polizist war und ...“

„Aber Sie sind keiner mehr. Was kümmert es Sie also? Haben Sie Tara gekannt?“

Einen Moment überlegte er, ehe er antwortete. Er wollte so ehrlich wie möglich sein – sich selbst und ihr gegenüber. „Weil ich genau genommen der erste Profi am Tatort war. Außerdem habe ich die Methode des Mörders erkannt. Und ich hasse es, wenn ich von etwas ausgeschlossen werde, von dem ich weiß, dass ich es besser kann als irgendjemand sonst.“

„Das ist alles?“

„Nein.“ Im Stillen fluchte er, während er überlegte, warum er es nun war, der die Fragen beantwortete. „Ich habe so ein bestimmtes Gefühl im Bauch. Das Gefühl, am Ball bleiben zu müssen. Es ist dumm, aber ...“

„Überhaupt nicht. Mir geht es nämlich genauso.“

Einen Moment lang schauten sie sich an. Irgendetwas ging zwischen ihnen vor – etwas sehr Intensives. Rick wandte den Blick ab, weil der Augenkontakt ihm unangenehm wurde.

„Was haben Sie damit gemeint, als Sie sagten, dass Sie die Methode des Mörders erkannt haben?“

Er schaute sie wieder an und überlegte sich genau, was er sagte. „Vor einigen Jahren gab es in der Gegend von Miami einen Serienmörder. Er hat junge Frauen auf die gleiche Art umgebracht wie Tara.“

Seine Antwort erschütterte sie. Trotzdem schaute sie ihn ruhig an. Ihre Augen waren von einem hellen, klaren Grün. „Wie haben Sie ... ich meine, ich habe viel Blut gesehen, doch keine ... Ich musste weg von dem toten Mädchen. In der Zeitung stand, dass man ihr die Kehle aufgeschlitzt hat."

„Das stimmt."

„Sagen Sie mir, was nicht in der Zeitung gestanden hat." Als er zögerte, beugte sie sich vor und sah ihn ernst an. „Ich war selbst dort, Rick. Und ich weiß, dass mehr dahinter steckt."

Nun erzählte er ihr alles so sachlich wie möglich. Nur die grausamsten Details sparte er aus.

Liz wurde blass. Er sah, dass sie sich zusammenreißen musste, um nicht in Tränen auszubrechen. „Und so hat auch ... der Mörder in Miami ..."

„Gavin Taft. Ja."

„Ist er nie erwischt worden?"

„Oh doch", stellte Rick klar. „Er wurde auch verurteilt. Im Moment sitzt er in der Todeszelle im Staatsgefängnis von Florida in Starke."

Nachdenklich runzelte sie die Stirn. „Das verstehe ich nicht. Wenn dieser Mord genauso ausgeführt wurde wie die anderen, der Mörder aber hinter Gittern sitzt, wer ..."

Sie verstummte. Laut sprach er ihren Gedanken aus. „Ich verstehe es auch nicht. Jedenfalls noch nicht. Vielleicht ist es ein Nachahmungstäter. Oder ein Komplize, von dem die Polizei nichts gewusst hat."

Eine Weile herrschte Schweigen. Sie ergriff als Erste wieder das Wort. „Haben Sie jemals von einem alten Priester namens Father Paul gehört?"

Rick überlegte einen Moment. Dann schüttelte er den Kopf. „Ich bin nicht katholisch."

„Tara sagte, er habe die Geschichte von der Erscheinung der

Heiligen Jungfrau gekannt. Ich habe mir gedacht, wenn ich mit ihm sprechen könnte, dann würde das vielleicht ..."

„Einen Sinn ergeben?"

„So was in der Art." Sie wirkte verängstigt und biss sich auf die Unterlippe. „Ich werde den Gedanken nicht los, dass ich etwas hätte tun können. Diese schreckliche Tat hätte ich irgendwie verhindern können."

„Sie wurde ermordet, Liz. Und Sie waren ihre Therapeutin, nicht ihre Leibwächterin."

„Aber sie war meine Patientin. Auch wenn wir uns nur zwei Mal getroffen haben, war es meine Aufgabe, ihr zu helfen." Liz legte die Hände zusammen. „Sie haben gesagt, dass sie ihren Angreifer kannte. Das heißt, sie war zur falschen Zeit am falschen Ort. Meine Aufgabe war es, sie von einem derart selbstzerstörerischen Verhalten abzubringen."

Rick konnte es ihr nachempfinden. Er dachte an Sam und seinen sinnlosen Tod. An die Rolle, die er selbst dabei gespielt hatte. Ja, er verstand sie nur zu gut.

„Rufen Sie die katholische Erzdiözese an. Oder die katholische Kirche der Heiligen Jungfrau des Meeres. Dort wird man Ihnen bestimmt weiterhelfen können."

Ihr Blick wanderte durchs Zimmer, ehe sie ihn wieder auf ihren Besucher heftete. „Und wie kann ich Ihnen helfen, Rick?"

Er beugte sich zu ihr hinüber. „Ich würde gerne wissen, ob Ihnen irgendetwas in der vergangenen Nacht aufgefallen ist, das mich weiterbringen könnte. Etwas, von dem Sie zunächst gar nicht geglaubt haben, dass es wichtig sein könnte. Ein Geräusch? Ein Geruch? Oder auch nur ein Gefühl, dass etwas nicht in Ordnung ist?"

Sie drehte die Handflächen nach oben. „Ich habe der Polizei alles gesagt."

„Würden Sie bitte wiederholen, was Sie gesagt haben?"

Bereitwillig ließ sie die Ereignisse des frühen Samstagmorgens noch einmal Revue passieren. Sie hatte nicht schlafen können und war deshalb Joggen gegangen. Einen Häuserblock hinter der Paradise Christian Church hatte sie den seltsamen Zwang verspürt, zur Kirche zurückgehen zu müssen. Ein Geräusch aus dem Park hatte ihre Aufmerksamkeit erregt, und sie war zum Tor gelaufen. Es war nicht verschlossen gewesen. Als sie es aufgestoßen hatte, war eine Katze herausgesprungen. Daraufhin war sie in den Park hineingegangen – und hatte Tara gefunden.

„Sind Sie sicher, dass das alles ist? Manchmal kann ein Zeuge wegen des Schocks auch eine Kleinigkeit übersehen, etwas, das scheinbar überhaupt nichts mit der Tat zu tun hat. Genau das ist manchmal der Schlüssel zur Lösung."

Liz schüttelte den Kopf. „Ich kann mich an nichts weiter erinnern."

„Denken Sie nach. Überlegen Sie noch einmal, was alles in dieser Nacht passiert ist. Und bei den Sitzungen mit Tara. Was hat sie Ihnen erzählt? Welchen Eindruck hatten Sie?"

„Wie ich schon sagte, habe ich sie nur zwei Mal gesehen. Ihre Eltern haben sich Sorgen gemacht ... Offensichtlich steckte sie in Schwierigkeiten. Sie hatte vor irgendetwas Angst ..."

„Angst? Vor was?"

Sie sah besorgt aus. „Ich weiß es nicht. Sie schien eine merkwürdige Auffassung von Religion zu haben. Sehr fanatische Ansichten über den Himmel, die Hölle, den Teufel. Das ist übrigens auch ein Grund, warum ich mit Father Paul sprechen möchte."

Einen Moment lang dachte er schweigend nach, während er versuchte, die Puzzlesteine zusammenzufügen. „Wissen Sie, wer der Vater des Babys ist?"

„Wie bitte?"

„Der Vater des Babys", wiederholte er. „Tara kannte ihren Mörder. Einige Umstände der Tat deuten darauf hin, dass der Täter von ihrer Schwangerschaft gewusst hat."

Sie wurde kreideweiß, und Rick erkannte, dass er einen Fehler gemacht hatte. Von dem Baby hatte sie nichts gewusst.

Beschwichtigend streckte er die Hand aus. „Entschuldigen Sie bitte. Ich dachte, Sie wären darüber informiert."

„Ein Baby?" Sie stand auf. Er bemerkte, dass sie zitterte. „Tara war ... schwanger?"

Er erhob sich ebenfalls. „Es tut mir Leid", wiederholte er. „Ich dachte, Sie hätten ..."

Leise begann sie zu weinen. Es war ein hilfloses, herzzerreißendes Jammern.

Rick trat zu ihr und nahm sie unbeholfen in die Arme. Sie lehnte sich an ihn, und aus dem leisen Jammern wurden Schluchzer, die ihren zierlichen Körper erschütterten.

Da er nicht wusste, was er tun sollte, hielt er sie einfach nur fest.

Nach einer Weile verebbten ihre Tränen, und sie löste sich von ihm, peinlich berührt über ihr Verhalten. „Ich bin ... das kam so unerwartet." Sie schaute ihn an und wandte sofort den Blick ab. „Ich habe nur ... ich habe mich dumm benommen."

Er schob die Hände in die Hosentaschen und wusste nicht, was er darauf sagen sollte. „Machen Sie sich darüber keine Gedanken."

„Wie eine Närrin habe ich mich aufgeführt."

„Überhaupt nicht." Er lächelte. „Sie können mir ruhig vertrauen. Ich bin nämlich Barkeeper und lerne eine Menge Leute kennen, die sich wie Narren benehmen."

Sie erwiderte sein Lächeln, wenn auch kaum wahrnehmbar. „Danke. Ich wünschte, ich hätte Ihnen mehr helfen können."

„Wenn Ihnen noch irgendetwas aus dieser Nacht einfällt, rufen Sie mich im Hideaway an?“

„Versprochen.“

Gemeinsam gingen sie die Treppe hinunter und blieben stehen, als sie die Haustür erreichten. Liz sah ihm in die Augen. „Jetzt verstehe ich auch, warum sie so ausgesehen hat. Sie wirkte krank – als ob sie nicht schlafen oder nicht essen würde. Ich habe gedacht, dass sie vielleicht Drogen nimmt, aber ich wäre nie auf eine Schwangerschaft gekommen.“

„Das könnte sogar ihre Angst erklären“, murmelte er. „In der Highschool, ledig und schwanger. Viel schlimmer konnte es doch eigentlich nicht mehr kommen, oder?“

23. KAPITEL

Sonntag, 11. November
14 Uhr

Liz hatte Ricks Rat befolgt und bei der katholischen Kirche der Heiligen Jungfrau vom Meer angerufen. Erstaunlicherweise kannte die Frau, mit der sie telefoniert hatte, nicht nur Father Paul, sondern wusste auch, wo Liz ihn finden konnte. Der alte Priester lebte in St. Catherine, einem Pflegeheim im Ort, das von der katholischen Kirche finanziert wurde.

Die Frau hatte ihr versichert, dass Father Paul ein freundlicher alter Herr sei und sich sehr über Besuch freuen würde – selbst wenn sie nicht katholisch war.

Jetzt stand Liz vor dem bungalowartigen Gebäude und betrachtete die stuckverzierte und rosarot gestrichene Fassade. Palmen unterschiedlicher Größe umrahmten das Haus, das so aussah, als sei es in den späten Sechzigern oder frühen Siebzigern erbaut worden. Der architektonische Stil gehörte zu jener Periode, die man am liebsten vergessen würde.

Sie betrat das Pflegeheim. Im Laufe der Jahre hatte sie viele solcher Einrichtungen kennen gelernt. Diese hier unterschied sich kaum von den anderen, wenn man davon absah, dass sie relativ klein war. Ein schwacher Geruch nach antiseptischem Reinigungsmittel und Alter hing in der Luft. Gegenüber dem Eingang befand sich das Schwesternzimmer, rechts lag ein großer Gemeinschaftssaal mit einem Fernseher, der an der Wand befestigt war, verschiedenen Spieltischen und drei Sofas. An diesem Nachmittag waren die Spieltische leer, doch alle Sofas besetzt. Zusätzlich hatte sich ein halbes Dutzend Heimbewohner um das Fernsehgerät versammelt, und diejenigen, die weiter hinter saßen, beklagten sich aufgebracht über jene, die ihnen die Sicht auf den Bildschirm versperrten. Gerade wurde der Film *Die zehn Gebote* mit Charlton Heston gezeigt.

Liz ging zur Rezeption. Auf dem Weg dorthin stürzte sich ein kleiner Hund auf sie, der wie ein Mopp aussah. Vor ihren Füßen blieb er winselnd stehen und machte Männchen, wohl in der Hoffnung auf etwas Essbares. Seinem gut genährten Körper nach zu urteilen, hatte er mit seiner Bettelei oft Erfolg. Liz hockte sich hin und kraulte ihn hinter den Ohren. „Du bist ja ein feiner Kerl“, meinte sie. „Leider habe ich nichts für dich.“

Er legte den Kopf zur Seite, als überlegte er, ob sie ihm die Wahrheit sagte. Dann stellte er sich wieder auf alle viere und trottete davon. Sie sah ihm nach, während sie sich erhob.

Die Pflegerin lächelte ihr zu. „Dieser Schlingel. Wir bitten die Bewohner, ihn nicht zu füttern“, erklärte sie. „Aber sie können ihm einfach nicht widerstehen. Er macht ihnen so viel Freude.“

„Das glaube ich gern.“ Liz erwiderte ihr Lächeln. „Ich bin auf der Suche nach Father Paul Ramos. Man hat mir gesagt, dass er hier wohnt."

„Das stimmt." Sie zeigte mit dem Finger. „Sie finden ihn im C-Flügel, Zimmer vierzehn. Wenn er einen klaren Moment hat, wird er über Ihren Besuch sehr erfreut sein."

Liz sank das Herz. „Wenn er einen klaren Moment hat?"

„Father Paul ist 102 Jahre alt. Manchmal bekommt er alles mit. Und manchmal eben nicht. Also machen Sie sich keine Sorgen, wenn er ein wenig wirr redet."

Liz hatte das Zimmer im C-Flügel schnell gefunden. Father Paul saß in seinem Rollstuhl und schaute aus dem Fenster. In seinem Schoß lag eine geöffnete Bibel, und seine Lippen bewegten sich stumm, während er einen Rosenkranz durch seine Finger gleiten ließ.

Sie klopfte an die Tür. „Father Paul?"

Blinzelnd schaute er sie an. „Margaret?"

„Nein." Sie trat ins Zimmer. „Mein Name ist Elizabeth Ames. Ich würde Ihnen gerne ein paar Fragen stellen."

„Treten Sie ein, mein Kind." Er lächelte und bedeutete ihr, näher zu kommen. „Wie kann ein alter Mann wie ich Ihnen helfen?"

Sie setzte sich auf die Bettkante, und er drehte seinen Rollstuhl so, dass er ihr ins Gesicht sehen konnte. „Ich bin Therapeutin, und eine meiner Patientinnen hat mir eine interessante Geschichte erzählt. Von ihr habe ich auch erfahren, dass Sie mir mehr darüber berichten können."

Sein Lachen klang spröde, wie man es oft bei alten Menschen hört. „Ich kenne viele interessante Geschichten. Das ist einer der Vorteile eines sehr langen Lebens." Er beugte sich zu ihr, und seine Miene wirkte fast kindlich. „Und ich erzähle sie gerne."

Sie lachte ebenfalls. Ihr gefiel dieser Mann. „Ich meine eine besondere Geschichte, Father. Es geht darin um die Heilige Jungfrau, die einigen Kindern auf dem Friedhof jener Kirche erschienen sein soll, die heute Paradise Christian Church genannt wird."

Zufrieden neigte er den Kopf. „Das ist in der Tat eine besondere Geschichte." Er legte den Rosenkranz als Lesezeichen in die Bibel und schloss das Buch. „Eine wahre Geschichte, die mir meine Großeltern erzählt haben. Sie waren damals selbst noch Kinder. In jener Zeit war Key West noch eine richtige Insel und vom Rest des Landes getrennt."

Er schaute an ihr vorbei, und sein Blick verlor sich in der Ferne. „Wussten Sie, dass Key West einmal die reichste Stadt in Amerika war?" Er schaute sie wieder an. „Das stimmt tatsächlich. Wegen der Unternehmen, die sich auf die Rettung von Schiffen spezialisiert hatten. Häufig zerschellten Schiffe am Riff und versanken. Dann wurde immer eine Glocke geläutet, und jedes Mal gab es ein großes Wettrennen, wer wohl als Erster den sinkenden Dampfer erreichen würde."

„Diejenigen, die zuerst an der Unglücksstelle waren, retteten die Passagiere und durften die Güter behalten. Stimmt das?" fragte sie leise.

„Ja, das ist richtig." Seine Mundwinkel verzogen sich. „Es gibt Gerüchte, dass einige der skrupelloseren Unternehmer von Key West die Schiffe auf das Riff gelockt haben sollen."

„Und Sie glauben, dass diese Gerüchte stimmen?"

„Man muss sich vor der Habgier in Acht nehmen, mein Kind. Sie gehört nicht ohne Grund zu den sieben Todsünden."

Er wurde wieder ernst. „Der Teufel ist voller Tücke. Er verführt uns mit Hilfe der Eigenschaften, die zu unseren größten menschlichen Schwächen gehören. Wollust. Stolz. Zorn. Geiz. Eifersucht. Trägheit. Völlerei. Dagegen müssen wir uns zur Wehr setzen, genau wie der Herr es uns befohlen hat."

Mit einem Schaudern dachte Liz an Tara. Das Funkeln in den

Augen von Father Paul war das Gleiche, das sie auch in denen des Mädchens wahrgenommen hatte. Aber irgendwie erschien es weniger beunruhigend bei einem Mann, der das Alter und den religiösen Hintergrund von Father Paul hatte.

„Ich habe Ihnen Angst gemacht", murmelte er.

Sie rieb sich über die Arme. „Nein, ganz und gar nicht."

„Ich wünschte, ich hätte es getan."

Erstaunt riss sie die Augen auf. „Wie bitte?"

Wieder sah er an ihr vorbei, und sein Blick verweilte irgendwo in der Ferne. „Ich weiß, dass Sie nicht hierher gekommen sind, um vor dem Bösen gewarnt zu werden. Das tut keiner mehr. Es ist nicht mehr ... zeitgemäß."

Er verstummte und schloss die Augen. Nachdem Liz ein paar Minuten gewartet hatte, fragte sie sich, ob er vielleicht eingeschlafen war. Sollte sie ihn wecken oder allein lassen?

Unvermittelt öffnete er wieder die Augen und schaute sie an. Sein Blick war so klar wie der Sommerhimmel. „Damals hieß die Paradise Christian Church noch St. Stephen. Und in dem Park, der hinter dieser hohen Mauer liegt, ist die Heilige Mutter Gottes den Kindern zwischen den Banyan- und Flammenbäumen erschienen. Sie hat kein Wort gesagt, schwebte nur über der Erde, gekrönt von einem Heiligenschein, der genauso glänzte wie die Goldmünzen, die aus all den untergegangenen Schiffen geborgen wurden. Die Kinder hatten überhaupt keine Angst. Sie empfanden nur Ehrfurcht und spürten die Gegenwart Gottes. Ergriffen fielen sie auf die Knie, beteten und dankten dem Herrn. Ein paar von ihnen haben Father Roberto geholt."

„Hat er die Erscheinung bestätigt?" fragte sie fasziniert.

Der alte Priester schüttelte den Kopf. „Er kam zu spät. Aber er hat daran geglaubt. Denn warum sollten diese guten und gläubigen Kinder eine solche Geschichte erfinden?

Während der nächsten vierzehn Tage gab es in Key West ein Wunder nach dem anderen", fuhr er fort. „Alle Krankheiten wurden geheilt. Die Blinden konnten plötzlich sehen und die Krüppel wieder laufen. Und aus den Händen der Christusstatue floss Blut."

„Dann hörten die Wunder wieder auf", flüsterte Liz, „und der Sturm kam."

„Ja. Zuerst war es nur der Wind, eine sanfte Brise aus dem Westen. Doch die Alteingesessenen wussten Bescheid. Dieser leichte Wind, die Bewegung des Wassers – irgendetwas stimmte nicht. Überall sprach man darüber. Einige Familien packten ihr Hab und Gut zusammen und sind aufs Festland gefahren. Mit dem Boot von Insel zu Insel. Andere weigerten sich zu gehen und haben ihre Fenster und Türen verbarrikadiert.

Es gab natürlich auch die Ungläubigen, wie immer. Leute, die alles abstritten. Es würde keinen Sturm geben, sagten sie. Der Herr hatte diesen wunderbaren Flecken bisher immer verschont, und sie glaubten fest daran, dass er es auch jetzt wieder tun würde."

Aber er hatte es nicht getan. Liz hatte über diesen Hurrikan gelesen. Es war der schlimmste, der jemals über die Key-Inseln hereingebrochen war. 1846 hatte man den Stürmen noch keinen Namen gegeben, und sie wurden auch noch nicht in Kategorien eingeteilt. Deshalb hieß er einfach nur der Sturm von 1846.

„Damals gab es noch kein Frühwarnsystem, weder eine Sturmwarn-Zentrale in Miami noch eine Wettervorhersage." Die Erinnerung verdüsterte seinen Blick. „Man konnte nur die Kirchenglocken läuten. Und auch das nur, wenn es bereits zu spät war. Da fegte der Sturm schon längst über alle hinweg."

Liz schauderte bei der Vorstellung. Aus den Büchern hatte sie erfahren, dass man die Inseln in jener Zeit nur mit dem Boot erreichen und verlassen konnte. Die Flagler-Eisenbahnlinie war 1912 fertig gestellt worden, und die Schnellstraße über dem Meer gab es erst seit 1938.

„Achtundvierzig Stunden lang hatte der Sturm die Insel voll im Griff. Über das Heulen des Windes konnte man die Kirchenglocken und die Schreie der Todgeweihten hören. Viele wurden ins Meer gerissen, und noch Wochen danach wurden immer wieder Leichen an Land gespült. Man fand ganze Familien, die sich aneinander festgebunden hatten." Er senkte die Stimme. „Männer, Frauen und Kinder. Es ist ein Wunder, dass überhaupt jemand verschont geblieben ist."

„Ihre Großeltern und deren Verwandte gehörten doch zu den Überlebenden."

„Ja. Sie wurden beschützt. Die Heilige Jungfrau hat sie beschützt."

Unwillkürlich hatte Liz die Luft angehalten. Jetzt atmete sie langsam wieder aus. „Die Kirche ist auch zerstört worden."

„Ja", murmelte er. „Die Kirche und mit ihr alle, die in ihr Schutz gesucht hatten. Sie wurden ins Meer gespült."

„Deshalb hat sich die Erzdiözese auch entschlossen, die Erscheinungen als Werk des Dämons zu sehen."

Er schüttelte den Kopf. Plötzlich sah er sehr traurig aus. „Die Erscheinungen waren ein wahres Wunder. Ein göttlicher Akt, der nichts mit dem Teufel zu tun hatte, sondern vielmehr eine Warnung vor dem Bösen war, ein Mahnruf vor dem herannahenden Sturm. Die Gläubigen sind ja auch alle gerettet worden."

Als er weitersprach, wurde seine Stimme zu einem rauen Flüstern, und Liz musste sich zu ihm hinbeugen, um ihn verstehen zu können. „Die Kirche steht auf geweihter Erde. Hören Sie gut zu, mein Kind." Er griff nach ihrer Hand. Seine Haut war trocken wie Pergament, aber sein Griff überraschend zupackend. „Es ist ein durch und durch heiliger Ort, der um jeden Preis geschützt werden muss. Denn wenn das Heilige erst einmal entweiht ist, wird das Böse seine widerwärtigen Klauen ausstrecken, um es sich einzuverleiben."

24. KAPITEL

Montag, 12. November
9.30 Uhr
Liz saß an ihrem Schreibtisch und starrte gedankenverloren auf die Wand. Die letzten Worte von Father Paul gingen ihr nicht aus dem Kopf. Sie hatte noch an sie gedacht, bevor sie in einen unruhigen Schlaf gefallen war, und ihre Träume waren von Dämonen bevölkert gewesen und von Leichen, die mit dem Gesicht nach unten im Wasser trieben.

„Denn wenn das Heilige erst einmal entweiht ist, wird das Böse seine widerwärtigen Klauen ausstrecken, um es sich einzuverleiben.

Noch Wochen danach wurden immer wieder Leichen an Land gespült. Ganze Familien, die sich aneinander festgebunden hatten."

Es waren nicht nur Father Pauls Worte, die diese wirren Vorstellungen in ihrem Kopf hatten entstehen lassen, sondern auch die Bemerkungen von Rick Wells. Seine Schilderung der Umstände von Taras Tod, so lückenhaft sie auch gewesen sein mochte, hatten sie nicht mehr losgelassen.

Ihr war klar, dass er ihr nicht alle grausamen Details erzählt hatte, weil er sie schonen wollte. Die Zeitungsberichte hatten sogar noch weniger Einzelheiten enthüllt. Doch mit Hilfe ihrer Fantasie hatte sie die Leerstellen gefüllt. Sie hatte sich vorgestellt, welche Gedanken Tara in den letzten Sekunden ihres Lebens durch den

Kopf geschossen sein mussten – Gedanken voller Horrorvisionen, Gedanken an das Leben ihres Babys und an ihr eigenes. Bestimmt hatte das Mädchen um Hilfe gerufen, und Liz konnte die Schreie förmlich hören.

Sie presste die Fäuste gegen die Augen. In Gegenwart von Rick Wells hatte sie sich wie eine Närrin verhalten, die Nerven verloren, sich an ihn geklammert und gejammert wie ein kleines Kind.

Sein Gesichtsausdruck hatte ihr gesagt, dass ihm ihr unbeherrschtes Schluchzen unangenehm gewesen war. Sie hatte versucht, sich zusammenzureißen und sich nicht gehen zu lassen. Aber es war schon so lange her, dass sie jemanden gehabt hatte, an den sie sich klammern konnte und der sie festhielt. In seinen kräftigen Armen hatte sie Trost gespürt, und sie war erleichtert gewesen. Es war nicht verwunderlich, dass sie sich einfach hatte fallen lassen.

Jetzt hielt er sie bestimmt für ein Nervenbündel.

Willkommen im Club, Wells. Mit der Meinung stehst du nicht alleine da.

Als das Telefon klingelte, zuckte sie erschrocken zusammen. Sie nahm den Hörer zur Hand. „Liz Ames."

„Miss Ames, hier spricht Pastor Tim."

Sein Tonfall ließ sie aufmerken. „Ja, Pastor?"

„Es ist etwas Merkwürdiges passiert ... ich habe etwas gefunden, das Ihnen gehört."

„Etwas, das mir gehört?" wiederholte sie stirnrunzelnd. „Ich habe gar nicht gemerkt, dass ich etwas verloren habe."

„Sie haben mich missverstanden. Ich habe einen Brief gefunden, der an Sie adressiert ist. Und zwar in meinem Arbeitszimmer, unter dem Kissen, das auf der Bank am Fenster liegt."

Rachel. Er musste von ihr sein.

„Liz?"

„Verzeihung. Sie haben Recht, das ist wirklich merkwürdig."

„Wollen Sie ihn nicht gleich abholen?"

„Gerne, wenn es Ihnen nichts ausmacht."

„Natürlich nicht. Ich arbeite heute Morgen im Pfarrhaus und nicht in der Kirche. Kommen Sie dorthin."

Keine zehn Minuten später war Liz beim Pfarrhaus angelangt. Pastor Tim wartete bereits ungeduldig an der Tür.

„Ich habe versucht, Sie zurückzurufen. Es gibt einen Notfall in meiner Gemeinde", erklärte er. „Ich muss sofort gehen."

„Aber was ..."

Er drückte ihr einen prall gefüllten Briefumschlag in die Hand. Ihr Name stand in großen Buchstaben darauf. Fassungslos starrte sie ihn an. Das war nicht Rachels Handschrift. Von wem stammte der Brief also?

„Es tut mir Leid, doch ich muss jetzt wirklich ..."

„Warten Sie." Liz packte ihn am Arm. „Wo, sagten Sie, haben Sie das gefunden?"

Er musterte sie mit einem kühlen Blick. „Unter dem Sitzkissen auf der Bank am Fenster, im Arbeitszimmer des Pfarrhauses. Wie ist er wohl dahingeraten, was meinen Sie?"

Sie musste schlucken. Schuldbewusst fragte sie sich, ob es eine große Sünde war, einen Mann Gottes anzulügen. „Ich wünschte, ich wüsste es."

Er warf einen Blick auf seine Uhr, dann sah er sie wieder an. Seine Miene war undurchdringlich. „Schon unzählige Male habe ich auf dieser Bank gesessen, aber diesen Umschlag habe ich bisher nie bemerkt. Ich frage mich, warum er mir heute aufgefallen ist."

„Ich weiß es nicht", antwortete sie. „Wenn ich Ihre Frage beantworten könnte, würde ich es bestimmt tun."

Sekundenlang musterte er sie scharf. „Gibt es etwas, das Sie mir mitteilen möchten, Liz? Irgendetwas?"

Pastorin Howard war meine Schwester. Ich glaube, dass sie von demselben Monster umgebracht wurde, das auch Tara getötet hat. Können Sie mir helfen?

Sie hatte bereits den Mund geöffnet, um ihm genau das zu sagen. Stattdessen murmelte sie, dass sie ihm nichts mitzuteilen hatte.

Er wirkte enttäuscht. „Ich muss jetzt wirklich gehen."

„Ehe Sie gehen – könnten Sie mir vielleicht genau zeigen, wo Sie das gefunden haben? Möglicherweise hilft es mir, die Antwort auf Ihre Frage zu finden."

„Ich glaube kaum, dass Sie die Antwort in meiner Wohnung finden", meinte er und sah erneut auf seine Uhr. „Ich schlage Ihnen vor, sie bei Gott zu suchen. Nur er ist in der Lage, die Leere in Ihrem Inneren zu füllen."

Mit diesen Worten schlug er ihr die Tür vor der Nase zu. Schockiert blieb sie stehen.

Er wusste, wer sie war. Das war ganz offensichtlich. Und da sich seine Haltung ihr gegenüber seit der Nacht, in der Tara ermordet worden war, völlig verändert hatte, vermutete sie, dass Lieutenant Lopez es ihm gesagt hatte.

Warum hatte sie nicht die Gelegenheit genutzt, reinen Tisch zu machen? Sie hätte ihm die Wahrheit sagen und ihn um Hilfe bitten können. Hatte er sie ihr nicht angeboten?

Weil sie ihm nicht vertraute.

Verunsichert lachte sie. Sie traute ihm nicht? Dabei war sie es doch gewesen, die gelogen hatte. Die vorgegeben hatte, jemand anders zu sein.

Kein Wunder, dass er ihr die Tür vor der Nase zugeschlagen hatte. Was war nur mit ihr los?

Liz schaute auf den Briefumschlag in ihrer Hand und die ungelenken Druckbuchstaben auf der Vorderseite. Sie war fest entschlossen herauszufinden, was mit ihrer Schwester geschehen war. Und sie würde nichts unversucht lassen, um der Wahrheit auf die Spur zu kommen.

Dazu gehörte sogar, einen Mann Gottes zu belügen. Mochte der Himmel ihr vergeben.

Ihre Hände begannen zu zittern. Das Herz klopfte ihr bis zum Hals, als sie den Umschlag öffnete. Er war voll gestopft mit Familienfotos und anderen Erinnerungsstücken: eine Eintrittskarte für ein Broadway-Musical, das sie und Rachel gemeinsam gesehen hatten; eine Nachricht von ihrer Mutter; ein Hinweis auf Liz' Examen; Rachels Erinnerungsbuch aus ihren ersten Lebensjahren.

Sie war den Tränen nahe, als sie die Fotografien betrachtete. Eine zeigte ihre Eltern, eine andere ihre Großeltern. Auf den anderen waren sie und Rachel als Kinder und Jugendliche zu sehen und mit ihren besten Freundinnen.

Es sah so aus, als hätte ihre Schwester alle griffbereiten und unersetzlichen Stücke ihres Lebens hastig zusammengepackt und in einen Briefumschlag für sie gesteckt.

Warum? Um sicherzugehen, dass sie die Dinge auch erhielt? Oder aus einem anderen Grund?

Erneut schaute sie sich den Inhalt des Umschlags an. Dabei flatterte ein Blatt Papier zu Boden.

Liz hob es auf. Das Blatt schien aus einer Zeitschrift herausgerissen zu sein. Ein Motiv war in verschiedenen Variationen über das Papier verteilt: es sah aus wie eine Blume mit Hörnern.

Liz starrte auf das Blatt in ihrer Hand. Sie neigte den Kopf, dann hielt sie das Blatt schräg. Was war das nur? Ein religiöses Symbol? Ein Firmenzeichen, das zu einem Unternehmen aus der Gegend gehörte?

„Sie sind ja immer noch hier."

Erschrocken blickte sie auf. Pastor Tim stand in der Tür; die

Bibel hatte er unter den Arm geklemmt. Er gab sich keine Mühe, seine Verärgerung zu verbergen.

„Ja. Ich ..." Sie hielt ihm das Blatt mit den gezeichneten Blumen hin. „Sagt Ihnen dieses Bild etwas?"

Er schaute kurz darauf, dann wandte er den Blick ab. „Ich habe keine Ahnung, was das zu bedeuten hat."

Sie blieb hartnäckig. „Ist es ein religiöses Symbol? Oder das Logo eines Unternehmens hier aus dem Ort?"

Er wich ihrem Blick aus. „Ich habe Ihnen doch gesagt, dass ich nicht weiß, was es ist." Mit einem Ruck zog er die Tür zu. „Guten Tag."

Der Pastor log. Sie wusste nicht, warum sie sich dessen so sicher war, aber er log. Schnell drehte sie sich um und sah ihm nach, während sie an ihre bisherigen Gespräche dachte und an seinen Gesichtsausdruck, als sie ihm die Zeichnung zeigte.

Er hatte sich unmerklich verändert. Waren da nicht Anzeichen von Schuld in seiner Miene gewesen? Beunruhigung vielleicht? Oder war es eine andere Gemütsbewegung, die sie nicht genau beschreiben konnte?

Liz runzelte die Stirn. Und warum war er noch zehn Minuten im Pfarrhaus geblieben, obwohl er es doch angeblich so eilig hatte? Hing es möglicherweise damit zusammen, dass sie ihn gebeten hatte, einen Blick ins Arbeitszimmer werfen zu dürfen?

Ihr Herz schlug so wild, dass es sie fast schmerzte. Er hatte selbst gesagt, dass er die Sachen ihrer Schwester zusammengepackt hatte. Vielleicht hatte er etwas Belastendes gefunden, etwas, das er lieber bei sich behalten wollte?

Doch was könnte das sein? Und warum sollte er das tun? Er war doch erst auf die Insel gekommen, nachdem ihre Schwester bereits verschwunden war. Oder nicht?

Sie musste unbedingt ins Pfarrhaus, um selbst nachzuschauen.

Besorgt musterte Liz die Tür, während sie näher trat. Glücklicherweise schützte sie ein Vorbau vor allzu neugierigen Blicken. Trotzdem schaute sie sich um, ehe sie zum Türknauf griff. Tief holte sie Luft, dann drehte sie ihn um.

Sofort sprang die Tür auf. Schnell schlüpfte sie hinein, ehe sie es sich anders überlegen konnte, und schloss die Tür hinter sich.

Die Inneneinrichtung war spartanisch. Nichts war geblieben von der gemütlichen Atmosphäre, die ihre Schwester zu schaffen wusste. Der Raum wirkte wie die Sparversion einer Junggesellenbude. Vor dem Fernsehapparat stand ein großer Sessel mit verstellbarer Rückenlehne; die Regale waren voll gestopft mit Büchern; auch auf dem Couchtisch lagen einige, und ein paar gerahmte Fotografien standen im Zimmer verteilt. Es gab weder Blumen noch einen Teppich vor der Couch, keine Sofakissen oder sonstige dekorative Gegenstände.

Es war schmerzlich, sich Rachel in dieser Umgebung vorzustellen. Deshalb versuchte Liz, sich den Gedanken an sie aus dem Kopf zu schlagen. Da sie befürchtete, dass Pastor Tim zurückkehren konnte, ehe sie ihre Suche beendet hatte, begann sie, nach etwas Ungewöhnlichem Ausschau zu halten, nach einem Gegenstand, der möglicherweise ihrer Schwester gehört hatte. Schnell und trotzdem gründlich durchsuchte sie das Wohnzimmer, dann ging sie in die Küche und schließlich ins Badezimmer.

Es gab nichts, das ihr ins Auge gesprungen wäre.

Schließlich betrat sie das Schlafzimmer. Auch dieser Raum war sauber und nur spärlich möbliert.

Auf einer Kommode standen zwei Fotografien. Mit einem Blick stellte sie fest, dass auf beiden Pastor Tim zu sehen war – einmal im Trikot bei einem Footballspiel zusammen mit einigen anderen Spielern, die ebenfalls Trikots trugen, das andere Mal bei der

Abschlussfeier im College. Er trug Talar und Hut, und neben ihm stand ein älteres Paar und strahlte.

Ihr schoss der Gedanke durch den Kopf, dass Pastor Tim auf beiden Bildern eine Uniform trug – ebenso wie er es inzwischen jeden Sonntag tat.

Doch wie mochte wohl der wahre Tim Collins aussehen?

Liz beachtete die Fotos nicht weiter, sondern konzentrierte sich wieder auf ihre eigentliche Aufgabe. Sie zog die oberste Schublade der Kommode heraus, in der die Socken und Unterhosen des Pastors lagen.

Mitten in der Bewegung erstarrte sie. Um Gottes willen, was tat sie da bloß? Sie schnüffelte in den persönlichen Dingen eines Fremden. Drang in seine Privatsphäre ein. Wie würde sie wohl reagieren, wenn das jemand bei ihr täte?

Ihr wurde regelrecht übel. Mit zitternden Fingern schloss sie die Schublade. Es wurde höchste Zeit, dass sie sich bewusst machte, was sie da tat. Diesmal war sie wirklich zu weit gegangen. Gedankenlos war sie in ein Haus eingedrungen. Um Himmels willen!

Sie nahm den Umschlag, den sie auf die Kommode gelegt hatte, und wollte so schnell wie möglich das Pfarrhaus verlassen. Als sie sich umdrehte, blieb sie wie vom Donner gerührt stehen. Beinahe hätte sie laut aufgeschrien.

Vor dem Fenster stand Stephen und starrte sie mit dem unversehrten Auge an. Sein Gesicht war zu einer grotesken Grimasse verzerrt.

Der Mann kam näher zum Fenster; seine Lippen bewegten sich. Er hob die Hände, die er zu Fäusten geballt hatte. Es sah so aus, als wollte er die Scheiben einschlagen und sie angreifen.

Plötzlich wich er vom Fenster zurück und drehte sich um. Eine Sekunde später war er nicht mehr zu sehen.

Rasch lief Liz zum Fenster, aber sie konnte nicht sehen, wohin er verschwunden war. Er war wie vom Erdboden verschluckt. Nur ein abgebrochener Palmenzweig ließ darauf schließen, dass er überhaupt da gewesen war.

Ihr Atem ging stoßweise. Irgendetwas hatte ihn erschreckt. Gott sei Dank. Etwas ...

Nein, nicht etwas. Jemand.

Pastor Tim war zurückgekommen.

Er stand vor der Haustür. Sie hörte, wie er den Schlüssel ins Schloss steckte und stellte sich seinen Gesichtsausdruck vor, wenn er merken würde, dass nicht abgeschlossen war. Die Tür sprang auf und wurde zugeschlagen. Dann fluchte er leise.

In heller Panik schaute Liz sich um und suchte nach einem Platz, wo sie sich verstecken konnte. Ihr Blick fiel auf eine Tür, hinter der ein Schrank zu sein schien. Sie stürzte darauf zu, riss die Tür auf und schlüpfte hinein.

Es war tatsächlich ein begehbarer Kleiderschrank, und sie drückte sich in die hinterste Ecke. Der Schrank war geräumig und voll gestopft mit Kleidungsstücken, Sportgeräten, Umzugskisten und sogar Weihnachtsschmuck. Die Luft war abgestanden; es roch ein wenig nach Schweiß, Rasierwasser und Staub.

Pastor Tim betrat den Raum. Er seufzte frustriert, während er im Zimmer hin und her lief. Liz' Herz raste und pochte schmerzhaft gegen ihre Brust. Ängstlich darauf bedacht, kein Geräusch zu machen, presste sie die Lippen fest zusammen. Sie wagte kaum zu atmen.

Jetzt stand er vor dem Schrank; sie sah den Schatten seiner Füße unter der Türritze. Noch tiefer drückte sie sich in die Ecke hinein. Etwas huschte an ihrem Ohr vorbei, und fast hätte sie aufgeschrien.

Der Türknauf drehte sich, und ein schmaler Lichtstrahl fiel in den Schrank. Liz erhaschte einen Blick auf den Mann. In diesem

Moment hatte er nur wenig Ähnlichkeit mit dem sanftmütigen Pfarrer, den sie zu sehen erwartete. Er sah wütend aus und sehr entschlossen. Wie ein Mann, der sich mit jedem anlegen würde, der sich ihm in den Weg stellte.

Pastor Tim war alles andere als der Mann, der er zu sein vorgab.

Die Panikattacke überfiel sie ohne Vorwarnung. Deshalb empfand sie die Angst doppelt so intensiv – wie ein Zentnergewicht, das auf ihrer Brust lastete. Sie presste die Hand vor den Mund, um nicht laut aufzuschreien, und schloss die Augen. Jetzt würde er sie gleich entdecken. Wie sollte sie ihre Anwesenheit erklären? Sicher würde er die Polizei verständigen. Sie konnte sich Lieutenant Lopez' Entrüstung vorstellen – und seine heimliche Befriedigung.

Beide Schwestern sind vollkommen übergeschnappt. Und ich habe ihr sogar noch geglaubt.

Nicht jetzt, lieber Gott, betete sie. Bitte lass nicht zu, dass er mich hier findet.

Die Schranktür wurde noch ein wenig weiter geöffnet – und dann zugeschlagen. Sie stand wieder im Dunkeln. Kurz darauf entfernten sich seine Schritte, und dann fiel eine Tür ins Schloss.

Liz schlang die Arme um ihren Körper und sank auf die Knie. Sie zwang sich, in gleichmäßigen Zügen Luft zu holen. Langsam sog sie den Sauerstoff ein, und genauso langsam ließ sie ihn aus den Lungen strömen. Verzweifelt versuchte sie, Ordnung in das Chaos ihrer Gedanken zu bringen, die sich in ihrem Kopf überschlugen. Sie hatte nichts zu befürchten, redete sie sich ein. Schließlich hatte er sie ja nicht entdeckt.

Allmählich wurde ihr Atem ruhiger, und ihr Herz schlug wieder gleichmäßiger. Angespannt stand sie da, um kein Geräusch zu machen. Schließlich tastete sie sich bis zur Tür vor, öffnete sie vorsichtig und spähte hinaus. Das Schlafzimmer war leer.

Gerade wollte Liz den Raum verlassen, als ihr einfiel, dass sie den Briefumschlag im Schrank zurückgelassen hatte. Sie eilte zurück, um ihn zu holen. Als sie sich danach bückte, bemerkte sie ein metallisches Glitzern auf dem Boden. Neugierig ging sie näher. Es war ein Ring, der unter dem Absatz eines Gummistiefels lag.

Mit zitternden Fingern griff sie danach. Sie erkannte den Ring. Es war ein kleiner Goldreif, der mit Rubinen besetzt war. Er hatte ihrer Mutter gehört, und es gab zwei von der Sorte.

Der andere steckte an ihrem rechtem Ringfinger, wie sie sich mit einem raschen Blick vergewisserte.

Und ebenso wie Rachel legte sie ihn niemals ab.

25. KAPITEL

Montag, 12. November
17 Uhr

Einige Stunden später saß Liz in ihrem Arbeitszimmer, in dem sich bereits die Schatten der Abenddämmerung ausbreiteten. Nachdem sie den Ring entdeckt hatte, war sie Hals über Kopf aus dem Pfarrhaus geflohen, in ihr Büro gelaufen und hatte die Tür hinter sich zugeschlagen. Deutlich fühlte sie, dass sie am Rande eines Nervenzusammenbruchs war.

Sie sah auf ihre rechte Hand. Am Ringfinger steckten die beiden Ringe, die ein Zeichen ihrer unzerbrechlichen Freundschaft waren. Ihre Mutter hatte sie ihr und Rachel kurz vor ihrem Tod geschenkt. An diesen Tag konnte Liz sich noch sehr gut erinnern – an das tiefe Blau, das der Himmel hatte, an den Duft der Blumen, die neben dem Bett ihrer Mutter standen, an das, was sie und Rachel getragen hatten.

Beim Begräbnis ihrer Mutter vor einigen Monaten hatten sie

sich geschworen, die Ringe niemals abzulegen. Jetzt erschien Liz dieses Versprechen töricht. Jede von ihnen könnte den Eid brechen, ohne dass die andere es jemals gemerkt hätte. Aber sie hatte ihn nicht gebrochen. Und sie glaubte auch nicht, dass ihre Schwester es getan hatte.

Wie also war der Ring auf den Boden dieses Schrankes gelangt?

Die Antwort tat weh, denn sie war ein weiterer Beweis dafür, dass Rachel nicht mehr lebte.

Aber leider konnte sie dieses Beweisstück nicht zur Polizei tragen. Wie hätte sie ihnen erklären sollen, unter welchen Umständen sie diesen Ring gefunden hatte?

Ihr Blick wanderte von den Ringen zum Fenster. Draußen auf der Straße liefen Menschen vorbei.

Verstehen Sie, Lieutenant Lopez, ich habe ihn gefunden, als ich das Schlafzimmer von Pastor Tim durchsucht habe.

Es war nicht zu leugnen: Er hatte sie schon so gut wie in der Hand. Noch einen falschen Schritt, und er würde sie ins Gefängnis stecken.

Oder in die Irrenanstalt.

Ihr dröhnte der Kopf. Sie fasste sich an die Schläfen, wo der Schmerz am intensivsten war, und massierte die Stellen mit den Fingerspitzen. Der Briefumschlag mit den Notizen und den rätselhaften Zeichnungen. Der Ring. Der alte Küster, der vor dem Fenster stand und ihr nachspionierte. Pastor Tims Verwandlung von einem verständnisvollen Geistlichen zu einem zornigen Ankläger. Das Verschwinden ihrer Schwester. Taras Mord. Wie passten all diese Einzelteile zusammen?

Das Telefon läutete. Sie griff nach dem Hörer. „Elizabeth Ames."

„Ist dort Dr. Ames, die Therapeutin?"

Liz richtete sich auf. Die Stimme am anderen Ende der Leitung klang sehr gedämpft. Nachdenklich runzelte sie die Stirn, während sie versuchte, Alter und Geschlecht des Anrufers zu erraten. „Ja, hier ist Elizabeth Ames, die Familientherapeutin. Doktor bin ich allerdings nicht."

In der Leitung herrschte vollkommene Stille. „Hallo?" fragte sie. „Kann ich Ihnen helfen?"

„Ich bin ein Freund von Tara Mancuso. Ich muss mit Ihnen sprechen."

Einen Moment lang wusste sie nicht, was sie erwidern sollte. Es schien fast so, als ob ihre Gedanken an das Mädchen den Anrufer dazu veranlasst hätten, sich bei ihr zu melden. „Möchten Sie einen Termin? In diesem Fall ..."

„Ich rufe nicht wegen eines Termins an."

„Wie kann ich Ihnen dann helfen?"

„Ich weiß etwas über die Umstände ihres Todes."

Ihr stockte der Atem. „Ich bin in meinem Büro. Wissen Sie, wo es ..."

„Nein", erwiderte der Anrufer hastig. „Nicht dort. Ich bin ... ich möchte nicht, dass man uns zusammen sieht."

Es war ein Mann, hörte Liz.

Sie schaute hinaus in die zunehmende Dämmerung. Irgendetwas an der Sache stimmte nicht. „Sie sagten, Sie sind ein Freund von Tara?"

„Ja, ich ..." Der Anrufer verstummte. „Ach, vergessen Sie's. Es war ein Fehler, Sie anzurufen ..."

„Warten Sie! Wo wollen Sie mich treffen? Ich werde dort sein."

Für den Bruchteil einer Sekunde befürchtete Liz, der Anrufer habe den Hörer aufgelegt. Dann sprach er so leise, dass sie sich anstrengen musste, ihn zu verstehen. „Mallory Square. Bei Sonnenuntergang."

„Aber wie soll ich Sie erkennen ...?"

„Ich kenne Sie. Und ... Miss Ames? An Ihrer Stelle wäre ich wirklich sehr vorsichtig."

Jeden Abend versammelte sich eine bunte Menschenmenge auf dem Mallory Square, um den Sonnenuntergang zu beobachten. Für viele war das der Auftakt zur nächtlichen Party. Touristen und Einwohner standen dicht gedrängt auf dem Platz, um zu sehen, wie die Sonne in den Golf von Mexiko eintauchte. In der ganzen Stadt verkündeten Plakate den genauen Zeitpunkt, an dem der Feuerball im Meer versinken würde. An diesem Abend würde die Sonne um 17.42 Uhr untergehen, hatte Liz gelesen.

Als sie auf dem Platz eintraf, war die Party bereits seit einer Stunde vor dem eigentlichen Ereignis in vollem Gange. Und wie jeden Tag hatte sich eine unübersehbare Menschenmenge eingefunden – eine Meer von leicht bekleideten und sonnengebräunten Körpern. Straßenartisten unterhielten die Passanten, und jedes Mal, wenn einem der Akrobaten ein besonderes Kunststück gelang, wurde begeistert geschrien und geklatscht.

Liz bahnte sich einen Weg durch die Menge, vorbei an einem Feuerschlucker, einem Stelzenläufer, mehreren Jongleuren und Pantomimen. Die Stimmung erinnerte sowohl an ein hemmungsloses Trinkgelage als auch an einen sonntäglichen Gottesdienst. Einige waren wegen der Party gekommen, andere, um zu meditieren, und wieder andere wollten einfach nur zuschauen.

Sie hingegen war gekommen, um Antworten auf ihre Fragen zu erhalten.

Liz blieb neben einer Gruppe stehen, die sich um einen Jongleur versammelt hatte. Der Mann warf ein halbes Dutzend brennender Ringe in die Luft. Ein anerkennendes Murmeln ging durch die Menge, als er sie blitzschnell wieder auffing.

Sie ging weiter. Die Minuten verstrichen. Sie drängte sich an

Menschen vorbei, schaute in ihre Gesichter und fragte sich voller Unruhe, welches wohl ihrem Anrufer gehören mochte. Hatte sie die Menschenmasse bis vor kurzem noch als etwas Positives empfunden, so änderte sie nun ihre Meinung. So viele Gesichter, überlegte sie, während das Gefühl der Panik wuchs. So viele Körper. Wie würde sie dieser Mann nur ausfindig machen können?

Wenn der Anruf überhaupt ehrlich gemeint war. Vielleicht war es ja auch nur eine Falle gewesen. Ein Versuch, sie einzuschüchtern. Ein Trick, um sie hinaus auf die Straße zu locken, wo sie allein unter Tausenden war. Denn in gewisser Weise war sie in der Menge genauso verletzlich wie auf einem einsamen Parkplatz.

„Und ... Miss Ames? An Ihrer Stelle wäre ich wirklich sehr vorsichtig.“

Schweißperlen bildeten sich auf ihrer Oberlippe. Die Menge drängte sich an ihr vorbei. Sie griff sich an die Brust und spürte, wie ihr Herz raste.

Nicht jetzt, Liz. Bleib ganz ruhig. Konzentrier dich.

Sie merkte, dass jemand ganz dicht hinter ihr stand. Rasch trat sie einen Schritt vorwärts, aber ein Meer von Körpern hinderte sie am Vorwärtskommen.

„Guten Tag, Miss Ames.“

Erschreckt drehte sie sich um.

Ein junger Mann stand da. Er trug eine dunkle Sonnenbrille, eine Baseballkappe und zerfetzte Jeans, deren Beine abgeschnitten waren. Ein Hemd hatte er nicht an. Damit endete allerdings auch schon die Ähnlichkeit mit den anderen jungen Männern auf dem Mallory Square. Dieser Junge hatte keinen Tropfen Alkohol getrunken, und er war wachsam wie ein Tier, dem seine Gegner auflauerten.

Er packte sie am Arm. „Kommen Sie mit.“

Bereitwillig ließ sie sich durch die Menge bis zur Strandbefestigung führen. Jetzt hatten sie die Partygesellschaft hinter sich gelassen, und ihr schoss der Gedanke durch den Kopf, dass der Junge sie ins Wasser werfen konnte, ohne dass es irgendjemand bemerken würde.

„Setzen Sie sich", befahl er leise. „Und schauen Sie mich nicht an. Betrachten Sie nur den Sonnenuntergang."

Liz tat, was er sagte. Doch nach ein paar Sekunden riskierte sie einen Blick aus den Augenwinkeln. Mit verkniffener Miene starrte er aufs Meer hinaus.

Sie räusperte sich. „Warum haben Sie mich angerufen? Was soll diese Geheimnistuerei?"

„Warten Sie. Ich brauche noch ein paar Minuten."

Obwohl es ihr schwer fiel, verkniff sie sich ihre Fragen. Sie versuchte, ruhig zu bleiben, und schaute auf die Wellen hinaus.

„Tara und ich haben uns geliebt", begann er schließlich. „Wir wollten zusammen abhauen."

Er war ihr Freund. Der Vater von Taras Baby.

„Ich wollte mich mit ihr treffen. In der Nacht."

Liz fröstelte, als sie ihn ansah. Er nahm die Sonnenbrille ab und schaute sie ebenfalls an. Seine Augen waren blutunterlaufen.

„Ich habe sie gefunden", sagte er. „Genau ... so. Ich ..."

Ihre erste Reaktion auf seine Bemerkung war Mitleid. Und die zweite Angst.

Der junge Mann war möglicherweise Taras Mörder.

Und jetzt hatte er es auf sie abgesehen.

„Die Polizei sucht nach mir, da bin ich mir ganz sicher. Weil Tara ... schwanger war." Seine Stimme klang heiser, und er räusperte sich. „Aber sie wissen nicht, wer ich bin. Wir waren nämlich sehr vorsichtig."

Liz warf einen raschen Blick nach rechts und links. Wenn sie jetzt schrie, würde sie dann jemand hören? Und wenn ja, könnten sie rechtzeitig reagieren?

Sie bezweifelte es. Dennoch riskierte sie es, ihn ein wenig zu provozieren. „Ich weiß allerdings, wer Sie sind. Ich kenne Ihren Namen. Deshalb wollten Sie sich mit mir treffen, stimmt's?"

Er runzelte die Stirn. „Was meinen Sie damit?"

„Sie wissen noch nicht so recht, was Sie mit mir machen sollen."

Sie konnte förmlich sehen, wie die Bedeutung ihrer Worte in sein Bewusstsein drang. Sein Blick war eine Mischung aus Unglauben und Entsetzen. In dem Augenblick wurde ihr klar, dass sie von ihm nichts zu befürchten hatte.

„Tara hat Ihnen nichts von uns erzählt. Sie konnte Geheimnisse für sich behalten."

„Warum musste denn alles geheim bleiben?"

„Weil sie Angst hatte." Er wandte den Blick ab; dann schaute er sie wieder an. Seine Miene war vor Kummer verzerrt. „Tara hat mir erzählt, dass sie Angst vor ihren Eltern hatte. Sie seien sehr streng, hat sie gesagt, und sie würden uns auseinander bringen. Doch inzwischen kenne ich die Wahrheit. Sie fürchtete sich vor der Wut ihrer Freunde, nicht vor der ihrer Eltern."

Liz runzelte die Stirn. „Warum sollte sie Angst vor der Wut ihrer Freunde gehabt haben? Weil sie Tara aus ihrer Gruppe ausstoßen würden? Oder fürchtete sie sich vor körperlicher Gewalt? Ich meine ... Sie wollen damit doch nicht etwa sagen, dass ihre Freunde ... dass sie Tara ..."

„Umgebracht haben", flüsterte er. „Genau das glaube ich."

Liz schüttelte den Kopf, während sie sich an Ricks Worte über den Tathergang erinnerte. Das klang zu unwahrscheinlich. „Hören Sie, jemand, der sich mit diesem Fall gut auskennt, hat mir im Vertrauen gesagt, dass die Art und Weise von Taras Ermordung ihn an die Methoden eines Serienkillers erinnern, der vor einigen Jahren in der Umgebung von Miami mehrere Frauen getötet hat. Dieser Mörder sitzt in der Todeszelle, und deshalb glauben sie, dass Tara von einem Nachahmungstäter oder einem Komplizen umgebracht worden ist."

„Das ist nicht wahr. Ich weiß, dass es nicht stimmt."

Sie beugte sich vor. „Woher wissen Sie das?"

Minutenlang sagte er kein Wort. Sie spürte, dass er mit sich kämpfte, um seine Gedanken ordnen zu können. „Wir wollten in der Nacht zusammen abhauen. Aber Tara hatte Angst. Vor ihnen. Vor ihren Freunden. Sie hatten ihr gedroht."

„Inwiefern?"

Seine Augen füllten sich mit Tränen. „Tara gehörte zu dieser Clique. Die anderen waren sehr besitzergreifend, sehr eifersüchtig. Wer dazugehörte, durfte sich nicht mit Leuten treffen, die nicht zu der Blume gehörten ..."

„Zu welcher Blume?" unterbrach sie ihn.

„‚Horned flower'. Das ist der Name der Gemeinschaft."

Kalt lief es ihr über den Rücken. *Die Zeichnungen in den Notizen ihrer Schwester. Standen sie in Zusammenhang mit dieser Gruppe?*

„Tara und ich hatten uns ein paar Mal getroffen, bevor sie mir von ihren Freunden erzählte", fuhr er fort. „Sie nannte sie ‚meine Familie'. Sie hat mich gefragt, ob ich zu der Clique gehören wollte."

„Und Sie haben Nein gesagt."

„Ich bin Christ, Miss Ames. Und diese Jugendlichen ... sie haben schlimme Dinge gemacht, mit denen ich ... nichts zu tun haben wollte, obwohl ich Tara wirklich gemocht habe."

„Was für schlimme Dinge waren das denn?"

„Drogen. Und Sex." Er räusperte sich. „Das war jedoch nicht

alles. Es ging auch um das, woran sie glauben. Und woran sie nicht glauben."

Sie wartete geduldig, denn sie ahnte, dass er Zeit brauchte.

„Sie glauben nicht an Gott. Nicht an den Himmel und nicht an die Hölle. Nur an das Hier und Jetzt. An die irdischen Vergnügen. Sie sind der Meinung, dass sie keinem Rechenschaft schuldig seien, nur sich selbst und der Vereinigung der ‚horned flower'."

Liz erinnerte sich an Bemerkungen, die Tara während ihrer Sitzung fallen gelassen hatte, an ihre Kommentare über den Teufel, den Himmel und die Hölle. Kein Wunder, dass das Mädchen so wirr geklungen hatte.

„Ich habe ihr gesagt, dass ich mich nicht mehr mit ihr treffen könnte, wenn sie weiterhin zu dieser Gruppe gehören wollte."

„Und sie hat sich für Sie entschieden."

„Ja."

Er seufzte und schaute zum Horizont und die im Meer versinkende Sonne. Sie blickte ebenfalls auf den Golf hinaus. Genau in diesem Moment verschwand die Sonne aus dem Blickfeld, und ein Streifen grünes Licht wurde sichtbar. Die Menge hinter ihnen brach in Begeisterungsrufe aus.

„Mein Gott."

Sie warf dem jungen Mann einen fragenden Blick zu.

Er schaute ihr in die Augen. „Haben Sie das gesehen? Das grüne Leuchten?" Sie nickte, und er fuhr fort: „Das ist ganz selten. Tara hat immer gesagt ..." Die Stimme schien ihm zu versagen, und er räusperte sich. „Sie hat immer gesagt, wenn man das grüne Leuchten sieht, dann ist man für etwas Großes bestimmt."

„Hat sie es denn jemals gesehen?"

Er nickte. „Das letzte Mal hat sie es an dem Tag gesehen, als sie herausgefunden hat, dass sie ... schwanger war."

„Das tut mir Leid."

Die Menschenmenge löste sich rasch auf, nachdem der Höhepunkt des Abends vorbei war. Ruhe und Dunkelheit umfingen sie, und Liz fröstelte.

„Tara wusste, wer Sie sind."

„Wie bitte?"

„Sie wusste, wer Sie wirklich sind."

Liz glaubte, dass er bluffte. „Tatsächlich? Und wer bin ich?" Ihr stockte der Atem.

„Sie sind die Schwester von Pastorin Rachel." Er schaute sie durchdringend an. „Das stimmt doch, oder?"

Liz verschränkte die Hände. „Woher hat sie das gewusst?"

„Ich habe sie nicht gefragt."

„Hat sie ... irgendetwas darüber gesagt? Oder über meine Schwester?"

„Sie hat Ihre Schwester sehr gemocht. Es hat ihr sehr Leid getan, was mit ihr passiert ist."

Liz sah ihn eindringlich an. „Wusste sie, was mit ihr ... passiert ist?"

Er schüttelte den Kopf, und sie musste sich zusammenreißen, um nicht vor Enttäuschung laut aufzuschreien. Sie hatte einen bitteren Geschmack im Mund. Schließlich gelang es ihr zu fragen: „Warum erzählen Sie mir das alles?"

„Irgendwie habe ich das Gefühl, dass es einen Zusammenhang gibt zwischen dem Verschwinden Ihrer Schwester und Taras Tod."

Vor Erleichterung wäre sie fast in Tränen ausgebrochen. *Dieser Junge dachte genau das Gleiche wie sie. Sie war also nicht verrückt.*

Und sie war auch nicht allein, nicht mehr. „Wie kommen Sie darauf?" wollte sie wissen.

„Tara hat immer so merkwürdige Dinge über das Verschwinden Ihrer Schwester gesagt", murmelte er. „Außerdem erscheint mir ein Zusammenhang zwischen diesen Ereignissen irgendwie sehr logisch."

„Mir auch." Beide verstummten, und nach einigen Minuten schaute sie ihm in die Augen. „Warum wollten Sie mich treffen? Und was soll ich jetzt tun?"

„Nichts. Ich habe Sie nur angerufen, weil ich wollte, dass jemand ... das alles weiß. Für den Fall, dass mir etwas passiert."

„Das verstehe ich nicht", sagte sie beunruhigt.

„Bis jetzt habe ich nur den Verdacht, dass ihre Freunde sie umgebracht haben. Und deshalb werde ich die Wahrheit herausfinden."

Ihre Kehle war so zugeschnürt, dass sie kaum schlucken konnte. „Wie denn?"

„Ich werde mich ihnen anschließen."

„Das ist eine schlechte Idee. Eine sehr schlechte sogar."

„Es ist die einzige Möglichkeit."

„Warum gehen Sie nicht zur Polizei?"

Der Blick, den er ihr zuwarf, beantwortete ihre Frage zur Genüge. Als Vater von Taras Baby wäre er einer der Hauptverdächtigen. Aber noch schlimmer war, dass er in der fraglichen Nacht am Tatort gewesen und weggelaufen war.

Wenn er jetzt zur Polizei ging, würde er wahrscheinlich sofort im Gefängnis landen.

Sie stieß einen tiefen Seufzer aus. „Mein Gott, Sie glauben, dass diese Menschen Mörder sind. Sollten Sie Recht haben mit Ihrem Verdacht, dann werden Sie in große Schwierigkeiten kommen, wenn Sie sich mit ihnen abgeben. Das ist ganz und gar keine gute Idee."

„Sie werden mich nicht umstimmen können." Er schaute über seine Schulter auf den nahezu leeren Platz, dann stand er auf. „Ich verschwinde jetzt besser."

„Warten Sie.“ Sie erhob sich ebenfalls. „Ich weiß noch nicht einmal, wie Sie heißen.“

„Mark. Mark Morgan.“

„Gehen Sie nicht.“ Sie streckte die Hand nach ihm aus. „Lassen Sie uns noch einmal darüber reden, ehe Sie ...“

Er unterbrach sie. „Es gibt nichts mehr zu reden. Außerdem ist es zu spät. Ich habe schon mit einigen von Taras Freunden gesprochen.“ Er lächelte flüchtig. „Trotzdem danke, dass Sie sich ... Sorgen machen.“

Enttäuscht seufzte sie. „Aber wie soll ich erfahren, wenn Sie Hilfe brauchen?“

„Sie werden nichts mehr von mir hören“, antwortete er. „Falls etwas passieren sollte, gehen Sie zu Rick Wells. Er ist ein Freund. Ich vertraue ihm.“

„Rick Wells?“ wiederholte sie überrascht.

„Kennen Sie ihn?“

„Ja, ich ... wir haben uns kennen gelernt.“

Er nickte und machte sich auf den Weg. Dann blieb er stehen und schaute sich noch einmal nach ihr um. „Schließen Sie mich in Ihre Gebete ein, ja? Ich glaube, ich kann es gebrauchen.“

26. KAPITEL

Freitag, 16. November
22.20 Uhr
Mark wartete auf Sarah, die ihn zu seinem ersten Treffen mit der Vereinigung ‚horned flower‘ begleiten wollte. Er nutzte die Wartezeit und betete – um Schutz und Stärke und darum, nicht vom rechten Weg abzukommen.

Heute Nacht würde er Mitglied dieser Gruppe werden.

Er hatte Angst.

Mark schaute zum Himmel hinauf. Eine dichte Wolkendecke hatte sich vor den Vollmond geschoben. Um diese Nachtzeit lag die Gegend von Southernmost Beach – der Strand hieß so, weil er der südlichste im ganzen Land war – vollkommen verlassen da. Von weitem hörte man die Geräusche des Verkehrs, der über die Whitehead und South Street brauste. Aus einem geöffneten Wagenfenster dröhnte ein Song von Jimmy Buffet.

„Ein Cheeseburger im Paradies."

Paradies. So war ihm Key West erschienen. Er hatte die Stadt für den perfekten Ort gehalten – für eine glänzende Verheißung.

Inzwischen hatte er erkannt, dass sich hinter der Schönheit eine abgrundtiefe Hässlichkeit verbarg.

Mark blickte auf seine Uhr und dann zu den Stufen, die zum Strand hinunterführten. Um Viertel nach zehn hatten sie sich treffen wollen. Er runzelte die Stirn. Sie war spät dran.

Sarah, wo bleibst du?

Sarah war die Freundin, von der Tara am meisten erzählt hatte. Sie war es auch, die Tara immer wieder gebeten hatte, ihn mit in die Clique zu bringen. An dem Abend, als er Tara kennen gelernt hatte, war sie mit Sarah zusammengewesen.

Mark hatte das Mädchen angelogen. Tara hätte ihm viel von den anderen erzählt, und er sei so dumm gewesen zu glauben, auf diese Clique verzichten zu können, hatte er ihr gesagt. Weil er nicht dazugehören wollte, hatte Tara mit ihm Schluss gemacht. Und jetzt war sie tot.

Außerdem hatte er Sarah erzählt, dass ihm sein Leben inzwischen sinnlos erschien. Er ließe sich durch den Tag treiben, ohne festen Halt. Dann hatte er hinzugefügt, immer an Gott geglaubt zu haben, aber nun wüsste er, dass es ein Irrtum gewesen war. Es sei falsch, mit der Aussicht auf das ewige Leben auf die irdischen

Freuden zu verzichten. Das Leben war dazu da, um Spaß zu haben.

Und deshalb wollte er sich ihrer Gemeinschaft anschließen.

Als Sarah zögerte, hatte er sie angefleht und beteuert, er brauche die Gruppe ‚horned flower'. Tara hatte ihn doch auch mitbringen wollen, und keiner hatte etwas dagegen gehabt. Er versprach Sarah, alles zu tun, was sie von ihm verlangte. Alles, was die anderen von ihm verlangten.

Schließlich hatte sie sich bereit erklärt, ein gutes Wort für ihn einzulegen. Sie hatte das Treffen für diese Nacht arrangiert. Er sollte alleine kommen, hatte sie gesagt, und auf der Bank neben der Laterne warten, die außer Betrieb war.

Offenbar hatte sie ihm seine Geschichte ohne Weiteres abgekauft. Es war ganz einfach gewesen.

Vielleicht zu einfach, überlegte er. Vermutlich hatte sie gar nicht vor, sich hier mit ihm zu treffen und ihn mit der Gruppe zusammenzubringen. Möglicherweise hatte sie – und hatten die anderen – den wahren Grund dafür herausgefunden, warum er auf einmal so begierig darauf war, sich mit ihr in Verbindung zu setzen.

Wenn das stimmte, dann war er eine leichte Beute.

Eine andere Möglichkeit schoss ihm durch den Kopf, die weitaus schlimmer war. Vielleicht hatte er sie mit seiner Bitte, ihm zu helfen, in ernste Schwierigkeiten gebracht?

Vor seinem inneren Auge tauchte ein Bild von Sarah auf. Sie lag in einer Pfütze von Blut und man hatte ihr, genau wie Tara, die Kehle aufgeschlitzt. Bei dieser Vorstellung drehte sich ihm fast der Magen um.

Schnell schluckte er ein paar Mal, um gegen die Übelkeit anzukämpfen, und dachte an Liz. Er hatte bei ihr angerufen und eine Nachricht auf dem Anrufbeantworter hinterlassen. Heute Nacht ist es soweit, hatte er ihr mitgeteilt. Er wollte sie am nächsten Morgen wieder anrufen. Wenn er sich nicht meldete, sollte sie Rick verständigen.

Trotzdem war er froh, dass Liz nicht zu Hause gewesen war. Sie hätte bestimmt versucht, ihm seinen Plan auszureden.

Gut möglich, dass sie damit Erfolg gehabt hätte. Er könnte sich der Polizei stellen und ihnen die Arbeit überlassen. Schließlich war das ihr Job.

Es war noch nicht zu spät.

Als die Wolkendecke ein paar Sekunden lang aufriss, sah er, dass sie auf ihn zukam. Er empfand eine Mischung aus Erleichterung und Furcht.

Der Herr sei mit mir, jetzt und in der Stunde meines Todes.

Amen.

Er hätte nicht sagen können, warum ihm gerade dieses Gebet durch den Kopf ging, aber er war froh, dass er sich daran erinnerte. Gleichgültig, wie diese Nacht enden würde – er wusste, dass der Herr bei ihm war.

Mark stand auf und zwang sich zu einem Lächeln. „Ich habe schon befürchtet, dass du nicht mehr kommen würdest."

Sie erwiderte sein Lächeln nicht. Stattdessen zeigte sie ihm ein schwarzes Tuch. „Solange du kein vollwertiges Mitglied bist, müssen wir dir gegenüber vollkommene Anonymität wahren. Dreh dich um, Mark."

Eine Augenbinde. Obwohl ihm sein Instinkt sagte, nicht zu gehorchen, folgte er ihrem Befehl.

Sie legte ihm die Binde vor die Augen und verknotete sie. Der Stoff lag eng an, doch es war kein unangenehmes Gefühl. Das schwarze Tuch nahm ihm vollkommen die Sicht.

„Sieh mich an." Er hob den Kopf, und sie nahm sein Gesicht in ihre Hände. Ihren durchdringenden Blick konnte er förmlich spüren. „Denkst du an dein Versprechen, alles zu tun, was ich von dir verlange?“ fragte sie leise. „Alles, ohne Wenn und Aber? Du hast es gesagt, erinnerst du dich?“

Er nickte, und sie stellte sich auf die Zehenspitzen. Fest presste sie ihren Mund auf seine Lippen und schob ihm mit ihrer Zunge etwas in den Mund. Dann zog sie ihre Zunge zurück, ohne sich von seinen Lippen zu lösen.

Eine Tablette, stellte er erschrocken fest. Sie hatte ihm eine Droge in den Mund geschoben. Er würgte, sie ließ jedoch nicht locker. Mit ihren Lippen versiegelte sie seinen Mund und zwang ihn zum Schlucken.

Als er es schließlich tat, lächelte sie. „Braver Junge. Lass mich noch mal nachsehen.“

Wieder küsste sie ihn, diesmal mit Hingabe. Ihre Leidenschaft überraschte ihn genauso wie die Tablette, die sie ihm aufgezwungen hatte. Sie rieb sich an seinem Körper, während ihre Zunge seinen Mund erforschte.

Mit einem kehligen Lachen nahm sie schließlich die Hände von seinem Gesicht, streichelte mit der rechten Hand über seine Schulter, die Brust und den Bauch, bis sie zwischen seinen Beinen angelangt war. Sie packte fest zu und massierte ihn abwechselnd heftig und sanft.

Sein Penis reagierte sofort, und Tränen der Schuld traten ihm in die Augen. Warum nur ließ ihn sein Körper so schmählich im Stich?

Wie konnte er Tara bloß so jämmerlich verraten?

„Es wird wunderschön sein“, wisperte Sarah ihm ins Ohr, als ob sie sein Unbehagen spürte. „Das perfekte Erlebnis. Vertrau mir einfach.“

Sie griff nach seiner Hand und zog ihn langsam mit sich. Kurz darauf hatten sie keinen Sand mehr unter den Schuhen, sondern liefen über Pflastersteine. Nach weiteren acht Schritten blieben sie stehen.

Eine Wagentür wurde geöffnet; jemand lief um das Auto herum. Mark bemühte sich, alles mitzubekommen. Vielleicht hörte er etwas, aus dem er schließen konnte, wer die andere Person war. Aber er war nicht einmal in der Lage festzustellen, ob es sich um einen Mann oder eine Frau handelte.

„Er hat es genommen", beantwortete Sarah die unausgesprochene Frage der anderen Person. „Ich glaube, es beginnt schon zu wirken."

Mark spürte, dass sie Recht hatte. Sein Glieder waren schwer geworden, und sein Kopf fühlte sich leicht an. Farbige Lichtpunkte tanzten vor seinen verbundenen Augen. Er versuchte, sie wegzublinzeln, doch es gelang ihm nicht.

Die Gefühle, die er empfand, waren ungewöhnlich, aber nicht unangenehm. Sie nahmen ihm seine Furcht und seine Unsicherheit.

Die beiden halfen ihm beim Einsteigen, und er ließ sich in einen Sitz fallen. Auf seinen Lippen lag ein Lächeln, und seine Gedanken begannen zu wandern. Es war, als ob sie über Seen und Berge zögen. Vergangene Ereignisse aus seinem Leben tauchten auf, Menschen, die er gekannt und geliebt hatte und die ihm zuwinkten, als er über sie hinwegflog, leicht wie eine Wolke im Sommerwind. Er winkte zurück und wünschte sich, anzuhalten und mit ihnen zu reden, und er war traurig, weil er es nicht konnte.

Der Wagen setzte sich in Bewegung. Er versuchte, sich auf die Fahrtzeit und die Richtung zu konzentrieren. Aber seine Bemühungen waren erfolglos. Er konnte nur an Sex denken. Denn Sarah berührte ihn, flüsterte mit einschmeichelnder Stimme an seinem Ohr.

„Du willst mich, stimmt's?"

Schockiert stellte er fest, dass sie neben ihm Platz genommen hatte. Ihre Lippen berührten sein Ohr, und ihre Hand lag in seinem Schoß. Sie öffnete seine Hose und begann, sein Glied zu kneten und zu streicheln.

Lustvoll stöhnte er auf. Sie zog die Hand zurück und stülpte ihre Lippen über seinen harten Schwanz, saugte daran und fuhr mit der Zungenspitze über die samtweiche Haut.

„Warte noch ein wenig, Schätzchen. Wir sind da."

Die Stimme drang wie aus weiter Ferne an sein Ohr und hatte ein seltsames Echo. Er fragte sich, ob sie einem Mann oder einer Frau gehörte.

Die beiden halfen ihm aus dem Wagen, und Mark spürte keinen Boden unter seinen Füßen. Zwischen seinen beiden Begleitern schwebte er wie ein Ballon durch die Luft.

Hätten sie ihn nicht festgehalten, wäre er wohl zum Himmel aufgestiegen.

Er spürte das Atmen unzähliger Menschen, die miteinander flüsterten. Sie hatten sich um ihn geschart. Voller Gier.

Sie wollten ihn verschlingen. Seine Seele wollten sie verschlingen.

Es wäre besser, wenn er kämpfte und um Hilfe schrie und sich den teuflischen Gelüsten dieser wandelnden Kadaver versagte. Stattdessen zitterte er vor Erwartung, und dieses Gefühl war so intensiv, dass er glaubte, sein Fleisch würde in Schwingungen geraten.

Gierige Hände zogen ihm die Kleider vom Leib. Sarah murmelte „Trink", und führte eine große Schale an seine Lippen. Die Flüssigkeit war warm und schmeckte leicht salzig.

Ein Schrei der Begeisterung ging durch die Menge. Plötzlich wurde ihm heiß, und die Hitze erfüllte jeden Winkel seines Körpers. Gleichzeitig war sein Wahrnehmungsvermögen bis zum Äußersten angespannt, und er spürte eine Energie, die ihn schier zu zerbersten drohte.

„Ernähre dich vom Feuer der Blume“, rief jemand. „Es eröffnet dir alle Möglichkeiten und verschafft dir die Lust, auf die du ein Recht hast, seitdem du lebst.“

Die Versammlung begann zu singen. „Lass ihn sehen! Lass ihn sehen!“

Sarah nahm ihm die Augenbinde ab. Gestalten umgaben ihn, Gebilde in Menschenform. Wilde Tiere. Exotische Vögel. Entsetzliche Monster.

Ein Schrei stieg in seiner Kehle auf. Die Gestalten kamen näher. Sie berührten und streichelten ihn; sie flüsterten ihm Ermutigungen zu, sie liebkosten seine Haut mit Worten. Laute der Erregung und Begeisterung gaben sie von sich.

Oder kamen diese Laute aus seinem Mund?

Es war, als ob sie ihn anbeteten. Das Gefühl in seinem Körper war unglaublich; erregender als jedes sexuelle Erlebnis, das er jemals gehabt hatte. Es war nicht von dieser Welt. Er war durchdrungen von Macht. Ein Gott. Allwissend und allmächtig.

Das muss es gewesen sein, was Tara gemeint hat, überlegte er. Was Sarah ihm versprochen hatte. Das vollkommene Erlebnis. Wenn er sich dazu entschied, der Vereinigung ‚horned flower‘ beizutreten, dann würden diese Macht und dieses Hochgefühl für immer bei ihm bleiben.

Fasziniert spürte Mark, dass er nicht mehr auf der Erde stand. Er schwebte. Schließlich merkte er, dass er auf einem Altar lag. Lippen und Münder verschlangen ihn, Arme umfingen ihn, Hände erforschten seinen Körper. Und dann hatte er einen Orgasmus, der nicht enden wollte. Er hätte nicht sagen können, wie oft er gekommen war, denn die lustvollen Kontraktionen hörten überhaupt nicht mehr auf.

Plötzlich explodierte ein greller Blitz in seinem Kopf. Er war geblendet, und es brannte in ihm wie weißes Feuer. Dem Licht folgte Dunkelheit, die so schwarz und undurchdringlich war wie die Hölle. Dieses Dunkel war angsteinflößender als alles, was man sich für den schlimmsten Horrorfilm hätte ausdenken können – und Furcht erregender als seine schrecklichsten Albträume.

In dieser Dunkelheit wartete das Monster.

27. KAPITEL

Samstag, 17. November
21.45 Uhr

Liz hatte sich Ricks Island Hideaway ganz anders vorgestellt. Das lag wohl an *Casablanca*, dem Film mit Humphrey Bogart und Ingrid Bergman. Sie hatte mit üppig wuchernden tropischen Pflanzen gerechnet, träge rotierenden Ventilatoren und Frauen in eleganten Sommerkleidern, die von den neuen Humphrey Bogarts begleitet wurden.

Von all dem war weit und breit nichts zu sehen. Es gab keine Pflanzen, weder elegante Sommerkleider noch „Bogie"-Doppelgänger. Und statt Sam, der am Klavier „As time goes by" klimperte, dröhnte Reggae-Musik aus einer Stereo-Anlage, die so laut eingestellt war, dass man sein eigenes Wort nicht verstand.

Diese Musik würde selbst die lärmendste Menge übertönen.

Verunsichert blieb sie am Eingang stehen und überlegte, was sie tun sollte. Sie hatte ganz offensichtlich einen schlechten Zeitpunkt gewählt. Es herrschte Hochbetrieb. An der Bar standen die Leute in Sechserreihen. Rick und eine Kellnerin, eine attraktive Frau Mitte zwanzig mit einer wilden, von der Sonne gebleichten Mähne, standen hinter der Theke. Beide füllten Gläser, machten sich an der Kasse zu schaffen und unterhielten sich mit den Gästen, die unablässig kamen und gingen.

Rick würde nicht gerade erfreut darüber sein, sie jetzt hier zu sehen.

Aber welche Alternative habe ich? fragte sie sich, immer noch zögernd. Die Zeit drängte. Vor vierundzwanzig Stunden hatte Mark auf ihrem Anrufbeantworter die Nachricht hinterlassen, dass er damit rechnete, noch in der Nacht in die Gemeinschaft ‚horned flower' aufgenommen zu werden. Um Viertel nach zehn hatte er sich mit seiner Kontaktperson treffen wollen.

Wenn Sie nichts von mir hören, gehen Sie zu Rick Wells. Er weiß, was zu tun ist.

Sie hatte nichts von ihm gehört. Liz befürchtete, dass mit jeder Minute, die sie länger wartete, sein Leben in größere Gefahr geriet.

Wenn er nicht schon tot war.

„Rein oder raus, Schätzchen?"

Liz drehte sich um. Sie stand mitten im Eingang und blockierte den Weg. „Entschuldigung."

Entschlossen trat sie ein und kämpfte sich durch das Samstagabend-Gewühl zur Theke. Als sie weit genug gekommen war, rief sie Ricks Namen.

Er hörte sie sofort, schaute in ihre Richtung und lächelte breit. „Hi, Liz Ames. Was treibt Sie denn ausgerechnet um diese Zeit hierher?"

„Ich muss mit Ihnen sprechen", rief sie. „Es ist wichtig."

„Wirklich?" Sein Lächeln wurde noch strahlender und wirkte so sexy, wie sie es bei keinem Mann zuvor empfunden hatte. Dann wandte er sich an einen Mann, der direkt vor ihm saß und ein Bierglas in der Hand hielt. „Hey, Pete. Sei ein Gentleman und mach der jungen Dame mal ein bisschen Platz."

Der Angesprochene drehte sich um und warf ihr über die

Schulter einen Blick zu. Sie sah sofort, dass er betrunken war. „Sie wolln sich hinsessen?"

„Vielen Dank, aber ich möchte Sie nicht ..."

„Sch... schon gut." Er rutschte vom Barhocker und blieb schwankend stehen. „Der alte Pete macht Schluss für heute."

Sie griff nach seinem Ellbogen, damit er sein Gleichgewicht wiederfand. Er lächelte ihr zu und ging schwankend davon. Die anderen Gäste machten eine Gasse für den alten Trunkenbold frei.

Liz rutschte auf den Hocker. „Sie hätten ihn nicht fortschicken müssen. Ich hätte genauso gut ..."

„Machen Sie sich darüber mal keine Sorgen." Er schob Petes Glas zur Seite, wischte mit einem Tuch über die Stelle, wo es gestanden hatte, und legte einen neuen Untersatz hin. „Pete wärmt den Hocker schon seit dem Mittagessen. Wurde höchste Zeit, ihn nach Hause zu schicken."

„Seit heute Mittag?" Sie schaute in die Richtung, in die der Mann verschwunden war. „Hoffentlich setzt er sich nicht ans Steuer."

„Keine Sorge. Früher ist er immer mit dem Fahrrad gekommen, doch er ist einmal zu viel im Graben gelandet. Da hat Val das Rad beschlagnahmt."

Sie zog die Augenbrauen hoch, als sie hörte, wie er den Namen des Detectives aussprach – geradezu liebevoll. „Sie und Lieutenant Lopez sind gute Freunde, nicht wahr?"

„Die besten. Wir kennen uns schon seit Ewigkeiten." Er nickte ein paar anderen Gästen zu, dann richtete er seinen Blick wieder auf sie. „Was möchten Sie trinken?"

Eigentlich wollte sie gar nichts haben, aber es wäre ihr unangenehm gewesen, seine Zeit und einen Platz an der Bar zu beanspruchen, ohne etwas zu bestellen. „Wie sind Ihre eisgekühlten Margaritas?"

„Umwerfend, wenn ich das mal so sagen darf. Mit oder ohne Salz?"

„Natürlich mit."

Er versprach ihr, sofort wieder bei ihr zu sein. Auf dem Weg zum anderen Ende der Bar nahm er mehrere Bestellungen entgegen, begrüßte neue Gäste und reagierte schlagfertig auf ihre Bemerkungen.

Liz wandte den Blick ab. Versonnen fuhr sie mit dem Finger durch eine kleine Wasserpfütze, die sich auf der Theke angesammelt hatte. Rick Wells war einer jener Männer, die alles hatten: gutes Aussehen, Charme, Persönlichkeit, Intelligenz und einen perfekt gebauten Körper. Genau das Komplett-Angebot, bei dem die Frauen schwach wurden. Bestimmt war er in der Highschool ein ausgezeichneter Sportler gewesen und unentwegt von einem Schwarm umwerfend schöner Mädchen angehimmelt worden.

Er war einer der Typen, dem ein kluges, ernsthaftes Mädchen wie sie selbst um jeden Preis aus dem Weg gehen musste.

Ihr Ex-Mann hatte auch zu dieser Sorte gehört. Jared war dabei sehr oberflächlich gewesen. Leider hatte sie das erst viel zu spät festgestellt. Liz schaute wieder zu Rick, der gerade das eiskalte Mixgetränk in ein Glas goss und sich dabei mit einem anderen Gast unterhielt.

In dem Moment sah er zu ihr hinüber und lächelte. Prompt spürte sie dieses besondere erotische Knistern und drehte schnell den Kopf weg. Sei nicht albern, Liz, befahl sie sich.

Ein paar Sekunden später stellte er den Drink vor sie hin. „Eine fantastische eisgekühlte Margarita. Mit Salz."

„Danke", murmelte sie und nahm einen Schluck. Es war wirklich die beste Margarita, die sie jemals getrunken hatte. Und das sagte sie ihm auch.

Er grinste und beugte sich zu ihr hinüber. „Es ist ein Geheimrezept. Ich habe es selbst erfunden."

„Ich bin beeindruckt."

Er zuckte mit den Schultern. „Es hilft nicht gerade bei schweren Krankheiten, aber es ist genau das Richtige für eine schwüle Nacht auf Key West."

Das war es bestimmt. Diese süß-scharfe Mixtur konnte einem zweifellos zu Kopf steigen und alles Mögliche anrichten.

„Sie sind bestimmt nicht hergekommen, um zu tratschen oder Margaritas zu trinken, oder?"

Sie schüttelte den Kopf. „Nein, obwohl ich mir wünschte, dass es so wäre. Ich bin wegen Mark Morgan gekommen."

„Mark?" Er zog die Augenbrauen hoch.

„Er hat gesagt, dass Sie sein Freund sind. Und dass er Ihnen vertraut."

„Ach, wirklich? Hat er Ihnen auch gesagt, dass er mir sechshundert Dollar aus der Kasse geklaut hat und verschwunden ist? Er traut mir, ja, das stimmt schon. Er traut mir zu, dass ich ein Idiot bin."

Verwirrt schüttelte sie den Kopf. „Verschwunden? Das kann nicht stimmen."

„Ich kann's Ihnen versichern. Er hat mir nämlich einen Abschiedsbrief dagelassen."

„Wann hat er das denn getan?"

„In der Nacht, als Tara gestorben ist."

Die Nacht, in der er mit Tara die Stadt verlassen wollte. „Ich habe ihn inzwischen getroffen."

Er sah sie durchdringend an. „Wann?"

„Vergangenen Montag."

Er zögerte, als überlegte er, ob er noch mehr von seiner Zeit mit dieser Unterhaltung verschwenden sollte. Offenbar hatte er beschlossen, dass es die Sache nicht wert war, denn er trat einen Schritt zurück. „Für so etwas habe ich jetzt wirklich keine Zeit. Der Drink geht auf meine Rechnung."

„Warten Sie." Liz beugte sich zu ihm hinüber und senkte die Stimme. „Er wollte über den Mord an Tara mit mir sprechen."

Er richtete sich zu voller Größe auf und wandte sich an seine neue Kellnerin. „Margo, schaffst du das hier ein paar Minuten alleine?"

Sie nickte, und Rick bedeutete Liz mit einer Handbewegung, ihm in sein Büro zu folgen. Als sie eingetreten waren, schloss er die Tür hinter ihnen. Sie setzten sich nicht hin. „Also, was ist los?"

„Mark hat Probleme, Rick. Große Probleme."

„Erzählen Sie."

„Er war in der fraglichen Nacht im Park."

„Verdammt."

„Er ist der Vater von Taras Baby. Wegen Mark ist sie in jener Nacht in den Park gekommen. Sie wollten sich dort treffen und zusammen weggehen."

„Dieser Mistkerl." Rick ging zum Schreibtisch hinüber und ließ sich auf die Kante fallen. „Der Schuldschein, den er mir dagelassen hat. Jetzt kapiere ich."

„Schuldschein?"

„Die sechshundert Dollar. Er hat einen Zettel zurückgelassen, auf dem er mir versprochen hat, dass er alles zurückzahlen würde. Er sagte, es handele sich um einen Notfall." Rick fuhr sich mit der Hand über die Stirn. „Was hat er Ihnen sonst noch gesagt?"

Liz erzählte ihm die Geschichte von Anfang an bis zu dem Moment, als Mark Taras Leiche gefunden hatte und aus dem Park geflohen war.

„Er steckt wirklich in Schwierigkeiten", murrte Rick. „Dieser Dummkopf. Haben Sie ihm gesagt, dass er zur Polizei gehen soll?"

Ihr Schweigen gab ihm die Antwort, und er kniff die Augen zusammen. „Erzählen Sie mir nochmal genau, wie Sie Mark kennen gelernt haben."

„Er hat mich vergangenen Montag angerufen. Es war das erste Mal, dass ich überhaupt von ihm gehört habe."

„Warum hat er Sie dann angerufen?"

„Er wollte, dass jemand über alles Bescheid weiß für den Fall, dass er ... verschwinden würde."

„Weshalb ausgerechnet Sie?"

Einen Augenblick zögerte sie und überlegte, was sie ihm sagen sollte. Sie konnte ihm die am wenigsten verfängliche Version der Geschichte erzählen, und er würde ihr vermutlich glauben. Aber zum jetzigen Zeitpunkt schien das nicht nur sinnlos zu sein, sondern auch unaufrichtig.

Und es wäre sicherlich ein Fehler, Rick gegenüber nicht ehrlich zu sein.

„Tara war in meiner Beratungsstunde. Und weil ich die Schwester von Pastorin Rachel Howard bin."

Seinem Gesichtsausdruck sah sie an, dass er die Zusammenhänge sofort kapierte. „Von der Paradise Christian Church. Die Frau, die verschwunden ist."

Es war keine Frage, doch sie antwortete trotzdem. „Ja."

Er schaute auf seine Uhr. „Ich muss kurz nachschauen, wie Margo zurechtkommt. Bin in ein paar Minuten wieder bei Ihnen."

Als sich die Tür hinter ihm schloss, sank sie auf einen Stuhl. Erst jetzt bemerkte sie, dass sie zitterte. Sie legte die Hände zusammen und ließ ihren Blick durch das Büro wandern. Auf seinem aufgeräumten Schreibtisch standen keine Fotos, und an den Wänden hingen weder Urkunden noch Zeugnisse oder sonstige Erinnerungsstücke.

Doch dann sah sie es. Ein Bild. Gut versteckt hinter dem Eingangskorb für die Post. Sie stand auf, ging zum Schreibtisch und nahm es in die Hand. Das Foto zeigte Rick in seiner Polizeiuniform; neben ihm stand eine Frau in einem hübschen Frühlingskostüm. Liz legte den Kopf schräg. Den makellosen Bügelfalten seiner Uniform nach zu urteilen handelte es sich offenbar um Ricks Abschlussprüfung auf der Polizeiakademie.

Die Art und Weise, wie die Frau ihn ansah, ließ keinen Zweifel daran aufkommen, dass sie ihn bewunderte. Die Aufnahme war leicht verschwommen, und da der Frau die Sonne ins Gesicht schien, war es nicht einfach, ihr Aussehen zu beurteilen. Sie hatte einen ähnlichen Teint wie Liz und den gleichen zierlichen Körperbau. Ausgesprochen hübsch sah sie aus.

Beklommen stellte Liz die Fotografie zurück auf den Schreibtisch. Dabei entdeckte sie ein zweites Bild, das hinter dem ersten Foto steckte. Sie zog es heraus.

Es zeigte einen kleinen Jungen mit blonden Locken. Er lächelte genau wie Rick. Der Kleine mochte etwa drei Jahre alt sein, strahlte in die Kamera und schien voller Lebensfreude.

Wer mag das sein? fragte sie sich. Ricks Sohn? Sein Lieblingsneffe? War Rick mit dieser Frau verheiratet? Diese Vermutung war wohl am nahe liegendsten, obwohl er keinen Ehering am Finger hatte.

Allerdings trugen heutzutage die wenigsten Männer noch einen Ring.

Sanft fuhr sie mit dem Finger über das Bild des Jungen. Irgendetwas an der Art, wie Rick die Fotos aufgestellt hatte – fast so, als sollte niemand sie sehen –, stimmte sie traurig.

In diesem Moment hörte sie Rick an der Tür. Rasch schob sie das Bild wieder in den Rahmen und stellte es an seinen ursprünglichen Platz zurück. Als sie zu ihrem Stuhl zurückging, betrat Rick das Zimmer.

„Entschuldigen Sie", sagte er, „aber samstags ist immer die Hölle los."

„Nein, ich muss mich entschuldigen", entgegnete sie aufrichtig. Doch sie meinte etwas anderes. Sie hatte ein schlechtes Gewissen, weil sie in einen Winkel seines Lebens geschaut hatte, den er offensichtlich vor fremden Blicken schützen wollte. „Ich weiß, dass ich zum ungünstigsten Zeitpunkt gekommen bin, aber ich ... habe mir Sorgen um Mark gemacht. Vermutlich ist er in Gefahr."

Rick setzte sich hin und bedeutete ihr mit einer Geste, das Gleiche zu tun. „Jetzt fangen Sie noch mal von vorne an. Und lassen Sie nichts aus."

Liz begann mit ihrem Bericht und erzählte ihm, warum sie nach Key West gekommen war und dass sie nicht an die Version glaubte, die die Polizei vom Verschwinden ihrer Schwester verbreitete. Sie berichtete ihm von der Nachricht, die ihre Schwester auf ihrem Anrufbeantworter hinterlassen hatte. „Rachel sagte, sie hätte irgendwelche kriminellen Machenschaften auf der Insel entdeckt und dass junge Leute darin verwickelt seien. Zudem fürchtete sie um ihre Sicherheit. Und ich meine, dass diejenigen, die mit diesen Machenschaften zu tun haben, für ihren Tod verantwortlich sind. Doch keiner hat mir geglaubt ... bis auf Mark."

Rick lehnte sich nach vorne. Er hatte die Ellbogen auf die Knie gestützt und die Hände ineinander gelegt. „Sprechen Sie weiter."

Sie erzählte ihm alles, was Mark ihr gesagt hatte. Dass die Vereinigung ‚horned flower' hieß und Tara zu ihnen gehört hatte. Und sie wäre bedroht worden, als sie nichts mehr mit ihnen zu tun haben wollte. „Sie nennen sich eine Familie und kümmern sich hingebungsvoll um ihre Mitglieder, sind aber auch sehr besitzergreifend und misstrauisch jedem gegenüber, der nicht zu ihnen gehört. So misstrauisch, dass Tara ihre Freundschaft mit Mark geheim halten musste, um Repressalien zu vermeiden. Er hat mir auch erzählt, dass alle Drogen nehmen und jeder mit jedem Sex hat. Ihre Ideologien sind Hedonismus und Atheismus."

„Das klingt ja ganz nach einem Kult", meinte er nachdenklich. „In diesem Land gibt es Tausende von locker zusammenhängenden Gemeinschaften, die einer Art Kult anhängen. In der Regel scharen sie sich um einen Führer und leben nach einer bestimmten Philosophie. Etwa die Vereinigungskirche des Reverend Sun Myung Moon oder die Charles Manson-Familie. Sie unterscheiden sich zwar ganz gewaltig voneinander, auf alle trifft jedoch die Definition zu."

„Egal was sie sind – auf jeden Fall hatten sie auf Tara großen Einfluss, und sie fürchtete sich vor ihnen. Mark ist davon überzeugt, dass sie sie getötet haben, weil sie nichts mehr mit ihnen zu tun haben wollte. Und er glaubt, dass sie auch meine Schwester umgebracht haben."

Rick schien ihre Aussage zu bezweifeln. Deshalb sprach sie schnell weiter. „Mark hat sich vorgenommen, der Gruppe beizutreten. Es sei der beste Weg, ihnen auf die Schliche zu kommen, meinte er. Vergangene Nacht muss das passiert sein; das hat er mir jedenfalls auf dem Anrufbeantworter mitgeteilt. Und er hat mir geraten, mich an Sie zu wenden, falls ich nichts mehr von ihm höre." Bittend streckte sie die Hände aus. „Deshalb bin ich hier."

Lange sagte Rick kein Wort. Als er schließlich redete, klang er sehr vorsichtig. „Haben Sie sich eigentlich mal gefragt, ob Mark Ihnen die Wahrheit gesagt hat?"

„Nein. Aber warum sollte er mich anlügen?"

„Vielleicht, weil er etwas mit Taras Tod zu tun hat?"

„Ganz bestimmt nicht." Heftig schüttelte sie den Kopf, um ihre Aussage zu bekräftigen. „Sie haben ihn nicht gesehen, als er von ihr sprach und von jener Nacht erzählte. Er hat sie wirklich geliebt."

„Haben Sie eine Vorstellung davon, wie viele Menschen von denen ermordet werden, die vorgeben, sie zu lieben? Eine Menge“, beantwortete er seine eigene Frage. Dann schwieg er, als ob er seine Worte wirken lassen wollte. „Ich war Polizist, Liz. Und in diesem Fall denke ich wie ein Polizist. Ich nehme die Tatsachen zur Kenntnis und betrachte sie aus allen möglichen Perspektiven.“

„Und ich mache das nicht?“

„Offen gesagt, nein. Sie stecken zu sehr in der Sache drin, sind gefühlsmäßig daran beteiligt. Außerdem sind Sie mit den Nerven am Ende.“

Verärgert stand sie auf. „Ich habe genug von Leuten, die mir das andauernd unter die Nase reiben. Davon abgesehen, ich bin nicht mit den Nerven am Ende. Mark hatte Angst um sein Leben. Er hat sich mit mir in Verbindung gesetzt, damit jemand weiß, was er vorhat, und Alarm schlägt, falls er verschwinden sollte. Jetzt ist er verschwunden, und wir müssen etwas tun.“

Rick erhob sich. Sie musste den Kopf nach hinten legen, um ihm in die Augen sehen zu können. „Na gut“, sagte er so ruhig und besänftigend, als habe er es mit einem störrischen Kind zu tun. „Sie sind okay und stehen wie ein Fels in der Brandung. Lassen Sie mich nur noch eines sagen: Aller Wahrscheinlichkeit nach wurde Tara von dem Komplizen eines Mannes ermordet, der junge Frauen in Miami getötet hat – oder von einem, der seine Vorgehensweise kopiert. Möglicherweise ist Ihre Schwester demselben Verrückten zum Opfer gefallen. Oder sie hat einen Nervenzusammenbruch erlitten und ist weggelaufen, wie die Polizei vermutet.“

Als sie den Mund öffnete, um ihm zu widersprechen, hob er abwehrend die Hand. „Seit wann wird Ihre Schwester vermisst? Seit drei Monaten?“

„Vier“, verbesserte sie ihn. „Zum letzten Mal wurde sie am 12. Juli gesehen.“

„Wo ist denn dann ihre Leiche, Liz? Taras Mörder hat nicht den geringsten Versuch gemacht, seine Tat zu vertuschen. Hätten Sie das Mädchen nicht mitten in der Nacht gefunden, wäre jemand anders am nächsten Morgen über sie gestolpert. Tafts Vorgehensweise war genau die gleiche."

Diesem Argument konnte sie nichts entgegensetzen, zumal ihr dieser Gedanke auch schon gekommen war. Dennoch war sie davon überzeugt, dass sie Recht hatte.

„Vielleicht wollte er diesmal keine Hinweise hinterlassen?" überlegte sie laut. „Möglicherweise ist er in Panik geraten. Es gibt viele Erklärungen dafür, warum Rachels Lei..."

Mitten im Satz hielt sie inne, und Rick sah sie nachsichtig an. „Die Polizei von Key West arbeitet eng mit dem Büro des Sheriffs und den Ermittlungsbehörden von Florida zusammen, um den Mörder zu finden. Vielleicht gehörte Tara ja einer Vereinigung an, die sich ‚horned flower' nannte, aber ich kann mir nicht vorstellen, dass eine Horde von verwöhnten Teenagern dazu fähig ist, eine ihrer Freundinnen auf so bestialische Weise umzubringen. Und Tara wurde auf brutale Weise umgebracht, das können Sie mir glauben."

„Bitte helfen Sie mir", flüsterte sie. „Ich weiß nicht, was ich tun soll oder an wen ich mich wenden könnte. Mark sagte, Sie wüssten, was zu tun ist."

„Es tut mir Leid. Am besten gehen Sie jetzt nach Hause und legen sich schlafen. Morgen früh ..."

„Morgen früh ist Mark vielleicht schon tot. Sind Sie sicher, dass Sie damit weiterleben könnten?"

28. KAPITEL

Sonntag, 18. November
2.45 Uhr

„Den Rest schaffe ich alleine, Margo“, meinte Rick, während er den Reißverschluss der Geldtasche zuzog und den Beutel in den Safe legte. „Warum machst du nicht Schluss für heute?“

„Bist du sicher?“ Mit einem feuchten Lappen wischte sie über einen Stuhl, dann legte sie diesen mit der Sitzfläche auf den Tisch. „Mir macht es nichts aus, noch zu bleiben.“

Rick lächelte über den Eifer der jungen Frau, die erst seit kurzem bei ihm arbeitete. Mit ihr hatte er wirklich einen Glücksgriff getan. Sie war nicht nur sympathisch, zuverlässig und attraktiv, sondern auch ausgesprochen flink beim Bedienen. „Was denn – heute Nacht kein Date?“

„Nein. Ich habe nichts Besseres zu tun als zu schlafen. Und wie steht's mit dir?“

„Wenn du erst mal so alt bist wie ich, dann wirst du merken, dass Schlafen eine feine Sache ist.“

Sie verdrehte die Augen. „Meine Güte, wie alt bist du denn? Dreißig?“

„Leg sechs Jahre drauf, Margo.“

„Nur zehn Jahre älter als ich. So viel ist das doch nicht.“

Nur eine Dekade, dachte Rick amüsiert.

„Ich könnte mir noch ein Glas Wein nehmen und dir ein wenig Gesellschaft leisten.“

Er hätte blind und taub sein müssen, um die Aufforderung in ihren Worten nicht zu bemerken. Aber er beschloss, nicht darauf einzugehen. Einen Tag nach Marks Verschwinden war sie in seine Bar gekommen und hatte ihn nach einem Job gefragt. Da Libby nicht besonders verlässlich war, hatte er ihr Angebot dankbar angenommen. Und er dachte nicht im Traum daran, das gute Arbeitsklima zwischen ihnen beiden wegen einer Affäre aufs Spiel zu setzen. Außerdem war er der Meinung, dass man einige Grenzen respektieren sollte. Jetzt beispielsweise stand er gerade vor einer.

„Nimm dir ein Glas Wein, aber bleib nicht meinetwegen." Er sah sie lächelnd an und hoffte, dass er nicht zu abweisend klang, als er fortfuhr: „Ich bin viel allein, Margo, und es gefällt mir."

Enttäuscht wandte sie den Blick ab. „Das ist ja echt cool." Sie griff nach ihrer Handtasche, die unter der Kasse lag, und schlang sich den Riemen über die Schulter. „Es ist wohl wirklich besser, wenn ich jetzt gehe und auf den Drink verzichte. Ich muss ja morgen früh den Laden aufmachen."

An der Tür blieb sie noch einmal stehen und drehte sich um. „Wer war denn die Frau, mit der du dich unterhalten hast? Deine Freundin?"

„Leider nicht, Margo. Nur die Bekannte eines Freundes."

Warum habe ich das bloß gesagt? überlegte er, als seine Mitarbeiterin die Bar verließ. Die Worte waren ihm so selbstverständlich über die Lippen gekommen, als hätten sie die ganze Zeit nur darauf gewartet, ausgesprochen zu werden. Obwohl er Liz Ames attraktiv fand, hatte er nicht die geringste Absicht, sie näher kennen zu lernen. Nicht um alles in der Welt! Und er wollte auch sonst niemanden näher kennen lernen.

Mit einem leichten Kopfschütteln wandte er sich wieder seiner Tätigkeit zu. Seine Konzentration ließ jedoch zu wünschen übrig – er schaffte es gerade, die Routinearbeiten ordentlich zu erledigen. In Gedanken kehrte er jedoch immer wieder zu Liz zurück und dem Grund ihres Besuches.

Er musste mit Val sprechen. Mark war Taras Freund gewesen. Sie war von ihm geschwängert worden. In der fraglichen Nacht war er im Park gewesen, nach Aussagen von Liz als Erster am Tatort. Er hatte das Verbrechen nicht der Polizei gemeldet; stattdessen war er einfach verschwunden.

Deshalb gehörte er zu den Verdächtigen. Sogar zu den Hauptverdächtigen.

Rick runzelte die Stirn, während er an das Geld dachte, das Mark aus der Kasse genommen hatte, und an den Schuldschein, den er dafür hineingelegt hatte. Hatte Mark das Geld vielleicht gebraucht, um Tara zu entschädigen? Oder für die Beseitigung ihres „Problems"? Möglicherweise hatte sie sich gegen eine Abtreibung gesträubt, und deshalb hatte er sie getötet? Könnte sie ihn erpresst haben? Hatte sie gedroht, ihm Schwierigkeiten zu machen?

Aber was für Schwierigkeiten? Und weswegen sollte sie ihn erpressen? Marks Verdienst reichte kaum für ein Dach über dem Kopf. Außerdem war er kein verheirateter Mann, der eine Menge zu verlieren gehabt hätte, falls seine Zwangslage bekannt geworden wäre.

In der Regel drohte ein Erpresser seinem Opfer damit, das zu zerstören, was ihm das Wertvollste war. Rick überlegte hin und her, was das wohl sein mochte. Dem Mark Morgan, den er kannte, ging sein christlicher Glaube über alles. Wie hätte Tara ihn mit seiner Überzeugung erpressen können?

Rick schaltete alle Lichter bis auf die Notbeleuchtung aus und aktivierte die Alarmanlage. Dann trat er in die schwüle Nacht hinaus, den Motorradhelm unter den Arm geklemmt. Er schaute hinauf zum tiefblauen, mit Sternen übersäten Himmel. Vielleicht hatten Mark und Tara miteinander gekämpft. Möglicherweise hatte er herausgefunden, dass das Baby nicht von ihm stammte. Vermutlich war er eifersüchtig geworden und hatte sie aus diesem Grund umgebracht.

Der Tathergang sprach jedenfalls dafür. Mit einer Klinge zu töten war persönlicher als mit einer Pistole. Der Angreifer musste sein Opfer berühren und es überwältigen, während es um sein Leben rang; er spürte die Zuckungen des Körpers im Todeskampf und das Blut, das ihm über die Hände floss oder ins Gesicht spritzte.

Rick schwang sich auf sein Motorrad und startete die Maschine. Um so zu töten, brauchte man allerdings eine emotionale Gleichgültigkeit, über die die wenigsten verfügten. Nur Berufskiller besaßen sie und ausgebildete Soldaten. Oder echte Psychopathen. Vielleicht war es ja ein Mord aus Leidenschaft. Hass, Liebe, Eifersucht – das alles waren mögliche Motive.

Rick fädelte sich in den Verkehr ein und fuhr Richtung Süden. Das Problem war nur, dass keine dieser Erklärungen eine plausible Verbindung zu Gavin Taft aufwies. Mark war zu jung, um dessen Komplize sein zu können. Falls er Taras Mörder war, hätte er erst Tafts Verbrechen studieren müssen, ehe er die Tat ausführte. Das wäre dann allerdings eine wirklich geschickte Methode, um den Verdacht in eine andere Richtung zu lenken.

Aber es machte aus der Tat auch eindeutig einen vorsätzlichen Mord.

Die Ampel an der Truman Avenue sprang auf Rot, und Rick verlangsamte sein Tempo. An der Kreuzung blieb er stehen, während der kraftvolle Motor unter ihm brummte. *Vorsätzlicher Mord? Mark?* Das würde ja bedeuten, dass er Taras Tod lange im Voraus geplant hatte. Also kein Verbrechen aus Leidenschaft. Sondern ein richtiger Mord. Und wenn der bewiesen werden konnte, bedeutete das die höchste Strafe, die das Gesetz vorsah. In Florida war das die Todesstrafe. Ein Verbrechen, das so heimtückisch war wie dieses, schrie förmlich nach dem elektrischen Stuhl. Rick zweifelte nicht daran, dass der Staatsanwalt dafür plädieren würde.

Als die Ampel grün wurde, bog Rick links in die Truman Avenue ein. Wäre Mark fähig, einen solchen Mord zu begehen? Warum sollte er Liz Ames mit hineinziehen? Und was sollte dieses ganze Gerede von der Gruppe ‚horned flower'?

Er wollte sich ein Alibi verschaffen.

Rick holte tief Luft. Allmählich fügten sich die Puzzlesteine zu einem Bild. Liz wäre die perfekte Kandidatin. Zweifellos hatte Mark von Tara erfahren, dass sie die Schwester von Pastorin Rachel war. Außerdem wusste er, dass sie nicht an die offizielle Version vom Verschwinden ihrer Schwester glaubte. Und schließlich war er darüber informiert, dass Rachel ihrer Schwester gegenüber behauptet hatte, auf irgendeine Art von krimineller Verschwörung gestoßen zu sein.

Perfekt, überlegte Rick, während er einen Blick über die linke Schulter warf und verbotenerweise wendete, um in die Richtung zurückzufahren, aus der er gekommen war. Mark musste sich im Klaren darüber gewesen sein, dass Liz ihm seine Geschichte nicht nur glauben, sondern sie auch noch jedem, der sie hören wollte, weitererzählen würde.

Mark hatte Liz für seine Zwecke benutzt. Und er hatte versucht, ihn selbst ebenfalls zu benutzen.

Das war ein Fehler, dachte er grimmig. Ein großer Fehler.

Rick fuhr zur Duval Street, an der Paradise Christian Church und dem Highway vorbei und parkte vor dem Haus von Liz Ames. Er nahm den Helm ab, fuhr sich mit der Hand durch das feuchte Haar und blickte hinauf zu ihrer Wohnung im ersten Stock.

Trotz der späten Stunde brannte noch Licht. Damit hatte er gerechnet.

Er stieg vom Motorrad und schaute noch einmal hoch zu dem erleuchteten Rechteck. Sie stand am Fenster und sah zu ihm hinunter. Rick hob die Hand zum Gruß und deutete auf die Tür. Sie nickte zum Zeichen, dass sie verstanden hatte.

Sekunden später schloss sie ihm auf. Sie war barfuß und trug nur eine Jogginghose und ein Unterhemd. Ihre Augen blickten ihn ängstlich und hellwach an.

„Ich hab's rausbekommen“, sagte er. „Endlich weiß ich, warum Mark sich mit Ihnen in Verbindung gesetzt hat.“

Wortlos bat sie ihn hinein, verschloss die Tür, sobald er eingetreten war, und ging vor ihm die Treppe hinauf.

Als sie im Wohnzimmer standen, schaute er ihr in die Augen. „Vielleicht setzen Sie sich besser hin.“

Sie folgte seinem Vorschlag. Dann breitete er seine Theorie vor ihr aus, ohne auch nur ein Detail auszulassen. Als er geendet hatte, starrte sie ihn betroffen an.

„Es tut mir Leid“, sagte er leise.

„Was tut Ihnen Leid?“ fragte sie. Ihre Stimme zitterte leicht. „Dass Sie sich eine Theorie zurechtgelegt haben?“

„Dass ich Ihre Hoffnungen zerstört habe. Ich weiß, wie sehr Sie an diese Verschwörungstheorie glauben wollen, weil es um Ihre Schwester geht.“

Sie fuhr sich mit der Hand über die Augen. „Und wie hat Mark von Gavin Taft erfahren?“

„Da gibt es Hunderte von Möglichkeiten. Am wahrscheinlichsten durchs Internet.“

„Er hat sie geliebt, Rick. Sie hätten ihn hören müssen an diesem Tag. Es hat mir fast das Herz gebrochen.“

„Vielleicht war das Baby nicht von ihm?“ meinte er. „Vermutlich hatte sie mit ihm Schluss gemacht und wollte sich nur noch ein letztes Mal mit ihm in diesem Park treffen? Und dort hat er sie dann getötet.“

„Das stimmt nicht, Rick.“ Sie stand auf und sah ihn an. „Sie wollten in dieser Nacht zusammen fliehen. Deshalb hat er das Geld genommen und ...“

„Wenn sie wirklich fliehen wollten, wo waren dann ihre Sachen?“

„Wie bitte?“

„Ihre Sachen. Sie hätte doch eine Tasche gepackt – Kosmetiksachen, Kleidung, Erinnerungsstücke. Am Tatort habe ich nichts Derartiges gesehen. Sie etwa?“

Sie sank auf ihren Stuhl zurück. „Aber was er gesagt hat ... so wie er klang ... ich war mir ganz sicher.“

Rick hockte sich vor sie hin, so dass er ihr direkt in die Augen schauen konnte. „Waren Sie sich wegen seiner Aussagen sicher oder weil Sie es um Ihrer Schwester willen so wollten?“

Tränen traten ihr in die Augen. „Ich ... ich weiß es nicht.“

Er nahm ihre Hand. Sie war eiskalt, und er legte seine Finger darum.

„Er ist doch noch ein Kind, Rick. Wie könnte er ... so etwas tun?“

„Ich will es ja selbst nicht glauben. Tatsache ist, dass ich Mark mochte. Ich habe ihm vertraut, er war ein Freund. Ich habe es allerdings schon zu oft erlebt, dass die Leute nach einem Mord gesagt haben, so ein schreckliches und skrupelloses Verbrechen hätten sie dem Menschen, der es verübt hat, niemals zugetraut.“

Sie stieß einen tiefen Seufzer aus. „Was sollen wir denn jetzt tun?“

„Zur Polizei gehen.“

„Mitten in der Nacht?“

„Ja. Ich vermute, dass Mark nach dem Treffen mit Ihnen die Stadt verlassen hat. Er ist wahrscheinlich schon Gott weiß wo, aber je mehr Zeit wir verlieren, umso weiter wird er fliehen können.“

Sie nickte und stand auf. „Ich komme mir so dumm vor. Wie ein Idiot, der leicht hinters Licht zu führen ist.“

„Sie sind nicht die Erste, die sich von einem charmanten Psychopathen täuschen lässt. Leider werden Sie auch nicht die Letzte sein."

Liz lachte unsicher. „Ich wollte morgen früh zur Polizei gehen und dem Detective das hier bringen." Sie deutete auf einen braunen Briefumschlag, der auf dem Couchtisch lag und auf dem in großen Buchstaben ihr Name geschrieben stand. „Meine Schwester hat ihn mir hinterlassen. Pastor Tim hat ihn im Pfarrhaus gefunden. Ich dachte, es sei ein Beweis dafür, dass Mark die Wahrheit gesagt hat."

„Was ist denn drin?"

„Familienfotos, Erinnerungsstücke und eine Seite aus dem Tagebuch meiner Schwester." Liz seufzte. „Sie können es sich gerne ansehen. Ich will mich nur schnell umziehen."

Sie verließ das Zimmer, und Rick griff nach dem Umschlag und nahm den Inhalt heraus. Als er die Seite mit den Zeichnungen sah, hielt er inne.

Seine Nackenhaare richteten sich auf.

Tara hatte eine Tätowierung auf der Innenseite ihres Schenkels gehabt. Eine Blume. Sein Mund wurde trocken, und er musste schlucken. Er versuchte sich zu erinnern, wie die Pflanze ausgesehen hatte, doch es gelang ihm nicht. Es war dunkel gewesen, und er hatte sie nur oberflächlich untersucht. Die Tätowierung konnte ja auch ein Gänseblümchen oder eine Rose gewesen sein.

Aber er wusste genau, dass es das nicht war.

Und es gab nur eine Person, die ihm das bestätigen konnte.

„Was ist los?"

Er schaute hoch. Liz stand in der Tür. Sie hatte Jeans und ein weißes T-Shirt angezogen und sah besorgt aus.

„Kleine Änderung im Plan", murmelte er. „Ich muss mal telefonieren."

Zehn Minuten später bedankte Rick sich bei seinem alten Freund und legte den Hörer auf. Der Gerichtsmediziner war nicht gerade begeistert davon, dass Rick ihn mitten in der Nacht geweckt hatte, und er hatte ihm unmissverständlich geraten, so etwas nicht noch einmal zu tun.

Wenigstens hatte er ihm erzählt, was er wissen wollte.

„Was hat er gesagt?" fragte Liz. Sie klang ausgesprochen besorgt. „Hatte Tara ein Blumen-Tattoo auf dem Schenkel?"

„Ja. Innen links. Aber Daniel konnte sich nicht mehr daran erinnern, wie es aussah."

Sie rieb die Handflächen gegeneinander. „Das ist schlecht, nicht wahr?"

„Ja und nein."

„Wie meinen Sie das?"

„Nein, weil mein alter Kumpel eine Zeichnung davon gemacht hat. Ja, weil ich nach Marathon fahren muss, wenn ich sie mir ansehen will. Und das werde ich als Erstes morgen früh machen."

„Und was tun wir, wenn Taras Tätowierung genauso aussieht wie die Zeichnungen meiner Schwester?"

„Ich habe keine Ahnung", antwortete er aufrichtig. „Darüber können wir uns immer noch Gedanken machen, wenn es so weit ist."

29. KAPITEL

Sonntag, 18. November
13 Uhr

Unruhig lief Liz im Zimmer auf und ab. In der vergangenen Nacht waren sie übereingekommen, dass Rick nach Marathon fahren sollte, während sie zu Hause blieb für den Fall, dass Mark sich bei ihr melden würde. Sie hatten beschlossen, über weitere Schritte erst nachzudenken, wenn er die Zeichnung gesehen hatte, die der Gerichtsmediziner von Taras Tätowierung gemacht hatte. Außerdem hatten sie festgestellt, dass sie beide dringend Schlaf brauchten.

Mittlerweile fragte Liz sich, warum sie sich überhaupt auf diesen Plan eingelassen hatte. Sie hasste die Ungewissheit, und nichts verabscheute sie mehr, als tatenlos warten zu müssen. Während Rick etwas unternahm, konnte sie nur dasitzen und sich Sorgen machen. Sie hatte noch nie zu den Menschen gehört, die sich in ihren Stuhl zurücklehnten und zusahen, wie andere ihre Probleme lösten.

An Schlaf war natürlich nicht zu denken. Nachdem Rick gegangen war, hatte sie sich ins Bett gelegt und drei Stunden lang an die Decke gestarrt, während sich ihre Gedanken überstürzten. Sie hatte sich den Kopf über Marks mögliche Aufenthaltsorte zerbrochen, über Taras Schicksal und das ihrer Schwester. Und darüber, ob es die Gruppe namens ‚horned flower' wirklich gab oder ob sie nur ein Produkt ihrer Fantasie war.

Nachdem sie stundenlang über diese Fragen gegrübelt hatte, ohne zu einem Ergebnis zu kommen, waren ihre Gedanken zu Rick gewandert. Was sollte sie von ihm halten? Er war clever, das war sicher. Außerdem war er immer noch mit Leib und Seele Polizist, auch daran bestand kein Zweifel. Sie fragte sich, warum er seinen Job aufgegeben hatte. War er bei einem Einsatz verletzt worden, oder hatte ihm der Polizeialltag sämtliche Illusionen geraubt? Sie dachte auch an die Fotografien, die sie in seinem Büro entdeckt hatte – das Bild mit der hübschen Blondine und das mit dem süßen kleinen Jungen.

Als die Sonne schließlich am Horizont auftauchte, war sie missgelaunt aus dem Bett gekrochen und in die Küche gegangen, um sich eine Tasse Kaffee zu machen. Daraus waren dann sechs Tassen geworden. Ihr Magen brannte, und in ihrem Kopf dröhnte es. Sie spürte jede schlaflose Stunde der vergangenen Nacht in ihrem Körper. Mit dreiunddreißig Jahren bist du viel zu alt, um die Nacht durchzumachen, schalt sie sich.

Liz unterbrach ihre rastlosen Wanderungen durchs Zimmer und trat ans Fenster. Sie schaute in den neuen, hellen Tag hinaus und fragte sich, was passiert sein mochte. Rick hatte ihr versprochen, sie sofort anzurufen, nachdem er die Zeichnung des Gerichtsmediziners gesehen hatte. Sie schaute auf ihre Uhr und schnalzte missbilligend mit der Zunge. Vielleicht war er noch gar nicht dort angekommen. Die Fahrt von Key West nach Marathon dauerte gut und gerne zwei Stunden, und sie wusste nicht einmal, wann er losgefahren war.

Das Schrillen einer Hupe riss sie aus ihren Überlegungen. Sie schaute hinunter und sah, dass Heather gerade die Straße überquerte. In der Hand hielt sie einen Teller, der mit einer Alufolie bedeckt war. Liz riss das Fenster auf. „Hallo, sind Sie etwa lebensmüde?“

„Selber Hallo!“ Sie hielt den Teller hoch. „Ich komme mit Geschenken. Zitronenkekse.“

„Bin sofort unten.“

Sekunden später öffnete Liz die Tür. Heather hielt ihr den Teller entgegen.

„Ich habe sie selbst gemacht.“

„Mein Gott – Sie sehen nicht nur gut aus und sind erfolgreich, sondern Sie backen auch noch?“ fragte Liz und nahm den Teller. „Da muss man ja grün werden vor Neid.“

„Ich konnte nicht schlafen, also habe ich die Zeit in der Küche verbracht. Wenn ich mich über irgendetwas aufgeregt habe, backe ich immer.“

Liz zog die Augenbrauen hoch. „Über was haben Sie sich denn aufgeregt?“

„Kann ich hereinkommen?“

„Natürlich. Ich mache uns einen Kaffee.“

Liz führte die Besucherin hinauf in die Küche. „Setzen Sie sich doch“, sagte sie und deutete zum Tisch und zu den Stühlen. „Es dauert nicht lange.“ Schnell füllte sie Kaffee in den Filter und Wasser in die Kanne und schaltete die Maschine ein. Dann wandte sie sich wieder an Heather. „Was ist denn nun passiert?“

„Jemand hat mich verfolgt.“

Liz sah sie überrascht an. „Wie bitte?“

Heather verschränkte die Finger. „Vergangene Nacht ... und vorher auch schon. Vermutlich hat es gar nichts zu bedeuten, aber nach der Sache mit Tara glaube ich, dass ich ... na ja, ich habe einfach ein bisschen Bammel.“

Das war natürlich eine Untertreibung. Sie wirkte ausgesprochen verängstigt. Liz vergaß den Kaffee und setzte sich auf den Stuhl, der auf der anderen Seite des Tisches stand. „Erzählen Sie mir genau, was passiert ist.“

„Seit zwei Tagen habe ich das Gefühl, dass mir jemand folgt“, begann sie nach einer kurzen Pause. „Wissen Sie, wie das ist, wenn man dauernd glaubt, dass jemand hinter einem her ist? Man nimmt etwas aus den Augenwinkeln wahr, doch wenn man sich umdreht, ist nichts Verdächtiges zu sehen.“

„Ich verstehe, was Sie meinen“, entgegnete Liz. „War es ein Mann oder eine Frau?“

„Ein Mann. Zweifellos.“ Sie holte tief Luft und fuhr fort: „Vergangene Nacht bin ich plötzlich wach geworden. Ich weiß nicht, wieso, denn ich habe tief und fest geschlafen und geträumt. Ich saß im Bett und war vollkommen durcheinander. Das Fenster stand offen, etwa einen Spalt breit.“

„Und es war nicht geöffnet, als Sie ins Bett gegangen sind?"

„Nein."

„Sind Sie sicher?"

„Absolut. Von der Nachtluft kriege ich manchmal Kopfschmerzen; deshalb schlafe ich immer bei geschlossenem Fenster."

„Haben Sie die Polizei verständigt?"

Sie schüttelte den Kopf. „Das wollte ich nicht ... es hätte ja sein können, dass ich mir das alles nur eingebildet habe."

„Aber das Fenster ..."

„Und wenn ich mich geirrt habe? Dann hätte ich ganz schön dumm dagestanden."

„Besser dumm dastehen als ..."

Liz biss sich auf die Lippen, der unvollendete Satz hing jedoch in der Luft.

Tot sein. Besser dumm dastehen als tot sein.

Heather unterdrückte ein Schluchzen. „Entschuldigen Sie", fuhr Liz schnell fort. „Ich hätte das nicht sagen sollen."

„Nein, es ist ... hat Tara eigentlich mal davon gesprochen, dass sie verfolgt wurde?"

„Nein. Aber ich habe sie auch nur zwei Mal gesehen, und sie hat kaum etwas von sich erzählt."

Die beiden Frauen schwiegen. Liz fühlte sich unbehaglich, weil sie nicht wusste, wie sie sich verhalten sollte. Konnte sie Heather nach der ‚horned flower' fragen? Vielleicht hatte sie von dieser Vereinigung gehört. Schließlich kamen viele Teenager in ihren Bikini-Laden. Bestimmt belauschte sie hin und wieder ihre Gespräche und erfuhr dabei so manches Gerücht.

Wenn sie sie allerdings danach fragte, wäre es dann nicht besser, mit offenen Karten zu spielen und vor allem zu erwähnen, in welcher Beziehung sie zu Rachel stand?

Das Telefon läutete, und Liz sprang hoch. Fast wäre ihr Stuhl dabei umgekippt. „Entschuldigen Sie mich kurz, Heather. Ich erwarte nämlich einen Anruf."

Sie ging zum Telefon, nahm den Hörer ab und wandte ihrer Besucherin den Rücken zu. „Hallo?"

„Liz? Ich bin's, Rick." Der schlechten Verbindung nach zu urteilen telefonierte er von seinem Handy. „Die Zeichnungen stimmen überein."

„Um Himmels willen, Rick. Das bedeutet, er hat die Wahrheit gesagt."

„Nicht unbedingt. Alles, was wir bis jetzt haben, sind Indizienbeweise. Oder noch schlimmer: Spekulationen."

Liz senkte die Stimme. „Was sollen wir jetzt tun?"

„Val muss verständigt werden; er soll Tempo machen. Und ich muss Margo im Hideaway ablösen. Ich komme zu Ihnen, sobald ich mich da loseisen kann."

„Warten Sie. Halten Sie das wirklich für eine gute Idee? Mark hat doch gesagt ..."

„An den denke ich ja gerade. Wir müssen ihn so schnell wie möglich finden. Und dafür brauchen wir die Unterstützung der Polizei."

„Na gut. In solchen Sachen kennen Sie sich besser aus als ich."

„Liz? Ich kann Sie kaum verstehen. Passen Sie auf sich ... und sagen Sie keinem ..."

Die Verbindung wurde unterbrochen, und frustriert legte sie den Hörer auf. Sie war sicher, dass er sie bitten wollte, keinem etwas zu erzählen, bis sie mit Val gesprochen hatten. Damit war auch ihre Frage beantwortet, ob sie Heather von der Angelegenheit in Kenntnis setzen sollte.

Schnell warf sie ihrer Bekannten einen Blick zu. Die Frau starrte aus dem Fenster, und in ihrem hübschen Gesicht war Angst zu lesen. Liz biss sich auf die Unterlippe. Am liebsten hätte sie Ricks

Anweisung ignoriert und ihr erzählt, was vor sich ging. Sie hatte das Gefühl, dass sie Heather unnötig in Gefahr brachte, wenn sie ihr das alles verschwieg.

Aber schließlich siegte ihre Vorsicht.

Heather drehte sich um und sah Liz in die Augen. „Alles in Ordnung?"

„Ja." Sie zwang sich zu einem Lächeln.

Die Frau zog die Augenbrauen hoch. „Sie wirken irgendwie nervös."

Liz lachte. Es sollte unbekümmert klingen, doch selbst ihr kam es unecht vor. „Zu viel Koffein, das ist alles."

Heather merkte, dass sie log, und wirkte verletzt. Sie stand auf. „Ich gehe jetzt besser."

„Warten Sie." Liz streckte die Hand aus. „Ein Freund von mir steckt in Schwierigkeiten. Und ich versuche gerade, ihm zu helfen."

Sie zögerte einen Moment, ehe sie nickte. „Na gut. Wenn Sie darüber reden möchten – Sie wissen ja, wo Sie mich finden können."

„Vielen Dank. Das weiß ich wirklich zu schätzen."

Liz begleitete ihre Besucherin zur Haustür. Dort blickte sie sie noch einmal forschend an. „Und was ist mit Ihnen? Was wollen Sie jetzt tun? Ich mache mir Sorgen um Sie. Sie sollten zur Polizei gehen."

„Vergessen Sie, was ich Ihnen erzählt habe. Vielleicht leide ich auch bloß unter Verfolgungswahn. Warum sollte eigentlich jemand hinter mir her sein?"

„Gehen Sie bitte kein Risiko ein. Ich möchte nicht, dass Ihnen etwas zustößt."

„Unkraut vergeht nicht." Heather lächelte. „Und jeder, der sich mit mir anlegen will, sollte sich warm anziehen."

Liz sah ihr nach. Sie bewunderte ihren Schneid, konnte aber eine gewisse Besorgnis nicht unterdrücken. Egal, wie stark Heather Ferguson zu sein glaubte – sie würde es nicht aufnehmen können mit dem Monster, dem Tara zum Opfer gefallen war.

30. KAPITEL

Sonntag, 18. November
15.20 Uhr
Als Rick ins Hideaway zurückkam, wartete Val bereits auf ihn. Er sah verärgert aus. „Wir müssen uns mal unterhalten."

„Auch dir einen wunderschönen guten Tag", antwortete Rick. Statt mit dem Motorrad war er mit seinem alten, immer noch zuverlässigen Jeep nach Marathon gefahren. Jedenfalls hatte er gedacht, dass er verlässlich sei. Aber diesmal war kurz hinter Big Pine Key die Klimaanlage ausgefallen, und deshalb fühlte er sich nun verschwitzt, müde und durstig. Das Letzte, wonach ihm im Moment der Sinn stand, war eine Auseinandersetzung mit seinem besten Freund.

„Komm mir nicht mit diesem Mist, Rick. Ich weiß, wo du heute gewesen bist. Und ich betrachte das als persönlichen Verrat an unserer Freundschaft."

Verdammt. Jetzt war die Katze aus dem Sack. Rick legte das Handy und den Schlüsselbund auf die Theke. „Hast du etwas dagegen, wenn ich mir erst noch was Kaltes zu trinken nehme?"

„Ja, verflucht noch mal, ich habe was dagegen. Aber du tust ja sowieso immer, was du willst. Stimmt doch, oder?"

Verwundert schaute Margo zu den beiden hinüber. Dann bückte sie sich und gab vor, den Flaschenvorrat zu kontrollieren.

Die zwei Männer musterten sich mit durchdringenden Blicken. Rick unterdrückte einen Fluch. „Margo, wir sind in meinem Büro."

Einen Moment später schloss er die Tür hinter ihnen. Sie standen sich gegenüber.

„Du bist zu weit gegangen, mein Freund. Viel zu weit!" sagte Val.

„Wie hast du das herausbekommen?"

„Daniel hat mich angerufen. Es ist ihm wohl doch etwas mulmig geworden, nachdem er dir die Zeichnung gegeben hat."

Kluger Mann. Wollte seinen Arsch retten. Rick zuckte mit den Schultern. „Na und? Ist doch nichts dabei."

„Natürlich, verdammte Scheiße. Ich will die Zeichnung."

Rick wurde abweisend. „Es ist nur eine Kopie."

Val streckte die Hand aus. Sie zitterte vor unterdrückter Wut. „Die Kopie, bitte. Sofort."

Rick zog sie aus seiner Tasche und gab sie ihm. Val steckte sie ein. Bestimmt hatte er noch eine weitere Kopie in seinen Unterlagen auf dem Revier. „Meine Güte, Mann, das ist Beweismaterial, mit dem du hier herumhantierst. Du mischst dich in meine Ermittlungen ein. Ich könnte dich jetzt fragen, was du dir eigentlich dabei gedacht hast, aber soll ich dir mal was sagen? Es ist mir egal. Denn es ist vorbei. Hast du mich verstanden? Du bist endgültig aus der Sache raus."

Er hastete zur Tür, riss sie auf und wollte hinausgehen.

„Hast du mal was von einer Vereinigung namens ‚horned flower' gehört?" rief Rick ihm nach.

Val blieb stehen, doch er drehte sich nicht um.

„Das ist eine Gruppe von Teenagern hier auf Key West. Sie hängen dauernd zusammen, nennen sich eine Familie, nehmen Drogen und schlafen alle miteinander, kreuz und quer. Und vielleicht töten sie auch."

Val drehte sich um. „Soll das ein Witz sein?"

„Sehe ich so aus, als ob ich Witze mache?"

Ein paar Sekunden lang musterte der Detective ihn. Dann legte er den Kopf schräg. „Teenager hier auf Key West, die mit Mord zu tun haben? Mit dem Mord an Tara?"

„Ja."

Val schüttelte den Kopf. „Ich habe keine Zeit für so einen ... Blödsinn."

„Vielleicht möchtest du doch erfahren, was ich dir zu sagen habe." Rick deutete auf einen Stuhl. „Setz dich hin und hör gut zu. Wenn du danach immer noch der Meinung bist, dass es Blödsinn ist, werde ich nie mehr davon reden. Einverstanden?"

Lange schaute Val ihn an, ohne ein Wort zu sagen. Dann setzte er sich. „Aber beeil dich."

„Erinnerst du dich noch daran, wie ich dir gesagt habe, dass einer meiner Leute wegen einer Magengrippe früher nach Hause gegangen ist? Das war in der Nacht, als Tara ermordet wurde."

Val nickte. „Dieser Junge, der für dich arbeitet – Mark."

„Mark Morgan. Und er *hat* für mich gearbeitet. Jetzt nicht mehr."

Der Detective sah ihn aufmerksam an. „Erzähl weiter."

„Ich habe erst am nächsten Tag abgerechnet. Und in der Kasse einen Schuldschein über sechshundert Dollar gefunden."

„Der Junge hat das Geld genommen."

„Richtig. Er hat behauptet, es handle sich um einen Notfall. Er müsse von hier verschwinden. Und er würde es mir zurückzahlen."

„Aber klar doch! Darauf kannst du lange warten."

„Ich bin zu seinem Apartment gefahren. Er war nicht da, und sein Wagen war auch weg." Rick runzelte die Stirn. Was hätte er wohl gefunden, wenn er in das Zimmer eingebrochen wäre? „Die

Sechshundert kannst du vergessen, hab ich mir gedacht, und als ziemlich teures Lehrgeld abgehakt – für meine verkorkste Menschenkenntnis."

Val neigte sich leicht nach vorne. „Und der Rest der Geschichte?"

„Vor knapp einer Woche hat Mark dann Liz Ames angerufen. Er hat sich mit ihr am Mallory Square getroffen. Sie kannte ihn zwar nicht, hat aber zugestimmt, weil er ihr gesagt hatte, dass er Informationen über Taras Tod hat."

Val richtete sich auf. An seiner Miene erkannte Rick, dass er jede Menge Fragen hatte, doch er war klug genug, sich zurückzuhalten.

„Sie haben sich also getroffen. Und dabei ist herausgekommen, dass Mark Taras Freund war. Die beiden hatten vor, in der Nacht, in der sie ermordet wurde, zusammen abzuhauen. Dafür hat er auch das Geld gebraucht."

„Sagt er. Wusste er denn, dass sie schwanger war?"

„Ja. Allerdings kommt es noch schlimmer. In der Nacht war er da. Im Park."

Val sprang auf. „Du Mistkerl. Wir haben uns den Arsch aufgerissen und die ganze Insel nach einem Verdächtigen abgesucht, und du ..." Mitten im Satz brach er ab und fuhr sich mit der Hand durchs Haar. „Seit wann weißt du das?"

„Seit gestern."

Vor lauter Wut hatte Val rote Flecken im Gesicht. „Du hättest mich auf der Stelle anrufen müssen. Scheiße, Mann! Bei so einem Fall zählt jede Minute. Das dürfte dir doch noch bekannt sein!"

„Glaub mir, das wollte ich tatsächlich tun. Nachdem ich meinen Laden zugemacht hatte, bin ich zu Liz gefahren, um sie abzuholen. Ich wollte sie überreden, mit mir zu kommen und dir haarklein zu berichten, was sich zwischen ihr und Mark abgespielt hat."

„Stattdessen hast du einen alten Freund dazu überredet, dir unerlaubterweise bei der Beschaffung von Beweismaterial zu helfen und deine Nase in eine Morduntersuchung gesteckt. Das war clever. Wirklich clever."

Rick musterte seinen Freund mit einem durchdringenden Blick. „Willst du nun die ganze Geschichte hören oder nicht?"

„Ich will diesen Killer fangen. Genau das will ich", schnaubte Val.

„Dann wirst du mir weiter zuhören müssen, ob dir das nun passt oder nicht." Die Antwort des Detectives bestand lediglich aus einem verächtlichen Schnauben, und Rick fuhr fort: „Tara gehörte zur ‚horned flower'. Das ist die Gruppe, nach der ich dich gefragt habe. Laut Mark haben sie Tara gedroht, dass ihr etwas zustoßen würde, wenn sie die ‚Familie' verließe. Deshalb wollten die beiden verschwinden. Er ist also in den Park gegangen, um sich dort mit ihr zu treffen, und fand ihre Leiche. Mark hat Liz erzählt, dass die Mitglieder der Gruppe seiner Meinung nach Tara umgebracht hätten. Und er glaubt auch, dass sie hinter Rachel Howards Verschwinden steckt."

„Kein Wunder, dass die Frau diese ganze gequirlte Kacke geglaubt hat."

„Das habe ich zunächst auch gedacht. Bis ich die Zeichnungen gesehen habe." Rick machte eine kurze Pause, ehe er fortfuhr: „Liz hat eine Seite aus dem Tagebuch ihrer Schwester. Darauf waren Zeichnungen von einer merkwürdigen Blume mit Hörnern – der ‚horned flower'. Da ist mir eingefallen, dass Tara ein Tattoo auf ihrem Schenkel hatte – ebenfalls eine Blume. Ich dachte, wenn die Zeichnungen übereinstimmen, würde das ein neues Licht auf den Fall werfen."

Lange sagte Val nichts. Schließlich fragte er leise: „Und waren es die gleichen Zeichnungen?“

„Ja.“

Diese Antwort musste sein Freund erst einmal verdauen. „Du hättest mir von deinem Verdacht erzählen müssen“, murmelte er schließlich.

„Ja, das hätte ich tun müssen.“ Beschämt wandte Rick den Blick ab. „Dafür gibt's auch keine Entschuldigung, Val. Aber ich wollte eine Antwort und wusste, dass ich sie bekommen konnte.“

„Und wann genau sollte ich ins Spiel kommen? Bei der Festnahme?“

„Heute.“

„Wo ist er denn, Rick? Ich will Mark Morgan jetzt!“

„Ich weiß es nicht.“

„Blödsinn! Wo ist er?“

„Er wird vermisst. Deshalb hat Liz Ames mich ja um Hilfe gebeten. Mark wollte Taras Mörder ausfindig machen. Und darum ist er dieser Gruppe beigetreten. Das ist jetzt zwei Tage her. Seitdem hat sie nichts mehr von ihm gehört.“

Val lachte, doch es klang alles andere als amüsiert. „Betreibt denn jeder auf dieser Insel seine eigenen Nachforschungen?“

Aufgebracht lief er durch die Bar. Nach einer Weile blieb er stehen und sah Rick an. „Du behauptest also, dass es hier auf Key West einen Geheimbund gibt, auf einer Insel, die drei mal vier Meilen groß ist? Wo jeder jeden kennt? Und die Mitglieder bringen sich gegenseitig um – ohne ersichtlichen Grund? Praktizieren sie geheime Rituale? Schließen sie Blutsbrüderschaften? Bist du dir eigentlich im Klaren darüber, wie bescheuert das alles klingt, Rick?“

„Ich habe genauso gedacht, bis ich die Zeichnungen gesehen habe. Und mittlerweile glaube ich, es könnte tatsächlich eine Verbindung geben.“

„Eine Frage. Ist dir jemals der Gedanke gekommen, dass die beiden Zeichnungen übereinstimmen, weil Rachel Howard Taras Tätowierung gesehen hat? Vielleicht hat Tara sich das Tattoo zu der Zeit machen lassen, als sie in ihre Beratungsstunde ging. Möglicherweise hat sie mit der Pastorin darüber gesprochen. Es könnte auch sein, dass diese ‚horned flower' nur in der Fantasie des Mädchens existierte, und sie ist dieses Hirngespinst nicht mehr losgeworden?"

Rick war der Meinung gewesen, den Fall aus jedem Blickwinkel betrachtet zu haben, aber er musste zugeben, dass er diese Möglichkeit übersehen hatte.

„Schau dir doch mal die Tatsachen an", fuhr Val fort. „Mark hatte eine Beziehung mit dem Opfer. Er hatte einen Grund, sie zu ermorden. Und er war am Tatort. Das sind die Fakten."

„Manchmal täuscht man sich in den Fakten. Das weißt du doch."

„Sicher, allerdings passiert es verdammt selten. Der Kerl, der schuldig zu sein scheint, ist es in der Regel auch. Die große Überraschung am Ende gibt's nur in Hollywood und nicht im wirklichen Leben."

Als Rick etwas sagen wollte, hob Val abwehrend die Hand. „Hier sind ein paar Fakten, die du auch kennen solltest. Ich habe mich ein bisschen nach deiner Freundin Liz Ames erkundigt. Du solltest aufpassen, mit wem du gemeinsame Sache machst."

„Tu dir keinen Zwang an. Spuck's aus!"

„Das vergangene Jahr war ein ziemlicher Hammer für Miss Ames. Ganz zu Anfang ist ihre Mutter gestorben, und ein paar Monate später ihr Vater. Ihre Schwester hat den Ruf hierhin angenommen und ist ungefähr zur gleichen Zeit weggezogen, als Liz ihren Mann dabei erwischte, wie er eine ihrer Freundinnen gevögelt hat. Und dann stellte sich heraus, dass die Freundin nicht sein erster Seitensprung war. Ihre Ehe ging in die Brüche. Ein Teenager, den sie betreute, machte einen Selbstmordversuch, und fast wäre er gelungen. Und dann ist ihre Schwester verschwunden.

Mitten in diesem Gefühls-Chaos und kurz nach einem Nervenzusammenbruch hat Liz sich entschieden, hierher zu kommen. Wegen ihres labilen Zustands hätte sie eigentlich ins Krankenhaus gemusst. Ihr Therapeut hatte sie davor gewarnt, herzukommen, denn er befürchtete einen Rückfall."

„Das nennst du ‚ein bisschen erkundigt'?" fragte Rick mit scharfer Stimme. „Du hast die Polizei in St. Louis angerufen und sie auf Liz angesetzt. Mit welcher Begründung?"

„Sie war die Erste, die am Tatort war. Und sie kannte das Opfer. Was hättest du denn an meiner Stelle getan, Rick?"

Das Gleiche, musste er sich eingestehen. Ob es ihm passte oder nicht – Val hatte ordentliche Arbeit geleistet.

„Sie hat Probleme, mein Freund. Ernst zu nehmende psychische Probleme. Ich dachte, das würde dich vielleicht interessieren."

Rick versuchte, diese Neuigkeiten zu verarbeiten, sie zusammenzufügen und ihnen einen Sinn zu geben. Sie waren eine Erklärung für Liz' Tränen und die Verzweiflung, die er immer wieder in ihrer Stimme gehört hatte. Jetzt wurde ihm auch klar, warum sie so verletzlich wirkte.

Verrat – das war seine erste Empfindung. Er war angelogen worden. Sie war nicht ehrlich zu ihm gewesen.

„Du willst damit sagen, dass sie eine Verrückte ist und dass ich kein Wort von dem, was sie sagt, glauben soll. Stimmt das?"

„Gar nichts will ich damit sagen. Ich habe nur ein paar Erkundigungen eingezogen. Aber ich warne dich, Rick. Sei vorsichtig. Sie handelt emotional, nicht rational. Verzweifelte Menschen tun verzweifelte Dinge. Sie lügen, manipulieren Beweise, setzen jedes

Mittel ein, um ihr Ziel zu erreichen. Und sie können verdammt überzeugend wirken. Dass sie im Moment nicht all ihre Möglichkeiten ausschöpft, macht sie fast schon ein bisschen unheimlich."

Rick musste ihm zustimmen. Er hatte das Gefühl, als ob sein Freund ihm einen Faustschlag in die Magengrube versetzt und ihn damit ins Taumeln gebracht hätte. Er wollte sie verteidigen und sich nicht eingestehen, dass Val Recht hatte.

Obwohl er es sich fest vorgenommen hatte, war er nicht mehr objektiv, wenn es um Liz Ames und diese Untersuchung ging.

In diesem Moment klingelte Vals Handy. „Lopez."

Er hörte eine Weile zu, während seine Miene sich verdüsterte. „Sag das noch mal, Carla." Er wartete. „Ich bin sofort da."

Er steckte das Handy wieder ein und stand auf. „Was ist denn los?" fragte Rick. „Was ist passiert?"

„Es sieht so aus, als sei Naomi Pearson nicht abgehauen", antwortete er grimmig. „Sie ist am Dog Beach aufgetaucht."

„Tot, nehme ich an."

Val zögerte, ehe er nickte. „So tot, wie man nur sein kann. Man hat ihr die Kehle durchgeschnitten, und auf ihren Körper sind irgendwelche Zeichen geritzt." Er sah Rick an. „Sieht ganz danach aus, als hätten wir's mit einem Serienkiller zu tun."

31. KAPITEL

Sonntag, 18. November
18.10 Uhr

Am Dog Beach durften Hundebesitzer ihre Haustiere frei herumlaufen lassen. Deshalb war der Strand, der sich zwischen der Waddell Avenue und dem Atlantischen Ozean erstreckte, ein bevorzugtes Ziel aller Tierliebhaber aus der Gegend. Louies „Backyard

Restaurant“ lag an einem Ende des Strandes. Naomi Pearson war von einem Golden Retriever gefunden worden, der einer Frisbee-Scheibe nachjagte. Der Besitzer des Hundes hatte die Polizei über Handy verständigt, nachdem er sich in einen Spielzeugeimer übergeben hatte, den ein Kind am Strand vergessen hatte.

Carla stand einige Meter von der Leiche entfernt und hielt sich ein mit Eau de Cologne getränktes Taschentuch vor die Nase. Der Gestank war wirklich kaum auszuhalten.

Sie hatte damit gerechnet und sich entsprechend darauf vorbereitet. Im vergangenen Jahr hatte sie zu einem Team gehört, das im Fall eines Ertrunkenen ermitteln musste. Aus dieser Zeit wusste sie noch, dass Ertrunkene auf unterschiedliche Weise verwesen und im Wasser eine wächserne, gelbliche und ranzig stinkende Substanz entwickeln, Leichenwachs oder Adipocire genannt. Mit der Zeit ersetzte die Adipocire die Muskeln, die Gedärme und das Fettgewebe und blähte den Körper so sehr auf, dass er wie ein Wesen aus einem Horrorfilm aussah. Und je wärmer das Wasser war, umso schneller verlief der Verwesungsprozess.

Naomi Pearsons Leiche sah geradezu grotesk aus. Aufgedunsen bis zur Unkenntlichkeit. Mit dem nahezu vom Rumpf abgetrennten Kopf und den klaffenden Wunden am Körper wirkte sie halb wie ein menschliches Wesen und halb wie eine Kreatur, die geradewegs aus der Hölle gekommen zu sein schien.

Carla schaute nach rechts zur Terrasse von Louies Restaurant. Lange konnte Naomi hier nicht gelegen haben. Selbst der leiseste Windhauch in diese Richtung hätte sämtliche Gäste in die Flucht getrieben. Wo hatte sie also die ganze Zeit gelegen? War sie an einem Gegenstand unter Wasser hängen geblieben und von der Strömung hin und her gespült worden?

Hinter ihr fiel eine Autotür ins Schloss. Sie blickte sich um. Val war eingetroffen. Gott sei Dank! Es hatte sie ganz nervös gemacht, allein mit dem Opfer zu sein, weil sie das Gefühl hatte, etwas unternehmen zu müssen, ohne zu wissen, was genau sie tun sollte. Diesmal war sie mit ihrem Latein vollkommen am Ende.

Carla winkte Val zu und blieb stehen, während er auf sie zulief. Als er näher kam, zog er ein Taschentuch hervor und hielt es sich vor die Nase. Er wusste also ebenfalls, was ihn erwartete.

„Wer hat sie gefunden?" fragte er, als er in Hörweite war.

„Ein Golden Retriever. Der Besitzer war mit den Nerven am Ende. Ich habe ihn befragt und dann nach Hause geschickt. Natürlich habe ich mir seinen Namen und seine Anschrift notiert."

„Die Umgebung ist abgesichert?"

„So gut, wie das hier eben geht. Ich habe den Fundort absperren lassen. Reese steht an der Nordseite und McKinney an der Ostseite." Auf Louies Terrasse hatten sich inzwischen ein paar Schaulustige versammelt. „Der Wind muss sich gedreht haben."

Val blickte zum Restaurant hinüber. Dann konzentrierte er sich auf das Opfer. Minutenlang betrachtete er die Tote einfach nur, dann trat er näher und ging langsam um sie herum. Sein Gesichtsausdruck verriet höchste Anspannung.

Schließlich sah er Carla wieder an. Sie bemerkte, dass seine Augen feucht waren. „Sind Sie sicher, dass das Naomi Pearson ist?"

Sie nickte. „Die Handtasche ist mit angeschwemmt worden."

„Haben Sie irgendetwas angefasst?"

„Machen Sie Witze? Natürlich nicht."

„Seit wann war sie verschwunden?"

„Vergangenen Donnerstag, am 1. November, ist sie zum letzten Mal gesehen worden. Vor siebzehn Tagen also."

Val runzelte die Stirn. „Es sieht nicht so aus, als hätte der Killer Gewichte benutzt, um sie unter Wasser zu halten. Ich vermute, er hat sie und ihre Habseligkeiten ins Meer geworfen. Auf dem Grund hat sie sich dann in irgendetwas verfangen und ist hängen geblieben. Genau wie ihre Handtasche. Die Strömungsverhältnisse haben sich geändert, die Gezeiten haben sie hin und her gerissen, und so ist sie wieder aufgetaucht."

„Glauben Sie, dass es derselbe Kerl war, der auch Tara ermordet hat?"

„Sieht mir ganz danach aus. Was meinen Sie?"

Normalerweise war Carla stets einer Meinung mit Val. Ohne Rick als Partner betrachtete sie ihn sowohl als ihren Vorgesetzten wie auch als Mentor. Deshalb wollte sie ihm gerade zustimmen, als sie plötzlich innehielt. „Tara lag da, wo sie getötet wurde", überlegte sie. „Naomi ist weggebracht worden. Warum sollte er seine Methode ändern?"

Val sah sie überrascht an. „Eine andere Methode, Chapman? Haben Sie in Ihrer Freizeit etwa in Fachliteratur herumgeschmökert?"

Sie wurde rot, denn er hatte den Nagel auf den Kopf getroffen. Plötzlich war es ihr nämlich wichtig geworden, ihrer Karriere einen Schub zu geben. Sie hätte nicht einmal einen Grund dafür angeben können. Höchstens den, dass sie keine Lust mehr verspürte, im Polizeirevier von Key West noch länger einen der untersten Dienstgrade zu bekleiden. „Ja, ein wenig."

„Keine schlechte Idee." Er schaute wieder auf das Opfer. „Was Ihre Frage angeht – ich weiß es nicht. Vielleicht lag es an der Umgebung. An den Umständen. Aber eines weiß ich: Zwei Morde auf dieser Insel sind zwei Morde zu viel."

Sie drehten sich nicht um, als sie hörten, dass die anderen eintrafen: das Spurensicherungsteam, ein paar Leute aus dem Büro des Sheriffs und der Leichenbeschauer.

Val schaute Carla in die Augen. „Ich habe einen Auftrag für Sie. Finden Sie einen Jungen namens Mark Morgan. Prüfen Sie sein Vorstrafenregister. Er hat ein möbliertes Zimmer in der Packer

Avenue. Offenbar ist er verschwunden, aber reden Sie mal mit seinem Vermieter. Und schauen Sie sich in seinem Apartment um, wenn das möglich ist."

Sie sah den Kollegen zu, die sich am Tatort zu schaffen machten. Dann fragte sie Val: „Was ist denn mit ihm?"

„Wenn wir Glück haben, ist er unser Mordverdächtiger." Er schaute auf die sterblichen Überreste von Naomi Pearson. „Wir brauchen nämlich unbedingt einen."

Carla machte sich unverzüglich an die Arbeit. Mark Morgan war nicht vorbestraft und benutzte keine anderen Namen. Er war zwanzig Jahre alt und in Texas aufgewachsen. Seine Vermieterin, die von Key West stammte und behauptete, in den vierziger Jahren einmal Ernest Hemingway bei einem seiner Aufenthalte in Sloppy Joes Bar getroffen zu haben, wusste nur Gutes über ihn zu berichten.

„Er ist ein Goldjunge", meinte die Frau, während sie mit Carla über den Korridor zu Mark Morgans Zimmer ging. Vor einer Tür blieb sie stehen und kniff die Augen zusammen, um die Polizistin durch den Rauch ihrer Zigarette anzusehen, die zwischen ihren korallenroten Lippen hing. „Immer wenn ich etwas brauchte, hat er sich geradezu überschlagen, um mir zu helfen. Und er war ausgesprochen höflich. Ich bedaure wirklich sehr, dass er nicht mehr hier ist."

„Ist er für immer weggezogen?"

„Keine Ahnung. In dieser Woche hat er seine Miete nicht bezahlt, und ich habe ihn auch noch nicht gesehen." Ihre von Arthritis verkrüppelten Hände zitterten, als sie nach dem Generalschlüssel suchte. „So sind die jungen Leute heutzutage nun mal. Sie mieten für eine Woche, und dann ziehen sie weiter. Er war länger hier als die meisten."

Carla konnte ihre Enttäuschung nicht verbergen. „Das Zimmer ist also schon sauber gemacht worden?“

„Noch nicht. Das Mädchen, das mir beim Putzen hilft, leidet im Moment unter dem Wetterumschwung.“ Als sich ihr Mund zu einem Lächeln verzog, fiel ein langer Aschestreifen von ihrer Zigarette zu Boden. „Außerdem hoffe ich immer noch, dass er wiederkommt.“

„Haben Sie ihn mal zusammen mit anderen Jugendlichen gesehen? Oder mit einer Freundin?“

„Manchmal war da ein Mädchen mit dunklen Haaren. Die Kleine war ziemlich hübsch.“

Tara hatte dunkle Haare. „Würden Sie sie auf einem Foto wiedererkennen?“

„Vielleicht.“ Sie zog die Augenbrauen zusammen, als käme ihr plötzlich ein Gedanke. „Steckt Mark in Schwierigkeiten?“

„Nicht unbedingt, Ma'am. Ich gehe nur ein paar Hinweisen nach.“

Die Vermieterin schloss die Tür auf, und Carla trat ein. Das Apartment bestand aus einem Wohnschlafzimmer und einer kleinen Einbauküche. Die Luft roch abgestanden, als sei das Fenster ziemlich lange nicht geöffnet worden. Sie ließ ihren Blick über die Einrichtung schweifen. Das Bett war ordentlich gemacht. Auf dem Nachttisch lag eine Bibel. Sie ging hinüber und nahm sie in die Hand. Der weiche Ledereinband war abgegriffen, und die Seiten hatten Eselsohren. Ein Lesezeichen markierte die Offenbarung des Johannes.

Carla legte die Bibel zurück auf den Nachttisch, ging zur Kommode, die drei Schubfächer hatte und öffnete die oberste Schublade. Sie war genauso leer wie die zweite und die dritte. In dem winzigen Schrank fand sie ebenfalls nichts.

Sie wandte sich an die Vermieterin, die neben der Tür stand

und sie nicht aus den Augen ließ. „Wo geht es denn dahin?“ Sie deutete auf eine halb geschlossene Tür gegenüber der Einbauküche. „Zum Badezimmer?“

„M...hm.“

Carla stieß die Tür auf. Auf dem Fußboden lagen mehrere schmutzige Kleidungsstücke. Offenbar hatte sich der Junge ausgezogen und seine Sachen dort liegen lassen, wo sie hingefallen waren, um schnell unter die Dusche zu kommen. In einem Handtuchring hing ein benutztes Handtuch.

Carla schob den Vorhang zur Seite und betrachtete das Duschbecken. Der Wasserhahn tropfte. Eine halb leere Shampoo-Flasche stand auf der Fensterbank hinter der Dusche. Ein kleines Stück Seife lag im Becken. Durch den verzogenen Fensterrahmen drang warme feuchte Luft herein.

Nachdenklich zog sie den Vorhang wieder zu. *Mark Morgan hatte sich nicht einmal Zeit gelassen, seine gesamte Habe einzupacken, als er gegangen war.*

Eingehend musterte sie die Kleidungsstücke auf dem Fußboden, die alle ziemlich schmutzig waren. Sie hockte sich hin und zupfte vorsichtig ein T-Shirt aus dem Haufen. Auf dem hellblauen Stoff waren große dunkle Flecken.

Als sie erkannte, dass es Blutflecken waren, ließ sie das Kleidungsstück fallen und richtete sich auf. Ihr Puls ging schneller. Die Sachen dieses ausgesprochen höflichen jungen Mannes waren über und über mit Blut befleckt.

„Haben Sie was entdeckt?“ wollte die Vermieterin wissen, die ihr bis zur Badezimmertür gefolgt war.

Carla drehte sich zu ihr um und stellte sich so hin, dass sie ihr die Sicht auf den Kleiderhaufen nahm. „Würden Sie mich einen Moment entschuldigen? Ich muss mal telefonieren.“

Die Frau trat einen Schritt zurück, um Carla Platz zu machen.

Doch statt hinauszugehen, schloss sie die Badezimmertür hinter sich und wählte Vals Handynummer. „Sie haben einen Wunsch frei“, sagte sie mit unterdrückter Stimme, als er sich meldete. „Ich wette, ich kann ihn erfüllen.“

„Mark Morgan?“

„Bingo, Boss. Ich glaube, wir haben unseren Hauptverdächtigen.“

32. KAPITEL

Sonntag, 18. November
18.45 Uhr

Liz brauchte Rick nur kurz anzusehen, um zu wissen, dass etwas nicht in Ordnung war. „Was ist passiert?“

„Kann ich reinkommen?“ fragte er.

Sie öffnete die Tür noch weiter. Er ging an ihr vorbei, dann drehte er sich zu ihr um und sah sie an. „Es gibt ein weiteres Opfer. Eine Frau namens Naomi Pearson.“

„Naomi Pears...“ Sie erinnerte sich. Die Frau von der Bank, die in Zusammenhang mit dem Mann stand, der Selbstmord begangen hatte. Der Mann, der in den Kreditschwindel verwickelt war. Sie hatte darüber im *Key West Citizen* gelesen. Liz hielt sich die Hand vor den Mund. „Wie ist es ...?“

„Einzelheiten kenne ich auch nicht – abgesehen davon, dass es so aussieht, als sei sie auf die gleiche Art getötet worden wie Tara.“

Liz war übel. Ohne ein Wort zu sagen, drehte sie sich um und ging zur Treppe. Dort ließ sie sich auf eine Stufe fallen.

Ein paar Sekunden später schaute sie auf. „Wo hat man sie gefunden?“

Nach kurzem Schweigen antwortete er: „An einem Strand.“

„Das heißt, der Mörder hat ihre Leiche ins Meer geworfen." Liz ballte die Hände zu Fäusten, als ob sie damit die Hilflosigkeit bekämpfen könnte, die sie zu überwältigen drohte. „Ich dachte, dieser Kerl will aller Welt zeigen, auf welche Art er mordet?"

Er ging zu ihr hinüber. „Das ist noch kein Beweis für Rachels Tod. Es bedeutet keinesfalls, dass auch sie ein Opfer dieses Verrückten ..."

„Behandeln Sie mich nicht wie ein kleines Kind, Rick. Bis jetzt hat die Polizei vermutet, dass Naomi Pearson geflohen sei. Das Gleiche nehmen sie von meiner Schwester an."

„Nicht ganz. Sie hatten einen guten Grund zu glauben, dass Naomi verschwunden ist."

„Und ihrer Meinung nach haben sie auch einen guten Grund zu der Annahme, dass Rachel verschwunden ist."

„Ich weiß nicht mehr, was ich sagen soll."

„Sagen Sie am besten gar nichts mehr." Sie vergrub das Gesicht in den Händen. Die ganze Zeit hatte sie gewusst, dass ihre Schwester tot war. Aber dass sie auf diese Weise ... ums Leben gekommen war – diese Vorstellung war einfach zu schrecklich.

„Haben Sie etwas von Mark gehört?"

Sie schüttelte den Kopf, ohne ihn anzusehen.

„Val war im Hideaway, als ich zurückgekommen bin. Ich habe ihm alles erzählt."

Noch immer sagte sie nichts. Es hatte ihr regelrecht die Stimme verschlagen. Außerdem war sie nicht fähig, ihn anzusehen. Wenn sie es getan hätte, wäre sie in Tränen ausgebrochen.

„Liz, ich muss Sie etwas fragen."

Der Tonfall in seiner Stimme ließ sie aufschauen, doch sie nahm sein Gesicht nur verschwommen wahr. „Was denn?"

„Val hat mir erzählt ... er hat gesagt, dass Sie kürzlich einen Nervenzusammenbruch hatten. Stimmt das?"

Es dauerte eine Weile, bis sie die Bedeutung seiner Frage verstand – und warum er sie überhaupt gestellt hatte. Als es ihr dann endlich klar wurde, seufzte sie. Sie hätte damit rechnen müssen, dass es herauskommen würde. Jetzt würde man sie in einem ganz anderen Licht sehen.

Wenn sie es doch nur vor Rick hätte verbergen können! Sie hasste die Art, wie er sie ansah – misstrauisch und enttäuscht.

Trotzig streckte sie das Kinn vor. „Ja, es ist wahr."

„Warum haben Sie es mir nicht gesagt?"

„Weshalb hätte ich das tun sollen? Wir kennen uns doch überhaupt nicht."

„Das ist Blödsinn, und Sie wissen es genau."

„Wirklich?" Sie presste die Hände gegeneinander und sah ihn direkt an. „Was hätte ich Ihnen denn erzählen sollen? Dass ich mit meinen Nerven am Ende war, weil ich in diesem Jahr zu viele Nackenschläge bekommen habe und mir keinen Rat mehr wusste? Oder sollte ich Ihnen raten, lieber nicht mit mir zu reden, weil ich kurz vorm Durchdrehen war? Ist es das, was ich Ihnen hätte erzählen sollen?"

„Es wäre zumindest ehrlich gewesen."

Ihr Lachen klang resigniert. „Und Sie hätten mich wahrscheinlich wirklich für verrückt gehalten. Ich kann mir sehr gut vorstellen, wie das abgelaufen wäre. ‚Hallo, ich bin Liz Ames, und ich hatte einen Nervenzusammenbruch. Möchten Sie etwas darüber hören'?" sagte sie höhnisch.

Er antwortete nicht. Sie stand auf und sah ihn traurig an. „Was wollen Sie mir sagen, Rick Wells? Dass nichts von dem, was ich Ihnen erzählt habe oder noch erzählen werde, glaubwürdig ist? Ist es das?"

Wieder blieb er stumm. Sein Schweigen verletzte sie.

Sie streckte ihr Kinn noch ein wenig weiter vor. „Wenn Sie

jetzt durch diese Tür gehen wollen, dann tun Sie's. Das macht mir nichts aus."

„Nein. Es ist nur ... verdammt!" Ratlos schaute er zur Decke hoch. „Ich wollte Ihnen ja glauben. Ich wollte *an Sie* glauben."

„Das können Sie doch immer noch."

Er sah sie an, und der Ausdruck in seinen Augen verriet seine Angst. Sie spürte einen Kloß im Hals, den sie nicht hinunterschlucken konnte. „Warum, Rick? Weshalb wollten Sie an mich glauben?"

Beklommen wartete sie auf seine Antwort. Und während er schwieg, wurde ihr Verlangen nach ihm immer stärker.

Er wandte sich ab, ging zur Tür und legte die Hand auf den Holzrahmen. „Ich weiß, was es heißt, alles ... zu verlieren", sagte er endlich, ohne sie anzuschauen. „Das Gefühl kenne ich, sehr gut sogar. Und was es in einem Menschen bewirken kann."

Seine Stimme klang belegt. „Vor drei Jahren hatte ich noch alles", murmelte er. „Eine Frau und einen Sohn, die ich beide angebetet habe. Eine Arbeit, die mir Spaß gemacht hat."

Die Frau und der Junge auf den Fotografien.

„Sie habe ich als Erste verloren", fuhr er fort. „Unterleibskrebs. Und dann Sam. Er ..."

Die Worte blieben ihm im Hals stecken. Liz schwieg, um ihm Gelegenheit zu geben, seine Fassung wiederzufinden und seine Gedanken zu ordnen. In diesem Moment brauchte er sie nur als Zuhörerin.

„Nachdem Jill gestorben war, sind wir hierher zurückgekommen. Val hat mir einen Job bei der Polizei von Key West besorgt – in seinem Team. Es war nicht leicht, aber wir ..." Rick sah sie über die Schulter an. Seine Augen waren gerötet. „Wir mussten ja weitermachen, nicht wahr? Sam und ich. Irgendwie wären wir schon zurechtgekommen. Wir hatten ja uns."

Liz schlang die Arme um ihren Körper. Sie wusste, was als Nächstes kommen würde. Natürlich nicht die Einzelheiten, aber ihr war klar, wie die Geschichte ausging. Und sie hätte etwas darum gegeben, wenn sie andere Worte aus seinem Mund hätte hören können. Doch das war natürlich sinnlos.

„Wir waren noch nicht lange hier. Eines Tages sind zwei Typen, voll gepumpt mit Drogen, bei mir eingebrochen. Sie hatten Pistolen ... Ich schlief mit meiner Dienstwaffe unterm Kissen. Es kam zu einem Schusswechsel.

Sam war damals fünf. Er ist aufgewacht und hatte Angst. Ich hörte, wie er ... nach seiner Mutter rief. Obwohl sie schon eine Weile tot war, schrie er immer noch nach ihr, wenn er sich fürchtete. Manchmal wache ich heute noch nachts auf und höre ihn rufen. Er ...“

Die Stimme versagte ihm. Liz ging zu ihm hin. Sie nahm ihn in die Arme und hielt ihn fest. Sein Gesicht war ganz nahe bei ihr, und er zitterte.

Es dauerte eine Zeit, bis er sich wieder beruhigt hatte.

„Ich habe ihn erschossen, Liz. Es war meine Kugel. Die ballistischen Untersuchungen haben ergeben, dass er durch meine Kugel gestorben ist.“

Liz schloss die Augen. Er tat ihr so furchtbar Leid. Konnte man jemals über so etwas hinwegkommen? Wie war es möglich, sein Leben nach einer solchen Katastrophe weiterzuführen?

„Es wäre besser gewesen, wenn ich getötet worden wäre. Ich wünschte, es wäre so gekommen.“

Sie hielt ihm die Hand vor den Mund. „Sagen Sie das nicht.“

„Es ist die Wahrheit.“ Seine Augen füllten sich mit Tränen. „Ich habe ihn so sehr geliebt.“

Liz nahm sein Gesicht in die Hände und zog ihn zu sich hinunter. Sie küsste ihn, zärtlich zunächst, denn sie wollte ihm nur ein

Trost in dieser schmerzlichen Erinnerung sein. „Es tut mir so Leid“, flüsterte sie, ohne die Lippen von seinem Mund zu nehmen. „So furchtbar Leid.“

Dann küsste sie seine Wangen, seine Augenlider, sein Kinn und seinen Hals. Mit einem leisen Stöhnen schlang er seine Arme um sie, zog sie näher und presste sie an sich.

Wieder fanden sich ihre Lippen, diesmal mit mehr Leidenschaft. Seine Zunge spielte mit ihrer. Sie fühlte, wie ihre Berührung das Begehren in ihm weckte. Gleichzeitig verspürte sie eine leise Furcht, denn sie hatte nicht gewollt, dass dies passierte. Es war nicht vernünftig. Außerdem wusste sie nicht, ob sie überhaupt bereit dazu war.

Seit Jared war sie mit keinem Mann mehr zusammen gewesen.

Und er hatte sie betrogen.

Liz verdrängte ihre Angst. Vernünftig oder nicht – sie wollte mit diesem Mann zusammen sein.

Sie löste sich von ihm und sah ihm in die Augen. „Komm mit mir.“

Behutsam nahm sie ihn bei der Hand und führte ihn hinauf in ihr Schlafzimmer. Wortlos zogen sie sich gegenseitig aus und sanken aufs Bett. Zuerst fanden sich ihre Münder. Sie küssten sich sehr lange, ohne sich zu berühren.

Schon bald reichte ihnen der Kuss nicht mehr, und Liz wurde kühner. Zärtlich strich sie über seine Schultern und seine Brust. Sie mochte seinen Körper, spürte ihn gerne unter ihren Händen – die Anspannung seiner Muskeln, die Beschaffenheit seiner Haut, die verborgenen Winkel.

Liz fuhr mit ihrer Hand über seine Hüften und seinen Bauch. Dann wagte sie sich tiefer. Er hielt für einen Augenblick die Luft an, als sie sein hartes Glied berührte und es festhielt.

Sie hätte sich gerne zurückgehalten, wäre passiv geblieben und hätte ihm die Führung überlassen. Danach war ihr jedoch ganz und gar nicht zu Mute. Sie hatte sich noch nie verstellt. Wenn sie etwas auf direktem Weg erreichen konnte, machte sie keine Umwege, sondern holte sich, was sie wollte. Das war nicht gerade eine damenhafte Qualität – ebenso wenig wie ihre Eigenart, unverblümt auf einen Fehler hinzuweisen, wenn sie einen entdeckte, oder ihr unbezähmbarer Drang, gegen jede Ungerechtigkeit zu Felde zu ziehen. Solche Eigenschaften machten sie nicht zu einem geheimnisvollen Wesen. Genau diese Wesenszüge hatte ihr Ex-Mann ihr während der Scheidung vorgeworfen und als Grund dafür genannt, dass er fremdgegangen war.

Aber sie konnte nun einmal nicht aus ihrer Haut heraus.

Deshalb ergriff sie auch jetzt wie selbstverständlich die Initiative. Sie setzte sich auf ihn und führte sein Glied in sich ein. Sie war es auch, die den Rhythmus vorgab, der sie beide in heiße Ekstase trieb.

Doch dann, als ihre Lust den Höhepunkt fast erreicht hatte, übernahm Rick die Führung. Er drehte sie auf den Rücken, spreizte ihre Beine, drang so tief wie möglich in sie ein und nahm sie in Besitz.

Danach lagen sie lange schweigend nebeneinander, während ihr Atem wieder gleichmäßiger wurde, ihre Herzen langsamer schlugen und sich ihre Haut abkühlte. Nach einer Weile empfanden sie die Stille als bedrückend, unangenehm.

Er brach als Erster das Schweigen. „Ich weiß nicht, was ich sagen soll."

Liz musste schlucken. Sie verstand ihn sehr gut, denn ihr ging es genauso. Wie konnte sie ihm erklären, dass er sie ebenso sehr getröstet hatte wie sie ihn? Seine Leidenschaft hatte sie wieder zum Leben erweckt, und seine Lustschreie hatten ihr die Gewissheit verschafft, immer noch in der Lage zu sein, einen Mann zu befriedigen. Sie fühlte sich wieder lebendig. Begehrenswert. Durch und durch weiblich.

Liz hatte geglaubt, dass Jared ihr die Fähigkeit genommen hatte, diese Gefühle zu empfinden.

Ein Lächeln umspielte ihre Lippen. Es kam ihr vor, als sei eine zentnerschwere Last von ihr genommen worden. „Ich bereue es nicht. Ich weigere mich einfach, so etwas wie Reue zu empfinden."

„Habe ich etwa gesagt, dass ich es bereue?" Grinsend rollte er sich auf seine Seite und zog sie mit sich. „Was hältst du denn von mir? Wenn dir die Schädeldecke wegfliegt beim Sex, dann denkt man doch nicht an so etwas. Das wäre doch geradezu pervers."

Wieder schwiegen sie, doch diesmal empfanden sie die Stille nicht mehr als peinlich. Schließlich sah Liz ihm in die Augen. „Was hat Lopez eigentlich gesagt, als du ihm von der Gruppe namens ‚horned flower' erzählt hast?"

Rick antwortete nicht sofort, aber sein Schweigen war aufschlussreich genug. „Dein Freund glaubt, dass Mark es getan hat, stimmt's?"

„Ja, er ist der Ansicht, dass er ein ziemlich plausibles Motiv hatte."

„Klar. Er war es ja auch, der geglaubt hat, Naomi Pearson sei geflüchtet", sagte sie leise, doch mit einer Spur von Bitterkeit.

„Ich verdanke ihm mein Leben, Liz. Nach Sams Tod wollte ich aufgeben. Und ohne Val hätte ich es auch getan." Er wandte den Blick ab; dann sah er sie wieder an. „Er ist mein ältester Freund. Und er ist ein guter Polizist."

„Ein guter Polizist, ja? Was du nicht sagst! Davon habe ich noch nicht viel bemerkt." Als er nicht antwortete, fuhr sie fort: „Was ist mit dieser Blume, Rick? Was ist mit der Zeichnung meiner Schwester und Taras Tätowierung?"

„Was soll damit sein?" entgegnete er. Sein Ton klang gereizt.

„Wie Val bereits gesagt hat, könnte Tara deiner Schwester das Tattoo gezeigt haben, und Rachel hat es in ihr Tagebuch gezeichnet. Vielleicht hat Tara sich die Tätowierung machen lassen, als deine Schwester sich um sie kümmerte und ...“

„All das erklärt nicht, was das Symbol zu bedeuten hat ... Ich denke, es ist das Erkennungszeichen der Vereinigung, von der Mark uns erzählt hat. Und vor der meine Schwester Angst hatte. Ich glaube, dass es die Gruppe ‚horned flower‘ ist, die sie auf meinem Anrufbeantworter erwähnt hat.“

„Das ist alles schön und gut. Aber wie kannst du das beweisen?“ Er wartete ihre Antwort nicht ab. „Vielleicht steht die Blume ja für eine Untergrundbewegung hier auf der Insel. Inzwischen gibt es allerdings ein zweites Opfer, Liz. Und es fällt mir verdammt schwer zu glauben, dass eine Clique von Teenagern nicht nur für den Tod von Tara, sondern auch für den von Naomi Pearson verantwortlich sein soll.“

Ihre Augen brannten, als sie sich auf den Rücken rollte und an die Decke starrte. Sie wusste nicht mehr, was sie sagen oder glauben sollte. Was Rick erzählte, klang sehr vernünftig. Sie hatte sich eine Theorie zurechtgelegt, warum die Gruppe Tara getötet hatte – aber weshalb Naomi Pearson? Das ergab überhaupt keinen Sinn.

Doch sie glaubte Mark. Und ihrer Schwester. Rachel war hinter eine Verschwörung gekommen. Sie hatte Angst um ihr Leben gehabt.

„Was ist, wenn du dich irrst, Liz?“ fragte Rick. „Was, wenn es keine ‚horned flower‘ und keine Verschwörung gibt? Mark könnte tatsächlich schuldig sein, oder etwa nicht?“

Einen Moment lang schloss sie die Augen. Dann drehte sie sich zu ihm um und sah ihm in die Augen. „Und was ist, wenn ich mich nicht irre?“

33. KAPITEL

Sonntag, 18. November
20 Uhr
Als Rick ins Hideaway zurückkam, dachte er an Liz und das, was zwischen ihnen geschehen war. Sie hatten unglaublich guten Sex gehabt. Und sie passten zusammen, wie es bei Menschen, die sich gerade erst kennen gelernt hatten, nur selten der Fall ist. Es hatte keine peinlichen Momente gegeben, und auch ihre Körper hatten sich in einem perfekt aufeinander abgestimmten Rhythmus bewegt. Keiner von ihnen hatte sich darum Gedanken gemacht, wie er dem anderen Vergnügen bereiten konnte – das hatte sich ganz von selbst ergeben.

Plötzlich jedoch kamen Rick heftige Zweifel. Er versuchte, sie zu ignorieren – ebenso wie das Schuldgefühl, das ihnen folgte.

Jill war tot. Was zwischen ihm und Liz vorgefallen war, war kein Betrug.

Warum hatte er dann das Gefühl, seine Frau hintergangen zu haben?

Bilder tauchten in seinem Kopf auf. Von Jill und Sam, von ihrem gemeinsamen Leben. Der Tag, an dem Sam geboren wurde. Seine erste Geburtstagsparty. Der vertrauensvolle Blick, mit dem er ihn jeden Abend ansah, wenn er ihn zudeckte. Jill, die an ihrem Hochzeitstag wie ein Engel in weißer Seide aussah. Das erste Mal, als sie miteinander geschlafen hatten. Ihr Lachen, wenn er allabendlich mit Sam herumtollte.

Wunderschöne Erinnerungen. So schön, dass es wehtat.

Doch der Schmerz war nicht mehr unerträglich. Jetzt nicht mehr.

„Das wird auch Zeit, Rick“, rief Margo hinter der Theke. „Wir wollten gerade ein Suchkommando losschicken.“

„Das stimmt", bekräftigte Libby mit einem Grinsen. „Ich hoffe nur, dass du viel Spaß hattest."

So könnte man Sex, bei dem dir die Schädeldecke wegfliegt, durchaus bezeichnen, überlegte er.

Verflixt! Er fühlte sich wie ein Teenager, der auf frischer Tat ertappt worden war.

Er ging zur Bar und setzte ein Grinsen auf, das unverfänglich wirken sollte. „Euch Mädels ist es tatsächlich gelungen, mit der Meute ohne mich fertig zu werden?" Er ließ seinen Blick durch die nahezu leere Bar wandern. „Donnerwetter, ich bin beeindruckt."

„Klugschwätzer!" Margo leerte das Glas, in dem sie ihr Trinkgeld aufbewahrte, zählte rasch die Scheine und steckte die Münzen in ihre Handtasche. „Und jetzt darfst du ohne mich weitermachen."

Er berührte sie am Arm. „Danke, dass du heute so lange geblieben bist, Margo. Jetzt hast du was bei mir gut."

„Das hör ich gerne." Mit einem verschmitzten Lächeln warf sie ihr langes blondes Haar über die Schulter. „Ich werde dich darum bitten, wenn du am wenigsten damit rechnest."

„Irgendwas Wichtiges passiert, während ich weg war?" fragte er, als sie sich den Riemen der Tasche um die Schulter schlang.

„Val hat angerufen. Er wollte wissen, wann du zurückkommst. Ich habe ihm gesagt, dass ich es nicht genau wüsste, aber auf jeden Fall heute Abend."

Rick runzelte die Stirn. „Wann war das?"

„Vor etwa einer halben Stunde."

„Hat er gesagt, was er wollte?"

„Nein, aber er hat mich über den Typen ausgefragt, der hier gearbeitet hat."

„Mark?" fragte Libby vom anderen Ende der Bar, wo sie mit einem Stammgast plauderte. „Was will er denn von ihm?"

Margo zuckte mit den Schultern. „Er wollte wissen, ob ich ihn gesehen habe. Wie sollte ich? Ich weiß ja nicht mal, wie er aussieht."

„Und wie ist es mit Ihnen, Libby?" kam Vals Stimme unvermittelt vom anderen Ende der Bar. „Sie wissen doch, wie er aussieht. Haben Sie ihn gesehen?"

Rick drehte sich um. Sein Freund stand ein paar Meter hinter ihnen. Neben ihm war Carla.

Val kam näher. „Also, Libby – haben Sie Mark gesehen?"

Sie schüttelte den Kopf. „Nicht seit ... seitdem wir zuletzt zusammengearbeitet haben. Warum?"

Val ging nicht auf ihre Frage ein, und Rick kniff die Augen zusammen. *Die übliche Verhörmethode. Die beiden waren nicht gekommen, um Smalltalk zu machen.*

„Und wann war das?" fragte Carla.

„Ich weiß es nicht mehr genau." Libby warf Rick einen besorgten Blick zu. „Weißt du es noch?"

„Nicht auf Anhieb. Aber ich könnte nachsehen, wenn es wichtig ist."

„Später vielleicht." Der Detective wandte sich an Margo. „Bevor Sie gehen, schauen Sie sich doch das hier mal an." Er reichte ihr etwas, das aussah wie eine Kopie von dem Foto in Marks Führerschein. „Haben Sie diesen Mann schon mal gesehen?"

Margo warf einen Blick auf die Fotografie. Dabei änderte sich ihr Gesichtsausdruck unmerklich. Dann schüttelte sie den Kopf. „Nein. Ist das der Junge, den Sie suchen?"

Log sie etwa? Rick musterte sie scharf. *Und wenn ja, warum?*

„Ja. Behalten Sie's", meinte er, als sie ihm das Bild zurückgeben wollte. „Rufen Sie mich an, wenn er Ihnen über den Weg läuft."

Sie versprach es, wünschte allen einen guten Abend und verschwand. Rick schaute ihr nachdenklich hinterher. Dann wandte er sich wieder an Val und Carla. Er deutete auf die Barhocker. „Macht es euch bequem. Ich bringe euch was zu trinken."

„Vielen Dank. Wir sind im Dienst."

„Darf ich fragen, was das heißen soll?"

„Wir versuchen, Mark Morgan zu finden. Ist er hier?"

Rick wurde ärgerlich. „Du weißt genau, dass er nicht hier ist."

„Wirklich? Woher sollte ich das wissen?"

Die beiden starrten einander an – Val herausfordernd, Rick trotzig. „Er ist nicht hier."

„Hast du ihn kürzlich gesehen?"

„Nein."

„Und Miss Ames? Hat sie ihn kürzlich gesehen?"

„Wie soll ich das wissen?"

„Spiel nicht den Ahnungslosen", schaltete Carla sich ein. Ihre Stimme klang gepresst. „Wir wissen, dass du heute Abend bei ihr warst."

Rick erstarrte. Aus den Augenwinkeln bemerkte er, dass Libby ihn beobachtete. Sein Blick wechselte von Carla zu Val. „Werde ich etwa beschattet?"

Auch dieser Frage schenkte der Detective keine Beachtung. Er schaute hinüber zu Libby und dem Stammgast, ehe er sich wieder auf Rick konzentrierte. „Wir haben einen Fahndungsbefehl herausgegeben, um Mark Morgan zu finden und festzunehmen."

Verdutzt sah Rick seinen Freund an. „Du machst wohl Witze. Vor zwei Stunden ..."

„Vor zwei Stunden wussten wir noch nicht, was wir jetzt wissen."

„Und was ist das?"

„Du weißt ganz genau, dass ich dir das nicht sagen kann."

Offenbar hatten sie wasserdichtes Beweismaterial gefunden.

Und was immer es sein mochte, es reichte aus für eine landesweite Fahndung.

Val deutete auf einen Tisch in der hinteren Ecke der Bar. „Hast du einen Moment Zeit?“

Rick nickte. Seine Kellnerin schien ihrem Gespräch keine Beachtung zu schenken. „Libby, kümmer dich bitte ein paar Minuten um die Gäste!“ rief er ihr zu.

Die drei gingen hinüber zum Tisch und setzten sich. Val begann ohne Umschweife. „Wie suchen Serienmörder sich ihre Opfer aus?“

„In der Regel warten sie, bis sich eine Gelegenheit ergibt. Eine Studentin hält im falschen Moment ein Auto an. Ein junger Schwuler schaut im falschen Moment einen Typen in irgendeiner Bar an. Auf einem Spielplatz wird ein Kind im falschen Moment nicht beaufsichtigt. Willkür und Zufall sind es doch gerade, die eine Aufklärung der Serienmorde so erschweren.“

„Aber nicht alle Serienmörder verfahren nach dieser Methode. Gavin Taft zum Beispiel.“

Rick durchforstete sein Gedächtnis. „Taft hat seine Wahl sehr sorgfältig getroffen; das hat es für ihn so aufregend gemacht. Er hat immer nach dem perfekten Mord gestrebt. Deshalb hat er zunächst stets eine Beziehung zu dem Opfer aufgebaut, auch wenn sie noch so oberflächlich war.“

„Wir haben Indizien in Marks Zimmer gefunden, die eindeutig darauf hinweisen, dass er mit dem Mord an Tara zu tun hat. Außerdem haben wir herausbekommen, dass er mit Naomi Pearson in Verbindung stand.“

„In welcher Beziehung?“

„Sie sind in dieselbe Kirche gegangen, waren zusammen im Bibelkreis. Und sie waren miteinander befreundet.“

„Das sind viele Leute. So ist das nun mal in Key West.“

„Richtig, aber er war befreundet mit zwei Frauen, die inzwischen tot sind.“ Val machte eine Pause und verzog die Lippen, als ob er über Alternativen nachdachte. „Ich habe ein bisschen in Marks Vergangenheit herumgestöbert. Sein aufbrausendes Temperament war allgemein bekannt. Ebenso wie seine Eifersucht. Er hat mal einen anderen Jungen krankenhausreif geschlagen, weil der seine Freundin komisch angeschaut hatte.“

„Das hat Mark getan?“ Verblüfft lehnte Rick sich in seinen Stuhl zurück.

„Er ist zwei Jahre lang herumgezogen. Ich hake gerade die Orte ab, von denen wir mit Sicherheit wissen, dass er dort gewesen ist, um nachzuprüfen, ob es da ähnliche Verbrechen gegeben hat.“

„Die religiöse Komponente des Verbrechens passt auch ins Bild“, ergänzte Carla. „Ich habe eine Bibel in seinem Zimmer gefunden. Er hat ein paar Stellen angekreuzt, richtig harte Sachen aus dem Alten Testament wie ‚Die Rache ist mein‘ und ähnliche Sprüche. Nach Aussagen von Leuten, die ihn kannten, war er ein regelrechter Bibelfreak.“

Wortlos saß Rick auf seinem Stuhl. Er blickte zwischen den beiden hin und her. Ihm war klar, worauf sie hinauswollten. „Warum erzählt ihr mir das alles? Hat man mir nicht gesagt, dass ich mich aus der Sache raushalten soll? Das ist noch gar nicht so lange her, wenn ich mich recht erinnere.“

„Wir haben Grund zu der Annahme, dass Liz Ames sein nächstes Opfer ist.“

„Liz? Jetzt übertreibst du, alter Freund.“

„Wirklich?“ Val beugte sich zu ihm hinüber. „Erinnere dich doch mal daran, auf welche Weise er sich mit ihr in Verbindung gesetzt hat. Aus heiterem Himmel. Mit einer verrückten Geschichte über einen Kult, und dass er in Gefahr ist. Hat dich das jemals überzeugt?“

Val wartete nicht auf seine Antwort. „Warum hat Mark bei Liz angerufen? Er wollte eine Beziehung zwischen sich und ihr herstellen, um mit ihr seine Spielchen zu treiben.“

Für einige Sekunden verschlug es Rick den Atem, und er konnte kein Wort herausbringen. Als er sich wieder gefasst hatte, fragte er: „Was willst du von mir?“

„Sie soll dir sagen, wenn er sich wieder bei ihr meldet. Du musst uns sofort verständigen, wenn das passiert.“

Val wusste ganz genau, dass sie auf keinen Fall die Polizei von Key West verständigen würde. Für sie waren das die Gegner.

Und aufgrund ihres früheren Gespräches war er sich nicht einmal mehr sicher, ob sie ihn anrufen würde – obwohl sie fantastischen Sex miteinander gehabt hatten.

„Denk mal darüber nach“, sagte Val eindringlich, während er den Stuhl zurückschob und aufstand. „Das Leben von Liz Ames könnte davon abhängen.“

34. KAPITEL

Sonntag, 18. November
Mitternacht
Unvermittelt schreckte Liz aus dem Schlaf auf. Verwirrt sah sie sich im Schlafzimmer um. Das Herz schlug ihr bis zum Hals. Sie hatte gar nicht einschlafen wollen. Immer noch trug sie die Shorts und das T-Shirt, die sie angezogen hatte, nachdem Rick gegangen war. Sie hatte gehofft, dass er anrufen würde. Oder Mark.

Mit beiden war sie in ihren Gedanken so sehr beschäftigt, dass sie sich wunderte, überhaupt eingeschlafen zu sein.

Liz schaute auf den Wecker. Dabei rutschte ihr das Buch vom

Schoß und landete mit einem dumpfen Knall auf dem Fußboden. Sie wollte es gerade wieder aufheben, als sie erstarrte.

Aus dem anderen Zimmer drang ein scharrendes Geräusch wie von einer Katze oder einem Hund, die in einem Schrank eingesperrt waren.

Das Dumme war nur, dass sie keine Haustiere besaß.

Sie kämpfte gegen die Angst an, die ihr die Kehle zuschnürte, und schwang sich leise aus dem Bett. Wieder hörte sie das Geräusch; diesmal war es lauter.

Liz schüttelte energisch den Kopf. Vermutlich bildete sie sich das nur ein. Ihre Fantasie ging wohl mit ihr durch. Dennoch waren ihre Nerven zum Zerreißen gespannt, als sie vorsichtig einen Fuß vor den anderen setzte.

Leise öffnete sie die Schlafzimmertür und schaute hinaus. Im Wohnzimmer brannte eine Lampe, und auch in der Küche hatte sie das Licht über der Spüle brennen lassen. Der sanfte Schein, der bis in den Korridor drang, vermittelte ihr ein Gefühl von Sicherheit.

Sie konnte nichts Ungewöhnliches entdecken. Immer wieder blieb sie stehen, während sie konzentriert lauschte. Von der Straße drang der Lärm eines vorbeifahrenden Mopeds zu ihr hoch. Irgendwo in der Ferne lachte jemand, und eine Autotür wurde zugeschlagen.

Erleichtert atmete sie auf. Natürlich, sie hatte ja mehrere Fenster zur Straße hin offen gelassen. Die Nacht war mild und die Luftfeuchtigkeit gering. Sie hatte beschlossen, das Haus durchzulüften. Das Geräusch, das sie aufgeweckt hatte, war von draußen gekommen.

Gerade als sie zum Fenster gehen wollte, um es zu schließen, vernahm sie einen gedämpften, aber unüberhörbaren Laut aus der Küche, die rechts neben ihr lag. Entschlossen ging sie hinein und schaltete das Deckenlicht an, das jede Ecke des kleinen Raumes hell erleuchtete.

Wieder war das scharrende Geräusch zu hören. Es kam aus dem Schrank unter der Spüle. Sie ging hinüber und öffnete vorsichtig die Tür. Auch hier reichte der Schein der Lampe hinein. Zwei schwarze Knopfaugen schauten sie an. Kleine flinke Augen, die zu einem etwa zwanzig Zentimeter langen Tier mit einem rosafarbenen, haarlosen Schwanz gehörten, das auf ihrem Mülleimer saß.

Eine Ratte! Liz knallte die Schranktür zu und sprang entsetzt zurück. Wie war dieses Tier hier hereingekommen? Und auf welche Weise konnte sie es wieder loswerden? Sie würde kein Auge schließen, solange es in ihrer Wohnung war.

Rattengift, schoss es ihr durch den Kopf. Oder eine Falle. Bestimmt gab es einen Supermarkt oder einen Drugstore, die jetzt noch geöffnet hatten. Liz drehte sich um und schrie auf.

Stephen stand in der Küchentür und starrte sie an. Das entstellte Gesicht hatte er zu einer Furcht erregenden Grimasse verzogen. Seine Lippen bewegten sich tonlos.

Rasch schaute sie sich um, während sie überlegte, welche Möglichkeiten ihr blieben. Die Schubladen hinter ihrem Rücken. In einer von ihnen bewahrte sie ihre Messer auf. Wenn sie eines zu packen bekam, dann hätte sie eine Chance, sich zur Wehr zu setzen.

„Wie sind Sie hier hereingekommen?“ fragte sie, während sie langsam rückwärts ging. „Verlassen Sie meine Wohnung.“

Er kam näher. Sein Lippen bewegten sich weiter, doch jetzt drangen Laute aus seinem Mund. Er hob die Hände, als wollte er nach ihr greifen.

„Lassen Sie mich in Ruhe.“ Sie trat einen weiteren Schritt zurück. Endlich hatte sie die Küchentheke erreicht. Sie griff nach hinten, zog die Schublade auf und tastete nach einem Messer.

Ihre Finger umklammerten einen hölzernen Griff. Mit einer schnellen Bewegung zog sie das Messer heraus, sprang zur Seite und drohte ihm mit ihrer kümmerlichen Waffe. „Verschwinden Sie von hier“, rief sie. „Ich steche zu, das versichere ich Ihnen.“

Wie erstarrt blieb er stehen, und sein Gesicht verzog sich zu einer Fratze. Sie kam ihm einen Schritt näher. „Ich meine es ernst! Ich werde zustechen!“

Mit einem unartikulierten Schrei wich er zurück. Er stieß gegen die Wand, aber anstatt durch die Tür zu verschwinden, sank er zu Boden. Schützend legte er die Hände vors Gesicht und presste sich gegen die Wand.

Liz starrte ihn an, und ihre Finger hielten das Messer nicht mehr so verkrampft. Er wimmerte – es war ein hilfloses, kindisches Gejammer. Schwer atmend erinnerte sie sich daran, was Heather ihr über den Küster erzählt hatte. Er war als Kind auf schreckliche Weise misshandelt worden. Die Schläge hatten sein Gesicht verunstaltet, ihn das Auge gekostet und sein Gehirn in Mitleidenschaft gezogen.

Dieser Mann stellte keine Gefahr für sie dar.

Sie schämte sich, weil sie ihm Angst eingejagt hatte, und legte ihre Waffe auf die Küchentheke. „Es ist in Ordnung“, sagte sie sanft. „Ich werde Ihnen nicht wehtun. Sehen Sie? Ich habe das Messer weggelegt.“

Doch er nahm die Arme nicht herunter. Als sie sah, wie er zitterte, brach ihr fast das Herz. Die Misshandlungen, die er erlebt hatte, mussten entsetzlich gewesen sein.

Sie zeigte ihm ihre leeren Hände. „Ich werde Ihnen nicht wehtun, Stephen. Es tut mir Leid, dass ich Ihnen Angst eingejagt habe. Ich habe mich nur furchtbar erschrocken.“

Er senkte die Arme ein wenig und warf ihr einen verängstigten Blick zu.

Vorsichtig machte sie einen Schritt auf ihn zu. „Sie wissen, was es heißt, Angst zu haben, nicht wahr?"

Er wusste es; das konnte sie an seinem Gesichtsausdruck erkennen und an der Art, wie er ihrem Blick auswich.

„Schauen Sie mich an, Stephen", sagte sie leise und trat noch einen Schritt näher. Er folgte ihrer Aufforderung und blickte sie verschüchtert an. „Es ist alles in Ordnung. Ich bin nicht wütend. Und ich werde Ihnen nicht wehtun. Das verspreche ich Ihnen."

Zum Beweis lächelte sie ihn an. „Möchten Sie ein Glas Milch und einen Keks?"

Er nickte, und sie reichte ihm die Hand. „Kommen Sie, setzen Sie sich."

Stephen nahm ihre Hand, und sie half ihm auf die Füße. Dann führte sie ihn zum Tisch. Mit gesenktem Kopf ließ er sich auf einen Stuhl fallen.

Sie goss Milch in ein Glas, ging zur Speisekammer und holte eine Schachtel mit cremegefüllten Schokoladenkeksen heraus – ihre Lieblingssüßigkeit. Sie legte drei auf einen Teller und ging zum Tisch.

„Lassen Sie sich's schmecken." Sie stellte den Teller vor ihn hin und setzte sich auf den Stuhl, der auf der anderen Seite des Tisches stand.

Als sich ihre Blicke trafen, lächelte er kaum merklich. Dann schaute er auf die Kekse. Sie sah ihm zu, wie er sie verschlang, danach das Glas nahm und die Milch gierig austrank.

„Möchten Sie noch mehr?" fragte sie.

Er nickte. Diesmal stellte sie die ganze Schachtel auf den Tisch und ein Glas Milch für sich selbst. „So esse ich sie am liebsten", sagte sie und tunkte einen Keks in die Milch.

Er beobachtete sie aufmerksam, dann tat er es ihr nach. Während er ein weiteres halbes Dutzend von den Keksen in sich hineinstopfte, betrachtete sie ihn genau. Wegen seiner entstellten Gesichtszüge hatte sie den Mann für gewalttätig gehalten. Und weil er nicht in der Lage war, sich normal zu verständigen, hatte sie geglaubt, er wollte ihr etwas antun.

Sie hatte sich jedoch geirrt. Stephen war ein sanftmütiger Riese. Ein Unschuldiger, der das Gesicht eines Monsters hatte und in einem monströsen Körper gefangen war.

Sie ahnte, dass er etwas von ihr wollte. Deshalb hatte er auch versucht, sie vor ein paar Tagen in der Kirche abzufangen und war am Fenster des Pfarrhauses aufgetaucht, als sie drinnen herumgeschnüffelt hatte. Und aus diesem Grund war er jetzt hier.

Aber *was* wollte er?

„Wie sind Sie hier hereingekommen, Stephen?"

Er drehte sich um und zeigte zum Wohnzimmer.

„Durch das Fenster?" fragte sie. Er nickte. Er war durch das Seitenfenster gestiegen. Ein riesiger alter Banyanbaum mit großen, kräftigen Ästen stand vor dem Haus. Es war ihm bestimmt leicht gefallen, auf den Baum zu klettern, sich an einem Ast entlangzuhangeln und das Fenster aufzustoßen.

„Und warum sind Sie hier?"

Er öffnete den Mund, dann schloss er ihn wieder. Er sah unglücklich aus. Dann stand er auf und deutete auf die Tür.

Liz erhob sich ebenfalls. „Ich weiß nicht, was Sie meinen."

Er verließ das Zimmer und bedeutete ihr, mit ihm zu gehen.

Sie folgte ihm die Treppe hinunter bis zur Haustür. Dort blieb sie stehen, doch er machte ihr mit Handzeichen klar, ihm nach draußen zu folgen.

Liz blieb stehen. „Ich kann nicht mit Ihnen gehen."

Wieder zeigte er auf die Tür, aber sie schüttelte den Kopf. „Ich kann wirklich nicht. Versuchen Sie doch, zu verstehen. Es wäre nicht klug von mir, das zu tun. Schauen Sie ..." Liz deutete auf ihre nackten Füße. „Ich habe keine Schuhe an. Und außerdem ist eine Ratte in meinem ...“ Sie beendete den Satz nicht.

Jetzt tat er genau das, was er bei ihr vor wenigen Minuten gesehen hatte. Er streckte seine Hand aus. Sein Blick schien um Vertrauen zu bitten und ihr zu versichern, dass er ihr nicht wehtun würde.

Hoffentlich täuschte sie sich nicht in ihm. Sie bedeutete ihm, auf sie zu warten. Schnell eilte sie hinauf, zog Schuhe an und band die Griffe des Küchenschranks mit einer Kordel zusammen, damit die Ratte nicht entkommen konnte. Dann ging sie zu Stephen zurück, holte noch einmal tief Luft und folgte ihm hinaus in die Nacht.

35. KAPITEL

Montag, 19. November
1 Uhr

Stephen führte Liz zur Paradise Christian Church. Die Duval Street ließ er links liegen und nahm stattdessen die Abkürzung durch eine schmale Straße, während er darauf achtete, im Schatten von hohen Büschen und mächtigen Bäumen zu bleiben.

Liz atmete schnell und flach. Sie hatte Angst. Nein, das stimmte nicht. Die Angst hatte sie auf halbem Wege bereits hinter sich gelassen. Entsetzen – dieses Wort traf eher auf ihre emotionale Verfassung zu. Was hatte sie sich nur dabei gedacht? Wie konnte sie diesem Mann vertrauen? Sie wusste doch gar nichts über ihn.

Rachel hatte sich vor ihm gefürchtet.

Vielleicht war er ein Mörder.

Als sie an der Parkmauer angekommen waren, legte er den Finger auf die Lippen und bedeutete ihr, still zu sein. Ohne sonderliche Kraftanstrengung öffnete er das schwere Tor. Schaudernd trat Liz ein. Zuletzt hatte sie in jener Nacht an dieser Stelle gestanden, als Tara gestorben war.

Sie ließ ihren Blick durch den wunderschönen Park wandern, der schweigend vor ihr lag. An die nächtlichen Ereignisse konnte sie sich noch sehr gut erinnern. Besonders an den Moment, als sie Tara gefunden hatte. Sie sah ihr hübsches Gesicht, das im Tod zu einer hässlichen Grimasse erstarrt war. Das Blut, das in die Erde gesickert war. Und sie dachte an ihre eigenen Schreie, die die Nacht durchschnitten hatten.

Stephen riss sie aus ihren Erinnerungen, als er ihre Hand berührte. Sie fuhr zusammen. Er hatte das Tor hinter ihnen abgeschlossen. Damit niemand hereinkommt, überlegte sie. Oder um sie an der Flucht zu hindern?

Er deutete auf die entgegengesetzte Seite des Parks. Das Pfarrhaus warf einen riesigen Schatten. In dem Gebäude brannte ein einziges Licht. War Pastor Tim noch wach? Sie überlegte, ob er sie wohl hören würde, wenn sie schrie.

Erneut legte Stephen den Finger an die Lippen, als ob er ihre Gedanken lesen könnte. Im Schatten der Mauer gingen sie durch den Park am Pfarrhaus vorbei.

Plötzlich entdeckte sie den kleinen Anbau neben dem Haus. Er war kaum größer als ein Geräteschuppen.

Das musste Stephens Wohnung sein. Eine Gänsehaut lief ihr über den Rücken. Warum hatte er sie hierher geführt? Ihre Gedanken überstürzten sich – und kein einziger davon war ermutigend.

Sie mussten aus dem Schatten heraustreten, um in den Schuppen gelangen zu können. Stephen sah sich vorsichtig um und bedeutete ihr, hineinzugehen.

„Nein", flüsterte sie, während sie wie angewurzelt stehen blieb.

Er nickte heftig. Als sie sich immer noch nicht rührte, zog er sie am Arm.

Noch einen Moment zögerte sie, dann holte sie tief Luft und folgte Stephen in seine Behausung.

Schlicht – mit diesem Begriff ließ sich das Innere am treffendsten beschreiben. Es bestand aus einem Zimmer und einer winzigen Küche. Das ramponierte Mobiliar war ein wildes Sammelsurium, und Liz vermutete, dass es aus Spenden zusammengekommen war. An den Wänden hingen keine Bilder, und kein Nippes oder persönliche Gegenstände schmückten die Regale.

Ein dem Aussehen nach heiß geliebter Teddybär saß auf dem ordentlich gemachten Bett. Mit seinem einzigen Auge schien er sie direkt anzublicken. Das Stofftier erinnerte sie auf traurige Weise an Stephen – unansehnlich, aber sanftmütig. Sie empfand ein Gefühl von Sympathie für diesen kindlichen Mann und Mitleid für das Leben, das er führte – doch noch mehr für jenes, das er verloren hatte.

Er geleitete sie durch das Zimmer bis zu einer Tür, die zu einem Schrank zu gehören schien. Dann öffnete er die Tür, und sie sah, dass es kein Schrank war. Dahinter verbarg sich eine kleine Kammer, die gerade groß genug für ein schmales Bett war.

Auf diesem Bett kauerte Mark. Die Knie hatte er an die Brust gezogen. Als die Tür aufging, schaute er hoch. Sie hatte den Eindruck, dass er seit ihrem letzten Treffen um Jahre gealtert war.

„Mark!" rief sie. „Gott sei Dank!"

„Liz!" Er kletterte vom Bett herunter, und sie umarmten sich.

„Ich habe solche Angst um dich gehabt", sagte sie. Besorgt stellte sie fest, dass er am ganzen Körper zitterte. „Ich war mir sicher, dass du tot bist."

Tränen traten ihm in die Augen. „Das habe ich auch gedacht." Er schaute zu dem Küster, der hinter ihr an der Tür stand. „Stephen hat mich gefunden."

„Stephen?“ wiederholte sie. Sie drehte sich zu ihm um, aber er war bereits verschwunden.

„Er passt auf“, sagte Mark leise. „Ich verdanke ihm mein Leben.“

Sie runzelte die Stirn. „Wo hat er dich denn gefunden?“

„Hier im Park.“ Er senkte seine Stimme zu einem kaum vernehmlichen Wispern. „An der Stelle, wo Tara ...“

Er war nicht in der Lage, den Satz zu beenden, sie verstand ihn jedoch auch so. An der Stelle, wo Tara ermordet aufgefunden worden war.

Liz spürte eine Gänsehaut auf den Armen.

„Ich war bewusstlos und kann mich an nichts mehr erinnern, nachdem ...“

Die Stimme versagte ihm. Er sah elend aus.

„Nachdem was?“ fragte sie. „Mark, was ist passiert?“

Mit zitternden Fingern fasste er sich an den Kopf. „Mir ist nicht gut.“

Liz packte ihn am Ellbogen und befahl ihm, sich hinzusetzen. Schwerfällig ließ er sich auf das Bett fallen und vergrub den Kopf in die Hände. Mit tiefen und gleichmäßigen Atemzügen versuchte er, sich wieder zu beruhigen.

Liz setzte sich neben ihn. Sie wollte ihm so viele Fragen stellen – über Tara und Rachel, über die Gruppe namens ‚horned flower‘ und was deren Mitglieder ihm angetan hatten, wo er gewesen war und ob er jemanden erkannt hatte. Aber sie hielt sich zurück, denn sie sah, in welcher Verfassung er war.

Die Sekunden vergingen und addierten sich zu Minuten. Endlich hob er den Kopf und schaute sie an. „An dem Abend, als ich Sie angerufen habe, traf ich mich mit einem Mädchen am Southernmost Beach. Sie heißt Sarah, hat mir eine Augenbinde umgelegt und eine Droge gegeben ...“

„Was für eine Droge?"

Er schüttelte den Kopf. „Ich weiß es nicht. Es war eine Tablette. Danach habe ich mich so entspannt gefühlt, dass ich gar nicht mehr wusste, was wirklich war und was nicht. Ich hatte das Gefühl, in einer Blase zu schweben. Ganz losgelöst von der Welt. Irgendwie darüber."

Vermutlich ein Antidepressivum. Xanax vielleicht oder Librium.

„Erzähl weiter."

„Ich weiß nicht, wo sie mich hingebracht haben. Vermutlich saß ich nicht lange im Auto, doch es könnten auch Stunden gewesen sein." Er machte eine Pause, als müsste er sich auf das, was er als Nächstes sagen wollte, vorbereiten. Ohne sie anzuschauen, verschränkte er die Hände und legte sie in den Schoß.

„Viele Leute waren um mich herum. Sie haben mir etwas zu trinken gegeben – aus einem metallenen Gefäß, so eine Art Messkelch."

„Nach was hat es geschmeckt?"

„Ich habe es nicht erkannt. Es war lauwarm und schmeckte nicht unangenehm, allerdings irgendwie seltsam."

„Es war kein Alkohol?" Er schüttelte den Kopf. „Waren Drogen drin?"

„Ich weiß es nicht, aber ich glaube, es liegt daran, dass ich mich von diesem Moment an nichts mehr erinnern kann." Er ballte die Hände zu Fäusten. „Wie kann ich Tara nur helfen, wenn ich nicht einmal mehr weiß, was in dieser Nacht passiert ist?"

Liz griff nach seinen Händen. Sie versuchte, sich ihre Enttäuschung nicht anmerken zu lassen, denn sie hatte gehofft, etwas Wichtiges über Taras Tod und Rachels Verschwinden zu erfahren. „Ich helfe dir, die Einzelteile zusammenzusetzen, Mark. Gemeinsam können wir es schaffen. Erzähl mir, an was du dich erinnern kannst. Auch wenn es dir ganz sinnlos erscheint. Vielleicht sehe ich ja einen Sinn darin."

Er schluckte hörbar und suchte nach Worten. „Nachdem ich ... den Kelch ausgetrunken hatte, begannen sie mit einer Art Sprechgesang."

„Was haben sie denn gesagt?"

„Ich weiß nicht ..." Er presste seine Fingerspitzen an die Schläfen. „Etwas über Feuer und die Blume und das Licht. Dann ... haben sie mir die Augenbinde abgenommen."

Liz richtete sich auf. „Und? Hast du irgendjemanden erkannt?"

„Gestalten", antwortete er. „Es waren keine Menschen. Vögel und Tiger und wandelnde ... Tote." Die Stimme drohte ihm zu versagen, und er räusperte sich. „Ich hatte das Gefühl, dass sie ..."

Sie beugte sich zu ihm hinüber. „Was für ein Gefühl, Mark?"

„Dass sie mich verschlingen wollten – mit Haut und Haaren."

Ihr stockte der Atem. Dann schüttelte sie den Kopf. „Sie waren vermutlich maskiert."

„Ja", antwortete er hohl. „Natürlich. Maskiert."

„Deshalb konntest du sie nicht erkennen."

„Vermutlich."

Er klang nicht überzeugt, und das machte ihr Sorgen. Sie überlegte, welche Sorte von Drogen sie ihm gegeben haben mochten. Irgendetwas, das Halluzinationen auslöste. Als Therapeutin kannte sie sich mit den Wirkungen und Nebenwirkungen von Rauschmitteln bestens aus. Leider gehörte dieses Wissen mittlerweile zu den unabdingbaren Voraussetzungen ihres Berufes.

„Sie haben begonnen, an mir herumzuzerren. Als ob sie mich auffressen wollten. Aber sie ... es war etwas Sexuelles."

Jetzt sprach er so leise, dass sie sich anstrengen musste, um ihn verstehen zu können. Er erzählte Liz von ihren Händen und Mündern. Sie hatten ihn auf einen Altar gelegt, und er hatte das Gefühl, über allem zu schweben. Und er beschrieb, wie er einen Orgasmus nach dem anderen hatte.

Ecstasy oder Kokain konnten Marks intensive sexuelle Gefühle bewirkt haben. Meskalin oder Peyote hatten möglicherweise die Halluzinationen hervorgerufen. LSD konnte dafür verantwortlich sein, dass er jedes Zeitgefühl verloren hatte.

Liz' Mund war trocken, und sie musste schlucken. Ihr Herz schlug schneller.

„Dann hatte ich das Gefühl, dass mein Kopf ... explodiert." Er begann zu zittern. „Es war das hellste Licht, dass ich jemals gesehen hatte. Es hat mich geblendet. Und dann wurde es dunkel." Er sah sie an, und sie schauderte, als sie das Entsetzen in seinen Augen bemerkte. „In dem Moment habe ich es gesehen, Liz."

„Was?"

„Das Monster."

Lange saß Liz reglos neben ihm, ohne etwas zu sagen. Seine Worte hatten ihr die Stimme verschlagen.

Wieder vergrub er das Gesicht in den Händen. „Ich schäme mich so."

„Du warst unter Drogen. Vermutlich hat man dir eine Kombination aus Ecstasy und LSD eingeflößt. Dieser Drogencocktail hat genau die Wirkungen, die du beschrieben hast. Deshalb bist du auch auf keinen Fall verantwortlich für das, was passiert ist."

„Sie wollen mich umbringen, Liz."

„Haben sie das gesagt? Hat dich jemand ausdrücklich bedroht?"

„Sie wissen, was ich vorhatte. Irgendwie haben sie es herausbekommen."

„Aber wie denn?" Sie runzelte die Stirn. „Mark, du hattest einen Schock. Man hat dir in dieser Nacht Gott weiß was für einen

Drogencocktail gegeben, der deine Reaktionen beeinträchtigt hat. Und deswegen fühlst du dich immer noch schlecht, körperlich und seelisch. Wenn sie wirklich die Absicht gehabt haben, dich umzubringen, dann hätten sie es bestimmt bei dieser Gelegenheit getan."

„Gott hat mich beschützt, Liz. In dieser Nacht ist er bei mir gewesen. Er hat dafür gesorgt, dass Stephen in den Garten gekommen ist und mich gefunden hat."

Liz wusste nicht, was sie darauf entgegnen sollte. Sie musste sich eingestehen, dass ihr junger Freund ihr Angst einjagte. Das fanatische Leuchten in seinen Augen erinnerte sie an die Art, wie Tara sie in ihrem Büro angeschaut hatte, als sie die Geschichte von der Erscheinung der Gottesmutter im Park der Paradise Christian Church erzählte.

Er beugte sich zu ihr. „Glauben Sie, Liz?"

„Ich glaube, dass du mich nicht anlügst, Mark."

„Ich rede nicht von meiner Geschichte. Was ich meinte ist: Glauben Sie an etwas?"

„Redest du von Gott?" fragte sie. „Sprichst du davon, an Gott zu glauben?"

Mark nickte, während seine Zähne zu klappern begannen. „An den Himmel, an die Hölle und an all ihre Mächte. An den Satan und seine Heerscharen der Dunkelheit, an Jesus Christus und das ewige Licht und an das Versprechen von der Vergebung der Sünden. Er ist das Licht, Liz. Ohne ihn sind wir verdammt."

„Du bist ein wenig durcheinander", murmelte sie und legte die Hand auf seine Stirn. „Es wird alles wieder gut. Es ist ..."

„Nichts wird gut", schrie er unvermittelt und stieß ihre Hand weg. „Sie verstehen überhaupt nichts. Sehen Sie denn nicht, was los ist? Die Schlacht muss jetzt geschlagen werden."

Liz räusperte sich. Sie hatte Angst. „Mark, beruhige dich doch erst einmal. Dann können wir darüber reden, was zu tun ist."

Er griff nach ihrer Hand und packte sie so fest, dass sie zusammenzuckte. „Das Ende des Kampfes steht noch lange nicht fest. Zu viele Menschen halten es für selbstverständlich, dass das Gute gewinnen wird. Darauf können wir uns jedoch nicht verlassen." Er ließ ihre Hand los. „Die Dunkelheit ist mächtig – mächtiger, als wir uns jemals vorgestellt haben."

Plötzlich verlor er die Fassung und schluchzte wie ein Kind. Liz nahm ihn in die Arme und hielt ihn fest, während er weinte. Als sie ein Geräusch hörte, schaute sie auf und sah Stephen, der an der Tür stand und Mark mit einer Mischung aus Mitleid und Sorge betrachtete.

Aber in seinem Blick lag auch Angst. Sie runzelte die Stirn und fragte sich, ob die beiden sich schon vorher gekannt hatten. Die tiefe Anteilnahme im Gesichtsausdruck des Küsters legten die Vermutung nahe. Andererseits erschien es ihr ziemlich unwahrscheinlich.

Stephens Blick wanderte von Mark zu Liz, als ob er ihre Gedanken erraten hätte. Ein paar Sekunden lang schauten sie sich in die Augen. Dann verschwand er aus dem Türrahmen.

Liz richtete ihre Aufmerksamkeit wieder auf Mark, der sich in ihren Armen inzwischen beruhigt hatte. „Geht es dir wieder besser?" fragte sie ihn sanft.

Er nickte und löste sich aus ihrer Umarmung. Schnell wischte er sich über die Wangen und machte den Eindruck, als sei es ihm peinlich, dass er sich in ihrer Gegenwart so hatte gehen lassen.

„Ich kriege es nicht aus meinem Kopf", murmelte er mit tränenerstickter Stimme. „Dieses Monster werde ich einfach nicht mehr los."

Satan. Beelzebub. Der Fürst der Dunkelheit.

Besorgt sah Liz ihn an. Bei manchen Menschen verursachten Drogen wie LSD oder Meskalin fatale Langzeitwirkungen – vorzugsweise bei jenen, die erblich vorbelastet waren oder deren Verfassung besonders anfällig war für psychische Störungen. Das konnten Erlebnisse sein, die niemals verarbeitet worden waren, oder Fälle von Schizophrenie in der Familie. Mitunter brachten Drogen solche Vorfälle, die im Unterbewusstsein verborgen waren, an die Oberfläche. Andere Menschen wiederum verarbeiteten solche Erfahrungen nie, und ihre Wahnvorstellungen mündeten in einen endlosen Horrortrip.

Halluzinationen, in denen es um Christus, den Teufel oder andere Gestalten aus der Religion ging, waren weit verbreitet.

„Ich muss dich ins Krankenhaus bringen, Mark. Du solltest dich untersuchen lassen."

„Nein." Voller Panik sprang er auf. „Sie werden es herausbekommen. Weil sie überall sind. Und sie sehen alles."

Rachel hatte auch davon gesprochen, belauscht zu werden und dass sie allgegenwärtig waren.

Energisch schüttelte Liz den Kopf. Sie wusste nicht mehr, was sie glauben sollte. Entsprachen seine Worte der Realität oder waren sie auf den Drogencocktail zurückzuführen? Schizophrene Menschen hörten oft Stimmen, und sie glaubten sich nicht nur verfolgt, sondern dachten auch, dass sie in Lebensgefahr schwebten.

Sie musste ihn unbedingt zu einem Arzt bringen, denn sie selbst war schließlich keine Medizinerin. Zwar wusste sie, wie Drogen wirkten, kannte sich aber nicht mit den Gegenmitteln aus. Sie machte sich Sorgen um seine Gesundheit, und das sagte sie ihm auch.

„Die werden mich umbringen. Ich weiß, dass sie es tun werden."

Liz wollte gerade sagen, dass die Polizei ihn bewachen würde. Die Worte blieben ihr im Hals stecken. Die Polizei würde ihn nicht schützen. Nach allem, was Rick ihr erzählt hatte, glaubten

Lopez und die anderen Cops, dass Mark Tara umgebracht hatte. Sie waren der Ansicht, dass die Gruppe ‚horned flower' nur in ihrer und Marks Einbildung existierte. Außerdem brauchten sie einen Verdächtigen und hatten beschlossen, dass Mark ihr Mann war.

Sie dachte an Rick. Was glaubte er? Würde er den Jungen der Polizei ausliefern, wenn sie ihm erzählte, dass sie sich mit ihm getroffen hatte?

Vermutlich würde er genau das tun, befürchtete sie. Und das durfte sie auf keinen Fall zulassen.

Sie und Mark waren vollkommen auf sich allein gestellt.

Liz griff nach der Hand des Jungen. „In Ordnung", murmelte sie. „Keine Ärzte und keine Polizei – jedenfalls fürs Erste. Für morgen kann ich dir allerdings nichts versprechen."

36. KAPITEL

Montag, 19. November
2.45 Uhr

Rick saß allein in der leeren Bar. Sein Handy lag neben ihm auf dem Tisch. Libby war vor wenigen Minuten gegangen. Sie hatten abgerechnet, aber Rick war noch nicht in der Lage, nach Hause zu gehen. Er brauchte jetzt etwas Ruhe, um Ordnung in seine Gedanken zu bringen.

Zu viel war in den vergangenen vierundzwanzig Stunden passiert. Er und Liz hatten miteinander geschlafen. Val und Carla waren bei ihm gewesen und hatten ihm eine Menge Fragen gestellt. Bei Daniel hatte er herausgefunden, dass Taras Tätowierung mit der Zeichnung im Tagebuch von Rachel Howard übereinstimmte.

War Mark ein Serienmörder? Der gutmütige, gewissenhafte, streng gläubige Junge, der nie einen Tropfen Alkohol anrührte? Er hatte dem jungen Mann nicht nur vertraut und sich auf ihn verlassen, sondern ihm hatte auch sein Respekt gehört.

Die erfahrenen Kollegen aus seinem Team in Miami hatten es natürlich immer besser gewusst. Sie pflegten ihre Witze darüber zu machen, dass diejenigen, bei denen man es am wenigsten erwarten würde, den meisten Dreck am Stecken hatten. Die Unauffälligsten waren die Schlimmsten. Die Netten, Intelligenten und Wohlerzogenen.

Und die gaben sich nicht mit Kleinkram wie Handtaschenraub und Ladendiebstahl ab; das waren keine Straßenkriminellen. Auf ihr Konto gingen vielmehr die wirklich üblen Sachen. Sie waren Serienkiller oder Drogenbarone. Sie machten Geschäfte, die genau geplant und organisiert werden mussten – und wo viel Geld drinsteckte.

Rick hatte immer wieder erlebt, dass seine Kollegen Recht behalten hatten.

Aber Mark? Sein Gefühl, sein Instinkt, der sich in langen Berufsjahren bei ihm entwickelt hatte, sagten ihm, dass es nicht wahr sein konnte.

Obwohl alle Beweise dagegen sprachen.

Es machte ihm Sorgen, dass Val und Carla glaubten, Mark habe es auf Liz abgesehen. Sein Blick fiel auf das Handy. Er wollte mit Liz telefonieren, um ihre Stimme zu hören und sich zu vergewissern, dass es ihr gut ging.

Warum rief er sie nicht einfach an? Ihre Nummer hatte er vor Stunden bei der Auskunft erfragt und hundert Mal in sein Gerät getippt, jedoch kein einziges Mal auf die Taste „Wählen“ gedrückt.

Er rieb sich die Augen. Weshalb zögerte er? Warum hatte er diesen merkwürdigen Kloß in der Magengrube? Vermutlich das schlechte Gewissen, redete er sich ein. Ihn quälte der Gedanke, Jill betrogen und das Eheversprechen gebrochen zu haben.

Aber Jill war seit mehr als drei Jahren tot.

Nein, korrigierte er sich. Sie war nicht tot. In seinem Herzen lebte sie weiter, und das würde immer so sein.

Obwohl ihn dieser Gedanke in gewisser Weise beruhigte, merkte er, wie seine Kehle sich zuschnürte. Die Umgebung verschwamm vor seinen Augen, und er senkte den Kopf.

Ich liebe dich, Jill. Ich werde dich immer lieben.

Ich liebe dich auch, mein Schatz. Das Leben geht jedoch weiter – auch für dich.

Er glaubte nicht an Geister aus dem Jenseits; er wusste, dass sie nicht zu ihm gesprochen hatte. Aber genau so kam es ihm vor. Er hatte das Gefühl, als sei sie in diesem Moment ganz nahe bei ihm.

Ohne sich länger diesen Überlegungen hinzugeben, griff er nach dem Handy und wählte die Nummer von Liz.

Es läutete sechs Mal; dann schaltete sich der Anrufbeantworter ein. Mit klopfendem Herzen lauschte er ihrer Stimme.

Fieberhaft suchte er nach einer Erklärung. Er redete sich ein, dass sie fest geschlafen und es nicht rechtzeitig geschafft hatte, den Hörer abzunehmen.

Neben ihrem Bett stand ein Apparat. Er hatte ihn selbst gesehen.

„Liz, hier ist Rick.“ Er hörte die Panik in seiner Stimme und versuchte, sich zusammenzunehmen. „Wir müssen uns unterhalten. Ruf mich bitte sofort zurück, egal, wie spät es ist.“

Er nannte ihr die Nummer seines Handys und unterbrach die Verbindung.

Es ging ihr gut. Bestimmt schlief sie. Schließlich war es ja mitten in der Nacht, und da lagen normale Menschen im Bett. Rick erhob sich und klemmte das Handy an seinen Gürtel. Dann räumte er die letzten Sachen beiseite, damit er endlich nach Hause gehen konnte.

Als er damit fertig war, löschte er alle Lampen bis auf die Notbeleuchtung, schaltete die Alarmanlage ein und trat hinaus in die Nacht. Wenn sie ihn brauchte, wusste sie ja, wo sie ihn erreichen konnte. Er würde jetzt nach Hause fahren und sich endlich schlafen legen.

Stattdessen stand Rick kurz darauf vor Liz' Haus. Er stellte seine ‚Nighthawk' vor ihrer Tür ab, schaltete den Motor aus und schaute nach oben in die erste Etage. Irgendwo in der Wohnung brannte noch Licht. Das Vorderfenster war geöffnet, was geradezu einer Einladung an alle Verrückten gleichkam, ins Haus einzubrechen.

Oder zumindest von einem bestimmten Verrückten als Gelegenheit genutzt werden konnte.

Er fluchte leise, weil er das Gefühl nicht loswurde, dass irgendetwas nicht in Ordnung war und sie in unmittelbarer Gefahr schwebte.

Ihm war bewusst, dass er selbst wie ein Verrückter dastehen würde, wenn er sie aus dem Tiefschlaf riss. Trotzdem stieg er vom Motorrad und ging zur Haustür. Zuerst läutete er, dann schlug er mit den Fäusten gegen das Holz, während die Panik in ihm wuchs.

„Liz!" rief er, „ich bin's, Rick!"

Die Sekunden verstrichen. Schließlich wurde ein Riegel zurückgeschoben, und die Tür ging auf.

Liz blinzelte in die Nacht hinaus. Vor lauter Erleichterung bekam Rick fast weiche Knie. „Ich habe mir ziemliche Sorgen um dich gemacht. Du bist nicht ans Telefon gegangen, als ich dich angerufen habe."

Sie sah ihn mit einem merkwürdigen Ausdruck an. „Ich habe den Apparat leise gestellt."

Natürlich. Es gab also doch eine ganz simple Erklärung.

„Wir müssen uns unterhalten. Kann ich hereinkommen?"

Sie bewegte sich nicht von der Tür weg. „Im Moment ist es nicht günstig."

„Es ist aber wichtig."

Sie zögerte und wirkte ein wenig verlegen. „Wenn es um das geht, was heute Abend passiert ist ..."

„Es geht um Mark."

Wortlos machte sie die Tür weit auf.

Rick betrat die Diele. Sie schloss die Tür hinter ihm, bat ihn allerdings nicht nach oben. Entschlossen verschränkte sie die Arme vor der Brust und musterte ihn fast ein wenig feindselig.

Etwas hatte sich verändert in den wenigen Stunden, seitdem sie sich getrennt hatten. Und das sie dazu bewog, ihm gegenüber Distanz zu wahren.

Gedanken an Val und Carla und an Taras Ermordung schossen ihm durch den Kopf. „Habe ich etwas falsch gemacht?" fragte er.

„Überhaupt nicht." Sie fuhr sich mit der Hand durch ihre Frisur, die durcheinander geraten war. „Du hast gesagt, dass du mir etwas von Mark erzählen wolltest."

Er ignorierte ihren offensichtlichen Versuch, das Gespräch von ihrer Beziehung auf ein anderes Thema zu bringen. „Hättest du mich auch dann hereingelassen, wenn ich dir gesagt hätte, dass es darum geht, was heute Abend passiert ist?"

„Ich erwarte überhaupt nichts von dir, Rick. Du brauchst nicht ..."

„Verdammt noch mal, Liz, vielleicht erwarte *ich* ja etwas."

Forschend sah sie ihn an, und ihre Miene veränderte sich kaum merklich. „Oh, ich .... ich weiß nicht, was ich dazu sagen soll."

Frustriert über ihre Reaktion schaute er an die Decke. Dann sah er ihr wieder in die Augen. „Sag irgendetwas, Liz. Ich warte darauf."

Ihr Mund verzog sich zu einem leichten Lächeln. „Na gut. Was willst du denn hören? Hast du bestimmte Vorstellungen?"

„Noch nicht." Er trat einen Schritt näher und nahm ihr Gesicht in die Hände. „Ich mag dich, Liz. Dieser Abend heute mit dir, das war nicht nur ... Ich habe mit anderen Frauen geschlafen, seit Jill ... Aber es hat mir nie etwas bedeutet. Ich brauche ein wenig Zeit, um damit zurechtzukommen. Kannst du damit leben?"

„Damit kann ich sehr gut leben."

Er erwiderte ihr Lächeln und presste seine Lippen auf ihren Mund. Sein Kuss dauerte nicht lange, doch er war besitzergreifend. Als er sich wieder von ihr löste, bemerkte er ihren verträumten Blick.

Das gefiel ihm. Es gefiel ihm sogar sehr.

„Val und Carla waren heute Abend in der Bar."

Sofort war sie wieder auf der Hut. „Was haben sie denn gewollt?"

„Sie lassen nach Mark fahnden. Weil sie glauben, dass er Tara umgebracht hat."

„Das kennen wir doch schon. Sie brauchen unbedingt einen Täter, und deshalb versuchen sie, alle davon zu überzeugen ..."

„Sie glauben, dass er auch Naomi Pearson auf dem Gewissen hat. Angeblich haben sie Beweise gegen ihn, die schwer wiegend genug sind für einen Haftbefehl."

„Das glaube ich nicht."

„Es gibt noch mehr, Liz. Sie vermuten, dass du sein nächstes Opfer sein könntest."

Einen Moment lang schien ihr der Atem zu stocken. Dann schüttelte sie energisch den Kopf. „Das ist absurd."

„Genau das habe ich ihnen auch gesagt. Aber ..."

„Aber was, Rick?" Sie verschränkte wieder die Arme, als wollte sie sich vor seinen Worten schützen. „Vertraust du Mark nicht mehr?"

„Hör zu, Liz. Ich möchte ja auch glauben, dass er es nicht getan hat, doch ich kenne mich gut genug aus, um zu wissen, dass man triftige Beweise für einen Haftbefehl braucht. Sobald jemand festgenommen wurde, läuft die Zeit. Die Polizei muss den Staatsanwalt davon überzeugen, dass sie die Schuld nachweisen kann. Und das ist schwerer, als du denkst."

„Warum liest man denn dann immer wieder in der Zeitung von armen Kerlen, die schon lange im Gefängnis sitzen und erst durch neue Beweise entlastet worden sind?"

„Das System ist nicht vollkommen. Fehler passieren nun mal. Sie sind allerdings die Ausnahme und nicht die Regel."

„Und was ist das für ein schwer wiegender Beweis?"

„Sie wollten es mir nicht sagen."

„Na prima." Sie holte tief Luft. „Ich bin ziemlich müde. Es war eine lange Nacht. Ich glaube, es ist besser, wenn du jetzt gehst."

Er beachtete ihre Aufforderung nicht. „Serienmörder arbeiten auf unterschiedliche Weise. Die meisten beginnen damit, dass sie jemanden umbringen, den sie gut kennen – einen Nachbarn, einen Freund oder Kollegen. Und dann suchen sie sich Fremde."

„Hör auf, mir Angst einzujagen."

„Einige Serientäter suchen sich auch Fremde aus, mit denen sie sich ein wenig anfreunden, ehe sie sie umbringen."

„Jetzt verschwindest du aber."

Sie wollte an ihm vorbeigehen, um die Tür zu öffnen. Er hielt sie zurück. „Diese Freundschaft und das Vertrauen ist ein Anreiz für solche Mörder. Es steigert noch ihre Erregung beim Töten. Gavin Taft hat das so gemacht. Genau das wurde ihm schließlich auch zum Verhängnis. Mark wird es vermutlich ebenso ergehen. Wenn er es denn war."

Als sie nichts erwiderte, sprach er weiter.

„Naomi und Mark haben sich in ihrer Kirche kennen gelernt. Sie waren zusammen in der Bibelstunde. Solche Aktivitäten fördern das Vertrauen enorm."

Sie wirkte am Boden zerstört. „Ich möchte nichts mehr davon hören. Bitte geh jetzt."

„Im Moment versucht er, sich mit dir anzufreunden. Der verängstigte Junge. Das Opfer. Darauf fährst du ab. Du vertraust ihm, weil er dich braucht."

„Hör auf."

Er fasste sie am Arm. „Du vertraust ihm, oder? Das tust du doch, nicht wahr?"

„Warum machst du das?" Sie befreite sich aus seinem Griff. „Weshalb willst du mir auf diese Weise Angst einjagen?"

„Weil ich nicht möchte, dass dir irgendetwas passiert, verdammt noch mal!"

Ihre Miene wurde sanfter. „Mir wird schon nichts passieren. Ich weiß ein paar Dinge, von denen du keine Ahnung hast."

Er hielt den Atem an. „Er hat sich mit dir in Verbindung gesetzt, stimmt's?"

Für den Bruchteil einer Sekunde zögerte sie. Aber es reichte Rick aus, um im Bilde zu sein. „Er wird von der Polizei gesucht, Liz. Wegen Mord. Mach dir das um Himmels willen klar."

„Ich habe nichts mehr von ihm gehört."

„Das glaube ich dir nicht."

„Nun, das ist dein Problem."

Er fluchte und wandte sich enttäuscht von ihr ab. Sie wollte einfach nicht verstehen. Ihr blindes Vertrauen in diesen Jungen konnte sie womöglich das Leben kosten.

Sie trat hinter ihn und legte eine Hand auf seinen Arm. Er schaute auf ihre Hand, dann sah er sie an.

„Danke", sagte sie.

„Wofür?"

„Dass du dir um mich Sorgen machst."

„Vielleicht sollte ich das nicht tun." Er schüttelte ihre Hand ab. „Denn wenn du dich weiter so verantwortungslos verhältst, bist du vielleicht nicht mehr lange da."

37. KAPITEL

Montag, 19. November
Mittag
Carla parkte den Streifenwagen vor der Paradise Christian Church. Dort wartete bereits Pastor Tim auf sie, und sein Gesichtsausdruck verriet Panik.

Kopfschüttelnd stieg sie aus. Eine beliebte Pastorin war verschwunden. Ein Serienmörder schlitzte junge Frauen auf. Ein prominenter Bürger erleichterte seinen Arbeitgeber um eine Million Dollar und stürzte sich anschließend aus dem Fenster. Und jetzt baute sich im Westen der Karibik auch noch ein Tiefdruckgebiet auf, aus dem sich möglicherweise ein schwerer Hurrikan entwickelte. Sie wurde den Eindruck nicht los, dass das Paradies allmählich den Bach herunterging.

Der Geistliche lief ihr entgegen. „Vielen Dank, dass Sie gekommen sind, Detective. Es geht um Stephen, den Küster ... Ich wusste nicht, was ich tun sollte, deshalb habe ich die Polizei verständigt."

„Beruhigen Sie sich", sagte sie. „Erzählen Sie mir, was passiert ist."

Er nickte und legte die Hände zusammen. „Ich hatte Stephen

seit ein oder zwei Tagen nicht mehr gesehen; deshalb habe ich angefangen, mir Sorgen zu machen. Also bin ich in seine Wohnung gegangen, um nach ihm zu schauen. Und da habe ich ..."

Die Stimme versagte ihm. „Kommen Sie mit, ich zeige es Ihnen."

Sie liefen durch den Park an der Kirche vorbei. Carla warf einen raschen Blick auf das Pfarrhaus, dann sah sie das kleinere Gebäude, das dahinter lag.

„Da wohnt er", beantwortete Pastor Tim ihre stumme Frage. „Ursprünglich war es der Schuppen für die Kutsche, dann ein Gerätehaus. Als Stephen aus dem Sanatorium in Miami zurückkam, hat man daraus eine Wohnung gemacht. In dem Heim ist es ihm nicht gut gegangen, und deshalb hat sich die Kirche entschlossen, die Verantwortung für ihn zu übernehmen."

Sie näherten sich der Tür des Häuschens, und Carla sah, dass sie nur angelehnt war. „Stand die Tür schon auf, bevor Sie hineingegangen sind?" wollte sie wissen.

Der Geistliche sah aus, als sei ihm übel. „Nein. Ich habe angeklopft und dann geöffnet. Vielleicht wäre ich besser nicht hineingegangen, doch ich habe mir Sorgen gemacht."

Carla sagte nichts dazu. Sie ging zur Tür und klopfte an. „Polizei. Ist jemand zu Hause?" Niemand antwortete, und sie versuchte es noch einmal. Als wieder keine Reaktion kam, stieß sie die Tür auf und ging ins Haus. Die Einrichtung war schlicht, aber sauber.

Pastor Tim trat neben sie. „Dort ... auf dem Bett", sagte er und deutete mit dem Finger in die Richtung.

Das Doppelbett stand an der rechten Wand unter einem kleinen Fenster ohne Vorhänge. Die babyblaue Tagesdecke sah ebenso verschlissen aus wie der mit pastellfarbenen Blumen bedruckte Bettbezug. Carla trat neben das Bett.

Der helle Bettbezug war über und über mit Blut beschmiert.

Carla starrte auf die unterschiedlich großen Flecken, und für den Bruchteil einer Sekunde verschwamm das Bild vor ihren Augen.

Zweifellos. Es ging alles den Bach herunter.

Soviel zum Thema Paradies.

„Ist es das, was ich vermute ..."

„Ja", erwiderte Carla grimmig. „Bitte bleiben Sie stehen, wo Sie sind. Haben Sie eben irgendetwas angefasst?"

„Nein, ich ..."

„Gut."

„Glauben Sie, dass Stephen ..." Die Stimme des Geistlichen zitterte. „Ich meine, das ist schließlich furchtbar viel Blut. Es ist doch sehr viel, Detective?"

Wenig war es jedenfalls nicht.

Carla dachte an Tara. Aber sie hatte schon mehr gesehen. Sehr viel mehr.

„Sie sagten, dass Sie Stephen seit ein paar Tagen nicht mehr gesehen haben?"

„Ja, das ist richtig."

Carla streifte Gummihandschuhe über und ging in die Hocke. Sorgfältig untersuchte sie das Bett und schlug die Tagesdecke zurück. Das Blut schien ziemlich frisch zu sein. Sie berührte einen großen, unregelmäßig geformten Fleck und stellte fest, dass er noch feucht war.

Dann betrachtete sie den Boden. Eine Blutspur führte vom Bett an das andere Ende des Zimmers zu einer Tür, die in die Wand eingelassen war. Ein blutiger Handabdruck zeichnete sich deutlich auf der hellgelben Wandfarbe ab.

Plötzlich klopfte Carla das Herz bis zum Hals. Sie musste schlucken. „Ist das ein Schrank?"

„Ich glaube ja, doch ich bin mir nicht sicher."

Carla griff nach ihrem Handy, tippte die Nummer des Reviers

ein und forderte Verstärkung an. Sie sollten so schnell wie möglich kommen. Möglicherweise Mord, instruierte sie den Mann an der Zentrale. Dann klappte sie das Handy wieder zu und warf dem Geistlichen einen Blick zu. „Sie sollten besser draußen warten."

„Aber vielleicht braucht Stephen ..."

Ein Stöhnen, das von der anderen Seite der Tür kam, unterbrach ihn. Carla nahm Anlauf und trat die Tür auf. Also doch kein Schrank, schoss es ihr durch den Kopf. Im selben Moment erkannte sie, in welchem Zustand der Mann in dem Zimmer war.

Er war nackt bis auf ein paar blutbeschmierte Boxershorts. Sein ganzer Körper war ebenfalls mit Blut besudelt. Neben seinem Bett lag eine Bibel, aus der einige Seiten gerissen und auf dem Bett und dem Fußboden verstreut worden waren. Er lag mit dem Gesicht nach oben, und Carla bemerkte, dass seine Augen in den Höhlen nach hinten gerollt waren.

„Stephen!" rief Pastor Tim entsetzt. „Um Gottes willen, was ist passiert?"

Der Küster drehte den Kopf. Mit seinem gesunden Auge warf er ihnen einen kurzen Blick zu. Sein Gesicht war angstverzerrt. Dann öffnete er den Mund und gab einen schrecklichen Laut von sich. Er klang wie ein wildes Tier, das Schmerzen hatte. Carla lief es kalt den Rücken hinunter, als sie den Schrei hörte.

Dann entdeckte sie das Messer in seiner Hand. Es war von der Sorte, wie es von Jägern benutzt wurde: die eine Seite der Klinge war glatt, die andere gezackt. Das zwölf Zentimeter lange Blatt war ebenfalls blutverschmiert.

Verdammt! Carla griff nach ihrer Waffe. Doch sie war nicht schnell genug. Mit einem Heulen, das ihr das Blut in den Adern gefrieren ließ, sprang der Küster auf die Füße und griff sie an.

„Passen Sie auf, Pastor!" rief sie und sprang zur Seite, um sie beide zu schützen.

Doch es gelang ihr nicht, die Attacke des Mannes vollkommen abzuwehren. Er erwischte sie bei der Schulter und schleuderte sie an die gegenüberliegende Wand. Sie spürte einen höllischen Schmerz. Als sie ihr Gleichgewicht wiederfand und ihm nachsetzte, schoss ihr der Gedanke durch den Kopf, dass er sie mit seinem Messer möglicherweise verletzt hatte.

„Stehen bleiben!“ schrie sie. „Stehen bleiben, oder ich schieße.“

Er rannte unbeirrt weiter, ohne auf ihre Worte zu achten. Im Unterbewusstsein nahm Carla in der Ferne eine Gruppe von Touristen und ihre angstvollen Schreie wahr. Dann hörte sie die Sirenen. Endlich Verstärkung. Gott sei Dank!

Sie rannte durch den Park, aus dem lautes Geschrei ertönte. Jemand rief um Hilfe. Ein Kind begann zu weinen.

Jetzt hatte sie das Tor erreicht. Stephen lief ziellos hin und her. Das Messer hatte er immer noch in der Hand, und aus seinem entstellten Mund kamen Laute, die mehr nach einem Tier als nach einem Menschen klangen.

Sie rief den Passanten zu, in Deckung zu gehen. Aus den Augenwinkeln sah sie ihre Kollegen, die mit gezogenen Waffen durch den anderen Eingang in den Park stürzten. Von der Duval Street drang das Heulen von weiteren Martinshörnern herüber.

„Stehen bleiben, Stephen!“ Er fuhr herum und sah sie mit einem verzweifelten Gesichtsausdruck an. Dann stürzte er auf sie zu. Sie hob die Waffe und forderte ihn auf, das Messer fallen zu lassen. Da er keine Anstalten machte, sich zu ergeben, wiederholte sie den Befehl.

Er hatte sie fast erreicht, als sie schoss. Die Kugel traf ihn mitten in die Brust. Er schwankte leicht, aber das Geschoss konnte ihn nicht aufhalten.

Mit voller Wucht prallte er gegen sie und warf sie zu Boden.

Wie im Zeitraffer zog ihr Leben an ihr vorbei – eine Serie von grellbunten Bildern voller Enttäuschungen.

Nur Sekundenbruchteile, nachdem sie gestürzt war, standen die Kollegen über ihr und rissen den Küster von ihr weg.

„Alles in Ordnung, Chapman?“ fragte Val.

Sie musste einen Moment nachdenken. Abgesehen davon, dass sie zu Boden geworfen und zu Tode erschreckt worden war, ging es ihr gut. Das sagte sie ihrem Vorgesetzten, und dann deutete sie auf den Küster.

„Ist er ...?“

Ein Polizist schaute zu ihr hoch. „Er lebt.“

„Holt einen Krankenwagen“, rief Val. „Schnell.“

Die nächsten Minuten erlebte sie wie durch einen dichten Nebel. Der Krankenwagen fuhr vor. Ein Fernsehteam traf ein. Die Spurensicherung machte sich an die Arbeit. Sogar der Hauptkommissar war gekommen. Er sprach ihr ein Lob aus, dann stellte er sich den Reportern, die begierig auf ein Statement warteten.

„Das haben Sie gut gemacht, Carla“, murmelte Val. „Wirklich gut.“

Sie fühlte sich zwar überhaupt nicht so, entgegnete aber nichts. Noch nie zuvor hatte sie ihre Waffe benutzen müssen, ganz zu schweigen davon, dass sie bisher auf keinen Menschen geschossen hatte.

Sie sah an sich herunter und musste gegen ein heftiges Ekelgefühl ankämpfen. Ihr ganzer Körper war beschmiert von Stephens Blut. Als sie versuchte, es abzuwischen, merkte sie, dass sie noch immer die Latexhandschuhe trug, die sie vor – wie es ihr schien – unendlich langer Zeit übergestreift hatte.

„Sollen wir uns da drinnen mal umsehen?“

Carla nickte und folgte Val, denn sie wusste, dass er das von ihr erwartete. Sie war zwar ein wenig wacklig auf den Beinen, aber unverletzt. Und sie musste ihren Job erledigen.

Die Kollegen von der Spurensicherung hatten bereits mit der Arbeit begonnen. Einer untersuchte sorgfältig das Bett auf Spuren, ein anderer machte Fotos vom Schauplatz.

Val schaute sie an. „Was ist passiert?“

Carla erzählte es ihm. „Ich war auf dem Weg zum Mittagessen, als ich einen Anruf von der Zentrale bekam. Pastor Tim hatte angerufen. Es sei etwas passiert, hatte er gesagt. Er befürchtete, dass jemand verletzt sei. Man sagte mir, dass er sehr aufgeregt geklungen habe.

Etwa gegen zwölf bin ich hier an der Kirche angekommen. Pastor Tim wartete schon auf mich. Er war tatsächlich ziemlich durcheinander.“

„Wie sehr durcheinander?“

Sie überlegte einen Moment. „Ziemlich daneben. Er hat gezittert.“

Val nickte, und sie fuhr fort: „Er hatte Stephen, den Küster, seit ein paar Tagen nicht mehr gesehen und machte sich Sorgen um ihn. Schließlich war er in seine Wohnung gegangen und hatte Blutspuren auf dem Bett entdeckt. Danach hatte er die Polizei verständigt.“

„Hatte er einen Schlüssel für die Wohnung?“

„Es war nicht abgeschlossen.“ Carla holte tief Luft. „Er hat mich hierhin gebracht. Ich habe das Bett flüchtig untersucht und dann die Blutspur entdeckt. Zuerst dachte ich, dass sie zu einem Schrank führt.“ Sie zeigte mit dem Finger. „Dann habe ich diesen Handabdruck gesehen und Angst gekriegt, dass sich ein Verrückter im Schrank versteckt. Dem Pastor habe ich gesagt, dass er draußen warten soll. Danach habe ich Verstärkung angefordert.“

Val zog die Augenbrauen hoch. „Sie haben jedoch nicht gewartet, bis die Kollegen eingetroffen sind?"

„Nein." Sie sah ihm in die Augen. „Ich hab's vermasselt. Als ich ihn stöhnen hörte, habe ich sofort reagiert. Es hätte ja ein Verletzter sein können, der Hilfe braucht."

„Erzählen Sie weiter." Val ging zur Tür und warf einen Blick in die Kammer.

„Zunächst vermutete ich, dass ich Recht gehabt hätte mit meiner Annahme. Der Küster war voller Blut, und es sah so aus, als hätte er eine Art Schlaganfall."

„Einen Schlaganfall?" murmelte Val stirnrunzelnd. „Wie sind Sie darauf gekommen?"

„Seine Augen waren verdreht, so dass man nur das Weiße sehen konnte." Sie schauderte, als sie sich an den Anblick erinnerte. „Aber als Pastor Tim den Mann beim Namen rief und ihn fragte, was passiert sei, sah es so aus, als hätte ihn das wieder zu sich gebracht. Es war richtig unheimlich."

Bei dieser letzten Bemerkung warf Val ihr einen missbilligenden Blick zu, und sie konzentrierte sich wieder auf die Fakten. „Und dann entdeckte ich das Messer. Ich habe meine Pistole genommen, doch es war schon zu spät. Er bedrohte uns und ist in den Park hinausgelaufen. Den Rest kennen Sie ja."

Val betrat die Kammer. Vor dem Bett ging er in die Hocke, während er sorgfältig darauf achtete, nichts zu berühren. „Seiten aus der Bibel", murmelte er und zeigte auf die Blätter, die auf dem Bett und auf dem Fußboden verstreut lagen. „Das ist ja seltsam."

Er legte den Kopf schräg und versuchte, den Text einer Seite zu lesen. „Das hier ist aus einem Petrus-Brief. Und das aus dem Lukas-Evangelium. Scheint alles aus dem Neuen Testament zu sein."

Er schaute sie an. „Lesen Sie oft in der Bibel?"

„Ich bin katholisch erzogen worden." Sie rieb sich die Arme, die von einer Gänsehaut überzogen waren. „Zur Messe bin ich regelmäßig gegangen und habe gebeichtet. Außerdem war ich immer in der Andacht. Aber mehr auch nicht. Wieso?“

„Weiß nicht.“ Seine Miene wurde nachdenklich. „Ich versuche nur herauszufinden, was das alles zu bedeuten hat.“

Er zog ein Taschentuch aus der Jackentasche, um keine Spuren zu verwischen, und drehte vorsichtig die Bibel um. Leise pfiff er durch die Zähne.

„Das sollten Sie sich mal ansehen.“

Carla trat neben ihren Vorgesetzten und schaute ihm über die Schulter. Auf dem cremefarbenen Ledereinband des Buches stand in goldenen Lettern der Name von Rachel Howard.

38. KAPITEL

Montag, 19. November
15 Uhr

Liz öffnete die Haustür einen Spaltbreit. Draußen standen Valentine Lopez und Carla Chapman. Beide wirkten ziemlich grimmig. Ihr Puls begann zu rasen. *Sie wussten, dass Mark hier gewesen war. Rick hatte ihr Ablenkungsmanöver durchschaut und die Polizei verständigt.*

Was sollte sie jetzt tun?

Sie versuchte, sich ihre Gedanken nicht anmerken zu lassen. „Ja, bitte?“

„Es gibt neue Entwicklungen im Fall Ihrer Schwester“, begann Lieutenant Lopez. „Dürfen wir hereinkommen?“

„Im Fall meiner Schwester?“ wiederholte sie, während sie von Val zu Carla blickte. „Was ...“

„Dürfen wir?“

„Ja, natürlich." Liz zog die Tür auf und trat zur Seite, um die beiden hereinzulassen. Als sie hinter ihnen abschloss, zitterte ihre Hand.

„Haben Sie Besuch, Miss Ames?"

„Ich glaube nicht, dass Sie das etwas angeht." Wieder sah sie von einem zum anderen. „Sie sagten, Sie haben Neuigkeiten über meine Schwester?"

Val schaute seine Kollegin auffordernd an. „Carla?"

Sie nickte und zog ein Buch aus der Segeltuchtasche, die sie bei sich trug. Obwohl sie noch in einem Plastikbeutel steckte, erkannte Liz die Bibel ihrer Schwester sofort.

Carla reichte sie ihr. Die Verpackung raschelte. „Haben Sie das schon mal gesehen?"

Liz starrte das Buch an, auf dessen Ledereinband Spuren zu sehen waren. Blutige Fingerabdrücke. Tränen schnürten ihr die Kehle zu. „Sie gehörte meiner Schwester." Mit der Fingerspitze fuhr sie über Rachels Namen, der in Goldbuchstaben am unteren Rand des Einbands eingeprägt war. „Ich habe sie ihr geschenkt, als sie ..." Liz blickte auf, und die Gesichter verschwammen vor ihren Augen. „Wie ... wo haben Sie die Bibel gefunden?"

„Kennen Sie Stephen St. John? Den alten Küster der Paradise Christian Church?"

„Ja, aber was hat er damit ..."

„Wir haben Grund zu der Annahme, dass er etwas mit dem Verschwinden Ihrer Schwester zu tun hat."

Eiskalt lief es ihr den Rücken hinunter. „Das verstehe ich nicht."

„Detective Chapman ist heute Nachmittag zu einem Einsatz in der Paradise Christian Church gerufen worden. Der Küster hat sie mit einem Messer angegriffen, das nach Aussagen des Gerichtsmediziners als Tatwaffe bei der Ermordung von Tara Mancuso und

Naomi Pearson benutzt wurde. Und in seiner Wohnung haben wir unter anderem die Bibel Ihrer Schwester gefunden."

Liz atmete schwer. „Entschuldigen Sie, ich muss mich setzen."

Langsam schob sie sich an den beiden vorbei zur Treppe und ließ sich auf eine Stufe fallen. Sie legte den Kopf auf die Knie und bemühte sich, tief und regelmäßig zu atmen. Einatmen durch die Nase – ausatmen durch den Mund.

Noch ein Beweis, dass Rachel tot war. Ein weiteres Teil, das zu dem grausamen Puzzle passte.

„Hat Ihre Schwester bei den Gesprächen, die Sie beide miteinander geführt haben, Stephen St. John erwähnt? Entweder namentlich oder in seiner Funktion als Küster?"

Sie schüttelte den Kopf, ohne aufzuschauen.

„Sind Sie sicher?"

„Ja." Jetzt sah sie auf. „Sie könnten mit der Besitzerin von ‚Bikinis et cetera' reden. Die Frau war mit meiner Schwester befreundet ... und hat mir erzählt, dass Rachel sich vor ihm gefürchtet hat. Sie hat ihn einmal dabei erwischt, wie er sie durchs Fenster beobachtete."

Die beiden Polizisten warfen sich einen Blick zu. „Wissen Sie, wie die Frau heißt?" fragte Carla, während sie einen Spiralblock aus ihrer Tasche zog.

„Heather Ferguson."

Carla notierte den Namen. „Hat Tara Mancuso bei den Sitzungen mit Ihnen jemals von dem Küster gesprochen?"

„Nein, nie."

„Haben Sie eine Vorstellung, wie Stephen St. John an die Bibel Ihrer Schwester gekommen sein könnte?"

Sie schüttelte den Kopf.

„Wann haben Sie den Küster hier zum ersten Mal gesehen?" fragte Val.

Sie versuchte sich zu erinnern und ihre Gedanken in Worte zu fassen. „Bei einem meiner Besuche in der Kirche. Ich hatte gerade eine Unterhaltung mit Pastor Tim gehabt .... als Stephen mir den Weg versperrte. Er hat nach meiner Hand gegriffen und mir ziemliche Angst eingejagt. Zum Glück ist Heather Ferguson in diesem Moment vorbeigekommen. Sie hat ihn ausgeschimpft, und er ist weggelaufen. Ist er denn nicht ... harmlos?"

„Das haben wir auch immer gedacht", erwiderte Carla und klappte den Block zu.

Liz fuhr sich über die Arme. „Wollen Sie damit sagen ... Sie glauben, dass Stephen der Mörder von Tara und ..."

Val unterbrach sie. „Vielen Dank, dass Sie unsere Fragen beantwortet haben, Miss Ames."

Carla ging zu ihr hinüber. Mit einem Ausdruck des Bedauerns streckte sie Hand aus. „Es tut mir Leid, aber vorläufig müssen wir die Bibel Ihrer Schwester behalten. Es ist ein Beweisstück."

Liz gab ihr das Buch zurück. Ihr schwindelte. „Beweisstück?" Sie sah zu Carla, dann zu deren Vorgesetzten. „Dann glauben Sie also, dass Rachel ... Stephen hat ..."

Ihre Stimme verlor sich. Die Miene des Lieutenants wurde verständnisvoller. „In Anbetracht dieser neuen Entwicklungen habe ich beschlossen, die Untersuchungen im Fall ihrer verschwundenen Schwester wieder aufzunehmen. Es sieht so aus, als hätten Sie doch Recht gehabt. Wir gehen jetzt auch davon aus, dass Pastorin Howard etwas zugestoßen sein könnte."

Ein verzweifelter Laut entrang sich ihren Lippen. *Recht behalten wollte sie überhaupt nicht. Sie wollte ihre Schwester.*

„Miss Ames?"

Mit Tränen in den Augen schaute sie hoch. „Ja?"

„Miss Ames, wissen Sie, ob Mark Morgan und Stephen St. John sich kannten?"

„Wie bitte?"

„Mark Morgan und Stephen St. John – haben sie sich gekannt?"

„Ich weiß nicht ... ich bin nicht ..." Hilflos schaute sie die beiden an, während sie versuchte, sich über all das, was sie ihr gerade gesagt und angedeutet hatten, Klarheit zu verschaffen. Dabei hatte sie mit ihren eigenen Gedanken und Gefühlen schon genug zu tun. Wem sollte sie glauben? Wem konnte sie vertrauen?

„Das ist wohl kein günstiger Zeitpunkt", murmelte Val. „Wenn Ihnen noch etwas einfällt, das uns helfen könnte, dann rufen Sie mich bitte an."

Sie gingen alleine hinaus. Noch lange, nachdem sie fort waren, blieb sie sitzen und starrte ins Leere. Dann erhob sie sich langsam, ging zur Tür und verschloss sie. Auf einmal fühlte sie sich vollkommen erledigt. Sie zitterte am ganzen Körper, und ihre Nerven waren zum Zerreißen gespannt.

Am liebsten wäre sie ins Bett gegangen, hätte sich die Decke über den Kopf gezogen und tief und fest geschlafen. So lange, bis dieser Albtraum endlich zu Ende war. Und wenn sie wieder aufwachte, wäre Rachel noch am Leben und alles, was von der ganzen Angelegenheit übrig blieb, wäre eine verschwommene, unliebsame Erinnerung.

Sie schluckte ein paar Mal und drehte sich um.

Mark stand am oberen Treppenabsatz. Ihre Blicke trafen sich, und sie empfand Angst.

„Sie lassen nach Mark fahnden. Weil sie glauben, dass er Tara umgebracht hat. Und sie vermuten, dass du sein nächstes Opfer sein könntest."

„Wissen Sie, ob Mark Morgan und Stephen St. John sich kannten?"

„Ich habe sie gehört." Er ballte die Hände. „Aber es ist nicht wahr. Stephen würde niemandem etwas zu Leide tun. Er ist gutmütig. Der gutmütigste Mensch, den ich kenne."

Wem sollte sie glauben? Wem konnte sie vertrauen?

Er runzelte die Stirn. „Warum sehen Sie mich so an?"

„Ich ... das tue ich doch gar nicht ..." Kopfschüttelnd stieg sie die Treppe hinauf. „Ich bin erschöpft, Mark. Jetzt kann ich nicht darüber reden."

„Die haben genau gewusst, was sie Ihnen damit antun", rief er. „Die Cops versuchen, Sie fertig zu machen. Die Polizei will Sie verunsichern, damit Sie keinem mehr glauben – nicht einmal sich selbst."

Sie stand auf der obersten Treppenstufe und sah ihm direkt in die Augen. „Wem soll ich denn glauben, Mark? Dir? Oder der Polizei?"

„Mir." Seine Stimme klang flehend. „Sie können mir vertrauen. Ich würde Sie nicht anlügen."

„Jetzt versucht er, sich mit dir anzufreunden. Der verängstigte Junge. Das Opfer. Darauf fährst du ab. Du vertraust ihm, weil er dich braucht."

„Bitte, Liz", bettelte er. „Stephen ist mein Freund. Er ist unschuldig wie ein Kind. Wenn Sie ihm in die Augen sehen, werden Sie es spüren. Er wäre gar nicht in der Lage, sich die Taten auszudenken, die sie ihm anhängen wollen."

„Woher willst du das wissen?" Sie ließ das Treppengeländer los und sah ihn zornig an. „Ich bin Familientherapeutin, ich habe jeden Tag mit verletzten Seelen zu tun. Das, was Stephen an Misshandlungen erlebt hat, kann einen Menschen zerstören. Bisweilen auf schreckliche, Furcht einflößende Weise. Und manchmal wollen sie, dass auch andere ihren Zorn und ihre Schmerzen zu spüren bekommen."

„Aber nicht Stephen."

Liz bedeckte die Augen mit den Händen. Auf einmal hatte sie rasende Kopfschmerzen. „Die Bibel meiner Schwester war in seiner Wohnung."

„Was beweist das schon? Vielleicht hat sie ihm das Buch geschenkt."

„Du hast es nicht gesehen. Es war voller Blut. Sie sagten, er hätte ein Messer gehabt. Genau so eines wie das, mit dem Tara ermordet worden ist."

„Und was ist mit Pastor Tim? Er könnte das Messer in seiner Wohnung versteckt haben."

Liz sah an ihm vorbei, und er packte ihren Arm. Eine Gänsehaut lief ihr den Rücken hinunter. „Tara konnte Pastor Tim nicht leiden. Sie sagte, es sei etwas Unheimliches an ihm und dass sie ihn einmal bei einer Lüge erwischt hat. Und manchmal hätte er sie auch so seltsam angeschaut, dass sie Angst vor ihm bekam."

„Lass mich los."

„Er könnte das Messer dorthin gelegt haben, Liz, genauso wie die Bibel, um Stephen zu belasten und den Verdacht von sich zu lenken. Er wohnt doch auch da und hat jederzeit freien Zugang zum Park, zum Pfarrhaus und zu Stephens Wohnung."

„Ich sagte, lass mich los." Verstört löste sie sich aus seinem Griff. Das Hämmern in ihrem Kopf wurde unerträglich. „Er hat eine Polizistin angegriffen, Mark. Hast du dafür auch eine Erklärung? Ja?"

Seine Widerstandskraft schien zu erlahmen. Plötzlich sah er nur noch sehr jung und sehr verletzlich aus.

Sie legte ihre Hand auf seine Schulter. „Wir werden es herausfinden, das verspreche ich dir. Jetzt muss ich erst einmal eine Kopfschmerztablette nehmen und mich ein wenig hinlegen. Bitte!"

Er nickte, ohne sie anzusehen.

Aufmunternd drückte sie seine Schulter. Dann ging sie in ihr

Schlafzimmer. Sie spürte seinen Blick auf ihrem Rücken, schloss die Tür und wollte ins Bett gehen. Doch dann blieb sie stehen und drehte sich um.

Nach kurzem Zögern lief sie zurück und drehte den Schlüssel um.

39. KAPITEL

Montag, 19. November
17 Uhr
Carla blieb vor Ricks Island Hideaway stehen, da sie hoffte, ihn in der Bar anzutreffen. Sie musste unbedingt mit ihm reden. Er sollte ihr versichern, dass alles wieder gut werden würde und sie das Richtige getan hatte.

Denn sie wurde das Gefühl nicht los, alles falsch gemacht zu haben.

Als sie sich kurz umsah, wirkte sie zweifellos genauso schuldbewusst, wie sie sich fühlte. Dann ließ sie die flirrende Hitze hinter sich und betrat das kühle und dämmrige Lokal. Etwa ein halbes Dutzend Gäste saßen an den Tischen: ein Liebespaar weit hinten in der Ecke, zwei Singles, die am jeweiligen Ende der Bar saßen, und zwei Touristen, die offensichtlich von keinerlei Sorgen geplagt wurden.

Rick straffte die Schultern, als er sie sah. *Er hatte es also schon erfahren.* Das überraschte sie nicht. Auf der kleinen Insel verbreiteten sich sämtliche Neuigkeiten sehr schnell, und bei seiner Arbeit bekam Rick fast alles mit.

Natürlich beschränkten sich die offiziellen Verlautbarungen auf das Nötigste. Der Küster der Paradise Christian Church war durchgedreht und hatte eine Besuchergruppe mit einem Messer bedroht. Deshalb war Detective Carla Chapman vom Polizeirevier in Key West gezwungen gewesen, von der Schusswaffe Gebrauch zu machen. Der Zustand des Küsters war kritisch.

Alle anderen Informationen hatten Val und der Polizeichef zurückgehalten. Bis jetzt.

„Geht's dir gut?" fragte Rick, als sie auf einem Barhocker vor ihm Platz nahm.

„Ich fühle mich total beschissen. Aber ansonsten geht's mir gut, vielen Dank."

Er stellte ein Bier vor sie hin. „Egal, unter welchen Umständen man auf einen anderen Menschen schießen muss – man fühlt sich immer beschissen."

Sie lächelte flüchtig und nahm einen Schluck Bier, obwohl sie streng genommen noch im Dienst war. „Den ganzen Nachmittag über haben mir alle vom Chef bis runter zum Streifenpolizist auf die Schulter geklopft. Es kommt mir so verlogen vor."

Er zog die Augenbrauen hoch, und Carla spürte, wie sie rot wurde. Rasch wandte sie den Blick ab. Sie konnte sich das Bild von Stephen, der sich auf sie stürzte, nicht aus dem Kopf schlagen. Da war etwas in seinem Gesichtsausdruck gewesen, das ihr zu schaffen machte. Hatte er sie wirklich angreifen, sogar töten wollen? Oder hatte er nur panisch reagiert wie ein Tier, das sich in die Enge getrieben fühlte?

„Möchtest du darüber reden?"

Sie sollte das Angebot besser ablehnen. Nur hier sitzen, ihr Bier trinken und Ricks tröstliche Gegenwart genießen. Mörderische Wut, dachte sie. Das war es, was sie in seinen Augen gesehen hatte. Er war auf sie losgegangen wie ein tollwütiger Hund, mit Schaum vor dem Mund und blutunterlaufenen Augen. Weder hilflose Furcht noch Verzweiflung hatten ihn angetrieben.

Sie bemerkte Ricks teilnahmsvollen Blick. „Ja“, murmelte sie. „Ich glaube, das möchte ich.“

Mit leiser Stimme erzählte sie ihm die ganze Geschichte, angefangen von Pastor Tims Anruf bis zu dem Moment, wo sie die Pistole abgedrückt hatte. Dabei ließ sie sämtliche Einzelheiten aus, die eine Verbindung herstellten zwischen Stephen und den Morden an Tara und Naomi.

„Hört sich nach einem perfekten Schuss an. Wie aus dem Lehrbuch.“

„Da bin ich mir nicht so ...“ Carla schüttelte den Kopf und verschluckte das letzte Wort. Denn sie war sich wirklich nicht sicher. Sie fragte sich, ob sie ihn nicht doch hätte überwältigen können. Denn mittlerweile bezweifelte sie ernsthaft, dass er sie wirklich hatte töten wollen.

„Du bist doch hier aufgewachsen“, meinte sie. „Was weißt du über ihn?“

„Nicht viel. Er ist als Kind misshandelt worden, und die Kirche kümmert sich um ihn. Als wir klein waren, haben wir uns Geschichten über ihn erzählt, weil er anders war und so Furcht erregend aussah.“

„Was für Geschichten?“

„Zum Beispiel, dass er seine ganze Familie umgebracht hat, die Polizei es aber nicht beweisen konnte, weil die Leichen nie gefunden wurden. Es ging das Gerücht, dass er sie in kleine Stücke geschnitten und ins Meer geworfen hat. Dummes Kindergeschwätz eben.“

„Bist du da ganz sicher? War es wirklich nur Kindergeschwätz?“ Sie beugte sich vor. „Hast du schon mal gehört, ob er jemanden bedroht hat?“

„Soweit ich weiß, nein. Warum?“

Sie antwortete nicht sofort. Wenn sie Einzelheiten über die Ermittlungen preisgab, konnte das ihre Suspendierung zur Folge haben.

So, wie sie sich im Moment fühlte, erschien ihr diese Aussicht allerdings gar nicht einmal so schlimm.

„Möglicherweise war er es." Sie schaute zum anderen Ende der Bar und senkte die Stimme. „Er hat sich Dinge auf den Körper geritzt. Genauso wie sie bei Tara und Naomi gefunden wurden. Auf seinem Körper und seinen Schenkeln waren merkwürdige Zeichen."

Rick wurde hellwach. „Erzähl weiter."

„Wir glauben, es könnten Sätze aus der Bibel sein."

Der Mann, der rechts von ihr am Ende der Bar saß, erhob sich, verabschiedete sich von Rick und ging hinaus.

Nach ein paar Sekunden fuhr sie fort: „Er hat Seiten aus der Bibel herausgerissen. Und als wir ihn fanden, hatte er das Messer in den Fingern. Überall war Blut. Die Seiten lagen verstreut um ihn herum. So als ob er gerade dabei wäre, sich die Wörter aus der Bibel in die Haut zu ritzen."

Rick warf seinen Gästen einen Blick zu, dann konzentrierte er sich wieder auf Carla. „Und das Messer ist das gleiche, mit dem auch die beiden Opfer malträtiert wurden, habe ich Recht?"

„Ja. Woher weißt du das?"

„Weil er ansonsten nichts als ein durchgeknallter Typ wäre, der sich selbst Verletzungen zufügt." Ricks Augen wurden schmal. „Was sagt denn Val dazu?"

„Dass wir eine heiße Spur haben."

„Und was glaubst du?"

Carla hatte bisher nie eine andere Meinung als ihr Boss gehabt. Vielleicht war sie deshalb hier. Sie hatte Fragen, die sie sich selbst nicht zu beantworten traute und hoffte deshalb auf Ricks Unterstützung.

„Ich weiß es nicht.“

Er beugte sich zu ihr. „Natürlich weißt du das, Carla. Also, was denkst *du*?

„Ich brauche deine Hilfe.“

„Du weißt, dass ich nicht zum Team gehöre.“

„Ich wünschte, du würdest es. Da ist etwas ...“ Sie fluchte leise und stand auf. „Ich muss los.“

Er griff nach ihrer Hand. „Sei doch mal ein bisschen selbstbewusster. Wie ist deine Meinung? Irgendetwas hat dich doch heute Abend hierher getrieben, etwas, bei dem ich dir helfen soll.“

Sie senkte den Blick und schaute auf die Hand, die ihre festhielt. In diesem Moment erhoffte sie sich nichts sehnlicher, als dass er sie in die Arme nehmen würde. Sie wünschte es sich so sehr, dass ihr fast der Atem wegblieb. Als das Gefühl nachließ, setzte sie sich wieder auf den Hocker. „Na schön. Also ich glaube, da passt irgendetwas nicht zusammen. Ich habe immer gehört, dass dieser Stephen den Verstand eines Kindes hat. Als ob er einen Gehirnschaden hätte oder so etwas Ähnliches. Aber was für ein Kind muss das sein, dass Tara und Naomi so etwas antut?“

„Er ist kein Kind“, antwortete er, indem er die Rolle des Gegenspielers übernahm. „Sondern ein erwachsener Mensch.“

„Das weiß ich ...“ Sie massierte sich die Schläfen.

„Aber was?“

Sie verwünschte die Erinnerung an Stephens Blick und den Ausdruck in dessen Augen. „Ich habe das Gefühl, dass da etwas nicht stimmt. Ich habe ihm in die Augen gesehen und ...“

Einer der Touristen machte Rick ein Handzeichen, und er nickte zum Tisch hinüber. Dann sah er Carla wieder an. „Behalt den Gedanken im Kopf. Die wollen was von mir.“

Sie beobachtete, wie Rick die Rechnung schrieb, dem Liebespaar eine weitere Runde servierte und den alten Pete vom Barhocker holte und ihn freundlich, doch nachdrücklich zur Tür hinausbeförderte.

„Ich halte dich von deiner Kundschaft ab", meinte Carla, als er zurückkam. „Tut mir Leid."

Er warf ihr ein rasches, aber atemberaubendes Lächeln zu. „Welche Kundschaft? Montags ist so gut wie nichts los. Die Touristen von vergangener Woche sind wieder nach Hause gefahren, die meisten, die diese Woche kommen, sind noch nicht hier, und die Leute aus dem Ort müssen sich erst wieder an den Alltagstrott gewöhnen." Wieder lächelte er. „Ich bin froh, dass du gekommen bist."

Ihr Herz schlug ein wenig schneller. Es war gut, bei ihm zu sein.

„Ich glaube, ich habe ziemlich viele Fragen. Wie kommt es zum Beispiel, dass ein Mann, der noch nie jemandem ein Haar gekrümmt hat, plötzlich eine Reihe von brutalen Morden begeht? Solche Gewaltausbrüche haben doch gewöhnlich immer eine Vorgeschichte. Tierquälerei beispielsweise. Oder eine krankhafte Faszination am Tod. Irgendwas in der Art. Doch alle, mit denen wir gesprochen haben, sagten einstimmig, dass er noch nie einer Fliege was zu Leide getan hat."

„Vielleicht irren sie sich ja. Stephen ist ein merkwürdiger Typ, Carla. Er lebt allein. Hat mit niemandem Kontakt."

„Ich weiß." Sie nahm das Bierglas zur Hand, stellte es aber wieder hin, ohne einen Schluck zu trinken. Stattdessen sah sie ihn bekümmert an. „Heute hasse ich meinen Job wirklich. Ich will ihn nicht mehr. Du kannst ihn haben, Rick."

Er legte seine Hand auf die ihre. „Er hat dich mit einem Messer angegriffen, Carla. Du hast dich nur verteidigt. Vielleicht hätte er dich sonst umgebracht."

Als sie die Augen fest schloss, ging ihr wieder Stephens Bild durch den Kopf. Sie hörte seinen verängstigten Schrei. Sah das Entsetzen in seinem Blick.

Sie zwang sich, nicht länger daran zu denken. *Er wollte sie verletzen. Es war vollkommen gerechtfertigt, ihn niederzuschießen.*

Er war der Täter.

Rick ließ ihre Hand los.

„Die Gelegenheit hatte er", murmelte sie. „Daran besteht kein Zweifel. Solche Mörder verlassen ihre vertraute Umgebung kaum. Tara wurde ermordet neben der Paradise Christian Church gefunden, Rachel Howard ist dort zuletzt gesehen worden ..."

„Rachel Howard? Was hat die denn damit zu tun?"

„St. John hatte ihre Bibel. Val hat seine Meinung über ihr Verschwinden geändert. Er glaubt, dass sie möglicherweise sein erstes Opfer war."

40. KAPITEL

Montag, 19. November
20 Uhr

„Rachel!"

Liz fuhr aus dem Schlaf hoch und schaute sich verwirrt in dem dunklen Zimmer um. Sie hatte von ihrer Schwester geträumt, die nach ihr gerufen hatte. Sie war allein und eingesperrt in einem stickigen Verschlag. Und sie war dem Tode nahe.

Mit einem Schaudern stieg Liz aus dem Bett. Ein Blick auf den Wecker sagte ihr, dass es zwanzig Uhr war. Sie schloss die Schlafzimmertür auf und ging in den Korridor. Die Wohnung war dunkel; kein Geräusch war zu hören.

„Mark", rief sie leise. „Ich bin wieder wach."

Alles blieb still. Nachdenklich schaltete sie das Licht im Flur an, ging hinüber zum anderen Schlafzimmer und klopfte an die verschlossene Tür. „Mark, bist du da drin?“

Er gab keine Antwort. Sie drehte am Knauf. Die Tür gab sofort nach. Vorsichtig schaute sie in das dunkle Zimmer.

„Mark?“ Sie tastete nach dem Schalter und drehte das Licht an. Der Raum war leer.

Sie hatten ihn geholt, während sie geschlafen hatte.

Liz schüttelte den Kopf. Woher hätten sie seinen Aufenthaltsort kennen sollen? Und wie hätten sie ins Haus kommen können, ohne dass sie es bemerkt hätte? Wenn er nicht hier war, dann war er ausgegangen. Wahrscheinlich hatte er ihr eine Nachricht hinterlassen.

Sie trat in das Zimmer. Das Bett war gemacht, die Tagesdecke an den Kanten eingeschlagen, die Kissen waren ordentlich gerichtet. Sie ging zum Schrank, öffnete ihn und schaute hinein.

Leer. Wie sie es erwartet hatte.

Liz schloss die Schranktür und verließ das Zimmer. Plötzlich blieb sie wie angewurzelt stehen und schaute auf das Bett. Die Stelle, wo die Rüschenkante der Tagesdecke auf den Holzboden stieß, erregte ihre Aufmerksamkeit. Der naturfarbene Stoff war zurückgeschlagen. Es sah aus, als hätte ihn jemand hochgehoben.

Damit jemand unter das Bett kriechen und sich dort verstecken konnte.

Einen Moment lang stockte Liz der Atem. Dann schalt sie sich eine Närrin. Sie schluckte ein paar Mal, ging zum Bett, bückte sich und schaute darunter.

Nichts. Natürlich. Was hatte sie denn zu finden geglaubt? Den Buhmann, der sich unter dem Bett verbarg? Mark, der sie wie ein zurückgebliebener Sechsjähriger angrinsen würde? Eine Leiche?

Mark war ausgegangen. Bestimmt hatte er ihr eine Nachricht hinterlassen; sie lag vermutlich auf dem Küchentisch. Unwillkürlich musste sie über sich selbst lachen. Sie täte besser daran, sich zusammenzureißen, sonst landete sie womöglich noch in einer geschlossenen Anstalt.

Beim Hinausgehen knipste Liz das Licht aus. Sie lächelte immer noch über sich, als sie die Küche betrat und die Deckenlampe einschaltete. Wie angewurzelt blieb sie stehen. Mitten in einer dunklen Pfütze auf dem kleinen Küchentisch stand eine verschlossene Kaffeedose. Dieselbe dunkle Flüssigkeit klebte offensichtlich an der Dose, und schmale Bäche liefen in alle Richtungen über die Tischplatte.

Liz starrte auf die Dose. Sie erkannte die Kaffeemarke. Es war die gleiche, die ihre Mutter immer gekauft hatte. Sie wusste gar nicht, dass Kaffee immer noch in dieser Form verkauft wurde: gemahlen und in Fünf-Pfund-Blechdosen. Als sie und Rachel noch klein waren, hatten sie die Dosen immer in einer Reihe aufgestellt. Sie hatten sie als Häuser für Schmetterlinge und Hotels für Käfer benutzt, allerdings nicht ohne Schlitze in die Plastikverschlüsse zu machen, damit die gefangenen Kreaturen atmen konnten.

Mit zitternden Fingern griff Liz sich an den Mund. Langsam ging sie auf den Tisch zu. Die Flecken auf der Dose waren rot – ebenso tiefrot wie die Pfütze. Es war Blut.

Ein scharrendes Geräusch drang aus der Dose. Als sie danach griff, hatte sie das Gefühl, diese Szene schon einmal erlebt zu haben. Langsam öffnete sie den Plastikdeckel und schaute hinein.

Das Tier hatte die Zähne gebleckt und starrte sie mit seinen schwarzen Knopfaugen an.

Als sie entsetzt zurücksprang, rutschte ihr die Dose aus den Fingern und landete auf dem Tisch. Sie rollte über die Platte und fiel zu Boden. Blut ergoss sich über das Linoleum, und die Ratte kroch heraus.

Kaum hatte sie die Dose verlassen, blieb sie liegen. Ihr Brustkorb hob und senkte sich. Lange würde sie nicht mehr leben.

Liz zitterte am ganzen Körper. Die Ratte in einer Dose. Die Schwester in einem Verschlag.

Langsam starb die Ratte.

Langsam starb ihre Schwester.

Die Sätze hallten in ihren Gedanken wider wie ein Kinderlied, dessen Worte durcheinander geraten waren. Schritt für Schritt näherte sie sich der Tür. In diesem Moment klingelte es unten. Liz drehte sich um. Zuerst zögerte sie, dann hastete sie zur Treppe, stürzte hinunter und riss die Tür auf.

Vor ihr stand Rick.

Mit einem Schrei lief sie ihm entgegen.

Er schloss die Arme um sie. „Du zitterst ja."

Sie lehnte den Kopf an seine Brust und zog ihn fester an sich.

Mark war verschwunden. Rachel war tot.

Und sie war die Nächste.

Nach einer Weile sagte er leise: „Ich habe gehört, was mit Stephen passiert ist. Und dass er die Bibel deiner Schwester hatte." Er legte die Fingerspitzen unter ihr Kinn und hob ihren Kopf, so dass er ihr in die Augen sehen konnte. „Ich weiß, was das bedeuten kann, Liz. Es tut mir so Leid."

Von ihren Gefühlen überwältigt, bekam sie kein Wort heraus, und Tränen traten ihr in die Augen.

„Es tut mir so furchtbar Leid." Er nahm ihr Gesicht in seine Hände und drückte seine Lippen auf ihren Mund. Sein Kuss war sanft und süß. Dann legte er seine Stirn gegen die ihre. „Es ist so schrecklich."

Sie nahm eine Bewegung hinter ihm wahr. Jemand ging vorbei und schaute zu ihnen hin.

Neugierig. Eindringlich.

Ihr blieb das Herz stehen. Sie griff nach Ricks Hand und zog ihn in die Diele. Ohne ihn loszulassen, warf sie die Tür ins Schloss und drehte den Schlüssel herum.

Sie legte einen Finger auf die Lippen und führte ihn nach oben. Als er das Licht einschalten wollte, hielt sie ihn davon ab. „Noch nicht. Jemand könnte uns beobachten." Schnell ging sie zum Fenster, das zur Straße lag, und zog die Vorhänge zu; anschließend tat sie das Gleiche mit dem Seitenfenster nachdem sie einen verängstigten Blick nach draußen geworfen hatte.

Jetzt erst schaltete sie eine Lampe an. Das sanfte Licht ließ seine Gesichtszüge weich und die Falten auf seiner Stirn nicht ganz so tief erscheinen.

„Was geht hier eigentlich vor?"

Liz legte die Hand vor den Mund, und er sah, dass sie zitterte. Sie merkte, dass sie kurz davor stand, die Nerven zu verlieren, und das machte ihr Angst. Es durfte nicht passieren. Nicht noch einmal.

„Ich muss dir etwas zeigen."

Sie führte ihn in die Küche. Die Ratte hatte sich nicht vom Fleck bewegt. Wahrscheinlich war sie eingegangen, weil sie nicht mehr atmen konnte oder unter Schock stand. Vielleicht war sie aber auch in ihrem eigenen Blut ertrunken.

„Um Himmels willen, Liz!" Rick ging zu dem Tier und betrachtete es, ohne es zu berühren. „Wer war das?"

„Nach dem Besuch von Lieutenant Lopez war ich furchtbar müde. Ich hatte auch schreckliche Kopfschmerzen. Deshalb habe ich mich hingelegt. Und als ich wieder aufwachte, war er ... weg. Ich dachte, er hätte vielleicht eine Nachricht hinterlassen, und deshalb bin ich ..." Sie räusperte sich. „Ich habe die Kaffeedose gesehen und die ... sie lebte noch."

„Wer, Liz? Wer war weg?"

Ihr Blick wanderte von der Ratte zu Rick. „Wir müssen uns unterhalten."

„Verdammt noch mal, wer hat das getan?"

„Diese Gruppe, ‚horned flower'." Liz ging zur Spüle und holte aus dem Schrank darunter ein Paar Gummihandschuhe und ein Reinigungsmittel. Sie streifte sich die Handschuhe über und riss ein paar Blätter von der Papierrolle, die in einem Drahtkorb an der Wand hing. Dann sah sie Rick an. An seiner Miene konnte sie erkennen, dass er glaubte, sie habe den Verstand verloren. „Mark war hier, Rick. Und jetzt haben sie ihn geholt."

41. KAPITEL

Montag, 19. November
20.20 Uhr

Liz sagte kein Wort mehr, bis sie alles gesäubert und den Kadaver entsorgt hatte. Rick drängte sie zwar, alles stehen und liegen zu lassen und sofort die Polizei anzurufen, doch sie weigerte sich standhaft. Was sollte sie denn erzählen, wollte sie von ihm wissen. Sie hatte einen Mann bei sich versteckt gehalten, gegen den ein Haftbefehl vorlag. Und sie vermutete, dass Mitglieder einer obskuren Vereinigung in ihre Wohnung eingebrochen waren, den Mann entführt und dieses nette Souvenir hinterlassen hatten, während sie friedlich schlummerte.

Klar, hatte sie ironisch hinzugefügt, Valentine Lopez wäre bestimmt entzückt gewesen, diese Geschichte zu hören. Er hätte sie verhaftet, noch ehe sie ihren Bericht zu Ende gebracht hätte. Die einzige Frage war, ob er sie in eine Zelle oder in die Irrenanstalt stecken würde.

Rick ließ sie nicht aus den Augen. Sie hatte sich in eine Ecke ihres Sofas gekauert und die Knie an die Brust gepresst. Ihm war klar, dass er sich entscheiden musste. Welcher Seite sollte er sein Vertrauen schenken? Val und dem Polizeirevier? Oder Liz und ihrer abstrusen Geschichte?

Sie sah ihn an, als ob sie seine Gedanken lesen könnte. „Du musst mir glauben, Rick. Ich brauche deine Unterstützung."

„Mark wird von der Polizei gesucht, Liz. Wegen Mord. Sie glauben, er könnte dir etwas antun. Wie, um Himmels willen, bist du bloß auf die Idee gekommen, ihn bei dir aufzunehmen?"

„Versprichst du mir, objektiv zu bleiben, wenn ich dir alles erzähle?"

Er zögerte einen Moment, ehe er sich einverstanden erklärte. „Aber mehr kann ich dir nicht versprechen. Das verstehst du doch, oder? Und du verstehst hoffentlich auch, wie verrückt mir das alles vorkommt?"

„Ich weiß. In letzter Zeit habe ich selber geglaubt, kurz vorm Überschnappen zu sein. Dann legt mir jemand eine blutige Ratte in die Küche, und ich merke, dass meine Fantasie doch nicht mit mir durchgegangen ist."

„Erzähl mir jetzt alles."

Wie um sich selbst zu ermutigen, holte sie noch einmal tief Luft. Dann begann sie mit ihrem Bericht. Sie war aufgewacht, und Stephen stand in ihrer Wohnung. Er hatte sie zu seinem Schuppen neben der Paradise Christian Church geführt, in dem Mark sich versteckt hielt.

Sie sah Rick in die Augen. „Er hat ihn neben der Parkmauer gefunden. Bewusstlos."

„Neben der Parkmauer ..."

„Es war die gleiche Stelle, an der Tara gefunden wurde."

„Um Himmels willen, das sieht gar nicht gut aus. Wenn die Polizei ihn dort entdeckt hätte ..."

„Wäre dies als weiterer Beweis gegen ihn benutzt worden. Genau darauf hatten sie es ja abgesehen."

Dann kam sie zu dem unheimlichen Teil ihrer Geschichte und erzählte ihm von Marks Erlebnissen mit der Vereinigung ‚horned flower'. Deren Mitglieder hatten ihm eine Augenbinde umgelegt, ihn unter Drogen gesetzt und ihn an einen unbekannten Ort gefahren, wo schon viele Leute auf ihn warteten. „Dort haben sie ihm noch mehr Drogen eingeflößt, die er aus einer Art Kelch trinken musste. Erst dann haben sie ihm die Binde abgenommen."

Rick lehnte sich nach vorne. „Und? Hat er einige von den anderen Teenagern erkannt?"

„Sie trugen Masken." Liz räusperte sich, ehe sie fortfuhr und erzählte, dass Mark das Gefühl gehabt hatte, regelrecht verschlungen zu werden. Die anderen hatten ihn auf einen Altar gelegt und sexuelle Handlungen an ihm vorgenommen. Und er hätte einen unendlich langen Orgasmus gehabt.

„Er hat wirres Zeug geredet, Rick. Über das Gute und das Böse und den Kampf zwischen den beiden Mächten. Und er hat von dem Monster gesprochen."

„Welches Monster?"

„Der Teufel", antwortete sie leise. „Marks Gedanken kreisten nur noch um dieses Erlebnis. Er behauptete, sie hätten ihn töten wollen und seien in seine Seele eingedrungen. Und dass er das Monster nicht mehr loswerden konnte."

Für einen Moment legte sie den Kopf auf die Knie, dann schaute sie wieder zu ihm auf. „Ich mache mir wirklich Sorgen um ihn. Die Drogen, die er nehmen musste – was immer das gewesen sein mag –, haben diese Wahnvorstellungen ausgelöst."

„Hast du ihn zu einem Arzt geschickt?"

„Ich habe es ihm vorgeschlagen, aber er hat sich immer mehr aufgeregt, weil er glaubte, sie würden es herausfinden und ihn zur

Rechenschaft ziehen. Da habe ich das Thema schließlich fallen lassen."

„Und was ist mit der ..."

„Polizei?" Sie schüttelte den Kopf. „Er hatte Angst vor Lopez und den anderen. Er befürchtete, dass sie ihn festnehmen würden. Und das stimmte ja auch."

Rick sagte eine Weile nichts, während er über ihre Erzählung nachdachte. Dann sah er sie durchdringend an. „Was hältst du denn von seinem Erlebnis?"

Nachdenklich zog sie die Beine unter ihren Körper. „Ich vermute, sie haben Mark einen ziemlich starken Drogencocktail gegeben, der das Bewusstsein vollkommen verändert. Das, was er erlebt hat, ist unter dem Einfluss dieses Rauschgifts noch verstärkt worden. Es gibt eine Menge Drogen, die, allein oder in Kombination, solche Gefühle auslösen können. Ecstasy und Kokain sind starke sexuelle Stimulantia. LSD verursacht die merkwürdigsten Halluzinationen und verzerrt die Wahrnehmungsfähigkeit. Nach einem solchen Drogentrip hat der Betroffene oft akute Angstzustände oder Depressionen, und die können eine ganze Zeit lang anhalten."

Rick schürzte die Lippen. „Hört sich genau so an wie das, was Mark erlebt hat."

„So ist es. Und weil LSD eine ähnliche Struktur aufweist wie gewisse chemische Verbindungen im Gehirn und außerdem Reaktionen hervorruft, die von bestimmten psychischen Defekten her bekannt sind, wird es auch bei der Erforschung von Geisteskrankheiten benutzt. Das gesamte Spektrum der Auswirkungen, die Peyote und Meskalin auf das menschliche Gehirn haben, ist in der Forschung auch schon dazu benutzt worden, um Geisteskrankheiten künstlich hervorzurufen."

Sie schaute ihn ernst an. „Diese Leute spielen mit starken und riskanten Drogen. Mit chemischen Substanzen, die die Psyche eines labilen Menschen vollkommen zerstören können."

Einen Moment lang schwiegen beide. Dann holte sie tief Luft. „Es gibt diesen Kult. Die Mitglieder sind äußerst gefährlich. Und ich bin davon überzeugt, dass einer von ihnen – oder auch mehr als einer – ein Mörder ist."

„Das ist eine gewagte Behauptung."

„Ja." Angriffslustig streckte sie das Kinn vor. „Was ist denn deine Meinung, Rick? Aus irgendeinem Grund bist du doch heute Nacht zu mir gekommen. Und ich glaube kaum, dass es die Bibel meiner Schwester ist, die dich hierher geführt hat. Entschuldige, wenn das jetzt ein wenig hartherzig klingen sollte."

„Irgendetwas stimmt an der ganzen Sache nicht. Es passt einfach nicht zusammen. Wir haben zwei Frauen, die auf brutale Art ermordet wurden, und zwar auf eine Weise, die nahezu identisch ist mit der Methode eines Serienmörders, der im Moment in der Todeszelle sitzt. Eine weitere Frau wird vermisst, von der man inzwischen annimmt, dass auch sie getötet wurde. Der Hauptverdächtige ist ein zwanzigjähriger Mann aus Texas. Ein junger Mann, der noch in der Highschool war, als Gavin Taft seine blutige Spur hinterließ. Möglich, dass er die Morde dieses Mannes studiert hat, aber es ist eher unwahrscheinlich. Dann gibt es da Einzelheiten beim Tathergang, über die man sich nicht einmal im Internet informieren kann. Dazu gehört die Waffe. Die Zahl und die Häufigkeit der Einstiche. Die Zeichnungen auf der Haut. Die Ähnlichkeiten sind zu offensichtlich.

Genau da liegt der Schlüssel, Liz. Ich komme immer wieder auf diese Ähnlichkeiten zurück. Lass mal alles andere unberücksichtigt und sieh dir bloß an, wie diese Frauen umgebracht worden sind. Und dann denk daran, wie Taft gemordet hat. Da gibt es eine Verbindung. Ich glaube nicht, dass Val oder sonst jemand, der mit diesem Fall zu tun hat, diesem Umstand genügend Beachtung schenkt. Sie sind so sehr damit beschäftigt, einen Verdächtigen zu finden, dass sie den wichtigsten Hinweis überhaupt nicht zur Kenntnis nehmen."

Er begann, im Zimmer auf und ab zu laufen. „Ein Verbrecher, der auf die gleiche Art und Weise mordet wie Taft, handelt aus einem inneren Zwang heraus. Er ist so programmiert, dass ihm nur eine bestimmte Vorgehensweise Erleichterung verschafft. Und die findet er bloß in einem besonderen und sehr individuellen Ritual, das er bei jedem seiner Opfer anwendet."

„Das verstehe ich nicht. Was meinst du mit einem Ritual?"

„Alles, was dieses Verbrechen ausmacht. Wie die Opfer ausgesucht werden und aus welchem Grund. Die Art und Weise der Tötung. Was er mit den Leichen macht und wo er sie hinbringt. Ob er sie sexuell missbraucht oder nicht. In manchen Fällen ist sogar die Wahl des Tatorts ein Teil des Rituals.

Bei Taft war es so, dass er die Bekanntschaft zu den Frauen suchte. Dies gehörte zu seinem Spiel und machte es noch spannender. Er wählte junge und attraktive Frauen aus. Die jüngste war etwa neunzehn, die älteste Ende zwanzig. Er schlitzte ihnen die Kehle auf, verstümmelte ihre Genitalien und ritzte pseudo-religiöse Symbole und Verse in ihren Rumpf und auf ihre Schenkel, nachdem sie tot waren. Alle waren nackt, als sie gefunden wurden. Die Arme waren ausgestreckt und ein Fuß über den anderen gelegt – als ob sie gekreuzigt worden wären."

„Du willst also damit sagen, dass es nicht das Töten ist, das diesen Mörder befriedigt, sondern die Art, *wie* er tötet?"

Er sah den Horror in ihren Augen und wünschte, er könnte ihr die Wahrheit ersparen. „Genau. Serienmörder gehören zu einer ganz bestimmten Sorte von Verbrechern. Sie töten nicht aus den üblichen Motiven – Eifersucht, Gier, Hass oder Wut. Und die Art, wie sie töten, ist so unverwechselbar wie ein Fingerabdruck. Einen Mörder nachzuahmen, um den Verdacht von einem einzelnen Verbrechen abzulenken – etwa um eine Geliebte oder einen Geschäftspartner loszuwerden –, das würde mich noch überzeugen. Aber ein Serienkiller, der die Methoden eines anderen Psychopathen übernimmt, und das gleich bei mehreren Verbrechen – das funktioniert nicht."

„Welche Beweise hat die Polizei denn gegen Mark? Es muss doch mehr sein als bloß der Umstand, dass er beide Frauen gekannt hat und in der Nacht am Tatort war, als Tara ermordet wurde. Braucht man nicht mehr, um jemanden festzunehmen?"

„Doch. Ich vermute, dass sie etwas ziemlich Belastendes in seinem Zimmer gefunden haben."

„Die Waffe?"

„Nein. Denn jetzt haben sie ihre Aufmerksamkeit ja auf Stephen gerichtet ..."

„Der im Besitz eines ähnlichen Messers war, mit dem Tara und Naomi Pearson umgebracht wurden", beendete sie seinen Satz. „Wenn sie die Tatwaffe schon hätten, dann wäre das ja nichts Besonderes." Sie holte tief Luft. „Glaubst du, dass der Küster möglicherweise der Gesuchte ist?"

„Könnte sich Stephen dazu hinreißen lassen, jemanden zu töten? Sicher. Bei jedem können die Nerven durchgehen." Er blieb stehen und drehte sich zu ihr um. „Ich komme noch einmal zu den Ähnlichkeiten mit den Taft-Morden zurück. Stephen hat sein ganzes Leben auf Key West verbracht und kann etwa so gut lesen wie ein Zweitklässler. Jemand wie er surft nicht im Internet. Er liest keine Zeitungen, und er hat ganz bestimmt nicht mit dem Mann zusammengearbeitet. Wie ich es auch drehe und wende, er hatte überhaupt keine Gelegenheit, sich mit Taft zu beschäftigen."

„Val hat mich gefragt, ob Stephen und Mark sich kennen."

„Beide sind Verdächtige. Er fragt sich vermutlich, ob sie die Morde eventuell gemeinsam ausgeführt haben. Zum jetzigen Zeitpunkt lässt er nämlich keine Möglichkeit unbeachtet."

„Ich habe seine Frage nicht beantwortet, doch ich glaube, er weiß Bescheid. Ich hatte das Gefühl, dass ich für ihn wie ein offenes Buch war."

Rick dachte an seinen Freund und daran, wie sein Gehirn arbeitete. „Val ist klug. Sehr sogar. Und obwohl ich glaube, dass er bei dieser Untersuchung nicht richtig vorgeht, ist er trotzdem ein ausgezeichneter Cop. Mach bitte nicht den Fehler, ihn zu unterschätzen."

„Und was ist mit Pastor Tim?" fragte sie.

„Was soll mit ihm sein?"

„Mark hat mir erzählt, dass Tara ihn nicht mochte, weil er ihr Angst einjagte. Er meinte, dass der Pastor möglicherweise das Messer und die Bibel in Stephens Wohnung versteckt hat. Was die Nähe zum Tatort angeht, hätte er schließlich ebenso gut Gelegenheit gehabt wie Stephen, Tara zu töten."

„Tim?" wiederholte Rick zweifelnd.

„Kennst du ihn?"

„Klar. In der Highschool habe ich mit ihm Football gespielt, obwohl er zwei Jahre älter war. Val war übrigens damals auch dabei."

„Was? Er ist von Key West?" fragte sie verblüfft. „Ich habe immer gedacht, er sei erst hierher gekommen, nachdem meine Schwester verschwunden war."

„Nein, Tim ist hier aufgewachsen. In seinem letzten Schuljahr war er sogar ein gefeierter Held. Ihm ist es zu verdanken, dass die ‚Fighting Conchs' bei den Football-Meisterschaften mitgemacht haben."

Rick steckte die Hände in die Hosentaschen. „Anschließend

hat er in der Mannschaft der Florida State University gespielt, und danach ist er in die Nationalmannschaft eingetreten. Aber dort war er nur ein paar Jahre. Er hat dann mit seinem Theologiestudium begonnen, weil er einen Ruf von Gott erhalten hatte, wie er sagte. Wir waren alle wie vom Donner gerührt. Ich meine, wer schafft es schon bis in die Football-Nationalmannschaft und verlässt sie freiwillig wieder? Und dann auch noch, um Priester zu werden.“

„In welchem Team war er denn?“ wollte sie wissen.

„Bei den Miami Dolphins ...“

Rick hielt inne und begann nachzurechnen.

Tim war ungefähr zu der Zeit in Miami gewesen, als Gavin Taft seine mörderische Spur zog.

Ihrem Gesichtsausdruck sah er an, dass sie ebenfalls Eins und Eins zusammengezählt hatte. „Mir gegenüber hat er behauptet, dass er meine Schwester nicht gekannt hat. Angeblich ist er ihr nicht ein einziges Mal begegnet.“

„Das könnte durchaus stimmen, obwohl es sehr unwahrscheinlich ist. Seine Eltern sind Gemeindemitglieder der Paradise Christian Church, oder wenigstens waren sie es. Er ist oft zu Besuch gekommen. Deine Schwester war allerdings auch nicht so lange auf der Insel. Vielleicht hatte er zwischendurch woanders eine Stelle, von der ich nichts weiß.“

Liz schaute auf ihre Hände, dann zurück zu ihm. „Da ist noch etwas, das ich weder dir noch sonst jemandem erzählt habe.“

Sie hob die rechte Hand. „Siehst du diese Ringe? Sie gehörten meiner Mutter. Es sind Erinnerungsringe. Ehe sie starb, gab sie einen davon mir und den anderen Rachel. Sie sagte, dass wir sie niemals ablegen dürften – sie sollten uns daran erinnern, dass wir für alle Zeiten zusammengehören.“

Verwirrt zog er die Augenbrauen hoch. „Und wieso trägst du dann Rachels Ring?“

„Pastor Tim hatte ihn." Sie holte tief Luft. „Ich habe ihn auf dem Boden seines Schlafzimmerschranks gefunden."

„In seinem ... was hast du denn da ...?" Er beendete den Satz nicht, als ihm klar wurde, was sie getan hatte. „Du bist in das Pfarrhaus eingebrochen?"

„Ja." Mit einer trotzigen Geste fasste sie sich ans Kinn. „Schließlich war es auch Rachels Zuhause gewesen und höchstwahrscheinlich der Ort, an dem sie ihre letzten Stunden verbracht hat. Ich wollte mich selbst davon überzeugen, dass sie wirklich ..."

„Verschwunden ist?"

Sie errötete. „Nun ja, mir war natürlich schon klar, dass ich sie dort nicht finden würde, aber ich musste eben selber nachsehen."

Rick fuhr sich mit der Hand übers Gesicht. Er erinnerte sich daran, was Val über Liz gesagt hatte. *„Sie hat Probleme, mein Freund. Ernst zu nehmende emotionale Probleme. Dass sie im Moment nicht all ihre Möglichkeiten ausschöpft, macht sie fast schon ein bisschen unheimlich."*

„Warum hast du Tim nicht einfach gesagt, wer du bist und warum du dich einmal umschauen willst? Das wäre doch der vernünftigste Weg gewesen?"

„Ich hatte den Eindruck, dass er mich anlog und mehr über meine Schwester wusste, als er sagen wollte. So, wie er sich benahm ... irgendetwas an seinem Verhalten wirkte nicht überzeugend. Ich musste es einfach tun. Und ich habe ja auch etwas gefunden, genau wie ich es mir gedacht habe."

Rick musste zugeben, dass er sich gerne von ihren Argumenten überzeugen ließ – rein aus seinem Gefühl heraus. Ihre Antworten ergaben Sinn, selbst wenn es auf den ersten Blick nicht so aussah.

„Verzweifelte Menschen tun verzweifelte Dinge. Sie lügen, manipulieren Beweise. Und sie können verdammt überzeugend sein."

„Rachel könnte den Ring abgelegt haben."

„Sie hat ihn niemals abgenommen."

„Das weißt du doch nicht."

„Aber ich habe Rachel gekannt."

„Vielleicht ist er ihr eines Tages beim Anziehen vom Finger gerutscht. Und als sie schließlich merkte, dass er nicht mehr an ihrer Hand steckte, konnte sie sich nicht daran erinnern, wo sie ihn verloren haben könnte."

Liz sah ihm in die Augen. „Oder Tim Collins ist der Mörder und der Ring eine Trophäe. Ich habe gelesen, dass Serientäter so etwas tun – Erinnerungsstücke von jedem Opfer mitnehmen. Oft ist das ein Schmuckstück."

„Verdammt noch mal, jetzt hör auf!"

„Collins hat zur selben Zeit in Miami gewohnt, als Gavin Taft diese Frauen umgebracht hat. Er hat das richtige Alter, und er hatte den Ring meiner Schwester. Seine Aussagen sind fragwürdig. Und er ist derjenige, der die Polizei über Stephen informiert hat."

Rick wandte ihr den Rücken zu und ging zum Fenster. Er schob die Lamellen der Jalousie zur Seite und schaute hinaus auf die Straße. Die übliche Montagabend-Gesellschaft schob und drängelte sich über die Duval Street. Wieder eine Partynacht im Paradies, so wie jeder Abend.

Er runzelte die Stirn. Warum klang alles, was sie vorbrachte, so vernünftig? Dabei waren es Behauptungen, aus denen man einen erfolgreichen Hollywoodthriller machen könnte. Und der hätte gewiss nichts mit der grauen Alltagsroutine zu tun, die meistens bei der Aufklärung von Verbrechen gefragt war.

Und doch klang es viel zu plausibel.

Manchmal waren die Tatsachen ja auch tatsächlich verrückter als die Fiktion.

Resigniert drehte er sich wieder zu ihr um. „Und wie passt diese Gruppe ‚horned flower' da rein?"

„Pastor Tim ist einer von ihnen. Vielleicht sogar der Anführer. Wer wäre besser geeignet, um junge und leicht zu beeindruckende Menschen zu faszinieren? Wohl kaum jemand könnte leichter Erwachsene dafür gewinnen, nach dem Sinn des Lebens zu suchen als ein großer, gut aussehender, charismatischer Mann und ehemaliger Football-Star. Und seine Ideen verbreitet er obendrein noch von der Kanzel aus."

Ein Motiv. Die Mittel. Die Möglichkeit. Dieser Mistkerl. „Und warum haben sie die Ratte bei dir zurückgelassen?"

„Als Warnung. Wenn ich nicht mit der Suche aufhöre und klein beigebe, werde ich genauso enden wie dieses Tier."

„Ein hässlicher Gedanke", sagte er leise.

„Mich muntert er auch nicht gerade auf, das kann ich dir versichern."

Er musste an Tara denken und die Statistiken, die Todesarten wie die ihre auflisteten. Die aufgeschlitzte Kehle. Die Verstümmelung der Genitalien, des Rumpfs und der Schenkel, nachdem der Tod eingetreten war. Der weit aufgerissene Unterleib und der entfernte Fötus.

Er musste es ihr sagen.

„Da ist noch etwas, von dem du noch nichts weißt. Es hat mit Taras Tod zu tun." Er machte eine Pause. „Es ist nicht sehr angenehm."

Sie erstarrte. „Was ist es?"

„Der Mörder hat ihr den Unterleib aufgeschnitten. Und er hat ihr das Baby herausgenommen."

Das Blut wich ihr aus dem Gesicht. Ihr Blick verriet schieres Entsetzen. „Du meinst doch nicht etwa ... herausgerissen?"

„Doch. Der Fötus ist nicht am Tatort gefunden worden."

Sie hielt sich die Hand vor den Mund. Er sah, dass sie zitterte. „Aber warum ... ich verstehe das nicht ... weshalb sollte er so etwas tun?“

Die Stimme versagte ihr. Er ging zur Couch und hockte sich vor sie hin. „Morgen bringe ich dich nach Miami. Dort steigst du in ein Flugzeug und fliegst zurück nach St. Louis. Ich kläre das hier und halte dich auf dem Laufenden. Einverstanden?“

„Soll das ein Witz sein?“

„Ich versuche, vernünftig zu sein. Und dich nicht in Gefahr zu bringen.“

„Du fängst also an, mir zu glauben, nicht wahr?“

Oh ja, das tat er. Er zog sie hoch und nahm sie in die Arme. „Geh zurück nach St. Louis, Liz.“

„Das kann ich nicht.“ Sie hob den Kopf und sah ihm in die Augen. „Noch einmal lasse ich Rachel nicht im Stich. Und ich werde auch Tara, Mark und ihr ungeborenes Kind nicht im Stich lassen. Du musst dafür sorgen, dass ich hier auf Key West in Sicherheit bin.“

Rick dachte an Jill und an das Gefühl, das er gehabt hatte, als er sie beerdigen musste. Er neigte den Kopf und presste seine Lippen auf ihren Mund. Sie schmiegte sich an ihn und vergrub die Finger in seinem Pullover.

Mit einem Seufzer beendete er den Kuss. „Wie früh kannst du morgen aus den Federn sein?“

„Sehr früh, wenn ich einen triftigen Grund dafür habe.“

Er legte seine Stirn gegen ihre. „Ich habe mit einem Typen in Dade-County in Miami zusammengearbeitet ... Er gehörte zu den leitenden Detectives bei den Ermittlungen gegen Taft. Der Mann hat mit dem Fall gelebt, gegessen und geschlafen. Er war davon besessen. Ich denke, ich werde ihn mal anrufen. Vielleicht kann ich ihn besuchen und sein Gedächtnis ein wenig auf Trab bringen.“

Sie schlang die Arme um seinen Hals. „Während du mit ihm redest, gehe ich in die Bibliothek und informiere mich ein bisschen über Taft. Vielleicht finde ich ja etwas, auf das bis jetzt noch niemand gekommen ist. Oder das übersehen wurde."

„M...hm." Er küsste sie erneut und machte nicht den Eindruck, als wollte er damit wieder aufhören. Schließlich löste er sich von ihr mit einem Ausdruck des Bedauerns. „Und wenn wir zurückkommen, werde ich Val fragen, welche Beweise er gegen Mark hat."

„Was für eine romantische Unterhaltung. Ein Mädchen könnte glatt schwach dabei werden."

Er wurde ernst. „Ich lasse dich nicht gern allein, Liz."

„Dann tu es auch nicht."

Rick sah ihr forschend ins Gesicht und spürte, wie das Verlangen in ihm wuchs. Er wusste, dass ihre Worte eine Aufforderung waren. Sie hatten sich schon einmal geliebt, und sie könnten wieder miteinander schlafen. Es würde einfach sein, sich in ihr Bett fallen und von ihr umarmen zu lassen. Auf diese Weise könnte er vergessen, wenn auch nur für kurze Zeit, dass ein Mörder in den Straßen von Key West herumlief, der junge Frauen verstümmelte und ihnen die ungeborenen Babys aus dem Bauch riss. Und dass Liz möglicherweise sein nächstes Opfer war.

Aber jetzt bei ihr zu bleiben, mit der Erinnerung an die Ereignisse dieses Tages, schien irgendwie nicht richtig zu sein. Er fürchtete, die Dunkelheit um sie herum könnte das Gefühl zerstören, das gerade zwischen ihnen zu wachsen begann. Das wollte er auf jeden Fall vermeiden.

Er sagte es ihr.

Liebevoll sah sie ihn an. Sie stellte sich auf die Zehenspitzen, nahm sein Gesicht in die Hände und küsste ihn zärtlich. „Danke", sagte sie. „Ich mache dir das Bett auf der Couch zurecht."

42. KAPITEL

Dienstag, 20. November
15 Uhr

Rick hatte Bill Hunter – ‚Wild Bill', wie sie ihn zu nennen pflegten – nicht mehr gesehen, seit er den Polizeidienst in Miami quittiert hatte. Er war immer noch Kettenraucher, nannte alle Kellnerinnen wie seit jeher ‚Honey' und blickte sein Gegenüber nach wie vor so durchdringend an, wie Rick es noch bei keinem anderen Menschen erlebt hatte.

„Danke, dass du dir die Zeit für mich genommen hast", sagte Rick laut, um das Stimmengewirr und die Geräusche in dem voll besetzten Café zu übertönen.

„Null Problemo. Wie ist es dir denn so ergangen?"

„Ich habe meine Polizeimarke gegen eine Bar getauscht. Ricks Island Hideaway."

„Guter Name."

„Danke." Er lächelte. „Komm mal vorbei, wenn du in Key West bist. Die Drinks gehen auf meine Rechnung."

„Du hast wohl vergessen, wie viel ein Cop verträgt." Dann wurde Bill ernst. „Ich habe gehört, was mit deinem Jungen passiert ist. Eine schreckliche Geschichte. Tut mir wirklich Leid für dich."

Rick schlug die Augen nieder. Als er wieder aufschaute, sagte er: „Danke, Bill. Ich weiß es zu schätzen."

Die Kellnerin blieb an ihrem Tisch stehen, um Kaffee nachzuschenken. Bill sah ihr hinterher, bevor er sich wieder zu Rick wandte. „Du willst also etwas über die Taft-Morde wissen?"

„Richtig."

„Sieht so aus, als hättet ihr da unten einen Nachahmungstäter."

„Vielleicht ja, vielleicht auch nicht. Eben das versuche ich ja gerade herauszufinden."

„Darf ich fragen, warum dich das so interessiert? Du bist doch kein Polizist mehr."

Rick zögerte mit der Antwort. Dann entschloss er sich, die Karten auf den Tisch zu legen. „Ich habe so ein merkwürdiges Gefühl bei diesem Fall. Die Jungs vor Ort scheinen etwas Wichtiges zu übersehen, und ich ... ich möchte nicht, dass noch jemand stirbt."

„Immer noch der unbeirrbare Cowboy, was?"

„Klar." Rick beugte sich nach vorne. „Du warst bei den Ermittlungen dabei. Wenn es einen gibt, der mir sagen kann, wie das Gehirn dieses Schweinehunds tickt, dann bist du es."

Sein Ex-Kollege widersprach ihm nicht. „Ich habe dir ein Dossier zusammengestellt. Ein paar offizielle Berichte und meine persönlichen Eindrücke. Und ein halbes Dutzend Fotos."

Er schob einen großen Briefumschlag über die zerkratzte Resopalplatte. Dann holte er eine Zigarette aus der Schachtel und zündete sie an. „Das ist inzwischen alles frei zugänglich."

„Vielen Dank." Rick öffnete den Briefumschlag, sah den Inhalt durch und schaute seinen Freund an. „Und du bist hundertprozentig sicher, dass Taft der Gesuchte ist?"

„Absolut." Bill inhalierte tief und blies eine große Rauchwolke aus. „Taft ist bei weitem der widerlichste Hund, den festzunehmen ich jemals das Vergnügen hatte. Ohne Ausnahme."

„Inwiefern?"

„Er war stolz auf die Art und Weise, wie er diese Frauen verstümmelt hatte. *Stolz*, Rick!" Er schüttelte den Kopf, und ein paar Sekunden lang verlor sich sein Blick in der Ferne. „Es hat ihm Spaß gemacht, uns davon zu erzählen. Er hat sich richtig daran aufgegeilt. Als ob er das Ganze noch einmal erlebte. Und er hat uns erzählt, wo die Leichen lagen." Bei der Erinnerung daran verzog sich sein Mund vor Abscheu. „Ich habe danach immer geduscht, wenn ich zusammen mit ihm in einem Zimmer gewesen bin. Man hatte das Gefühl, das Böse würde ihm aus allen Poren dringen."

Er zog ein letztes Mal an der Zigarette, die er nur zur Hälfte geraucht hatte, und drückte sie im Aschenbecher aus. „Aber das ist noch nicht alles", sagte er und beugte sich vor. „Es waren seine Augen, Mann. Sie waren tot. Leblos und ohne Ausdruck, wie die von einem Hai."

Ein Hai. Eine Killermaschine. Ein Geschöpf mit einem unersättlichen Appetit.

In Tafts Fall war es der unersättliche Appetit zu morden.

„Er hat mir eine Heidenangst gemacht." Bill hielt einen Moment inne, um sich eine neue Zigarette anzustecken. „Ich habe das noch nie jemandem erzählt. Doch es ist wahr."

Ricks Nackenhaare richteten sich auf. „Wie sieht es mit Komplizen aus? Gab es Hinweise darauf, dass er nicht allein gearbeitet hat?"

Der Detective kniff die Augen zusammen, aber Rick hätte nicht sagen können, ob es am Rauch seiner Zigarette lag oder weil er überlegte. „Mag sein, dass er einen Partner hatte, obwohl es keinen Hinweis darauf gab. Taft hat immer behauptet, einen geistlichen Ratgeber zu haben, der ihm göttliche Hilfe anbot."

„Gibt es eine Verbindung zum Football oder zu den Miami Dolphins?"

„Nicht, dass ich wüsste. Vielleicht war er ein Fan."

„Ist er aufs College gegangen?"

„Ein Semester war er auf der Florida State University in Tallahassee. Er hat es allerdings nicht lange ausgehalten. Hat die Prüfungen nicht bestanden."

Ricks Herz schlug schneller. „In welchem Jahr war das?"

„Da muss ich nachsehen."

„Das wäre schön.“ Er räusperte sich. „Habt ihr irgendwelche Zeichen bei Taft oder seinen Opfern gefunden?“

„Was für Zeichen?“

„Tattoos. Vielleicht von einer merkwürdig aussehenden Pflanze. Oder einer Blume mit Hörnern?“

Bill schüttelte den Kopf, und Rick sortierte die Unterlagen, während er die Informationen seines Freundes verarbeitete. „Weißt du, ob eines von Tafts Opfern schwanger war?“

Der Gesichtsausdruck seines Gegenübers veränderte sich unmerklich. „Warum fragst du das?“

„Eines unserer Opfer war schwanger. Das Schwein hat den Fötus mitgenommen.“

„Verflucht.“ Bill sog gierig an seiner Zigarette. „Ja“, sagte er schließlich mit belegter Stimme, „zwei von ihnen waren schwanger. Eine war im sechsten Monat.“

„Hat er auch ...“

„Ja. Dieses perverse Schwein.“

Die beiden Männer schwiegen. Rick zog ein Foto von Taft aus der Akte. Der Mörder starrte ihn an. Mit seiner stattlichen Figur wirkte er wie ein Filmschauspieler. „Ich hatte ganz vergessen, dass er so gut aussieht.“

Bill verzog den Mund zu einem freudlosen Lächeln. „Das Böse hat viele Gesichter, mein Freund. Falls du es mit jemandem zu tun kriegst, der irgendwie mit Taft in Verbindung steht, solltest du das nicht vergessen.“

43. KAPITEL

Dienstag, 20. November
15.30 Uhr

Das Herzstück der Bibliothek von Dade County war im Kulturzentrum untergebracht; es lag im Zentrum von Miami. Das ein wenig heruntergekommene Stuckgebäude mit der korallenroten Fassade vermittelte einen heiteren Eindruck, wie so viele Häuser in diesem sonnigen Bundesstaat. Liz wurde sich plötzlich der Tatsache bewusst, dass ihr St. Louis nach all den Rosa- und Rottönen und den Palmen in Südflorida entsetzlich langweilig erscheinen würde.

Im ersten Stock befand sich die Mikrofilmabteilung mit sämtlichen Lokalzeitungen, einschließlich des *Miami Herald*. Ab 1998 hatte Gavin Taft die Schlagzeilen beherrscht. Im Inhaltsverzeichnis der Mikrofilme war eine riesige Anzahl von Artikeln sowohl über Gavin Taft als auch über die Neues-Testament-Morde aufgelistet.

Ausgerüstet mit einem Block, Kugelschreiber und viel Kleingeld für die Fotokopien begann Liz mit dem ältesten Artikel und arbeitete sich langsam bis zur Gegenwart vor. Sie machte sich ein paar Notizen, aber viel Neues erfuhr sie nicht. Das erste Opfer war im Juni 1987 gefunden worden. Zwischen diesem Datum und Oktober 1998 waren elf weitere Frauen ermordet worden. Und alle auf die gleiche Weise.

Verbindungen zwischen den Frauen hatte man nicht gefunden.

Ein Zufall hatte zu Tafts Festnahme geführt. Bei einer routinemäßigen Verkehrskontrolle hatte der Beamte rote Flecken auf Tafts Händen und Armen entdeckt und für Blut gehalten. Der Wagen war sorgfältig durchsucht worden, und man hatte weitere Blutspuren und ein Messer aufgespürt. Ohne dass der Polizist es wusste, hatte er Gavin Taft auf dem Heimweg nach seinem jüngsten Mord erwischt. Bei dem Opfer handelte sich um die zwanzigjährige Studentin Jennifer Reed.

Dann war nichts mehr passiert bis zu dem Moment, als man Tara vor zehn Tagen tot auf Key West gefunden hatte.

Enttäuscht starrte Liz auf den Bildschirm. Sie hatte gehofft, einen Zusammenhang zwischen den Opfern zu entdecken, den die anderen übersehen hatten; möglicherweise den Hinweis auf eine Tätowierung zu finden, die einer Blume mit Hörnern glich.

Als sie gerade das Gerät ausschalten wollte, fiel ihr Blick auf einen Artikel, der am unteren Rand des Bildschirms erschien.

Satanisten wahrscheinlich verantwortlich für die Tötung von Tieren.

Der Bericht kam aus dem nahe gelegenen Homestead und listete eine Reihe von Tötungen an Viehbeständen auf. Den Tieren war die Kehle aufgeschlitzt worden. Auf Zaunpfählen und an den Wänden von Bauernhäusern hatte man Zeichnungen gefunden, die mit dem Satanskult in Verbindung gebracht wurden. Pentagramme. Gehörnte Ziegen. Ein umgedrehtes Kreuz.

Eine gehörnte Ziege.

Horned flower.

Mit klopfendem Herzen beendete Liz die Suche nach Artikeln über Gavin Taft. Stattdessen gab sie ein anderes Stichwort ein: Satanismus.

44. KAPITEL

Dienstag, 20. November
17 Uhr

„Hallo, schöne Frau."

Mit einem Ausruf des Entsetzens fuhr Liz zusammen und fasste sich unwillkürlich an die Kehle. Sie drehte sich auf ihrem Stuhl um. Hinter ihr stand Rick und schaute sie belustigt an.

„Du hast mich zu Tode erschreckt", herrschte sie ihn an und ließ sich schwer gegen die Rückenlehne fallen.

„Das sehe ich." Er beugte sich zu ihr hinunter und gab ihr einen Kuss. Dann zog er einen Stuhl unter dem Tisch hervor und setzte sich neben sie. „Entschuldigung."

Sie rieb sich die Arme. Es war nicht verwunderlich, dass sie so panisch reagierte – nach ihrer Lektüre in der vergangenen Stunde. Inzwischen glaubte sie, nie wieder ohne Angstgefühle auf die Straße gehen zu können.

„Was gibt es denn Interessantes?" Er nahm eines der Bücher zur Hand, um den Titel lesen zu können. *Die Stunde des Teufels.* Fragend schaute er sie an.

Rick würde das, was sie ihm zu sagen hatte, bestimmt nicht gefallen. Eigentlich kannte sie ihn noch nicht lange genug, um seine Reaktionen vorhersagen zu können, aber sie ahnte es. Er sträubte sich gegen alles, was jenseits der üblichen Ermittlungsmethoden lag, das Schema von „Gut gegen Böse" unterlief und nicht logisch, selbstverständlich und erklärbar war.

Eine Gemeinschaft, die dem Satanskult huldigte und die abtrünnige Mitglieder sowie alle, die sie verraten könnten, tötete, sprengte ganz sicherlich diesen Rahmen.

Deshalb wechselte Liz das Thema und zwang sich zu einem Lächeln. „Wie ist es mit deinem Freund gelaufen?"

„Gut. Alles deutet darauf hin, dass Taft ein Semester an der Florida State University studiert hat."

„Da war Pastor Tim doch auch."

„Richtig. Bill wird die Daten für mich noch einmal nachprüfen." Rick griff nach ihrer Hand und verschränkte seine Finger mit den ihren. „Er hat mir etwas erzählt, von dem ich noch nie etwas gehört habe. Taft hat behauptet, einen göttlichen Mentor zu haben. Einen spirituellen Ratgeber."

Sie runzelte die Stirn. „Und?"

„Denk doch mal darüber nach, Liz. Ein spiritueller Ratgeber. Wer ist in unserer Gesellschaft anerkanntermaßen ..."

„Ein Pastor", sagte sie aufgeregt. „Natürlich."

„Vielleicht ist das ja nur ein Zufall. Aber wenn es sich herausstellen sollte, dass Gavin Taft und Tim zusammen auf die Universität gegangen sind, dann können wir Val unsere Theorie als durchaus plausibel verkaufen. Davon bin ich fest überzeugt."

„Ich bin ganz deiner Meinung." Sie atmete tief durch. „Es sind Satanisten, Rick. Die Mitglieder der ‚horned flower' sind Satanisten."

Er sah sie einen Moment lang verblüfft an. Dann lachte er. „Sehr komisch."

„Ich mache keine Witze." Sie umklammerte seine Finger. „Bei meinen Recherchen über Taft habe ich diesen Artikel gefunden. Hier." Sie zog die Fotokopie, die sie gemacht hatte, unter einem Stapel Bücher hervor und reichte sie ihm.

Er las den Zeitungsausschnitt und gab ihn ihr zurück. „Mit solchen Sachen hatte ich zu tun, als ich bei der Polizei in Dade County war. Was soll damit sein?"

„Die gehörnte Ziege, die gehörnte Blume. Erkennst du nicht den Zusammenhang?"

Er schüttelte den Kopf. „Das ist eine ziemlich gewagte Schlussfolgerung, Liz. Ich halte diese Blume für ein sexuelles Symbol, und die Gruppe ist so eine Art von Swinger-Club. Denk doch mal darüber nach. Die Blume steht für das weibliche Geschlechtsteil, und das Horn für das männliche."

Sein Argument war durchaus stichhaltig, doch sie wusste, dass sie Recht hatte. Jetzt musste sie ihn nur noch davon überzeugen. „Hör mir bitte einmal zu. Satanisten sind nicht so selten, wie du vielleicht glaubst. Sie gehören bloß nicht zu Hollywoods bevorzugten Themen. Nach meinen Recherchen gibt es allein in den Vereinigten Staaten mehr als hunderttausend praktizierende Satansanhänger. Hinzu kommen noch die selbst ernannten Satansjünger, die keiner Hexenvereinigung angehören oder die einfach nur mit schwarzer Magie herumexperimentieren. Der Glaube der Satanisten an die Mächte der Dunkelheit fördert bei ihnen die Bereitschaft für illegale Aktivitäten und Gewalttätigkeiten.

Außerdem habe ich herausgefunden, dass die Vollstreckungsbehörden versuchen, alle satanistischen Elemente eines Verbrechens zu vertuschen, weil sie damit vor Gericht und bei den Geschworenen keine guten Karten haben. Die Verteidigung bezeichnet es als übernatürlichen Hokuspokus, und die Belastungszeugen werden bereits im Vorfeld als unglaubwürdig hingestellt. Also ziehen sie ihre Verteidigung ohne Erwähnung von schwarzen Kerzen, Altären, aufgeschlitzten Tieren oder Pentagrammen durch. Oder war das etwa anders, als du bei der Polizei in Dade County gearbeitet hast?"

Sie interpretierte sein Schweigen als Zustimmung und fuhr fort: „Denk nur mal an die Serie von Schießereien in Schulen. Bei den meisten Jugendlichen hat man satanistische Kultgegenstände gefunden."

„Und viele von ihnen hatten auch Nazi-Symbole und Nazi-Embleme. Es waren verhaltensgestörte Kinder auf der Suche nach

Dingen, die mit der dunklen Seite der menschlichen Natur in Zusammenhang stehen."

Aus den Augenwinkeln beobachtete Liz einen Mann am Nebentisch, der zu ihr hinübersah. Sie schaute sich im Lesesaal um und glaubte, auch bei anderen Besuchern Interesse an ihrem Gespräch festzustellen. Eine Gänsehaut lief ihr über den Rücken.

Sie konnten überall sein. Beobachtend. Lauschend.

Sie griff nach ihrer Handtasche. „Lass uns draußen weiterreden."

Rick folgte ihr auf die Straße. Sie standen im Schatten des langgestreckten Säulengangs im Kulturzentrum. Hier waren sie nicht den neugierigen Blicken der anderen ausgesetzt. Liz knüpfte da an, wo sie aufgehört hatte. „Diese satanistischen Gruppen locken Jugendliche, die Probleme haben, in ihre Gemeinschaft, indem sie ihnen Macht versprechen und ein Zugehörigkeitsgefühl vermitteln. Sie bieten ihnen eine Art Familie, wenn du so willst. Genauso haben Tara und ihre Freunde gesprochen, wie Mark mir erzählt hat."

„Das ist typisch für kultische Vereinigungen. Nach allem, was ich noch aus meiner Zeit bei der Polizei weiß, ist es das Versprechen, anerkannt zu werden und irgendwo dazuzugehören, das die meisten in diese Gruppen lockt."

Sie beachtete seinen Einwurf nicht und sprach weiter. „Wenn sie dann erst einmal in die Gemeinschaft aufgenommen worden sind, wird von ihnen natürlich erwartet, dass sie alles tun, was man von ihnen verlangt, egal, ob sie das wollen oder nicht. Einige, die entkommen konnten, haben erzählt, dass sie den Mitgliedern als Sexsklaven dienen mussten. Andere sind zur Prostitution gezwungen worden. Wer die Gruppe verlassen will, wird bedroht und eingeschüchtert, damit er es sich noch einmal anders überlegt."

„Auch das ist eine übliche Vorgehensweise, Liz. Von Sektenmitgliedern wird unbedingte Loyalität verlangt und notfalls durch

Androhung von physischer und psychischer Gewalt eingefordert."

„Wir reden von derselben Sache, Rick", sagte sie aufgeregt. „Von Satanisten weiß man, dass sie nicht nur gedroht haben, Sektenmitglieder zu töten, sondern auch deren Familienmitglieder und andere Personen, die ihnen nahe stehen. Wenn das Mitglied dann immer noch die Gruppe verlassen will, verstärken sie ihre Drohungen. Sie töten zum Beispiel sein Haustier. Der verstümmelte Kadaver ist eine unmissverständliche Warnung."

Ricks Schweigen ermutigte sie, und sie fuhr fort: „Genau das ist mit Tara passiert. Sie hat sich an meine Schwester gewandt, sie haben es herausbekommen und Rachel getötet, ehe sie zur Polizei gehen konnte. Dann hat Tara ein Verhältnis mit Mark angefangen. Er bestand darauf, dass sie die Gemeinschaft verlassen sollte. Schließlich haben sie gedroht, ihr und dem ungeborenen Kind etwas anzutun. Tara hatte Angst vor den anderen, Rick. Das hat sie Mark erzählt. Und in der Nacht, als sie fliehen wollte, haben sie das zu verhindern gewusst."

„Jetzt mach mal halblang." Abwehrend hob er die Hände. „Nichts deutet darauf hin, dass der Mord an Tara ein Akt von Satanisten war."

„Wirklich nicht? Und wie erklärst du dir diese pseudo-religiösen Zeichen auf ihrem Körper? Die verstümmelten Geschlechtsteile? Vielleicht waren die Leichen nicht arrangiert wie ein Kruzifix, sondern wie ein umgedrehtes Kreuz – das ist ein anderes satanistisches Symbol." Sie atmete tief durch. „Vielleicht war Tafts geistlicher Ratgeber der Teufel persönlich."

Verblüfft sah er sie an. „Jetzt hör aber auf, Liz. Das ist doch Blödsinn. Wenn du solche Sachen verbreitest, werden wir ..."

„Was? Zum Gespött der Polizei von Key West?"

„Ja." Er wirkte sehr frustriert, als er weitersprach. „Du hast

Recht. Als ich noch bei der Polizei in Dade County war, haben wir alle rituellen Elemente eines Verbrechens unter den Teppich gekehrt, weil es uns unglaubwürdig gemacht hätte. Aber auch, weil es für die Straftat im Grunde nicht relevant war." Sie wollte etwas entgegnen, doch mit einer Handbewegung hielt er sie davon ab. „Wenn ein Buddhist oder ein Christ oder ein Atheist ein Verbrechen begeht, dann spielt ihre religiöse Überzeugung für die Jury ebenfalls keine Rolle."

„Aber Rick ..."

„Hör mir zu. Tara und vermutlich auch Rachel sind von einem Wahnsinnigen getötet worden, der allein arbeitet und nicht Teil einer Gemeinschaft ist. Meiner Meinung nach war es höchstwahrscheinlich jemand, der direkt mit Gavin Taft zusammengearbeitet hat oder zu seinen Bewunderern gehörte."

„Wie erklärst du dir dann, was mit Mark geschehen ist?"

„Das Erlebnis, das er beschrieben hat, war eindeutig sexueller Natur und hatte nichts zu tun mit den Gesängen und Ritualen, die zu einer schwarzen Messe gehören."

„Und was ist mit dem Altar? Der Zeremonie mit dem Kelch? Sex in seiner niedrigsten und blasphemischsten Form spielt oft eine wichtige Rolle bei satanistischen Ritualen – nicht als ein Akt der Liebe oder ein Geschenk Gottes, sondern als sündhaftes Instrument des Teufels. Aleister Crowley, der berühmteste Satanist aller Zeiten, hat ein Glaubensbekenntnis veröffentlicht, in dem er pure Lust einfordert. Er sagte ‚Genießt alles, was sinnlich ist'. Er glaubte, dass Sex magische Kräfte besitzt, und hat in seiner Gemeinschaft alle möglichen Varianten ausprobiert, sogar Kindesmisshandlung."

Erschüttert trat Rick einen Schritt zurück. „Du bist ja regelrecht besessen. Liz, du klingst ja schon fast wie deine Schwester."

Sie erstarrte. „Wie kannst du so etwas sagen? Du kennst sie doch nicht einmal."

„Ihre Worte und Taten haben sie unglaubwürdig gemacht. Und wenn wir auf dieser Satanisten-Perspektive bestehen, werden wir ebenfalls unglaubwürdig. Sie werden alles, was wir sagen, bezweifeln."

Sie erinnerte sich an den schrecklichsten Aspekt, auf den sie bei ihren Recherchen gestoßen war. Derjenige, der am nachdrücklichsten veranschaulichte, womit sie es zu tun hatten. „Hast du deinen Freund von der Dade County-Polizei gefragt, ob eins von Tafts Opfern schwanger war?"

„Ja. Es gab zwei."

„Und hat Taft die Föten ... mitgenommen?"

„Ja."

Liz sandte ein Stoßgebet zum Himmel. Sie flehte um Stärke und Schutz vor dem Bösen, das fähig war, einen solch schändlichen Akt gegen die menschliche Natur zu begehen. „Der kostbarste Besitz eines satanistischen Priesters ist eine Kerze, die aus dem Körper eines ungetauften Babys hergestellt ist." Ihre Stimme zitterte. „Vielleicht ist der Mörder kein Komplize von Taft, sondern jemand aus der Vereinigung, der das Werk seines Herrn fortsetzt."

Rick schwieg einen Moment. „Wir müssen sehr vorsichtig sein. Nur weil etwas in der Zeitung steht, heißt das noch lange nicht, dass es richtig beschrieben ist oder gar der Wahrheit entspricht. Worauf berufen sich diese Reporter bei ihren Artikeln? Wo und bei wem haben sie recherchiert? Beziehen sie sich auf ein paar Erzählungen oder einige sensationelle Vorfälle? Geschichten, die weitererzählt worden sind? Die Öffentlichkeit hat einen unersättlichen Appetit nach dem Perversen und Bizarren. So etwas treibt schließlich die Zeitungsauflagen in die Höhe."

In diesem Moment klingelte Ricks Handy. Er holte es heraus, stellte aber die Verbindung nicht her. „Ich weiß sehr wohl, dass es grausame und krankhafte Menschen auf der Erde gibt, die zu den entsetzlichsten Verbrechen fähig sind. Ob sie dazu vom Bösen schlechthin verführt werden oder ob sie unheilbar geisteskrank sind, spielt dabei keine Rolle. Es darf nicht sein, dass sie sich frei unter normalen Menschen bewegen können."

Jetzt beantwortete er den Anruf. „Rick Wells." Während er konzentriert lauschte, hellte sich seine Miene zusehends auf.

„Danke, Bill", sagte er schließlich. „Wir bleiben in Kontakt."

Rick klappte das Handy zu und wandte sich an Liz. „Mein Freund hat die Information bekommen, nach der wir gesucht haben. Gavin Taft war im Frühjahr 1987 auf der Florida State University. Ich brauche noch einen Nachweis, doch es müsste dasselbe Semester sein, in dem Tim dort seine Abschlussprüfung gemacht hat."

Liz verspürte ein Kribbeln in den Fingerspitzen, das nach und nach ihren ganzen Körper erfasste. „Er ist es, nicht wahr? Wir haben ihn."

„Da ist noch etwas." Rick holte tief Luft, und sie bemerkte seine Aufregung. „Eines von Tafts Opfern war Cheerleaderin bei den Miami Dolphins."

45. KAPITEL

Mittwoch, 21. November
0.45 Uhr

Die Rückfahrt von Miami nach Key West schien sich unendlich lang hinzuziehen. Rick saß am Steuer und suchte im Autoradio ständig nach neuen Sendern, um den aktuellsten Wetterbericht zu hören. Das Tiefdruckgebiet im Westen der Karibik zog in nördlicher Richtung nach Yucatán und entwickelte sich zu einem tropischen Sturm. Obwohl es bereits Spätherbst war, sah es so aus, als würde sich das Unwetter in den kommenden Tagen zu einem regelrechten Hurrikan auswachsen.

Die Wetterberichte überbrückten das Schweigen, das zwischen ihm und Liz herrschte. Sie waren schließlich übereingekommen, den Satanismus-Aspekt nicht weiter zu verfolgen, aber er hatte das Gefühl, dass dieser Entschluss wie eine hohe Mauer zwischen ihnen stand.

Ihr Eifer und ihr leidenschaftliches Beharren auf ihrem Standpunkt hatten ihn irritiert. Jeder Schritt, den er mit ihr zusammen unternahm, schien ihn nicht vorwärts zu bringen, sondern auf Umwege zu leiten, die immer tiefer in den Bereich des Unwahrscheinlichen hineinführten.

Satanisten? Schwarze Messen und Baby-Opfer?

Er hatte Liz gegenüber zugegeben, dass er während seiner Zeit bei der Dade County-Polizei hin und wieder mit diesem verrückten Kult-Kram zu tun gehabt hatte. Die meisten seiner Kollegen waren damit konfrontiert worden. Sie hatten Zeichnungen von Pentagrammen und auf den Kopf gestellten Kreuzen auf den Wänden verlassener Gebäude gefunden, heruntergebrannte schwarze Kerzen, die offensichtlich für schwarze Messen oder eine andere pseudo-religiöse Zeremonie benutzt worden waren. Straftaten waren damit allerdings kaum verbunden gewesen, von einem Gewaltverbrechen ganz zu schweigen.

Ein Individuum reichte allerdings aus, um alle Statistiken über den Haufen zu werfen. Ein Psychopath, dessen verqueres Hirn ihm einredete, dass er auf die Welt gekommen sei, um dem Teufel zu dienen.

„Da wären wir“, sagte er, als er in die Duval Street einbog. „Sieht ganz so aus, als ob die Party immer noch in vollem Gange ist.“

„Musst du ins Hideaway?“

Er hörte die Angst in ihrer Stimme. Vor einer roten Ampel blieb er stehen und sah sie an. „Ich lasse dich nicht allein, Liz."

Trotzig reckte sie ihr Kinn vor, um zu zeigen, dass sie keine Angst hatte. „Einen Babysitter brauche ich nicht. Ich komme auch allein zurecht."

Als die Ampel auf Grün sprang, gab er Gas und fuhr an einer Gruppe betrunkener Jugendlicher vorbei. „Ich weiß deine Courage zu schätzen, Süße. Aber du hast mich nun mal am Hals."

Sie griff nach seiner Hand und drückte sie. „Und was kommt als Nächstes?"

„Du meinst nach dem Schlafen?"

Sie lachte. „Nach einem sehr langen Schlafen", ergänzte sie. „Also?"

„Zunächst muss ich beweisen, dass Tim und Taft zur selben Zeit an der Florida State University immatrikuliert waren."

„Wie willst du das anstellen?"

„Ich rufe die Universität an." Er entdeckte einen Parkplatz nur wenige Meter von ihrem Haus entfernt und rangierte den Jeep in die Lücke. „Ich tue so, als wäre ich ein Arbeitgeber, der sich nach dem Werdegang eines Bewerbers erkundigt. Diese Informationen sind nämlich nicht vertraulich. Das dürfte also nicht allzu schwierig werden."

„Und dann?"

Er stellte den Motor ab. „Danach werde ich mit Carla sprechen. Ich versuche sie zu erwischen, bevor sie morgen früh zum Dienst geht. Ich glaube, dass ich von ihr erfahren kann, was sie über Mark und Stephen wissen. Und wenn ich auf dem neuesten Stand bin, rede ich mit Val."

Sie stiegen aus dem Wagen und gingen schweigend zur Haustür. Liz gab ihm ihre Schlüssel. Er schloss auf, und sie traten ins Haus.

Rick legte einen Finger an die Lippen. Sie nickte. Eine Weile lauschten sie stumm. Dann sagte er leise: „Ich gehe zuerst."

Leise stiegen sie die Treppe hinauf. Als sie die oberste Stufe erreicht hatten, drehte er sich zu ihr um. „Bleib hier. Ich will sichergehen, dass uns keine Überraschung erwartet."

Er sah in jedes Zimmer, schaute in Schränke und unter die Betten und prüfte, ob irgendetwas fehlte. „Keine toten Ratten, Leichen oder heruntergebrannte schwarze Kerzen", rief er aus ihrem Schlafzimmer, während er die Tür ihres Kleiderschranks schloss.

„Sehr komisch."

Als er sich umdrehte, stand sie an der Tür und beobachtete ihn mit weit aufgerissenen Augen. Plötzlich war sie blass geworden. Er runzelte die Stirn. „Ist irgendwas?"

Sie schüttelte den Kopf. „Einen Bodyguard zu brauchen ist eine ganz neue Erfahrung für mich. Ich hätte gerne darauf verzichtet."

„Das ist aber nicht nett." Er ging zu ihr hinüber. „Es tut richtig weh."

Er blieb vor ihr stehen, und sie lächelte. „Das kann ich mir vorstellen."

„Du bist nicht nur wunderschön, sondern auch noch einfühlsam. Ich bin beeindruckt."

Sie legte eine Hand auf seine Brust. „Ich spüre dein Herz schlagen."

„Es schlägt nur für dich."

Sie lachte leise. „Werd bloß nicht kitschig, Wells."

Er schloss sie in die Arme. „Vielleicht gebe ich mir zu viel Mühe?"

Sie stellte sich auf die Zehenspitzen und schmiegte sich an ihn. „Dummkopf. Du brauchst dir überhaupt keine Mühe zu geben."

Rick verstand, was sie damit sagen wollte, und holte tief

Luft. Er küsste sie, und Liz erwiderte seinen Kuss genauso leidenschaftlich. Dann hob er sie auf die Arme und trug sie zum Bett hinüber.

Ihr Begehren explodierte wie ein Feuerball, heiß und lodernd.

In diesen Minuten dachte Rick nur noch an Liz. Er nahm den süßen Duft ihrer Haut wahr, spürte, wie sie sich an ihn klammerte, genoss erregt die Laute, die sie von sich gab, als ihr Körper von Wellen der Lust geschüttelt wurde, die in einem langen Orgasmus gipfelten.

Dann kam auch er zum Höhepunkt, und während er noch lustvoll stöhnte, presste sie ihre Lippen auf seinen Mund und hielt ihn fest umschlungen, bis ihr Herzschlag langsamer wurde und ihre heißen Körper sich allmählich abkühlten.

Er rollte sich auf den Rücken. „Fantastisch", schwärmte er, umklammerte ihre Finger und zog ihre Hand an seine Lippen.

Als Liz rot wurde, musste er lachen. „Dafür ist es eigentlich ein bisschen zu spät, Lady."

„Das fürchte ich auch."

Sie schwiegen. Vollkommen entspannt ließ er seine Hand über ihre Hüften wandern und genoss es, ihre Haut zu spüren. „Erzähl mir von deiner Ehe", murmelte er. Unvermittelt war ihm klar geworden, wie wenig er über sie wusste. Jetzt wollte er alles über sie erfahren, all ihre Geheimnisse kennen lernen – nicht nur die ihres Körpers. „Ich weiß noch nicht einmal, wie er heißt."

„Jared."

„Ich habe mal einen Jared gekannt. Er war ein ziemlich gerissener Hund."

„Klingt fast so, als ob wir über denselben Mann reden."

„Wie lange warst du verheiratet?"

„Drei Jahre." Für ein paar Sekunden legte sie die Stirn an seine Schulter, ehe sie ihm in die Augen blickte. „Genau genommen war *ich* drei Jahre lang verheiratet; Jared nur etwa drei Monate. Da hatte er schon seine erste Affäre. Ich habe natürlich nichts davon gewusst. Die kleine ahnungslose Frau. Ich habe ihn mit einer meiner besten Freundinnen erwischt."

„Schöne Freundin."

„Schöner Ehemann." Sie schwieg, dann seufzte sie. „Es war an seinem Geburtstag. Ich wollte ihn mit seinem Lieblingsessen überraschen – Steak, Crème brulée, eisgekühlter Champagner. Seit Wochen hatte ich das geplant. Sämtliche Nachmittagstermine hatte ich abgesagt, um zu Hause alles vorbereiten zu können."

Sie atmete tief durch. „Als ich das Haus betrat ... hatte ich gleich so ein merkwürdiges Gefühl. Als ob etwas anders wäre als sonst, verstehst du? Ich hörte Geräusche aus dem Schlafzimmer. Es war irgendwie irreal, als ob ich neben mir stehen würde und mir dabei zusah, wie ich zum Schlafzimmer ging, den Türknauf drehte und die Tür aufstieß. Und da lagen sie auf unserem Bett. Im ersten Moment konnte ich gar nicht glauben, was ich sah. Ich dachte, ich hätte einen Fehler begangen – wäre vielleicht im falschen Haus oder träumte. Und dann war mir, als müsste ich auf der Stelle tot umfallen."

Er empfand mit ihr. „Das tut mir Leid, Liz. So etwas hast du nicht verdient."

„Danach hat er sich gar nicht mehr bemüht, seine Affären vor mir geheim zu halten. Es gab eine Menge Frauen."

Rick fragte sich, wie ein Mann so werden konnte. Die Liebe einer klugen, wunderschönen Frau wie Liz war ein Geschenk – eines, das man zu schätzen wissen musste.

„Es tut mir Leid", wiederholte er.

„Mir auch." Sie warf ihm einen Blick zu. „Er hat mir ständig das Gefühl vermittelt, ich sei nicht gut genug. Und dass ich in keiner Weise seinen Ansprüchen genüge. Erst nachdem alles endlich vorbei war, wurde mir bewusst, wie sehr ich mich von ihm habe herunterputzen lassen."

„Du genügst jedem Anspruch", murmelte er. „Das kannst du mir glauben."

„Danke." Sie rollte sich auf die Seite, so dass sie ihm ins Gesicht sehen konnte. „Hattest du denn eine gute Ehe?"

„Ja." Die Frage weckte Emotionen in ihm, und er musste gegen ein Gefühl der Beklemmung in seiner Brust ankämpfen. „Wir waren schon in der Highschool zusammen."

„Wie war deine Frau?"

„Jill hat gerne gelacht. Sie war ein lieber Mensch, freundlich und herzensgut." Er lächelte, als er sich daran erinnerte. „Sie war keine tolle Schülerin. Hat ihre Abschlussprüfung gerade so geschafft. Sie ging voll und ganz darin auf, mir und Sam ein gemütliches Heim zu bieten."

Liz seufzte. „Ich hätte besser nicht gefragt."

„Wieso?"

„Das klingt ja, als hättest du ... eine perfekte Ehe geführt. Eine ideale Beziehung. Da kann ja kaum einer mithalten."

Er streichelte mit dem Daumen über ihre Wange. Er mochte ihre Aufrichtigkeit. Ihm gefiel, wie sie sich zu ihren Gefühlen bekannte.

Vor allem jedoch freute es ihn, ihr so viel zu bedeuten, dass sie es mit seinem früheren Glück aufnehmen wollte.

„Bloß kein Wettbewerb", sagte er sanft. „Du sollst mit niemandem wetteifern. Schließlich bist du nicht Jill."

Ihre Augen füllten sich mit Tränen. Sie wollte sich auf die andere Seite drehen, aber er hielt sie fest. „Du hast mich missverstanden. Du bist nicht Jill, und sie war nicht du. Elizabeth Ames ist eine ganz besondere und sehr aufregende Frau. Sie ist die Frau, mit der ich jetzt zusammen sein möchte."

Stumm schmiegte sie sich in seine Arme. Noch einmal liebten sie sich, diesmal langsam und mit einer Intensität, die er zuvor vermisst hatte. Mit jeder Bewegung kamen sie einander näher, und kurz bevor sie den Höhepunkt erreichten, sahen sie sich in die Augen, verschränkten ihre Finger und hielten einander fest und liebevoll umschlungen.

Danach ließ Rick sie lange nicht los. Sie kuschelte sich an ihn und gähnte. „Schlaf jetzt", murmelte er. Auch er fühlte sich plötzlich erschöpft. „Es ist schon spät."

„M...hm."

Sie war schon eingenickt. Er schaute in ihr Gesicht, das im Schlaf zart und verletzlich wirkte. Seine Atemzüge gingen langsam und gleichmäßig, und immer stärker verspürte er in sich den Drang, sie zu beschützen und ihr das Gefühl von Wärme und Geborgenheit zu vermitteln.

Kurz bevor er einschlief, dachte er an Jill. Und er stellte sich vor, wie sie lächelte.

Rick wurde von Kaffeeduft aufgeweckt. Als er die Augen öffnete, stand Liz mit zwei dampfenden Bechern neben dem Bett. „Ich hoffe, du trinkst ihn schwarz", sagte sie. „Die Milch ist nämlich sauer geworden."

Er setzte sich auf. „Schwarz ist gut, vielen Dank."

Sie reichte ihm einen Becher, trat allerdings nicht näher. Er sah sie aufmerksam an. „Was ist los? Sind mir Hörner gewachsen oder habe ich Mundgeruch?"

Ihre Mundwinkel verzogen sich nach oben. „Ich bin nur vorsichtig. Bist du ein Morgenmensch? Oder das Gegenteil?"

„Das Gegenteil?"

„Eine Nachteule, die jeden Morgen verflucht, weil die Sonne wieder aufgegangen ist."

„Du kannst vollkommen beruhigt sein.“ Er rückte zur Seite, um Platz für sie zu machen. „Wie spät ist es?“

„Schon nach neun.“

Er stöhnte. Carla würde er vor ihrem Dienst nicht mehr erwischen.

„Hungrig?“

„Verhungert. Wir könnten in ein Café gehen.“

„Ich habe Cornflakes.“

„Aber die Milch ist doch sauer.“

„Das habe ich vergessen.“ Sie schlürfte ihren Kaffee. „Wie wäre es mit Toast?“

„Hast du Erdbeermarmelade?“

„Selbstverständlich.“

„Her damit.“

Eine halbe Stunde später waren sie angezogen, hatten ihr Frühstück gegessen und tranken den letzten Schluck Kaffee. Rick sprach zuerst davon, was er tagsüber machen wollte. „Ich glaube, es ist besser, wenn ich allein mit Carla spreche. Kommst du zurecht?“

„Natürlich. Ich will noch mal Father Paul besuchen.“

Er runzelte die Stirn. „Father Paul? Diesen alten Priester, von dem du mir erzählt hast?“

„Ja.“ Ihre Miene ließ keinen Zweifel daran, dass er sie nicht von ihrem Vorhaben abbringen konnte. „Ich will ihm die Zeichnung von der Blume zeigen. Vielleicht erkennt er sie.“

„Du willst doch nicht etwa weiter auf diesem Satanisten-Blödsinn herumreiten, oder?“

„Nein.“ Sie schaute in ihre Kaffeetasse und dann wieder zu ihm. „Ich verstehe, warum es dir so schwer fällt, das zu akzeptieren.“

„Liz, bitte ...“

Sie legte ihren Finger auf seine Lippen. „Schauen wir doch einfach mal, was dabei herauskommt, okay? Ich verspreche dir auch, dass ich das S-Wort keinem Menschen gegenüber erwähnen werde."

Er zögerte. Dann stand er auf, beugte sich zu ihr hinunter und gab ihr einen Kuss. „Sei heute vorsichtig. Wirklich vorsichtig."

„Du auch."

Nachdenklich schaute er sie an. „Ich meine es ernst, Miss Ames."

„Ich auch, Mr. Wells."

„Später fahre ich ins Hideaway. Wollen wir uns da treffen?"

Dieses Mal küsste sie ihn. „Das klingt ja wie eine Verabredung."

46. KAPITEL

Mittwoch, 21. November
10.30 Uhr

Als Rick ins Hideaway kam, war die Bar tipptopp aufgeräumt. Auf Margo konnte er sich eben verlassen. Zunächst rief er bei der Florida State University an. Das Gespräch dauerte keine drei Minuten. Er vergewisserte sich, dass Tim Collins im Frühjahr 1987 seine Abschlussprüfung gemacht hatte.

Anschließend wählte er Carlas Handynummer. Nach dem zweiten Signalton meldete sie sich. „Carla, hier ist Rick. Wo bist du?"

„Im Revier. Und zwar schon seit sechs."

„Was ist denn passiert?"

„Stephen ist verschwunden. Er hat sich befreien können und ist einfach aus dem Krankenhaus hinausspaziert."

„Ganz allein?“ Rick stieß einen Pfiff aus. „Da dürfte Val aber sauer sein.“

„Der ist mehr als sauer. Es werden einige Köpfe rollen. Ich bin heilfroh, dass ich nicht in der Nähe des Krankenhauses war, als es passiert ist.“

„Das glaub ich dir gerne.“ Er schaute auf seine Uhr. „Ist er da?“

„Nein. Er hat einen Termin beim Boss. Warum?“

„Ich muss mit dir reden. Können wir uns irgendwo treffen?“

„Vorläufig geht das nicht. Ich muss hier nämlich die Stellung halten. Befehl von oben. Warte mal.“ Er hörte, wie sie bei jemandem einen Kaffee bestellte. Dann war sie wieder bei ihm. „Also, im Moment ist es wirklich ein bisschen hektisch bei uns – Stephen ist abgehauen, ein Tropensturm im Anmarsch ...“

„Ich könnte in zehn Minuten bei dir sein. Wäre das okay?“

„Na gut. Wenn du unbedingt willst. Rick ...“

Er hörte den fragenden Tonfall in ihrer Stimme und unterbrach sie. „Bis gleich. Und vielen Dank.“

Carla saß in ihrem Büro, als er im Polizeirevier ankam. Sie schlug vor, sich auf der Raucherterrasse zu unterhalten – einem kleinen Balkon im ersten Stock an der Südseite des Gebäudes.

Sie setzten sich nicht hin. Neugierig sah Carla ihn an. „Um diese Zeit machst du doch sonst immer das Hideaway auf. Da musst du ja wirklich etwas Wichtiges auf dem Herzen haben.“

„Stimmt.“ Er erwiderte ihren Blick. „Welche Beweise habt ihr gegen Mark Morgan?“

„Du weißt genau, dass ich dir das nicht sagen darf.“

„Erspar mir diesen Blödsinn, Carla. Dir ist doch auch klar, wie verfahren diese Untersuchung ist. Nichts passt zusammen.“

„Es fehlt nur noch eine Kleinigkeit, mehr nicht. Das berühmte Glied in der Kette.“

„Hast du jemals von einer Vereinigung gehört, die sich ‚horned flower' nennt?"

Sie schüttelte den Kopf.

„Tara war da Mitglied. Wir glauben, dass die anderen möglicherweise etwas mit ihrem Tod zu tun haben."

„Wir?"

„Liz Ames und ich."

Unmerklich zuckte sie zusammen. „Ich muss wieder an die Arbeit."

Sie wollte an ihm vorbeigehen, doch er hielt sie am Arm fest. „In dieser Gruppe geht es ziemlich hoch her. Mit harten Drogen und Sex, perversen Praktiken und unheimlichen Ritualen. Sie haben Tara Mancuso bedroht und sie davor gewarnt, die Gemeinschaft zu verlassen, weil ihr sonst etwas zustoßen würde."

„Du erwartest doch nicht etwa von mir, dass ich ..."

„Ich habe Grund zu der Annahme, dass Pastor Tim sowohl Tara Mancuso als auch Naomi Pearson ermordet hat." Jetzt wurde sie hellhörig, und das nutzte er aus. „Ich sage dir, was ich weiß, und du sagst mir, was du weißt, einverstanden?"

„Kommt nicht in Frage." Sie verschränkte die Arme vor der Brust und musterte ihn feindselig. „Sag mir erst, was du weißt, dann werde ich es mir überlegen."

Rick musste zugeben, dass Carla sich verändert hatte, und er war stolz auf sie. Allmählich kamen die Talente zum Vorschein, die er schon immer in ihr vermutet hatte.

„Das ist ein Angebot", meinte Rick. Dann erzählte er von Liz' Verdacht, ihrer gemeinsamen Fahrt nach Miami und den Informationen, die er von seinem Freund bekommen hatte. „Dabei hat sich herausgestellt, dass Taft und Collins im Frühjahr 1987 beide an der Florida State University studiert haben."

„Die Universität ist riesig, Rick. Da gibt es vermutlich mehr Studenten als …“

„Das ist ja auch nur Zufall Nummer eins. Wahrscheinlich hast du nicht gewusst, dass Tim Collins zwei Jahre Profi-Footballer war, bevor er Theologie studierte. Er hat für die Miami Dolphins gespielt.“

„Und?“

„Eines von Tafts Opfern war Cheerleaderin bei den Dolphins.“

Jetzt setzte Carla sich doch hin. Lange sagte sie nichts, dann sah sie Rick an. „Collins war es, der mich wegen Stephen angerufen hat.“

„Ich weiß.“

„Vielleicht gehörte Stephen das Messer überhaupt nicht. Möglicherweise hat Collins alles so arrangiert, dass es aussah, als ob …“ Sie unterbrach sich und rieb sich die Schläfen. „Ich habe ihn niedergeschossen. Beinahe hätte ich einen Menschen umgebracht, der vermutlich nur versucht hat, sich zu verteidigen.“

Rick sah auf seine Uhr. Er hatte nicht mehr viel Zeit. „Welche Beweise habt ihr gegen Mark Morgan?“

„Was ich dir jetzt sage, bleibt unter uns, klar?“ Er nickte. „Wir haben blutige Kleidungsstücke in seinem Zimmer gefunden. Die Flecken stimmen mit Taras Blutgruppe überein. Die DNA-Analyse liegt noch nicht vor, doch wir rechnen damit, dass sie unseren Verdacht bestätigt.“

„Er hat nie bestritten, am Tatort gewesen zu sein“, wandte Rick ein. „Wenn man über seine abgeschlachtete Freundin stolpert, kann man durchaus ein bisschen Blut abbekommen.“

„Aber er ist weggelaufen. Wenn er nicht schuldig ist, warum hat er uns dann nicht verständigt?“

„Wie wäre es mit dieser Antwort: Er ist jung, hatte Angst

und wusste, dass er verdammt schuldig aussehen würde?“ Sie atmete scharf aus, doch er beachtete sie nicht. „Warum wollt ihr Mark und Stephen überhaupt miteinander in Verbindung bringen?“

„Ein Zeuge glaubt, sie zusammen gesehen zu haben.“

„Wer war das, Carla?“

Sie warf einen Blick auf die verschlossene Balkontür, dann wandte sie sich wieder zu ihm. „Dreimal darfst du raten.“

„Pastor Tim.“

„Bingo. Er ...“

Die Tür wurde aufgerissen, und Val stürzte heraus. Sein Gesicht war weiß vor Wut. Carla drehte sich um und erbleichte. „Rick und ich haben gerade ...“

„Machen Sie es nicht noch schlimmer, Detective Chapman. Wir werden uns später darüber unterhalten.“

„Val, ich ...“

„Würden Sie uns bitte entschuldigen?“ Sein Ton machte unmissverständlich klar, dass sie in großen Schwierigkeiten steckte und gut beraten wäre, seinen Anweisungen zu folgen.

Rick trat einen Schritt vor. „Mach sie nicht dafür verantwortlich, Val. Das ist meine Schuld.“

„Wie edel.“ Seine Stimme troff vor Sarkasmus. „Aber Carla kennt schließlich ihre Pflichten und weiß, wem gegenüber sie sich loyal zu verhalten hat. Jedenfalls sollte sie es wissen.“ Er warf ihr einen wütenden Blick zu. „Oder, Detective?“

Sie nickte zerknirscht. „Ich bin in meinem Büro.“

„Gute Idee.“ Als die Tür hinter ihr ins Schloss fiel, drehte Val sich zu Rick. „Bist du jetzt vollkommen übergeschnappt? Hast du keinerlei Respekt vor mir? Bedeutet dir deine frühere Kollegin so wenig, dass du ihre Karriere aufs Spiel setzt, um deine eigenen Ziele zu verfolgen?“

„Ich verfolge keine eigenen Ziele, Val. Ich versuche, dir zu helfen."

„Du selbstgefälliges Arschloch! Ich brauche deine Hilfe nicht."

„So habe ich das doch nicht gemeint."

„Blödsinn. Du willst nur beweisen, dass du der bessere Cop von uns beiden bist."

Rick war bestürzt über die Verbitterung in der Stimme seines Freundes. „Das ist nicht wahr."

„Warum schnüffelst du dann hier herum und versuchst, einer Polizistin, die du vor Jahren im Stich gelassen hast, Informationen aus der Nase zu ziehen?"

„Ich habe Carla nicht im Stich gelassen. Und auch dich oder deine Abteilung nicht. Ich habe getan, was ich tun musste. Für mich."

„Was hast du denn schon getan? Dich vor dem Leben gedrückt, mehr allerdings auch nicht. Du hast dich wie ein Feigling benommen und den Schwanz eingezogen."

Rick sah rot. Er zählte bis zehn, ehe er weitersprach. „Du warst nie verheiratet, Val. Hast nie Kinder gehabt. Wage es nicht, mich einen Feigling zu nennen, wenn du keine Ahnung davon hast, was ich durchgemacht habe."

„Mach, dass du wegkommst. Strapaziere unsere Freundschaft nicht noch länger."

„Ich fürchte, Pastor Tim hat Dreck am Stecken. Ich habe etwas herausgefunden ..."

„Das sind meine Ermittlungen. Du bist kein Polizist mehr. Und lass endlich meine Detectives in Ruhe, verdammt noch mal!"

Rick trat einen Schritt näher. Allmählich ging ihm ein Licht auf. „Das ist es also, nicht wahr?" Er deutete mit dem Finger auf seinen Freund. „Du bist derjenige. Kaum zu fassen, dass ich das nicht schon längst bemerkt habe.“

Val schlug seine Hand beiseite. „Wovon zum Teufel redest du? Wer soll ich sein?

„Derjenige, der um jeden Preis Recht behalten will. Du willst unbedingt diesen Fall aufklären, den Mörder verhaften und der große Held sein.“

„So ein Schwachsinn ...“

„Und weil du unbedingt beweisen musst, dass du der bessere Polizist bist, willst du selbst die Tatsachen nicht wahrhaben.“

In den vergangenen Jahren hatten sie dieses Spiel immer wieder gespielt. Der Grund war zwar stets ein anderer gewesen, aber nicht das eigentliche Motiv, das sie angetrieben hatte. Warum ist mir nicht schon früher aufgegangen, dass der Wettkampf unsere Beziehung prägt, dachte Rick jetzt. Sie hatten um alles gekämpft, sogar um die Mädchen. Und um *das* Mädchen. Jill.

„Tim ist ein Freund, Rick. Hier im Ort wird er als Held angesehen, verdammt noch mal. Und außerdem ist er Priester.“

„Macht ihn das von vornherein unverdächtig?“

„Natürlich nicht. Momentan sehe ich jedoch keine stichhaltigen Beweise ...“

„Er und Taft waren zusammen an der Universität. Eines von Tafts Opfern war Cheerleaderin bei den Dolphins.“

Val erstarrte. „Woher weißt du das?“

„Ich habe immer noch ein paar Freunde bei der Polizei. Freunde, die mich nicht als Bedrohung ansehen. Oder als Konkurrenten.“

Tief atmete Val durch. „Verflucht, Mann, für mich bist du weder das eine noch das andere. Du bist mein Freund. Aber ich habe einen Job zu erledigen. Da geht es um Verantwortung, die nichts mit unserer Freundschaft zu tun hat.“

„Beantworte mir eine Frage. Auf welche Weise hat Stephen, ein Mann mit dem Verstand eines sechsjährigen Kindes, der die Insel nie verlassen hat, gelernt, so zu töten wie Gavin Taft? Die Ähnlichkeiten sind kein Zufall, das wissen wir doch beide."

Schnell warf Val einen Blick auf die geschlossene Tür, als ob er sich vergewissern wollte, dass sie alleine waren. Er deutete auf die Stühle und den Tisch. „Setz dich."

„Nach dir."

Val zog einen der Balkonstühle unter dem Tisch hervor und ließ sich darauf fallen. Rick folgte seinem Beispiel und wartete.

„Kinder lassen sich leicht von Erwachsenen beeinflussen. Sie ahmen nach, was sie sehen, besonders wenn sie es bei jemandem sehen, den sie respektieren."

„Was willst du damit sagen?"

„Wir glauben nicht, dass Stephen der Mörder ist. Vermutlich hat er etwas gesehen. Vielleicht ist er auch ein Komplize. Wir vermuten, dass Carla und der Pastor Stephen dabei ertappt haben, wie er ein Verbrechen imitierte, dessen Augenzeuge er gewesen war. Vielleicht mit Tara als Opfer. Oder auch mit Rachel Howard. Überleg doch mal, Rick. Wie viele Kinder spielen mit dem Feuer und verbrennen sich die Finger? Es gibt einige, die mit dem Jagdgewehr oder der Pistole ihres alten Herrn spielen und sich am Ende eine Kugel in den Kopf schießen."

Rick spürte einen leisen Stich. Dieses Bild weckte schmerzhafte Erinnerungen. „Und was ist mit Rachel Howards Bibel?"

„Vielleicht hat er sie vom Tatort mitgehen lassen. Oder aus dem Pfarrhaus. Möglicherweise hat sie ihm das Buch auch geliehen, bevor sie umgebracht wurde. Außerdem wissen wir nicht, ob sie überhaupt tot ist."

„Angesichts der zunehmenden Mordfälle halte ich das eher für wahrscheinlich."

„Aber es ist möglich, dass sie noch lebt. Ihre Leiche ist noch nicht gefunden worden.“

„Und du glaubst, dass Mark Morgan dein Mann ist?“

„Morgan ist vom Tatort geflohen. Wir haben blutbeschmierte Kleidungsstücke in seinem Zimmer gefunden. Es war die gleiche Blutgruppe wie die von Tara Mancuso ... Bald dürfte auch die DNA-Analyse vorliegen.“

„Gibt es sonst noch was?“

„Ja. Das Mädchen hatte ein Stück Papier in der Hand, als sie gestorben ist. Rate mal, was drauf geschrieben stand.“ Als Rick keine Antwort gab, fuhr er fort: „Die Telefonnummer vom Hideaway. Was, glaubst du, hat das wohl zu bedeuten?“

Rick wusste, welchen Schluss Val daraus gezogen hatte. „Ich habe dir doch gesagt, dass Mark und Tara zusammen abhauen wollten. Unter diesen Umständen ist es doch nicht ungewöhnlich, dass sie die Nummer seiner Arbeitsstelle ...“

„Weiß du, wo Mark Morgan ist?“

„Nein.“

Val schnaufte verächtlich. „Und ich nehme an, du hast auch nicht mit ihm gesprochen?“

„Nein. Nicht seit der Nacht, als Tara gestorben ist.“

Der Detective kniff die Augen zusammen. „Liz Ames hat mit ihm gesprochen, stimmt's?“

„Ja.“

„Verdammt!“ Aufgebracht schlug Val mit der flachen Hand auf den Tisch und sprang auf. „Einer Straftat Vorschub leisten! Einen Mordverdächtigen verstecken! Jesus, was ist bloß aus dir geworden?“

„Sie hat es mir erst gesagt, als er weg war. Nach deinem Besuch gestern ist er verschwunden.“

„Nach meinem Besuch? Wie praktisch!“

„Sie nimmt an, dass er von Mitgliedern der Vereinigung ‚horned flower' entführt worden ist."

Er reagierte skeptisch. „Liz Ames ist auch nicht allwissend, Rick. Sie hat dich viel zu sehr im Griff ..."

„Das ist Blödsinn. Hier geht es nicht um sie."

„Es geht immer um sie. Die treibende Kraft hinter all dem, was du in letzter Zeit gemacht hast, ist eine labile Frau, die deinen Schutz braucht."

„Was soll denn das heißen?"

„Das weißt du ganz genau. Sie sieht ja sogar ein bisschen wie Jill aus."

Eine volle Minute lang starrte Rick sein Gegenüber an, während sich alles um ihn zu drehen schien. Es verschlug ihm den Atem, und er konnte keinen klaren Gedanken fassen. Aber er musste zugeben, dass es stimmte. Es gab tatsächlich gewisse Ähnlichkeiten zwischen Jill und Liz. Ihr Teint. Die hohen Wangenknochen und das schmale, ovale Gesicht.

„Lass es dir mal durch den Kopf gehen, mein Freund. Denk darüber nach, warum du so rasch von dieser Verschwörungstheorie überzeugt gewesen bist. Weil sie dich brauchte. Die arme, verletzliche Liz. Du musstest sie retten. Wenn du es schon bei Jill nicht geschafft hast ..."

„Sei still." Rick ballte die Hände zu Fäusten und sprang auf. „Halt endlich den Mund!"

„Falls Rachel Howard eine Kultgemeinschaft auf der Insel entdeckt hat, die eine Gefahr für die Teenager ihrer Gemeinde darstellt, warum ist sie dann nicht zur Polizei gegangen? Hätte sie das nicht umgehend machen sollen? Und wie hat Liz von dieser angeblichen Gemeinschaft erfahren? Von Mark Morgan, der unter Mordverdacht steht. Alles, was sie dir erzählt hat, ist unbewiesen, Rick. Es gibt nur ihr Wort und keinen einzigen Zeugen."

Er senkte seine Stimme. „Du warst doch selber ein Cop. Und dazu ein verdammt guter. Ergibt das alles für dich wirklich irgendeinen Sinn?“

Rick hatte seine Stimme immer noch nicht wiedergefunden, und Val sah ihn bedauernd an. „Seit Sams Tod bist du nicht mehr der Alte. Such dir professionelle Hilfe, Kumpel. Und bitte tu es rasch. Sonst steckst du bald so tief drin, dass du überhaupt nicht mehr da rauskommst.“

47. KAPITEL

Mittwoch, 21. November
10.30 Uhr

Liz betrat das St. Catherine-Pflegeheim und eilte zur Rezeption. Es waren kaum Bewohner zu sehen; der Fernseher im Gemeinschaftsraum war ausgeschaltet, und niemand saß an den Spieltischen. Selbst der pummelige kleine Hund, der ihr beim ersten Mal entgegengelaufen war, hatte sich irgendwo verkrochen.

„Guten Morgen“, begrüßte Liz die Empfangsdame. „Heute ist hier aber nicht viel los.“

Die Frau erwiderte die freundliche Bemerkung mit einem müden Lächeln. „Wegen des Tropensturms haben wir den Leuten geraten, in ihren Zimmern zu bleiben. Wir müssen wissen, wo sich jeder aufhält. Dann können wir sie nämlich schneller zusammentrommeln, wenn der Sturm zunimmt und eine Evakuierung nötig wird. In dem Fall dürfen wir keine Zeit verlieren, sonst sitzen wir in der Falle.“

Liz ließ ihren Blick über die großflächigen Fenster des Gemeinschaftsraums wandern. Handwerker waren dabei, sie mit Holzbrettern zu vernageln. Die Szenerie hatte etwas Unwirkliches. Obwohl ein schwerer Sturm näher zog, war der wolkenlose Himmel noch tiefblau. Deshalb nahmen viele das nahende Unwetter bei dem strahlenden Sonnenschein nicht ernst. Auch die Luft war sehr angenehm. Doch sie erinnerte sich an Father Pauls Erzählung von dem Hurrikan aus dem Jahr 1846 und die Verwüstungen, die er angerichtet hatte.

„Es ist bestimmt nicht leicht, ein Haus wie dieses zu räumen."

„Nicht leicht? Es ist ein Albtraum." Sie beugte sich zu Liz vor. „Wenn ein Hurrikan so spät im Jahr kommt, dann hat er es meistens in sich. Glauben Sie mir – es ist kein Vergnügen, bei diesem Wetter hier auf Key West festzusitzen. Und dann noch mit all den alten Leuten."

„Was sagt denn die Wettervorhersage?"

„Der Hurrikan bewegt sich schnell, und das ist eine gute Nachricht. Denn je länger er über warmem Wasser bleibt, umso stärker wird er. Das heißt aber auch, dass er schon bald hier sein wird. Das ist die schlechte Nachricht. Die Sturmausläufer dürften wir schon heute Nachmittag zu spüren kriegen." Sie schaute auf ihre Uhr, dann lächelte sie wieder, diesmal allerdings ein wenig verlegen. „Sie müssen entschuldigen, Stürme machen mich allerdings immer ganz nervös. Wollen Sie jemanden besuchen?"

„Father Paul. Ist er wach?"

„Ja, aber er ist sehr unruhig. Vielleicht liegt es an dem Hurrikan. Wenn sich die Wetterlage ändert, sind die alten Leute manchmal vollkommen durcheinander. Wissen Sie noch, welches Zimmer es ist?"

Liz bejahte, und nachdem sie sich ins Gästebuch eingetragen hatte, lief sie durch den Korridor im C-Flügel. Die meisten Türen standen offen. Viele Heimbewohner wirkten in der Tat sehr unruhig; einige waren mit irgendetwas beschäftigt, andere starrten nur ins Leere. Wie bedrohlich muss der Sturm für sie sein, überlegte Liz. Vermutlich fühlten sie sich vollkommen schutzlos.

Als sie das Zimmer des alten Priesters erreicht hatte, blieb sie an der Tür stehen. Auch diesmal saß er wieder mit dem Gesicht zum Fenster, auf dem Schoß die Bibel, in der Hand die Perlen des Rosenkranzes. Sie klopfte an den Türrahmen. „Father Paul?"

Er drehte sich um, und seinem Gesichtsausdruck sah sie an, dass er sich nicht an sie erinnerte. „Ich bin es, Liz Ames. Ich war schon einmal bei Ihnen." Doch er schien sie immer noch nicht zu erkennen, und sie trat einen Schritt näher. „Sie haben mir damals die Geschichte von der Heiligen Jungfrau erzählt, die den Kindern im Park der Paradise Christian Church erschienen ist."

Jetzt hellte sich seine Miene ein wenig auf, und er winkte sie ins Zimmer hinein. „Ein Sturm ist im Anzug." Mit unsicheren Bewegungen ließ er die Perlen des Rosenkranzes durch seine Finger gleiten.

„Das Personal hat alles unter Kontrolle", beruhigte sie ihn. Liz durchquerte den Raum, ließ sich auf der Bettkante nieder und schaute ihn an. „Sie brauchen sich keine Sorgen zu machen."

„Das stimmt. Alles liegt in den Händen des Herrn. Er sorgt für die Gläubigen."

„Das tut er gewiss." Sie räusperte sich. „Ich bin zu Ihnen gekommen, Father, weil ich Sie etwas fragen muss."

„Sind Sie ein Mitglied der Gemeinde?"

„Nein. Ich bin nur manchmal in der Kirche." Sie öffnete ihre Handtasche und zog eine Seite aus dem Tagebuch ihrer Schwester heraus. Es war jene mit den Zeichnungen, die eine Blume mit Hörnern zeigten. „Father, haben Sie dieses Bild schon einmal gesehen?"

Er nahm das Blatt und studierte es aufmerksam. Dabei wurden seine Augen groß vor Entsetzen, und das Papier glitt ihm aus den

Händen. „Der Kampf um das Paradies hat begonnen." Er bekreuzigte sich, und seine Hand zitterte. „Der Satan und seine Heerscharen sind gekommen."

„Was meinen Sie damit? Wer ist gekommen?"

Seine hellen, wässrigen Augen sahen sie durchdringend an. „Das wissen Sie doch, mein Kind. Der Engel des Lichts. Luzifer, der Gefallene."

Satan und seine Anhänger.

Sie hatte Recht gehabt.

Ein kalter Schauder lief ihr den Rücken hinunter. Sie bückte sich und hob die Tagebuchseite auf. Auch ihre Hände zitterten jetzt. „Kennen Sie die Leute?" fragte sie. „Diese Gemeinschaft?"

Er schüttelte den Kopf. „Ich weiß, dass es eines der Symbole Satans ist. Wie die gehörnte Ziege und das auf den Kopf gestellte Kreuz. Eine Gotteslästerung. Und wo dieses Zeichen ist, da ist auch der Teufel nicht weit."

„Was kann man dagegen tun, Father?"

„Laufen Sie fort, mein Kind. Sie sind in großer Gefahr. Er ist ein Seelensammler, der die Engel und die Kinder Gottes gleichermaßen ins Verderben führt."

Sie musste schlucken. „Ich kann nicht fort. Sie haben meine Schwester geholt, und ich ... muss sie besiegen."

Bedächtig wiegte er den Kopf hin und her, und in seinen Augen schimmerten Tränen. Rasch griff sie nach seiner Hand. „Helfen Sie mir, Father. Ich weiß nicht, was ich tun soll."

Seine Wangen färbten sich rosig, und auf seiner Oberlippe bildeten sich winzige Schweißtropfen. „Luzifer war Gottes Engel des Lichts. Er war das vollkommene Geschöpf unseres Herrn. Aber Luzifer glaubte, dass er schöner sei und vollkommener als Gott."

Der Geistliche umklammerte ihre Finger. „Deshalb hat Gott ihn und alle Engel, die er auf seine Seite geholt hatte, aus dem

Himmel verstoßen. Er hat sie in das Tal von Gehenna verbannt, an einen Ort, den er eigens für sie auf der Erde erschaffen hat."

Das Tal von Gehenna. Die Hölle. Die Flammengrube. Der Ort, vor dem sie sich als Kind so sehr gefürchtet hatte.

Damals hatte sie den Teufel für real gehalten. Er war ein Wesen mit roter Haut, Hörnern und einem gespaltenen Schwanz. Die Angst vor ihm hatte sie dazu bewogen, brav zu sein, zu beten und vor allem zu glauben.

Wann hatte sie damit aufgehört? Wie alt war sie gewesen, als der Satan und das Höllenfeuer bloße religiöse Mythen für sie geworden waren? Hatte sie zur selben Zeit den Glauben an Gott verloren? Oder war erst das eine geschehen und hatte das andere bewirkt?

Inzwischen glaubte sie wieder – an den Himmel und an die Hölle und an die Mächte, die hinter beiden standen.

„Ich habe Angst, Father."

„Das ist gut", murmelte er mit gesenktem Kopf. „Vergessen Sie nie, mein Kind, dass er die Schlange ist. Schlau und verführerisch. Und wunderschön. Bitten Sie den Herrn, dass er Sie vor den üblen Machenschaften des Satans schützen möge. Lassen Sie nicht zu, dass Ihre Seele seinem unersättlichen Appetit zum Opfer fällt. Denn jede Seele, die er verschlingt, macht ihn nur noch mächtiger."

„Wie kann ich ihn bekämpfen?" fragte sie mit zitternder Stimme. „Was muss ich tun?"

„Wappnen Sie sich mit dem Heiligen Geist. Nur ein wahrer Gesandter des Herrn kann den Drachen bekämpfen. Denn nur die sind reinen Herzens, die unbeirrt an Jesus Christus glauben, unseren Herrn und Retter."

48. KAPITEL

Mittwoch, 21. November
10.45 Uhr

Nach diesen Worten fiel Father Paul in eine Art geistigen Dämmerzustand. Er begann, unverständliche Sätze zu murmeln. Soweit sie beurteilen konnte, ging es um Ereignisse aus seiner Kindheit. Bald darauf schlief er vor Erschöpfung ein.

Liz machte sich zum Gehen bereit. „Es war schön, mit Ihnen zu reden, Father Paul." Sie beugte sich zu ihm hinunter und drückte seine Hand. „Möge der Herr Sie beschützen."

Er lächelte und erwiderte den Händedruck. „Sie auch, mein Kind. Er segne und beschütze Sie."

Sie hatte einen Kloß im Hals, als sie sein Zimmer verließ und die Treppe zur Eingangshalle hinunterstieg. Seine Worte gingen ihr durch den Kopf, und sie versuchte, sich den Sinn seiner Sätze klar zu machen.

Der Kampf um das Paradies hat begonnen. Der Satan und seine Heerscharen sind gekommen.

Sie schauderte, und auf ihren Armen bildete sich eine Gänsehaut. Das konnte man doch nur wortwörtlich verstehen. Er hatte die Blume mit den Hörnern sofort wiedererkannt. Es war ein Symbol des Satans, so wie sie vermutete, und es hatte dem alten Priester Angst eingejagt. Sie hatte das Entsetzen in seinen Augen gesehen und seine Resignation. Als ob er gewusst hätte, dass das Böse eines Tages kommen würde. Es schien beinahe, als ob er darauf gewartet hätte.

Und es sah ganz so aus, als hätte er sich damit abgefunden, dass er nichts tun konnte, um es aufzuhalten.

Nichts außer Beten.

„Ist alles in Ordnung?"

Erschrocken blickte Liz sich um. Die Empfangsdame schaute sie mit einem seltsamen Gesichtsausdruck an. „Entschuldigen Sie, was haben Sie gesagt?"

„Sie sehen verstört aus. Ist Father Paul etwas zugestoßen?"

„Nein, nein", entgegnete Liz rasch. „Er ist nur eingeschlafen."

„Seine Erzählungen haben Ihnen doch nicht etwa Angst eingejagt?"

Aus den Augenwinkeln glaubte Liz zu sehen, dass einer der männlichen Krankenpfleger sie beobachtete. Als sie den Kopf umwandte, drehte er sich auf dem Absatz um und verschwand in die entgegengesetzte Richtung.

Stirnrunzelnd schaute sie wieder zu der Frau an der Rezeption. „Nein, ganz und gar nicht." Sie zwang sich zu einem Lächeln. „Gibt es etwas Neues vom Sturm?"

„Bis jetzt nicht. Drücken Sie uns die Daumen."

Liz verabschiedete sich von der Frau und verließ das Gebäude. Sie war zu Fuß hierher gegangen, denn das St. Catherine-Heim lag nur wenige Straßen von ihrem Büro entfernt. Jetzt bog sie nach rechts ein, um in die Altstadt zu gehen.

„Nur ein wahrer Gesandter des Herrn kann den Drachen bekämpfen. Denn nur die sind reinen Herzens, die unbeirrt an Jesus Christus glauben, unseren Herrn und Retter."

Sie ermahnte sich, seine Bemerkungen nicht allzu wörtlich zu nehmen. Ganz bestimmt hatte Father Paul nur sinnbildlich gesprochen. Schließlich war er ein alter Mann. Ein Mensch, der tief im Glauben – und im Irrglauben – der katholischen Kirche verwurzelt war. Er vertrat nicht die moderne Theologie, sondern jene, die vor achtzig Jahren maßgeblich war und zu der Geheimnistuerei, Irrglaube und Rituale gehörten.

Er hatte das Bild der Blume allerdings sofort als Zeichen des Dämonischen erkannt. Und das bedeutete, dass sie sich nicht geirrt hatte. Irgendwo da draußen waren sie und warteten. Sie wusste nicht, wie viele es sein mochten – möglicherweise nur eine Handvoll; vermutlich jedoch waren es viele. Liz sah sich verstohlen um und musterte die Gesichter in der Menge. Sie hatte keine Ahnung, wo sie waren, aber sie wurde von ihnen beobachtet. Vielleicht folgten sie ihr gerade – genau wie Rachel gesagt hatte.

Liz bekam eine Gänsehaut, und ihr Herz begann zu rasen. Noch einmal schaute sie sich um. Auf dem Gehweg wimmelte es von Menschen, aber niemand schien ihr besondere Aufmerksamkeit zu schenken.

Dennoch sträubten sich ihr die Nackenhaare. Schnell blickte sie nach rechts und links, ehe sie über die Straße hastete. Auf der anderen Seite fühlte sie sich sicherer. Während sie rasch weiterging, wagte sie noch einmal einen Blick nach hinten.

Nichts. Niemand.

Es war alles nur ihre Fantasie.

Mit einem unsicheren Lachen bog sie in die Duval Street ein. Hier wurde die Menschenmenge noch dichter. Sie bahnte sich einen Weg durch die Masse von Touristen. Manchmal musste sie an der Tür eines Ladenlokals stehen bleiben, weil Kunden aus dem Geschäft heraus auf die Straße strömten und sie am Vorwärtskommen hinderten.

Dann blockierte eine Gruppe ihren Weg, die aus zwei Spaziergängern und einem halben Dutzend Kindern bestand, die etwa zwischen sechs und vierzehn Jahren sein mochten. Sie jammerten über die Hitze und verlangten nach einem Eis. Liz blieb stehen und schaute nach links in einen Laden hinein. Im Schaufenster spiegelte sich das Bild eines jungen Mannes, der rechts hinter ihr stand und ihr ins Gesicht sah.

Kaum merklich lächelte er, doch ihr stockte der Atem, als sie ihn erkannte. Er gehörte zu den Kindern des Regenbogenlandes und hatte sie an ihrem ersten Tag auf Key West mit einem boshaften Blick gemustert.

Er verfolgte sie schon seit zwei Häuserblocks.

Als sie sich dessen bewusst wurde, gefror ihr das Blut in den Adern. Er kam auf sie zu. Eilig wollte sie in der Menge untertauchen. Dabei rempelte sie die Familie an, und der Vater wies sie ärgerlich zurecht. Sie murmelte eine Entschuldigung und lief weiter, so schnell sie konnte, wobei sie immer wieder den langsam dahinschlendernden Passanten ausweichen musste.

Schwer atmend erreichte sie die Paradise Christian Church, blieb stehen und schaute nach links. *Bikinis et cetera. Heather würde ihr helfen.*

Liz eilte über die Straße. Die Tür war verschlossen, und es war niemand im Laden. Verwirrt schaute sie auf ihre Uhr. Warum hatte Heather ihr Geschäft an einem ganz gewöhnlichen Wochentag geschlossen?

Stirnrunzelnd sah sie durch die Schaufensterscheibe. Drinnen brannte nicht einmal die Notbeleuchtung. „Heather!" rief sie, während sie an die Tür klopfte. „Ich bin's, Liz. Sind Sie da?"

„Sie ist weg."

Liz erschrak und fuhr herum. Sie fasste sich an die Kehle. Ein kleiner Mann mit einer grünen Schürze stand hinter ihr.

„Ich wollte Sie nicht erschrecken." Er deutete auf den Laden nebenan. „Ich mache gerade eine Zigarettenpause."

Sie rang nach Worten. „Was meinen Sie damit – sie ist weg?"

„Sie wird vermisst."

Die Antwort traf sie wie ein Schlag in die Magengrube. „Das verstehe ich nicht. Heather wird vermisst?"

„Seit zwei Tagen ist sie nicht mehr im Geschäft gewesen. Und heute ist sie auch nicht gekommen." Er nickte einem Ehepaar zu, das vor seinem Schaufenster stehen geblieben war, und drehte sich wieder zu ihr um. „Ich habe bei ihr zu Hause angerufen. Da hat sich aber niemand gemeldet, und deshalb bin ich zu ihrem Apartment gegangen."

„Und?"

„Abgeschlossen. Genau wie der Laden. Schon seltsam."

Liz legte die Hand vor den Mund. *Ihre Schwester. Naomi Pearson. Und jetzt Heather.*

Verwirrt sah sie den Mann an. „Heather hat mir erzählt, dass sie glaubte, von einem Mann verfolgt zu werden."

„Wirklich? Wenn ich so darüber nachdenke, hat sie sich in den letzten Tagen tatsächlich etwas merkwürdig verhalten. Irgendwie war sie nervös, verstehen Sie?" Hastig blickte er zu seinem Laden hinüber. „Ich muss zurück."

„Warten Sie! Haben Sie die Polizei verständigt?"

„Natürlich. Ich habe sogar mit einem Hochrangigen gesprochen, diesem Lieutenant Lopez. Er hat nichts unternommen. Vielleicht macht sie ja nur einen Kurzurlaub, hat er gemeint." Seine Stimme klang ironisch. „Und sagt ihren Angestellten nicht Bescheid, dass sie den Laden aufmachen sollen? Ganz bestimmt!"

Liz sah ihm nach. Sie hatte das Gefühl, dass der Himmel über ihr einstürzte. Ihr Atem ging unregelmäßig, und sie begann zu zittern. Sie wusste nicht mehr, was sie tun sollte. Zur Polizei gehen? Zu Rick?

Sie machte auf dem Absatz kehrt und stand dem Mann gegenüber, der ihr schon seit geraumer Zeit gefolgt war. Seine hellblauen Augen blickten sie durchdringend an. Er packte sie am Arm.

„Verlassen Sie Key West", sagte er drohend mit leiser Stimme. „Wenn Sie bleiben, werden Sie enden wie Ihre Schwester."

Er verstärkte seinen Griff. „Kapiert? Genau wie Ihre Schwester."

Abrupt ließ er sie los, drehte sich um und verschwand in der

Menschenmenge. Einen Moment lang starrte Liz hinter ihm her, ohne sich zu bewegen. Dann stieß sie einen Schrei aus und begann zu laufen.

Das Hideaway lag einen Block weiter oben auf der anderen Straßenseite. Sie rempelte zahlreiche Passanten an, rannte über die Fahrbahn und verursachte ein wütendes Hupkonzert. Inständig hoffte sie, dass Rick in der Bar sein möge.

Sie hatte Glück. Er stand an einem Tisch und unterhielt sich mit Gästen, bei denen es sich um Touristen handeln musste. Sie sprachen über den Sturm und verstummten, als sie näher kam.

„Liz?" Besorgt musterte er sie von Kopf bis Fuß. „Was ist los?"

„Ich muss mit dir sprechen", brachte sie heraus. „Es ist dringend."

Er entschuldigte sich bei seiner Kundschaft und ging mit Liz ans andere Ende der Bar. „Was ist los?" fragte er noch einmal.

Die Stimme versagte ihr. Stattdessen begann sie zu zittern und mit den Zähnen zu klappern.

„Um Himmels willen, Liz." Beruhigend legte er die Hände auf ihre Schultern. „Was ist denn bloß passiert?"

Ein paar Sekunden lang klammerte sie sich nur an ihn. Schließlich sah sie ihm in die Augen. „Ich habe solche Angst. Sie haben ... Heather geholt."

„Heather?"

„Meine Freundin. Rachels Freundin ... Heather Ferguson. Sie hat mir erzählt, dass sie von jemandem verfolgt wurde. Sie hatte Angst ..."

Er wirkte ziemlich ratlos. „Ich bin heute alleine hier." Er schaute sich um. Sein Blick blieb bei den Touristen hängen, die offensichtlich lauschten. „Erzähl mir alles, was du weißt, und zwar so genau wie möglich. Und reg dich bitte nicht auf."

Sie riss sich zusammen und berichtete ihm kurz, wie sie Heather kennen gelernt hatte, was sie von ihr über Rachel erfahren und was sie ihr bei ihrem letzten Besuch vor drei Tagen anvertraut hatte. „Sie sagte mir, dass ihr jemand folgen würde. Die Frau hatte Angst. Und jetzt ist sie verschwunden. Der Besitzer des Ladens neben ‚Bikinis et cetera' sagt, dass sie schon seit zwei Tagen nicht mehr im Geschäft war."

„Vielleicht macht sie irgendwo Ferien."

Liz atmete tief durch. „Das hätte sie ihren Angestellten doch gesagt und für eine Vertretung gesorgt."

„Sie hat es nicht getan?"

„Nein." Tränen schnürten ihr die Kehle zu. „Man hat mich gewarnt und mir gedroht, dass ich enden würde wie ... Rachel, wenn ich Key West nicht sofort verlasse."

„Wer hat dich gewarnt? Und wann?"

„Ein junger Mann. Auf dem Weg hierhin ... eines von diesen Regenbogenkindern. Er hat mich am Arm festgehalten und mir gesagt, wenn ich nicht von der Insel verschwinde, würde es mir genauso ergehen wie Rachel."

Verwirrt runzelte er die Stirn. „Willst du damit etwa sagen, dass ein Mann, den du noch nie gesehen hast, dich auf der Straße angesprochen und bedroht hat?"

„Ja ... nein, ich habe ihn schon mal gesehen. An dem Tag, als ich hier angekommen bin. Er hat vor meinem Bürofenster gestanden und mich so drohend angesehen, dass ich ..."

„Hör auf, Liz", zischte er. „Jetzt reicht es. Das ist doch Unsinn!"

„Es klingt verrückt, ist es aber nicht. Bitte versuch doch wenigstens, diese Möglichkeit in Betracht zu ziehen." Sie holte tief Luft. „Vielleicht steckt sogar die Polizei mit drin."

„Was?"

„Der Mann, dieser andere Ladenbesitzer, hat wegen Heather mit Val telefoniert. Der Detective hat nichts unternommen. Er hat das Ganze auf die leichte Schulter genommen – genauso wie er es bei Rachel und Naomi getan hat."

Rick trat einen Schritt zurück. Seine Miene war abweisend. Liz griff nach seiner Hand. „Bitte glaub mir."

„Valentine Lopez ist mein bester Freund."

„Ich weiß", flüsterte sie ratlos. „Es tut mir so Leid."

„Nein, mir tut es Leid." Er schaute über ihre Schulter hinweg zu den Gästen, die am anderen Ende der Bar saßen. Als er sie wieder ansah, ließ der Zorn in seinem Blick ihr den Atem stocken. „Du behauptest allen Ernstes, mein bester Freund sei schuldig an einem Mord. An einer Verschwörung. Dass er mit Satanisten zu tun hat. Sonst noch was? Stiehlt er auch alten Damen die Handtaschen?"

„Lass mich zu Ende reden." Sie verstärkte ihren Griff. „Bitte, Rick."

„Es reicht mir." Er machte sich von ihr frei. „Ich habe mich viel zu tief in deine Geschichte hineinziehen lassen. Für dich habe ich meine Freunde und Kontakte bis an die Grenzen des Erlaubten ausgenutzt. Ich muss endlich damit aufhören. Und du auch! Bis hierhin und nicht weiter, Liz."

Plötzlich wusste sie es. Die Erkenntnis traf sie mit der Wucht eines Faustschlags. „Du hast mit Val gesprochen, stimmt's? Er hat dich auf seine Seite gezogen."

Rick antwortete nicht, und Tränen traten ihr in die Augen. „Du musst mir glauben, bitte. Ich habe doch sonst niemanden."

Er streichelte ihre Wange. „Ich würde es ja gerne", murmelte er mit belegter Stimme. „Glaub mir, am liebsten würde ich dich ganz fest in die Arme nehmen und vor all diesen Verbrechern beschützen, ob sie nun existieren oder nicht."

„Es ist wahr", wisperte sie. „Die Vereinigung ‚horned flower' gibt es wirklich."

Sofort ließ er ihre Hand los. „Du hast keinen stichhaltigen Beweis dafür. Es gibt nicht einen einzigen Menschen, der deine Behauptungen bestätigen kann."

„Der Ladenbesitzer. Er wird dir sagen, dass Heather verschwunden ist."

„Hat sie ihm oder sonst irgendjemandem gesagt, dass sie verfolgt wird? Einem anderen Menschen außer dir, meine ich."

„Ich weiß es nicht." Je mehr sie erkannte, dass er Recht hatte, umso größer wurde ihre Panik. „Ich meine, ich glaube nicht ..."

„Ist sie zur Polizei gegangen?"

„Ich habe ihr dazu geraten, aber ..."

„Sie hat es nicht getan? Ebenso wenig wie deine Schwester zur Polizei gegangen ist, obwohl die Teenager in ihrer Gemeinde von den Mitgliedern dieser Vereinigung bedroht wurden?"

Es klang unglaubwürdig, ja geradezu verrückt – auch in ihren Ohren. Doch das war es nicht. „Schau dir doch die Beweise an. Sie existieren wirklich!"

„Was sollen das denn für Beweise sein? Ein paar Zeichnungen, die angeblich aus dem Tagebuch deiner Schwester stammen? Eine Tätowierung auf Taras Schenkel? Der Zufall, dass zwei Männer aus Florida auf derselben Universität waren? Das Wort eines jungen Mannes, der wegen Mordes gesucht wird? Und den niemand mehr gesehen hat nach diesem Mord – außer dir natürlich."

Er wandte den Blick ab. Nach ein paar Sekunden sah er sie wieder an. „All das könntest du auch selbst arrangiert haben. Den Briefumschlag, die Bedrohungen, sogar die tote Ratte."

„Auch die toten Frauen, Rick?" Ihre Stimme zitterte vor unterdrückter Empörung. „Könnte ich die ebenfalls arrangiert haben?"

„Leider nicht." Er stieß einen Seufzer aus. „Ich verstehe, dass du verletzt bist. Du willst einen Sinn darin sehen, was mit deiner Schwester geschehen ist ..."

„Darin werde ich nie einen Sinn sehen", entgegnete sie verbittert. „Ich möchte nur *wissen*, was mit ihr passiert ist. Kannst du das denn nicht verstehen?"

„Nicht, wenn du diese Morde als Mittel zum Zweck benutzt, um dein Ziel zu erreichen."

Liz konnte nicht glauben, was sie hörte. „Du denkst also, dass ich es deswegen tue?" fragte sie zutiefst verletzt.

Als er nichts sagte, wandte sie sich von ihm ab. Sie war am Boden zerstört. „Warum willst du das nicht wahrhaben? Wer weiß, wie viele Leute daran beteiligt sind? Und wenn die Machenschaften dieser Gruppe von der Polizei gedeckt werden ..."

„Hör auf! Das geht entschieden zu weit! Du wirfst unbescholtenen Bürgern Mord, Unmoral und Korruption vor. Mein ältester Freund ist darunter und ein beliebter Geistlicher. Sonst noch jemand? Der Bürgermeister? Der Direktor der Grundschule?"

„Warum nicht?" gab sie zornig zurück. Sie stand kurz davor, die Nerven zu verlieren. „Jeder könnte damit zu tun haben."

Er trat einen Schritt zurück und schaute sie finster an. „In diesem Fall bist du die Querulantin. Du bist verrückt, nicht die anderen."

Abwehrend fuhr sie sich mit der Hand über die Augen. „Wie kannst du so etwas sagen? Nach allem, was zwischen uns passiert ist."

„Und, was war das schon?" fragte er gepresst. „Ich hatte angefangen zu glauben, dass man im Leben vielleicht doch ... eine zweite Chance bekommt. Aber allmählich frage ich mich, ob ich nicht nur ein Faustpfand in deinem verzweifelten Spiel war."

Sie stöhnte auf, als habe er ihr einen Schlag versetzt. Nie zuvor hatte sie sich so allein gefühlt, so sehr im Stich gelassen.

„Es ist vorbei, Liz", sagte er leise. „Ich will mit deinen Hirngespinsten nichts mehr zu tun haben."

49. KAPITEL

Mittwoch, 21. November
12.25 Uhr
Carla saß am Schreibtisch und versuchte, sich ihre Gedanken nicht anmerken zu lassen. Sie schaute auf ihre Uhr. Gleich würde Becky, Vals Sekretärin, Mittagspause machen, an ihrer Tür vorbeigehen, sich von ihr verabschieden und kurz darauf zurückkommen, um sie zu fragen, ob sie ihr etwas mitbringen sollte. Das machte sie jeden Tag so.

Heute hatte Carla etwas anders vor. Deshalb wartete sie ungeduldig darauf, dass Becky endlich ihr Büro verließ.

Ein Verdacht schnürte ihr die Kehle zu. Es fiel ihr schwer zu glauben, was ihr seit einiger Zeit durch den Kopf ging. Deshalb musste sie sich vergewissern, dass ihre Vermutungen falsch waren.

Val hatte keinen Dreck am Stecken. Er hatte nichts mit dem Mord an diesen Frauen zu tun. Und auch nichts mit dieser Gruppe, die sich ‚horned flower' nannte und von der Rick ihr erzählt hatte.

Carla schaute zu den Unterlagen auf ihrem Schreibtisch. Es war die Akte von Tara Mancuso. Darunter lagen die von Rachel Howard und Naomi Pearson. Unstimmigkeiten sprangen ihr ins Auge. Widersprüchliche Aussagen, die ihr zuvor nicht aufgefallen waren. Dinge wie Daten und Uhrzeiten. Hinweise, die vielleicht gar keine Bedeutung hatten.

Oder alles ändern konnten.

Sie hatte das Gespräch von Val und Rick am Morgen belauscht. Eine Bemerkung des Detectives hatte sich ihr nachhaltig ins Gedächtnis eingeprägt.

„Wenn Rachel Howard eine Kultgemeinschaft auf der Insel entdeckt hat, die eine Gefahr für die Teenager in ihrer Herde darstellt, warum ist sie dann nicht zur Polizei gegangen?“

Carla fasste sich an die Schläfen, um den bohrenden Schmerz in ihrem Kopf zu mildern. Sie dachte an Rachel Howards Anruf. Kurz bevor sie verschwand, hatte sie bei der Polizei angerufen. Carla schloss die Augen, um ihrem Gedächtnis auf die Sprünge zu helfen. Sie war gerade an Vals Büro vorbeigekommen, als er telefonierte. Vor seiner Tür war sie stehen geblieben, um ihm etwas mitzuteilen, und am Ende des Gesprächs hatte er den Namen der Frau erwähnt.

„Ich werde mich darum kümmern, Pastorin Howard. Danke für Ihren Anruf.“

Warum war ihr diese Kleinigkeit nicht schon früher aufgefallen? Einen Tag nach Taras Ermordung war Liz zu Val gekommen. Carla war bei dem Gespräch dabei gewesen. Der Detective hatte Liz erzählt, dass er nie mit ihrer Schwester gesprochen hätte. Warum hatten bei ihr nicht sofort die Alarmglocken geläutet?

Die vergangenen Stunden hatte sie damit verbracht, sich verschiedene Entschuldigungen dafür zurechtzulegen. Sie war unkonzentriert und ihr Gedächtnis ein Sieb. Es gab keinen Grund, ihren Vorgesetzten in irgendeiner Weise zu verdächtigen. Nicht einmal jetzt konnte sie sicher sein, ob ihre Erinnerung sie trog oder ihr vor lauter Erschöpfung und Frust womöglich einen Streich spielte.

Weitere Vorwände fielen ihr nicht ein. Rick jedenfalls hätte ein solches Detail niemals übersehen. Ihm wäre der kleinste Widerspruch aufgefallen. Er hätte sich so gründlich mit dem Fall befasst, dass ihm Unstimmigkeiten, egal ob Flüchtigkeitsfehler oder bewusste Täuschungsversuche, nicht entgangen wären. Basta!

Carla konzentrierte sich wieder auf die Akten auf ihrem Schreibtisch. Bei ihrem Gespräch hatte Val gegenüber Rick behauptet, Tara habe ein Stück Papier in der Hand gehabt, auf dem die Telefonnummer des Hideaway gekritzelt war. Doch es war gar kein Papier gewesen, sondern ein Stück Stoff. Vermutlich ein Fetzen von dem Hemd, dass Taras Mörder getragen hatte. Warum hatte Val seinen Freund belogen? Sowohl in diesem Fall als auch, was den Anruf von Rachel Howard anbetraf?

Um ihn gegen Liz Ames anzustacheln und ihn davon zu überzeugen, dass es besser wäre, sich nicht mit ihr abzugeben.

Aber weshalb?

Weil Rick ein verdammt guter Polizist gewesen war und der Detective befürchtete, dass sein ehemaliger Kollege die Wahrheit herausfinden würde.

Also hatte Val doch Dreck am Stecken!

Carla schüttelte den Kopf. Das wollte sie erst glauben, wenn sie Beweise dafür hätte.

„Ich mache Mittagspause!“ rief Becky, als sie aus ihrem Büro auf den Korridor trat. „Soll ich Ihnen etwas mitbringen?“

Carla schaute hoch und hoffte, kein schuldbewusstes Gesicht zu machen. „Nein danke. Ich werde mir später was besorgen.“

„Sie sollten es tun, ehe Lieutenant Bluthund zurückkommt.“ Becky zog eine Grimasse. „Sonst können Sie Ihren Lunch vergessen. Heute Morgen war er nämlich ziemlich mies drauf.“

„Danke für den Tipp.“ Carla zwang sich zu einem Lächeln. „Ach übrigens, wann wollte Val eigentlich zurück sein?“

„Seine Besprechung mit dem Boss geht wohl über Mittag. Ich vermute, er kommt irgendwann nach eins wieder.“

Fast wären Carla die Worte im Hals stecken geblieben, als sie sich für die Auskunft bedankte. Die Sekretärin warf ihr einen merkwürdigen Blick zu. „Ich glaube, ich kriege eine Erkältung", erklärte sie schnell und räusperte sich.

„In meiner oberen rechten Schreibtischschublade steht eine Flasche Echinazin. Bedienen Sie sich. Mir hilft das immer."

„Vielen Dank für das Angebot." Carla lächelte, und Becky verschwand. Sie schaute auf ihre Armbanduhr und starrte auf den Sekundenzeiger, bis eine Minute verstrichen war. Dann wartete sie noch eine zweite und vorsichtshalber eine dritte Minute ab.

Endlich stand sie auf und ging zur Tür. Dort blieb sie eine weitere Minute stehen und lauschte auf Beckys laute Stimme. Carla ging auf Nummer sicher: Sie wollte erst handeln, wenn die Sekretärin den ersten Stock verlassen hatte.

Schließlich betrat sie Beckys Büro. Es war ein kleiner, voll gestopfter Raum, der direkt rechts neben Vals Arbeitszimmer lag. Die Sekretärin war jedoch für alle Detectives zuständig. Sie beantwortete das Telefon, verband die Anrufer weiter und fungierte als Kontaktperson zwischen Polizisten und Vorgesetzten sowie den Besuchern des Reviers – inklusive Zeugen und Familien von Opfern.

Aber Lieutenant Lopez war ihr unmittelbarer Boss. Er hatte sie eingestellt und konnte sie auch wieder feuern. Seine Arbeit ging immer vor.

Val hatte Becky angewiesen, eine Kopie ihrer Notizblöcke sechs Monate lang aufzubewahren. Wenn Rachel Howard ihn also nicht sofort am Apparat gehabt hatte, dann musste Becky ihren Anruf notiert haben. Die Chancen standen fifty-fifty, doch es war immerhin einen Versuch wert.

Die Sekretärin bewahrte die Durchschläge in der untersten Schublade eines Eckschranks auf. Carla ging vor dem Schrank in die Hocke und öffnete das Schubfach. Die gebrauchten Blöcke lagen ganz hinten, insgesamt fünf Stapel. Sie begann, den jüngsten durchzublättern.

Nichts. Sie nahm den nächsten Stapel. Und traf ins Schwarze.

Pastorin Howard von der Paradise Christian Church bittet um Rückruf. Mittwoch, 11. Juli. Zwei Tage, bevor sie verschwand.

Die Tragweite ihrer Entdeckung traf sie wie der Boxhieb eines Schwergewichtsmeisters.

„Was machen Sie da?"

Ihr Kopf fuhr herum. Becky stand an der Tür und beobachtete sie mit einer Mischung aus Ärger und Misstrauen. Carla zwang sich zu einem Lachen. Sie merkte selbst, dass es unecht klang. „Gerade als Sie weg waren, ist mir etwas eingefallen ..." Sie riss ein Blatt vom Block, erhob sich und ging hinüber zu der Sekretärin. „Haben Sie Val eigentlich davon benachrichtigt, dass Rachel Howard angerufen hat?"

Beckys Wangen wurden rot. „Er bekommt alle Nachrichten."

Carla beeilte sich, sie zu besänftigen. „Das habe ich mir schon gedacht."

„Außerdem ist die Originalseite nicht mehr vorhanden", sagte Becky, während sie mit dem Zeigefinger auf den Block klopfte. „Das bedeutet, ich habe sie auf Vals Schreibtisch gelegt."

„Hat er denn zurückgerufen?"

Die Sekretärin wurde abweisend. „Ich denke schon. Lieutenant Lopez ist ein sehr gewissenhafter Mensch."

„Ja, das ist er." Carla dachte an Rick und wie er wohl auf ihre Entdeckung reagieren würde, und ein Gefühl von Traurigkeit überkam sie. Alle würden darunter zu leiden haben – die Abteilung, Rick, sie selbst. „Danke, Becky."

Als sie das Büro verlassen wollte, hielt die Sekretärin sie zurück. „Ihrer Stimme scheint es wieder besser zu gehen, Carla."

Sie drehte sich nach der anderen Frau um. „Sie haben Recht. Lieb von Ihnen, dass Sie sich so um mich sorgen.“

50. KAPITEL

Mittwoch, 21. November
13.40 Uhr
Rick parkte seinen alten Wrangler-Jeep vor Carlas kleinem Haus in der South Street. Vor einer halben Stunde hatte sie ihn auf seinem Handy angerufen und ihm mitgeteilt, dass sie ihn sofort sehen müsse. Es gehe um das Verschwinden von Pastorin Howard.

Rick stellte den Motor ab, stieg aber nicht sofort aus. Müde lehnte er den Kopf gegen die Nackenstütze und starrte mit leerem Blick auf das Segeltuchdach des Jeeps. Er dachte an Liz und wie er ihr nachgesehen hatte, als sie die Bar verließ. Ihn hatte das Gefühl beschlichen, sie unbedingt zurückhalten zu müssen – ein Gefühl, das in den vergangenen Stunden immer stärker geworden war und ihm sagte, er habe ihr Unrecht getan. Jetzt machte er sich Sorgen um ihre Sicherheit.

Wenn es um Liz ging, half ihm sein Instinkt nicht weiter. Das hatte er mittlerweile erkannt. Die Ähnlichkeiten zwischen ihr und Jill waren ihm erst bewusst geworden, als Val ihn darauf aufmerksam gemacht hatte. Ebenso wenig war er sich über die Motive seines Handelns im Klaren gewesen – er wollte sie retten, weil er Jill nicht hatte helfen können.

Diese Erkenntnis hatte ihn an seiner empfindlichsten Stelle getroffen. Deshalb kam er sich nun vor wie ein Narr.

Er schaute zu Carlas Haus hinüber. Sie stand am Fenster. Er winkte ihr zu, zog den Schlüssel aus dem Zündschloss, stieg aus dem Jeep und lief über den schmalen Pfad.

Schließlich betrat er die Veranda. Der Dielenboden hing ein wenig durch, und die graue Wandfarbe blätterte ab. Die hängenden Farne und die Topfblumen, die in allen Farben leuchteten, straften allerdings den Eindruck Lügen, dieses Haus werde vernachlässigt.

Carla hatte Pflanzen immer schon geliebt. Eine Zeitlang hatte sie auch versucht, einige in ihrem voll gestopften fensterlosen Büro zu halten. Mehr als einmal war Val deswegen ausgerastet. Richtige Cops würden sich keine Gänseblümchen und Petunien auf den Schreibtisch stellen, hatte er gewettert.

Carla erschien an der Tür. „Hallo." Nervös lächelte sie und stieß das Fliegengitter auf.

Nachdem er ins Haus getreten war, warf sie noch einen Blick auf die Straße, als wollte sie sich vergewissern, dass sie nicht beobachtet wurden. Dann verschloss sie die Tür. Erstaunt zog er die Augenbrauen hoch. „Was soll das alles?"

„Das wirst du gleich verstehen. Komm mit, ich muss dir etwas zeigen."

Sie führte ihn in ihre winzige Küche, nahm ihre Handtasche, zog ein rosafarbenes Blatt Papier hervor und hielt es ihm hin. „Schau dir das mal an."

Er trat näher und nahm das Blatt in die Hand. Es war die Kopie eines Notizblocks, wie sie in fast allen Büros benutzt wurden.

Er las die Worte und schaute sie an.

„Rachel Howard hat doch mit Val telefoniert. Zwei Tage, bevor sie als vermisst gemeldet wurde, hat sie ihn angerufen."

Rick zog einen Küchenstuhl zu sich heran und ließ sich darauf fallen. Er hatte das Gefühl, als ob ihm jemand den Wind aus den Segeln genommen hätte.

„Heute Morgen habe ich dich und Val belauscht. Und dabei ist mir etwas eingefallen. Er hat nämlich doch von seinem Büro aus mit ihr telefoniert und ihren Namen genannt."

„Bist du sicher? Vielleicht hat er ...“

„Ganz sicher. Ich habe mit Becky darüber gesprochen.“

„Verdammt.“ Kopfschüttelnd versuchte er, diese Neuigkeit einzuordnen und sich darüber klar zu werden, welche Folgen sie hatte. „Das muss nicht unbedingt etwas zu bedeuten haben. Vielleicht hat sie ihn auch nur angerufen wegen einer ... Spende. Oder sie wollte ihn bitten, eine ehrenamtliche Aufgabe in der Kirche zu übernehmen ...“

„Da ist noch etwas, Rick“, unterbrach sie ihn leise. „Es gab kein Stück Papier mit der Telefonnummer des Hideaway. Tara hatte ein Stück Stoff in der Hand. Es stammte von einem weißen Hemd.“

Rick versuchte sich zu erinnern, was er in jener Nacht gesehen hatte. Schon möglich, dass es ein Stück Stoff gewesen war. In der Dunkelheit hatte er es für einen Papierfetzen gehalten.

„Mark trug in dieser Nacht ein hellblaues T-Shirt.“

„Woher weißt du ...?“

„Es lag in seinem Zimmer. Auf dem Blau wirkte das Blut purpurrot. Ich könnte mich ohrfeigen, dass ich erst jetzt darauf gekommen bin. Der Stoff stammt wahrscheinlich von dem Hemd, das ihr Mörder getragen hat.“

Plötzlich war Rick übel. *Doch nicht Val – sein ältester, sein bester Freund! Der Mensch, der ihm während der dunkelsten Monate seines Lebens beigestanden hatte.* Er fühlte sich, als wenn er in ein tiefes, schwarzes Loch stürzen würde.

Rick dachte an Liz und an die Vorwürfe, die er ihr gemacht hatte, weil sie behauptete, Val könnte Dreck am Stecken haben.

„Warum, Carla?“ Er schaute sie an. „Weshalb sollte er das tun?“

„Ich weiß es nicht.“ Sie ging zum Fenster, das über der Spüle angebracht war, und starrte in ihren üppig blühenden Garten. Dabei stieß sie einen langen, resignierten Seufzer aus. „Ich habe so viele Fehler gemacht. Überallhin bin ich ihm gefolgt. Wie ein dressierter Hund habe ich immer das getan, was er von mir verlangt hat. Und ich glaubte alles, was er gesagt hat."

Sie drehte sich um und sah ihm ins Gesicht. „Ich habe nie etwas in Frage gestellt, Rick." Ihre Stimme zitterte. „Dabei muss ein guter Polizist alles anzweifeln."

„Sei nicht so hart dir selbst gegenüber. Er ist dein Boss, ein Lieutenant. Alle in der Abteilung respektieren ihn. Wer wäre jemals auf den Gedanken gekommen ...?"

„Du", sagte sie schlicht. „Ich werde das hier noch zu Ende bringen, und dann mache ich Schluss. Das ist nicht der richtige Job für mich. Und nicht der richtige Ort."

Er wollte nicht, dass sie fortging. Aber er konnte sie verstehen. „Du bist eine gute Polizistin, Carla. Aus dir ist ein guter Detective geworden."

Sie lächelte schwach. „Danke, aber ich weiß es besser." Er wollte widersprechen, doch sie unterbrach ihn. „Ich bin nicht wie du, Rick. Und ich werde es niemals sein. Es wird höchste Zeit, dass ich aufhöre, mir etwas vorzumachen. Das ist einfach nicht mein Ding. Ich werde nie besser als durchschnittlich sein, nicht hier. Nicht bei der Polizei."

„Deshalb musst du doch nicht gleich weg von Key West. Es gibt andere Möglichkeiten. Du könntest ..."

„Kellnerin werden? In einem Hotel oder einer Boutique arbeiten?" Wehmütig schaute sie ihn an. „Ich bin ein Mädchen aus einer Arbeiterstadt, Rick. Und ich gehöre nicht ins Paradies."

„Gibt es nichts, womit ich dich umstimmen könnte?"

Er sah ihr in die Augen und bemerkte den träumerischen Ausdruck darin.

„Doch, es gibt etwas. Sag es, und ich bleibe."

Sie wollte hören, dass sie beide eine Chance hätten. Dass er sie liebte.

„Das kann ich dir nicht sagen, Carla. Es tut mir Leid. Ich wünschte, ich könnte es."

Er meinte es aufrichtig. Und es schmerzte ihn, ihr wehzutun.

„Du liebst sie, stimmt's? Du liebst Liz Ames?"

Als er an Liz dachte, spürte er einen Stich im Herzen. Er hatte Recht gehabt mit seinem Gefühl. In jeder Beziehung – abgesehen von Val.

„Ich weiß nicht. Vor kurzem habe ich noch geglaubt, dass etwas daraus werden könnte ..."

Um Himmels willen, er hatte sie fortgeschickt. Jetzt war sie da draußen, allein und schutzlos.

Carla berührte seinen Arm, als könnte sie seine Gedanken erraten. „Es wird ihr schon nichts passieren."

„Wenn er ihr auch nur ein Haar krümmt, bringe ich ihn um", sagte er aufgebracht. „Das schwöre ich."

„Was sollen wir denn jetzt tun?" wollte sie wissen, um ihn wieder auf das eigentliche Thema zu bringen.

Rick schürzte die Lippen. „Wir brauchen noch mehr Informationen. Deinem Boss müssen wir stichhaltige Beweise vorlegen können."

„Ich kümmere mich darum. Als Mitglied seines Teams habe ich Zugang zu Dingen, an die du nicht herankommst. Seine Unterlagen, sein Schreibtisch, sein Computer ..."

„Du bringst dich in Teufels Küche. Das kann ich nicht zulassen."

„Es ist nicht deine Entscheidung, oder?"

Er wusste, dass sie Recht hatte, und unterdrückte einen Fluch. „Carla ..."

„Ich habe dir doch gesagt, dass ich das durchstehe. Betrachte es als meinen Schwanengesang, mein letztes großes Werk." Sie lächelte zuversichtlich. „Wenigstens werde ich dann eines Tages meinen Kindern von dem großen Fall erzählen können, zu dessen Aufklärung ich beigetragen habe."

Zögernd gab er nach. Zwar war er mit ihrem Entschluss überhaupt nicht einverstanden, aber er sah auch keine andere Möglichkeit. „Fassen wir noch mal zusammen, was wir haben. Zwei Frauen sind ermordet worden, eine wird vermisst. Es gibt Gerüchte von einem unheimlichen Kult, bei dem es um Drogen und Sex mit Teenagern geht."

„Vergessen wir nicht den Selbstmord des prominenten Bankers. Ein Mann, der bis zur Halskrause in illegalen Kreditgeschäften steckte."

„Genauso wie eins der Opfer."

Rick sah Carla an. „Die Mittel und Möglichkeiten sind nicht das Problem. Wir brauchen ein Motiv. Warum wird einer der angesehensten Einwohner von Key West, der kurz vor der Beförderung zum Chief Officer steht, zum Mörder?"

„Ist er wirklich ein Mörder? Oder nur ein Komplize?"

„Was hätte er für Motive?"

Sie zählte sie an den Fingern ab. „Liebe. Hass. Gier. Die klassische mörderische Dreifaltigkeit. Such dir eins aus."

„Verdammt!" Erregt sprang Rick auf. Er war so wütend, dass er sich irgendwie abreagieren musste. „Ich kann einfach nicht glauben, dass Val so etwas tut. Das Ganze ist so absurd."

„Das stimmt, aber es ändert nichts an den Tatsachen, oder?"

„Zum Teufel mit dir, Carla!" Jetzt bekam sie seine ganze Wut ab. „Zum Teufel noch mal!"

Sie ging zu ihm hinüber und legte ihm besänftigend die Hand auf den Arm. „Entschuldigung", murmelte sie. „Ich weiß, dass er wie ein Bruder für dich ist."

Sein Zorn machte der Enttäuschung Platz – und einem Gefühl der Entschlossenheit. „Was wir noch erreichen können, hängt davon ab, wie schnell dieser Sturm sich entwickelt. Wir müssen uns beeilen. Becky hat Val bestimmt schon erzählt, dass du über Rachel Howards Nachricht Bescheid weißt. Und falls nicht, wird sie es sicher bald tun. Du musst ...“

Carlas Funkempfänger piepste. Sie schaute auf das Display. „Das Polizeirevier.“

Er nickte. Sie ging zum Wandtelefon und wählte die Nummer.

„Hier spricht Chapman.“ Sie schaute Rick an, und ihre Augen wurden groß. „Noch eine Frau?“

„Wo?“

Rick stellte sich neben sie.

„Big Pine Key“, wiederholte sie. „Hat man schon die Personalien festgestellt?“ Sie nickte. „Halten Sie mich auf dem Laufenden.“

Carla legte den Hörer auf die Gabel. „Es gibt ein weiteres Opfer. Eine Frau. Sie ist noch nicht identifiziert, doch es ist wohl eine hübsche Blondine.“

„Musst du zurück zum Dienst?“

Sie schüttelte den Kopf. „Der Sheriff ist schon mit seinen Leuten am Tatort.“

Rick dachte an sein Gespräch mit Liz. „Kennst du eine Frau namens Heather Ferguson?“

Carla schwieg einen Moment. Dann nickte sie. „Eine gut aussehende Frau mit blonden Haaren, richtig? Sie war kürzlich bei Val. Ist noch gar nicht so lange her.“

Rick ballte die Hände zu Fäusten. Noch ein Beweis. Dieser Mistkerl.

„Sie hat einen Laden auf der Duval Street“, stieß er zwischen zusammengepressten Zähnen hervor. „Ich habe sie bei einem

Treffen der Geschäftsleute aus der Altstadt kennen gelernt. Inzwischen weiß ich, dass sie mit Rachel Howard befreundet war. Liz wollte sie heute Morgen besuchen und hat vom Ladenbesitzer nebenan erfahren, dass sie seit einigen Tagen verschwunden ist. Angeblich hat er Val verständigt, aber der hat nichts unternommen."

„Genau wie bei Rachel Howard und Naomi Pearson, als die vermisst wurden." Carla verschränkte die Hände. „Die Zahl der Opfer steigt rasant. Val oder derjenige, den er deckt, gerät allmählich außer Kontrolle. Es sieht fast so aus, als wäre da jemand auf einem Rachefeldzug."

Das war Taft zum Schluss, kurz bevor die Polizei ihn endlich verhaften konnte, auch gewesen, überlegte Rick. Serienmörder verhielten sich häufig so. Ihre Verbrecherkarriere begann ganz langsam. Erst begingen sie die Tat nur in ihrer Fantasie, und diese Phase konnte jahrelang anhalten. Dann wollten sie ihre Wahnvorstellung in die Realität umsetzen: der erste Mord geschah. Die Erregung, die sie dabei verspürten, konnte für Monate oder sogar Jahre reichen. Dann töteten sie wieder. Und mit jedem Mord wurde der Kick schwächer.

Rick warf Carla einen grimmigen Blick zu. „Der Killer ist wie ein Junkie, der eine immer stärkere Dosis braucht, und das immer öfter. Sobald der Rausch aufhört, schlägt er wieder zu."

„Willst du damit sagen, unser Mann ist jetzt in dem Stadium, wo er sein nächstes Opfer sucht oder schon gefunden hat und bald wieder tötet?"

„Keine schönen Aussichten", murmelte er, während er sein Handy hervorholte. „Aber genauso ist es." Rick wählte die Nummer von Liz, um sie zu warnen. Als das Besetztzeichen ertönte, fluchte er und schaltete den Apparat aus. „Auch wenn er ein Freund ist, wir müssen ihn kriegen. Und wir sollten uns beeilen.

Auf den verdammten Hurrikan können wir jetzt keine Rücksicht mehr nehmen."

51. KAPITEL

Mittwoch, 21. November
14 Uhr
Liz saß am Küchentisch vor einer Tasse mit kaltem Kaffee. Aus dem Fernsehgerät im Wohnzimmer drangen die jüngsten Informationen über den heranziehenden Sturm. Im Moment sah es so aus, als würde er sich doch nicht zu einem Hurrikan entwickeln. Trotzdem gaben die Meteorologen für die Bewohner der Key-Inseln eine Warnung aus. Mit heftigem Wind und starken Regenfällen war zu rechnen; auch konnte es zu schweren Gewittern mit Sturmböen bis Windstärke zwölf kommen.

Die Ausläufer von Rebekah – so bezeichnete man den Sturm – hatten Key West mit ersten Regenschauern bereits erreicht. Je näher das Unwetter der Insel kam, umso heftiger würden die Schauer und umso stürmischer der Wind werden.

Und da saß sie nun mit gebrochenem Herzen und weinte wegen eines Mannes, der nicht an sie glaubte und ihr vorgeworfen hatte, verrückt zu sein.

Verzweifelt presste sie die Hände gegen die Augen. In den vergangenen Tagen hatte sie keine Zeit gefunden, sich über ihre Gefühle ihm gegenüber klar zu werden. Er war da gewesen, als sie jemanden brauchte. Groß, stark, ein Fels in der Brandung. Rick hatte ihr seelischen Beistand geleistet – und körperlichen Trost gespendet.

Jetzt erst wurde ihr klar, dass sie ihre Gefühle nicht unter Kontrolle gehabt hatte. Sie hatten sich von selbst entwickelt und wurzelten viel tiefer. Das, was sie spürte, war mehr als nur ein kurzer Rausch der Leidenschaft.

Doch wie konnte sie mehr für ihn empfinden als nur Dankbarkeit? Sie kannten sich doch gerade erst zwei Wochen. Es war verrückt – genauso verrückt, wie er sie genannt hatte.

Nein, das stimmt nicht, überlegte sie jetzt. Sie hatte erkannt, was für ein Mann er war. Anständig und loyal. Er war sehr intelligent, ausgesprochen einfühlsam und fest entschlossen, für das zu kämpfen, woran er glaubte – notfalls unter Einsatz seines Lebens.

Doch an sie glaubte er nicht.

Das war's dann wohl. Das Ende einer Geschichte. Höchste Zeit weiterzuziehen, Liz, und etwas Neues zu beginnen.

Hastig sprang sie auf und ging zum Fenster. Der Himmel hatte sich verdunkelt, und der Sturm zerrte an den Ästen. Liz schluckte ein paar Mal. Sie wurde das Gefühl nicht los, dass alles vorherbestimmt war, wie Father Paul ihr gesagt hatte. Vielleicht war dieses Unwetter ja tatsächlich der Teil einer größeren Auseinandersetzung als bloß die von Mensch gegen Natur – die endgültige Schlacht zwischen Gut und Böse. Und genau wie damals bei dem Hurrikan von 1846 würden die Sünder ins Meer hinausgespült und die Gläubigen gerettet.

Hör auf, Liz! Sie trat vom Fenster zurück. Kein Wunder, dass Rick sie für verrückt hielt und nichts mehr mit ihr zu tun haben wollte.

Aber sie war nicht verrückt. Die Vereinigung ‚horned flower' war kein Hirngespinst; es war keine fixe Idee, herausfinden zu wollen, was ihrer Schwester zugestoßen war. Dabei war sie unversehens in etwas hineingerutscht. Sie hatte in einige Wespennester gestochen, und jetzt steckte sie in Schwierigkeiten.

Alles, was sie Rick gesagt hatte, entsprach der Wahrheit.

Das änderte allerdings nichts an der Tatsache, dass niemand ihr

Glauben schenkte. Unwillkürlich musste sie lachen, doch es klang hysterisch. Glauben! Jeder, der glaubte, bezahlte dafür mit seinem Leben oder verschwand spurlos.

Es erschien nur logisch anzunehmen, dass sie die Nächste war.

Was sollte sie tun? Wie konnte sie allein den Kampf gegen diese Gruppe aufnehmen? Sie hatte nicht einmal eine Pistole – ganz zu schweigen davon, dass sie nicht gewusst hätte, wie man damit umgeht.

Ricks Rückzug hatte ihr jegliche Energie geraubt. Sie brauchte seinen kühlen Kopf und die logische Art, wie er die Dinge betrachtete. Verzweifelt sehnte sie sich nach der Stärke und dem Trost, deren sie sich sicher sein konnte, solange er zu ihr hielt.

Doch dann fiel ihr wieder ein, dass er nicht auf ihrer Seite stand. Jedenfalls nicht mehr. Was sollte sie also als Nächstes tun? Sie hatte das Gefühl, alle Möglichkeiten ausgeschöpft zu haben. Zur Polizei konnte sie nicht mehr gehen. Auch Freunde und Verbündete gab es nicht, an die sie sich wenden konnte. Mark und Heather waren verschwunden, und sie befürchtete, dass beide Opfer der Gruppe ‚horned flower' geworden waren. Sie könnte zwar die Polizeibehörden auf dem Festland um Hilfe bitten, aber ohne Beweise würden sie ihr vermutlich eher zu einer psychiatrischen Behandlung raten als nach Key West zu kommen, um eine Vereinigung von mordlüsternen Satanisten zur Strecke zu bringen, zu deren Mitgliedern örtliche Geistliche und Gesetzeshüter gehörten.

Es musste doch irgendetwas geben, was sie unternehmen konnte. Fieberhaft überlegte sie, während sie abrupt stehen blieb und sich mit der Hand durchs Haar fuhr. Keinesfalls durfte sie tatenlos darauf warten, dass die nächste Leiche gefunden wurde oder der Mörder sich dazu entschloss, sie selbst umzubringen.

Liz ließ die Hände sinken und wollte gerade ins Wohnzimmer gehen, als sie innehielt. Ihr Blick fiel auf die Titelseite der *Island*

News, die unter der Sonntagsausgabe des *Miami Herald* hervorlugte.

Die Wochenzeitung war uralt; sie hatte das Exemplar während ihrer ersten Tage auf der Insel gekauft, nur einen kurzen Blick darauf geworfen und es dann achtlos in einen Korb geworfen, in dem sie Kataloge, Magazine und Prospekte aufbewahrte.

Sie legte den Kopf schräg.

Heather Ferguson ist ...

Liz ging zum Korb und schob den *Herald* beiseite. Jetzt konnte sie die gesamte Schlagzeile lesen.

Heather Ferguson ist Geschäftsfrau des Jahres auf Key West.

Sie nahm die Zeitschrift zur Hand und schlug sie auf. Heather lächelte ihr auf einem großen Foto entgegen. An ihrem Hals glitzerte eine diamantenbesetzte Kette mit ihrem Monogramm. Liz erinnerte sich, dass Heather sie an dem Tag trug, als sie gemeinsam einen Drink genommen hatten.

Jetzt starrte sie auf die Halskette, als sähe sie sie zum ersten Mal.

H. F. Heather Ferguson.

H. F. Horned flower.

Ihre Hände begannen zu zittern. Ein Zufall, sagte sie sich. Dass die Initialen übereinstimmten, konnte nur ein weiterer dieser ominösen Zufälle sein, die es im Leben manchmal eben gab. Es lebten bestimmt viele Leute auf Key West, deren Namen mit den gleichen Anfangsbuchstaben begannen.

Unmöglich konnte es Heather sein. Sie war ihre Freundin. Und die ihrer Schwester. Außerdem war sie selbst verfolgt worden.

Das hatte sie jedenfalls behauptet. Liz hatte keine Beweise dafür. Und sie wusste auch nicht mit Sicherheit, dass Heather tatsächlich verschwunden war.

Vielleicht versteckte sie sich nur irgendwo.

Plötzlich wurde ihr übel. Liz eilte zur Spüle, legte das Wochenmagazin auf die Küchentheke, drehte den Hahn auf und spritzte sich kaltes Wasser ins Gesicht. Sie stellte das Wasser wieder ab und richtete sich auf. Die kalten Tropfen liefen ihr den Hals hinunter und in den Kragen ihrer Bluse.

Rick hat Recht gehabt, dachte sie, als sie ihr Spiegelbild in der Fensterscheibe über der Spüle betrachtete. Wen hatte sie nicht schon alles beschuldigt, bei dieser Verschwörung des Bösen mitzumachen? Einen Geistlichen. Einen hochrangigen Detective. Und jetzt auch noch eine Frau, die immer nur nett zu ihr gewesen und möglicherweise selbst ein Opfer geworden war.

Liz riss ein Papiertuch von der Rolle, die neben der Spüle hing. Sie trocknete ihr Gesicht ab und warf das Tuch in den Mülleimer.

Allmählich ließ ihr Zorn nach. Sie hatte sich das Verschwinden ihrer Schwester nicht eingebildet und auch nicht die beiden ermordeten Frauen. Marks Erlebnis mit der Gruppe ‚horned flower' war ebenso wenig ein Produkt ihrer Fantasie wie die Zeichnung ihrer Schwester oder die Ratte in ihrer Küche.

Vermutlich hatte Heather gar nichts mit den Vorfällen zu tun. Aber jetzt würde sie allen Spuren nachgehen, sogar der unwahrscheinlichsten. Heather war sehr schön und besaß Ausstrahlung. In ihrem Geschäft hatte sie die Möglichkeit, viele Teenager kennen zu lernen. Und sie war mit mindestens einem der Opfer bekannt gewesen.

Liz begann erneut, in der Wohnung auf und ab zu laufen, während sie sich an die Dinge zu erinnern versuchte, die diese Frau ihr über sich und ihre Vergangenheit erzählt hatte. Viel war es nicht gewesen, wie Liz jetzt bewusst wurde. Sie war in Miami aufgewachsen, hatte ihr Glück auf dem College versucht, das Studium bald zugunsten einer Karriere als Model aufgegeben. Das hatte auch zu nichts geführt, und deshalb war sie Verkäuferin geworden. Vor drei oder vier Jahren hatte sie schließlich ihr eigenes Geschäft hier auf Key West eröffnet.

Liz runzelte die Stirn. Hatte Heather von einer Familie gesprochen? Geschwistern? Vater und Mutter ...

Sie schnippte mit den Fingern, als es ihr wieder einfiel. Heather hatte ihre Mutter flüchtig erwähnt – im Zusammenhang mit einer Abtreibung, die sie hatte machen lassen, als sie Model gewesen war. Sie hätte den Knochenbau ihrer Mutter geerbt, hatte sie gesagt, was die Kamera geschickt zu kaschieren wusste. Liz hatte ihr weitere Fragen nach der Mutter gestellt – ob sie noch lebte und wo sie wohnte. Auf die erste Frage hatte Heather mit Ja geantwortet, und sie hatte auch den Wohnort erwähnt: Islamorada.

Liz lief zu der Schublade, in der sie das Telefonbuch aufbewahrte, das sämtliche Bewohner aller Inseln verzeichnete. Hastig riss sie es heraus und schlug die Seiten mit den Nummern von Islamorada auf. Hoffentlich war die Frau eingetragen. Es gab zwei Fergusons – einmal J. A. und eine Martha.

Liz rief zuerst bei J. A. Ferguson an. Eine junge Frau nahm den Hörer ab. Sie klang ziemlich gestresst. Im Hintergrund schrie ein kleines Kind. Obwohl Liz vermutete, nicht die Nummer von Heathers Mutter gewählt zu haben, stellte sie ihre Frage. Kurz darauf versuchte sie es bei Martha Ferguson.

„Guten Tag, spreche ich mit Mrs. Ferguson?“

„Ja“, antwortete die Frau zurückhaltend. „Aber ich kaufe nichts, falls Sie deswegen anrufen ...“

„Nein, nein. Ich bin auf der Suche nach Heather Fergusons Mutter. Sind Sie vielleicht ...“

Die Leitung wurde unterbrochen. „Hallo?“ rief sie.

Die Frau hatte einfach aufgelegt!

Aufgeregt wählte Liz die Nummer noch einmal – mit dem gleichen Ergebnis. Jetzt war sie davon überzeugt, tatsächlich Heathers Mutter gefunden zu haben. Doch warum hatte sie das Gespräch abgebrochen?

Liz versuchte es ein letztes Mal. Obwohl sie es eine ganze Minute lang klingeln ließ, hob die Frau nicht mehr ab.

Nachdenklich schaute Liz auf die Uhr. Wenn ihre Erinnerung sie nicht im Stich ließ, dann lag Islamorada ungefähr in der Mitte zwischen Key West und Key Largo. Die Fahrt würde knapp drei Stunden dauern. In Anbetracht des Wetters vielleicht ein wenig länger.

Liz rannte ins Schlafzimmer, zog eine bequeme weiße Hose an und schlüpfte in ihre Tennisschuhe. Sie hatte keine Ahnung, was sie von der Frau über ihre Tochter zu erfahren hoffte oder ob sie ihr überhaupt etwas erzählen würde. Doch sie war fest entschlossen, zu ihr zu fahren.

Sie riss die Seite aus dem Telefonbuch, packte ihre Tasche und ihren Regenschirm und lief hinaus in den Sturm.

52. KAPITEL

Mittwoch, 21. November
15.30 Uhr

„Spreche ich mit Detective Carla Chapman?"

Die Männerstimme war ihr unbekannt. „Ja", antwortete sie. „Was kann ich für Sie tun?"

„Hier ist Jonathan Bell. Der Kapitän von der Sunset Key-Fähre. Ich habe Sie vor einigen Tagen ..."

„Zu Larry Bernhardts Haus gebracht", ergänzte sie. Der Nachmittag schien schon eine Ewigkeit zurückzuliegen. „Ich erinnere mich."

„Sie hatten gesagt, ich solle mich bei Ihnen melden, wenn mir noch etwas über diese Nacht einfällt."

„Und?"

„Also, in der fraglichen Nacht habe ich eine Mutter mit ihren beiden Töchtern übergesetzt. Alle drei sahen ziemlich gut aus. Sie sagten, sie wollten in ein Restaurant ... ‚Latitudes'. Vielleicht kennen Sie es. Heute Morgen ist mir dann plötzlich eingefallen, dass sie in die andere Richtung gelaufen sind, nachdem sie an Land gegangen waren. Und zwar zu Bernhardts Haus."

Carla dachte kurz nach. „Glauben Sie, dass es Prostituierte waren?"

„Ganz und gar nicht. Sie sahen absolut ... sauber aus. Die Mutter hatte echt Klasse. Sie war umwerfend."

Carla kniff die Augen zusammen. Bernhardts Haushälterin hatte ausgesagt, dass ihr Arbeitgeber auf junge Mädchen stand. Sie hatte Fotos gefunden, die zeigten, dass er mit ihnen Sex in allen möglichen Variationen hatte. Carla dachte an das Schlafzimmer des Mannes und an die Spiegel, die überall an strategisch günstigen Stellen rund um das Bett angebracht waren.

„Wie alt waren die Mädchen Ihrer Meinung nach?"

Einen Moment lang schien er nachzudenken. „Fünfzehn, sechzehn. Höchstens siebzehn."

„Geht die Fähre noch?"

„Ja. Dank Rebekah ist die Überfahrt zwar ein bisschen rau, aber wir halten den Betrieb aufrecht."

Carla bedankte sich bei ihm und legte den Hörer auf. Das klang ganz danach, als sei ein spontaner Ausflug nach Sunset Key noch möglich.

Larry Bernhardts Kinder hatten mittlerweile alles für den Verkauf des Hauses vorbereitet. Die Möbel, die sie zurückgelassen hatten, konnten ebenfalls verkauft oder versteigert werden. Das jedenfalls hatte die Sekretärin der Sunset Key-Maklerfirma Carla erzählt, als sie ihr die Schlüssel zum Haus überreichte.

„Ich habe gedacht, die Untersuchung ist abgeschlossen", meinte die Frau.

„Sie wissen doch, wie das mit polizeilichen Ermittlungen ist", entgegnete Carla in der Hoffnung, einen angemessen gelangweilten Ton zu treffen. „Plötzlich taucht ein neues Detail auf, und wir müssen weitere Nachforschungen anstellen."

„Das ist Pech." Die junge Frau schaute aus dem Fenster hinauf in den immer bedrohlicher aussehenden Himmel. „Hoffentlich brauchen Sie nicht allzu lange. Ich will nämlich weg von hier, sobald mein Chef es mir erlaubt."

„Es dauert nur ein paar Minuten. Eine Viertelstunde, höchstens zwanzig Minuten." Carla lächelte und hielt den Schlüssel hoch. „In null Komma nichts liegt er wieder auf Ihrem Schreibtisch."

Ein paar Minuten später schloss Carla die Tür von Bernhardts Haus auf. Sofort ging sie hinauf in sein Schlafzimmer und schaltete das Licht an.

Das Zimmer war leer.

Mit einem Ausruf der Enttäuschung betrat sie den Raum. Das wuchtige Himmelbett und die dazu passende Kommode, der stumme Diener und die Nachttische waren verschwunden. Nur die Spiegel hingen noch an den Wänden.

Carla wusste selbst nicht so recht, was sie eigentlich zu finden gehofft hatte – das jedenfalls nicht. Sie fasste sich an den Kopf. *Denk nach. Denk gut nach. Die Antworten findest du hier.*

Wir haben einen toten Teenager. Ein Mädchen, das vermutlich Mitglied in einem unheimlichen Sexclub war.

Dann ist da der tote Banker, der eine Schwäche für blutjunge

Mädchen hatte. Offenbar ein begeisterter Voyeur, wie man aus den Spiegeln rund um das Bett und den Fotografien, die die Haushälterin gefunden hatte, schließen konnte.

In der Nacht, als er wahrscheinlich Selbstmord beging, hatte er Besuch von zwei Mädchen und ihrer Mutter gehabt.

Die Erkenntnis traf sie wie ein Blitz. Wenn Bernhardt gern sah, was die Spiegel ihm zeigten, dann musste er ein noch größerer Fan von Videoaufnahmen gewesen sein. Auf diese Weise konnte er rund um die Uhr seinen perversen Leidenschaften frönen. Und in Anbetracht seiner moralischen Einstellung hatte Bernhardt gewiss alles, was sich in seinem Bett abspielte, heimlich aufgezeichnet.

Heimlich war das Schlüsselwort.

Wo also konnte die Kamera – vielleicht gab es auch mehrere – sein?

Carla ging zu der Stelle, an der das Bett gewesen war. Eine Weile blieb sie bewegungslos dort stehen und versuchte, sich in Bernhardt hineinzuversetzen. Sie ließ ihren Blick durch das Zimmer wandern und stellte sich vor, selbst Sex zu haben und sich gleichzeitig dabei beobachten zu wollen. Ein Spiegel hing rechts vom Bett, ein zweiter links. Und einer schräg über dem Kopfende. An der Wand gegenüber dem Fußende des Bettes war nichts. Sie schaute nach oben. Auch an der Zimmerdecke hing kein Spiegel – nur ein Kronleuchter.

Nachdenklich legte sie die Stirn in Falten. Kein Spiegel an der Decke? Seltsam. Der hätte Bernhardt doch garantiert die besten Perspektiven geboten.

Carla kniff die Augen zusammen und betrachtete den Kronleuchter mit höchster Konzentration. Die Kristalltropfen blitzten wie Diamanten. Aber nicht alle, wie sie rasch erkannte. Im untersten Kristall brach sich das Licht nicht so wie in den anderen.

Sie stellte sich auf die Zehenspitzen. Jetzt, da sie wusste, wonach sie suchen musste, war es ganz einfach zu finden. Im untersten Kristall steckte eine winzige Linse, kaum größer als vier Millimeter im Durchmesser. Zweifellos ein Weitwinkelobjektiv. Das dünne Kabel war um den Kronleuchter gewunden und verschwand in der Decke.

Ermutigt durch ihre Entdeckung, konzentrierte sie sich nun auf die Spiegel. Ein Mann mit Bernhardts Vorlieben würde sich bestimmt nicht mit einer Kamera zufrieden geben. Live konnte er die Aktion aus drei Blickwinkeln beobachten; weniger würden ihm bei den Aufzeichnungen sicher ebenfalls nicht reichen.

Sie trat zu dem Spiegel, der dort hing, wo das Kopfende des Bettes gewesen war. Sorgfältig untersuchte sie jeden Zentimeter des mit Schnitzereien verzierten antiken Goldrahmens. Sie fand, wonach sie suchte, in der Mitte des oberen Querbalkens. Das Kabel ging durch die Wand. Eine Untersuchung der beiden übrigen Spiegel brachte das gleiche Resultat. Hier waren Linsen in Höhe des Bettes angebracht.

Aber wo war der Videorekorder? Noch einmal ließ Carla ihren Blick langsam durch das Schlafzimmer wandern. Bernhardt hatte nur an einer Stelle keinen Spiegel anbringen lassen – an der fensterlosen Wand direkt gegenüber dem Bett. Bei ihren früheren Besuchen hatte hier ein großes abstraktes Gemälde gehangen.

Eine falsche Wand. Darauf würde sie jede Wette eingehen.

Sie ging hinüber und begann, nach einem Schalter oder einem Knopf zu suchen. Nach etwa zehn Minuten musste sie sich eingestehen, dass sie wahrscheinlich nichts dergleichen finden würde.

Enttäuscht drehte sie sich um. Ihr Blick fiel auf die Badezimmertür. *Der Fernsehapparat, der in die Wand über der swimmingpool-großen Wanne eingelassen war.* Natürlich.

Sie trat näher. Es war nicht nur ein Fernsehgerät, sondern eine komplette Videoanlage. Sie stieg in die Wanne und legte sich so hinein, wie Bernhardt vermutlich immer gelegen hatte. Der Apparat war in einem leicht schrägen Winkel angebracht, so dass vom oberen Ende der Badewanne die bestmögliche Sicht gewährleistet war. Dieses kranke Arschloch, schoss es ihr durch den Kopf. Wahrscheinlich hatte er in der Wanne gelegen und sich einen runtergeholt, während er sich selbst dabei zusah, wie er sich an diesen ... Kindern verging. Wie alt waren sie gewesen? Fünfzehn? Sechzehn? Jesus. Sie hätte kotzen können.

Carla erhob sich, kletterte auf den Badewannenrand, schaltete den Videorekorder ein und drückte auf die Auswurf-Taste. Es war keine Kassette eingelegt. Sie fuhr mit der Hand über die Oberfläche und die Seiten des Geräts. Dort stieß sie auf gleich zwei Fernbedienungen.

Ihr Herz schlug schneller. Eine der Fernbedienungen verfügte nur über eine einzige Taste, wie sie für ferngesteuerte Garagentore benutzt wurden.

Aufgeregt sprang sie zu Boden und lief zurück ins Schlafzimmer. Dort stellte sie sich vor die kahle Wand, richtete die Fernbedienung darauf und drückte auf den Knopf. Die Wand glitt langsam zur Seite. Ungeduldig trat sie näher und half mit der Hand nach. Sie schaute in einen Stauraum von etwa sechzig Zentimetern Tiefe.

Ein Aufnahmegerät. Ein Verstärker. Zahlreiche Videokassetten. Mit zitternden Händen öffnete Carla den Videorekorder.

Ein Band war eingelegt. Vermutlich die Kassette, auf der die letzte Nacht von Bernhardts Leben aufgezeichnet war.

Hastig nahm sie das Band heraus, lief ins Badezimmer, stellte sich auf den Wannenrand, schob es in den Videorecorder und ließ es zurücklaufen. Dann drückte sie die Starttaste – und hatte gefunden, wonach sie suchte. Zeit und Datum waren angegeben: Donnerstag, 1. November, 23.18 Uhr.

Auf dem kleinen Bildschirm tauchten nackte Körper auf, und der Raum war erfüllt von den schmatzenden Geräuschen des Sex. Drei Leute beschäftigten sich intensiv miteinander – zwei Mädchen im Teenageralter und Bernhardt. Er war auf den Knien, während er eines der Mädchen, das ihm den Rücken zuwandte, von hinten nahm. Das andere saß hinter ihm, streichelte und leckte ihn.

Und wo war die Mutter, von der Jonathan Bell ihr erzählt hatte?

Die Zeituhren der Kameras mussten eingeschaltet gewesen sein, denn alle drei Minuten änderte sich die Perspektive. Und das nächste Bild beantwortete ihre Frage. Carla pfiff leise durch die Zähne, als sie Heather Ferguson erkannte. Sie beobachtete das Spiel und gab Anweisungen. Und sie versorgte die Akteure mit einem Getränk, das vermutlich mit Drogen vermischt war.

Wieder änderte sich das Bild, und Carla erstarrte. Tara, stellte sie schockiert fest. *Das Mädchen, das auf Händen und Knien lag, war Tara Mancuso.*

Sie hatte genug gesehen, schaltete das Gerät aus, nahm die Kassette und sprang von der Wanne. Dann griff sie zu ihrem Handy und rief Rick an.

Er antwortete sofort. In der Leitung knackte es. Sie sprach mit lauter Stimme, damit er sie über die Geräusche hinweg verstehen konnte. „Hier ist Carla. Ich habe Videobänder gefunden. Bernhardt hat mit jungen Mädchen rumgemacht und sie gefilmt. In der Nacht, als er gestorben ist, war Tara bei ihm. Und ein anderer Teenager, aber das Mädchen habe ich nicht erkannt." Sie machte eine Pause und holte tief Luft. „Heather Ferguson war auch dabei."

Rick stieß einen Pfiff aus, und Carla fuhr fort: „Soweit ich erkennen konnte, hat sie das alles organisiert. Heather hat nicht mitgemacht, sondern nur zugeschaut. Und sie hat ihnen irgendeine Droge eingeflößt."

„Hat sie gewusst, dass die Mädchen aufgenommen wurden?" fragte er.

„Nein, da bin ich mir ziemlich sicher." Carla sah zu den Spiegeln. „Und wenn, dann hätte sie bestimmt nicht erlaubt, dass dieses Band ..."

Sie unterbrach sich. „Warte mal. Ich glaube, ich habe etwas gehört." Leise ging sie zur Schlafzimmertür und trat in den leeren Korridor. Mit klopfendem Herzen schlich sie zum Treppenabsatz und schaute hinunter. „Ist da jemand?"

„Nur ich."

Die Angestellte vom Sunset Key-Maklerbüro erschien am Fuß der Treppe. Sie war klatschnass und sah ziemlich erschöpft aus. „Sind Sie bald fertig? Mein Chef hat mich angewiesen, den Schlüssel zu holen und das Büro zu schließen. Der Fährverkehr wird nämlich bald eingestellt – wegen des Sturms."

Carla merkte, dass sie die Luft angehalten hatte. Jetzt atmete sie tief durch und lächelte. „Ich bin fertig. In einer Minute bin ich unten."

Als Carla sicher sein konnte, dass die Frau außer Hörweite war, setzte sie ihr Gespräch mit Rick fort. „Heather Ferguson hätte bestimmt darauf geachtet, dass niemand die Kassette findet."

Ein paar Sekunden lang hörte man nur das Knistern in der Leitung. „Allmählich werden die Zusammenhänge klarer. Jeder, der etwas mit Larry Bernhardt zu tun hatte, ist tot."

„Aber wie passt Rachel Howard in dieses merkwürdige Bild?"

„Soll ich mal raten? Tara hat ihr erzählt, was passiert ist, und deshalb musste sie sterben."

Ein Gedanke schoss Carla durch den Kopf. Er ließ sie schaudern. „Wir müssen das andere Mädchen auf dem Video finden, ehe es zu spät ist. Wo bist du denn jetzt?"

„Im Hideaway. Ich mache die Bar wetterfest, nur für alle Fälle. Wenn ich hier fertig bin, kümmere ich mich um Liz. Ich war eben schon mal bei ihr, doch sie war nicht zu Hause. Auf ihrem Handy kann ich sie auch nicht erreichen."

Carla hörte die Besorgnis in seiner Stimme und beeilte sich, ihn zu beruhigen. „Vielleicht ist sie wegen des Sturms evakuiert worden."

„Möglich, aber das glaube ich nicht."

„Pass mal auf ..." Carla warf einen Blick auf ihre Uhr. „Ich fahre jetzt zurück. Mach du bei dir alles fertig, hol Liz ab, und dann komm so schnell wie möglich zu mir nach Hause."

53. KAPITEL

Mittwoch, 21. November
17.10 Uhr

Nach einer knapp dreistündigen Fahrt hatte Liz Islamorada erreicht. In Anbetracht des Verkehrs und des Sturms keine schlechte Zeit. Laut Telefonbuch wohnte Martha Ferguson am Citrus Drive. Da sie nicht wusste, wo der war, hielt sie am ersten Supermarkt, an dem sie vorbeikam, und hoffte, dass die Besitzerin ihr weiterhelfen konnte.

„Selbstverständlich, Honey", sagte die Frau, die hinter der Kasse saß. Sie kniff die Augen zusammen und musterte Liz durch eine Wolke von Zigarettenrauch. Ihre braune lederartige Haut ließ darauf schließen, dass sie ihr ganzes Leben unter der unbarmherzigen Sonne Floridas verbracht hatte. „Wen suchen Sie denn?"

„Martha Ferguson. Kennen Sie die Frau?"

„Klar. Ich kenne jeden hier auf der Insel.“ Sie drückte ihre Zigarette aus. „Sind Sie sich wirklich sicher, dass Sie sie besuchen wollen? Die gute Martha ist nämlich ein bisschen zickig.“

„Hundertprozentig sicher. Ich muss ihr nämlich ein paar Fragen über ihre Tochter stellen.“

Die Frau zog die Augenbrauen hoch. „Na, das müssen ja wirklich wichtige Fragen sein, wenn Sie dafür bei diesem Wetter herkommen.“

Liz ging nicht darauf ein. Stattdessen versuchte sie, etwas aus der Ladenbesitzerin herauszubekommen. „Kennen Sie ihre Tochter Heather?“

„Ich wusste gar nicht, dass Martha eine Tochter hat. Ich habe jedenfalls nie eine gesehen. Dabei entgeht mir so gut wie nichts von dem, was auf diesem Stück Land hier passiert.“

Das ist ja interessant, dachte Liz, als sie kurz darauf wieder in ihren Wagen stieg. Jetzt kannte sie nicht nur den Weg zu der Wohnwagensiedlung, wo Martha Ferguson lebte, sondern auch die Nummer des Wagens.

Knapp fünf Minuten später parkte Liz vor einem großen Wohnwagen, der einen sehr sauberen Eindruck machte. Licht fiel aus einem Fenster. Martha Ferguson war also vermutlich zu Hause. Liz sah sich um. Martha gehörte wohl zu den wenigen, die nicht evakuiert worden waren, denn in den meisten Wohnwagen um sie herum herrschte Dunkelheit.

Keine kluge Entscheidung. Ein Wohnwagen war kaum die sicherste Behausung, wenn der Wind mit siebzig Stundenkilometern dagegen blies. Obwohl Liz noch nicht lange auf den Key-Inseln lebte, hatte sie doch bereits mitbekommen, dass die Einwohner von Florida hartgesotten und dickköpfig waren und wegen ein bisschen Regen und Sturm nicht gleich ihre Sachen packten.

Sie öffnete die Autotür, spannte den Regenschirm auf und stieg aus. Eine Windbö zerrte an ihr und riss ihr den Türgriff und den Schirm aus der Hand. Sie war sofort klatschnass. Es gelang ihr, die Wagentür zu schließen, dann hastete sie zum Wohnwagen hinüber.

Sie klopfte. Kurz darauf ging die Tür auf, und eine Frau schaute heraus. „Ja?" fragte sie mit unverhohlenem Misstrauen.

„Mein Name ist Elizabeth Ames", stellte sie sich vor. Ihre Zähne begannen bereits zu klappern. „Ich komme von der Zeitschrift *The Keys* und schreibe einen Artikel über Ihre Tochter ..."

„Ich habe keine Tochter."

Sie wollte die Tür wieder schließen, aber Liz hob die Hand, um sie daran zu hindern. „Warten Sie. Sind Sie nicht die Mutter von Heather Ferguson? Sie ist vor kurzem Geschäftsfrau des Jahres auf Key West geworden ..."

„Ich habe Ihnen doch gesagt, dass ich keine Tochter habe."

Sie schlug ihr die Tür vor der Nase zu. Liz war erschrocken über die heftige Reaktion der Frau, als sie den Namen ihrer Tochter hörte. Ohne sich zu rühren, blieb sie stehen, während der Regen an ihr hinunterlief und sie bis auf die Haut durchnässte.

Doch sie dachte nicht daran, vorschnell aufzugeben. Mit der Faust schlug sie gegen die Tür. „Ich weiß, dass sie Ihre Tochter ist", rief sie. „Warum wollen Sie nicht mit mir sprechen? Was haben Sie zu verbergen?"

„Verschwinden Sie!"

Wieder hämmerte sie gegen die Tür. „Es geht um ein paar Frauen, die tot sind, Mrs. Ferguson. Bitte reden Sie mit mir."

Nichts tat sich. Liz glaubte schon, dass ihre Fahrt hierher reine Zeitverschwendung gewesen war, als die Tür erneut aufflog. „Was haben Sie da gesagt?"

Liz holte tief Luft und entschloss sich, die Wahrheit zu sagen. „Einige junge Frauen sind tot. Und ich versuche, Licht in die Sache zu bringen."

„Und was hat Heather damit zu tun?"

„Ich weiß es nicht. Vielleicht gar nichts. Deshalb bin ich ja hier."

„Heather ist für mich gestorben", sagte sie, und ihre Stimme klang bekümmert. „Schon seit langem."

„Kann ich hereinkommen? Bitte, Mrs. Ferguson."

Nach kurzem Zögern nickte die Frau und ließ sie eintreten. Sie gab ihr ein Handtuch und bot ihr an, Tee zu kochen.

Liz bedankte sich, und während sie sich abtrocknete, bereitete Martha Ferguson den Tee zu.

Dann saßen sie an dem schmalen Küchentisch einander gegenüber. „Ich fürchte, ich mache Ihre Polster nass", meinte Liz.

„Ein bisschen Wasser schadet dem Wagen nicht", erwiderte sie, ohne von ihrer Tasse aufzuschauen. „Und wenn es wirklich zum Schlimmsten kommt, wie die Leute vom Wetterdienst sagen, wird der Hurrikan mich ohnehin in den Atlantik spülen."

„Haben Sie denn keine Angst?"

„Ich habe Andrew und George überstanden. Da werde ich doch jetzt nicht vor Rebekah klein beigeben und abhauen."

Liz trank ihren Tee, und die Frau beobachtete sie eine Weile schweigend.

„Sie sind keine Reporterin, stimmt's?" sagte sie schließlich.

„Woher wissen Sie ..."

„Ich sehe keinen Block und kein Aufnahmegerät bei Ihnen. Die haben immer eins davon bei sich. Neugieriges Pack."

„Sie haben wohl Ihre Erfahrungen mit der Presse?"

In ihrem Gesicht spiegelte sich ein Ausdruck von tiefem Schmerz, und sie wandte den Blick ab.

„Wann haben Sie Ihre Tochter denn zum letzten Mal gesehen?"

„Das ist schon Jahre her. Als ihre Schwester ..." Sie hielt inne und begann aufs Neue. „Sie war nicht immer so, wie sie jetzt ist. Heather war ein liebes Mädchen. Na gut, sie war halsstarrig und hatte immer Unsinn im Kopf. Aber welches Kind hat das nicht?"

Sie erwartete keine Antwort und fuhr fort: „Dann hat sie angefangen, sich ... mit den falschen Leuten abzugeben. Leichtlebige Mädchen. Jungs, die ich nicht mochte oder denen ich nicht vertraute. Sie hat sich mit Okkultismus beschäftigt und mit Drogen. Praktisch über Nacht hatte sie sich verändert. Ich habe mein Mädchen nicht mehr wiedererkannt."

Martha Ferguson schaute auf ihre Hände, die zusammengefaltet auf dem Tisch lagen. Nach einigen Sekunden blickte sie ihr Gegenüber wieder an. „Sie hat angefangen, mir Angst zu machen."

Liz versuchte, die Worte der Frau und das, was sie selber von Heather wusste, miteinander in Einklang zu bringen. Doch es passte nicht zusammen. „Wie alt war sie, als das passierte?"

„Es war kurz vor ihrem fünfzehnten Geburtstag. Ich habe gemerkt, dass sie irgendwie anders war." Sie schwieg, und ihr Schmerz lag fast greifbar in der Luft. „Zuerst habe ich gedacht, es ist nur eine ... eine Phase. Ein bisschen Zeit und ein paar strengere Erziehungsmaßnahmen, und sie würde wieder die Alte sein. Aber so war es nicht. Sie benahm sich immer merkwürdiger. Ihre Stimmung wurde düsterer und aggressiver." Martha Ferguson versagte die Stimme. „Der Herr hat mir beide Kinder weggenommen."

„Beide Kinder?" fragte Liz so behutsam wie möglich. Das Herz brach ihr fast, wenn sie an die Trauer dieser Frau dachte.

„Ja. Meine jüngere Tochter, meine geliebte Christina. Sie wurde von diesem Wahnsinnigen ... von Gavin Taft ermordet."

Um Himmels willen. Das war das fehlende Glied in der Kette. Sie hatte es gefunden.

Rick hatte Recht gehabt, als er behauptete, dass Gavin Taft die Verbindung zum Mörder war. Mit dem Unterschied, dass es kein Mörder, sondern eine Mörderin war.

54. KAPITEL

Mittwoch, 21. November
17.40 Uhr
Carla stand am Fenster zur Straße und sah nervös in das Unwetter hinaus. Sie wartete auf Rick. Während der Überfahrt von Sunset Key hatte es in Strömen gegossen. Was als harmloser Nieselregen begonnen hatte, entwickelte sich zum Wolkenbruch, nachdem sie zu Hause angekommen war.

Sie wandte sich vom Fenster ab und begann, in der Wohnung umherzulaufen. *Wo blieb er nur?* Ihre Besorgnis wuchs. Fröstelnd rieb sie sich die Arme.

Der Wind heulte, Blitze zuckten. Ängstlich schlang sie die Arme um sich. Jedes Mal, wenn sie die Augen schloss, tauchte das Bild des schamlosen Bernhardt vor ihr auf, wie er grunzend und schwitzend die beiden Teenager von hinten nahm. Ein Sandwich aus menschlichen Körpern, an dem er sich gütlich tat. Es verursachte ihr immer noch Übelkeit und machte sie wütend.

Bernhardt war ein perverser Mistkerl gewesen, und sie empfand fast so etwas wie Erleichterung über seinen Tod. Was Heather Ferguson anging – sie war total verdorben. Am unerträglichsten allerdings war Taras schmerzverzerrtes Gesicht während dieser Tortur gewesen. Eine verlorene Seele, dachte Carla, während sie die Augen noch fester schloss, um das Bild zu vertreiben. Ein unschuldiges Lamm auf der Schlachtbank.

Ein Gebet schoss ihr durch den Kopf. Als sie noch jung war,

hatte sie es oft gebetet, aber mittlerweile hatte sie es in die abgelegensten Kammern ihres Gedächtnisses verbannt.

Vater unser, der Du bist im Himmel, geheiligt werde Dein Name ...

Aus dem hinteren Teil ihres Hauses kam ein scharrendes Geräusch, als ob die Tür zum Hof geöffnet wurde. Erstarrt blieb sie stehen. „Rick!“ rief sie. „Bist du das?“

Es war still. Ihr Puls raste, als sie mit zitternden Händen zu ihrer Dienstwaffe griff und nach hinten ging. Bei jedem Schritt schossen ihr Bruchstücke des Vaterunsers durch den Kopf.

... und erlöse uns von dem Übel, denn Dein ...

Sie stieß die Schlafzimmertür auf. Das Zimmer war leer.

... ist das Reich und die Macht und die ...

Mit vorgehaltener Waffe trat sie die Tür zum Badezimmer auf. Ebenfalls nichts.

... Herrlichkeit, in Ewigkeit ...

Jetzt war sie in der Küche. Die Hintertür war aufgesprungen. Es hatte hineingeregnet; Laub und Blütenblätter wirbelten über den Fußboden und hinterließen eine feuchte Spur. Sie hatte vergessen, die Tür zu verschließen. Das war ihr schon öfter passiert.

Nervös lachte Carla auf, während sie die Pistole auf die Küchentheke legte, zur Tür ging und sie ins Schloss warf.

Sie hasste diesen Beruf. Diesen Ort.

Und sie wollte endlich zurück nach Hause.

„Guten Tag, Carla.“

Sie fuhr herum – und sah sofort, dass sie einen Fehler gemacht hatte. Das Metall blitzte auf, als es auf sie herabfuhr. Vor ihren Augen lief ihr ganzes Leben ab. Sie warf die Hände hoch. Ihr entsetzlicher Schrei wurde vom Sturmgeheul Rebekahs übertönt.

55. KAPITEL

Mittwoch, 21. November
18 Uhr

Als Rick an Carlas Vordertür klopfte, sprang sie sofort auf. Stirnrunzelnd drückte er die Tür weiter auf und trat ins Haus.

„Carla!“ rief er. „Ich bin’s, Rick.“

Sie antwortete nicht, und seine Nerven waren bis zum Äußersten gespannt. Hier war etwas faul. Und zwar ziemlich faul. Er ließ seinen Blick durch den Raum wandern. Abgesehen von der Wasserspur, die von seinem Standort aus in den hinteren Teil des Hauses führte, schien alles in Ordnung zu sein. Er kniff die Augen zusammen. Jemand hatte sich aus dem Regen ins Haus geflüchtet und war klatschnass durch die Zimmer gelaufen, ohne sich die Mühe zu machen, die Füße abzutreten oder sich mit einem Handtuch abzutrocknen.

Nach den auf Hochglanz polierten Fußböden zu urteilen, war dieser Jemand allerdings nicht Carla gewesen. Denn sie hielt ihr Haus offensichtlich perfekt in Schuss.

Er sollte besser wieder hinausgehen, die Polizei von Key West verständigen und auf der Terrasse warten, bis die Detectives eintrafen.

Aber die Polizei von Key West war Val.

Und Val war auch der Feind.

Verdammt. Er knetete seine Finger. Nachdem Sam gestorben war, hatte er sich geschworen, nie mehr eine Waffe in die Hand zu nehmen. Jetzt wünschte er sich, seine Walther PPK 380 bei sich zu haben. Er wäre gern wieder der Mann, der er früher gewesen war – draufgängerisch, furchtlos, unbesiegbar.

Sein Problem war nur, dass er inzwischen gelernt hatte, wie gefährdet ein Leben war. Und wie schnell es vorbei sein konnte.

Wieder schaute Rick sich im Zimmer um, diesmal auf der Suche nach etwas, mit dem er sich zur Wehr setzen könnte. Sein Blick fiel auf einen Kerzenständer aus Messing, der auf dem Kaminsims stand. Er ging zu der Feuerstelle, nahm den Ständer in die Hand und wog ihn. Nicht halb so wirkungsvoll wie die Walther, sagte er sich. Im Moment musste er allerdings reichen.

Er folgte der Wasserspur, wobei er nach jedem Schritt lauschend stehen blieb. Aus dem hinteren Teil des Hauses drang ein Geräusch, das er nicht zuordnen konnte. Es klang wie eine Tür, die über den Fußboden schabte.

Er war nicht allein.

Carla.

Rick zwang sich, langsam weiterzugehen und nicht überstürzt zu handeln. Er fand Carla in der Küche. Mit dem Oberkörper lehnte sie gegen den Schrank am anderen Ende des Raumes; halb war sie zur Seite gesunken. Eine Hand hatte sie nach oben ausgestreckt, als wollte sie sich an der Küchentheke festhalten. Dann sah er das Blut – ein widerwärtiger Fleck auf den hellen Fliesen. Die Pfütze, in der ihr Körper lag, wurde langsam größer.

„Carla!“ schrie er und rannte zu ihr. Rasch griff er nach einem Geschirrtuch, das auf der Küchentheke lag, und presste es gegen die klaffende Wunde in ihrem Brustkorb. Dann entdeckte er die anderen Verletzungen.

Es waren sehr viele. Ihr Angreifer hatte wie in einem Anfall von Wahnsinn auf sie eingestochen.

Eine solche Attacke konnte sie unmöglich überleben. Selbst wenn die Sanitäter schon eingetroffen wären, hätten sie ihr Leben nicht retten können.

Ihre Lider flatterten, als sie die Augen öffnete. Der Blick war bereits getrübt.

„Nein", murmelte er wild entschlossen. „Bitte stirb nicht, Baby. Du wirst nicht sterben, hörst du? Das darfst du nicht."

Sie sah ihn an. Ihre Lippen bewegten sich, als wollte sie ihm etwas mitteilen. „Was, Liebling? Sag's mir."

Er legte sein Ohr dicht an ihren Mund. Ihr Atem streifte seine Wange, aber er hörte nichts. Als er sich von ihr zurückzog, fielen ihr die Lider zu, und ein schwaches Lächeln lag auf ihren Lippen.

Tränen brannten in seinen Augen. „Nein, verdammt. Carla!" Er schüttelte sie, und ihr Kopf fiel zur Seite. „Komm zurück, Baby. Komm zu..."

„Steh auf, Rick."

Er fuhr herum. Val stand hinter ihm in der Tür und starrte auf Carla. Er trug einen schwarzen Gummiregenmantel mit Kapuze. Das Wasser tropfte auf den Boden und bildete kleine Wasserlachen um seine Schuhe.

Eine Wasserspur von der Tür bis in den hinteren Teil des Hauses.

Rick erstickte fast an seiner Wut. Aber noch mehr schmerzte ihn der Verrat. „Mehr hast du dazu nicht zu sagen? ‚Steh auf, Rick'?"

Ausdruckslos sah Val ihn an. „Ist sie tot?"

„Was glaubst du denn?"

„Ich glaube ja."

Rick rappelte sich auf. Er zitterte vor unterdrücktem Zorn. „Was tust du hier, Val?"

„Carla hat mich angerufen", antwortete er steif. „Sie hat mich gebeten, sie hier zu treffen. Es sei dringend."

Dieser Lügner! Dieser verdammte, dreckige Lügner. „Wirklich?" stieß Rick hervor. „Ich frage mich, warum."

„Vielleicht aus dem gleichen Grund, aus dem sie dich hierher gebeten hat."

„Ich habe nicht gesagt, dass sie das getan hat."

Val wurde rot im Gesicht. Er zog seinen Colt Python-Revolver und zielte auf Rick. „Ich glaube, es ist besser, du hältst dich von der Leiche fern."

Vorsichtig trat Rick zurück, während er darauf achtete, nicht in die Blutlache zu treten und Spuren zu verwischen. Er fragte sich, ob Val etwas von dem Videoband wusste. Und falls ja, ob er es bereits gefunden hatte. Er hoffte inständig, dass es nicht so war.

„Warum meldest du das nicht, Val? Verständige so schnell wie möglich deine Leute." Er verschränkte die Arme vor der Brust und sah seinem Gegenüber in die Augen. „Außerdem rühre ich mich nicht vom Fleck."

Val starrte ihn ein paar Sekunden lang ausdruckslos an. Dann schüttelte er bedächtig den Kopf. „Da irrst du dich gewaltig. Wir beide fahren jetzt zum Polizeirevier. Dort werden wir uns ein bisschen unterhalten."

„Besser nicht. Ich möchte lieber hier sein, wenn die Kollegen von der Spurensicherung eintreffen. Nur um sicher zu gehen, dass keine Hinweise verwischt werden. Du weißt doch, wie man in einem solchen Fall vorzugehen hat, Lieutenant. Den Schauplatz eines Verbrechens unbewacht zu lassen ist ein Verstoß gegen die Vorschriften."

„Wenn ich an deiner Stelle wäre, dann würde ich mir etwas weniger Gedanken um meine Vorschriften und dafür mehr um deinen Arsch machen."

„Das heißt?"

Val kniff die Augen zusammen. „Es sieht nicht gut für dich aus, meinst du nicht? So wie ich dich hier angetroffen habe? Mit ihr?"

„Und wo ist die Waffe? Wo ist das Blut?" Rick streckte die Hände aus und präsentierte seine Handflächen. „Gut, meine Hände sind rot, weil ich versucht habe, ihre Blutung zu stoppen. Aber so, wie sie abgeschlachtet wurde, müsste ich am ganzen Körper mit Blut beschmiert sein.“ Er hielt einen Moment inne.

„Ihr Revolver liegt auf der Küchentheke“, fuhr er dann fort. „Den Blutspuren nach zu urteilen sieht es so aus, als sei sie über den Boden gekrochen, um ihn sich zu holen. Deshalb zeigt ihr Arm auch nach oben. Sie hat versucht, sich an den Schubladen hochzuziehen.“ Die Stimme versagte ihm. „Doch sie hat es nicht mehr geschafft.“

Val zuckte nicht einmal mit der Wimper. „Was willst du mir damit sagen?“

„Was ich dir damit sagen will, *alter Freund,* ist, dass ich sie nicht getötet habe. Sie hat sich ihre Waffe holen wollen, nachdem ihr Angreifer gegangen war. Vermutlich kurz bevor ich hier angekommen bin. Ihr Mörder könnte durch diese Tür verschwunden sein“, überlegte Rick weiter, während er auf die Hintertür deutete. „Dann ist er ums Haus herumgegangen. Nehmen wir mal an, er trägt so etwas wie einen ...“, er musterte Val betont beiläufig, „... Regenmantel aus Gummi. Dann wäre er bei diesem Wetter längst sauber, wenn er wieder vor dem Haus steht. Der Regen hätte sämtliche Hinweise auf die Tat abgewaschen. Leuchtet dir das ein?“

Val ging zu Carla hinüber. Er trat über sie hinweg, nahm ihre Pistole und steckte sie in seine Tasche. „Der arme irre Rick. Er ist nicht mehr derselbe, seit sein Kind gestorben ist. Eine richtige Tragödie. Es bricht mir das Herz. Wirklich.“

Rick musste sich beherrschen, um seinen Zorn unter Kontrolle zu halten. Er durfte sich Val gegenüber nichts zu Schulden kommen lassen, was dieser gegen ihn verwenden konnte. Deshalb versuchte er es auf eine andere Art. „Weißt du noch, wie wir deinem Vater die Schrotflinte geklaut haben und jede Laterne in der Stadt eine Herausforderung für uns war? Und wie empört wir waren, als die Bullen auftauchten?“ Rick schüttelte den Kopf. „Als Zwölfjährige glaubten wir natürlich, niemandem Rechenschaft schuldig zu sein."

„Zwei gerissene Straßenjungen." Ein Lächeln umspielte Vals Mundwinkel. „Wenn ein Kind heute so mit mir redete wie wir damals mit dem Polizisten, würde ich ihm gehörig die Leviten lesen."

„Aber dein alter Herr hat dir den Arsch versohlt."

„Und wie ist es dir ergangen? Du konntest doch eine Woche lang nicht Rad fahren."

„Wir wollten die Welt erobern, Val. Wenn ich daran denke, wie großspurig wir waren, dann wundere ich mich noch heute, dass es überhaupt jemand mit uns aufzunehmen gewagt hat. Uns konnte doch keiner, oder? Und dann haben wir gemerkt, wozu Mädchen gut waren."

„Und ob!"

„Was ist bloß aus uns geworden, Val? Wir waren doch die besten Freunde. Durchs Feuer wären wir füreinander gegangen." Rick senkte die Stimme, sein Tonfall wurde bittend. „Wann hat sich das geändert? Warum haben wir angefangen, alles so bierernst zu nehmen?"

Vals Lächeln verschwand. „Mir reicht's. Ich habe die Schnauze voll. Dieses Spiel stinkt mir gewaltig."

„Dann sollten wir mit dem Spielen aufhören." Eindringlich sah Rick seinem Freund in die Augen. Er sehnte sich nach den alten Zeiten zurück – und bedauerte, was jetzt unweigerlich kommen würde. Sein bester Kumpel war auf die schiefe Bahn geraten. Und er war derjenige, der ihn der Polizei ausliefern musste. „Nehmen wir doch alles nicht mehr so ernst. Lass uns wieder so sein, wie wir als Jungs waren. Großspurige Typen, die die Welt erobern."

Val zögerte. Seine Hand zitterte ein wenig. „Du kannst die Zeit nicht zurückdrehen. Das wissen wir doch beide."

„Doch, du kannst es", murmelte Rick, der sich das gewonnene Terrain zu Nutze machen wollte. „Ich helfe dir. Sprich mit mir. Ich bin für dich da, alter Kumpel."

Für den Bruchteil einer Sekunde nahm Rick in Vals Blick den Jungen wahr, den er gekannt und geliebt hatte. Der Junge, der ganz versessen darauf war, der Welt zu beweisen, was er auf dem Kasten hatte. Und der der Beste werden wollte – ein Held.

Doch im nächsten Moment war dieser Junge wieder verschwunden und an seine Stelle der Mann getreten, der Rick fremd war. „Scheiß drauf. Wir machen jetzt eine kleine Spritztour."

Er hatte vor, ihn zu töten. Und niemand konnte ihn davon abhalten.

„Tu es nicht, Val", beschwor Rick ihn. „Ich weiß nicht, in was du da hineingeraten bist, aber ich werde dir helfen. Sprich mit mir, und ich sorge dafür, dass ..."

„Scheiße, verdammt, hör auf, hier den guten Cop zu spielen. Glaubst du etwa, ich weiß nicht, wie das läuft? Ich bin mein ganzes Leben lang Cop gewesen." Er wedelte mit der Pistole herum. „Jetzt halt endlich deine verdammte Klappe und nimm die Hände hinter den Kopf. Wir werden einen Ausflug machen."

56. KAPITEL

Mittwoch, 21. November
18.20 Uhr

Val hatte seine Limousine in einer Seitenstraße geparkt. Er hielt sich dicht hinter Rick und drückte ihm die Mündung seiner Pistole in den Rücken, während sie zum Wagen gingen.

Auf dem Weg dorthin schaute Rick sich nervös um. Er hoffte, jemanden zu entdecken, der diesen Albtraum später bezeugen und

Einzelheiten berichten konnte, die ihm dabei helfen würden, die Ereignisse dieses Abends genau zu rekonstruieren – falls er mit dem Leben davonkommen sollte. Aber er hatte schlechte Karten. Abgesehen von einigen Autos, die am Straßenrand abgestellt waren, und einem verwahrlosten Hund, der auf der Terrasse von Carlas Nachbarhaus hin und her lief und sie anbellte, war niemand zu sehen.

„Hast du vor, mich umzubringen?" fragte Rick.

„Sei nicht so melodramatisch." Er verstärkte den Druck seines Pistolenlaufs. „Obwohl ich mir vorstellen könnte, dass du dir den Tod wünschen wirst, noch ehe das hier alles vorbei ist."

„Wer ist denn jetzt melodramatisch?"

„Ich bin nur ehrlich, mein Freund."

Jetzt musste Rick trotz allem lachen. Valentine Lopez und Ehrlichkeit – das passte schon seit langem nicht mehr zusammen. Vor dem Wagen blieben sie stehen. „Warum hast du hier geparkt? Bei dem Regen wäre ein Platz vor Carlas Haus doch die bessere Wahl gewesen. Ach richtig – du wolltest ja vermeiden, dass irgendjemand deine Anwesenheit mitbekommt."

„Halt dein Maul." Ohne die Pistole herunterzunehmen, öffnete Val die Beifahrertür, griff nach innen und holte ein Paar Handschellen hervor. „Dreh dich um."

Rick gehorchte. „Glaubst du wirklich, dass das nötig ist? Es könnte dir doch niemand etwas nachweisen, wenn du mich auf der Flucht erschießt."

Mit einer heftigen Bewegung ließ Val die Handschellen zuschnappen und drängte ihn gegen den Wagen. Dann riss er die hintere Tür auf. „Steig ein."

Rick kletterte hinein, und Sekunden später fuhr der Detective los. Über sein Funktelefon gab er einen Bericht durch und informierte die Kollegen, dass er auf dem Weg zum Polizeipräsidium war, um den Mordverdächtigen Rick Wells zu verhören. Mit einem selbstgefälligen Lächeln beendete er das Gespräch.

„Mordverdächtiger? Wie kommst du denn darauf?"

Val schnalzte mit der Zunge. „Nur Geduld. Du erfährst bald alles. Und danach wirst du dir bestimmt wünschen, dass ich dich umgebracht hätte."

Verdammt, er musste unbedingt in den Besitz dieses Videobands gelangen. „Du gehst wohl auf Nummer sicher, was? Hast du Angst, dass ich dir deinen hübschen Plan zerstöre?"

Val warf ihm einen Blick über die Schulter zu. Sein Lächeln war eiskalt. Er hielt einen Finger an die Lippen. „Ich will hundertfünfzigprozentig sichergehen. Und wenn du brav mitspielst, dann werde ich dich auch nicht zusammenschlagen, weil du Widerstand gegen die Staatsgewalt geleistet hast."

Im Verhörzimmer saßen die beiden am Tisch einander gegenüber. Obwohl Rick den Lieutenant während der ganzen Fahrt zu provozieren versuchte, hatte er kein einziges Wort mehr gesagt. Erst als sie im Polizeirevier angekommen waren, brach er sein Schweigen. In beiläufigem Tonfall fragte er Rick, ob er ihm widerstandslos zum Verhör folgen würde, oder ob er ihm wieder die Handschellen anlegen und ihn mit Gewalt vorführen müsste.

Nachdenklich sah Rick zu, wie Val die Videokamera vorbereitete. Seine Gesten wirkten seltsam eckig. Er bewegte sich fast wie ein menschlicher Roboter. Dieses Verhalten hatte er selbst schon öfter bei Tätern, aber auch bei Zeugen von Gewaltverbrechen erlebt. Der enorme psychische Druck führte dazu, dass sie nur noch wie Maschinen funktionierten.

Rick war davon überzeugt, ihn kleinzukriegen, wenn er es nur intensiv genug versuchen würde.

„Was machen wir eigentlich hier, Kumpel?" fragte er.

Val fokussierte die Kamera und nahm auf der anderen Seite des Tisches Platz. „Was glaubst du wohl?"

„Fragen wiederholen. Guter alter Verhörtrick."

„Weißt du, warum du hier bist?"

„Weil du verrückt bist. Du hast Detective Carla Chapman umgebracht und dir irgendeinen bescheuerten Plan ausgedacht, um mir den Mord in die Schuhe zu schieben."

Val zog die Augenbrauen hoch. Er warf dem Wachmann, der in der Ecke neben der Tür stand, einen viel sagenden Blick zu. „Das ist Officer Walters. Er wird bei dem Verhör dabei sein."

Rick nickte dem jungen Mann kurz zu. „Passen Sie gut auf, mein Junge. Lieutenant Lopez ist aalglatt. Lassen Sie sich von ihm bloß nicht über den Tisch ziehen."

„Warum hast du Carla Chapman ermordet?" wollte Val wissen.

Rick lehnte sich lässig zurück und blickte den Freund an. Ein Verhör war eine Art verbales Schachspiel. Es basierte auf Intelligenz, Strategie und überraschenden Zügen, um sein Gegenüber aus der Defensive zu locken. „Du weißt genau, dass ich das nicht getan habe."

„Und woher soll ich das wissen?"

„Weil du sie umgebracht hast."

Der Lieutenant zuckte nicht einmal mit der Wimper. „Wie gut hast du Naomi Pearson gekannt?"

Rick zögerte. Der abrupte Themenwechsel überraschte ihn. Er überlegte. „Nicht besonders gut. Sie ist ein paar Mal in der Bar gewesen."

„Und was ist mit Larry Bernhardt?"

„Larry Bernhardt? Der Banker?"

„Stimmt es, dass er dir den Kredit für das Hideaway bewilligt hat?"

„Ja, aber ich verstehe nicht, was ...“

„Und stimmt es auch, dass du Naomi Pearson bei dieser Gelegenheit kennen gelernt hast?“

„Ja. Bernhardt hat sie mir vorgestellt.“

„Hast du in diesem Zusammenhang nicht auch erfahren, wie so ein Kreditgeschäft funktioniert?“

„Ich kann dir nicht folgen.“

„Der Antrag für das Darlehen und die Bewilligung.“

„Ja, das stimmt wohl. Nach allem, was ich mitbekommen habe, ist es nicht gerade eine komplizierte Wissenschaft. Man muss nur ein paar Formulare ausfüllen.“

„Du willst damit sagen, dass du gelernt hast, wie leicht es ist, sich einen Kredit zu erschwindeln. Wenn man die richtigen Verbündeten hat.“

Dieser Schweinehund. Val versuchte also nicht nur, ihm Carlas Mord in die Schuhe zu schieben, sondern ihn gleich für alle verantwortlich zu machen.

Rick kniff die Augen zusammen. Er hatte nicht die Absicht, sich von seinem Gegner in eine bestimmte Ecke drängen zu lassen. „Nein“, verbesserte er ihn. „Das habe ich nicht gemeint.“

Bevor Val ihn mit weiteren Fragen bombardieren konnte, kam Rick ihm zuvor. „Sag mal, was ist das eigentlich für ein Gefühl, einer von den bösen Jungs zu sein?“

„Ich stelle hier die Fragen, wenn du nichts dagegen hast.“

„Aber ich habe etwas dagegen.“ Er beugte sich vor, bemühte sich, entspannt zu wirken und beiläufig zu reden. „Mich interessiert es tatsächlich. Wie ist das, wenn man eine Kollegin kaltblütig umbringt? Was empfindet man dabei, wenn man auf sie einsticht, bis sie aussieht wie ein Haufen Hackfleisch ...“

„Jetzt reicht’s, verdammt noch mal!“ schrie Val unbeherrscht und sprang auf. Er griff nach einer Akte am anderen Ende des

Tisches und knallte sie vor Rick hin. „Wirf mal einen Blick hinein, Freundchen."

Rick öffnete die Akte. Er spürte Vals Blicke in seinem Rücken. Das Dokument enthielt Fotokopien des Briefverkehrs zwischen ihm, Larry Bernhardt und Naomi Pearson. Als er sie überflog, begann er auf einmal zu schwitzen. In den Briefen wurde detailliert beschrieben, wie die drei bei der Island National Bank mit gefälschten Kreditanträgen an Geld kommen konnten.

Er drehte sich zu Val um. Dessen triumphierender Blick machte ihn wütend. „Ich habe das noch nie zuvor gesehen."

„Ist das deine E-Mail-Adresse?"

Rick warf einen Blick darauf, obwohl er die Antwort bereits kannte. Val hatte sich alles genau überlegt. Und das Datum auf den Briefen ließ keinen Zweifel daran, dass er seinen Schachzug schon seit längerem geplant hatte. „Ja."

„Aber von diesen E-Mails hast du noch keine einzige gesehen?"

„Das stimmt."

„Ich nehme an, bei dieser Behauptung wirst du auch dann noch bleiben, wenn wir einen Durchsuchungsbefehl haben, um die Festplatte auf deinem Computer zu konfiszieren. Wie jämmerlich, Rick."

Sie hatten seine Datenbank geknackt. Wer hatte ihnen geholfen? Libby? Margo? Oder beide?

Die Vereinigung ‚horned flower'.

Ricks Gedanken überstürzten sich, während er sich fieberhaft bemühte, aus den Puzzlesteinen ein zusammenhängendes Bild zu machen. Plötzlich erschien Liz' Theorie über eine Verschwörung des Bösen und eine Kultgemeinschaft von Satansanbetern, die sich auf einem mörderischen Kreuzzug befanden, gar nicht mehr so abwegig zu sein.

Aber es musste noch mehr hinter der Sache stecken. Er beschloss, einen Versuchsballon steigen zu lassen. „Es geht also nur um Geld? Du willst immer mehr. Hast du dafür deine Seele dem Teufel verkauft?"

Vals Gesicht zuckte unmerklich. „Du bist tatsächlich verrückt. Ich habe wirklich Mitleid mit dir ..."

„Bist du denn bereit für die Hölle?"

„Wenn ich dich mitnehmen kann, ja."

Vor lauter Wut blieb Rick fast die Luft weg. Val empfand nicht die geringsten Gewissensbisse. Carlas Leben hatte ihm nichts bedeutet. Ihr Pech, dass sie ihm in die Quere gekommen war. Zum Schluss war sie nur noch ein lästiges Hindernis, das man irgendwie beseitigen musste.

„Sie war deine Kollegin, du Mistkerl." Er ballte die Hände zu Fäusten. „Sie hat dich bewundert; du warst ihr großes Vorbild."

„Carla hat einen tödlichen Fehler begangen. Abgesehen davon, dass sie in ein herzloses Stück Scheiße wie dich vernarrt war."

„Wirklich? Und was war das? Dir zu vertrauen?"

Val lachte. „Wohl kaum." Er beugte sich vor. „Sie hat angefangen, ihr Gehirn zu benutzen."

Mit einem wütenden Schrei schleuderte Rick seinen Stuhl zurück und versetzte dem Lieutenant einen Faustschlag. Ehe der sein Gleichgewicht wiederfinden konnte, hatte er ihn bei der Kehle gepackt und gegen die Wand geschleudert.

„Zurück!" schrie Walters mit gezückter Waffe. „Lassen Sie ihn sofort los."

„So bringt er sich selbst an den Galgen", presste Val hervor, während er Rick mit wütenden Blicken durchbohrte. „Das war ein tätlicher Angriff auf einen Detective, mein Freund. Kein sehr kluger Schachzug für einen Mann in deiner Situation."

„Mistkerl", zischte Rick. Val hatte Recht. Er ließ ihn los. „Damit kommst du nicht durch. Ich werde nicht zulassen, dass du so einfach davonkommst.“

Hämisch lächelte Val und sah rasch zu Walters hinüber. „Danke für die Unterstützung. Stecken Sie Ihre Waffe weg.“

Der Polizist folgte der Anordnung seines Vorgesetzten und bezog wieder Posten neben der Tür. Val strich sich mit der Hand das Haar glatt und ging zurück zu seinem Stuhl. „Setz dich hin, Rick. Wir sind nämlich noch nicht fertig.“

Das Klingeln seines Handys unterbrach ihn. Er sah auf das Display und nahm den Anruf entgegen. „Lieutenant Detective Lopez.“

Während er zuhörte, wurde seine Miene immer selbstgefälliger. „Bleiben Sie ganz ruhig und machen Sie sich keine Sorgen. Ich fahre sofort los und werde mich um alles kümmern. Das kriegen wir schon wieder hin.“

Er beendete das Gespräch und schaute Walters an. „Ich werde in der Paradise Christian Church gebraucht. Es hat einen Unfall gegeben.“ An der Tür drehte er sich noch einmal um. „Lassen Sie ihn nicht aus den Augen, Walters. Ich bin so schnell wie möglich zurück.“

57. KAPITEL

Mittwoch, 21. November
21 Uhr

Liz umklammerte das Lenkrad fester, um besser gegen die Windböen ansteuern zu können, die den Wagen unentwegt von der Fahrbahn abzudrängen drohten. Die kräftezehrende Fahrt verursachte ihr Verspannungen im Nacken und an den Schultern. Sie hatte Kopfschmerzen, und ihre Augen brannten, denn sie musste sich sehr anstrengen, um durch die dichten Regenschleier die Straße erkennen zu können.

Gott sei Dank hatte sie es bald geschafft. Bis Key West waren es nach dem letzten Hinweisschild noch fünf Meilen.

Die Rückfahrt von Islamorada hatte nicht lange gedauert. Alle Vorsichtsmaßnahmen außer Acht lassend, hatte sie aufs Gaspedal gedrückt. Erleichternd kam hinzu, dass niemand sonst auf der Straße war. Kein Mensch schien so tollkühn zu sein, nach Key West zu fahren, während über die Insel ein Tropensturm hinwegfegte.

Sie hatte versucht, mit Rick zu telefonieren, ehe sie von Islamorada losgefahren war, ihn aber weder im Hideaway noch zu Hause erreichen können. Für alle Fälle hatte sie eine Nachricht auf seinem Handy hinterlassen. Zwischendurch war sie auf einen Parkplatz gefahren und hatte es erneut versucht, und als er wieder nicht ans Telefon ging, hatte sie bei der Polizei von Key West angerufen und nach Lieutenant Lopez beziehungsweise Detective Chapman gefragt. Auch dort hatte sie niemanden erreicht und deshalb darum gebeten, dass man sie unbedingt zurückrufen solle.

Irgendetwas stimmte nicht. Liz warf einen raschen Blick auf das stumme Handy; doch als eine Windbö sie fast von der Fahrbahn geweht hätte, konzentrierte sie sich wieder auf die Straße. *Irgendetwas war passiert.*

Ein Killer lief frei umher. Ein verheerendes Unwetter zog immer näher heran. Und sie hatte nichts Besseres zu tun als sich einzureden, dass etwas passiert sei. Sie lachte, doch es klang nervös und schrill. All das war wie eine Vorahnung.

Sie war vollkommen durcheinander, und ihre Nerven lagen blank.

Am Ortsrand von Key West endete der Highway über dem Meer und mündete in den Roosevelt Boulevard, der in die Truman

Avenue überging. Liz bog von der Truman Avenue nach rechts in die Duval Street und verlangsamte das Tempo. Die sonst so belebte Straße war menschenleer; die Schaufenster fast aller Läden waren durch Holzbretter oder Rollläden gesichert. Äste und Abfälle lagen auf den Wegen verstreut. Ein umgeschlagener Regenschirm flog an ihrer Windschutzscheibe vorüber; der Deckel eines Mülleimers rollte über den Gehweg und drehte sich ein paar Mal um die eigene Achse, ehe er gegen eine Telefonsäule prallte.

Noch Wochen später wurden die Leichen an Land gespült. Ganze Familien, die sich aneinander festgebunden hatten.

Sie musste verrückt sein, dass sie wieder zurückgefahren war. Wie konnte man sich jetzt nur im Freien aufhalten? Sie hätte vernünftig sein und in ihrer Wohnung bleiben sollen, mit einer Notration in der Küche: einer Taschenlampe, Batterien, Trinkwasser und Konservendosen.

Ihr Mut sank, als ihr Blick auf das Hideaway fiel. Die Fenster waren mit Brettern vernagelt, und kein Lichtschein fiel auf die Straße. Wie jeder andere verantwortungsvolle Einwohner von Key West hatte Rick seinen Laden wetterfest gemacht und war nach Hause gefahren – oder in eine trockene Gegend geflohen.

Liz hatte gehofft, ihn hier anzutreffen und daher gar nicht weiter nachgedacht. Natürlich war er nicht da. Selbstverständlich hatte er seine Bar nicht geöffnet, wenn auf den Straßen ein Tropensturm wütete.

Trotzdem parkte sie den Wagen vor dem Hideaway. Sie holte einmal tief Luft, öffnete die Tür und lief zum Eingang der Bar. Der Wind hatte eine unglaubliche Stärke erreicht. Er zerrte an ihr, brachte sie aus dem Gleichgewicht, und sie musste gegen die Böen ankämpfen, die sie ständig umzureißen drohten. Endlich stand sie vor dem Eingang, klopfte und hoffte, dass sie sich geirrt hatte. Vielleicht war Rick ja doch da. Schlagartig fiel ihr ein, dass sie nicht einmal seine Privatadresse kannte. Wenn er nicht hier war, dann würde sie ihn auch nicht finden können.

„Rick!" schrie sie. „Ich bin's, Liz. Bitte mach die Tür auf." Sie wartete eine Weile und klopfte erneut. „Rick, bitte. Ich stehe hier draußen!"

Vor Verzweiflung hätte sie beinahe laut aufgeschrien, doch im letzten Moment konnte sie sich noch beherrschen. Auf keinen Fall wollte sie jetzt die Nerven verlieren. Bis hierhin war sie immerhin schon gekommen. Mit oder ohne Rick würde sie jetzt zur Polizei fahren und berichten, was sie herausgefunden hatte.

Sie kämpfte sich zum Wagen zurück und kletterte hinein. Als sie den Zündschlüssel ins Schloss steckte und den Motor anließ, stotterte er nur, ohne anzuspringen. Das Herz klopfte ihr bis zum Hals, als sie es erneut versuchte – wieder erfolglos.

Den Tränen nahe probierte sie es ein drittes Mal. Endlich fing der Motor an zu laufen.

Liz schaffte gerade einen Häuserblock, ehe er wieder ins Stottern geriet. Kurz darauf gab er seinen Geist auf, und mit letzter Kraft rollte sie auf einen Parkplatz vor der Paradise Christian Church.

Viele hatten sich in die Kirche geflüchtet; und sie wurden ins Meer hinausgespült.

War es göttliche Vorsehung, dass sie hier gestrandet war? Sie blickte zur Kirche hinüber. Das solide Gebäude trotzte dem Sturm, und die weiße Fassade zeichnete sich strahlend hell gegen die nachtschwarze Umgebung und den dunklen Himmel ab, der immer wieder von grellen Blitzen zerrissen wurde. Ein schwaches Licht erhellte das Innere des Kirchenschiffs und schien sie in das Gebäude hineinzulocken. Hatte da nicht jemand ihren Namen gerufen?

Sie widerstand der Aufforderung. Dort drinnen würde sie Pastor Tim antreffen. Ihn hatte sie im Verdacht, zur Vereinigung ‚horned flower' zu gehören und mitschuldig an einem oder mehreren Morden zu sein.

Liz wusste, dass sie die Möglichkeit hätte, den halben Häuserblock bis zu ihrer Wohnung zu laufen. Dort könnte sie das Ende des Sturms abwarten und zwischendurch immer wieder versuchen, Rick oder die Polizei zu erreichen.

Aber sie war hierher geführt worden. Genau wie in der Nacht von Taras Ermordung. Daran glaubte sie fest.

Ohne sich weiter darüber Gedanken zu machen, drückte sie die Wagentür auf und kletterte hinaus. Eine Windbö zerrte an ihr und trieb sie vorwärts. Der Regen prasselte ihr ins Gesicht und durchnässte sie erneut bis auf die Haut.

Ein lauter Knall zerriss die Nacht. Funken flogen, und es roch nach verbranntem Metall. Ein Blitz war in einen nahe gelegenen Strommast eingeschlagen.

Hastig stolperte sie die Stufen zur Kirche hinauf. Die Türen waren nicht verschlossen. Sie drückte eine von ihnen auf und schlüpfte hinein.

Drinnen umfing sie Ruhe, und sie empfand ein Gefühl der Erleichterung. Das ewige Licht brannte neben dem Tabernakel und tauchte die Umgebung in einen warmen, tröstlichen Schein. „Ist hier jemand?" rief sie. „Pastor Tim?"

Sie erhielt keine Antwort. Stirnrunzelnd ging sie über den Korridor zum Büro des Pastors. In der Dunkelheit musste sie sich den Weg ertasten. „Hallo!" rief sie noch einmal. „Ist jemand da?"

Endlich erreichte sie das Arbeitszimmer des Geistlichen. Die Tür stand halb offen. Sie glaubte, ein Geräusch dahinter zu hören. Einen röchelnden Laut. Leise und unheimlich.

Jemand hat sich in der Dunkelheit versteckt und wartet.

Wie eine eiskalte Hand griff die Angst nach ihr. Sie trat einen

Schritt von der Tür zurück. Erneut hörte sie das Geräusch, diesmal begleitet von einem Stöhnen.

Vorsichtig schob Liz die Tür auf und betätigte den Schalter. Das Licht flackerte ein paar Mal, ehe es anging. Ein Schrei stieg ihr in die Kehle. Pastor Tim lag rücklings auf dem Fußboden; sein Hemd war rot von Blut.

Sie lief zu ihm hin und kniete sich neben ihn. Dann entdeckte sie die Wunde. Tim Collins war erschossen worden. Zitternd legte sie die Hand vor den Mund und sah sich in dem Zimmer um.

Ihr Blick blieb am Telefon hängen. *Ruf die Polizei an!* Sie sprang auf und eilte zum Apparat. Die Leitung war tot.

Sie hatte ihr Handy im Wagen gelassen.

Pastor Tim stöhnte, und Liz ging wieder zu ihm. Seine Augenlider flatterten. Schließlich sah er sie an.

Behutsam ergriff sie seine Hand. „Ich hole Hilfe. Bleiben Sie ganz still liegen, dann wird Ihnen nichts passieren."

Er blinzelte und schien sie zu erkennen. Seine Finger bewegten sich und hielten sie fest. „Ihre ... Schwe..."

Sie unterbrach ihn. „Sagen Sie jetzt nichts. Sie dürfen sich nicht anstrengen. Das Telefon funktioniert nicht, aber ich habe mein Handy im ..."

„N... nein, nicht ... Ih... Ihre Schwes..."

Liz versuchte zu verstehen, was er ihr sagen wollte. Er hustete. Es klang schwach und gurgelnd. „Pst ... Bitte! Ich muss Hilfe holen."

Er verstärkte seinen Griff. „Schwes... ter ..."

„Schwester?" wiederholte sie. „Meine Schwester?"

Er drückte ihre Finger. Das Herz blieb ihr fast stehen. „Was ist mit Rachel? Was wollen Sie mir sagen, Pastor Tim?"

Seine Lippen bewegten sich, und sie beugte sich zu ihm hinunter. Kaum merklich streifte sein Atem ihr Ohr.

„Sie ... sie lebt ...“

Liz unterdrückte einen Aufschrei. *Sie lebt? War das möglich?*

Ihre Freude war ebenso groß wie ihr Zweifel. Zitternd bemühte sie sich, die Fassung zu bewahren. „Wie ist das ... wo denn, Pastor? Sie müssen mir helfen, sie zu finden.“

Er bewegte die Hand, die ihre festhielt, und sie erkannte, was er meinte. Sie entzog ihm ihre Hand und steckte sie in seine Tasche. Ein Stück zusammengefaltetes Papier steckte darin, und sie zog es heraus.

Das Licht flackerte und erlosch endgültig. Der Strahl einer Taschenlampe erfasste sie. Sie drehte sich um. Valentine Lopez stand an der Tür, und sein dunkler Regenmantel glänzte vor Nässe.

„Lieutenant Lopez!“ rief sie. „Gott sei Dank! Jemand hat auf Pastor Tim geschossen.“

Er betrat das Zimmer. „Ich bin so schnell wie möglich gekommen.“

„Ich verstehe nicht. Woher wussten Sie ...“

Er richtete die Taschenlampe auf sie. „Gehen Sie bitte von der Leiche weg.“

Langsam erhob sie sich und trat ein paar Schritte zur Seite. „Sie haben mich nicht richtig verstanden. Er lebt.“

Der Lieutenant antwortete nicht. Er hockte sich neben den Pastor, untersuchte seine Wunde und fühlte seinen Puls.

„Er ist tot“, murmelte er.

„Das ist unmöglich. Eben hat er doch noch ...“

„Bei einer solchen Verletzung ist es oft nur eine Frage von Sekunden. Er hat eine Menge Blut verloren.“

„Ich verstehe das nicht.“ Sie begann zu zittern. „Er darf nicht tot sein.“

„Was haben Sie da in der Hand?“

Wie betäubt wanderte ihr Blick von dem erstarrten Gesicht des

Geistlichen zu dem Stück Papier, das ihre Finger umklammerten. Das Bild ihrer Schwester tauchte vor ihr auf. Sie reichte ihm den Zettel. „Er hat gesagt, dass ... meine Schwester lebt, Lieutenant. Das hier hat er mir gegeben."

Er nahm das Stück Papier, faltete es auseinander und las es. Seine Miene wurde starr. „Es ist eine Adresse auf Key West."

„Glauben Sie, dass sie dort ... ich meine, glauben Sie, es könnte stimmen?" Ihre Stimme zitterte. „Ist es möglich, dass meine Schwester noch lebt?"

„Warum fahren wir nicht hin und sehen nach?"

„Jetzt?" Sie wich zurück. Sein bohrender Blick jagte ihr Angst ein.

„Vielleicht lebt Ihre Schwester wirklich noch, Miss Ames. Wenn das so ist, wird sie sich bestimmt sehr freuen, Sie so schnell wie möglich zu sehen."

„Was ist mit Pastor Tim ...? Sollten wir nicht auf den Krankenwagen warten?"

„Ihm kann nicht mehr geholfen werden. Aber Ihrer Schwester möglicherweise." Er warf einen kurzen Blick auf seine Uhr, ehe er Liz wieder ansah. Sein Gesichtsausdruck wirkte grimmig. „Miss Ames, Ihrer Schwester droht möglicherweise Gefahr – und zwar von derselben Person, die Pastor Tim erschossen hat."

58. KAPITEL

Mittwoch, 21. November
21.15 Uhr
Wenige Minuten später saß Liz zusammengekauert auf dem Beifahrersitz von Lieutenant Lopez' Limousine. Kalte Luft blies aus den Düsen der Klimaanlage, vermischte sich mit der feuchten

Wärme im Inneren des Wagens und beschlug die Scheiben. Fröstelnd schlang sie die Arme um den Körper. „Wo fahren wir denn hin?“ fragte sie.

„Wir holen Ihre Schwester ab“, erwiderte der Detective, während er sich einen Weg über die von Ästen und Abfällen bedeckte Straße bahnte.

„Ich meine ... in welchen Teil von Key West fahren ...“

„Es dauert nicht lange. Warten Sie ab.“

Ihre Zähne begannen zu klappern. Er bemerkte es ebenso wenig wie die Kälte, die ihm überhaupt nichts auszumachen schien. „Glauben Sie, d... dass wir sie unter dieser Adresse ... finden werden?“

Er musterte sie mit einem seltsam ausdruckslosen Blick. „Da bin ich mir ganz sicher.“

Sie schaute ihm ins Gesicht, und ihr Atem ging schneller. „Fühlen Sie sich nicht wohl, Lieutenant?“

„Ich wette, Sie sind mir dankbar dafür, dass ich rechtzeitig erschienen bin. Zu dumm nur, dass es für Pastor Tim zu spät war.“

Seine Stimme klang anders als sonst. Blechern und ausdruckslos.

Sie räusperte sich. „Wie sind Sie ... ich meine, aus welchem Grund sind Sie zur Kirche gekommen?“

„Tim hat mich angerufen.“ Seine Finger umklammerten das Lenkrad. „Das tun die Leute normalerweise, wenn sie Hilfe brauchen. Sie rufen die Polizei. Die Diener des Gesetzes. Können Sie sich vorstellen, dass man uns so nennt, Liz? *Diener?*“

Beklommen rutschte sie näher zur Tür. „Nein“, wisperte sie.

„Kluges Mädchen. Genau wie Ihre Schwester.“ Er schüttelte den Kopf. „Sie haben mir das letzte Teil zu dem Puzzle geliefert. Dafür danke ich Ihnen.“

„Wie bitte?“

„Ihre Schwester. Die ganze Zeit habe ich mich gefragt, was mit ihr geschehen sein könnte. Ich hatte zwar einen Verdacht, aber bis heute Abend war ich mir nicht sicher. Es gab verschiedene Theorien, doch alle sind von einer Sekunde auf die andere“, er schnippte mit den Fingern, „in sich zusammengestürzt.“

Mit wachsendem Entsetzen starrte sie ihn an. *Um Himmels willen! Sie hatte Recht gehabt. Er war es tatsächlich.*

„Rachel hat Sie also doch angerufen, nicht wahr? Wegen der Vereinigung ‚horned flower‘.“

„Die Menschen vertrauen immer der Polizei.“ Er lächelte erneut. „Schon komisch, nicht wahr? Obwohl wir Pistolen haben und das Wissen und die Macht, sie vollkommen zu vernichten, vertrauen sie uns. Weil wir für sie arbeiten. Weil wir ihre *Diener* sind.“

Den letzten Satz sagte er mit einer singenden Fistelstimme, die ihr eine Gänsehaut über den Rücken jagte. „Sie sind zu ihr gegangen, um sie zu töten, aber sie war nicht mehr da.“

Sein Lächeln verschwand. „Es war genau so eine Nacht wie heute; es blitzte und donnerte und goss in Strömen. Sie ist nicht weit weg gekommen von der Paradise Christian Church. Ihr Wagen wurde an einem Baum gefunden – total zerschmettert. Es gab nur ein Problem: Sie war nicht drin.“

Verzweifelt presste Liz die Lippen zusammen, um einen Laut des Entsetzens zu unterdrücken. Sie stellte sich vor, wie ihre zu Tode verängstige Schwester versuchte, die Kontrolle über den Wagen zu behalten, als sie auf den Baum zuschoss.

„Wie haben Sie den Wagen verschwinden lassen?“

„Ich bin die Polizei, Liz. Tagein und tagaus beschäftige ich mich mit Beweismitteln.“ Er ließ einen müden Seufzer hören. „Wissen Sie, ich musste ihn erschießen. Tim, meine ich. Dieses Miststück denkt überhaupt nicht daran, dass ich hinterher den ganzen Dreck für sie wegmachen muss. Sie verschwendet keinen einzigen Gedanken an mich und meine Arbeit."

Heather. Sie steckten beide mit drin.

Er stieß einen langen Seufzer aus. „Was für eine Verschwendung. Er war ein prima Kerl. Ein fantastischer Footballspieler."

Pastor Tim hatte nicht zu ihnen gehört. „Er hat Sie auch um Hilfe gebeten – genau wie meine Schwester", murmelte sie. „Weil er herausgefunden hat, dass Rachel lebt."

„Stephen hat es ihm gesagt."

Stephen? Sie hatte gar nicht gewusst, dass er sprechen konnte.

Er nickte, als ob er ihre Gedanken erraten hätte. „Ja, er kann sprechen – wenn man die Geräusche, die er produziert, so bezeichnen will. Als er noch klein war, haben wir ihm das Leben zur Hölle gemacht. Geisteskrank, zurückgeblieben, bescheuert – so haben wir ihn genannt. Wir waren gnadenlos, wenn er etwas zu sagen versuchte. Irgendwann hat er es dann einfach ganz bleiben lassen." Er warf ihr einen Blick zu, dann konzentrierte er sich wieder auf die Straße. „Traurig, finden Sie nicht? Zu dumm, dass Carlas Kugel nicht ganze Arbeit geleistet hat. Was ist ein Typ wie er schon wert? Er wäre besser dran, wenn er nicht mehr lebte."

Liz schlang die Arme noch fester um ihren Körper. Ihr war übel. Am liebsten hätte sie die Tür aufgestoßen und wäre fortgerannt, doch er wusste, wo Rachel war. Irgendwie würde sie sich mit ihm arrangieren müssen, damit sie ihre Schwester retten konnte.

„Und was ist mit der Bibel meiner Schwester? Und dem Messer?"

Er zuckte mit den Schultern. „Soweit ich weiß, ist er einfach durchgedreht. Tim dachte, er habe Mark Morgan zusammen mit dem Küster gesehen; deshalb habe ich Stephen einen Besuch abgestattet. Ich habe ihm ein paar Fotos von Mordschauplätzen gezeigt und ihm in allen Einzelheiten beschrieben, was für eine Art Monster das ist, nach dem wir suchen, und was es getan hat. Von Taft habe ich ihm auch erzählt und einige Bibelsprüche zitiert. Ich habe versucht, ihm klar zu machen, wie wichtig es ist, dass er mit der Polizei zusammenarbeitet, und ich muss sagen, dass ich ziemlich erfolgreich war."

Er lächelte. Die Art, wie er dabei seine Lippen über die Zähne zog, empfand sie als ausgesprochen obszön. „Leider gibt es auch Leute, die nicht mit der Polizei kooperieren wollen."

Liz konnte sich lebhaft vorstellen, wie Stephen, dieser empfindsamen, gestörten Kreatur, beim Anblick der Fotos von Tara und Naomi zu Mute gewesen sein musste. Was ihnen angetan worden war, konnte ihm durchaus so zugesetzt haben, dass er genauso durchdrehte, wie der Lieutenant es beschrieben hatte.

Ein greller Blitz zerriss den nachtschwarzen Himmel. Kurz darauf prasselte der Regen geradezu sintflutartig herunter. Val stellte die Scheibenwischer auf die höchste Stufe und nahm den Fuß vom Gaspedal. „Stephen hat gesehen, wie sie Ihre Schwester aus dem Wagen gezogen haben."

Sie erstarrte. „Sie? Wer?"

„Ein paar von diesen Regenbogenkindern. Die sind wie Kakerlaken. Wie sehr man sich auch bemüht, man wird sie nicht los."

Liz dachte an den jungen Mann, der sie am Nachmittag davor gewarnt hatte, auf der Insel zu bleiben. „Was wollten sie denn von ihr?"

„Ich glaube nicht, dass sie etwas von ihr gewollt haben. Aber für Geld tun sie alles."

Er verstummte. Liz klammerte sich an den Seiten ihres Sitzes fest. „Sie und Heather sind Partner, nicht wahr?"

Ihre Frage schien ihn aus seinen Gedanken zu reißen. Er warf ihr einen Blick zu, und sie lächelte verächtlich. „Heather und Taft haben zusammengearbeitet. Die beiden haben Heathers kleine Schwester umgebracht."

Angewidert verzog er den Mund. Obwohl er ein Ungeheuer war, schien es auch für ihn Grenzen zu geben. Er schüttelte den Kopf. Plötzlich wirkte er resigniert und bedrückt. „Sie hätten meine Warnungen nicht in den Wind schlagen dürfen, Miss Ames. Warum haben Sie Key West nicht verlassen. Ich habe nicht gewollt, dass es so weit kommt."

„Sie haben den Brief geschrieben", murmelte sie. „Und die Ratte in meine Küche gelegt."

„Und diesen kleinen Dreckskerl bezahlt, der Ihnen heute Angst eingejagt hat, ja." Er verlangsamte das Tempo. „Wir sind da."

Vor einem prächtigen alten Haus in karibischem Stil hielt er an. Breite Terrassen liefen um das weiße Gebäude herum. Dunkelgrüne Läden schützten die Fenster vor der Urgewalt des Unwetters. Ein schmiedeeiserner Zaun umgrenzte das weitläufige, parkähnliche Grundstück, das sich über einen ganzen Straßenblock zu erstrecken schien.

Er öffnete seine Tür, stieg aus und lief um den Wagen herum, um ihr zu helfen. Sie leistete keinen Widerstand und ließ sich von ihm über die Straße und durch das Eisentor führen. Eine Windbö erfasste das Tor und schlug es hinter ihnen zu. Sie musste Rachel finden und sie so schnell wie möglich von hier fortbringen.

Ein paar Schritte hinter ihm blieb sie stehen und sah ihm zu, wie er versuchte, die Haustür zu öffnen. Er drückte weder auf den Klingelknopf noch klopfte er an. Als er merkte, dass sie verschlossen war, zog er seine Pistole und feuerte drei Mal auf das Schloss. Dann trat er die Tür auf.

Mit nur mühsam kontrollierter Wut stürmte er in die Halle

und zog Liz mit sich. Kerzenlicht tauchte den Raum in einen flackernden goldenen Schein.

„Wo bist du?" brüllte er. „Zeig dich, du Höllenhure!"

Als er Liz losließ, wich sie verängstigt zurück.

„Wo bist du?" schrie er erneut, während er zur Treppe ging. Auf dem Weg dorthin riss er ein Blumenbouquet von einem Ständer. Die Vase landete krachend auf dem Boden, zerbrach in tausend Scherben, das Wasser ergoss sich über den Marmorfußboden, und die exotischen Blumen blieben in der Pfütze liegen.

Liz hatte er fürs Erste vergessen. Daher drehte sie sich um und lief in den hinteren Teil des Hauses. Verzweifelt betete sie darum, dass ihre Schwester irgendwo im Erdgeschoss und nicht in der oberen Etage sein möge. Sie schaute in jedes Zimmer, an dem sie vorbeikam. Alle waren so perfekt eingerichtet, als stammten sie aus einer Fotoserie von *Schöner Wohnen*.

Aber Rachel war in keinem der Räume. Als sie die andere Seite des Hauses erreicht hatte, trat sie auf die rückwärtige Galerie hinaus. Vor ihr lag ein in den Boden eingelassener Swimmingpool, der einer natürlichen Heilquelle mit Felsen nachempfunden war, über die das Wasser hinabstürzte. Auf der anderen Seite des Pools befanden sich ein Gewächshaus und ein Geräteschuppen.

Liz stockte der Atem, als sie sich an ihren Traum von vergangener Nacht erinnerte: Rachel in einem luftdichten Verschlag gefangen. Und sie lag im Sterben.

Der Geräteschuppen. Dort hatte man sie eingesperrt.

Schnell huschte sie hinüber. Ein Vorhängeschloss sicherte die Tür, und die Fensterläden waren geschlossen. Gehetzt sah sie sich um. Ihr Blick fiel auf eine Schaufel, die ein paar Meter entfernt an einem Baum lehnte. Liz holte sie, hob sie hoch und ließ sie auf das Schloss und die Türangeln krachen, immer und immer wieder. Das Eisenscharnier begann nachzugeben; ein letztes Mal stemmte Liz die Schaufel empor und schlug mit aller Kraft zu. Die Angel brach aus dem Rahmen, und sie riss die Tür auf.

Einen Moment lang war sie irritiert von der vollkommenen Dunkelheit im Innern des Schuppens. Dann trat sie ein. In der feuchtwarmen Luft lag ein fauliger Geruch nach Verwesung oder menschlichen Abfällen.

Ein Blitz zuckte über den Himmel. In dem Moment sah sie ihre Schwester. Mit zusammengebundenen Händen und Füßen kauerte sie in der Ecke, und ihr Kopf hing kraftlos zur Seite.

„Rachel!“ schrie sie.

Sie rannte zu ihr, kniete sich neben sie und nahm ihr Gesicht in die Hände. Die Haut fühlte sich heiß an. Ein neuer Blitz erleuchtete die gespenstische Szene. Liz konnte einen Ausruf des Entsetzens nicht unterdrücken. Wegen der Hitze waren Rachels Lippen über und über mit Bläschen bedeckt, die Arme und der Hals übersät mit Schnittwunden, Kratzern und Verbrennungen. Als Liz ihre schmutzige und zerrissene Bluse behutsam zur Seite schob, stellte sie fest, dass ihr Oberkörper ähnliche Verletzungen aufwies.

Es sah so aus, als ob ihr Schwester gefoltert worden wäre. Geschlagen und mit glühenden Gegenständen malträtiert. Und fast verhungert. Sie war praktisch nur noch Haut und Knochen.

Tränen traten ihr in die Augen und ließen das Bild vor ihr verschwimmen. Wer, um alles in der Welt, konnte so etwas tun?

Aber sie kannte die Antwort schon. Tief in ihrem Herzen wusste sie es.

Heather.

Liz zerrte an der Schnur, mit der ihrer Schwester die Hände zusammengebunden waren. Dann löste sie auch den Knoten um ihre Füße. Behutsam legte sie den Arm um Rachel. „Ich bringe dich hier raus.“

„Das würde ich mir noch mal überlegen, kleine Heldin“, sagte eine Frau leise hinter ihr.

Liz erstarrte, als sie Heathers Stimme erkannte.

Als ob die Frau ihre Gedanken erraten hätte, lachte sie. „Überraschung.“

Schnell warf sie der Frau einen Blick über die Schulter zu. Sie gab sich keine Mühe, ihre Verachtung zu verbergen. „Das ist keine Überraschung“, zischte sie. „Ich habe nämlich mit Ihrer Mutter gesprochen.“

„So fügen sich zum Schluss doch noch alle Teile zusammen.“

„Sie haben Taft beim Mord an Ihrer Schwester geholfen.“

„Falsch. Er hat *mir* geholfen“, entgegnete sie fast fröhlich. „Er war mein ergebenster Schüler.“

Liz schluckte den bitteren Geschmack hinunter, der ihr in die Kehle stieg. Wie konnte eine Frau, die nach außen so wunderschön war, im Inneren so verdorben sein? Mit wachsendem Entsetzen schüttelte sie den Kopf. „Was sind Sie bloß für ein Monster!“

„Ich bin *das* Monster überhaupt, Liz. Ich denke, das sollte Ihnen inzwischen klar geworden sein.“ Sie schaute sich um. „Ah, da kommt ja mein lieber Valentine. Er ist nicht so wie Gavin, aber mir mindestens genauso ergeben.“

Seit Liz ihn zum letzten Mal gesehen hatte, schien er sich verändert zu haben. Er war nicht mehr wütend, sondern ausgesprochen unterwürfig. Sie fragte sich, was zwischen den beiden wohl vorgefallen sein mochte, um diesen Stimmungswechsel zu bewirken.

Auch diesmal schien Heather ihre Gedanken lesen zu können. „Er folgt mir aufs Wort“, murmelte sie. „Alles, was er hat, verdankt er ausschließlich mir. Ich kann es ihm im Handumdrehen wieder fortnehmen. Habe ich nicht Recht, mein Schatz?“

„Fick dich ins Knie, du Nutte.“

Anstatt wütend zu reagieren, schien seine Vulgarität sie nur zu erregen. Sie stellte sich auf die Zehenspitzen und küsste ihn mit geöffneten Lippen, wobei ihre Zunge in seinem Mund hin- und herzuckte, schnell und schlangengleich. Gierig fasste sie mit der Hand zwischen seine Beine und drückte fest zu. Er reagierte darauf, indem er ihr Haar packte und ihren Kopf mit einem Ruck zurückriss.

Sie lachte und ließ ihn los. „Bringen wir's hinter uns."

„Rick weiß über Sie Bescheid", sagte Liz schnell, während sie Rachel näher zu sich heranzog. „Ich habe ihn angerufen, nachdem ich mit Ihrer Mutter gesprochen habe. Inzwischen hat er sicher schon den Sheriff, die Polizei in Miami Beach und das FBI verständigt. Sie werden damit nicht durchkommen ..."

„Sie lügt", sagte Val leise. „Rick ist in Polizeigewahrsam im Revier. Er wird wegen Mordverdacht festgehalten. Zuletzt hat er Carla Chapman umgebracht."

Rick in Polizeigewahrsam?

Carla Chapman – tot?

„Das stimmt", beantwortete Heather ihre ungestellten Fragen. „Valentine hat eine Menge Beweise gegen Rick Wells zusammengetragen. Ehe diese Nacht vorbei ist, wird der Mann, der für die Morde auf Key West verantwortlich ist, nicht mehr leben. Unglücklicherweise aber erst, nachdem zwei weitere Frauen getötet worden sind."

„Wie denn?" fragte Liz, während die Furcht wie eine eiskalte Hand nach ihr griff. „Wie wollen Sie das machen?"

Heather beachtete sie nicht. Sie sah Val an. „Was ist mit Collins?"

„Inzwischen muss er tot sein. Wahrscheinlich verblutet."

Liz stockte der Atem. Pastor Tim war also gar nicht tot gewesen, als sie ihn verlassen hatten.

„Willst du Wells herbestellen?“

„Sobald wir so weit sind.“

„Bist du sicher, dass er kommen wird?“

„Absolut.“ Der Lieutenant warf Liz ein kaltes Lächeln zu. „Schließlich haben wir doch seine kleine Freundin.“ Er zog seine Pistole. „Es wird Zeit zu gehen, meine Damen.“

Rachel stöhnte und zitterte. Liz kämpfte gegen die aufsteigende Panik an. Sie musste ihre Schwester unbedingt zu einem Arzt bringen. „Wo gehen wir denn hin?“ fragte sie.

„Zur Paradise Christian Church.“

Zur Kirche? Aber warum ...

Und dann fiel es ihr wie Schuppen von den Augen. Es ergab irgendwie einen verqueren Sinn. Die Paradise Christian Church stand auf geweihtem Boden. Es war der Ort, an dem sich ein echtes Wunder zugetragen hatte.

Sie schloss entsetzt die Augen, als ihr die Worte von Father Paul wieder einfielen:

„Denn wenn das Heilige erst einmal entweiht ist, wird das Böse seine widerwärtigen Klauen ausstrecken, um es sich einzuverleiben.“

59. KAPITEL

Mittwoch, 21. November
21.50 Uhr

Mark kämpfte sich durch den Sturm die Duval Street entlang. Drei Häuserblocks zuvor hatte er wegen eines umgestürzten Baums seinen Wagen stehen lassen und den Weg zu Liz’ Wohnung zu Fuß fortsetzen müssen.

Der Regen nahm ihm die Sicht, und der Wind machte ein normales Vorwärtskommen nahezu unmöglich. Er betete um Gottes Hilfe, seine Führung und Stärke.

Marks Freunde waren in großer Gefahr. Er musste sie warnen.

Rachel lebte.

Er hatte die Wohnung von Liz einen Tag nach dem Besuch von Lieutenant Lopez verlassen und war ins Krankenhaus gegangen. Ihm war klar geworden, worauf die Polizei aus war. Sie brauchten einen Mörder. Und wer wäre dazu besser geeignet als ein Ungeheuer? Wer könnte die Erwartungen, die mit einem wahnsinnigen Killer verbunden wurden, besser erfüllen als ein moderner Quasimodo? Die Leute würden es ohne den geringsten Widerspruch hinnehmen und flüstern: „Ist doch ganz klar. So, wie der aussieht."

Stephen war ein guter, sanftmütiger Mensch. Zu Grausamkeiten war er überhaupt nicht fähig. Mark hatte nicht vor, tatenlos zuzusehen, wie sein Freund Opfer eines abgekarteten Spiels wurde.

Er hatte sich als Pfleger ausgegeben, um an den Polizeiwachen vorbeizukommen. Pastor Tim, weiß wie die Wand, hatte neben Stephen gesessen und für ihn gebetet. Der Geistliche hatte Mark sofort erkannt und nach seiner Hand gegriffen. „Wir müssen ihn von hier fortschaffen", hatte er geflüstert. „Sie haben nichts Gutes mit ihm vor."

Und der Verdacht, den Mark gegen den Mann gehegt hatte, löste sich im Handumdrehen in Luft auf.

Der Geistliche hatte ihm erzählt, was er in den vergangenen Stunden erfahren hatte. Rachel lebte. In der Nacht ihres Verschwindens hatte Stephen eine Frau auf dem Grundstück der Kirche gesehen – die Frau aus dem Geschäft auf der anderen Seite der Straße. Er hatte mitbekommen, wie Pastorin Howard gegen einen Baum gefahren war und dass die Frau sie mit Hilfe von einigen anderen aus dem Wagen gezogen hatte.

Er hatte Angst gehabt. Pastorin Howard hatte ihn vor den Bösen gewarnt und ihm geraten, sich von ihnen fern zu halten. Sie hatte ihm ein Paket für ihre Schwester in die Hand gedrückt und gesagt, was er tun sollte, damit sie es erhielt. Dummerweise hatte er es vergessen.

Anhand der Fotos hatte Stephen Liz erkannt, aber als er sich ihr vor der Kirche nähern wollte, war er von der bösen Frau fortgejagt worden. Deshalb hatte er den Umschlag bei Pastor Tim gelassen. Der Küster war davon überzeugt, dass der schon wissen würde, was er damit machen sollte.

Anschließend hatten Mark und der Geistliche zusammen gebetet und Pläne geschmiedet. Pastor Tim hatte Freunde in Miami. Einer von ihnen, ein Doktor und Geistlicher, würde sich um Stephen kümmern. Und Mark sollte bei dem Küster bleiben, während Pastor Tim sich ein wenig umhörte.

Als der Wachmann in die Kaffeepause gegangen war, hatten sie Stephen von den Schläuchen und Gurten, die ihn ans Bett fesselten, befreit und ihn aus der Klinik geschmuggelt.

Eine Windbö warf Mark fast zu Boden. Er duckte sich und kämpfte sich weiter vorwärts.

Aber er war nicht in Miami geblieben. Nachdem er Stephen in Sicherheit wusste, war er nach Key West zurückgekommen. Er hatte das sichere Gefühl gehabt, dass der Herr ihn hier haben wollte, genau zu diesem Zeitpunkt, während der Sturm seinen Höhepunkt erreichte. Von Anfang an war er davon überzeugt gewesen, dass Gott ihn nach Key West beordert hatte. Zuerst hatte er geglaubt, Tara sei der Grund dafür gewesen, doch er hatte sich geirrt.

Jetzt wusste er es. Er war hier, um für Gott und gegen das Übel zu kämpfen. Und das waren jene, die Mädchen wie Tara verführen und mit dem Bösen infizieren wollten; die töteten und glaubten, dass sie der Strafe entkommen würden, indem sie das Verbrechen einem Unschuldigen in die Schuhe schoben. Für einen Helden hielt er sich nicht. Er war einfach nur gehorsam. Noch hatte er nicht die geringste Ahnung, wie er helfen konnte und was von ihm erwartet wurde. Aber er verspürte keine Furcht. Es kam darauf an, für welches Ziel es sich zu leben lohnte – und wofür es sich zu sterben lohnte.

Endlich erreichte Mark Liz' Büro. Er schaute durch das dunkle Fenster – nichts deutete darauf hin, dass etwas nicht stimmte. Zur Sicherheit betätigte er die Klinke der Tür, die zu ihrem Büro führte. Sie war verschlossen.

Mark legte den Kopf in den Nacken. Die Jalousien an den Fenstern ihrer Wohnung waren heruntergelassen und so eingestellt, dass kein Licht einfallen konnte. Er ging zur Haustür, griff zum Türknauf und drehte daran. Die Tür sprang auf und schlug gegen die Wand.

Zitternd schlich er sich hinein und verschloss die Tür hinter sich.

Er rief nach ihr. Als keine Antwort kam, versuchte er es ein zweites Mal.

Sie antwortete nicht, und er rannte die Treppe hinauf. Auch in ihrem Wohnzimmer bemerkte er nichts Ungewöhnliches. Genauso verhielt es sich mit den anderen Räumen, wie ein kurzer Blick bestätigte.

Liz war nicht da. Nach ihrer Zahnbürste und den anderen Toilettenartikeln im Badezimmer zu urteilen, hatte sie die Insel jedoch nicht verlassen.

Bitte, lieber Gott, lass mich nicht zu spät kommen.

Mark ging wieder nach draußen in das Unwetter. Der Regen war mittlerweile in ein stetiges Nieseln übergegangen. Auf direktem Weg rannte er zum Hideaway. Die Fenster waren mit Brettern vernagelt; sowohl die Vordertür als auch der Hintereingang waren verschlossen.

Mark klopfte und rief nach Rick. Ein paar Minuten vergingen, in denen seine Verzweiflung immer größer wurde. Schließlich drehte er sich um – und bemerkte den Wagen von Liz. Ein weißer Ford Taunus mit einem Kennzeichen von Missouri. Er stand halb auf der Fahrbahn der Duval Street, und die Fahrertür war offen. Mark erstarrte vor Schreck.

Er schloss die Augen und füllte seine Lungen mit Luft. Als er ausatmete, wich auch die Angst aus ihm. In Windeseile lief er zum Wagen hinüber. Die Schlüssel steckten in der Zündung, und ihr Handy lag mitten auf dem Armaturenbrett.

Das war ein schlechtes Zeichen. Ein sehr schlechtes Zeichen. Mark richtete sich auf und ließ seinen Blick über die Straße wandern. Überall nur verbarrikadierte Läden, aus denen kein Lichtschein drang. In den wenigen Autos saß kein Mensch. Auch die Paradise Christian Church lag im Dunkeln.

Er griff nach dem Handy und schaltete es ein. Das Display leuchtete grün. Erleichtert atmete er auf. Bis die Mitteilung *Keine Nachrichten* erschien.

Enttäuscht warf er das Gerät auf den Sitz. Der Regen setzte wieder mit unverminderter Kraft ein, und der Donner grollte. *Lieber Gott, bitte hilf mir. Alleine weiß ich nicht weiter. Was soll ich tun?*

Plötzlich hatte er die Antwort. Mark drehte sich um und sah hinüber zu der im Dunkeln liegenden Fassade der Kirche.

Das war der Ort, wo der Herr ihn haben wollte.

Er griff nach Liz' Autoschlüsseln und dem Handy, schlug die Tür zu und kämpfte sich zum Vordereingang der Kirche durch.

Die Türen waren nicht verschlossen, und er trat ein. Offenbar war schon seit einiger Zeit die Klimaanlage ausgefallen, denn im Inneren der Kirche war es feucht und warm. Bis auf den Regen war nichts zu hören.

„Liz?“ rief er. „Ich bin's, Mark. Sind Sie hier?“

Er ging nach vorne bis zum Altarraum. Die Flamme des ewigen Lichts verbreitete einen sanften Schein. Wieder rief er nach Liz und dann nach Pastor Tim. Seine Worte hallten von den Wänden zurück. Das Glasfenster hinter dem Altar wurde von den zuckenden Blitzen sekundenlang erhellt, ehe es wieder in Dunkelheit versank. Schemenhaft tauchten die Holzbänke und das Kruzifix auf. Das Chorgestühl rechts oben war genauso dunkel wie der Rest der Kirche. Kein Mensch war zu sehen.

Liz war nicht hier.

Warum er sich dessen so sicher war, konnte er selbst nicht sagen. Dennoch war er davon überzeugt, dass er Recht hatte. Er nahm eine Kerze vom Altar, zündete sie an und setzte seine Suche fort. Zunächst schaute er sich rund um den Altar um, dann betrat er die anderen Räume. Die Tagesstätte und den Versammlungsraum. Die Klassenzimmer der Sonntagsschule und das Pfarrbüro.

Niemand war da. Jetzt stand er vor dem Arbeitszimmer des Pastors. Die Tür war geöffnet, und er trat ein. Pastor Tim lag mit ausgebreiteten Armen auf dem Boden vor seinem Schreibtisch, und auf seinem hellen Hemd zeichnete sich ein merkwürdiger dunkler Fleck ab.

Einen Moment lang stockte Mark der Atem. Dann eilte er zu seinem Freund.

60. KAPITEL

Mittwoch, 21. November
22 Uhr

Das Herz schlug Liz bis zum Hals, als sie gegen die Sakristeitür hämmerte. „Lassen Sie uns raus!“ schrie sie. „Meine Schwester braucht Hilfe. Bitte! Hört mich denn keiner?“

Val hatte die beiden in die Sakristei eingeschlossen, die in der Nähe der Kanzel lag und von den Geistlichen genutzt wurde, um die Gewänder anzulegen und sich innerlich auf die Messe vorzubereiten.

Liz schaute sich nach ihrer Schwester um, die reglos auf dem Fußboden lag. Ihr Atem ging nur noch flach. Die beunruhigend weiße Haut spannte sich über ihre Knochen, so dass sie aussah wie eine Horrorgestalt aus der Geisterbahn. Ihre Lippen und die Mundhöhle waren mit Fieberbläschen übersät. Auf der Fahrt zur Kirche hatte sie nur ein einziges Mal die Augen geöffnet. Ihr Blick war stumpf gewesen, und sie hatte Liz angesehen, ohne sie zu erkennen.

Rachel lag im Sterben.

Eine Welle von Panik schlug über ihr zusammen. Erneut hämmerte sie gegen die Tür.

„Jemand muss uns helfen! Bitte!“

Aber nur das Heulen des Windes antwortete ihr, und Liz eilte zurück an Rachels Seite. Sie würde alles tun, was in ihrer Macht stand, um ihr zu helfen. Fieberhaft überlegte sie, was ihrer Schwester fehlen mochte.

Höchstwahrscheinlich litt sie unter Flüssigkeitsmangel. Sie war seit einiger Zeit in diesem heißen und stickigen Verschlag eingeschlossen gewesen, ohne etwas zu trinken zu bekommen. Und ganz offensichtlich war sie auch unterernährt. Sie fieberte. Vermutlich hatte sie einen Infekt. Oder vielleicht einen Hitzschlag. Eine Freundin aus dem College hatte im August einen Hitzschlag erlitten. Als man sie gefunden hatte, war sie schweißgebadet und kaum noch bei Bewusstsein gewesen; zudem hatte sie hohes Fieber gehabt. Im Krankenhaus wurden ihr dann Eispackungen verabreicht und Unmengen von Flüssigkeit.

Ein Hitzschlag, das hatte sie gelernt, konnte zunächst zu Nierenversagen und später zum Tode führen.

Sie musste also dafür sorgen, dass Rachels Temperatur sank und sie ausreichend mit Flüssigkeit versorgen.

Schnell riss sie sich ihr durchnässtes T-Shirt vom Körper und kniete sich neben den Kopf ihrer Schwester. Vorsichtig wrang sie ein Stück des Stoffes aus und ließ das Wasser in Rachels Mund tropfen. Ihre Lippen bewegten sich ein wenig.

Liz schöpfte neuen Mut. Sie hörte nicht eher auf, bis sie den letzten Tropfen aus dem Stoff gequetscht hatte. Dann faltete sie das T-Shirt zu einem kleinen Rechteck und legte es liebevoll auf Rachels heiße Stirn.

Sie konnte ihre Schwester nicht ansehen, ohne selbst Schmerzen zu empfinden. Welche Höllenpein hatte sie wohl in den vergangenen Monaten erdulden müssen? Qualen, für die Heather Ferguson verantwortlich war.

Verzweifelt schloss Liz die Augen und kämpfte gegen die aufsteigenden Tränen an. Warum hatte diese Frau das getan? Wie konnte ein menschliches Wesen einem anderen nur solche Grausamkeiten zufügen? Ein Zittern lief durch ihren Körper, während sie sich darum bemühte, ihre ohnmächtige Wut im Zaum zu halten und nicht in hemmungsloses Schluchzen auszubrechen. Sie richtete ihren Blick nach oben, als ob sie dort die Antwort auf ihre Fragen finden könnte oder ein Ventil für die Wut, die sich in ihr aufstaute und ihr die Luft zu nehmen drohte.

„Wein doch nicht."

Liz stockte der Atem. Verblüfft sah sie ihre Schwester an. Rachel hatte die Augen weit geöffnet und schaute sie mit jenem drolligen Blick an, den sie nur zu gut kannte.

„Hallo, mein Liebes." Liz griff nach ihrer Hand und lachte unsicher. „Ich habe dich überall gesucht."

Ihre Schwester verzog die Lippen zu einem schwachen Lächeln. „Ich ... habe gebetet ... dass du kommst."

Liz presste die zitternden Lippen zusammen und versuchte, die Fassung zu bewahren. „Selbstverständlich bin ich gekommen. Ich liebe dich doch, Schwesterherz."

„Liebe dich ... auch."

„Du darfst dich nicht anstrengen", sagte Liz rasch, als sie sah, dass ihre Schwester kurz davor war, erneut das Bewusstsein zu verlieren.

„Nein ... tut mir Leid ... dass ich dich ... hineingezogen ..."

„Das hast du nicht getan, Rachel. Ich habe mich wie ein Idiot benommen, als wir das letzte Mal miteinander gesprochen haben. Es tut mir so Leid. Wenn ich zurücknehmen könnte, was ich gesagt habe ..."

„Ich hätte dir sagen ... passiert ist ... aber ich ... Angst um dich. Ich ..." Ihre Stimme wurde leiser, und ein Zittern ging durch ihren Körper.

„Du bist krank." Liz versuchte, die Angst in ihrer Stimme zu überspielen. „Bitte streng dich nicht an."

Rachel umklammerte ihre Finger. Ihr Griff war so schwach wie der eines Babys. „Verstehst du nicht ... dieser Körper ... nur eine Hülle. Die Welt ... eine Sekunde in der ... Ewigkeit."

Dann schloss sie die Augen, und einen schrecklichen Moment lang glaubte Liz, sie verloren zu haben. Nach einer Weile bewegte sie sich wieder. „Mein Glauben ... am Leben erhalten. Sie hat nicht verstanden ... Je mehr sie mich ... abbringen wollte ... stärker ... ist er geworden."

Als sie wieder zu zittern begann, hielt Liz sie fest im Arm. Behutsam rückte sie noch ein wenig näher, damit Rachel den Kopf in ihren Schoß legen konnte. Zärtlich fuhr sie mit den Fingern durch ihr Haar und massierte ihr sanft die Kopfhaut, wie sie es als Kinder immer gemacht hatten.

„Ich lasse dich nicht sterben", flüsterte Liz eindringlich, als ob sie es allein durch ihre Willenskraft verhindern könnte. „Schon einmal habe ich dich verloren, und das wird mir nicht wieder passieren."

Rachels Lippen bewegten sich, und Liz beugte sich tiefer zu ihr. Sie spürte ihren schwachen Atem, hörte allerdings keinen Laut.

Deshalb sprach sie weiter, ohne mit dem sanften Streicheln aufzuhören. „Erinnerst du dich noch an das Weihnachtsfest mit Grandma und Grandpa in Vermont? Wir hatten noch nie so viel Schnee gesehen. Am ersten Tag sind wir so lange im Freien geblieben, dass unsere Gesichter am nächsten Tag noch rot waren."

Liz musste lächeln, als sie sich daran erinnerte. „Grandpa hat mit uns eine Schlittenfahrt gemacht. Ich höre noch das Klingeln der Glöckchen, sehe noch die weißen Wolken vor unserem Mund, wenn wir gelacht haben, und ich weiß noch genau, wie Grandmas heiße Schokolade geschmeckt hat."

Sie sah ihre Schwester an. Rachel hatte die Augen geschlossen, aber Liz wusste, dass sie zuhörte und ihre Worte beruhigend auf sie wirkten. Darum erzählte sie weiter von gemeinsamen Erlebnissen und Erinnerungen.

Jetzt drangen vom Altarraum Stimmen in die Sakristei. Liz neigte den Kopf und flüsterte Rachel ins Ohr: „Ich bin gleich wieder bei dir."

Vorsichtig legte sie den Kopf ihrer Schwester auf den Fußboden, erhob sich und schlich auf Zehenspitzen zur Tür. Sie legte das Ohr an die Füllung und hörte Heathers Stimme.

„... sagte mir, dass er tot ist."

„Das sollte er auch. Er hatte schließlich eine Kugel in der Brust."

Pastor Tim? Sprachen sie etwa über ...

„Wo, zum Teufel, ist er dann?"

„Als ich gegangen bin, lag er auf dem Boden und blutete wie ein abgestochenes Schwein."

Pastor Tim lebte! Falls es ihm gelungen war, zu entkommen ...

„Das gefällt mir ganz und gar nicht."

„Glaubst du etwa mir? Wenn du nicht gewesen wärst, hätte es überhaupt keine Probleme mit Collins gegeben. Du hättest sie damals sofort umbringen sollen." Vals Stimme zitterte vor Wut. „Stattdessen schickst du diese Regenbogenkinder zu ihr, damit sie sie überreden, zu dir zu kommen. Was hast du dir eigentlich dabei gedacht? Haben wir nicht auch ohne sie schon genug Probleme?"

„Rachel Howard ist nicht deine Angelegenheit."

„Ach nein? Aber ich soll hinterher wieder den Dreck wegmachen, wie? Du erwartest von mir, dass ich immer alles in Ordnung bringe."

„Ja", sagte sie leise. „Das erwarte ich von dir."

„Leck mich!" schrie er. „Diesmal kümmerst du dich um sie. Ich will nichts damit zu tun haben."

Es wurde still, und Liz presste ihr Ohr noch fester an die Tür. Als Heather weitersprach, klang ihre Stimme anders: tiefer und hasserfüllt. „Wir wollen mal eins klarstellen, Lieutenant. Du steckst bis zum Hals drin, und deine Schleimspur geht über die ganze Insel. Ich kann abhauen. Kannst du das auch?"

„Ich könnte dich jetzt umbringen." Er senkte die Stimme. „Ja, ich sollte es tun. Die arme Heather Ferguson – ein weiteres von Rick Wells Opfern."

Sie lachte höhnisch. „Doch du tust es nicht, wie? Weil du nicht den Mumm hast, ein Messer zu benutzen. Und du weißt genau, was sie daraus schließen werden, wenn der Pastor und ihre Schwester nicht auf die gleiche Art getötet werden wie die anderen. Die Polizei wird den Braten sofort riechen. Und deine schöne Geschichte fällt zusammen wie ein Kartenhaus. Vielleicht täusche ich mich ja, aber ein hübscher Kerl wie du würde sich im Gefängnis bestimmt nicht wohl fühlen."

Diesmal blieb Val die Antwort zunächst schuldig. Es dauerte eine Weile, bis er wieder sprach. „Auch für mich gibt es Grenzen, Heather."

„Ich will nichts von deinen Grenzen hören. Durch mich bist du sehr reich geworden, Valentine Lopez. Es wäre angebracht, mal ein bisschen Dankbarkeit zu zeigen."

„Fahr zur Hölle, du Miststück."

„Warum eigentlich nicht? Doch erst wollen wir das hier noch zu Ende bringen. Sorg jetzt dafür, dass Wells hergebracht wird."

61. KAPITEL

Mittwoch, 21. November
22.25 Uhr

Rick lief im Verhörzimmer auf und ab, während er sich bemühte, die Einzelteile des Puzzles zusammenzusetzen. Es gab vier Mordopfer. Tara Mancuso, Naomi Pearson. Die Frau, die auf Big Pine Key gefunden worden war. Und als letztes Carla Chapman. Eine weitere Frau, Rachel Howard, war verschwunden und vermutlich seit längerem tot.

Ein Banker hatte Selbstmord begangen. Er hatte mit falschen Krediten gehandelt und eine Schwäche für blutjunge Mädchen gehabt. Eine Kultgemeinschaft, die sich ‚horned flower' nannte, hatte ebenfalls die Hand im Spiel. Möglicherweise bestand die Vereinigung aus Satansanhängern, und ganz bestimmt waren sie in Drogengeschäfte und Prostitution mit Minderjährigen verwickelt.

Und dann gab es da noch einen ehemals anständigen Polizisten, der zum Mörder geworden war.

Rick kniff die Augen zusammen und versuchte, gegen das frustrierende Gefühl, verraten worden zu sein, anzugehen, und die Wut zu ignorieren, die wie eine haushohe Welle über ihm zusammenzuschwappen drohte. Jetzt brauchte er einen kühlen Kopf und einen klaren Verstand, wenn er seine Haut retten wollte. Val hatte bestimmt nicht vor, ihn lebend davonkommen zu lassen. Er konnte es gar nicht, da machte Rick sich keine Illusionen.

Val und seine Komplizen, wer auch immer sie sein mochten, hatten begonnen, reinen Tisch zu machen. Heute Nacht würden sie die Sache zu Ende bringen. Das mussten sie tun. Er war ihr gefährlichster Gegner geworden. Sie hatten sich ihm gegenüber zu erkennen gegeben, und jetzt lief ihnen die Zeit davon.

Er dachte an Liz, und die Angst griff nach ihm wie eine eisige Hand. Auch über ihr Schicksal würden sie bestimmen. Vielleicht war es der letzte Entschluss, den sie trafen.

Und sie war da draußen ganz auf sich allein gestellt.

„Dieser Schweinehund!" Er zerrte an den Handschellen. Das Metall schnitt ihm ins Fleisch und verursachte einen scharfen Schmerz.

„Setzen Sie sich wieder hin, Wells", bellte der junge Polizist. Es sollte resolut klingen, aber er kiekste, als wäre er noch im Stimmbruch.

Er beachtete den Jungen nicht, sondern dachte wieder über die

Fakten nach – oder das, was er dafür hielt. Tara hatte sich mit der Kultgemeinschaft eingelassen. Das bedeutete, dass sie sich für sexuelle Handlungen mit dem perversen Lüstling Bernhardt hergeben musste – und vielleicht auch noch mit anderen von seiner Sorte. Sie wollte nicht mehr mitmachen, also wandte sie sich an ihre Pastorin. Und die ging zu Val.

Leben Sie wohl, Pastorin Howard.

Er knetete seine Hände. Verdammt noch mal. Wie hatte sein Freund nur zum Mörder werden können? Gier. Das Motiv der meisten Polizisten. Val hatte vermutlich auch seine Finger in den Schwindelkrediten. Vielleicht war er sogar die treibende Kraft. Erst hatte er dafür gesorgt, dass Bernhardt seine perversen Gelüste befriedigen konnte, und dann hatte er ihn genau damit erpresst.

Natürlich. Unvermittelt blieb Rick stehen. Bernhardt hatte den Druck nicht mehr ausgehalten und sich aus dem Schlafzimmerfenster gestürzt. Damit stand Naomi Pearson in der Schusslinie. Nach Bernhardts Tod war Pearson nicht nur zu nichts mehr nütze, sondern sogar zu einer Belastung geworden. Die Island National Bank würde Bernhardt auf die Schliche kommen und die Spur entdecken, die zu ihr führte – und sie würde singen wie ein Kanarienvogel.

Wenn sie nicht tot war.

Leben Sie wohl, Naomi Pearson.

Und dann war da noch Carla. Ganz sicher hatte Becky die Sache mit den Notizblöcken erwähnt, und Val war sofort klar gewesen, dass sie ihm auf die Schliche gekommen war.

Leb wohl, Carla.

Vermutlich war das unbekannte Opfer von Big Pine Key entweder Heather Ferguson oder der zweite Teenager, der in Bernhardts hausgemachtem Porno mitgewirkt hatte. Und als Nächste stand Liz Ames auf der Liste.

Val würde bestimmt reinen Tisch machen.

Rick drehte sich um und sah Walters an. „Wie lange sind Sie schon bei der Polizei, mein Junge?"

„Seit drei Wochen."

„Tatsächlich?" Rick musterte den Jungen. Er empfand Mitleid für ihn. „Ich war auch mal Polizist."

„Das habe ich gehört."

„Sechs Jahre bei der Truppe von Dade County in Miami. Ich kann Ihnen sagen, ich habe Dinge gesehen, da würden Ihnen die Haare zu Berge stehen."

„Was denn?" fragte der junge Mann misstrauisch.

„Bandenkriege, Mord, Drogen – was immer Sie wollen. In Miami gibt's einen florierenden Drogenhandel. Damit kann man viel Geld verdienen. Ein paar von den Cops sind da schwach geworden."

Walters warf einen Blick zur Tür. Das Thema interessierte ihn, aber ihm war nicht wohl dabei.

„Wissen Sie, woran man schmutzige Cops erkennen kann, Walters?"

Er schüttelte den Kopf. „Sie halten sich nicht an die Regeln. Erst geht es nur um unbedeutende Kleinigkeiten. Alle tun es, obwohl sie es nicht dürfen. Dann geht es um größere Sachen. Beweise werden unterschlagen. Sie versuchen, möglichst viel Profit für sich herauszuholen. Schon bald stecken sie so tief drin, dass sie nicht mehr anders können als weiterzumachen. Und eines Tages erscheint ihnen sogar ein Mord gar nicht mehr so abwegig."

„Ich weiß, worauf Sie hinaus wollen, Wells. Doch Sie werden keinen Erfolg damit haben."

Rick beachtete ihn nicht. „Hat man Ihnen auf der Polizeischule beigebracht, wie Sie sich an einem Mordschauplatz zu verhalten haben, Walters?"

„Klar. Der erste Officer sichert den Tatort ab, dann holt er Verstärkung."

„Warum?"

„Damit keine Indizien verschwinden können oder manipuliert werden. Wenn nämlich Beweise verloren gehen oder zerstört werden, ist die Chance, das Verbrechen aufzuklären, geringer."

„Und der Mörder kommt womöglich ungeschoren davon." Rick musterte den jungen Mann durchdringend. „Aber was passiert, wenn das Opfer ein Kollege ist?"

„Dann ist jeder ein Verdächtiger – vom Chef bis zum Streifenpolizist. Und bei der Untersuchung bleibt kein Stein auf dem anderen."

„Lieutenant Lopez hat Detective Chapman in einer Blutlache liegen lassen. Er hat keine Verstärkung angefordert, sondern den Tatort verlassen, ohne ihn zu sichern. Warum hat er das wohl gemacht?"

Der junge Polizist wurde rot. „Das behaupten Sie."

„Er hat es wirklich getan, Walters. Und seine Entscheidungen hatten nichts mit Gesetz und Ordnung zu tun."

„Warum sollte ich Ihnen glauben? Lieutenant Detective Lopez ist ein ausgezeichneter Polizist. Und er ist nur dem Chef gegenüber verantwortlich."

Val hatte sich Walters ganz bewusst ausgesucht. Er war ein Anfänger, ziemlich naiv und ängstlich darauf bedacht, einen guten Eindruck bei seinem Vorgesetzten zu machen, um seinen Unwillen nicht zu erregen.

Er versuchte es trotzdem weiter. „Wachen Sie endlich auf, Walters! Lopez hat Dreck am Stecken. Er hat Carla Chapman umgebracht. Und bevor das alles zu Ende ist, bringt er vielleicht sogar auch Sie um."

„Seien Sie still!“ rief der junge Mann. „Halten Sie endlich Ihr verdammtes ...“

Das Wandtelefon klingelte. Beide drehten sich um. Der Polizist wirkte ziemlich verstört, als er zum Hörer griff. „Officer Walters.“ Er lauschte konzentriert. „Jawohl, Lieutenant Lopez. Kein Problem, er ist hier bei mir.“ Wieder hörte er zu, während er Rick einen Blick zuwarf. „Den Verdächtigen zu Ihnen bringen? Zur Paradise Christian Church?“

Warum wollte Val ihn aus dem Polizeirevier holen?

Weil er keine Zeugen gebrauchen konnte.

„Scheiß auf ihn“, rief Rick. „Ich gehe nicht ohne Anwalt. Nirgendwohin.“

„Lieutenant Lopez, Wells weigert sich zu gehen. Er redet von einem Anwalt.“ Walters schwieg, dann nickte er. „Jawohl, Sir. Das mache ich.“

„Jetzt überlegen Sie mal, mein Junge. Was sagt das Handbuch in so einem Fall? Sie sollen einen Mordverdächtigen entlassen, ehe das Verhör zu Ende ist – dazu einen, der einen Polizisten getötet haben soll. Und die Polizei verweigert ihm das Recht auf einen Anwalt. Halten Sie das für richtig?“

Der junge Beamte sah ihn stirnrunzelnd an. Er wirkte völlig verunsichert und räusperte sich verlegen. „Lieutenant Lopez“, meinte er zögernd, „ich glaube nicht ...“

Er verstummte. Rick war klar, dass er sich eine Schimpftirade von seinem Vorgesetzten anhören musste. „Jawohl, Sir.“

Walters streckte den Hörer aus. „Er möchte mit Ihnen sprechen.“

Rick durchquerte das Zimmer, und der Polizist hielt ihm den Hörer ans Ohr. „Ich habe dir nichts zu sagen, du messerstechender Bastard ...“

„Hallo, Rick“, unterbrach ihn sein Freund fröhlich. „Liz ist bei mir. Wir sind in der Paradise Christian Church. Ich schlage vor, dass du Walters gestattest, dich zu begleiten ..."

„Du Dreckskerl. Wenn du sie auch nur anrührst, dann ..."

„Ich habe Walters Anweisungen gegeben", fuhr er fort. „Und wenn du diese Frau nicht ebenso verlieren willst wie Jill, solltest du tun, was ich dir sage. Das jedenfalls ist mein Vorschlag."

„Lass mich mit ihr reden, du Schwein", fauchte er. Fast spie er die Worte ins Telefon. „Ich komme nirgendwohin, bis du ..."

Val lachte. „Natürlich kommst du. Du wirst alles tun, was ich dir sage. Ach ja, und noch etwas, Rick", fügte er hinzu. „Die Uhr läuft."

62. KAPITEL

Mittwoch, 21. November
22.50 Uhr

Der junge Polizist parkte den Streifenwagen vor der Kirche, die in vollkommener Dunkelheit lag. Nur durch die bunten Glasfenster drang ein schwacher Lichtschein. Rick vermutete, dass er von den Kerzen kam.

Walters ging um den Wagen herum und öffnete die Beifahrertür. „Steigen Sie aus, Wells."

Rick kletterte aus dem Auto. „Das ist eine Falle. Ein Hinterhalt. Warum hätten Sie mich sonst hierhin bringen sollen?"

„Halten Sie den Mund." Er schubste Rick vorwärts. „Der Tag war verdammt lang."

„Seien Sie auf der Hut, ja? Nehmen Sie sich in Acht. Er wird Sie nämlich auch beseitigen müssen." Rick warf ihm über die Schulter einen Blick zu. Der Junge wirkte verängstigt. Fast zu Tode erschrocken.

Besser ein Angsthase als eine Leiche, dachte Rick, als sie die Kirche betraten.

Val stand im Altarraum. „Hierher, Walters."

Rick wurde von dem Polizisten nach vorne gedrängt. Er spürte, dass die Nerven des Jungen zum Zerreißen gespannt waren. Beim geringsten Vorfall würde er zur Waffe greifen; daran zweifelte er keine Sekunde.

Vermassel es nicht, Kleiner. Du hast nur eine einzige Chance.

Val lächelte, als sie näher kamen. „Danke, dass Sie ihn hergebracht haben, Walters. Dafür schulde ich Ihnen etwas."

„Keine Ursache." Der Polizist ließ seinen Blick an Val vorbei zum Altar schweifen. „Was ist hier eigentlich los?"

„Darum brauchen Sie sich nicht zu kümmern", antwortete der Lieutenant. Er hob den Revolver, zielte und feuerte. Die Kugel traf den Jungen mitten in die Brust. Überrascht sah er seinen Vorgesetzten an. Dann trat er einen Schritt zurück und fasste sich ans Herz. Blut quoll durch seine Finger.

„Du Schwein!" rief Rick und wollte auf ihn zuspringen. „Warum hast du das ..."

Val schoss noch einmal, und der Polizist stürzte zu Boden. „Sei kein Dummkopf, Rick", murmelte er. „Du weißt genau, warum."

Natürlich wusste er es. Keine Zeugen. Keine verräterischen Spuren.

„Damit kommst du doch nicht durch. Verdammt noch mal, ich schwöre bei Gott, dass ich dich fertig machen werde. Und wenn es das Letzte sein sollte, was ich tue."

„Du fluchst?" Val klang schockiert. „Und das in einer Kirche!" Er schnalzte mit der Zunge. „Ich denke, wir werden uns in der Hölle wiedersehen."

„Wo ist Liz? Was hast du mit ihr gemacht?"

Val lachte. „Verzweiflung steht dir gut, Rick. So gefällst du mir sehr."

„Wenn du ihr etwas angetan hast, schwöre ich dir, dass ich ..."

„Ihr geht's noch gut, bis jetzt jedenfalls. Schau nur ..."

Liz trat aus dem Schatten der Kanzel. Sie stützte eine andere Frau, die offenbar zu schwach war, um ohne Hilfe stehen zu können.

„Liz!" Er wollte an ihre Seite eilen.

„Bleib stehen, Schätzchen."

Dieser Befehl kam von Heather, die hinter Liz gestanden hatte und sich jetzt vor sie stellte und ihr eine Pistole an den Kopf hielt.

„Sie sind ja doch nicht tot, wie ich sehe", sagte er kalt.

„Gut beobachtet."

„Wen haben sie denn dann auf Big Pine Key gefunden? Den anderen Teenager aus Bernhardts dreckigem Video?"

„Die arme Stephanie. Dabei hatte sie so viel Talent. Genauso wie Tara. Die reinsten Wildkatzen. Bernhardt mochte sie am liebsten." Sie machte eine Pause, als wollte sie sich angenehmen Erinnerungen hingeben. Dann fuhr sie fort: „Es ist Taras Schuld, dass Stephanie tot ist. Sie hat ihre Freundin angefleht, bei mir ein gutes Wort für sie einzulegen. Stephanie sollte mich bitten, Tara gehen zu lassen. Wegen des *Babys*. Als ob mir das irgendetwas bedeutet hätte. Und ich konnte Stephen ja schlecht am Leben lassen – bei allem, was er wusste. Finden Sie nicht auch?"

Sie wandte sich an Val. „Hol den Stuhl." Er beeilte sich, ihren Befehl auszuführen, und sie drehte sich wieder zu Rick. „Carla hat uns einen großen Gefallen getan, als sie die Videokassetten gefunden hat. Ich hatte nicht die geringste Ahnung, was Larry im Schilde führte, obwohl ich es eigentlich hätte ahnen müssen. Glücklicherweise hat meine folgsame Schülerin aus dem Sunset Key-Maklerbüro Lunte gerochen und ist Carla gefolgt.

Sie brauchen sich aber keine Sorgen um die Bänder zu machen; wir haben sie alle eingesammelt. Vielleicht schaue ich sie mir sogar noch einmal an, bevor ich sie vernichte – um der alten Zeiten willen."

Val brachte einen Stuhl aus der Sakristei und stellte ihn genau unter das Chorgestühl neben Liz. Dann riss er ihr brutal die Frau aus den Armen. Halb stieß und halb zog er sie zu dem Stuhl, auf dem sie wie eine kraftlose Stoffpuppe in sich zusammenfiel.

„Rachel!" schrie Liz und wollte ihr zu Hilfe heilen.

Ihre Schwester? Verblüfft sah Rick zu Liz, und ihre Blicke trafen sich. Sie wirkte vollkommen verzweifelt.

„Binde Miss Ames die Hände fest."

„Ohne bitte und danke?" Rick wandte sich zu Heather. „Die Tatsache, dass Sie ein unmoralisches, psychopathisches Miststück sind, gibt Ihnen noch lange nicht das Recht, sich schlecht zu benehmen."

„Sehr witzig, Mr. Wells." Heather ging hinüber zum Altar. Vor einem großen schwarzen Plastiksack, der auf dem Boden lag, blieb sie stehen, bückte sich und zog ein Stück Schnur hervor, das sie Val zuwarf.

„Du gibst einen guten Schoßhund ab", meinte Rick. „Valentine Lopez, Lieutenant Detective Schoßhund. Niedlich. Du musst sehr stolz darauf sein, was aus dir geworden ist."

„Halt dein verdammtes Maul", giftete Val, während er Liz die Hände auf dem Rücken fesselte. Er zog so heftig an der Kordel, dass sie aufschrie. „Oder willst du, dass ich ihr die Adern abschnüre?"

Rick zog es vor, nichts mehr zu sagen, und Val verknotete die Schnur. „Was ist mit ihren Füßen?"

„Kein Spaß ohne Risiko." Heather winkte ihn zu sich. „Bring sie her."

Er schubste sie zu Heather hinüber. Liz schrie entsetzt auf, als sie stolperte und fast hingefallen wäre.

Rick wollte sich auf Val stürzen. Sofort richtete der seine Pistole auf Liz. „Das würde ich mir an deiner Stelle gut überlegen, Wells."

Zögernd trat er einen Schritt zurück. „Lass sie in Ruhe."

Val lachte. „Du bist ein richtiger Pfadfinder. Das bist du immer schon gewesen. Ich finde dich zum Kotzen. Der spießige kleine Paragraphenreiter, der sich immer brav an die Vorschriften hält."

„Immer noch besser, als *ihr* Sklave zu sein."

„Glaubst du?" Er ging einmal um Rick herum, und in seinen Augen flackerte es verdächtig. „Du hast ja keine Ahnung, welche Reichtümer einem Mann in meiner Position angeboten werden. Heather hat mir die Augen geöffnet. Erfülle die Bedürfnisse der Menschen; mach ihre geheimsten Wünsche wahr. Spiele mit ihren Ängsten. Dann geben sie dir alles, was du willst. Geld. Macht. Respekt. Sie kriechen vor dir im Staub. Ist vor dir schon mal jemand im Staub gekrochen? Ich gebe dir einen Rat, du Arschloch. Befolge ihn, es lohnt sich." Er legte den Kopf in den Nacken und schrie nach oben: „Ich bin der Mann. Der König von Key West."

„Hier ist mein Rat, du Arschloch", entgegnete Rick. „Du bist nichts. Nur ein ganz gewöhnlicher Verbrecher, der als Zellengenosse und Freundin eines Typen namens Bubba enden wird."

Val wurde weiß vor Wut. Seine Hand begann zu zittern. „Es ist kein Kunststück, auf dem hohen Ross zu sitzen, wenn einem alles in die Wiege gelegt wird. Dein reicher Daddy und deine Mommy haben dir doch jeden Wunsch von den Augen abgelesen. Du brauchtest nur mit dem Finger zu schnippen, und schon hattest du, was du wolltest."

Rick schüttelte den Kopf. „Es ist dir also immer nur ums Geld gegangen, Val? Du bist bloß eifersüchtig gewesen?"

„Ich wünschte, du wärest nie zurückgekommen. Du hättest in Miami bleiben sollen. In Sicherheit. Dort, wo auch Sam sicher gewesen wäre."

Rick lief ein Schauder über den Rücken, während der Lieutenant weitersprach: „Aber nein, du musstest ja unbedingt wieder auf meine Insel. Hierhin, wo alles so gut für mich lief."

„Wenn du nicht gewollt hast, dass ich zurückkomme, warum hast du mir dann einen Job angeboten, Val? Dir schien ja so viel daran zu liegen ..."

„Weil du mit dem Boss gesprochen hast. Meine Güte, was hätte ich ihm denn sagen sollen? Ein Top-Bulle aus der Großstadt, der einen Job bei der Polizei von Key West will? Der Mann hat sich ja allein bei dem Gedanken daran vor Begeisterung in die Hose gepinkelt.

Ich habe von Anfang an gewusst, dass du mit meiner und Heathers Vorstellung von Recht und Gesetz nicht einverstanden sein würdest. Du warst viel zu moralisch. Zu selbstgerecht. Und viel zu clever. Ich musste dich also schnell wieder loswerden. Deshalb habe ich diesen Einbruch arrangiert."

Rick schnürte es die Kehle zu. Er taumelte zurück. *Val hatte den Einbruch arrangiert?* „Du selbst hast diese beiden Scheißkerle in mein Haus geschickt? In dem mein Kind geschlafen hat?"

„Leider ist es nicht so gelaufen, wie ich es mir vorgestellt habe. Du wolltest wieder mal den Helden spielen und sie fertig machen." Val senkte die Stimme. „Ich habe Sams Tod nicht gewollt. Aber es ist nun mal passiert. Und da habe ich eben das Beste für mich daraus gemacht."

Mit einem triumphierenden Ausdruck sah er Rick an. „Ich habe den Bericht der ballistischen Untersuchung so hingebogen, dass du glauben musstest, deinen eigenen Sohn getötet zu haben."

Ein entsetzlicher Laut entrang sich Ricks Lippen. Er klang wie ein Urschrei. Die ganze Wut und all das Leid, die sich seit Jahren in ihm aufgestaut hatten, lagen darin.

„Es stimmt wirklich, Kumpel. Er ist nicht von deiner Kugel getroffen worden."

Rick fiel vornüber auf die Knie. Der Schmerz war unerträglich. Val, der Freund, dem er blind vertraut hatte, war ein Verräter. Der Mann, den er mehr geliebt hatte, als er einen Bruder hätte lieben können, war verantwortlich für den Einbruch, der Sam das Leben gekostet hatte. Als die Bilder jener Nacht wieder vor ihm auftauchten, presste er fest die Augen zusammen. Er hatte seinen Sohn in den Armen gehalten, während er sein Leben aushauchte.

„Du kannst dir nicht vorstellen, was für ein Vergnügen es mir bereitet hat, dir beim Leiden zuzuschauen. Ich habe genauso gelitten, als ich mit ansehen musste, dass du alles bekommen hast, was ich mir gewünscht habe. Inklusive Jill. Sie war für mich bestimmt. Für mich!"

Die letzten Worte stieß er mit wilder Wut aus. „Diese Insel sollte ganz mir gehören. Meine Vorfahren haben sich hier niedergelassen; meine Familie lebt hier. Wir haben diese Insel zu dem gemacht, was sie heute ist. Doch Leute wie du kommen hierher und nehmen sich alles – sie genießen, was sie zu bieten hat, während wir euch die Fische fangen, eure Toiletten putzen und euch das Essen servieren dürfen."

Val brach in Gelächter aus. Es klang hoch und schrill. „Doch jetzt nicht mehr, mein Freund. Jetzt nicht mehr!"

Rick hob die Augen zum Kruzifix hinter dem Altar. Tränen verschleierten seinen Blick. Das fünf Meter hohe Kreuz war aus groben Holzbalken zusammengefügt, genauso wie es vor langer Zeit gewesen sein musste. In den Zügen der kunstvoll geschnitzten Christusfigur spiegelte sich das ganze menschliche Leid.

Dann wanderte sein Blick von dem gekreuzigten Christus zu

dem bunten Glasfenster dahinter. Das kreisrunde Bild mit einem Durchmesser von mindestens sechs Metern stellte den auferstandenen König dar, strahlend und triumphierend.

Es war noch nicht vorbei. Adrenalin schoss durch seine Adern. Sein Blick wurde wieder klar. Er würde nicht aufgeben und diesem Stück Scheiße den Sieg überlassen. Niemals.

Er schaute zu Liz hinüber. Ihre Blicke trafen sich. Sie ahnte, was er vorhatte. Wenn es nötig sein sollte, würde er sein Leben aufs Spiel setzen, um sie und ihre Schwester zu retten und Valentine zu vernichten.

Rick straffte die Schultern. „Ich habe dich geliebt, Val. Du warst mein Bruder. Mein Freund."

„Fahr zur Hölle."

Er war bereits dort. Mit einem Schrei stürzte er sich auf den Lieutenant. Sein Angriff kam für ihn vollkommen überraschend, und beide gingen zu Boden. Die Pistole flog Val aus der Hand. Rick nutzte seine Größe und sein Gewicht, um seinen Gegner am Boden festzunageln. Er holte aus, und seine gefesselten Hände landeten mit voller Wucht in Vals schönem Gesicht.

Laut heulte er auf. Blut spritzte ihm aus der Nase. Schnell rollte Rick sich auf die Seite und bekam die Pistole zu fassen. Mit den Fingern umklammerte er den Griff.

In dem Moment hörte er das klickende Geräusch eines Revolvers, der entsichert wurde. Er sah über seine Schulter. Heather stand hinter Liz und drückte ihr die Pistole an die Schläfe.

„Sie haben die Wahl", sagte sie leise. „Was darf's denn sein?"

Rick hielt die Waffe fest umklammert. Es fühlte sich vertraut an, jedoch auch ungewohnt. Er kniff die Augen zusammen und dachte an Sam. Und an Liz. Rasch wog er die Möglichkeiten gegeneinander ab. Einen von beiden konnte er töten – vielleicht sogar beide.

Aber Liz würde sterben. Daran bestand kein Zweifel.

Er konnte es nicht tun.

„Wirklich edel", murmelte Heather. Mit einem amüsierten Ton in der Stimme ließ sie die Waffe sinken. „Allerdings auch ziemlich dumm. Stehen Sie auf, Wells. Sofort."

63. KAPITEL

Mittwoch, 21. November
23.25 Uhr

Liz ließ Rick nicht aus den Augen, als er sich langsam wieder aufrappelte. Val schnappte sich die Pistole und stellte sich vor ihn hin. Blut floß ihm aus der Nase und dem Mund. Er drückte die Mündung seiner Waffe zwischen Ricks Augen. Zitternd vor Wut entsicherte er sie.

„Na los, mach schon", sagte Rick herausfordernd. „Drück ab. Du traust dich ja doch nicht."

„Treib es nicht zu weit, Wells. Ich werde es tun, das schwöre ich dir ..."

„Nun mach schon, du Schlappschwanz. Zeig mir, dass du keine Memme bist."

„Nein!" schrie Liz. „Hör auf."

Heather legte den Kopf in den Nacken und lachte. Es klang wie das Lachen eines Kindes, das einen unbändigen Spaß hatte. Sie schien sich tatsächlich an allem Bösen zu erfreuen – an der Angst, am Hass und am Blutvergießen.

„Bewundernswert, Liz", murmelte sie. „Loyalität. Liebe. Verantwortung. Ich bin wirklich gerührt."

Heather wandte sich jetzt an die beiden Männer. „Sorg dafür, dass so etwas nicht noch mal passiert, Valentine."

„Gib mir ein Seil", antwortete er mit gepresster Stimme. „Ich will, dass dieses Arschloch keinen Finger mehr bewegen kann."

Heather erfüllte seine Bitte, ehe sie ihre Aufmerksamkeit wieder auf Liz richtete. „Ich frage mich, ob Ihr Freund sich ebenso verhielte, wenn es um Sie ginge. Flehen, auf die Knie fallen, um Ihr Leben betteln. Oder ob Ihre geliebte Schwester so etwas tun würde."

Jetzt schaute sie zu Rachel hinüber, die zusammengesunken auf einem Stuhl saß. „Nur wegen Ihnen steckt Liz in diesem Schlamassel. Weil sie Sie so sehr liebt." Den letzten Satz zischte sie zwischen den Lippen hervor, und Liz lief eine Gänsehaut über den Rücken. „Sie ist wegen Ihres lächerlichen Glaubens an ihn hier."

Liz schaute zu der geschnitzten Christusfigur hinauf. Sie dachte an das, was Rachel ihr gesagt hatte. Es war nicht viel gewesen, aber allmählich fügten sich die Puzzlesteine zu einem Bild zusammen.

„Ich glaube nicht, dass sie Ihnen helfen würde", fuhr Heather fort. „Rachel würde Sie einfach sterben lassen." Liz' Kopf fuhr herum. Entgeistert starrte sie die Frau an. „Ihre Schwester hat Tara sterben lassen. Und Naomi Pearson. Warum also nicht auch Sie?"

Rachel stieß einen unterdrückten Schrei aus. Er klang entsetzt und verzweifelt.

„Drei kleine Worte, mehr habe ich nicht von ihr verlangt." Heather bückte sich und zog ein paar Gummihandschuhe aus dem schwarzen Sack. Sie streifte sie über. „Drei Worte", wiederholte sie. „Wissen Sie, welche ich meine?"

Liz schüttelte den Kopf. Heather schaute wieder zu Rachel. „Ihre Schwester kennt sie. Nicht wahr, Schätzchen? Sprechen Sie mir nach: *Ich entsage ihm.*"

Rachel ließ den Kopf hängen. Ihre Schultern bebten von unterdrückten Schluchzern. Liz wurde von rasender Wut erfasst. Allmählich begann sie zu verstehen. Father Pauls Worte fielen ihr wieder ein. *Wenn das Heilige erst einmal entweiht ist, wird das Böse seine widerwärtigen Klauen ausstrecken, um es sich einzuverleiben.*

„Das ist alles, worum ich sie in den vergangenen Wochen tagtäglich gebeten habe. Immer wenn sie zu sterben drohte, habe ich sie gerettet, um ihr eine letzte Chance zu geben. Sie hat sich jedoch geweigert. Sie bestand auf ihrem lächerlichen Glauben an ihren nicht existenten Heiland."

Heather schüttelte den Kopf. „Ich sehe die Verachtung in Ihrem Blick, Liz. Aber sie hat die Nahrung verweigert, die ich ihr angeboten habe. Das Wasser auch. Um ihrem Leid ein Ende zu setzen. Und alles wegen ihm." Mit hassverzerrter Miene zeigte sie auf das Kruzifix. „Er ist die Ursache für ihre Qualen, nicht ich."

Die Aura des Bösen, die von dieser Frau ausging, verursachte Liz eine Gänsehaut. „Sie werden damit nicht durchkommen", stieß sie verächtlich aus, während sie an den Fesseln zerrte, die um ihre Handgelenke geschlungen waren. „Gavin Taft ist auch nicht ungestraft davongekommen. Sie werden genauso enden wie er – auf dem elektrischen Stuhl."

„Aber sicher kommen wir damit durch", entgegnete sie sanft und schnitt ihr die Fesseln ab. Sie bückte sich und holte etwas aus dem Sack zu ihren Füßen. Als sie wieder hochkam, hielt sie ein Kästchen in der Hand, das in schwarzen Samt gehüllt war. Ehrfürchtig schlug sie den Samt zurück. Darunter lag ein Messer. Triumphierend hielt sie es hoch, und die Klinge blitzte im Kerzenlicht. Liz zitterte vor Angst.

„Unglücklicherweise wird Val es nicht schaffen, Sie und Ihre Schwester vor dem Messer zu retten. Auch wenn Sie beide sterben werden, Wells dem Lieutenant die Pistole aus der Hand schlagen konnte und Walters getötet wurde, wird Rick Wells am Ende das Handwerk gelegt werden. *Gott* sei Dank!“

Liz schauderte über den Sarkasmus in ihrer Stimme, als sie von Gott sprach. Heather Ferguson war nicht nur ein böses Geschöpf – sie betete das Böse an. Diese Frau ergötzte sich regelrecht daran.

„Wissen Sie, der Lieutenant hat eine Menge Beweise gegen den armen, geplagten Mr. Wells gesammelt. Beweise dafür, dass er mit Larry Bernhardt und Naomi Pearson Geschäfte gemacht hat. Er hat handfeste Indizien, die ihn mit dem Mord an Tara und Carla in Verbindung bringen. Die Beweise reichen aus, um den Fall abzuschließen. Alles wird so kommen wie geplant, denn zu jeder Leiche gibt es eine plausible Erklärung.“

„Und was ist mit Mark?“ wollte Liz wissen, wobei sie sich bemühte, die Hoffnung in ihrer Frage zu verbergen. Heather hatte seinen Namen nicht erwähnt, und deshalb betete sie, dass er ihrem Zugriff entkommen sein möge.

Die Frau presste die Lippen zusammen und warf ihrem Komplizen einen verärgerten Blick zu. „Er wird keine Schwierigkeiten machen. Vor lauter Angst weiß er ja gar nicht, was er tun soll. Schließlich hat er mit Wells unter einer Decke gesteckt. Auch dafür haben wir genügend Beweise.“

„Aber er weiß über Sie und die Kultgemeinschaft Bescheid. Glauben Sie nicht, dass ...“

„Ich glaube“, fiel Heather ihr ins Wort, „Sie sollten jetzt besser den Mund halten.“

Liz beachtete ihren Einwand nicht. „Sie wollen also weitermachen wie bisher. Haben Sie aus all dem nichts gelernt?“

„Halten Sie mich wirklich für so dämlich? Ich werde bereits vermisst. Offiziell hält man mich für tot. Fragen Sie doch diesen übereifrigen kleinen Mann, der seinen Laden neben meinem hat.

Man wird davon ausgehen, dass ich ein weiteres von Wells' Opfern bin."

Sie will tatsächlich verschwinden, dachte Liz. Bei diesem Gedanken wurde ihr speiübel. Irgendwo weit weg an einem anderen Ort würde sie wieder von vorne anfangen. Liz wandte sich an Valentine Lopez. „Und Sie? Haben Sie auch schon Pläne für eine glanzvolle Zukunft geschmiedet?"

Er grinste. „Da ich meinen besten Freund töten musste, bin ich so traumatisiert, dass ich aus dem Polizeidienst ausscheide und Key West für immer verlassen werde."

Vor lauter Wut stiegen ihr Tränen in die Augen. Wie war es nur möglich, diese Ungeheuer zu überwältigen? Es gab nichts, womit sie sie bekämpfen konnten. Sie mussten nicht einmal befürchten, festgenommen zu werden.

„Haben Sie gewusst, wie dickköpfig Ihre Schwester ist? Dass sie eher sterben würde, als ihrem Gott zu entsagen?" fragte Heather leise.

„Ja", antwortete Liz mit hoch erhobenem Kopf. Sie war stolz auf ihre Schwester und ihren unerschütterlichen Glauben.

„Nun, die Frage ist, ob die gütige Pastorin eher Sie sterben sehen will als ihn zu verleugnen?"

„Was kümmert Sie das?" Liz klang mutiger, als sie sich fühlte. „Ihr Glaube hat nichts mit Ihnen zu tun."

Heathers tiefes Lachen klang seltsam. „Da irren Sie sich, meine Liebe. Er hat sogar eine Menge mit mir zu tun."

Aus den Augenwinkeln sah Liz, wie Rick an seinen Fesseln zerrte. Hinter ihm lag die Leiche des getöteten Officers. Verstohlen schaute sie zu seinem Pistolenhalfter.

Rick folgte ihrem Blick; dann sah er ihr wieder in die Augen. Er nickte unmerklich, so dass es keiner außer ihr mitbekam.

Er würde alles daransetzen, sich diese Waffe zu beschaffen.

„Bring ihr das Riechsalz, Val. Wir können die gute Pastorin so kurz vor dem Höhepunkt doch nicht in Ohnmacht fallen lassen."

Val ging zu Rachel und hielt ihr ein Fläschchen unter die Nase. Ihr Kopf bewegte sich ruckartig nach oben.

„Wer hat es getan?" fragte Liz. Sie wollte Zeit gewinnen und Heathers und Vals Aufmerksamkeit von Rick ablenken. „Welcher von euch kranken Idioten hat Tara und die anderen umgebracht? Oder war es Teamwork?"

„Ich hatte die Ehre", antwortete Heather. Unvermittelt wurde ihr schönes Gesicht zu einer hässlichen Fratze. „Im Gegensatz zu meinem geschätzten Gavin hat Val nicht die Courage, ein Messer zu benutzen. Außerdem macht es mir Spaß."

Liz musste die Galle hinunterschlucken, die ihr in die Kehle stieg. „Was sind Sie nur für ein Mensch!"

Heathers Mund verzerrte sich zu einem Grinsen, das im flackernden Kerzenlicht unheimlich wirkte. „Eine Schänderin des Paradieses ... die Schlange im Apfelbaum. Ich bin eine Seelensammlerin.

Heutzutage ist das so einfach. Was ist denn Ihrer Ansicht nach die Anbetung von Geld, Macht und Schönheit? Was ist denn der Wunsch nach Erfüllung irdischer Gelüste anderes als die Abkehr von Gott? Stolz. Eifersucht. Wollust. Geiz. Trägheit. Zorn. Völlerei. Das sind die besten Freunde eines Mädchens." Unvermittelt kicherte sie wie ein kleines Kind. Es klang grausam. „Wer ich bin, wollen Sie wissen? Ich bin ein Teufel, geschaffen für das neue Jahrtausend."

„Sie sind wahnsinnig."

„Glauben Sie? Oder hoffen Sie es nur?"

Ein greller Blitz erleuchtete für Sekundenbruchteile das Kirchenschiff, und ein heftiger Donner erschütterte das Gebäude. Heather wandte sich an Val. „Die Show kann beginnen."

„Nein!“ schrie Rick, der immer noch mit seinen Fesseln kämpfte.

Heather packte Liz von hinten und presste sie an ihre Brust. Ihr Griff war überraschend fest. Sie hielt ihr das Messer an die Kehle. „Entsagen Sie Ihm“, kreischte sie. „Entsagen Sie Ihm, und ich lasse Ihre Schwester leben.“

„Tu es nicht, Rachel!“ rief Liz. „Sie wird uns sowieso töten.“

Der Sturm, der draußen tobte, wurde immer heftiger. Der Himmel öffnete seine Schleusen, und wahre Wolkenbrüche stürzten hinunter und trommelten auf das Kirchendach.

Liz spürte, wie Heather sich versteifte und kurz davor war, ihr die Kehle aufzuschlitzen. Sie hatte das Gefühl, ohnmächtig zu werden.

„Wenn er wirklich der Retter und Erlöser ist, dann soll er dir jetzt helfen!“

In diesem Augenblick ließ Rick sich auf den jungen Polizisten fallen. Val rief Heather eine Warnung zu und zielte auf Rick. Liz kreischte auf. Plötzlich sprang eine Gestalt vom Chorgestühl herunter.

Liz sah, dass es Mark war.

Er landete auf Val, und sie stürzten zu Boden. Ein Schuss löste sich. Sie konnte nicht erkennen, ob einer der Männer getroffen worden war. Einen Moment lang schien die Welt still zu stehen. Dann ließ die Natur ihren Gewalten freien Lauf. Ein mächtiger Donner erschütterte das Gotteshaus. Ein lautes Krachen ließ die Luft erbeben, und das Kirchenfenster explodierte und zerbrach in tausend farbige Splitter.

Ein Meer von glitzernden Glasscherben regnete herunter, als der gigantische Banyanbaum vor dem Kirchenfenster durch die Scheibe krachte. Tausende bunter Steinchen ergossen sich in das Kirchenschiff und über den Boden des Altarraums.

„Nimm die Hände vors Gesicht!" schrie Rick.

Ein schriller Schmerzensschrei erfüllte den Altarraum. Heather ließ Liz los, und sie stolperte zum Altar. Als sie sich umdrehte, bemerkte sie ein Stück Glas, das sich in Heathers Nacken gebohrt hatte. Verzweifelt umklammerte sie es mit einer Hand, während ihr aus der anderen das Messer rutschte.

Liz bückte sich danach, aber Heather war schneller. Mit einer energischen Bewegung riss sie sie fort. Liz kämpfte mit Händen und Füßen. Ein zweiter Schuss drang durch die Nacht. Die Kugel zischte nur wenige Zentimeter an ihrem Kopf vorbei.

Mark kniete und hielt die Pistole von Valentine Lopez in seiner zitternden Hand. Bewegungslos lag der Lieutenant am Boden. Sein halber Schädel war weggeblasen. All das nahm Liz innerhalb von Sekundenbruchteilen wahr.

„Lass sie in Ruhe!" schrie Mark und richtete die Waffe auf Heather.

Sie erhob sich; ihr Gesicht war von Hass verzerrt und ihre Hand blutüberströmt. Im nächsten Augenblick griff sie nach dem Messer. Mark drückte ab. Nichts passierte.

Die Pistolenkammer war leer.

Liz sah, dass Rick zu dem toten Officer hinüberrobbte. Sie wusste, dass er es nicht schaffen würde. Es war vorbei.

Heather lachte. Ein Donner erschütterte das Kirchenschiff. Dann folgte ein grollendes Stöhnen; es schien aus der Tiefe der Erde zu kommen. Heather drehte sich um. Das Kruzifix schwankte leicht. Ihr Gesicht wurde kalkweiß. Schützend warf sie die Arme hoch.

In der nächsten Sekunde stürzte das Kruzifix herab und begrub Heather unter sich.

64. KAPITEL

Freitag, 23. November
11 Uhr

Liz saß am Bett ihrer Schwester. Sonnenstrahlen fielen durchs Fenster in das Zimmer des Krankenhauses und zeichneten helle Streifen auf die weiße Bettwäsche. Der Sturm hatte sich verzogen, ohne Key West allzu sehr zuzusetzen. Das Paradies war noch einmal gerettet worden.

Die Einwohner hatten begonnen, ihre Stadt wieder aufzuräumen. Sie reparierten die Schäden, sammelten den Müll ein und setzten ihr gewohntes Leben fort.

Liz ging zum Fenster und betrachtete ihre schlafende Schwester. Erst an diesem Morgen war sie von der Intensivstation hierher verlegt worden. Liz konnte sich nicht satt sehen an Rachels Gesicht. Vor Freude wäre sie beinahe in Tränen ausgebrochen. Sie hatte nicht daran geglaubt, sie noch einmal lebend wiederzusehen, sie in die Arme schließen oder mit ihr lachen zu können. Doch das Schlimmste wäre gewesen, wenn sie ihr nie mehr hätte sagen können, wie sehr sie sie liebte.

Allmählich war die Farbe auf Rachels Wangen zurückgekehrt. Liz hatte die Symptome ihrer Schwester tatsächlich richtig gedeutet: Hitzschlag, Flüssigkeitsmangel und Unterernährung. Außerdem hatten sich einige Verletzungen entzündet, weil sie nicht behandelt worden waren.

Nach Meinung des Arztes hatte Rachel sehr viel Glück gehabt. Es sei ein Wunder, hatte er gesagt, dass ihre Nieren nicht versagt hätten und sie nicht ins Koma gefallen und gestorben sei. Liz war tatsächlich in der allerletzten Minute aufgetaucht. Eine Stunde später wäre Rachel höchstwahrscheinlich tot gewesen.

Was für ein Glück, mit dem Leben davonzukommen, überlegte

Liz, während sie sich auf einen Stuhl neben dem Bett setzte. Alle hatten sie Glück gehabt. Ein Gefühl tiefer Dankbarkeit überkam sie. Endlich wusste sie, was sie am Leben und an jenen hatte, die ihr nahe standen. Die Güte Gottes wäre für sie von jetzt an nie mehr eine Selbstverständlichkeit.

Denn wer, wenn nicht Er, hatte ihr Leben und das von Rick und Rachel gerettet?

„Wie geht es ihr?"

Liz blickte sich um. Rick stand in der offenen Tür. Sie lächelte. „Gut. Der Arzt ist überrascht, dass sie solche Fortschritte macht."

„Es ist ein Wunder, dass sie überhaupt noch am Leben ist."

„Das habe ich auch gerade gedacht." Ihr Blick fiel auf die weiße Papiertüte, die er in der Hand hielt. „Bitte sag, dass da drin etwas zu essen ist. Etwas, das nicht aus der Krankenhauscafeteria stammt."

Seine Mundwinkel zuckten. „Truthahnsandwich aus dem *Green Parrot*. Mit Preiselbeersoße. Ich wünsche dir ein frohes Nach-Thanksgiving, Liz."

Er ging zum Bett, beugte sich zu ihr hinunter und küsste sie. *Es gibt so viel, für das man danken muss, dachte sie. So viele Wohltaten.*

„Ich komme gerade von einem Meeting mit dem Polizeichef", sagte er, während er die Tüte auf den Nachttisch stellte.

Forschend sah sie ihn an. „Und?"

„Der Verlust von Carla und Lopez hat ein großes Loch in die Personaldecke gerissen. Er braucht jemanden mit Erfahrung. Einen Mann, der sich auf Key West und mit den Besonderheiten der Insel auskennt."

Und einen Helden, der von hier stammt, dachte Liz. Jemand, der von Valentine Lopez hintergangen worden war, aber nicht das gesamte Polizeirevier dafür verantwortlich machte.

Die Spur von Valentine Lopez' Verbrechen zog sich in der Tat über die ganze Insel. Alles deutete darauf hin, als sei Larry Bernhardt nicht der einzige Geschäftsmann im Ort gewesen, den Val erpresst hatte, um sein Bankkonto aufzufüllen. Wie er Rick gegenüber behauptet hatte, war er tatsächlich der König seines eigenen kleinen, illegalen Reiches gewesen, über das er von seinem Büro im Polizeirevier aus regiert hatte.

„Er hat dir also einen Job angeboten", murmelte sie.

Gedankenverloren nickte Rick. „Ja."

„Und, nimmst du ihn an?"

„Ich habe ihm gesagt, dass ich es mir erst noch überlegen muss, aber ... ich glaube schon."

Rick wäre wieder Polizist. Im Grunde hatte er nie aufgehört, einer zu sein.

„Und was wird aus Ricks Island Hideaway?"

Er sah ihr in die Augen. Etwas in seinem Blick ließ ihr Herz schneller schlagen.

„Das Hideaway brauche ich nicht mehr. Ich will mich nicht länger verstecken, Liz."

Verwirrt senkte sie den Blick. Gleichzeitig spürte sie so etwas wie Hoffnung. Sie fragte sich, ob das, was sich zwischen ihnen abgespielt hatte, ein echtes Gefühl war oder nur eine Reaktion auf die Gefahr, in der sie geschwebt hatten. Würde diese zarte Pflanze wachsen und gedeihen, wenn man ihr eine Chance gäbe, oder verwelken und zu Grunde gehen?

„Wo ist Mark?" fragte er.

„Unten in der Halle. Er besucht Tim."

Rick schüttelte den Kopf. „Noch einer, der Glück hat, am Leben zu sein. Eine Kugel ins Brustbein, eine andere zwischen die Rippen. Kaum zu glauben, dass sie nicht tödlich waren."

„Gott sei Dank."

„Ja“, murmelte ihre Schwester mit schwacher Stimme. „Gott sei Dank.“

Sie drehten sich um. Rachel war aufgewacht und beobachtete sie. Ein zufriedenes, kaum merkliches Lächeln umspielte ihre Mundwinkel.

„Hallo, mein Liebes. Fühlst du dich gut?“

Sie nickte. „Wie lange habe ich geschlafen?“

„Eine ganze Weile. Doch der Arzt hat gesagt, dass es dir wieder gut gehen wird.“

„Mir ist es auch vorher gut gegangen. Der Herr hat auf mich Acht gegeben.“

Liz griff nach ihrer Hand. „Wenn du wieder bei Kräften bist, muss die Polizei unbedingt mit dir reden.“

„Jederzeit“, murmelte sie. Als ihr Blick weiterwanderte, wurden ihre Augen plötzlich groß vor Überraschung. „Du trägst ja meinen Ring. Ich habe ihn nirgendwo finden können.“

Tränen traten Liz in die Augen. „War mir ein Vergnügen, dir beim Suchen zu helfen, Schwesterherz.“ Sie zog den Ring vom Finger und steckte ihn ihrer Schwester an.

Rachel betrachtete ihn eine Weile, dann sah sie zu Rick. „Hallo“, sagte sie schließlich. „Sie müssen einer meiner Retter sein.“

Liz stellte sie einander vor, und Rick trat ans Bett. „Ich freue mich, dass es Ihnen wieder gut geht, Pastorin Howard.“

„Bitte nennen Sie mich Rachel.“ Ihre Finger umklammerten die Hand der Schwester. „Ist Stephen ... haben sie ihn ...“

„Es geht ihm gut“, entgegnete Liz schnell. „In Miami wird er ärztlich betreut. Er kommt bald wieder nach Hause. Und er wird bestimmt froh sein, dich zu sehen.“

Rachel schloss für ein paar Sekunden die Augen. Als sie sie wieder öffnete, fragte sie: „Hat er dir den Briefumschlag mit den Fotos und der Zeichnung gegeben?“

„Ja."

Rachel schwieg einen Moment. „Ich hatte Angst, Stephen und dich auf diese Weise in die Sache mit hineinzuziehen. Auch um meine Gemeinde habe ich mir Sorgen gemacht. Mit meinen Predigten habe ich versucht, sie zu warnen, aber sie haben sich von mir abgewandt. Als ich dann herausgefunden hatte, dass die Polizei ebenfalls mit drinsteckt, wusste ich nicht mehr, an wen ich mich wenden sollte."

„Du hast es genau richtig gemacht, Schwesterherz." Liz drückte ihre Hand. Als zwei Beamte des Sheriffs das Zimmer betraten, drehte sie sich um.

„Wie geht es Ihnen, Pastorin Howard?" fragte der erste, als er neben ihrem Bett stand. „Ich bin Deputy Newman vom Büro des Sheriffs. Und das hier ist Deputy Paulson. Glauben Sie, dass Sie uns ein paar Fragen beantworten können?"

Sie bejahte, und der Deputy warf Liz und Rick einen Blick zu. „Wenn es Ihnen nichts ausmacht, möchten wir uns gerne allein mit ihr unterhalten."

Liz rührte sich nicht von der Stelle. „Ich würde lieber hier bleiben."

„Geh nur, Liz." Rachel drückte ihr aufmunternd die Hand und ließ sie wieder los. „Geh und sieh nach deinen Freunden. Ich komme schon klar."

Nach kurzem Zögern nickte Liz. Zusammen mit Rick ging sie in den Korridor. Sie schaute sich noch einmal um, als die Tür hinter ihnen geschlossen wurde, dann sah sie Rick an.

„Hat der Polizeichef etwas über die Ermittlungen gesagt?"

„Sie sind immer noch dabei, die Einzelheiten zu sammeln, aber du hast Recht gehabt. Alles deutet darauf hin, dass Heather Tafts Komplizin war. Vermutlich haben sie sich an der Florida State University kennen gelernt und sind ein Liebespaar geworden. Sie hatte sich schon mit Drogen und Okkultismus beschäftigt, und sie war fasziniert von den Lehren der Satanisten Aleister Crowley und Anton LaVey. Crowley hatte sie im Handumdrehen in seinen Bann gezogen, und sie war überzeugt davon, dass er ein Gott des Bösen war. Sie töteten Heathers Schwester, nachdem sie sich zu einem Team zusammengetan hatten. Das Mädchen war ihr erstes Opfer.

Nach Tafts Verhaftung ist Heather nach Key West gekommen und hat diese Kultgemeinde gegründet. Die Polizisten sind der Ansicht, dass es eine Fortsetzung dessen ist, was sie und Taft ins Leben gerufen hatten. Ihr erster Anhänger war Lieutenant Lopez."

„Und seine Mittäterschaft sorgte nicht nur für einen ständigen Vorrat an Drogen, die sie benötigte, um ihre Gruppe unter Kontrolle zu halten, sondern garantierte auch, dass sie ihre Aktivitäten unter Polizeischutz ausüben konnte", ergänzte Liz. „Habe ich Recht?"

„Ja. Wie es in allen Kultgemeinschaften üblich ist, gewann sie ihre Mitglieder, indem sie ihnen Anerkennung und Macht versprach und ihnen ein Zugehörigkeitsgefühl vermittelte. Und Vergnügen sexueller und finanzieller Art. Alles, was du dir denken kannst. Inzwischen sind etwa ein Dutzend Mitglieder ausfindig gemacht worden. Die Polizei nimmt allerdings an, dass es drei oder vier Mal so viel sind."

Liz erinnerte sich daran, dass Heather die sieben Todsünden als die besten Freunde eines Mädchens bezeichnet hatte. Und ihr fielen auch Father Pauls Sätze wieder ein. Sie wiederholte sie wortwörtlich. „Der Teufel ist in der Tat gewitzt. Er fängt uns mit den Dingen, denen unsere menschliche Natur am ehesten nachgibt. Wollust. Stolz. Trägheit. Zorn. Geiz. Eifersucht. Völlerei. Dagegen müssen wir uns zur Wehr setzen, wie der Herr uns befohlen hat."

Rick zog verwirrt die Augenbrauen hoch, und sie berichtete ihm von Father Paul und den Dingen, die er ihr erzählt hatte. „Wir haben das Böse gesehen. Was es genau war ... ich weiß es nicht. Wenn ich es mit irgendetwas, das ich kenne, vergleichen müsste, dann würde ich sagen ..."

Sie verstummte und sah ihm in die Augen. „Was war sie, Rick?"

„Eine Psychopathin. Eine Schizophrene, die sich einredete, eine Art Göttin des Bösen zu sein. Aber ganz genau werden wir es niemals wissen."

Liz hätte ihm gerne zugestimmt. Es wäre viel beruhigender, Heather für eine verwirrte Persönlichkeit zu halten als für eine Vertreterin des wahrhaft Bösen. *Des einen, wahren Bösen.* Nach allem, was Rachel ihr hatte sagen können – und das war bisher nicht allzu viel gewesen –, war Heather wirklich überzeugt davon, eine Wiedergeburt des Teufels zu sein. Sie hatte sich für unbesiegbar gehalten und war davon besessen gewesen, Rachels Glauben zu zerstören, als ob sie mit dieser Tat ihren einzigen wirklichen Gegner hätte überwinden können: Jesus Christus.

„Liz, Rick!"

Sie drehten sich um, als sie Marks Stimme hörten. Er schob Pastor Tim in einem Rollstuhl vor sich her.

„Wie geht es Ihrer Schwester?" fragte Mark, als er neben ihnen stand.

„Es geht ihr gut. Wirklich gut." Liz lächelte und sah den Geistlichen an. „Vielen Dank, Pastor Tim, dass Sie ihr das Leben gerettet haben."

Er erwiderte ihr Lächeln. „Danke, dass Sie meines gerettet haben. Wären Sie nicht gewesen, dann hätte Lopez seine Arbeit zu Ende gebracht. Sie haben ihm Angst gemacht."

„Als ich ging, habe ich gedacht, Sie seien tot. Wenn Sie mir ein Zeichen gegeben hätten ..."

„... hätte er uns beide umgebracht. Also habe ich toter Mann gespielt und Gott um Hilfe gebeten. Und prompt hat er Mark geschickt."

Sie räusperte sich. „Pastor, es tut mir Leid, dass ich zuerst ... so unaufrichtig zu Ihnen war und Sie verdächtigt habe, solche entsetzlichen Verbrechen begangen zu haben."

Er griff nach ihrer Hand. „Ich muss mich auch entschuldigen. Als Lieutenant Lopez mir sagte, dass Sie Rachel Howards Schwester sind, war ich wütend, weil Sie mich belogen hatten und mir auch weiterhin die Unwahrheit sagten."

„Er hat es Ihnen gesagt?" fragte sie überrascht. „Wann denn?"

„Am Morgen nach Taras Ermordung. Inzwischen weiß ich, dass er mich misstrauisch machen wollte. Es tut mir Leid. Anstatt meiner menschlichen Schwäche nachzugeben, hätte ich Ihnen meine Unterstützung anbieten müssen."

„Wir sollten gehen", drängte Mark. „Es wird allmählich Zeit."

„Ein Mitglied meiner Gemeinde unterzieht sich heute einer Prüfung", erklärte Pastor Tim. „Ich möchte ihm meine Hilfe und meine Gebete anbieten."

Liz sah ihnen nach, als sie verschwanden. Dann wandte sie sich an Rick. „Ich werde Mark vermissen. Er wird bestimmt ein guter Priester werden."

Am Tag zuvor hatte Mark ihnen gesagt, dass er Key West verlassen wollte, um in Texas seinen Traum zu verwirklichen: erst aufs College zu gehen und anschließend ein Priesterseminar zu besuchen.

Rick riss sie aus ihren Gedanken. „Was hast du denn jetzt vor?" fragte er leise.

Fest sah sie ihm in die Augen. „Ich bleibe bei Rachel, bis sie wieder gesund ist. Was danach kommt, weiß ich noch nicht."

Er schloss sie in die Arme. „Ich habe gehofft, dass du es noch einmal mit dem Paradies versuchst. Jemanden wie dich könnten wir hier gut gebrauchen. Du kannst den Kindern helfen, die von der Kultgemeinschaft verführt wurden. Mit deinen Fähigkeiten würdest du ihnen eine große Hilfe sein."

„Und was ist mit Ihnen, Detective Wells?" fragte sie, während sie aufmerksam sein Gesicht betrachtete. „Möchten Sie denn, dass ich bleibe?"

Einen Moment lang sagte er nichts, und sie hielt den Atem an. Sie hoffte so sehr auf die richtige Antwort, dass das Warten darauf ihr fast physische Schmerzen bereitete.

„Ja", sagte er schließlich leise und nahm ihr Gesicht in die Hände. „Du gibst mir das Gefühl, doch eine zweite Chance zu haben, Liz Ames. Wenn du bei mir bist, freue ich mich, noch am Leben zu sein."

Freudentränen traten ihr in die Augen. Wortlos stellte sie sich auf die Zehenspitzen und küsste ihn. Zum ersten Mal in ihrem Leben verstand sie die wahre Bedeutung des Paradieses.

– ENDE –

Mary Alice Monroe

Sommer der Verheißungen

Drei Frauen, drei Schicksale – eine Vergangenheit: Gemeinsam machen sich die Schwestern Birdie, Jilly und Rose auf den Weg, um Jillys Tochter zu finden, die diese vor 26 Jahren zur Adoption frei gegeben hat. Es wird eine Reise in das Dunkel, das ihre gemeinsame Vergangenheit und den Tod ihrer vierten Schwester umgibt. Sie erkennen, dass die Zukunft und die Liebe nur dann auf jede von ihnen wartet, wenn sie einander verzeihen können …

Band-Nr. 25043
7,95 € (D)
ISBN 3-89941-054-8

Carla Neggers

Haus der Angst

Junge Witwe aus Washingtoner Politprominenz wird in Vermonter Idylle bedroht und von einem sexy Sicherheitsexperten beschützt.

Band-Nr. 25035
ISBN 3-89941-046-7
7,95 € (D)

Emilie Richards

Fox River

Unschuldig Verurteilter kehrt in die High Society zurück, um den wahren Mörder zu finden und seine erblindete Geliebte zurückzuerobern.

Band-Nr. 25036
ISBN 3-89941-047-5
7,95 € (D)

Vorschau
Dieser Roman erscheint
im Juli 2003

Band-Nr. 25052
7,95 € (D)
ISBN 3-89941-067-X

Alex Kava

Schwarze Seelen

Ein erster brutaler Mord an einem Mädchen in Washington, bizarre Verschwörungstheorien und ihre eigene Mutter, die sich verhängnisvoll von dem mysteriösen Reverend Everett angezogen fühlt, führen die FBI-Agentin Maggie O'Dell zu der fanatischen Sekte „Kirche der geistigen Freiheit“. Doch welcher Wahn treibt den Killer dazu? Maggie muss versuchen, sein psychologisches Profil zu erstellen, um ihn überführen zu können. Und die Zeit wird knapp, denn der Täter schlägt erneut zu und löscht auf grauenvolle Weise das Leben einer zweiten jungen Frau aus …

MIRA®